Scuola di magia

Christopher G. Nuttall

Scuola di magia

Podium

Scuola di magia

Translated by Ilaria Battaglia

Original title: *Schooled in Magic*

Original language: English

Copyright © 2014, 2023 Christopher G. Nuttall and SAGA Egmont

All rights reserved

ISBN: 978-1-0394-6121-5

1st edition

www.podiumentertainment.com

Christopher G. Nuttall

Scuola di magia

Podium

Podium

Dedicato a Emily Martha Sorensen,
che ha ispirato il soggetto di questa serie
e ha dato il nome alla protagonista.

Scuola di magia

Capitolo I

«Cara, è ora di chiudere».

Quando il bibliotecario passò oltre la sua postazione e si diresse verso le poche altre sedie occupate, Emily Sanderson annuì controvoglia. A quell'ora della sera le persone rimaste in biblioteca erano appena una manciata. C'era chi non aveva altro posto dove andare e chi era ancora immerso nella lettura. La biblioteca era piccola e solo raramente più che mezza piena, anche nel migliore dei casi. Emily la adorava, era il suo rifugio. Neanche lei aveva un altro posto dove andare.

Si alzò e raccolse i suoi libri, li posò sul carrello insieme agli altri volumi da riordinare. Il bibliotecario era un uomo attempato e gentile – non aveva fatto domande quando la piccola Emily aveva intrapreso letture ben al di sopra del suo livello scolastico – ma si infuriava parecchio quando i visitatori provavano a riporre i volumi negli scaffali. Non aveva tutti i torti. I lettori avevano l'abitudine di sistemare i libri al posto spagliato, compromettendo così l'odine dell'intero scaffale. Emily detestava vedere il povero Rupert arrabbiato. Era una delle poche persone su cui sentiva di poter contare.

Molte delle ragazzine della sua età non avrebbero mai aperto un libro di storia, se non per cercare le risposte di qualche verifica. Emily si era innamorata della materia fin da piccola, si era rifugiata nella storia per sfuggire ai problemi e alle difficoltà della vita. Leggendo di personaggi famosi e delle loro lotte per cambiare le sorti dell'umanità, sentiva che, sebbene sembrasse non avere un futuro, il suo mondo aveva un passato. Forse un giorno sarebbe diventata un'esperta di storia, se solo avesse saputo da che parte cominciare con l'università. Ma era già consapevole del fatto che non avrebbe mai avuto una vita decente. Sapeva cosa succedeva di quei tempi a molti neolaureati: festeggiavano terminati gli studi, ma poi non riuscivano a trovare lavoro.

Il suo patrigno, dopo una serie infinita di litigi su ciò che avrebbe voluto fare nella vita, le aveva detto esplicitamente che non avrebbe mai combinato nulla di buono.

«Nella vita non combinerai mai niente» le aveva detto una sera da ubriaco. «Non saresti capace di nemmeno cuocere gli hamburger al McDonald's!».

Sua madre non si sarebbe mai dovuta risposare, ma dopo che il padre di Emily era sparito dalle loro vite, la donna aveva cominciato a sentirsi sola. Era passato così tanto tempo, che Emily lo ricordava a malapena. Il patrigno di Emily, che lei si rifiutava di chiamare padre, non l'aveva mai toccata con un dito, ma non aveva mai nemmeno perso occasione per distruggerle l'autostima e demolirla con le parole. Non la sopportava ed Emily non ne capiva il motivo. Non capiva neanche perché stesse con una donna che chiaramente non amava.

Emily scorse il proprio riflesso nel vetro della finestra e sussultò. Non riconobbe la ragazza che ricambiava il suo sguardo. I lunghi capelli castani incorniciavano un viso troppo piccolo per essere definito carino e gli occhi scuri sull'incarnato pallido trasmettevano una certa tristezza. Portava dei vestiti larghi che nascondevano le sue forme e raramente si preoccupava di truccarsi o di usare qualsiasi altro cosmetico: non aveva senso, non le avrebbero cambiato la vita.

Niente avrebbe potuto cambiarla.

Non voleva neanche attirare attenzioni indesiderate.

Il bibliotecario la salutò e diede un'ultima occhiata agli scaffali, poi si diresse verso il bancone. «Niente libri oggi?».

«No, mi dispiace» rispose Emily. Aveva un tesserino – cosa che la diceva lunga sulla sua vita, visto che lo considerava il suo più grande tesoro – ma aveva già usufruito di tutti i prestiti disponibili. Niente più libri fino a quando non ne avesse restituito qualcuno. «A domani».

La sensazione di avvilimento e disperazione a lei tanto familiare le ripiombò addosso non appena uscì e fu in strada. Per lei non c'era futuro, anche se fosse andata all'università.

La sua vita sarebbe stata erosa da un impiego noioso o da una relazione insoddisfacente. No, il solo pensiero era ridicolo. Non era né carina né estroversa; anzi, trascorreva gran parte della sua esistenza a isolarsi dai compagni. Anche quando qualche gruppo le piaceva – di tanto in tanto aveva partecipato a dei giochi di ruolo – una parte di lei non voleva mai trattenersi troppo a lungo. Desiderava degli amici, ma anche se li avesse avuti, non avrebbe saputo cosa fare in loro compagnia.

Infatti, prima della biblioteca, era passata a fare una partita, ma era andata via prima del previsto.

Ora però non voleva andare a casa. Il suo patrigno avrebbe potuto essere là oppure fuori con i suoi compari a bere e raccontarsi banalità sulle loro giornate. Sapeva che la prima ipotesi era migliore della seconda perché, quando usciva a bere, rientrava ubriaco e poi pretendeva che sua madre fosse al suo servizio. E dopo si metteva a urlare contro Emily o la minacciava.

Oppure rimaneva a fissarla. Questa era la cosa peggiore di tutte.

Voleva andare altrove, ovunque tranne che a casa, ma non aveva un altro posto in cui recarsi.

Le brontolava fastidiosamente lo stomaco. Si sarebbe preparata la cena da consumare davanti alla TV, anche solo un toast. Che sua madre non avrebbe cucinato era un dato di fatto. Non si era quasi più preoccupata di prepararle da mangiare da quando Emily aveva imparato a usare il microonde. La ragazza era quasi certa che, se non fosse stato per la mensa scolastica, sarebbe già morta di fame.

Mentre si trascinava verso casa, Emily lo realizzò con una chiarezza talmente cristallina da rimanere scioccata: voleva andarsene. Voleva cambiare vita, lo voleva così disperatamente, che l'avrebbe fatto senza mai voltarsi indietro, se solo qualcuno l'avesse aiutata.

Poi tornò in sé. Nessuno l'aveva mai aiutata e nessuno l'avrebbe fatto. La sua vita era finita. Non importava come apparisse da fuori, sapeva che era finita. Aveva sedici anni e la sua vita era finita. Eppure, allo stesso tempo, sembrava non dovesse finire mai.

"Una malattia mortale non sarebbe male" pensò Emily. Che idea malsana.

Un senso di vertigine la colse senza preavviso. Non appena tutto iniziò a girare, serrò gli occhi e si domandò se avesse bevuto qualcosa di strano durante la partita con il gruppo di nerd e secchioni. Pensò che non erano i tipi da correggerle il drink, ma forse uno di loro aveva portato dell'alcol e lei lo aveva bevuto accidentalmente. Mentre perdeva i sensi, un ridacchiare indistinto ma inconfondibile riecheggiò nell'aria. Poi cadde… o almeno, le sembrò di cadere, ma da dove e verso cosa?

Poco dopo, quella strana sensazione andò semplicemente affievolendosi.

Quando Emily riaprì gli occhi si ritrovò in un luogo molto diverso.

Indietreggiò dallo shock. Si trovava in piedi al centro di una cella dalle pareti in pietra e fissava una porta all'apparenza in ferro massiccio. Pressoché sicura di avere un'allucinazione – forse aveva bevuto qualcosa di più forte dell'alcol – fece un passo in avanti fino a posare le dita sulla porta. La percepì fredda e così reale da far paura. Non c'erano maniglie, nessun appiglio per provare a forzarla e scappare. La stanza aveva l'aspetto di una cella deprimente.

Con l'ansia che le serrava la gola, Emily fece scorrere le dita sul muro e percepì la superficie ruvida della malta che teneva assieme le pietre. Era come uno dei castelli di cui aveva letto nei libri di storia: edifici eretti molto prima che il cemento o altri materiali moderni permettessero agli artisti di scatenare al meglio la loro fantasia. La pietra sembrava *veramente* antica, come fosse lì da centinaia di anni. Sicuramente sembrava vecchia di secoli.

Dove si trovava?

Emily si mise a cercare disperata una via di uscita su ogni parete , ma non c'era nulla, neanche una finestra. L'unica fonte di luce proveniva da una piccola lanterna appesa al soffitto. Non c'era un letto, nessun angolo su cui poter riposare. Non c'era nemmeno un giaciglio di paglia come aveva visto nelle ricostruzioni storiche a cui aveva partecipato assieme al gruppo del teatro. Come ci era finita lì? Era stata arrestata? Spazientita, allontanò dalla testa quel pensiero stupido. La polizia non l'avrebbe mai rinchiusa in una cella di pietra e per arrestarla non avrebbe avuto bisogno di correggerle il drink.

Le centinaia di scenari su cui la madre l'aveva messa in guardia le attraversarono la mente: il suo carceriere poteva essere uno stupratore, un serial killer, un rapitore che l'avrebbe usata per estorcere del denaro ai suoi genitori. Fino a quel giorno il pensiero l'avrebbe fatta ridere – il suo patrigno non avrebbe pagato un solo centesimo per liberarla da un rapitore – ma adesso non lo trovava poi così divertente. Cosa avrebbe fatto un rapitore scoprendo di avere per le mani una ragazzina da cui non poteva trarre alcun guadagno?

Uno schiocco al di là della porta di ferro risuonò nella cella ed Emily alzò immediatamente lo sguardo. Avrebbe giurato che la porta era priva di maniglie, ma d'un tratto sulla superficie metallica apparve un portello e un paio di occhi rossi presero a scrutarla.

In loro c'era qualcosa di così disumano, che Emily indietreggiò: era convinta che appartenessero a un mostro o a un demone. Dalla porta provenne un secondo rumore e dalle sbarre di ferro intravide una figura incappucciata.

I suoi occhi, in parte nascosti dal cappuccio, erano rossi e penetranti. Il resto del volto era celato dall'oscurità.

Alle sue spalle c'erano delle mura di pietra sulle quali campeggiavano degli scheletri lasciati a marcire che attirarono l'attenzione di Emily. All'improvviso, il primo cominciò a muoversi e camminare come se fosse ancora vivo, il secondo girò la testa e la guardò dritto negli occhi, con le orbite vuote che sembravano scrutarle l'anima. Emily sentì il sangue raggelarsi ed ebbe l'improvvisa certezza che quello non era un comune rapimento, lo avvertiva con ogni cellula del suo corpo. Sicuramente era molto lontana da casa.

«Benvenuta» disse la figura incappucciata. C'era qualcosa di incrinato e rotto nella sua voce, come se non avesse parlato per molto tempo e non ne fosse più capace. «Puoi chiamarmi Shadye».

Pronunciò il suo nome come se Emily dovesse conoscerlo, ma a lei non diceva niente. Emily provò a parlare, ma aveva la bocca così asciutta, che le risultava impossibile.

Shadye avanzò fino alle sbarre e la guardò pensieroso. I suoi occhi rossi le studiarono il corpo, poi incontrarono il suo sguardo e mantennero il contatto visivo per un lungo, raggelante momento.

Emily si sforzò di parlare. Tutti i romanzi che aveva letto in cui le eroine venivano rapite sembravano suggerire di mostrare al sequestratore il proprio lato più umano, ma non era affatto sicura che Shadye ne avesse uno. I libri fantasy che aveva divorato per non pensare all'assenza del padre e alla disperata ricerca della madre di un secondo marito sembravano prendersi gioco di lei. Magari era tutto uno scherzo o forse era finita in un reality show, ma qualcosa dentro di lei le diceva che ogni cosa che stava vedendo e provando era reale. Ma cos'era? A parole non sarebbe stata in grado di spiegarlo.

Inoltre, non vedeva telecamere da nessuna parte.

«Come…?». Le venne da tossire e dovette deglutire. «Come hai fatto a portarmi qui?».

Shadye sembrava stranamente compiaciuto da quella domanda. «Si dice che una Figlia del Destino guiderà le forze della luce contro il Temibile».

Emily realizzò immediatamente che voleva solo autocompiacersi, mostrare la sua sagacia. «Ma io sapevo che ogni profezia ha una falla. Sapevo che, se fossi riuscito a catturare la Figlia del Destino prima del suo tempo, l'avrei potuta usare contro la maledetta Alleanza e annientarla».

Emily sentì una stretta allo stomaco. «Ma non sono io quella persona…».

«Nessuna Figlia del Destino sa di esserlo fino a che non giunge il suo momento» la informò Shadye. «Ma le Maghe lo sanno, oh se lo sanno. Ho chiesto loro di portarmi la Figlia del Destino e mi hanno portato te». Si fregò le mani soddisfatto. «Adesso ti ho preso. Il Temibile ne sarà contento».

«Bene» disse Emily. Lei, Figlia del Destino? Solo in senso letterale… era molto improbabile che Shadye le avrebbe creduto se avesse provato a spiegargli che il secondo nome di sua madre era proprio Destiny, *destino*. Cosa aveva a che fare con tutto questo il nome di sua madre? Cercò disperatamente di trovare un argomento che potesse distrarlo. «E immagino che non ci troviamo più in Kansas…».

«No, questa è l'Arida Terra dei Morti, sul versante meridionale dei Monti Ripidi» rispose Shadye. Le parole di Emily sembravano non avere significato per lui ed era questa la cosa più sconcertante. «Ovunque sia questo Kansas di cui parli, ti assicuro che si trova molto lontano da qui».

Emily fece per rispondere, poi si trattenne. «Se non sai dove sia il Kansas,» disse provando a tenere sotto controllo la paura che cresceva dentro di lei «allora è vero che non mi trovo più lì».

Shadye alzò le spalle e quel movimento gli fece ondeggiare appena la tunica. Emily guardò il tessuto scivolargli addosso e aggrottò le sopracciglia. Quella visione la turbò in un modo che non avrebbe saputo descrivere. Non riuscì a scorgere cosa ci fosse sotto la veste, ma qualcosa nel modo in cui Shadye si era mosso la convinse che il suo corpo non fosse quello di un essere umano. Quella creatura sembrava circondata da un fievole luccichio, da effimere forme di luce tremolanti e a malapena visibili. In qualche modo, era ciò che più turbava la sua immaginazione.

"È tutto reale" si disse Emily. Non le era più possibile credere di trovarsi in uno studio televisivo, con delle telecamere nascoste pronte a registrare ogni suo gesto o parola. C'era qualcosa di così reale in tutto ciò che vedeva da lasciarla terrorizzata. Shadye credeva che Emily fosse la persona che tanto aveva cercato e niente di ciò che lei avrebbe detto o fatto lo avrebbe convinto del contrario. Emily pensò a tutti gli eroi immaginari di cui aveva letto e che tanto aveva amato e si chiese cosa avrebbero fatto loro. Ma quegli eroi avevano lo scrittore dalla loro parte, lei invece poteva confidare solo nelle sue capacità.

Shadye schioccò le dita e le sbarre di ferro si dissolsero, riducendosi in polvere.

A quella visione assurda, il corpo di Emily venne percorso da una scossa di paura, ma prima ancora che potesse fare qualcosa, gli scheletri si mossero e marciarono verso la cella, le orbite vuote fisse sul suo volto. Lei si ritrasse non appena le mani ossute, così inquietanti nella loro assenza di vita, le afferrarono le spalle.

Nonostante il tentativo di divincolarsi con tutte le sue forze, gli scheletri la spinsero in avanti. I servi dello stregone sembrarono non farci caso o non preoccuparsene. Stranamente, le loro ossa erano tenute assieme senza toccarsi, come se la loro carne fosse invisibile… come per magia.

«Non siete costretti a farlo» disse Emily mentre la conducevano fuori dalla cella. Era ancora sulla Terra? «Io…».

Shadye rise fragorosamente, un suono acuto che la raggelò fino al midollo. «La tua morte mi darà tutto il potere che potrei mai desiderare» disse. Emily raddoppiò i suoi sforzi, ma gli scheletri non mollavano la presa. «Perché mai dovrei lasciarti in vita e rimanere così?» Con un solo movimento convulso, Shadye si scostò il cappuccio dal viso. Emily lo fissò inorridita. La pelle di Shadye era così aderente al cranio, che riusciva a scorgerne le ossa, il suo naso era stato tagliato e ora al suo posto c'era un ammasso di carne bruciata, liquefatta. I suoi occhi erano dei tizzoni ardenti di luce rossa che brillavano nella penombra della stanza, totalmente inumani. Quando alzò una mano per fregarsi il mento, Emily trasalì nel vedere che la sua pelle era ricoperta di tagli.

Emily aveva visto ogni genere di film horror, quelli in cui il regista dà il suo meglio per creare qualcosa di nuovo, ma questo era diverso. Era reale. La ragazza prese un respiro profondo e sentì l'odore di carne putrefatta che appestava l'aria attorno a lui. All'improvviso, l'idea che il corpo di quella creatura non fosse vivo, ma animato unicamente dalla sua volontà, dalla magia, le risultò assolutamente credibile.

«C'è sempre un prezzo da pagare per il potere» disse Shadye. La sua voce si fece sgradevolmente cupa. «Ma c'è sempre anche un modo per redimersi. E quando ti offrirò al Temibile… oh, mi verrà ricostruito questo volto divorato dalle fiamme e conferito un potere eterno».

Shadye si voltò e si diresse a grandi passi verso il corridoio alzando il cappuccio per coprirsi la testa. Emily lo guardò allontanarsi, poi gli scheletri iniziarono a seguirlo spingendola giù per il corridoio. Opporre resistenza sembrava completamente inutile, ma lei ci provò ugualmente, la paura la rendeva più forte.

Per un solo istante riuscì a liberarsi dalla presa degli scheletri e si voltò per scappare, ma un lampo di luce blu le bloccò i muscoli, facendola cadere a terra. Nonostante ci provasse con tutta se stessa, dal collo in giù non riusciva a muoversi. Guardò impotente i due scheletri, che la alzarono da terra e ripresero a seguire Shadye

Lo stregone iniziò a ridere. «Te l'ho detto dove ti trovi» disse con sarcasmo. «Anche qualora riuscissi a scappare da queste segrete, dove andresti?».

Emily realizzò che aveva ragione. Non aveva idea di dove fossero i Monti Ripidi, per non parlare dell'Arida Terra dei Morti. E lui non aveva mai sentito parlare del Kansas. Per quanto volesse fuggire, doveva accettare il fatto di essere stata trasportata dal suo mondo in un altro in cui la magia era reale e in cui gli scheletri facevano da servi a uno stregone malvagio che voleva sacrificarla per accrescere il suo potere. Emily si sentì improvvisamente sola, digiuna persino di nozioni elementari come la geografia locale.

Shadye aveva ragione: anche se fosse scappata, dove sarebbe potuta andare?

Raggiunsero delle scale che portavano verso l'alto, in un luogo buio. Shadye non sembrava preoccupato dalla mancanza di illuminazione, e nemmeno gli scheletri, ma per Emily, mentre procedeva alla cieca, reprimere la paura era difficile. Un incantesimo la costringeva a una rigidità mai provata prima, talvolta sentiva le gambe sbatterle contro le pareti. Poco dopo uscirono finalmente all'aria aperta.

Il terreno su cui stavano camminando era ricoperto di fango… no, improvvisamente realizzò che era cenere. Annusò l'aria e, nel sentire la puzza di carne bruciata, sussultò. In lontananza, intravide quello che un tempo doveva essere un bosco. Adesso era come se qualcosa avesse ucciso gli alberi, lasciandone i resti in balia dell'oscurità.

«I Re Negromanti affrontarono i poteri riuniti dell'Impero non molto lontano da qui» disse Shadye con grande soddisfazione. Sembrava gradire il suono della sua stessa voce. «Si narra che i cieli si riempirono di draghi e terribili serpenti fino a diventare neri, che lo scontro durò quaranta giorni e quaranta notti. Alla fine, la magia liberata fu così intensa, che la terra rimase per sempre in balia del caos. Chi vaga per queste terre senza protezione si ritrova deforme e trasformato in un essere ripugnante. In pochi osano visitare la mia fortezza, anche se pensano che i loro poteri possano uguagliare i miei».

Emily riuscì a parlare. «Perché hanno combattuto?».

«I Re Negromanti volevano godere dei loro poteri senza restrizioni e creare un mondo in cui ogni loro desiderio o capriccio sarebbe divenuto legge» rispose Shadye. «Ma l'Impero e i suoi maghi credevano che i negromanti fossero un abominio. I maghi erano convinti che avrebbero vinto, ma il Temibile è inarrestabile. L'unica cosa che poterono fare fu ritardarlo per qualche tempo».

Shadye smise di parlare e mormorò qualcosa sottovoce. Ci fu un lampo di luce così luminoso, che Emily dovette socchiudere gli occhi. Quando li riaprì vide di fronte a lei un grande edificio di pietra scura che sembrava lì da sempre. Si disse che forse era invisibile e quel pensiero le diede un minimo di conforto. Se Shadye aveva dovuto nascondere il suo tempio oscuro, o qualsiasi cosa fosse, probabilmente qualcuno lo stava controllando. Forse aveva mentito quando aveva affermato che nessuno aveva messo piede nell'Arida Terra dei Morti.

Gli scheletri la scortarono verso un'apertura apparsa dal nulla proprio un istante prima che la sua testa sbattesse contro la pietra. All'interno, si percepiva un senso di opprimente vastità, come se l'edificio fosse molto più grande di quanto la sua mente potesse concepire. Un odore metallico le riempì le narici e un momento dopo, guardandosi attorno, vide delle grandi ondate di sangue rosso colare dalle pareti e formare delle pozze sul pavimento. Shadye camminava in mezzo al sangue senza neanche farci caso, ogni tanto si inchinava a delle statue che sembravano apparire dal nulla e poi riprendeva a camminare. Erano inquietanti, quelle statue, e più di tutte lo erano quelle dalle fattezze umane. Una di queste, realizzata in pietra e raffigurante un meraviglioso uomo dalle orecchie appuntite, erano impossibile da guardare. Un'altra, una sinistra creatura da incubo, sembrava invece quasi amichevole. Eppure non riusciva a capire perché una l'avesse spaventata più dell'altra.

«Lì» disse Shadye. Infilò la mano nella tunica e ne estrasse un affilato coltello nero scolpito nella pietra, poi si rivolse agli scheletri per la prima volta. «Mettetela sull'altare».

L'altare era un semplice blocco di pietra, abbastanza largo da accogliere lei o qualsiasi altra vittima sacrificale. Emily aprì la bocca per protestare, ma fu inutile, gli scheletri la presero e la trascinarono con una forza implacabile. In qualche modo, l'assenza di incisioni sull'altare era ancora più terrificante delle creature orrorifiche che vedeva in lontananza. All'improvviso si rese conto che non c'era alcun dubbio: quel luogo apparteneva a Satana. Era un posto invisibile a Dio.

Emily provò a richiamare alla memoria tutte le preghiere che aveva imparato da piccola, ma non le venne in mente nulla. Continuò quindi a lottare, ma la forza che la teneva ferma non dava segno di volersi placare. Gli scheletri la misero sulla pietra e fecero un passo indietro come se ammirassero la loro opera.

«Cominciamo» disse Shadye, alzò il coltello e prese a cantilenare. Emily non capiva neanche una parola, ma sentiva che nella stanza si stava accumulando dell'energia, come se qualcuno o qualcosa stesse lentamente venendo al mondo.

Delle fiammelle sfavillanti le danzavano sopra la testa, svanendo pian piano in un'oscurità così totale da risucchiare ogni fonte di luce. Negli ultimi momenti di buio, Emily vide delle nuove statue – angeli dal volto disumano – apparire al margine della stanza.

Shadye smise di cantare. Cadde un silenzio assoluto, come se degli spettatori invisibili stessero aspettano il comando finale. La presenza evocata aleggiava nell'aria, la sua esistenza sembrava piegare la realtà attorno a loro.

Emily vide qualcosa nell'oscurità, un movimento nascosto che le sembrò di scorgere con la coda dell'occhio. La pervase una strana debolezza, come se non avesse più senso lottare e fosse giunta l'ora di accettare il suo destino. Shadye fece un passo in avanti, con in mano il coltello che alzò all'altezza del cuore di Emily...

...E poi, all'improvviso, ci fu un lampo luminoso. La presenza evocata semplicemente svanì.

Shadye pronunciò una parola, probabilmente un'imprecazione, e si abbassò per schivare un fulmine che squarciò l'aria proprio sopra la sua testa e si schiantò contro il muro più lontano. Emily piegò il collo non appena un secondo lampo illuminò l'ambiente, rivelando un'altra sagoma vestita di scuro in piedi in fondo alla stanza. Per un attimo calò il buio, poi un terzo fulmine illuminò la figura seguita dalle mostruose statue a forma di angelo, che si erano spostate quando Emily non stava guardando. Che fosse il suo salvatore? Era ovvio che non voleva che Shadye la prendesse.

«No» scattò Shadye. Sollevò la mano e dal nulla scagliò una palla di fuoco contro il nuovo arrivato, che alzò un bastone e deviò la sfera verso i confini bui della stanza. Non appena la palla di fuoco colpì una delle statue a forma di angelo, che rimase intatta, ci fu un'esplosione assordante. «Non la farai franca!».

Un secondo dopo, la presenza lanciò un incantesimo e Shadye svanì in un lampo.

L'incantesimo che immobilizzava Emily sull'altare si spezzò nello stesso istante, permettendole di tornare a muoversi. Non appena si mise a sedere, Emily vide la presenza correrle incontro. Un altro bagliore rivelò che il volto dell'uomo era celato dietro una maschera di legno. Cercò di avvicinarsi, ma Emily si ritrasse: improvvisamente si domandò cosa volesse da lei. Shadye voleva sacrificarla. Lui, invece, cosa voleva?

«Prendi la mia mano se vuoi vivere» disse l'uomo davanti alla riluttanza di Emily. L'oscurità stava inondando la stanza, opprimendoli come se fosse una creatura vivente. «Vieni con me o morirai!».

Emily non esitò un secondo di più e afferrò la sua mano.

Poi la stanza buia svanì in un ultimo bagliore di luce bianca.

Capitolo II

Dopo che il bagliore si affievolì, Emily si ritrovò in una stanza totalmente diversa.

«Benvenuta nella mia Torre» le disse il suo salvatore. Il viso dell'uomo era ancora celato dalla maschera, ma la sua voce era gentile. «Non avere paura. Shadye qui non può prenderti».

Emily annuì e cercò di contenere il tremore del suo corpo. Le ginocchia le stavano per cedere, ma fece del suo meglio per guardarsi intorno e studiare quel posto sconosciuto. La stanza era grande, ma piena di strani apparecchi e liquidi in ebollizione che sembravano sul punto di tracimare e colare a terra. Sul pavimento erano disegnate delle linee scure che formavano un motivo che cambiava a ogni nuovo sguardo. Da un'enorme finestra proveniva una luce così intensa da far pensare che fosse mezzogiorno. Eppure fino a un attimo prima era buio…

«Ecco» disse l'uomo mentre la ragazza ricominciava a tremare. Le passò un bicchiere di liquido trasparente. «Questo ti aiuterà a calmarti».

Emily esitò. Per tutta la vita le era stato detto di non accettare niente dagli sconosciuti, ma in quel momento aveva proprio bisogno di bere. Inoltre, se avesse voluto avvelenarla, avrebbe probabilmente potuto farlo senza forzarla a ingerire niente. Decise quindi di bere l'acqua. Era fredda, quasi insapore, ma rinfrescante. Poi la sua mente fu pervasa da una strana calma.

L'uomo indicò con un cenno del capo due sedie di legno poste sotto la finestra. Emily vi si diresse e sbirciò l'ameno paesaggio verdeggiante.

C'erano boschi e laghi ovunque guardasse, ma nessun segno di vita umana. La terra sembrava brillare di magia.

Emily smise di osservare fuori e si voltò verso l'uomo. «Tu chi sei?»

«C'è una regola che devi conoscere sin da subito» rispose lui lentamente mentre si liberava della maschera e tirava indietro il cappuccio. «Non chiedere mai a uno stregone quale sia il suo nome. Domandagli piuttosto come vorrebbe essere chiamato».

Non appena lui la guardò, Emily rimase senza fiato. L'uomo sembrava sorprendentemente giovane, aveva un bellissimo viso e una massa di capelli castani, ma c'era qualcosa nel suo modo di muoversi che la turbava. Le ci vollero diversi secondi per realizzare che il suo corpo era quello di un giovane, ma che si muoveva con l'andatura di un anziano. Era come se quel corpo longilineo sembrasse strano anche a lui.

L'uomo le sorrise e lei si sentì immediatamente rassicurata. «Puoi chiamarmi Void, se ti va. Prego, siediti. Immagino tu abbia molte domande».

«Sì» rispose Emily. Ne aveva a centinaia che le frullavano per la testa. Una, in particolare, le sembrava molto importante. «Perché… perché mi hai salvato?».

Void si mostrò stranamente sorpreso dalla domanda. «Perché no?».

Emily lo studiò riflessiva. Avrebbe rischiato la vita per salvare una ragazza che neanche conosceva? Perché la domanda lo aveva sorpreso? O forse si era palesato per impedire a Shadye di sacrificarla e pensava che lei avrebbe dovuto dedurlo da sola…

Emily si schiarì la voce. «Cosa… cosa gli hai fatto?».

«A Shadye?» domandò Void con un sorriso. «L'ho tramortito, piuttosto pesantemente». Il suo sorriso svanì in un'espressione severa che gli si addiceva di più. «Purtroppo, credo che si rimetterà presto».

Emily lo guardò. «Perché non l'hai ucciso se ne avevi la possibilità?».

«Gli incantesimi che lo proteggono non mi avrebbero permesso di arrivare a tanto» rispose Void. «Se non fosse entrato nell'Oscurità Inversa, non avrei proprio potuto sferrare l'attacco. Doveva abbassare in parte la guardia per accedere all'edificio».

Emily era confusa. Cosa c'era di così speciale nell'Oscurità Inversa?

«Ma ti ho tirato fuori di lì» proseguì Void sorridendo come un bambino trionfante. «Il mio vecchio maestro si rivolterebbe nella tomba. Se fosse nella tomba».

Emily non riuscì a trattenere un sorriso, poi si ricompose. «Giusto. Dove mi trovo?».

Di fronte a quella domanda, invece, Void non sembrava per nulla sorpreso. «Sei nella mia torre, ai margini di Greenwood, nelle Marche Meridionali della Barsia». Studiò a lungo il volto di Emily, il mago sembrava pensieroso. «Ma immagino non ti dica nulla, a meno che non mi sbagli».

«No» rispose lei. Nonostante fosse calma, sentiva che i pensieri iniziavano a vorticare. Dove si trovava? «Shadye ha detto di essere stato lui a portarmi qui».

«È vero» confermò Void. Fece una pausa che durò solo un attimo. «A dire il vero, Shadye ha ordinato alle creature del regno tra i due mondi di consegnargli una persona corrispondente a certi criteri. Loro gli hanno portato te».

Emily scosse il capo, incredula. «E perché proprio io? Cosa mi rende tanto speciale?».

Una terza domanda le balenò nella testa un attimo dopo. «Come faccio a tornare a casa?».

Void esitò. «Ho solo percepito il tuo arrivo in questo mondo, confesso di non sapere perché Shadye abbia pensato fossi importante» ammise. Per la prima volta mostrò un po' di incertezza. «Per quel che riguarda il tuo ritorno a casa… potrebbe non essere possibile. Potrebbe non esserlo mai più».

C'era qualcosa nel modo in cui l'aveva detto che per circa un minuto le impedì di realizzare appieno il significato di quelle parole. «Non potrò più tornare a casa?».

Quel pensiero la spiazzò. La sua vita non era bella. Aveva visto sua madre bere fino quasi a morire, mentre il suo patrigno si mostrava sgradevole e violento ogni qualvolta sembrava ricordarsi di avere una figliastra. Ma era la sua vita. Aveva i suoi libri, la compagnia di nerd e secchioni quando aveva voglia di giocare e un futuro brillante ad attenderla…

…o forse no?

La sua adolescenza sarebbe finita con l'inizio dell'università e poi forse avrebbe dovuto cercarsi un lavoro. Non sarebbe mai riuscita davvero a vivere la sua vita né a trovare un impiego che le piacesse. Sapeva da vecchie conoscenze che non era così facile trovare un lavoro, per non parlare del far quadrare i conti. Un giorno, tutto ciò che aveva appreso scuola sarebbe stato completamente inutile. L'unica consolazione era che chi aveva comandato a scuola perché popolare, carino o atletico sarebbe stato ancora meno importante.

Era difficile pensare che sarebbe mancata a qualcuno, ora che non c'era più.

«Il problema è localizzare il mondo in cui sei nata» ammise Void irrompendo nei suoi pensieri. «Se aprissimo un varco con gli altri mondi per localizzare il tuo, i negromanti avrebbero la loro occasione di interferire con la magia, uccidendo magari te o i maghi. E anche qualora non lo facessero, cercare il tuo mondo potrebbe attrarre l'attenzione di creature che vivono oltre i confini della nostra realtà».

A Emily tornò in mente la presenza oscura in quella che Void chiamava Oscurità Inversa e sussultò. «Quindi non potrò mai tornare a casa» disse piano. In qualche modo, non avere scelta rendeva le cose più semplici. «Perché Shadye credeva che io fossi una Figlia del Destino?».

Void sgranò gli occhi. «Credeva fossi una Figlia del Destino?».

«Ha detto che lo ero» confessò Emily. «E Destiny è il secondo nome di mia madre».

Void la guardò per un lungo momento, poi scoppiò a ridere. «A Shadye sarebbe venuto un colpo una volta terminato il sacrificio. Le Divinità Oscure non lo avrebbero ringraziato per la tua anima».

Inizialmente Emily non capì la battuta e, una volta recepita, non le sembrò poi così divertente. «Ma mi avrebbe uccisa!».

Void annuì. «Credo che essere una Figlia del Destino sia uno dei criteri di cui ti parlavo. Ma le creature che abitano gli altri mondi sono un po' cattivelle e inclini a reinterpretare gli ordini, se non sono molto specifici. Figlia del Destino… Shadye non si è preoccupato di spiegare cosa significasse, così loro hanno dato la caccia a te, che soddisferesti comunque altri criteri».

Void rimase a osservarla per un po'. «È da millenni che i maghi provano a usare la magia per predire il futuro» aggiunse. «Raramente funziona a dovere, perché il futuro muta costantemente. A volte conoscere un possibile futuro lo distrugge, altre volte sapere cosa ci riserva lo rende ineluttabile. Anche il migliore dei maghi lascerebbe che il futuro segua il suo corso. Ma sappiamo che alcune persone nascono per essere ricordate. Quelle persone prendono decisioni che rimodellano il destino, che alterano completamente il futuro. Se Shadye ti avesse offerto ai suoi padroni oscuri, loro lo avrebbero ricompensato con poteri che vanno oltre la tua immaginazione». Sorrise di nuovo radioso. «Ma Shadye ha molta immaginazione».

Emily si strofinò gli occhi e provò a comprendere ciò che Void le stava dicendo. «Ma io non ho voce in capitolo in tutta questa storia» disse. «Nella mia vecchia vita non ero niente».

«Nessuno è mai niente» ribatté Void criptico. «È raro che le Figlie del Destino vengano viste e riconosciute in anticipo. A volte realizziamo chi sono con il senno di poi. Chi l'avrebbe mai detto che l'umile guardiano di capre Avon sarebbe diventato il cardine di un'alleanza che avrebbe ricacciato i negromanti nelle terre oscure? Solo dopo abbiamo scoperto che la sua esistenza era a un punto cruciale della storia. Se l'avessero ucciso prima del suo tempo, i negromanti avrebbero conquistato il mondo».

«O se l'avessero convinto a unirsi a loro» ipotizzò Emily.

Void annuì.

Assorta nei suoi pensieri, Emily ripensò alle nozioni di storia che conosceva. «O se avesse abbandonato il campo di battaglia...».

«Precisamente» disse Void. Si alzò e guardò fuori dalla finestra. «Sai che in questo mondo ci sono più negromanti che potenti stregoni?».

Emily alzò gli occhi al cielo. Si trovava in quel nuovo mondo da appena un'ora, forse due. Come aveva potuto sperare di imparare qualcosa della sua storia, geografia o cultura? Shadye non aveva di certo mostrato interesse nell'istruirla. Come poteva Void aspettarsi che possedesse la benché minima informazione?

«L'unica cosa che li trattiene dal distruggerci è che riusciamo a collaborare, cosa che ai negromanti generalmente non riesce tanto bene» spiegò Void senza voltarsi. «Pensano tutti che i loro nemici li pugnaleranno alle spalle alla prima occasione. Hanno un buon motivo per non fidarsi di nessuno…».

Si girò e la guardò. «Stanno ancora acquistando potere» disse. «Tre anni fa, le loro forze armate invasero il Regno di Gondar, riducendo la popolazione in schiavitù».

Emily lo fissò. «E non avete fatto niente? Non avreste potuto impedire che accadesse usando i vostri poteri?».

Void si guardò le mani. Per la prima volta, Emily realizzò che erano piene di cicatrici, come se si fosse tagliato più e più volte. «Tutti i nostri sforzi sono valsi solo a trattenerli abbastanza a lungo da far scappare parte della popolazione prima che fosse troppo tardi.

Con Gondar in mano loro, hanno una via d'accesso a Chiro, che ora è costretto a ritirare le truppe dai confini per difendersi».

«Costringendo voi a suddividere le vostre forze armate» commentò Emily. Aveva partecipato ad abbastanza giochi di ruolo da sapere come funzionava, anche se la logica di *Command & Conquer* non era applicabile al mondo reale. «Ma non vengo neanche da questo mondo. Perché io?».

Void sorrise. «Shadye potrebbe aver chiesto un Figlio del Destino senza specificare che lei o lui dovesse appartenere a questo mondo» rispose con sarcasmo. «O forse le entità hanno deliberatamente frainteso le istruzioni. O magari aveva un motivo per farne arrivare uno da un altro mondo».

L'espressione sul suo volto si incupì. «Ma in questo momento è molto più probabile che un Figlio del Destino giochi a nostro favore, piuttosto che il contrario. Shadye potrebbe aver semplicemente voluto che non facesse mai la sua comparsa o eliminarlo prima che arrivasse il suo tempo».

Emily sentì di nuovo la testa girare. Questo era troppo. Void parlava in modo calmo di cose che per lei non avevano mai significato nulla prima del suo arrivo in quel mondo, prima che la sua vita venisse stravolta. E Shadye non solo l'aveva portata lì contro la sua volontà, ma l'aveva anche condannata a morte sin da subito. Le sue labbra si incrinarono in un sorriso amaro. Shadye avrebbe dovuto sapere che, se l'avesse lasciata nel suo mondo, non avrebbe mai rappresentato una minaccia per lui.

Inoltre, come avrebbe mai potuto essere una minaccia per lui? Aveva visto quello stregone praticare della magia con naturalezza, senza alcuno sforzo. Lei non aveva poteri magici, non sapeva nemmeno quali moderne strategie venivano utilizzate per cambiare gli equilibri di potere. I suoi professori non le avevano insegnato niente di utile: non aveva idea di come produrre della polvere da sparo o fabbricare dei motori a vapore, non conosceva nemmeno i rudimenti della medicina moderna. Probabilmente Shadye l'aveva presa di mira perché sarebbe stata impotente anche qualora fosse riuscita a scappare.

«Ti garantisco la mia protezione fino a quando sarai costretta a rimanere in questo mondo» rispose Void alla domanda di Emily. «Questo mondo non è sempre sicuro per chi è ignaro o debole, e l'interesse che Shadye ha per te potrebbe attirare l'attenzione di altri».

Emily guardò a terra, osservando gli strani motivi muoversi e cambiare da un punto all'altro. Aveva letto un numero infinito di fantasy in cui l'eroina era una persona prescelta per salvare il mondo e si faceva largo a suon di fendenti per uccidere l'oscuro signore o rispedire il diavolo all'inferno, solitamente indossando un costume in maglia metallica.

Lì per lì non le venne in mente neanche un romanzo in cui la prescelta fosse semplicemente vittima di uno scambio d'identità. E nei libri in cui il destino non c'entrava nulla, l'eroina era quasi sempre estremamente competente. Cosa avrebbe fatto, lei? Avrebbe impressionato Shadye con la sua magistrale conoscenza di giochi di ruolo o della scrittura creativa? O magari con la sua abilità nel navigare in Internet e leggere fumetti digitali?

«Io...» Si interruppe e deglutì. «Credo che Shadye mi abbia scelto volutamente».

Void alzò un sopracciglio, sembrava comprensivo. «Pensi abbia visto in te qualcosa che altri non hanno?».

Emily arrossì. Odiava quando le persone provavano a essere maliziose. «Intendo dire che mi ha puntato per costringerti a perdere tempo con me» disse. «Mentre tu mi aiuti ad adattarmi a questo mondo, lui potrebbe fare qualcos'altro…».

«Detesto pensare che Shadye sia riuscito a calcolare con precisione quanto tempo mi ci sarebbe voluto per entrare nell'Oscurità Inversa» mormorò Void. «O addirittura che avrei rischiato la vita per salvarti. Un negromante si aspetterebbe che io ti uccida prima che tu possa essere sacrificata, non che provi a salvarti. Inoltre, non poteva sapere che avrei realizzato in tempo cosa stava succedendo, così da poter intervenire».

Le sue labbra si deformarono in un folle ghigno. «Ma possiamo verificare facilmente questa teoria. Seguimi».

Void attraversò la stanza e uscì dalla porta prima ancora che Emily potesse alzarsi. Lei scrollò le spalle e lo seguì lungo una rete di corridoi che brillavano di una luce perlacea. Void entrò in un'altra stanza stracolma di vecchi libri, di cui alcuni sparsi su delle sedie, come se il lettore si fosse preso una pausa per farsi uno spuntino, poi si fermò di fronte a una seconda porta. Quando Emily lo raggiunse, Void la aprì e le fece segno di precederlo nella stanza. All'interno c'era un piccolo tavolo di legno ricoperto di oggetti sparsi qua e là. Le pareti erano di nuda pietra.

Non appena mise piede nella stanza, Emily sentì la mente ovattata e si fermò di colpo. «Hai della sensitività» osservò Void. Lui sembrava non aver percepito niente. «Questa stanza è stata creata per contenere delle scariche di magia inaspettate. Non la uso da quando il mio ultimo apprendista se n'è andato».

Emily percepì un tono strano nella voce di Void che suggeriva di non ficcanasare troppo nelle sue faccende. «Guarda sul tavolo,» le disse «e prendi un oggetto».

Emily aggrottò le sopracciglia. «Quale?».

«Usa l'istinto» rispose Void serio. «Scegli quello che sembra chiamarti».

«Oh» disse Emily. Allora era un test. Non era mai stata brava con i test. «Quanto tempo ho?».

«Tutto quello che ti serve» rispose Void, poi si diresse verso il muro e ci si appoggiò con aria di sfida. «Prendi quello che ti sembra più giusto».

Senza smettere di fissare gli oggetti sul tavolo, Emily annuì. Uno era un grande martello con sopra delle rune che sembravano incise nel metallo, un secondo era un lungo bastone nero che era come fatto di ombra. Un terzo oggetto sembrava una bacchetta magica uscita da "Harry Potter", un quarto era simile alla bacchetta di una fata, con tanto di stella luccicante sulla punta. Inoltre, c'era un bracciale con rune di metallo, un anello verde che sembrava brillare di luce propria, una spada che trasudava antichità, una statuetta scura raffigurante un falco e una chiave contrassegnata da una lettera greca. Era un'omega, se non ricordava male. C'era poi un libro all'apparenza tanto antico quanto la spada, aveva le pagine ingiallite e la copertina screpolata ricoperta da caratteri scuri appartenenti a un alfabeto che non conosceva...

Infine, c'era un segmento di cavo attorcigliato in modo irreale. Provò a seguirne le spire con gli occhi, ma sentì il mondo girarle attorno e quindi dovette distogliere lo sguardo. Scuotendo la testa, provò a scrollarsi di dosso quella sensazione di torpore e iniziò a studiare un oggetto dopo l'altro. Il martello sembrava brillare di energia elettrica; il bastone era quasi traslucido, come se non fosse realmente lì. C'era qualcosa nella chiave che la mise in guardia, al punto che toccarla non era un'opzione.

"Scegli quello che ti sembra più giusto" aveva detto Void. Emily provò a pensare con la logica, ma poi realizzò che la magia – perché era con la magia che aveva a che fare – poteva non seguire le regole della logica e della ragione. Tanto valeva far finta di trovarsi in un gioco di ruolo e agire di conseguenza. Passò in rassegna gli oggetti sfiorandoli a malapena, fino a che non posò la mano sul libro. Aveva sempre amato i libri, fin dal giorno in cui sua madre le aveva messo un fumetto per bambini sotto al naso ed era andata a bere fino a stordirsi. I libri erano stati i suoi compagni di vita.

Lo prese in mano cercando di fare la massima attenzione, poi lo mostrò a Void. «Scelgo questo» disse. «È questa la scelta giusta?».

Void sbuffò. «È questa la scelta giusta?»

«Sì» rispose Emily, improvvisamente stufa di quel gioco. «È la scelta giusta».

«Hai un talento» disse Void. «A ogni aspirante apprendista viene data la possibilità di scegliere qualcosa da un tavolo simile a questo. Scegliere il libro…».

Sorrise appena. «Credo che possiamo aspettarci grandi cose da te». Le prese il libro dalle mani e, prima di restituirglielo, lo studiò attentamente. «In troppi scelgono la bacchetta o il martello o la spada… Maghi da poco».

«Posso essere una maga?» chiese Emily, sbalordita. «Ma…».

«Hai del talento» confermò Void. Si voltò e la condusse fuori dalla stanza.

«Il libro adesso è tuo, anche se potrebbe passare molto tempo prima che impari a usarlo. Il mio maestro me lo diede con la promessa che mi avrebbe trasmesso tutto il suo sapere pericolosamente acquisito se avessi imparato a leggerlo in meno di un anno. Ne impiegai dieci».

Emily guardò il libro. Dieci anni per imparare a leggerlo?

Le lettere sembravano danzarle davanti agli occhi come se il loro significato cambiasse di continuo. Emily non aveva mai provato a imparare una lingua straniera, fatta eccezione per i codici che avevano inventato per i giochi di ruolo. Da dove avrebbe dovuto iniziare a leggere quel libro?

«Dobbiamo organizzarci per il tuo futuro» disse Void. «Mangeremo qualcosa e poi potrai riposare mentre parlerò al resto del consiglio. Devono essere messi al corrente del tuo arrivo. Poi decideremo cosa farne di te».

Capitolo III

EMILY ERA A letto e non voleva aprire gli occhi. Era stato un sogno. Doveva essere stato un sogno. Perché ritrovarsi in una terra di magia e prodigi, così diversa dal mondo noioso e banale in cui era nata, non poteva essere che un sogno divenuto realtà. No, era troppo bello per essere vero. Era sicura che aprendo gli occhi si sarebbe ritrovata a casa…

Ma quel letto non lo riconosceva, era scomodo e l'aria troppo calda. Nella stanza, inoltre, c'era qualcuno.

Emily spalancò gli occhi. Si ritrovò supina a fissare l'elaborato soffitto intagliato e decorato con foglie d'oro e d'argento. Ai piedi del letto, una ragazza le stava porgendo un abito. I suoi vestiti erano stati portati via per essere lavati, o almeno così pensava. Non ci teneva molto a riaverli indietro.

Emily realizzò che non era stato un sogno. Scendendo dall'enorme letto si ritrovò a sorridere dalla gioia.

La ragazza, i cui occhi stranamente vuoti disturbarono Emily a un livello primordiale, le passò la vestaglia e arretrò, dirigendosi verso la porta. Era giovane e aveva lunghi capelli biondi e occhi azzurri, indossava un'uniforme elegante e al contempo pratica. Non mostrò curiosità nei confronti di Emily o di cosa ci facesse nel letto del suo padrone. Ma lavorava per un mago, sicuramente era abituata a ogni sorta di magia e portento.

L'abito lungo e informe che le passò la ragazza nascondeva la figura di Emily più dei vestiti che indossava. Sospirò beata e si lisciò l'abito sorprendentemente soffice e caldo, poi si diresse verso il bagno per sciacquarsi il viso.

Una cosa che i giochi di ruolo a cui aveva partecipato avevano sempre omesso era che l'idraulica medievale lasciava parecchio a desiderare. Non c'era acqua calda corrente, per non parlare dello scarico del gabinetto. Era evidente che la magia non avesse provveduto a sostituire una tecnologia così basilare… Forse, pensò, avrebbe potuto convincere Void a installare l'acqua corrente nella sua torre. Avrebbe sicuramente reso l'ambiente più salubre.

Ridacchiando, Emily si lavò e poi si fermò davanti allo specchio e studiò il proprio volto. Un attimo dopo, l'immagine roteò, mostrandole come appariva da dietro. Emily indietreggiò dallo stupore: l'immagine riflessa nello specchio era frutto di magia. La ragazza pensò che, se ne avesse avuto le capacità, avrebbe desiderato produrre un incantesimo del genere.

Gettò un'occhiata al libro che le aveva dato Void e si chiese se contenesse le istruzioni per creare uno specchio magico o altri trucchetti utili.

Non resistette. «Specchio, servo delle mie brame, chi è la più bella del reame?» disse.

«Domanda sciocca» rispose una voce. A Emily venne un colpo. «La più bella… il metro di giudizio è soggettivo. Quella che per un uomo è la donna più bella, per un altro potrebbe essere una racchia».

Emily ridacchiò. «Non hai alcuna opinione in merito?».

La voce dello specchio si fece più profonda. «Sono solo uno specchio» le rispose con tono beffardo. «Non sono niente di più che un riflesso di te stessa».

«Capisco» disse Emily, ma non ne era così sicura. L'immagine riflessa del proprio corpo non le era mai piaciuta. Sicuramente lo specchio l'avrebbe derisa così come faceva il suo patrigno. «Grazie».

Si allontanò dallo specchio e andò verso la pesante porta di legno. La domestica l'aveva lasciata aperta e aspettava fuori con un'espressione che suggeriva che sarebbe stata disposta ad aspettare per sempre.

Emily uscì dalla stanza e quando la porta le si richiuse alle spalle con un impercettibile colpo sordo e sinistro la cosa non la sorprese. Con vanto, Void le aveva promesso che sarebbe stata al sicuro, che la torre era protetta da infiniti incantesimi di difesa.

La ragazza fece un inchinò e la guidò lungo il corridoio di pietra. Quando passarono davanti all'immensa finestra che affacciava sulla foresta Emily percepì una presenza. Si voltò e nel cielo vide una creatura enorme con delle ali simili a quelle di un pipistrello. Si fermò a guardarla. Non era possibile che fosse un drago in carne ed ossa, vero? Come poteva essere così grande e addirittura in grado di volare?

"Ah, già, è magia" ricordò a sé stessa. La magia in quel modo funzionava davvero.

Il drago sbatté le ali lentamente e un attimo dopo era già sparito. Emily provò un senso di perdita, come se tutta la magia del mondo si fosse dissolta nel nulla. Le vennero le lacrime agli occhi e se le asciugò come infastidita. I prodigi non erano certo finiti.

La ragazza la condusse fino al salone da pranzo, ampio abbastanza da contenere un piccolo esercito, ma al suo interno c'era solo un tavolo, posto di fronte a un vivace fuoco che scintillava di inquietanti luci verdi e blu. A un estremo della tavola sedeva Void, intento a divorare un piatto di pane e salsicce. In piedi dietro di lui c'erano due inservienti in attesa di ordini. Al tavolo c'era solo un altro posto a sedere.

«Vieni pure!» urlò Void.

Emily esitò. Nelle dimensioni della stanza c'era qualcosa di impercettibilmente assurdo che la paralizzò. Non aveva certo avuto l'impressione che a Void piacesse intrattenere degli estranei nel suo salone… si fermò e rise di sé stessa, tra sé. Conosceva Void da meno di un giorno, chi era lei per giudicarlo?

Camminò verso il tavolo e si sedette di fronte a lui. «Il personale della cucina è molto lieto di sapere che rimarrai con noi» disse Void. «Ogni tanto vorrebbero cucinare dei piatti diversi, ma io sono piuttosto abitudinario. Per colazione non voglio nient'altro che carne e pane».

Sorrise come se si aspettasse una battuta di rimando. Emily, che di mattina mangiava solo cereali e caffè, non comprendeva quell'abitudine. I suoi genitori amavano divorare uova e pancetta, ma lei non era mai riuscita a consumare una colazione abbondante, perché dopo si sentiva sempre un po' appesantita.

Una delle ragazze di servizio mise una caraffa d'acqua accanto a Emily, mentre un'altra le servì una tazza di liquido scuro e caldo che odorava vagamente di terra e sabbia. Prima di prenderla e berne un sorso, Emily esitò un istante. Il sapore si avvicinava a quello del caffè, ma non del tutto. Tuttavia, sembrava contenere abbastanza caffeina da dare al corpo il giusto sprint per affrontare la giornata.

«I miei sottoposti hanno bollito l'acqua per sicurezza» le assicurò Void quando la vide guardare con circospezione la caraffa. «In qualsiasi altro posto, chiedi se l'acqua è stata bollita. La gente comune spesso non crede che nei liquidi possano celarsi i demoni invisibili».

"Certo," pensò lei "l'uomo non ha sempre saputo che l'acqua deve essere bollita per essere potabile". Leggendo, Emily, aveva imparato che nel corso della storia l'acqua insalubre aveva causato innumerevoli epidemie. Demoni invisibili era un buon modo per descrivere i germi, anche se non particolarmente scientifico. Ma per un mondo fondato sulla magia e non sulla scienza, però, aveva senso. Diamine, i batteri possono rivelarsi dei veri e propri demoni.

«Grazie» disse versandosi dell'acqua e bevendone un sorso. Aveva un sapore dolce. «Cosa faremo oggi?».

Void alzò una mano. «Prima fai colazione» disse con fermezza. Una delle domestiche tornò con un vassoio pieno di carne, uova e pane, e lo posò davanti a Emily. «Un buon pasto ci aiuterà a parlare come si deve».

Emily non capiva come Void poteva aspettarsi che mangiasse così tanto, ma dopo il primo boccone realizzò di avere molta più fame di quanto pensasse. La carne somigliava al manzo, ma con un retrogusto che non riusciva a decifrare. E ovviamente non aveva idea di quale tipo di creatura avesse deposto quelle uova. Solo il pane aveva un sapore vagamente familiare, ricordava quello che preparavano a scuola nelle ore di economia domestica. Era comunque migliore del risultato ottenuto da trenta alunni sotto l'occhio vigile di un'insegnante ansiosa e preoccupata di cosa ne sarebbe stato della sua carriera qualora gli studenti si fossero avvelenati. Forse era la sua immaginazione, ma il cibo sembrava più sano di qualsiasi altra cosa avesse mai mangiato a casa.

«Ho convocato delle Creature e fatto delle indagini» la informò Void mentre la domestica portava via il piatto vuoto di Emily. «Sembra tu sia stata vittima di… indicazioni approssimative».

Il giorno prima aveva detto grossomodo la stessa cosa. «Shadye ha impartito degli ordini molto precisi» continuò Void. «Aveva ordinato ad alcune entità di portargli un Figlio del Destino dotato di grandi poteri magici ma non ancora cosciente di averli.

Purtroppo per lui, ha fatto l'errore di non specificare cosa fosse un Figlio del Destino o da dove lui o lei dovesse venire. Se avesse precisato che le ricerche dovevano concentrarsi su questo mondo, adesso tu non ti troveresti in questo pasticcio».

Emily annuì pensierosa. Non sapeva di avere dei poteri magici, ma nel suo mondo la magia non esisteva. A meno che, naturalmente, non avesse ragione Arthur C. Clarke nel precisare che una tecnologia sufficientemente avanzata non è diversa dalla magia. O forse anche i poteri mentali, assumendo che esistessero davvero, non erano diversi dalla magia.

"O forse dovresti solo accettare quello che Void ti sta dicendo" disse una voce dentro la sua testa. "Le leggi che governano la magia in questo luogo potrebbero essere molto diverse da quelle di cui hai letto".

Gli occhi di Void luccicarono. «I negromanti si preoccupano raramente di consultarsi con qualcun altro, ammesso che arrivino a riconoscere che c'è qualcuno in grado di vedere i loro problemi da un'altra prospettiva. Senza dubbio lui credeva che le entità avrebbero obbedito agli ordini… e, a dire il vero, è quello che hanno fatto. Shadye non è stato preciso abbastanza da consentire loro di fare esattamente ciò che voleva».

«E invece hanno preso me» rimuginò Emily.

«Se non altro,» proseguì Void «vedila come una lezione sulla necessità di assoluta precisione quando si ha a che fare con la magia e le entità magiche».

Void scosse il capo. «Ma rimane il problema di decidere cosa fare con te. Shadye potrebbe non aver capito che le entità hanno sbagliato. Anzi, il fatto che io ti abbia strappato dalle sue grinfie prima che potesse sacrificarti potrebbe averlo convinto di essere riuscito nel suo intento, solo che ti ha perso per colpa mia. Certamente ti cercherà, potrebbe addirittura provare a prelevarti dalla torre per riportarti nel suo territorio».

Emily stava tremando. Era facile sentirsi al sicuro nella torre, ma improvvisamente quella sensazione sembrava solo un'illusione. Aveva visto sia Shadye che Void fare cose che solo un giorno prima avrebbe giurato impossibili. Cosa avrebbe fatto Shadye se l'avesse catturata una seconda volta? Di certo non avrebbe commesso lo stesso errore due volte.

«C'è inoltre il fatto che devi imparare, e farlo per bene» disse Void. Il suo tono era mite, ma la sicurezza di cui era pregno la spinse a sedersi e ad ascoltarlo con attenzione. «In questo momento rappresenti una fonte di magia per qualsiasi infido mago che ci sia in circolazione. Shadye non sarà il solo a volerti catturare una volta che la cosa verrà fuori. Lui voleva solo usare il tuo potere e la tua condizione, o presunta tale, di Figlia del Destino, altri potrebbero avere ambizioni ancora più oscure. Devi essere istruita, ma non posso essere io a farlo».

Emily sentì una stretta al cuore. Realizzò solo in quel momento che avrebbe voluto che fosse proprio Void a istruirla. Era un tipo strano, ma iniziava a piacerle. Il pensiero di lasciare quella torre e uscire nel mondo esterno le raggelava il sangue, soprattutto vista l'esistenza di stregoni ostili pronti a catturarla e rubarle il potere, quel potere che neanche sapeva di possedere. Non voleva nemmeno fermarsi a pensare a cosa sarebbero stati disposti a fare pur di mettere mani sui suoi poteri.

«Sono un pessimo insegnante» ammise Void quando lei gli chiese spiegazioni. «Ho avuto sette apprendisti in tutta la mia vita. Tre di loro ho dovuto mandarli via per disobbedienza, due sono morti accidentalmente praticando la magia e uno si è ribellato, è diventato un negromante…».

Seguì una lunga pausa. Alla fine Emily ruppe il silenzio. «E l'ultimo apprendista?».

«Ho dovuto ucciderlo» rispose Void senza batter ciglio. Emily avrebbe voluto chiedergli di più, ma ebbe la sensazione che non fosse il caso di insistere. «Ti basti sapere che la mia carriera da tutor non è delle migliori».

Esitò, come se non volesse ammettere altro. «A questo va aggiunto che la materia che dovrai studiare è molto più ampia di quanto potrei offrirti qui nella mia torre. Finora hai conosciuto solo Shadye e me, ma esistono innumerevoli tipi di mago. Io limiterei soltanto i tuoi studi. Ti meriti di più».

Ci fu un attimo di pausa. «Ti manderò a Whitehall» disse. «Lì sarai al sicuro».

Emily sbatté le palpebre e cercò di reprimere la sensazione di abbandono. «Whitehall?».

«I posti in cui vengono istruiti i nuovi maghi sono pochi» le spiegò Void. «Tra tutti, Whitehall è il più antico e risale ai tempi del Vecchio Impero. Politicamente, non è allineato con le lotte di potere tra le Terre Alleate; inoltre, è una roccaforte contro i negromanti. Altrove, la tua presenza». Fece una pausa, come se stesse scegliendo le sue prossime parole da dire. «Potrebbe infastidire le persone».

«Non capisco» disse Emily. «Perché sono così speciale?».

Void sbuffò. «Per puro caso». Scosse tristemente il capo. «Se alle Terre Alleate arrivasse voce che sei una Figlia del Destino, pur non essendola se non in senso letterale, ci sarebbero delle ripercussioni. E una volta che avranno realizzato quanto potere possiedi, proveranno a portarti dalla loro parte oppure ti uccideranno».

Void alzò le spalle. «Non ti sorprenderà sapere che le Terre Alleate passano tanto tempo a combattere tra di loro quanto a lottare contro i negromanti. Ci prendiamo gioco della loro mancanza di unità, ma noi non siamo da meno».

Emily aggrottò le sopracciglia. «Quindi tu da che parte stai?».

Void le lanciò uno sguardo tagliente, poi annuì comprensivo. «Mi sono diplomato alla Whitehall. Per questo motivo sono leale alle Terre Alleate nel loro insieme, non a un singolo paese in particolare. Chi di noi si trova sul versante più pericoloso dei rapporti con i negromanti non ha tempo per le lotte di potere tra le Terre Alleate. Forse la principessa Samira non voleva sposare davvero il principe Davit… ma a prescindere da cosa sia realmente accaduto, non è una scusa per dare inizio a una guerra che genera varchi utilizzabili dai negromanti per entrare nelle Terre Alleate».

«Hai detto che i negromanti stavano diventando più pressanti» disse Emily. «Le Terre Alleate non capiscono di essere in pericolo?».

«Sono sicuro che lo capiscono» rispose Void. «È che non si preoccupano di pensare davvero a cosa stanno facendo».

Void guardò Emily dritto in faccia. «Whitehall si trova tra le montagne, in un crocevia energetico in cui si intersecano due linee geomantiche. Ciò conferisce agli incantesimi di difesa della scuola una forza incredibile. Nessun negromante riuscirebbe a entrare nell'edificio o nei suoi terreni, e nessuno degli abitanti delle Terre Alleate oserebbe oltrepassarne le mura senza autorizzazione. La volontà del Gran Maestro all'interno della scuola è assoluta».

Emily si ritrovò a sorridere. «Non si chiamerà per caso Silente?».

«Non potrei saperlo» rispose Void con malizia. «Chi di noi cerca grandi poteri tiene segreto il proprio nome, ricordi?».

Emily arrossì per il tono usato da Void.

«Ho preso accordi affinché tu vada lì oggi stesso per iscriverti alla scuola, prima che qualcuno a parte Shadye o me scopra la tua vera natura» continuò Void. «Non preoccuparti per il pagamento, il Gran Maestro mi deve un paio di favori, quindi ha accettato di rinunciare alla tua retta. Inoltre, penso che con i giusti insegnamenti diventerai davvero formidabile. Dubito fortemente che i metodi di Whitehall somiglino a quelli a cui sei abituata, ma ti offrirò le basi di cui hai disperatamente bisogno».

«Grazie» disse Emily. Era difficile liberarsi della convinzione di essere stata abbandonata, ma era chiaro che Void stava facendo del suo meglio per lei. Tornare a scuola… beh, avrebbe davvero imparato qualcosa di più affascinante rispetto a fatti sterili e assurdità prive di senso. Oltretutto, se Void aveva ragione e gli altri maghi le avessero dato la caccia, avrebbe fatto meglio a imparare a difendersi il più rapidamente possibile. Shadye l'aveva sopraffatta con sprezzante facilità.

Void sorrise. «Non c'è di che» disse. «Se diventerai difenditrice delle Terre Alleate, stando dalla nostra parte, sarò più che ripagato».

Poi si alzò. «Ho anche predisposto il tuo trasferimento. Il personale della cucina ti fornirà il cibo per il viaggio».

Emily sbatté le palpebre mentre si alzava. «Tu non verrai con me?».

«Purtroppo no» rispose Void. «Non preoccuparti per il tuo trasferimento» le disse con un sorrisetto, come se stesse ridendo di una battuta tra sé. «Fidati, nessun negromante vorrà rischiare di attirare l'attenzione».

«Bene» disse Emily. All'improvviso, sentì come se Void le avesse dato da indossare una camicia rossa, magari completa di bersaglio. Ma poi, pensò che lui viveva in quel mondo da sempre. Senza dubbio sapeva cosa stava facendo. «Vorrei chiederti una cosa».

Void alzò pazientemente un solo sopracciglio.

«I tuoi inservienti» cominciò Emily a bassa voce. «Perché sembrano tutti così...».

Non le veniva in mente una parola adatta, ma Void aveva capito. «Si sono impegnati con me per tutta la durata del servizio. Per poter vivere qui, hanno accettato dei potenti incantesimi di lealtà, che impediscono loro di fare qualunque cosa che vada contro i miei interessi». Le indirizzò un sorriso rassicurante. «Stai iniziando a percepire la magia come si deve, mia cara».

Emily rabbrividì al solo pensiero. Non poteva averne la certezza, ma ci avrebbe scommesso una bella somma che quegli incantesimi andavano ben oltre il semplice assicurarsi la lealtà degli inservienti. Lo sguardo vacuo negli occhi della ragazza l'aveva raggelata. Forse non era più dotata di una propria volontà o forse era tutto frutto della sua immaginazione. Sì, sperava fosse la sua immaginazione.

Scosse la testa. Quel mondo sarà stato anche più eccitante di quello da cui proveniva, ma era molto pericoloso. E Shadye non era il solo a fare cattivo uso della magia.

Capitolo IV

«Quanto è grande la torre?» chiese Emily.

Void sorrise mentre continuavano a salire delle scale che sembravano arrivare fino al paradiso. «È grande quanto serve».

«Questa non è una risposta» disse Emily con fare scontroso. Lo zaino pieno di cibo e bevande preparato dagli inservienti di Void le pesava sulle spalle. Era chiaro che in quel mondo non avevano inventato degli zaini comodi, o almeno non ancora. Distrattamente, si domandò cosa avrebbe mai potuto importare dal suo mondo per semplificare la vita. «Quanto è grande la torre?»

Il sorriso di Void si allargò. «La torre è molto più grande all'interno di quanto non lo sia all'esterno. Ogni proprietario ha aggiunto sempre più spazi nuovi, creando una moltitudine di vani e passaggi che si snodano sottoterra per miglia. Nemmeno io saprei dirti quanto è grande».

Quando finalmente arrivarono in cima e uscirono sul bastione, una folata d'aria gelida l'avvolse. Emily sentì una vertigine nel realizzare quanto ci avrebbe messo una goccia a raggiungere terra e quanto fossero piccoli i bastioni. Un bambino avrebbe potuto arrampicarsi ed essere spazzato via dal cambio improvviso della direzione del vento. Ai suoi occhi non erano molto al sicuro, ma per quel che ne sapeva, la vera sicurezza in quella torre risiedeva nella magia di Void. Un piccolo esercito di uomini avrebbe potuto scalare i bastioni, ma prima doveva oltrepassare gli incantesimi di difesa.

«Eccolo» disse Void, indicando in direzione del sole. «Guarda!».

Per un attimo, Emily non vide nulla. Poi, stagliandosi contro il bagliore del sole, una sagoma scura e alata iniziò a scendere in picchiata verso la torre. Era così grande, che osservarla nella sua totalità sembrava impossibile; le sue squame verdi scintillavano sotto la luce del sole, mentre gli occhi dorati e le ali erano talmente grandi, che sembravano estendersi per miglia. Artigli enormi, ognuno più grande dell'intero corpo di Emily, brillavano di luce mentre il drago si avvicinava ai bastioni, atterrando poi dolcemente. Sembrava impossibile che la torre reggesse il suo peso.

Emily si rannicchiò dietro Void non appena il drago aprì la bocca e un filo di fumo gli uscì dalle narici. All'interno delle fauci, aveva dei denti affilati come rasoi e una lunga lingua con cui il drago si leccò le labbra. Sembrava stesse pensando che i due umani davanti a sé fossero un ottimo spuntino. Per soddisfare l'appetito di un essere di quelle dimensioni, due umani non sarebbero bastati nemmeno lontanamente, insistette la parte razionale di Emily.

Poi vide quegli occhi dorati e si raggelò, pietrificata.

In qualche modo, sapeva che il drago era vecchio. L'aura magica che lo circondava tempestò Emily di impressioni e sensazioni che le affollarono la testa. Era vecchio abbastanza da avere assistito, dai cieli in cui vagava, allo scorrere dei secoli, noncurante della frenesia umana nel mondo sottostante. Non si sentiva più minacciata dalla creatura, provava solo un sapere antico e divertimento.

Pure Void sembrava sbalordito, anche se in quel mondo i draghi erano un dato di fatto. Ma quanti maghi, si domandò Emily, conoscevano personalmente i draghi?

«Da quanto tempo…» tuonò il drago. Emily sussultò al pensiero di cosa quel quanto volesse dire per un drago. In tutti i fantasy che aveva letto si diceva che i draghi vivevano molto a lungo. «Finalmente hai deciso di riscuotere il tuo debito?».

«Sì» rispose Void. La sua voce sembrava sottile in confronto al rombare profondo del drago. «Questa ragazza deve essere portata a Whitehall».

Non appena i grandi occhi dorati del drago iniziarono a scrutarla, Emily si sentì improvvisamente piccola. «Una viaggiatrice da un altro mondo» affermò il drago. Non era una domanda. «Che strano. Non vediamo dei tuoi simili da molti anni».

Chinò il capo. «Puoi viaggiare sul mio dorso. Nessuno oserà farti del male con me accanto».

Void annuì rivolto verso Emily. «Puoi fidarti, ti porterà a Whitehall» disse. «Ci rivedremo abbastanza presto».

Emily gli diede un abbraccio improvviso, poi si voltò verso il drago. Aveva sempre avuto l'impressione che i draghi fossero creature romantiche, ma in quello che aveva di fronte a sé non sembrava esserci nulla di romantico. Da vicino si sentiva un odore vagamente sconcertante – "zolfo" pensò – e le squame erano sgradevolmente calde al tatto. Anni prima, allo zoo, aveva toccato un serpente, ma era totalmente diverso. La pelle del drago era paragonabile a un carro armato lasciato al sole.

«Usa le squame per salire sulla mia schiena» disse il drago. L'esitazione di Emily sembrava divertirlo. «Non preoccuparti, non mi fai male».

Emily esitò e poi si arrampicò, aspettandosi quasi che le squame cedessero sotto il suo peso. Ma non accadde nulla. Raggiunse il dorso del drago e fece dondolare le gambe su un fianco, stringendo forte una gobba squamosa davanti a lei. Un attimo dopo, ci fu un'improvvisa folata di vento e il drago si sollevò in aria. Il suolo si allontanò a una velocità spaventosa. Emily urlò e si aggrappò ancora più forte, provando a non guardare in basso e neppure verso le ali che si flettevano nell'aria. Aveva viaggiato in aereo in passato, ovviamente, ma quella era un'altra cosa. Sapeva che tra lei e il suolo non c'era niente. Se fosse caduta, sarebbe precipitata verso la morte.

Il drago volteggiava a mezz'aria con straordinaria leggerezza, simile a una montagna russa, poi con i suoi denti affilati azzannò un uccello. Ci fu una piccola esplosione di piume e poi più nulla, solo il deglutire del drago. Emily tremò di nuovo, mentre il drago stabilizzava il volo, lasciandosi poi la torre alle spalle. In qualche modo, riuscì a voltarsi quanto bastava per vedere la costruzione svanire a poco a poco. Sembrava una gigantesca pedina degli scacchi nel bel bezzo della foresta.

Il drago sputò fuoco nell'aria ed Emily fu avvolta da un'ondata di calore; sentì il corpo della creature contrarsi. Ordinò a sé stessa di non avere paura e cercò di guardare verso il basso. La vista dei villaggi sottostanti sarebbe bastata a cancellare ogni minimo dubbio sul fatto di trovarsi in un altro mondo. Erano primitivi, nessuna traccia del mondo moderno. L'unica vera strada che era riuscita ad avvistare le ricordava quelle in pietra di epoca romana costruite durante le conquiste di mezza Europa; le altre erano poco più che un sentiero fangoso attraversato da cavalli e carri. I campi erano per la maggior parte minuscoli rispetto a quelli a cui era abituata, e lavorati a mano anziché con i mietitrebbia. Se ricordava bene, l'agricoltura medievale non era mai stata particolarmente efficiente. Ci era voluto lo sviluppo della moderna metodologia per rendere quell'attività redditizia su larga scala.

Aveva anche visto delle persone lavorare nei campi. Era difficile dirlo con certezza, ma sembravano molto abbattute, come se sapessero di non lavorare per se stesse. Forse era proprio così, pensò non appena vide alcuni uomini palesemente a guardia dei lavoratori. Quando il drago sorvolò un edificio simile a un castello posto al centro di alcuni villaggi Emily immaginò che quegli uomini fossero proprio delle sentinelle armate. Probabilmente il signore locale viveva lì e sfruttava i contadini tenendo per sé tutti i loro raccolti. Forse non lasciava loro neanche lo stretto necessario per vivere.

Il drago sputò altro fuoco passando sopra un gigantesco lago costellato di centinaia di piccole barche da pesca. Emily diede un'occhiata dall'altro lato e notò che in realtà il lago era un'enorme insenatura collegata al mare che permetteva ai navigatori di ormeggiare sulla sponda, dove trovavano riparo da tempeste o mare mosso. Nemmeno le imbarcazioni sembravano particolarmente avanzate. La più grande somigliava a una delle barchette da pesca che Emily era solita vedere nel suo mondo. Forse le più grandi imbarcazioni a vela non venivano portate al lago, o forse semplicemente non esistevano. Void non le aveva detto molto sulla geografia locale, ma aveva accennato al fatto che i negromanti stavano facendo pressioni sulle Terre Alleate. Magari questi ultimi non avevano tempo di esplorare il resto del mondo. "A proposito sapevano almeno che il loro mondo era una sfera?" si domandò Emily.

"Sempre che questo mondo sia effettivamente sferico" pensò un attimo dopo. Se esisteva la magia, perché non poteva esistere un mondo piatto?

In lontananza, si levò una parete di montagne coperta di robuste piante verdi che sembravano offrire rifugio e nutrimento a una piccola comunità di umani. Il drago ruggì e balzò in avanti, tuffandosi tra le vette e danzando in mezzo ai monti, testando il suo coraggio con le pareti rocciose. Davanti ai loro occhi si aprì poi una grande valle e il drago vi planò sopra, noncurante del piccolo villaggio nascosto al resto del mondo. Emily trasalì dalla paura nel vedere la gente che fissava il drago e scappava terrorizzata. Avranno pensato che il drago volesse mangiare loro o i loro animali. Al limitare del villaggio, una donna si mise a urlare contro il drago, ma lui la ignorò. Il drago era troppo in alto ed Emily non riuscì a distinguere nemmeno una parola.

Ma non avrebbe mai compreso nessuno in quel mondo.

Il drago ridacchiò e si sollevò al di sopra di una cima, scendendo poi nuovamente in picchiata su un'altra valle. Questa, a differenza dell'altra, sembrava completamente deserta, solo alberi e fiori nascosti dalle vette dei monti. Il drago serpeggiò rapidamente prima di sorvolare un'enorme statua scolpita nel fianco della montagna. Solo il guardare la statua le mise i brividi. Emily aveva visto foto di statue giganti distrutte in Afghanistan, ma questa era ancora più grande e dalle fattezze chiaramente non umane. Orecchie giganti e appuntite dominavano un volto così crudele e calcolatore da sembrare del tutto alieno; gli occhi erano gemme nere che brillavano nell'ombra proiettata dalla statua. Oltre alla statua, c'era una fila di sedili che si affacciavano su una depressione rocciosa. Le ci volle un momento per realizzare che si trattava di un'arena sportiva. L'intera area sembrava completamente deserta, eppure Emily sentì un brivido quando il drago si levò in aria. Era come se degli occhi nemici li stessero osservando.

Indifesa, si guardò attorno, e la sensazione continuò ad aumentare. Non c'era niente che sembrasse minaccioso, a parte la statua, ma era solo una statua. O no?

Dovette rammentarsi ancora una volta che in quel luogo la magia operava per davvero. Per quel che ne sapeva, in un mondo come quello una statua avrebbe potuto prendere vita e lottare contro il drago.

La sensazione svanì non appena il drago salì più in alto, lasciandosi dietro l'inquietante statua e l'arena. Emily sospirò. Le montagne si trasformarono presto in colline e rilevarono l'esistenza di una città in rovina. Era come se fosse stata bombardata e poi abbandonata. Si contavano centinaia di edifici danneggiati, assieme a decine di statue rase al suolo. Solo una torre era stata risparmiata, proprio al centro della città, tutto il resto era stato semplicemente distrutto da una forza sconosciuta che aveva devastato l'intero versante. Emily si domandò distrattamente se Hiroshima avesse avuto quell'aspetto, prima di cercare di dedurre cosa avrebbero usato i maghi al posto di una banale bomba atomica. Forse schiavizzavano i draghi e li usavano per dichiarare guerra a città intere... ancora una volta, non aveva modo di saperlo.

Quando il drago lasciò la città per sorvolare una landa arida e desolata, Emily rabbrividì. C'erano centinaia di città e villaggi, tutti abbandonati e lasciati a marcire. Qui e là c'erano tracce di antichi centri ormai abbandonati; di vita umana, neanche l'ombra. Gli abitanti erano scappati o erano stati uccisi dalle forze che avevano distrutto le loro dimore.

Perplessa, Emily osservò quella devastazione cercando di calcolare quanto tempo fosse trascorso dalla distruzione di quei centri e delle campagne circostanti. Sicuramente, un villaggio medievale non sarebbe durato molto a lungo se fosse stato completamente abbandonato, eppure le costruzioni di alcune città europee risalivano a più di duemila anni addietro. Scosse la testa, accantonando la questione come insolubile. La risposta l'avrebbe trovata a Whitehall.

Facendo attenzione e continuando a tenersi aggrappata alla pelle del drago con una mano, Emily aprì lo zaino e trovò un panino imbottito di carne, uno spuntino molto improvvisato. Il personale della cucina di Void aveva preparato cibo a sufficienza per diversi giorni, assieme a bottiglie d'acqua, sottoposta a incantesimo per rimanere sempre fresca, e una bottiglia di liquido verde dal vago odore di limone. Mangiò il panino pensierosa, buttandolo giù con della pura acqua bollita. Non c'era modo di sapere quanto ci avrebbero impiegato per raggiungere Whitehall o cosa sarebbe potuto accadere prima dell'ammissione alla scuola. Forse avrebbe dovuto razionare i panini per ogni evenienza.

Emily scosse la testa, tra mille pensieri. Fino al giorno prima era stufa della vita e voleva disperatamente scappare dalla sua famiglia. Ora stava volando sul dorso di un drago e aveva accettato la cosa senza stare troppo a questionare. Era nei guai – Shadye la voleva morta, altri avrebbero potuto rapirla per appropriarsi dei suoi poteri – eppure era eccitata, contenta di essere lì.

Forse, dopo aver vissuto così a lungo nell'ombra, la vita vera stava per cominciare. O forse, trovarsi lì le avrebbe finalmente dato la possibilità di essere qualcuno.

Il paesaggio sotto di lei cambiava così rapidamente, che perse l'attimo in cui le città e i villaggi coperti di vegetazione divennero niente più che cenere. Era come se il fuoco avesse distrutto ogni cosa, radendola al suolo fino a non lasciare letteralmente nulla. Emily fece un respiro e percepì nell'aria un sentore di cenere bagnata. La terra desolata si estendeva a perdita d'occhio, interrotta soltanto da vaghe tracce di città troppo ben costruite per essere ridotte completamente in cenere sotto la furia della tempesta di fuoco.

Fece un secondo respiro e sentì nell'aria un alito di magia che faceva scintille al contatto con il campo magico che teneva in volo il drago. Guardò le sue enormi ali e scorse delle scintille verdazzurre danzare sulla superficie squamosa, il loro muoversi in un inquietante silenzio la gelò fino al midollo.

Poi, improvvisamente, furono di nuovo tra le montagne. Le scintille si dissolsero nel nulla. Emily tirò un lungo sospiro di sollievo e provò a rilassarsi, ma non funzionò. La vista sottostante l'aveva raggelata.

Questi rilievi erano diversi da quelli di prima. La tempesta di fuoco che aveva ridotto la campagna in cenere aveva raggiunto anche questi monti. Non c'erano piante o alberi a coprire la roccia scoscesa, tutto era stato spazzato via lasciando nient'altro che la nuda pietra.

Emily tremò ancora una volta.

Poi l'aria si fece più fredda, appena prima che il drago svoltasse in direzione di una costruzione torreggiante appollaiata in cima a una montagna. Quando volarono più vicino realizzò che in realtà la montagna era parte dell'edificio stesso e che se ne stava lì da sola, circondata dall'ennesima valle nascosta e lussureggiante. A differenza dell'inquietante città aliena, la valle era abitata da umani, alcuni dei quali intenti con il naso all'insù a guardare il drago, mentre altri parevano ignorarlo del tutto.

Da vicino, l'enorme castello sembrava fatto di marmo. Il suo candore splendeva nella luce del sole e sembrava diffondere un alone di speranza nell'oscurità che la circondava.

Emily ricordò ciò che Void aveva detto a proposito della mancanza di alleanze e realizzò con rammarico che Whitehall si trovava al confine tra le Terre Alleate e i negromanti. Questi avrebbero dovuto prima farsi strada attraverso Whitehall per raggiungere le Terre Alleate.

I contorni del castello sfumavano nella montagna, lasciando intuire che gli ambienti al suo interno erano stati interamente scavati e convertiti in spazi abitabili per gli studenti e i loro insegnanti. Considerato ciò che Void aveva detto circa la poca collaborazione tra Terre Alleate, era possibile che molte delle forze radunatesi per combattere i negromanti si trovassero anche a Whitehall. O forse si sbagliava.

Il drago si fermò e ondeggiò per aria come un colibrì, poi si lanciò in picchiata con gli artigli pronti per l'atterraggio, mentre Emily si reggeva forte a lui.

La gigantesca creatura toccò il suolo così delicatamente, che per un attimo Emily non se ne accorse nemmeno.

«Puoi scendere» tuonò il drago. Emily si affrettò a obbedire. «A questo punto, considero saldato il debito tra me e il tuo maestro».

Emily avrebbe voluto far notare che Void era a malapena suo maestro, visto che si era rifiutato di averla come apprendista, ma dubitò che al drago potesse interessare.

«Grazie» gli disse. Dopo quel viaggio, sentiva le gambe deboli e tramanti, tanto che dovette appoggiarsi alle squame roventi del drago prima di sentirsi in grado di camminare. «Io…».

Il drago le parlò sopra. «Dovresti sapere che il tuo maestro sta giocando a un gioco molto pericoloso» disse.

Emily lo guardò sorpresa. Era convinta che i draghi fossero altamente disinteressati alle questioni umane.

Era impossibile leggere una qualsivoglia espressione sul muso squamoso. «Il suo piano potrebbe costarti caro».

Emily esitò, poi gli chiese: «Che intendi dire?».

Il drago non rispose. Flesse le ali e spiccò il volo.

Emily lo osservò farsi sempre più piccolo, fino a che non fu che un puntino e si perse nella luce del sole. Quando si voltò vide un uomo che le arrivava appena al petto. Indossava una vestaglia rossa e i dipendenti che lo accompagnavano erano più alti di lui. Con la sua testa completamente calva, le ricordò un monaco guerriero giapponese uscito fuori da qualche pessimo film che aveva visto da ragazzina.

Sugli occhi aveva una benda, ma percepiva che in qualche modo poteva vederla. «Sono il Gran Maestro» disse. La sua voce era artefatta, come se parlare naturalmente lo infastidisse. «Benvenuta a Whitehall».

«Grazie» rispose Emily affidandosi alle buone maniere. Il castello-torre era maestoso da toglierle il fiato. «È un piacere essere qui».

Il Gran Maestro sbuffò. «Lo dicono tutti. Prego, seguimi».

Si voltò e si incamminò verso il castello, con i dipendenti che marciavano a tempo.

Dopo un momento, Emily lo seguì. Entrando a Whitehall si sentì addosso gli sguardi degli altri studenti. In quanti, si domandò, erano arrivati a bordo di un drago?

Dubitava che fossero in tanti ad aver fatto un ingresso così spettacolare.

Capitolo V

Una volta varcata la grande porta d'ingresso in pietra di Whitehall, Emily percepì come una frenesia nell'aria, seguita da un leggero brillio che sembrò danzarle addosso e poi svanire nel nulla. Passando accanto a una lunga schiera di statue con armatura, sentì la testa stranamente ovattata, come se una forza esterna le avesse tappato le orecchie. La sensazione era simile a quella provata nella torre di Void, ma molto più intensa. Capì che doveva essere quello che si provava con la magia.

Il Gran Maestro la guardò e sorrise. «A Whitehall ci sono potenti incantesimi» le spiegò. «Alcuni servono a tenere fuori gli estranei, altri a evitare che tu o i tuoi compagni vi facciate del male».

Emily annuì.

Adesso la fila di armature immobili lasciava spazio a una serie di dipinti raffiguranti per la maggior parte dei maghi. C'era solo qualche donna, tra cui una ragazza bionda che sembrava fissare il pittore, sfidandolo a fare del suo peggio. Non riusciva a leggere i nomi sotto ai ritratti. Apparentemente, nessuna delle immagini si muoveva, ma quando Emily distoglieva lo sguardo per poi riportarlo sui quadri, la posa in ognuno dei soggetti raffigurati era cambiata.

Passarono accanto ad alcuni studenti che attendevano lungo il corridoio, che si fecero da parte per consentire al Gran Maestro di passare e poi presero una rampa di scale che portava al piano di sopra. La sensazione di magia nell'aria si faceva sempre più forte. Emily si rese conto che, come la torre di Void, Whitehall era molto più grande all'interno che all'esterno, cosa che la portò a chiedersi cos'altro potesse celarsi nell'edificio: passaggi segreti, fondamenta nascoste, forse persino un luogo in cui gli insegnanti potevano rifugiarsi e riposare. Aveva senso, probabilmente la natura umana era la stessa anche se c'era di mezzo la magia.

Emily seguì il Gran Maestro in un lungo corridoio e sbatté le palpebre per lo stupore quando vide una fila di studenti con le spalle al muro e le mani sulla testa. Nessuno la guardò negli occhi al suo passaggio e da ciò intuì che erano nei guai. La cosa non la sorprese. Gli studenti del suo mondo erano capaci di mettersi nei pasticci anche senza la magia, quindi chissà cosa avrebbero potuto combinare con incantesimi e trucchetti a loro disposizione.

In fondo al corridoio un uomo dall'aspetto spazientito con indosso una toga nera stava parlando a una giovane studentessa dall'espressione vagamente ostile.

«Ma Maestro, mi ha lanciato una maledizione» disse lei mentre le passavano vicino. «Non volevo fargli venire la pelle blu!».

«E quante volte,» le domandò sarcastico l'insegnante «ti è stato detto di non dare mai a una pozione a qualcuno senza averla assaggiata?».

Prima ancora che Emily potesse metabolizzare quelle parole, il Gran Maestro la fece proseguire, passando davanti a un paio di statue di maghi con bacchette magiche e a una creatura con corpo caprino e testa umana. Dopo quella strana esposizione, varcarono una porta e si trovarono in una grande stanza dominata da un'imponente scrivania in legno e una sedia a forma di trono. La stanza era scarsamente decorata, con solo un paio di quadri e pergamene che a Emily sembravano dei diplomi simili a quelli appesi nella presidenza della sua vecchia scuola. La scrivania era ricoperta di piccoli sigilli intagliati a mano, ma era vuota, niente computer o telefono, contrariamente alla norma.

«Rimani lì» le ordinò il Gran Maestro mentre girava attorno alla scrivania e le si sedeva di fronte. Emily si forzò in qualche modo di stare ferma, nonostante la stranezze viste nel corso della giornata. «Void vuole che impari la magia».

«Sì, signore» disse Emily nervosa. Aveva la sensazione che con il Gran Maestro bisognasse comportarsi in maniera assolutamente educata. Sarà stato anche piccolo e magro, ma probabilmente avrebbe potuto trasformarla in un rospo schioccando le dita. Nel suo vecchio mondo esistevano delle leggi contro il maltrattamento degli studenti, anche se Emily si disse che a volte i ragazzini meritavano più sculacciate che amore e comprensione. Forse, lì quelle leggi non esistevano.

«Ha detto che hai del potenziale per diventare un'ottima maga». Il Gran Maestro guardava in basso sulla scrivania, come se non avesse tempo da perdere a guardare lei. «Dobbiamo comunque verificarlo, chiaramente, e nel farlo dobbiamo assicurarci che tu riceva una buona base in tutte le forme di magia. Ti testeremo per diversi giorni, prima di iniziare ad assegnati alle classi, e lo stesso varrà per gli esercizi e i trucchi con cui affinare i poteri e indirizzarli nel modo giusto».

Emily annuì e sentì che la testa cominciava a girarle. C'erano più di due forme di magia?

Il Gran Maestro la guardò con un'espressione un po' dura. «Hai già usato la magia?».

Emily esitò. «Io… non credo» rispose infine. «L'ho percepita, ma…».

Il maestro scosse la testa. «Dobbiamo mostrarti come sbloccare i tuoi poteri. Ti affiancherò la maestra Irina, almeno all'inizio».

La osservò per un lungo momento. «Void non è stato molto chiaro riguardo la tua provenienza» disse. «Ti spiacerebbe illuminarmi?».

Emily capì che non si trattava di una richiesta. Gli raccontò velocemente tutta la storia, dal rapimento a opera di Shadye al momento in cui Void l'aveva messa su un drago e spedita a Whitehall. Straordinariamente, quanto meno per il mondo adulto di sua conoscenza, il maestro fu in grado di ascoltare senza interromperla. Il Gran Maestro ascoltò il suo racconto fino alla fine, poi le fece un paio di domande per chiarire alcuni punti. Emily rispose facilmente alla prima, ma le fu impossibile rispondere alla seconda. Nel suo mondo la magia non esisteva, per quanto ne sapesse.

«Interessante» disse il Gran Maestro. Poi abbassò di nuovo lo sguardo sulla scrivania. «Andiamo con ordine: qualcuno, Void o Shadye, ti ha fatto un incantesimo delle lingue, probabilmente Shadye. Qualcosa mi dice che è stato ideato per farlo a qualcuno che non lo desidera. Puoi capirci, ma immagino tu non riesca a leggere la nostra scrittura».

Emily ricordò le parole illeggibili sui quadri visti poco prima e scosse il capo. Si chiese come avrebbe fatto a comunicare con la gente del posto, né Shadye né Void conoscevano l'inglese. Ovviamente avevano usato la magia per tradurre le loro parole in modo che lei li capisse. Viste le circostanze, la cosa la preoccupava: uno dei due le aveva fatto un incantesimo e lei non se n'era neanche accorta fino a che il Gran Maestro non gliel'aveva fatto notare. Cos'altro avrebbero potuto farle?

Ma il Gran Maestro andò avanti prima che Emily avesse il tempo di seguire quel pensiero.

«Irina, la tua maestra, ti insegnerà un incantesimo elementare per tradurre i testi scritti» disse. «Oltre a quello, ti verrà caldamente consigliato di studiare la lingua per impararla il più velocemente possibile. Questo ti agevolerà nel passare a studi di livello più alto».

Emily capì che anche quella non era una richiesta. Parte di lei avrebbe voluto fregarsene delle richieste – nessuno le aveva mai imposto di imparare un'altra lingua – ma il suo lato pratico le diceva che non aveva altra scelta. Inoltre, non aveva mai studiato lontana da casa. Le regole per gli studenti all'estero erano probabilmente diverse anche nel suo mondo. Dovevano essere in grado di comunicare con i loro ospiti.

Il Gran Maestro sorrise con sarcasmo. «Non sei di qui, ma ti farò seguire comunque le normali lezioni. Le Terre Alleate hanno innumerevoli conflitti, vecchi e nuovi, ma in questa scuola non vengono tollerati. Gli studenti che litigano per tali questioni controverse vengono puniti; a chi rimane abbastanza a lungo da passare ai corsi avanzati viene richiesto di fare giuramento al Consiglio Bianco e di abbandonare le sue credenze nazionalistiche. Ci sono troppi negromanti là fuori per venire distratti da conflitti interni».

«Sì, signore» disse Emily. La sua mente era piena di domande che esigevano delle risposte. Cos'era il Consiglio Bianco? E i corsi avanzati? Accantonò questi pensieri, sapendo che ci sarebbe stato tempo per scoprirlo. Doveva prima orientarsi.

Il Gran Maestro scrollò le spalle. «Dovresti essere in grado di rimanere al di sopra di tali controversie, perché è improbabile che qualsivoglia disputa del tuo vecchio mondo abbia importanza qui. Ad ogni modo, nell'eventualità che tu non ci riesca, verrai punita. È incredibile quanti studenti rifiutano di credere a questo avvertimento, finché è troppo tardi».

I suoi occhi, celati dalla benda, sembravano fissarla. «In questa scuola, la tentazione di fare cattivo uso della magia è forte. Ammettiamo un certo grado di libertà d'azione nei più giovani, perché è d'aiuto per imparare a controllare i propri poteri, ma ci sono dei limiti. In seguito ti verranno date avvertenze più specifiche, ma in particolare, qualunque cosa metta a rischio la vita degli studenti è motivo di immediata espulsione dalla scuola. Chi arriva a uccidere un compagno dovrà vedersela con la famiglia della vittima».

Emily sussultò. In che situazione si era cacciata? «Succede… succede molto spesso?».

«Troppo spesso» rispose il Gran Maestro. La sua voce era cupa, come se stesse ricordando i giorni bui in cui i suoi studenti erano stati feriti o peggio. «Se le dinamiche sono incerte, tutte le persone coinvolte vengono interrogate sotto l'incantesimo della verità, fino a che non si scopre cos'è successo davvero. Dopodiché viene assegnata la punizione».

Il Gran Maestro si alzò improvvisamente in piedi. «Ti auguriamo di trascorrere dei begli anni qui e di essere all'altezza del potenziale che Void ha intravisto in te, ma ci sono dei limiti su ciò che possiamo tollerare» concluse. «Ma tu non sei di qui. Dovresti riuscire a ignorare le diatribe politiche e le lotte interne tra le diverse fazioni».

«Farò del mio meglio, signore» gli promise Emily.

Le labbra del Gran Maestro si contrassero. «Il titolo corretto è Gran Maestro, signorina» disse in tono divertito. «Ti consiglio di prestare attenzione a come si presentano gli insegnanti, e di ricordarlo. La prendono molto sul personale quando qualcuno usa il titolo sbagliato».

Le sorrise in modo più naturale. «Se vuoi seguirmi…».

Nei pochi minuti trascorsi nell'ufficio del Gran Maestro la fila di studenti in piedi contro al muro si era infittita. Alcuni guardarono Emily che passava, tutti gli altri la ignorarono, probabilmente riluttanti all'idea di attirare l'attenzione del Gran Maestro. Emily si chiese distrattamente che tipo di punizioni venissero assegnate in una scuola di magia. Dovevano fare dei compiti in più o dovevano semplicemente trattenersi a scuola oltre l'orario delle lezioni? Venivano trasformati in rane per qualche ora? Scosse la testa e accantonò quei pensieri. Sicuramente l'avrebbe scoperto molto presto.

Si fermarono di fronte a una parete bianca che il Gran Maestro e il suo staff presero a picchiettare. Il muro si aprì, rivelando un lungo corridoio che sembrava portare lontano. Le pareti di pietra erano interrotte ogni pochi metri da porte di legno. Una donna bassa e grassa si palesò da una porta laterale; aveva l'andatura di una papera. Guardò il Gran Maestro e poi rivolse a Emily un'occhiata lunga e pensierosa.

«Questa è Madama Razz» disse il Gran Maestro. «Sarà la tua responsabile per i primi due anni nella scuola. Ti consiglio di ascoltarla con molta attenzione».

«Grazie, Gran Maestro» disse Madama Razz. Aveva una voce acuta che lasciava presagire la sua poca propensione alle stupidaggini. «A che ora è la sua prima lezione?».

«Ci penserà Irina» la informò il Gran Maestro. «Fino ad allora, la ragazza è libera di essere fornita di tutto il necessario per il suo primo semestre».

Fece un cenno verso Emily, poi si voltò e uscì a grandi passi dalla porta segreta.

Emily si voltò appena in tempo per vedere Madama Razz osservarla con una leggera nota di disapprovazione. Ma prima che la ragazza potesse iniziare a preoccuparsene, Madama Razz la invitò a seguirla lungo il corridoio che portava a un magazzino stracolmo di oggetti vari, da vestiti a lenzuola ad articoli da bagno. Madama Razz la guardò nuovamente per un lungo momento, poi, da una pila di abiti, tirò fuori una toga bianca e gliela mise in mano. Emily se la appoggiò addosso e pensò che andava bene, avrebbe celato le sue forme da occhi indiscreti.

«Le toghe bianche sono per i nuovi arrivati a Whitehall» la informò freddamente Madama Razz. Da un attaccapanni, prese quelle che sembravano delle mutande di grandi dimensioni, seguite da una canottiera e un paio di calze, e passò il tutto a Emily. «Fuori dalla tua stanza non ti è consentito indossare nient'altro, in particolare niente che potrebbe generare divisione tra gli studenti. Ti verranno assegnate cinque paia di ogni indumento e ne sarai responsabile. Ti assicurerai di metterli a lavare e li ritirerai dalla lavanderia. Se perdi qualcosa, ti verrà addebitata».

"Anche io ti voglio tanto bene" pensò Emily con sarcasmo. Il Gran Maestro le era parso cortese, anche se ci era andato pesante con gli avvertimenti. Madama Razz, invece, sembrava incline a pensare il peggio di ogni studente. Doveva essere uscita da qualche collegio infernale.

«Cambierai le lenzuola una volta a settimana» continuò Madama Razz passandole altri pacchi. «Una volta cambiate, le metterai a lavare assieme ai tuoi vestiti. Per fortuna, i letti sono tutti uguali, quindi possiamo scambiare le lenzuola, se necessario. In ogni caso, sei anche responsabile della rimozione di ogni eventuale incantesimo protettivo che deciderai di mettere sulle lenzuola. Lasciarne accidentalmente uno per attaccare gli addetti alla lavanderia ti costerà almeno una settimana di lavoro come loro aiutante».

Tirò fuori da una borsa un piccolo amuleto e lo passò a Emily. «Questa è una guida per sportarti all'interno dell'edificio, che cambia regolarmente» le spiegò. «In caso tu debba andare da qualche parte, tieni l'amuleto nella tua mano sinistra e di' a voce alta il nome del luogo. Vedrai apparire in aria una sfera di luce che ti guiderà fino a destinazione. Se si rifiuta di funzionare, è perché non hai ancora il permesso di accedere a quella parte dell'edificio. Alcune zone ti saranno precluse fino a quando non avrai raggiunto un certo livello. Indossa l'amuleto fino a che non imparerai a chiedere indicazioni alla scuola usando i tuoi poteri».

Emily guardò l'amuleto e se lo mise al collo.

«Spazzolino, dentifricio, detersivo, orologio, pozioni mediche» continuò Madama Razz, impilando i flaconi in cima ai vestiti che Emily stava già trasportando. «Durante quel periodo del mese, bevi un sorso al giorno di questo liquido e gli effetti saranno di molto ridotti. Fai attenzione a non lasciare in giro campioni del tuo sangue: è connesso a te e qualcuno mosso da cattive intenzioni potrebbe usarlo per maledirti, o peggio. Esistono incantesimi per spezzare quella connessione, ma finché non li imparerai, dai a me ogni oggetto macchiato di sangue e io provvederò a eliminarlo».

L'orologio era strano, c'era qualcosa che non le tornava. Emily lo guardò e alla fine realizzò che era stato progettato per essere portato al collo o dentro la giacca, e non al polso.

Si accorse che il funzionamento era meccanico e non elettronico, e quindi avrebbe dovuto caricarlo regolarmente.

Madama Razz prese infine un libro in un angolo della stanza e tornò nel corridoio. Emily la seguì, un po' barcollante sotto tutto quel peso, fino a che non raggiunsero una porta non diversa da tutte le altre. Madama Razz bussò bruscamente e poi la aprì picchiettando con un dito su una runa incisa direttamente sulla pietra. All'interno c'erano tre letti, due dei quali già pronti e circondati da pile di libri e apparecchi che Emily non riconosceva, il terzo era un semplice materasso all'apparenza scomodo.

«Metti le lenzuola sul letto» le ordinò Madama Razz. «Immagino tu sappia come fare».

Sembrava non la credesse capace neanche di allacciarsi le scarpe, ma Emily annuì. Quando era ancora a casa, l'ultima cosa che avrebbe voluto era che la madre o il patrigno entrassero nella sua stanza, quindi si era occupata da sola di tutto fin da piccola. Non era poi così difficile cambiare delle lenzuola, l'aveva sempre divertita che i ragazzi, e anche qualche ragazza, si lamentassero di quanto fosse ingiusto essere costretti dai genitori a rifare il letto.

«Sì» rispose Emily.

«Si dice sì, Madama!» esclamò Madama Razz. Le lanciò uno sguardo di rimprovero e poi con un cenno del capo indicò la porta nel retro della stanza. «Gabinetto, lavandino e vasca sono lì dentro. Dovrai trovare un accordo con le tue compagne di stanza per usare la vasca a turno, preferirei non essere costretta a farlo io. La bacinella che vedi in quell'angolo contiene acqua potabile, nel caso volessi cibo o qualcos'altro da bere, aspetta fino al mattino. In quanto nuova studentessa, non ti è permesso vagabondare per l'edificio dopo che le luci vengono spente».

Si voltò e annuì verso gli altri letti. «Ti ho messo con Aloha e Imaiqah. Imaiqah è al primo anno, come te, mentre Aloha è al secondo, per questo motivo è previsto che sia lei al comando della stanza. Dovrai tenere la camera pulita e in ordine, non fare rumore, litigare o arrecare fastidio, verrai ricompensata con dei punti che potrai scambiare con decorazioni, libri o perfino dolci. Gradirei molto di non dovere intervenire nelle vostre discussioni. Qualora diventasse inevitabile, verrete tutte punite. Ci siamo intese?».

«Sì, Madama» rispose Emily, provando a non alzare gli occhi al cielo. «Intese».

«Bene» disse Madama Razz. «Immagino che verrai contattata da Irina, se non dovesse farlo prima dell'ora di cena, una delle tue compagne di stanza ti porterà giù in sala da pranzo. Oppure usa l'amuleto per trovare la strada».

Marciò fuori dalla porta e si voltò per guardare Emily. «Questa scuola è molto diversa da qualsiasi altra delle Terre Alleate» aggiunse con un tono quasi compassionevole. «Può essere difficile adattarsi, specie se provieni da una famiglia aristocratica. Se hai bisogno di aiuto o consigli, puoi rivolgerti a me in qualsiasi momento».

«Grazie» disse Emily.

Madama Razz andò via, chiudendosi velocemente la porta alle spalle.

Emily si guardò attorno e i suoi occhi si posarono su una pila di libri accanto ai letti. Il primo istinto fu quello di prenderli; poi, però, percepì attorno a loro un alone di magia e realizzò che toccarli, per lo meno senza permesso, sarebbe stata una pessima idea. Si dedicò quindi alla divisione di vestiti e lenzuola prima di riporli nell'armadietto più vicino al suo letto. I flaconi di medicine andarono in un mobiletto più piccolo accanto al letto, assieme all'amuleto; infine, iniziò a mettere le lenzuola pulite. Era addirittura più facile di quanto pensasse, anche se il materasso sembrava duro e scomodo.

Supina sul letto, fissò il soffitto e scosse la testa. La sua vita era stata stravolta, ma alcuni aspetti erano più semplici da affrontare di quanto avesse immaginato. La cosa più strana di tutte era ciò che provava per il suo vecchio mondo, che adesso le sembrava quasi surreale. Era certa di non volere più tornare indietro.

Per un momento, si concentrò sulle sue compagne di stanza. Non aveva mai condiviso una stanza con qualcuno prima di allora, neanche in occasione di una serata tra amiche. Comunque fossero state le due ragazze, pregò di riuscire ad andarci d'accordo. Degli amici, o quanto meno degli alleati, avrebbero reso la sua vita completa.

Ma davvero una delle ragazze di chiamava Aloha? O era solo un errore di traduzione?

Scosse la testa, prese il libro di Void e iniziò a sfogliarlo, sperando di riuscire a leggere e capirne il contenuto. Ma, anche se Void le aveva promesso che col tempo ci sarebbe riuscita, per lei tutti quei segni erano ancora arabo. La scrittura filiforme sembrava impenetrabile.

"È passato solo un giorno" si disse. "Vediamo cosa riuscirai a fare tra una settimana".

Capitolo VI

Emily stava ancora sfogliando il libro di Void quando la porta si aprì con uno scatto e la prima delle due compagne entrò nella stanza. Era una ragazza bassa e scialba, con lunghi capelli scuri, lentiggini e un'espressione stanca, più carina che bella. Emily trovò impossibile indovinarne l'età. Nel suo vecchio mondo le avrebbe dato quattordici anni, ma aveva la sensazione che lì le persone invecchiassero più velocemente, considerata la mancanza di tecnologia. La ragazza sembrò sorpresa nel vedere Emily e alzò una mano in atteggiamento di difesa, per poi realizzare che quella doveva essere una terza compagna di stanza.

«Puoi chiamarmi Imaiqah» disse. La sua voce era bassa, come se non volesse attrarre l'attenzione. «Come vorresti essere chiamata?».

Emily rimase sorpresa e realizzò qual era il pezzo mancante: i nomi! Gran Maestro… quello non era un nome, bensì un titolo. Tra l'altro, non le aveva mai chiesto come si chiamasse, cosa piuttosto strana, ora che ci pensava. Non lo aveva fatto nessuno, nemmeno Shadye o Void.

Si lambiccò il cervello, pensando e ripensando. Void le aveva detto che non è una buona idea chiedere a un mago come si chiama, cosa che la fece ragionare sul rivelare o meno il suo nome. E se qualcuno l'avesse usato contro di lei? Non riusciva a capire come una scuola potesse andare avanti senza che nessuno conoscesse i veri nomi. Ma quello era un universo a parte, lì le cose funzionavano diversamente.

«Puoi chiamarmi…». Si interruppe, poi scosse il capo. Come potevano chiamarla? Non bastava Emily, senza cognome? O avrebbe forse dovuto trovarsi un soprannome? Certo, anche Madama Razz sarà stato un soprannome. E Imaiqah suonava vagamente ebraico. «Sinceramente non lo so».

Imaiqah sorrise allegramente. «Il tuo insegnante ti aiuterà a decidere come vuoi essere chiamata. Primo giorno?».

«Primo giorno» ammise Emily. Madama Razz aveva detto che anche Imaiqah era al primo anno. «Da quanto sei qui?».

«Sette mesi» rispose Imaiqah. Saltò sul letto e porse la mano a Emily per le presentazioni. «Sono erborista e maga speculare, o almeno è così che mi hanno detto. Capisco le erbe, ma magia speculare non suona molto bene. Tu in cosa vorresti specializzarti?».

Specializzarsi? Semmai, in cosa avrebbe potuto specializzarsi. Void le aveva dato il libro degli incantesimi, ma non aveva detto nulla riguardo allo specializzarsi.

Secondo alcune dinamiche dei giochi di ruolo a cui aveva partecipato prima di essere trasportata altrove, era facile immaginare che Void avesse dato per scontata una sua specializzazione in qualcosa e anche che ne sapesse di più del suo talento magico. Forse non aveva capito che nel suo mondo la magia non esisteva affatto e quindi neanche i maghi specializzati per come li conoscevano lì.

Imaiqah vide il libro sul letto prima che Emily potesse rispondere, e sgranò gli occhi. «Sei una maga» disse stupefatta. «Quanti incantesimi conosci?».

Emily esitò per un attimo, poi ammise la verità. «Neanche uno». Non ne sapeva nulla di lanciare incantesimi, per non parlare del praticare la magia, quella magia che neanche credeva di possedere. «Ho appena scoperto di essere una maga».

Imaiqah la guardò come se avesse il sospetto che Emily stesse mentendo. «Com'è possibile?» Era chiaramente sorpresa. «Credevo che tutti gli studenti venissero prima valutati».

Aguzzò gli occhi. «Di dove sei? Non riesco a indovinare il tuo accento».

«Vengo da molto lontano» rispose Emily incerta su quanto potesse esporsi con Imaiqah. La verità, cioè che veniva da un altro universo, o qualcosa di più vago che non era del tutto una bugia? «È il mio primo giorno a Whitehall».

Imaiqah annuì comprensiva. «Anch'io ricordo il mio primo giorno» disse alzandosi e andando sul suo letto. «La maestra Irina organizzerà il tuo piano di studi e ti assegnerà ai corsi. Forse ne avremo uno o due insieme».

Prima che Emily potesse rispondere, la porta si aprì di nuovo. Apparve una ragazza alta e dalla pelle scura, con un'espressione di rimprovero sul volto. «Giuro che trasformerò quell'idiota in un rospo» disse la nuova arrivata stringendo una bacchetta magica in mano come se volesse lanciare incantesimi in ogni direzione. «Come ha osato chiedermi di uscire con lui in giardino?».

Imaiqah ignorò la questione e Aloha sbatté la porta. «Aloha, questa è la nostra nuova compagna di stanza» disse. «Ancora non ha un nome».

Nel sentire il suo tono di voce, Emily capì immediatamente che Aloha si considerava la femmina alfa del gruppo. Lei era al secondo anno, qualunque cosa volesse dire. I libri sdolcinati di sua madre ambientati in collegio parlavano di ragazze più grandi che punivano le più piccole a loro piacimento, e anche di storie d'amore omosessuale.

«Bene» rispose Aloha. Da vicino puzzava di magia… e di qualcos'altro che Emily non riusciva a identificare. «Preferirei non perdere tempo con delle matricole, al momento. Stai nella tua parte di stanza, io starò alla mia. E non pensarci nemmeno a toccare i miei libri».

Lanciò una borsa sul suo letto e andò in bagno passando impettita davanti alle compagne. Emily guardò la porta chiusa e poi Imaiqah, che sembrava un po' impaurita. Era evidente che la ragazza facesse la prepotente con lei o che quantomeno pensasse che socializzare con qualcuno del primo anno fosse sconveniente. Aloha era sì magica, ma la sua natura era comunque molto umana.

«Dice sul serio» disse Imaiqah. Era come se stesse cercando di minimizzare, ma senza riuscirci. «Tutte le sue cose sono protette da incantesimi. Una volta ho preso uno dei suoi libri e sono rimasta congelata sul pavimento fin quando non è tornata a liberarmi».

Emily guardò prima lei e poi il pavimento di pietra. Se avesse toccato uno dei suoi libri…

Un gong sordo riecheggiò nell'edificio ed Emily alzò lo sguardo. «La cena» disse Imaiqah con un certo sollievo. «Vuoi venire con me?».

Emily avrebbe voluto dire di no. Avrebbe voluto rimanere in quella stanza, nascosta fino a quando non si fosse più sentita strana o spaesata, ma aveva fame. Inoltre, nascondersi sotto le coperte non avrebbe cambiato la realtà che stava vivendo. Annuì e mise sotto il libro che le aveva dato Void al letto, poi prese la sua nuova toga e la indossò sopra i vestiti che aveva già indosso. Madama Razz aveva esplicitamente detto che gli abiti non appartenenti alla scuola erano proibiti, ma non aveva tempo per cambiarsi.

Avrebbe dovuto farlo mentre aspettava le compagne di stanza, ma si sentiva sempre più strana.

Imaiqah prese un libro dal suo comodino e fece strada nel corridoio. C'erano dozzine di studenti con indosso toghe di colori diversi, alcuni sembravano grandi abbastanza da essere adulti. Emily realizzò infatti che alcuni studenti sembravano appena adolescenti, mentre altri parevano avere già una ventina d'anni o più. Vide degli studenti con delle bacchette magiche e altri con un manico di scopa, ne vide uno che stringeva tra le dita quello che sembrava un bastone nodoso. Mentre passava, il chiacchiericcio degli studenti non si placò: nessuno sembrava sorpreso di vedere un viso nuovo.

O forse c'erano così tanti alunni, che era impossibile sperare di conoscere tutti. Emily aveva trascorso due anni nella sua ultima scuola e conosceva a malapena qualcuno che non fosse del suo anno.

«Quello è Marcus» disse Imaiqah indicando uno studente più alto con indosso una toga verde e un distintivo rosso che sembrava brillare di una luce sinistra. «È uno dei supervisori addetti a tenerci tutti in riga. Non è una cattiva persona, ma prende molto seriamente le sue responsabilità. Non correre nei corridoi in sua presenza».

Uscirono dal dormitorio e poi scesero una lunga rampa di scale. Emily stava in silenzio e si guardava attorno. Ogni volta che il castello iniziava ad avere senso, accadeva qualcosa che la mandava nuovamente in confusione. I corridoi sembravano ridisporsi a loro piacimento e, cosa ben peggiore, alcuni studenti non sembravano neanche umani. Uno di loro, con le orecchie a punta da elfo, ricordava uno dei personaggi di "Star Trek" che Emily aveva visto da piccola. Un altro sembrava una pianta vivente: pelle verde e rametti al posto dei capelli. E poi… Emily rimase scioccata nel realizzare che la testa di una ragazza era circondata da serpenti che si muovevano da soli. Sembrava la Medusa dei giochi di ruolo, personaggio tratto dalle leggende dell'antica Grecia.

«È una Gorgone» disse Imaiqah all'espressione sorpresa di Emily. «È molto raro che un Gorgone frequenti Whitehall, o almeno così ci hanno detto. La loro società preferisce non avere niente a che fare con le Terre Alleate».

A Emily girava la testa. Lezioni con una Gorgone? Poteva davvero pietrificare le persone? I suoi compagni non avevano paura di lei?

Si lasciarono la Gorgone alle spalle e raggiunsero infine una grande porta che conduceva a un'imponente sala da pranzo. Ovunque c'erano tavoli affollati di studenti che si rimpinzavano di ogni sorta di cibo servito su enormi vassoi. Dall'alto, delle brillanti sfere di fuoco illuminavano la sala di una luce calda. Emily guardò il tavolo rialzato nella parte anteriore della sala e vide una dozzina di insegnanti – dovevano essere degli insegnanti – mangiare con maggiore ritegno e sincerarsi a ogni boccone che gli studenti non combinassero guai. Il gruppo appariva variegato: alcuni avevano il classico aspetto da mago, con toga e cappello a punta, mentre altri erano più strani. Una sembrava perfino una strega malvagia: i suoi occhi penetranti lampeggiavano mentre accarezzava il suo gatto e osservava gli studenti in modo beffardo. Un'altra ancora somigliava in modo allarmante a Red Sonja, la diavolessa con la spada.

"Almeno non assomigliano tutti a Severus Piton" pensò Emily.

Imaiqah le indicò un gruppetto di studenti in fila per la cena che sgomitava man mano che la coda avanzava lentamente verso un'apertura nel muro. Un paio di cuoche servivano il pasto, qualcosa che somigliava a uno stufato con patate lesse e verdure che Emily non riconobbe. Una delle due le sorrise, ricordandole uno dei proverbi preferiti dal suo patrigno. «Non fidarti mai di un cuoco magro» diceva. Quella cuoca era abbastanza grassa da valere per due. Era ovvio che mangiasse ciò che cucinava.

«Da questa parte» disse Imaiqah, dopo che furono servite. «Quelli al primo anno siedono in fondo…».

«A quanto pare il ratto ha trovato un'amica» disse una voce sconosciuta interrompendo Imaiqah.

Emily si guardò attorno e vide una ragazza alta che si prendeva beffe di loro. Aveva lunghi capelli biondi che incorniciavano un viso di porcellana, descrivibile solo come aristocratico.

Prima ancora che Emily potesse pensare a una risposta, la strana ragazza continuò: «Credo che presto capirai quanto sia stupida la tua scelta».

Emily aveva sopportato gli psicologi della scuola e fin troppe cheerleader ridicolmente piene di sé, ma nessuno le aveva mai parlato in modo così altezzoso. Siccome era nuova, ingoiò la risposta che le era venuta in mente e tentò di ignorare la sua presenza, ma non era affatto facile.

Alla fine, azzardò una domanda. «Uhm… chi sei?».

«Alessa, erede al trono di Zagaria. Dovresti darmi del lei» rispose. Emily dovette ammettere, con un po' di sorpresa, che la ragazza aveva proprio un atteggiamento regale. Pensava davvero che Emily la conoscesse? «E mi tratterai con il dovuto rispetto».

Emily la guardò e poi scoppiò a ridere. Non era riuscita a trattenersi. Forse una vera monarca con anni di reggenza sarebbe stata convincente, ma Alessa sembrava più atteggiarsi a nobile che non esserlo davvero.

Alessa si incupì rapidamente e allungò una mano sulla bacchetta che portava alla cintura. Ma prima che potesse fare qualcosa, Imaiqah afferrò Emily e la trascinò verso i tavoli. Emily avrebbe preferito rimanere e prendersi a insulti – sapeva bene che i bulli devono essere affrontati – ma la sua compagna di stanza non le diede altra scelta. Inoltre, la sedicente erede al trono di Zagaria, in quanto a magia, ne sapeva molto più di Emily.

«È una rompiscatole» borbottò Imaiqah, non appena furono lontane abbastanza da non essere sentite. «Se non fai parte del suo gruppetto, ti prende di mira».

«Conosco il genere» commentò Emily. «È davvero parte della famiglia reale?».

«Ma da dove vieni?» chiese Imaiqah. «Zagaria è una delle Terre Alleate, uno degli stati più potenti a ovest. Alessa è la loro principessa e un giorno diventerà regina, che il cielo li aiuti».

Emily non riuscì a trattenere un sorriso. «Allora perché si trova qui?».

«La famiglia reale ha una lunga tradizione din magia». Imaiqah sbuffò. «Quindi mandano i loro eredi a Whitehall per imparare, e, solo incidentalmente, per creare dei contatti con altri nobili delle Terre Alleate. Ma qui a scuola lei è la regina dei rapporti sociali, non molto incline però a fare davvero amicizia...».

«Ma ha un piccolo seguito di amichette» tirò a indovinare Emily. Stranamente, trovò rassicurante imbattersi in un atteggiamento che già conosceva, anche se quel mondo era molto diverso dal suo. Lì le persone erano decisamente umane, a prescindere dai loro poteri magici e dal loro strano aspetto. «Gente che continua a ripeterle quanto sia fantastica, nella speranza che il fascino dell'aristocrazia sia contagioso».

Imaiqah annuì.

Emily sorrise e poi le rivolse la domanda più ovvia. «Perché non le piaci?».

Imaiqah esitò, poi provò a rispondere. «Non ho dei grandi poteri. E sono figlia di un mercante».

"Non può essere" pensò Emily. "O forse la mocciosa è davvero così superficiale".

Prima che potesse chiedere, Imaiqah continuò: «Mesi fa ho fatto l'errore di rifiutarmi di farle i compiti e adesso lei...».

Scosse la testa. «Beh, lo sai» aggiunse Imaiqah.

Emily non sapeva che dire. La compassione non sarebbe servita, sulla Terra non era mai servita. Quindi si mise a sedere, in silenzio. Impotente.

«È vero che la mia magia non è potente» proseguì Imaiqah un attimo dopo. «Non vorrai avere a che fare con me...».

Nell'udire il tono della sua voce a Emily si strinse il cuore. Anche lei era stata un'emarginata, anche se il suo mondo lo conosceva meglio. Non è una vita facile; i ragazzini sanno essere crudeli...

e quelli perbene scelgono di non avere a che fare con gli esclusi per paura che i più popolar, o i bulli, possano prendersela poi con loro. Emily sapeva bene quale verità non detta si cela dietro a ogni ragazzo che si presenta a scuola armato e apre il fuoco. Sono ragazzi che vengono così tanto maltrattati da fargli credere di essere in guerra con l'intero sistema.

«Io posso frequentare chi voglio» ringhiò. Il Gran Maestro l'aveva messa in guardia circa le fazioni politiche, ma Emily non stava certo facendo la scalata sociale. Era alquanto improbabile che un principe l'avrebbe chiesta in moglie, e non aveva famiglia lì. «Non mi importa cosa gli altri pensano di me».

Imaiqah la fissò e poi provò a proteggerla. «Ma sei una maga…».

«Sto ancora imparando» la interruppe Emily. Tecnicamente era vero, ma in pratica non sapeva ancora fare nulla. «E posso essere amica di chi mi pare e piace».

Iniziò a mangiare lo stufato mentre osservava gli altri studenti. Erano molto, decisamente, diversi da chiunque altro. A parte la solita varietà di colori – bianco, nero, giallo – c'erano ragazzi dalla pelle verde o blu, o di un azzurro così acceso, che doveva per forza esserci stato un incidente magico di qualche tipo. Alcuni sembravano il risultato di matrimoni multietnici, come nel suo mondo, mentre altri erano degli ibridi parzialmente umani. Uno degli studenti più grandi sembrava per metà orco, non dissimile dai personaggi dei giochi di ruolo. Poi c'era anche un elfo umanoide dalla pelle scura, troppo magro per essere umano.

Lo stufato era sorprendentemente buono, sicuramente migliore di qualsiasi cosa avesse mai mangiato nella sua vecchia scuola. C'erano delle erbe che lasciavano una strana sensazione di pizzicore sulla lingua e la carne aveva un sapore a metà tra il manzo e il maiale. I camerieri si muovevano da un tavolo all'altro, versando succo di frutta e acqua. Emily non poté fare a meno di notare che alcuni inservienti scappavano via da certi tavoli. Si domandò se fossero regolarmente presi di mira da studenti che volevano mettere in pratica la magia facendo degli scherzi.

Imaiqah indicò alcuni insegnanti che stavano cenando. «Il professor Thande è il capo di Alchimia» disse indicando un professore di bassa statura che discuteva con uno degli altri insegnanti. «Preferisce fare ricerca piuttosto che insegnare, quindi non mettertelo contro o ti userà come cavia per i suoi intrugli. Il professor Torquemada, che gli siede accanto, è il capo della Guarigione; litigano da anni per qualcosa successa quando entrambi erano studenti. O almeno così mi è stato riferito».

Rivolse un grande sorriso a Emily, come se non riuscisse a credere di avere davvero la possibilità di parlare con qualcuno e mettersi un po' in mostra. «Il professor Lombardi è capo degli Incantesimi, probabilmente avrai un incontro con lui prima di iniziare formalmente le lezioni. Preferisce valutare personalmente il potenziale di ognuno prima che si unisca agli altri studenti. L'uomo che vedi accanto a lui è il Generale Kip, insegna duello magico e strategia di combattimento. Non dimenticare mai di chiamarlo Generale. È lui ad assegnare le punizioni peggiori in tutta la scuola».

Emily sobbalzò nel sentire una mano caderle sulla spalla. «Benvenuta a Whitehall» disse una voce. Si voltò e vide una donna austera guardarla da una certa altezza. Il viso sembrava scolpito nella pietra, con sopra incisa una perenne smorfia di disapprovazione. «Sono la maestra Irina. Ti presenterai domani nel mio ufficio alle nove in punto».

«Sì, maestra» balbettò Emily. C'era qualcosa in quella donna che le diceva di fare attenzione. Le ricordava in qualche modo Madama Razz, ma con più potere. «Non mancherò».

Lo sguardo di Irina si posò su Imaiqah. «Ti assicurerai che trovi il mio ufficio domattina» aggiunse bruscamente. «Assicurati anche che vada a letto presto e che dorma bene. Da domani inizierà a studiare con impegno».

Si diresse austera verso la fine del tavolo per rimproverare un altro studente, lasciando Emily lì a fissarla. «Non prenderla sul personale» la avvisò Imaiqah. «Fa così con tutti. È addetta alla supervisione delle matricole, deve fare in modo che non uccidano sé stesse o qualcun altro».

«Oh» disse Emily.

Imaiqah sorrise. «E non le piace Alessa. Questo è un punto a suo favore».

«Già» concordò Emily. «Ma cosa penserà di me?».

Imaiqah alzò le spalle e cambiò argomento. Ma il pensiero continuò a preoccupare Emily mentre rientravano in camera e si preparavano per la notte. Se Irina era così severa, come avrebbe fatto a rilassarsi in sua presenza?

"Ma probabilmente neanche vorrà che mi rilassi" pensò con calma.

Era sensato. Sapeva che la magia era pericolosa, a parte Shadye e i poteri quasi indomabili di Void, molti studenti portavano cicatrici di quelli che Emily suppose essere incidenti di magia. E il Gran Maestro l'aveva avvertita: gli studenti a Whitehall possono morire. Era ovvio che Irina aveva un compito per niente facile.

Pensando a tutte quelle cose, Emily si mise a letto e si addormentò.

Capitolo VII

IL MATTINO SEGUENTE Emily si trovava davanti all'ufficio della maestra Irina. Si domandò se avrebbe mai trovato il coraggio di bussare. Imaiqah l'aveva accompagnata lì dopo colazione ed era andata via con il pretesto di una lezione. Emily alzò una mano e poi esitò: già la porta di per sé le metteva paura, e la donna che vi sedeva dietro, a detta di Imaiqah, incuteva un certo rispetto. A quanto pareva, la maestra Irina aveva affrontato un negromante affidandosi solo a una lingua tagliente e al totale rifiuto di arrendersi a quell'oscuro stregone. Avendo conosciuto Shadye, Emily aveva un'idea di quanto coraggio ci volesse per fare una cosa del genere.

La ragazza si fece forza e bussò. Seguì una pausa lunga abbastanza da spingerla a domandarsi se la maestra fosse altrove, poi la porta si aprì senza fare rumore. Emily entrò e si ritrovò in un ufficio semplice, con le pareti ricoperte di scaffali stracolmi di libri. Era più piccolo dell'ufficio del Gran Maestro e molto più essenziale.

La maestra Irina sedeva alla scrivania, intenta a studiare una pergamena. Puntò il suo lungo dito verso la sedia vuota e fece segno a Emily di sedersi. La ragazza obbedì e provò a resistere alla tentazione di dare un'occhiata agli apparecchi sul tavolo, alcuni dei quali brillavano di magia.

«Sei un'allieva singolare» disse la donna senza preamboli. «Hai dei poteri, ma ne sei inconsapevole. Ciò ti rende pericolosa».

Emily deglutì.

La voce della maestra Irina era fredda ed elencava velocemente i punti, uno per uno. «La magia può uccidere chi non la conosce. Devi imparare a controllare i tuoi poteri il prima possibile. Perdere il controllo può rivelarsi disastroso. Mi sono spiegata?».

«Sì, maestra» disse Emily.

«Bene» rispose la maestra Irina. Ci fu una pausa. «È possibile usare il vero nome di un mago per fargli del male, ma funziona solo con il nome completo. Puoi usare il tuo nome di battesimo, se vuoi, oppure pensare a qualcos'altro. Scegli».

Emily esitò. La notte precedente si era chiesta se cambiare del tutto il suo nome, ma voleva continuare a usare quello che le era stato dato alla nascita. A quanto pareva, usare solo Emily era sicuro. In quel nuovo mondo il suo cognome non era mai stato menzionato.

«Emily» rispose infine. A giudicare dai nomi che aveva sentito a cena e poi a colazione, il suo non doveva suonare poi troppo strano alla gente del posto. O almeno così credeva, anche se ancora non sapeva come stesse operando esattamente l'incantesimo di traduzione. Inoltre, quello era il suo nome. «Potete chiamarmi Emily».

«Molto bene» disse la maestra Irina. Alzò lo sguardo e i suoi occhi scuri si posarono sul volto di Emily. «Il mana esiste in tutto il mondo. È ciò che alimenta la magia. Il tuo corpo produce mana. Capito?».

Emily la guardò. Mana significava forza naturale. «Penso di sì» rispose. In realtà, non ne era così sicura. Il suo corpo produceva mana da solo oppure attingeva a un campo energetico che circondava quel mondo? O entrambe le cose? Forse era la razza umana a produrre l'energia che permetteva ai draghi di volare… era impossibile saperlo. Magari più in là avrebbe avuto modo di applicare i metodi razionali alla magia per dedurne le regole. «È questo che fa di me una maga?».

«Una potenziale maga» la corresse seccamente la maestra Irina. «Quando lanci un incantesimo lo alimenti con le tue riserve di mana. Imparare a dosare l'energia è la lezione più importante che imparerai in questa scuola. Alimentare troppo gli incantesimi può essere molto pericoloso».

Rimase in silenzio per un po'. «Esistono altre forme di magia, ma prima dovrai imparare a gestire i tuoi poteri o non sarai mai nient'altro che semplice manovalanza» aggiunse con più gentilezza. «La relazione tra magia e incantesimi è semplice e complessa al tempo stesso. È semplice perché gli incantesimi aiutano a indirizzare la magia nella giusta direzione; complessa perché le due cose devono collegarsi nella tua mente».

Emily annuì concentrata. «Intende… dare forma alla magia, come modellare l'argilla» azzardò. «Oppure usare i piccoli incantesimi come mattoncini per costruire incantesimi più grandi?».

«Buona analogia» disse la maestra. «Riesci a leggere?».

«No» rispose Emily dopo poco. Aveva quasi sperato che l'alfabeto fosse riconoscibile, ma col senno di poi era stato da stupidi. Le lettere sembravano una via di mezzo tra arabo e cinese. «Non ci riesco».

«Ottimo» disse la maestra Irina. Emily sbatté le palpebre per lo stupore mentre l'insegnante continuava: «Se la lingua ti fosse stata familiare, avremmo dovuto trovarne un'altra da farti usare. È di vitale importanza non rilassarsi mai mentre si fanno gli incantesimi, anche quando si diventa abbastanza esperti da lanciarli senza verbalizzare. Un singolo errore può essere disastroso. Usare una lingua diversa ti costringe a pensare».

Emily non poté non sorridere. La maestra Irina sembrava volerla mettere in guardia da potenziali pericoli.

«Questa è una bacchetta carica» disse la maestra prendendo una bacchetta magica da sopra la scrivania e passandola a Emily. «Di solito le bacchette vengono usate per concentrare la magia. Questa contiene degli incantesimi, è già pronta. Riesci a sentirli?».

Nella sua mano, la bacchetta sembrava scintillare come se fosse viva. Emily la sentì contorcersi come un serpente, eppure alla vista era immobile. Tenerla stretta era difficile, ma più la stringeva, più prendeva coscienza del fatto che gli incantesimi erano lì ad attenderla, e con ciò, prendeva anche coscienza del mana dentro di lei, che aspettava solo di essere liberato. La sua magia sembrava crepitare di vita.

«Prova a lanciare uno degli incantesimi» disse la maestra Irina. «Concentrati e innesca l'incantesimo».

Emily cercò di connettersi, senza sapere bene cosa stesse facendo. L'incantesimo prese a luccicare nella sua mente, ma era terribilmente inconsistente, come se esistesse solo in potenza. "Un motore," pensò "ma di quelli che necessitano di carburante per funzionare". Il trucco era guidare il mana fuori dal corpo e usarlo per alimentare l'incantesimo. Ma non sapeva esattamente come mettere in connessione mente e bacchetta, per non parlare degli incantesimi in attesa della sua energia. Sembrava che il suo mana si fermasse sulla pelle…

«Abracadabra» disse in preda alla frustrazione.

Nella sua testa, qualcosa scattò. L'energia le scintillò fuori dal corpo e raggiunse la bacchetta; un attimo dopo, l'incantesimo sfavillò di luce nella sua mente e svanì. Emily aprì gli occhi – non sapeva nemmeno di averli chiusi – e vide l'immagine di se stessa brillare sospesa per aria. Urlò dallo shock, poi la visione sparì nel nulla.

«Sono…» Emily deglutì e ricominciò. «Sono stata io a fare questo?».

«Hai alimentato l'incantesimo» le rispose la maestra Irina sardonica. «Ognuno ha il proprio modo di estrarre il mana».

Emily cominciava a capire. C'era un muscolo della magia nella sua mente e doveva imparare a usarlo ma, come per ogni altro muscolo, non poteva impartire precise istruzioni al corpo e alla mente. Il trucco era imparare a dare ordini elementari. Nel pronunciare la parola magica, il suo subconscio aveva fatto gran parte del lavoro. Adesso che sapeva come fare, poteva farlo di nuovo.

«Prova con il secondo incantesimo» disse la maestra Irina. «Vedi se riesci a capire come farlo funzionare».

«Va bene» rispose Emily. Chiuse gli occhi e con la mente cercò di connettersi alla bacchetta. L'incantesimo era lì ad attenderla; questa volta, non dovette sforzarsi di incanalare l'energia. L'incantesimo balenò vivo nella sua mente e, dopo che aprì gli occhi, vide una seconda immagine di se stessa. Questa volta era reale in modo allarmante. Dopo che l'immagine prese a brillare, la testa cominciò a girarle. Qualcosa stava prosciugando il mana dal suo corpo. «Io…».

La maestra Irina pronunciò una sola parola e l'immagine svanì. Un momento dopo, la sensazione di prosciugamento era scomparsa.

Emily si accasciò sulla sedia. L'incantesimo… l'incantesimo non si arrestava, realizzò preoccupata. Aveva continuato a prosciugare energia fino a che la maestra Irina non l'aveva annullato. Cosa sarebbe successo se non avesse smesso? L'avrebbe uccisa all'istante o le avrebbe solo fatto perdere conoscenza per qualche ora?

«Ecco un'altra cosa da tenere sempre a mente» disse la maestra Irina. «Non lasciare mai che un incantesimo richieda energia illimitata. Alcuni maghi, perfino alcuni stregoni, si sono uccisi nel tentativo di fare un incantesimo senza prima verificarlo accuratamente. Non fare mai un incantesimo senza averne compreso il funzionamento».

Si alzò e prese un libro dagli scaffali. «Ti farò un semplice incantesimo di traduzione. Durerà solo un paio di mesi, ma per allora dovresti riuscire a rinnovarlo da sola. Stai ferma e non opporre resistenza».

Emily si innervosì e la maestra Irina pronunciò alcune parole a lei incomprensibili, facendo dei complicati gesti con la mano. Sentì qualcosa di impalpabile brillare di vita attorno a lei, inconsistente quanto la tela di un ragno, che poi le cadde addosso, inglobandosi nella sua mente. Non poté far altro che rimanere ferma fino a che l'incantesimo non fu terminato. Era una sensazione così sgradevole, che non sarebbe mai potuta essere una soluzione permanente.

Il Gran Maestro aveva ragione: avrebbe dovuto imparare a leggere la lingua locale il prima possibile.

«Adesso è il momento di iniziare a vedere come si combinano gli incantesimi» disse la maestra Irina, dopo che l'incantesimo di traduzione fu terminato.

L'ora successiva passò molto lentamente, con Emily che cercava di capire gli elementi fondamentali della magia. Gli incantesimi, aveva spiegato accuratamente la maestra, erano costituiti da incantesimi più piccoli; era possibile memorizzare un incantesimo più avanzato, ma senza una conoscenza degli incantesimi di base sarebbe stato impossibile fare ulteriori progressi. Le parole magiche riportarono alla mente di Emily un semplice linguaggio informatico di cui aveva un vago ricordo. Uno dei suoi amici nerd aveva comprato un vecchio computer e fatto delle prove con uno dei primi linguaggi di programmazione, poi si era diplomato in sistemi più complessi. Era sicura che quel suo amico non avrebbe avuto difficoltà con gli incantesimi, vista la sua familiarità con gli arcani linguaggi informatici.

«Tienili in mente» ripeté la maestra Irina. «Concentrati nel frammentare gli incantesimi nelle loro componenti più piccole».

Emily si incupì, la testa iniziava a martellare. Un linguaggio informatico non faceva davvero qualcosa, a meno che non si trovasse dentro a un computer; scrivere una sola linea su un foglio bianco non alterava automaticamente tutto il codice all'interno della macchina. A rigor di logica, Emily doveva considerarsi un computer magico e lanciare il programma – gli incantesimi – nella sua testa, ma sembrava non funzionare così facilmente. A volte scrivere un incantesimo era esattamente come lanciarlo, altre volte no. Ma peggio ancora, le ci vollero diversi tentativi prima di riuscire a imparare come non infondere energia negli incantesimi.

E poi c'erano gli incantesimi – naturali e innaturali – infusi nelle persone, negli oggetti o addirittura nell'aria. Secondo la maestra Irina, il mana era ovunque e permetteva alle creature di evolversi in forme che potevano poi attingervi autonomamente. Emily non voleva neanche provare a indovinare quale sorta di storia dell'evoluzione avesse prodotto draghi, gorgoni o elfi, ma aveva senso. Forse, solo forse, gli orchi e i goblin erano umani che si erano deformati in qualcosa di non umano a causa dell'esposizione a un campo magico.

«È davvero una buona idea accertarsi che le cose non siano infuse di magia, prima di toccarle» disse la maestra Irina. «I tuoi compagni adorano fare scherzi pratici. Uno di loro è riuscito addirittura a truccare il libro di un suo amico in modo da trasformarlo in rospo non appena lo avesse aperto. Molti di loro non sono così esperti da celare un incantesimo-trappola a elementari incantesimi rilevatori, ma esiste una varietà di trucchi che rendono più difficile il rilevamento delle trappole nascoste».

Emily guardò l'incantesimo e annuì, poi lo enunciò con cautela. La stanza sembrò oscurarsi per un momento, poi alcuni oggetti iniziarono a luccicare di un rosso inquietante. Si guardò attorno e vide che gli incantesimi erano sulla scrivania, sugli scaffali, sul mappamondo e sulla sfera di cristallo nell'angolo... e poi ce n'erano a dozzine ammassati attorno alla porta. Alcuni apparivano innocui nonostante la luce rossa, altri sembravano davvero inquietanti. Ebbe il vago sentore che provare a prendere un libro da uno scaffale senza permesso sarebbe stato molto pericoloso.

«Bene» disse la maestra Irina. «Ora, un secondo incantesimo…».

Sembrò non succedere nulla, per lo meno inizialmente, fino a che la maestra Irina non passò a Emily un piccolo calice e la invitò a ripetere l'incantesimo. La luce rossa che circondava l'oggetto svanì nel nulla, lasciandola lì a fissare quella coppa innocua.

«Il semplice incantesimo per disinnescare le trappole ha un raggio più limitato» spiegò la maestra Irina. «Se non riuscissi a rimuovere un incantesimo lanciato su un oggetto di tua proprietà, portalo a me o a qualcuno dei tuoi insegnanti. Naturalmente, rimuovere le trappole più complesse è più difficile».

Emily annuì. Non aveva senso usare gli incantesimi per tenere al sicuro la sua roba, se era possibile spezzarli. Gli incantesimi che attorniavano la porta dell'ufficio sembravano molto più complessi, davano l'idea che spezzarli sarebbe stato difficile, se non impossibile. Si chiese distrattamente cosa avrebbero davvero fatto agli intrusi: li avrebbero congelati sul posto, trasformati in qualcos'altro… o uccisi all'istante?

"No, non è possibile" pensò. Whitehall avrà anche avuto una politica più morbida in caso di incidenti rispetto a qualsiasi altra scuola, ma dovevano pur esserci dei limiti.

La seconda ora trascorse molto più velocemente. La maestra Irina spinse Emily a memorizzare e mettere in pratica una dozzina di incantesimi diversi. Uno di questi era un semplice incantesimo di difesa, abbastanza efficace da allontanare maledizioni e incantesimi da corpo e anima. Emily rabbrividì pensando a ciò che implicava dovere imparare quell'incantesimo il prima possibile, forzandosi di tenerlo bene a mente. Il secondo incantesimo serviva per assicurarsi che un veleno fosse sicuro da bere, anche se la maestra Irina l'aveva avvertita: valeva solo per i filtri letali, avrebbe sempre potuto sentirsi molto male ingerendo una pozione sbagliata.

Un incantesimo più complesso, che Emily non era riuscita a gestire durante la prima sessione, era stato creato per analizzare altri incantesimi e permetteva di comprenderne l'assemblaggio originario. La maestra Irina lo fece funzionare facilmente, ma Emily non riusciva a ordinare le diverse variabili nella sua mente. Infine, la maestra Irina le disse di lasciar perdere per il momento: ci avrebbero riprovato dopo un paio di giorni.

«Ti consentirò di accedere alla biblioteca per prendere in prestito dei libri adatti a chi è al primo anno. So che gli studenti fanno incantesimi con o senza il nostro permesso, quindi vorrei ricordarti che fare del male a qualcuno ti renderà impossibile sederti comodamente, come minimo, per diversi giorni. Se invece farai del male a te stessa, rideremo di te».

Socchiuse gli occhi. «Ogni studente ha un diverso grado di potere» aggiunse un attimo dopo. «Cerca di superare la tua zona di comfort, ma senza esagerare. Se ti senti poco bene o hai mal di testa, fermati e riposa; mangia qualcosa di dolce per reintegrare l'energia. Il personale della cucina ti darà del cibo, se necessario».

«Grazie, maestra» disse infine Emily. Sentiva già la testa che le girava e, quando si alzò in piedi, sentì le gambe improvvisamente deboli, tanto che dovette aggrapparsi alla sedia per non cadere. «Io...».

«Ora scendi in sala da pranzo e fa' un abbondante pasto» si raccomandò la maestra Irina. «Questo pomeriggio,» disse porgendole un foglio che Emily prese automaticamente «assisterai a una lezione di storia della magia, seguita da alcune ore libere che dovresti dedicare allo studio. Domani inizierai con i corsi veri e propri. Per fortuna, i corsi base iniziano tutto l'anno, perché non possiamo prevedere l'arrivo dei nuovi allievi. Ma prima di procedere, devi provare i vari corsi».

Emily guardò il foglio. Era un programma delle lezioni, scritto in modo chiaro e preciso. La giornata scolastica era di otto ore, di cui sette dedicate allo studio e una al pranzo. Tra una lezione e l'altra c'erano trenta minuti, o per permettere agli studenti di riprendersi mangiando qualcosa o per assicurarsi che, se una lezione si fosse dilungata più del dovuto, non avrebbe interferito con quella successiva. Immaginava che essere in ritardo sarebbe costato una punizione.

«Assegnerò alle tue compagne di stanza il compito di assisterti, visto che il nostro mondo non ti è familiare» aggiunse la maestra Irina. Emily sussultò. Imaiqah le piaceva, ma aveva il sospetto che Aloha sarebbe stata molto meno propensa ad aiutare una nuova arrivata a esplorare la scuola. «Imaiqah deve ripetere due corsi, quindi seguirete assieme trasfigurazione e mentalismo. A seconda dei tuoi progressi, potresti essere spostata a dei corsi più avanzati nei prossimi due mesi».

Emily annuì. Il programma comprendeva una dozzina di corsi differenti, tra cui alchimia, incantesimi, criptozoologia, divinazione ed etica. Alcune ore erano vuote, ma non sapeva se si trattassero di ore da dedicare allo studio o da riempire di lezioni che la maestra Irina doveva ancora assegnarle. Due ore, di martedì e giovedì, erano riservate allo sport. Il solo pensiero la mise di cattivo umore. Viveva in un mondo completamente nuovo, eppure era ancora costretta a fare educazione fisica.

La maestra Irina sorrise. «Non sei andata male» disse. «Void aveva ragione, hai del potenziale».

Emily arrossì. «Ma non sono riuscita nell'analisi dell'incantesimo. Io...».

L'insegnante rise. «Mi sentirei umiliata se ci fossi riuscita senza settimane di allenamento. Sai quanto tempo ci vuole per imparare?».

La maestra Irina scosse la testa. «Va' in sala da pranzo e mangia qualcosa» le ordinò. «E poi fatti guidare dal tuo amuleto alla lezione di storia della magia».

Emily annuì e lasciò l'ufficio, pensando – mentre andava via – che dopotutto la maestra Irina non era poi così male. Forse aveva perfino un cuore d'oro.

CAPITOLO VIII

«LA STORIA NON è altro che una serie di opinioni sul passato» disse il professor Locke alla classe. Era un uomo anziano e di bassa statura, con lunghi capelli bianchi e occhiali attraverso cui scrutava sospettoso gli studenti. «Chi, chiedo a voi, vinse la battaglia di Giano?».

Uno studente alzò la mano. «L'abbiamo vinta noi, professore».

Un altro studente saltò in piedi quasi prima che l'altro finisse di parlare. «No, l'abbiamo vinta noi!».

Il professor Locke sorrise. «Una perfetta dimostrazione della verità essenziale della mia affermazione. La battaglia di Giano fu combattuta tra Umberia e Olmia per la dominazione della città di Giano e delle rotte commerciali che si snodano lungo la sua catena montuosa. Benché l'Umberia fosse stata respinta con una battaglia costosa che permise all'Olmia di rivendicare la vittoria, riuscì comunque, grazie ai rinforzi, a liberare la città dagli olmiensi nel giro di un mese».

Il suo sorriso si allargò. «Quindi ditemi. Chi vinse davvero la battaglia?».

Mentre i compagni di classe più nazionalistici discutevano sull'argomento, Emily rifletté sulla questione. Distruggere un impero per vincere una battaglia non era una vittoria, come aveva imparato dai giochi al computer; una vittoria che costava un intero esercito poteva rivelarsi fatale, se non si riusciva a mettere insieme una nuova milizia. Emily ricordava di un re greco che combatté contro la Repubblica romana e che deplorò la sua dispendiosa vittoria in battaglia… e perse la guerra.

«Le Terre Alleate si sono unite per combattere i negromanti» riprese il professore, «ma sono ancora vin disaccordo su molti punti. Uno di questi è la storia. Nessun regno o città-stato ha la stessa visione storica, cosa che può risultare fastidiosa per gli studiosi della materia. E la nostra storia, che condividiamo anche se non vogliamo ammetterlo, spiega perché oggi ci troviamo a combattere i negromanti».

Seguì una lunga pausa. «Migliaia di anni fa, la razza umana intraprese una guerra contro gli elfi. Gli elfi erano creature magiche formidabili, ma di umani ce n'erano a milioni. Credevamo fosse il nostro momento, non volevamo più essere dominati dal Popolo Fatato. Fummo in guerra con loro fino a respingerli nei loro insediamenti segreti, dove costruirono il Primo Impero sulle macerie del loro impero.

«Ma commettemmo un terribile errore. Avremmo potuto aprire un dialogo con orchi e goblin, derivazioni dell'umanità create dagli elfi. Invece, facemmo guerra anche a loro, costringendoli ad allearsi con il resto degli elfi. Molti anni più tardi, tornarono e dichiararono guerra al Primo Impero stesso, distruggendolo».

Emily rabbrividì, ricordando cosa aveva visto mentre il drago la portava dalla torre di Void a Whitehall. Città devastate, incluse costruzioni che era convinta non fossero opera di esseri umani, comunità massacrate o lasciate a morire di fame. Era il risultato della guerra contro gli elfi o c'era una causa più oscura?

«Tempi bui, quelli» disse il professor Locke. «Gli elfi crearono infiniti mostri per distruggere le nostre terre. In milioni rimasero uccisi dalle fiamme mortifere dei draghi; granchi giganti emergevano dai mari per devastare i porti, mentre i tritoni affondavano le navi negli oceani. L'unica soluzione sembrava affidarsi a una magia più potente, e così facemmo. Scoprimmo che potevamo uccidere per alimentare i nostri incantesimi e usarli per rispondere agli attacchi degli elfi. Alla fine, ci radunammo e portammo gli elfi sull'orlo dell'estinzione. Ma, come spesso accade, le armi usate per vincere la guerra ci si ritorsero contro. I negromanti furono incapaci di incanalare il vasto potere in loro possesso senza perdere il controllo, diventando così dei mostri dalle sembianze umane. Non smettevano di saziarsi di mana estratto da migliaia di vittime o di godere della gioia assoluta derivante dal potere. Alla fine, tentarono di prendere il controllo del Secondo Impero. La battaglia ingaggiata per arrestarli mandò in frantumi ogni speranza di stabilire una nuova unità tra gli umani».

Emily ragionò sulle parole del professore, chiedendosi distrattamente perché fosse necessario uccidere. Perché non un sacrificio volontario? Avrebbe fatto qualche differenza se i sacrifici fossero stati offerti volontariamente ai negromanti?

Ma Shadye era decisamente folle. Non importava quanto elegantemente avesse agito, aveva programmato di sacrificare Emily al Temibile, chiunque egli fosse. E il suo piano gli sarebbe esploso in faccia se Void non fosse intervenuto.

Il professor Locke fece un cenno verso la mappa appesa al muro. Emily la osservò con interesse; i continenti somigliavano ben poco a ciò che ricordava del suo mondo. Un enorme continente era grande quasi quanto Europa, Asia e America messe assieme, mentre un continente più piccolo a sud era poco più esteso dell'Australia. Un gruppo di isole, corrispondente grossomodo a Giappone e Gran Bretagna, dominava la parte finale del globo.

Sapevano quindi che il loro mondo era sferico, ma sembrava non avere un nome.

Le Terre Alleate comprendevano trentadue stati, se stava leggendo la mappa correttamente, la maggior parte dei quali raggruppata a nord del continente più grande, assieme a qualche continente più piccolo e a delle isole. Al di sotto, c'era un deserto, probabilmente era lì che Shadye aveva provato a sacrificarla dopo averla rapita. Nel ricordare le lande desolate che aveva sorvolato ebbe un brivido. La battaglia per fermare i negromanti avrebbe potuto benissimo essere combattuta con le bombe atomiche. Forse, alla lunga, il risultato sarebbe stato meno devastante.

«I negromanti scapparono nelle terre desolate a sud» disse il professore. «In quei luoghi costruirono le loro fortezze, formarono i loro schiavi e infine lanciarono un nuovo attacco alle Terre Alleate. La loro minaccia è inarrestabile; se viene lasciato loro abbastanza tempo, saranno in grado di organizzare più eserciti di mostri per contrastarci e annientare le Terre Alleate. L'unica cosa che ci ha salvati finora è la loro mancanza di unità, ma non possiamo pensare che sarà così per sempre».

"Mancanza di unità?" si domandò Emily. Shadye gli aveva dato l'impressione di agire indipendentemente dagli altri negromanti. Non aveva certamente invitato qualcun altro a unirsi al sacrificio per acquisire potere...

Uno degli studenti alzò la mano, interrompendo i pensieri di Emily. «Non possiamo fare in modo che rimangano disuniti, professore? Potremmo offrirci di scendere a patti se si facessero la guerra tra di loro...».

«Ci hanno già provato» rispose il professor Locke. Picchiettò su un'area oscurata della mappa. «Il re di Haler credeva di poter corrompere uno dei negromanti, l'odioso Gower. A Gower vennero dati in sacrificio centinaia di sudditi, nella speranza di ottenere in cambio l'indipendenza del re. Ma Gower si infiltrò nel sistema di potere e mise i nobili contro il monarca, i contadini contro i nobili e l'esercito contro tutti. Alla fine, Haler venne così malamente dilaniata dalla guerra civile, che il negromante riuscì a farsi avanti e a prendere il controllo. Gower distrusse il regno. I suoi mostri spazzarono via i restanti nobili, poi uccisero abbastanza contadini da spaventare i superstiti, coloro che non erano fuggiti in tempo. Adesso Haler è una fonte di creature mostruose e offerte sacrificali ai negromanti, tutto perché un re fu così sciocco da credere di poter comprare la buona condotta di un negromante. Non possiamo negoziare con i negromanti. Possiamo solo fare appello alla nostra forza e prepararci alla guerra a venire».

Emily sapeva – guardando la mappa – che sarebbe stato difficile. Void le aveva detto che i negromanti stavano lentamente aggirando le Terre Alleate, ma non era stato molto abile nel descrivere appieno la drammaticità della situazione. Se i negromanti fossero riusciti a cooperare abbastanza a lungo da organizzare un'offensiva più potente, avrebbero potuto raggiungere le montagne e dividere in due le Terre Alleate. Avrebbero poi avuto accesso a vaste risorse, e uomini da sacrificare, da utilizzare per distruggere il resto delle Terre Alleate, rivolgendo infine la loro attenzione agli altri continenti.

«Abbiamo comunque alcuni vantaggi» disse il professor Locke. «Innanzitutto, i negromanti impazziscono per il potere assoluto che incanalano attraverso la mente. Sono rinomati per attaccarsi a vicenda senza alcun motivo o per pianificare tradimenti sulla base di ragioni che hanno senso solo nelle loro menti contorte. Il livello di energia li uccide lentamente, perché il cervello non riesce a tollerare una pressione esercitata così a lungo. Invecchiando, sono costretti a incanalare sempre più energia per rimanere in vita, diventando a mano a mano creature non morte. Il vero orrore della negromanzia è che alla fine non avranno più umani da sacrificare e moriranno, lasciandosi dietro un deserto».

Emily parlò prima ancora di rifletterci meglio: «Sono stati gli elfi a insegnare ai primi negromanti come diventare tali?».

Il professor Locke la osservò per un lungo momento, pensieroso. «Cosa intendi dire di preciso, signorina?».

Il suo sguardo la disorientò. Nel suo vecchio mondo, raramente gli insegnanti le avrebbero chiesto di motivare il suo pensiero. Lì invece…

«Se ai negromanti serve una scorta sempre maggiore di energia solo per tenersi in vita,» rispose Emily formulando alla svelta i suoi pensieri «alla fine ne rimarranno senza».

«Come già ho detto» le ricordò il professore impaziente.

«Beh… sì, ma dovrebbero saperlo» ribatté Emily. «Quindi perché mai iniziare con la negromanzia, quando le loro menti non erano ancora presumibilmente offuscate? Avrebbero dovuto capire che la negromanzia porterà, infine, allo sterminio dell'intero genere umano. Ma gli elfi potrebbero aver suggerito l'idea sapendo bene che la razza umana avrebbe avuto solo due alternative: abbandonare la negromanzia o autodistruggersi. In entrambi i casi, avrebbero vinto loro».

«Teoria interessante» disse il professor Locke. «E anche abbastanza accurata».

Si appoggiò allo schienale della sedia, pensieroso. «Ma dimmi… come avremmo potuto sconfiggere gli elfi senza la negromanzia?».

Emily non era così ingenua da andare avanti con la discussione. Semplicemente, non ne sapeva abbastanza da supportare le sue congetture. E se la negromanzia aveva fatto la differenza tra vincere o perdere, persino l'alieno Popolo Fatato dei libri fantasy avrebbe esitato a dare una simile arma all'umanità. A meno che non credessero che l'uomo l'avrebbe comunque scoperta. Scosse la testa. È così che si perde il senno, finendo per vaneggiare su teorie complottiste apprese su Internet.

«Come ho detto all'inizio, la storia è fatta di opinioni» disse Locke, tornando a parlare a tutta la classe. «Qualcuno sa dirmi quando fu siglato il trattato di Umberia?».

Uno studente piuttosto tarchiatello alzò la mano. «Novant'anni fa, professore. Grazie al trattato, le Terre Alleate si unirono in un'unica potenza per difenderci dai negromanti».

«Corretto» concordò Locke. «Perché i governatori delle Terre Alleate non formarono un Terzo Impero?».

Emily poteva immaginare la risposta, ma lasciò che fosse un'altra studentessa a tentare la fortuna al posto suo.

«Perché i regni più grandi volevano dominare quelli più piccoli» rispose la ragazza. «I regni minori non sarebbero stati così sciocchi da subordinarsi a quelli più grandi, che in un impero unito avrebbero avuto più potere».

«Vorrai dire che il tuo minuscolo regno non ha voluto impegnarsi nella difesa» bofonchiò uno degli altri studenti. «Siete sempre stati dei codardi...».

«Rimarrai in classe al termine della lezione» disse Locke. Il suo udito era molto più fine di quanto Emily avesse immaginato; il tono di voce preannunciava un'esperienza poco piacevole per il nazionalista. «Credere che gli altri regni siano intrinsecamente peggiori o migliori del tuo è andare in cerca di guai».

Il professore si rivolse di nuovo alla ragazza. «Risposta interessante, ma incompleta». Annuì guardando la mappa. «Qualcun altro vuole provare ad arricchire la risposta di Gwen?».

Gli studenti presero a scambiarsi degli sguardi, poi un'altra ragazza alzò la mano. «I negromanti si stavano già infiltrando nei castelli e nei palazzi dove vivevano i re, indebolendo i loro propositi di guerra?».

«Possibile, ma a quel tempo la cosa non destava molta preoccupazione, non fino alla caduta di Haler» disse Locke e indicò la mappa. «La risposta dovrebbe essere ovvia».

A Emily venne in mente Alessandro Magno e ciò che successe dopo la sua morte a Babilonia. I suoi compagni e fedeli seguaci si divisero il colossale impero, provando a creare ognuno la sua dinastia. L'impero, che comprendeva ormai la maggior parte del mondo conosciuto, era stato ridotto a un mucchio di regni litigiosi infine assorbiti dall'Impero Romano. Da globalisti erano diventati uomini incapaci di vedere al di là dei loro confini.

«Erano molto più interessati alla politica locale che non a tutto il mondo» disse lentamente. Ora che l'aveva espresso a voce alta, era sicura che quella fosse la risposta corretta. «Li preoccupava di più il regno accanto che non l'espansione dell'impero negromantico, almeno finché non fu troppo tardi per stroncare i negromanti sul nascere».

«Ottima risposta» disse Locke. «Talmente buona da salvarti dalle conseguenze dell'aver parlato senza prima alzare la mano».

Guardò la classe, facendo arrossire Emily per l'imbarazzo. «Ha detto bene» disse rivolgendosi a tutti i presenti. «I negromanti sono diventati un enorme problema perché nessuno, nemmeno chi ha studiato a Whitehall, ha provato a fare qualcosa prima che fosse troppo tardi. In questo momento abbiamo un grosso problema: dobbiamo resistere in diversi punti, sapendo che, se ne perdiamo anche solo uno, perderemo tutto».

Emily annuì tra sé. Era possibile, perfino probabile, che alcuni partiti stessero facendo evacuare più gente possibile dal grande continente, ma sapeva che non sarebbero riusciti a far scappare tutti prima che fosse troppo tardi. Potevano abbandonare il grande continente e lasciare i negromanti a morire non appena fossero rimasti a corto di vittime sacrificali? Ne dubitava: Void aveva dimostrato che il teletrasporto era possibile, e ciò lasciava intendere che i negromanti avrebbero potuto teletrasportare eserciti interi in tutto il mondo...

Dopo una lunga pausa, Emily realizzò che questo non era possibile su larga scala. Le Terre Alleate sarebbero cadute già da tempo se i negromanti fossero stati in grado di teletrasportare impunemente.

Emily scosse la testa, riportando l'attenzione sul professore. Non ne sapeva abbastanza per formulare un'ipotesi fondata.

«In teoria, questo corso è obbligatorio» disse Locke. Tornò verso la cattedra e rimase in piedi lì davanti, guardando gli studenti attraverso i suoi occhiali. «Avere delle nozioni di storia è importante per chiunque sia interessato a praticare la magia come diplomato a Whitehall, piuttosto che come strega qualunque o mago di corte. Dovete conoscere la storia per dare la giusta prospettiva alle controversie locali e per capire perché è di vitale importanza unirsi contro i negromanti. Ma so che molti di voi credono che la storia sia meno importante della magia o del controllo, e sono troppo anziano per insegnare a studenti che non hanno voglia di imparare. Se preferite usare questo tempo studiando altrove, potete scegliere di non seguire il mio corso e lavorare in silenzio in biblioteca. Doveste poi cambiare idea, potrete seguire i corsi per studenti più giovani».

Sorrise piuttosto mestamente. «Nei prossimi mesi tratteremo una vasta gamma di argomenti: lo sviluppo della magia, dai primordi fino alla scoperta delle regole basilari da parte di stregoni ricercatori; come e perché la magia abbia cambiato il corso della storia; le origini delle grandi guerre contro goblin, elfi, orchi e altre razze semiumane; cosa portò alla costruzione del Primo Impero e perché fu preso alla sprovvista e distrutto durante la seconda grande guerra; la storia dei manufatti magici, incluse le leggende delle bacchette invincibili, le spade portate solo da veri re e persino i più strani oggetti risalenti alla notte dei tempi. Probabilmente estenderò i vostri preconcetti» aggiunse. «Voi conoscete solo la versione della storia raccontata dal vostro regno, ma rimarrete sorpresi nello scoprire in quali punti coincide o meno con quanto annotato dai Monaci Storici. Molti di voi preferirebbero scappare dall'aula piuttosto che accettare l'esistenza di altre versioni della storia. Sinceramente è un problema vostro, non mio».

Diede un'occhiata all'orologio. «Ci rimangono venti minuti, ma per ora ho detto tutto quel che dovevo» continuò. «Se per il momento volete lasciare il corso di storia, astenetevi semplicemente dal presentarvi alla prossima lezione. Verrete segnati come assenti, ma non ci sarà alcuna conseguenza. Rimanere ignoranti sarà una punizione più che sufficiente».

Emily aveva capito, ma aveva il sospetto che solo pochi altri della classe avessero recepito allo stesso modo. Di quel mondo lei non sapeva quasi nulla, a eccezione di ciò che poteva apprendere da insegnanti, compagne di stanza e, ora che aveva il permesso, in biblioteca. Era facile intuire che doveva imparare il più in fretta possibile, se non altro per essere sicura, in futuro, di ciò che diceva. Non possedeva neanche più le nozioni elementari che chiunque, cresciuto lì, conoscerebbe.

Ma gli altri non arrivavano a comprendere la loro stessa ignoranza. Come potevano? Avevano appreso la verità – o almeno la verità ufficialmente autorizzata nei loro regni – molto prima di essere ammessi a Whitehall. Capiva bene perché il professor Locke preferiva non insegnare a studenti che non avevano voglia di stare in quell'aula. Aveva proprio ragione: probabilmente la loro ignoranza l'avrebbero pagata cara in futuro.

«La lezione è finita» disse Locke. «Spero di vedere qualcuno di voi venerdì».

Emily si alzò e andò verso la porta, sulla scia degli altri studenti. Avevano già pensato a come impiegare al meglio il tempo libero tra una lezione e l'altra: forse bevendo acqua o succo, o forse assillando il personale della cucina affinché desse loro degli spuntini. Emily però non sapeva cosa fare. Non aveva altre lezioni quel giorno e l'unica cosa che le veniva in mente da fare era di andare in biblioteca; non sapeva neanche dove fosse Imaiqah o se fosse libera in quel momento.

Uscì dall'aula scuotendo il capo e finì dritta addosso a un gruppetto di ragazze che la stavano aspettando. Una di loro la prese per un braccio, tenendola stretta. Le altre la circondarono per impedirle di scappare. Era una trappola.

«Allora, dimmi» sussurrò la capa. «Da dove vieni?».

Capitolo IX

Emily fece un respiro profondo per calmarsi, ma non funzionò un granché.

I bulli nella sua vecchia scuola erano abbastanza cattivi, ma questi, oltre a essere numerosi, avevano anche la magia dalla loro. Avrebbe potuto provare a combattere, ma di magia ne sapeva poco o nulla, e soprattutto non abbastanza da affrontare gente con anni di studi alle spalle. Cosa sarebbe successo se il tentativo fosse fallito? Avrebbe potuto farsi male. O peggio…

Quando due delle ragazze la afferrarono per le braccia trascinandola nel corridoio e poi in un'aula deserta Emily si sentì paralizzata dalla paura. Forse qualcuno aveva assistito alla scena, senza intervenire.

La cosa non la sorprese. I bulli erano uguali ovunque, e chi avrebbe potuto unire le forze per combatterli preferiva starne alla larga nella speranza di non essere preso di mira. Diamine, in molti sceglievano di schierarsi con loro e unirsi alle vessazioni, piuttosto che difendere gli amici vittime dei soprusi.

Nel vedere che Alessa, erede al trono di Zagaria, era dentro l'aula ad aspettare, Emily si incupì. Perché la cosa non la stupiva?

«Sì» disse Alessa. La sua voce era mielosa. «Da dove vieni?».

Emily considerò rapidamente le sue opzioni. Con il senno di poi, avrebbe dovuto immaginare che qualcuno gliel'avrebbe chiesto, che si sarebbe trovata costretta a raccontare la sua storia. Ma del fatto che era stata rapita da un negromante per essere sacrificata non voleva parlarne con nessuno, specie con i bulli della scuola. Quella notizia non sarebbe servita loro in alcun modo, per quel che ne sapeva, ma comunque…

«Non è importante» rispose Emily maledicendo la sua stessa ignoranza. Avrebbe potuto dire di venire da qualsiasi parte di quel mondo, ma non ne sapeva abbastanza da inventarsi una bugia credibile. «Io...».

La stretta al braccio aumentò in modo allarmante e interruppe i suoi ragionamenti.

«Sei arrivata a bordo di un drago» disse Alessa. I suoi occhi erano penetranti, così azzurri ma anche così freddi. «Sai quanto sia raro anche solo vederlo, un drago?».

C'era qualcosa di sinistro nella sua voce, Emily impiegò qualche istante a capire cosa fosse: invidia. Alessa era invidiosa. Sarà anche stata la principessa di un paese di cui fino al giorno prima lei neanche conosceva l'esistenza, ma non aveva mai volato su un drago, e ora tutti parlavano di Emily, non di lei. Il teletrasporto fino a Whitehall era così... banale, se paragonato a volare su un drago.

«È amico del mio mentore» rispose Emily. Avrebbe dovuto menzionare Void? O sarebbe solo servito a peggiorare la situazione? Dovette ingoiare il boccone amaro e combattere la paura e la rabbia che minacciavano di sopraffarla. Come osava Alessa farle questo? «Il drago mi ha dato un passaggio...».

Alessa la studiò come fosse una lumaca particolarmente disgustosa. «I draghi non si mostrano al mondo per una persona qualunque» ribatté in tono aggressivo. «Chi sei, per poter volare su un drago?».

Di colpo, la principessa cambiò approccio. «Qual è la tua posizione sociale?».

Emily prese in seria considerazione la domanda, sapendo che anche il solo doverci pensare la rendeva strana agli occhi di Alessa e delle sue amichette. Loro sapevano sempre dove collocarsi nella gerarchia sociale. Se ricordava bene, le principesse di quasi ogni paese erano socialmente superiori pressoché a chiunque altro. E Alessa non era certo il tipo di persona da mettere da parte i suoi natali, neanche a Whitehall. Le raccomandazioni del Gran Maestro circa il mettere da parte ogni nazionalismo all'interno della scuola erano cadute probabilmente nel nulla.

Emily pensò per un attimo di attribuirsi un'alta posizione sociale, ma ancora una volta la sua ignoranza le rese impossibile inventare una bugia convincente.

Alessa, come chiunque desse più importanza alle nobili origini che ai successi personali, conosceva sicuramente ogni famiglia reale o aristocratica delle Terre Alleate. Non poteva neanche dire di appartenere alla nobiltà di un altro mondo senza ammettere di conseguenza che veniva da un altro mondo.

Imaiqah le aveva detto che suo padre era un mercante. «Mio padre è uno studioso, un gentiluomo» rispose infine e pregò che Alessa non facesse troppe domande. Aveva sentito dire che in alcune società gli studiosi venivano considerati una parte minore della nobiltà, ma non poteva sapere se ciò valesse anche in quel mondo. "Dev'essere così anche qui" si disse con convinzione. Gli studiosi in quel mondo avevano accesso alla magia.

«Ti basta come risposta?».

«Non ti credo» rispose Alessa con tono piatto. Più si avvicinava, più i suoi occhi si aguzzavano; arrivò quasi a sfiorarle il viso con la punta del naso. «Quale razza di figlia di studioso volerebbe mai su un drago?».

Da così vicino, il volto della capetta aveva qualcosa di curiosamente sbagliato. Emily la guardò, provò a domare la paura e a capire perché provasse una tale repulsione. Un brivido le corse lungo la schiena, come se finalmente avesse realizzato che Alessa era troppo perfetta. Il suo viso era privo di difetti, impeccabile e... perfettamente simmetrico. Ma perché sorprendersi? Una persona vanitosa come lei non si sarebbe fatta problemi a usare la magia per migliorare il proprio aspetto, a costo di sembrare fin troppo bella per essere vera. E anche se era impossibile vedere le forme celate dalla toga, Emily avrebbe scommesso una bella cifra sulla perfezione del suo corpo, pari a quella del viso e altrettanto curiosamente strana.

"È la magia" pensò con stizza. Una ragazza della sua vecchia scuola aveva assillato i genitori perché le pagassero un intervento di chirurgia estetica. Probabilmente Alessa aveva a disposizione dei maghi specializzati in cosmesi che le modellavano il viso a suon di incantesimi, rendendola l'incarnazione della bellezza femminile. Certo, ma le principesse non devono essere belle? Con molta probabilità i genitori volevano farla sposare per migliorare la loro posizione sociale o rafforzare il regno. Se Alessa non fosse stata così prepotente, Emily avrebbe provato della compassione nei suoi confronti.

«Quindi dimmi...» disse Alessa puntandole un dito in faccia. «Da dove vieni?».

Emily scosse la testa e si preparò a essere picchiata, o peggio. Ma Alessa sorrise appena.

«Te lo si legge in faccia che sei di basso lignaggio» disse con un tono sarcastico e divertito. «Vieni qui! Non c'è niente di cui vergognarsi nell'essere nata tra fango e miseria. Servire chi è migliore di te è la tua mansione naturale. Vieni, diventiamo amiche».

Quel fare derisorio mise a dura prova l'autocontrollo di Emily. Era cresciuta in una società democratica in cui perfino il più arrogante dei politici non era così sciocco da rischiare di suscitare l'ira degli elettori. Non aveva mai capito davvero come dovesse essere nascere in una società in cui i natali determinano la posizione sociale. Alessa era a suo agio con l'idea che gli inferiori servissero i superiori perché non aveva mai dovuto metterlo in discussione. I contadini e gli artigiani del suo regno esistevano per obbedire agli ordini della sua famiglia.

Diventare amiche? Emily guardò Alessa sapendo bene cosa intendeva. Sarebbe diventata un'altra delle sue amichette pronte a lodarla e incoraggiarne le prepotenze verso altri studenti, con la paura costante di diventare un suo bersaglio. Oppure sarebbe stata deputata a fare i compiti al posto suo, o qualsiasi altro lavoro umiliante le fosse venuto in mente. Essere amica di una come Alessa equivaleva a essere rinchiusi in una gabbia con un leone, le cui fauci speri si riempiano prima di altre vittime e per ultimo di te. Un leone sarebbe probabilmente più leale di qualcuno con più sangue reale che buon senso.

«Grazie, ma no» ribatté Emily. Alessa voleva vederla strisciare, non c'era dubbio, ma Emily era troppo orgogliosa per piegarsi a lei. Inoltre, era stata quasi uccisa da Shadye il giorno in cui era arrivata in quel mondo. Alessa non era nient'altro che una prepotente, nulla a confronto di un negromante. «Ora, se vuoi scusarmi...».

Le ragazze che la tenevano non accennarono ad allentare la presa, soprattutto ora che il viso di Alessa era molto rosso. «Osi rifiutarmi? Stai osando…!».

Emily sentì una vampata di calore salirle dalla rabbia e iniziò a divincolarsi. La mano di Alessa toccò la bacchetta, la magia iniziò a scintillarle attorno, come se fosse in procinto di fare un incantesimo. Le ragazze la stavano tenendo stretta, non poteva fuggire…

Ma qualcosa non tornava. Alessa non si faceva scrupoli quando c'era da tormentare ragazze di basso rango come lei e Imaiqah, quindi perché stava provando a fare di lei un'alleata?

La risposta arrivò così forte da avvertirla quasi a livello fisico. Era arrivata a bordo di un drago, cosa che faceva pensare fosse importante. Qualcuno che prendeva sul serio i natali e la posizione sociale, si chiedeva se Emily fosse davvero più importante di lei o se fosse il tipo di persona che era il caso di portare dalla sua parte.

Il professor Locke aveva fatto notare che le Terre Alleate erano disunite. Emily aveva il sospetto che Alessa e altri come lei rappresentassero gran parte del motivo per cui le Terre Alleate erano incapaci di unirsi contro un nemico comune.

Emily realizzò che Alessa aveva paura di lei. L'unica persona che era stata in grado di convocare un drago e convincerlo addirittura a portare una nuova studentessa a Whitehall era stata uno stregone dai poteri immensi, Void. Alessa si stava sicuramente chiedendo se Emily fosse più importante o più potente di lei, forse anche abbastanza potente per surclassare le sue origini reali. Ecco perché si era portata dietro tutta la cricca: se Emily fosse stata così potente e abile da sconfiggerla, le sarebbero serviti i rinforzi.

«Sì» rispose Emily senza nemmeno rifletterci troppo. «Oso».

La sensazione di magia divenne più forte quando Alessa sollevò la bacchetta con fare minaccioso. «Striscia» ordinò. Le ragazze allentarono la presa non appena la voce di Alessa diventò un cantare lento e profondo. «Striscia per me, leccami i piedi, implora il mio perdono…».

«No» rispose Emily imperturbabile. Si liberò le mani, preparandosi. Com'era quell'incantesimo di difesa? La paura le annebbiava la mente. «Lasciami andare!».

Alessa mosse la bacchetta e un incantesimo prese vita luccicando. Brillò minaccioso davanti a Emily, che un attimo dopo riuscì a lanciare un controincantesimo.

Alessa non sembrò sorpresa quando il suo incantesimo di dissolse nel nulla. Sollevò nuovamente la bacchetta e fece un secondo incantesimo. Emily balzò in avanti e afferrò la bacchetta, allontanandola dalla rivale. La magia prese a vorticare attorno a entrambe, scintillando di un'energia mortale.

Poi ci fu un lampo di luce ed Emily fu scagliata sul muro al lato opposto della stanza. Sbatté la spalla contro la pietra e collassò a terra ansimando dal dolore. Le sue amichette presero a ridere, ma esitanti: non erano certe che quello fosse il vero intento della loro capa.

«Hai toccato la mia bacchetta!» sbottò Alessa, rossa in volto. «Tu...».

Prima che Emily potesse muoversi, Alessa scagliò un altro incantesimo. Questa volta Emily non riuscì ad annullarlo prima che la colpisse. Lo sentì strisciarle sopra, esaudendo la volontà di Alessa, ma non riusciva a capire quale effetto avrebbe avuto. Sicuramente Alessa non poteva trasformarla in rana, lumaca o qualche altra creatura incapace di muoversi e parlare. Sicuramente...

«Andiamo» disse di colpo Alessa. Le ci volle un momento per capire che non stava dicendo a lei ma alle altre ragazze. «Buon divertimento, villana!».

Emily rimase stesa a guardarle andare via, aspettò che la porta si chiudesse alle loro spalle e poi si alzò. Quasi subito, le gambe scattarono involontariamente e cadde di nuovo a terra. La parte inferiore del corpo era in preda a spasmi continui, come se l'incantesimo stesse fluttuando nel campo magico che la circondava. Non riusciva a fare altro che strisciare.

Cercò ancora una volta di alzarsi aggrappandosi a un banco, nella speranza che quella sensazione sparisse in fretta, e invece si estese anche alle braccia e lei si ritrovò a cadere, di nuovo.

Emily realizzò con terrore che l'incantesimo di Alessa l'avrebbe bloccata a terra fino a che il gruppetto non fosse tornato o fino a che qualcuno non fosse entrato nell'aula. Alzarsi era impossibile, figuriamoci camminare se le gambe continuavano a scattare in quel modo convulso.

"Sei stata maledetta, idiota che non sei altro" pensò Emily con rabbia. Sentiva addosso la pressione esercitata dall'incantesimo, che brillava di magia non appena provava a muoversi. "E sai anche come annullare le maledizioni".

Si concentrò nel tentativo di lanciare l'incantesimo che le aveva insegnato la maestra Irina, ma non ci riuscì. Mentre giaceva sul pavimento, sentiva l'energia che abbandonava il suo corpo.

Bollenti lacrime di umiliazione e rabbia le rigarono il viso. Con ostinazione, provò a mettersi in piedi solo per venire tirata giù, per l'ennesima volta. L'incantesimo di Alessa sembrava rafforzarsi, impedendole persino di strisciare per poco più di qualche metro; per certi versi, sarebbe stato meno imbarazzante essere trasformata in un oggetto inanimato. Non poteva più fare affidamento sul suo corpo.

La sua mente fu attraversata da pensieri colmi di rabbia. "Ora te ne starai qui a terra a soccombere?" Era un boccone amaro da digerire, ma doveva ammettere di non aver mai provato concretamente a convincere Void o nessun altro a rimandarla a casa. Vivere in un mondo magico le era parso più allettante di qualsiasi altra cosa la attendesse nel luogo da cui veniva; adesso, però, non ne era più così sicura. L'unica cosa di cui era sicura era che doveva alzarsi e affrontare quelle prepotenti, oppure avrebbero vinto loro.

In preda allo sconforto, provò con il controincantesimo, ancora e ancora, fallendo. Quel nuovo tentativo le permise comunque di capire come l'incantesimo di Alessa fosse sfumato nel campo magico. Naturalmente, quella bulla era riuscita a lanciare un incantesimo più umiliante che pericoloso, l'aveva affinato a tal punto da rendere difficile il suo annullamento. Emily chiuse gli occhi e cercò di ricordare la sensazione di toccare gli incantesimi provata sei ora prima, durante la sua prima lezione. L'incantesimo prese a brillare nella mente, una costruzione vorticosa di parole magiche messe assieme per creare qualcosa di molto più grande della somma delle sue parti. Adesso poteva anche vederne chiaramente la struttura.

Con cautela, lanciò il controincantesimo un'ultima volta, concentrandosi sui punti deboli della maledizione di Alessa. Per un breve attimo pensò di aver fallito nuovamente, ma poi, grazie al cielo, la maledizione fu spezzata.

Emily rimase a terra per un lungo momento, con il cuore che le batteva forte in petto. Poi, in qualche modo, si tirò su in piedi. Le gambe erano ancora deboli, ma almeno le innaturali contrazioni di poco prima erano sparite. Si diresse barcollando verso una sedia e vi collassò sopra, con il sudore che le bagnava la schiena e la testa appoggiata sul banco. Provava sentimenti contrastanti di gioia e paura. Alessa e le sue amichette avrebbero potuto pestarla fino quasi a ucciderla mentre era in terra, bloccata dall'incantesimo e impossibilitata a difendersi.

Era esausta, ma la sua mente si rifiutava di riposare. Aveva creduto di poter riconoscere i pericoli, ma non ci era riuscita, proprio no. Il Gran Maestro non avrebbe messo in guardia dal nazionalismo se non avesse rappresentato un serio problema, e qualcuno come Alessa potrebbe avere molti nemici provenienti da altri regni, persone che si considerano alla sua stregua o addirittura superiori. Nel suo vecchio mondo i ragazzi più popolari avevano sempre una cricca di seguaci che speravano di poter splendere di riflesso. Qui, dove i natali erano importanti, doveva esserci più di un gruppo di bulli, oltre a quello di Alessa, se non altro perché tutti gli altri dovevano unire le forze per mera sopravvivenza. Lei, invece, era sola, indifesa. Nessuno sarebbe corso in suo aiuto. I bulli avrebbero potuto farle qualunque cosa.

E poi c'era Shadye, che voleva ucciderla.

"Dovrai imparare più alla svelta" pensò amaramente. Alessa l'aveva sconfitta grazie alle sue abilità magiche, e lei voleva imparare a fare altrettanto, a ogni costo. La maestra Irina aveva sbloccato i suoi poteri, ma adesso stava a lei apprendere. Le avevano detto che c'era una biblioteca, dove avrebbe certamente trovato dei libri per imparare a difendersi. Certamente…

La porta si aprì ed Emily alzò lo sguardo, preoccupata. Se la combriccola fosse tornata? Invece no, era un'insegnante di mezza età che la guardò sorpresa. Sembrava la versione più anziana di sua madre, con i capelli neri raccolti in una crocchia e un'espressione arcigna. Portava una toga gialla e nera che a Emily ricordò api e vespe. Dovette sforzarsi per non far trasparire l'ilarità suscitata da quel pensiero.

«C'è qualche ragione per cui ti trovi nella mia aula?» domandò l'insegnante.

Emily esitò. Avrebbe potuto raccontare la verità, ma non voleva fare la spia: alla lunga non avrebbe risolto nulla. Inoltre, Alessa era in quella scuola da mesi, forse anni, e gli insegnanti non l'avevano ancora punita. Forse avevano pensato fosse diplomaticamente impossibile punire una principessa. Per quel che ne sapeva, Alessa era cresciuta in un regno in cui si esigeva che i bambini di umili origini venissero puniti al posto di quelli nobili.

«Avevo bisogno di sedermi» disse alla fine. «Io…».

«Hai una camera in cui poter riposare» rispose seccamente l'insegnante, interrompendola. Si avvicinò a Emily e tirò fuori una scatola colma di specchi. «Visto che vuoi stare qui, puoi mettere uno specchio su ogni banco. Oppure puoi riferire l'accaduto alla Sala della Vergogna per una punizione».

Emily si alzò e prese la scatola. Gli specchi erano piccoli, appena più grandi della sua mano, e, non appena li sfiorò con le dita, percepì delle scintille di magia. Guardando la sua immagine riflessa, per poco non le venne un colpo quando vide l'altra sé farle l'occhiolino. Un attimo dopo l'immagine cambiò, mostrando una donna dalla pelle scura e dagli occhi neri e profondi.

«Mettili sui banchi» ordinò l'insegnante spazientita. «La lezione inizia tra sette minuti».

Emily arrossì. Alessa voleva umiliarla davanti a un'intera classe di studenti. Se Whitehall era come tutte le altre scuole, la notizia avrebbe fatto subito il giro dell'istituto. Tutti avrebbero saputo della nuova ragazza arrivata su un drago; avrebbero saputo che era stata maledetta e che aveva aspettato impotente che qualcuno arrivasse in suo aiuto. Ma lei si era liberata da sola.

Scosse la testa e si spostò da davanti agli specchi, rifiutandosi di guardarli ancora. Riportò invece la scatola all'insegnante e fuggì in corridoio per raggiungere la sua camera. Le girava la testa e aveva proprio bisogno di riposare prima di andare in biblioteca.

Capitolo X

«Mi dispiace» le disse Imaiqah venti minuti dopo. Quand'era entrata in camera c'era anche lei. Emily si era subito buttata a letto. «È una...».

Imaiqah si strinse nelle spalle, incapace di trovare le parole adatte.

Emily sorrise nonostante fosse sfinita. «Una nobile rompiballe?».

Imaiqah arrossì. «Sì» concordò. «Non è riuscita a passare neanche metà dei corsi base, eppure si permette di fare la rompiscatole».

Imaiqah aveva chiesto a Emily cosa fosse successo e lei glielo aveva raccontato, anche se non sapeva esattamente perché le avesse detto proprio tutto. Parte di lei voleva tenerlo per sé.

«Oh» disse Emily. Un attimo dopo realizzò ciò che aveva detto l'amica. «Passare i corsi base?».

«Ognuno ha un diverso livello di abilità e potere» le spiegò Imaiqah come fosse la cosa più normale al mondo. Gli insegnanti a cui era abituata Emily avrebbero tirato fuori delle complesse spiegazioni pur di non ammettere la verità. «Avrai notato a lezione che alcuni studenti sono molto più grandi di te».

Emily annuì lentamente. Quando ci aveva pensato aveva immaginato che gli ammonimenti del professor Locke circa la pericolosità del saltare storia avessero convinto gli studenti più grandi a tornare a lezione. Ma aveva senso: perché uno studente geniale del primo anno sarebbe dovuto rimanere a un corso base se poteva passare a un livello più avanzato?

La testa tornò a girarle ed ebbe un conato, poi tossì. Il mondo attorno stava iniziando a dissolversi...

«Mangia questo» le ordinò Imaiqah. Improvvisamente era molto più vicina; aveva perso conoscenza tanto a lungo? «Ti sei spinta troppo oltre».

Emily accettò quel cibo che le sembrava un torrone e lo assaggiò appena, poi diede un morso e ingoiò il più in fretta possibile. Si sentì pervadere da un'improvvisa ondata di energia, così potente da farle realizzare quanto si fosse sforzata e quanto fosse sfinita. Sarebbe dovuta andare dritto in cucina per mangiare qualcosa dopo essersi liberata dalla maledizione.

«Prendi ancora qualcosa» disse Imaiqah. Passò a Emily altri due pacchetti di cibo e lei li divorò con avidità. «E rilassati!».

Si schiarì la voce e tornò all'argomento iniziale. «I corsi base insegnano le nozioni elementari. Devi saperle padroneggiare per passare ai corsi più avanzati e poi, se vorrai, seguire un indirizzo specifico. Se non impari le basi, dovrai ripetere il corso fino a quando non ci riuscirai».

«Capisco» disse Emily. Un pensiero le balenò in testa. «Quindi adesso potrei passare a un corso più avanzato senza frequentare il corso base?».

«Se riuscissi a passare l'esame» rispose Imaiqah. La guardò con gli occhi sgranati. «Riusciresti a passare l'esame?».

«Probabilmente no» ammise Emily. Scosse la testa, chiedendosi come avesse fatto quella ragazza a rimanere sana di mente in una scuola dove tutti la emarginavano. «Devo solo imparare il più in fretta possibile».

Imaiqah annuì. «Girano voci di corridoio secondo cui saresti una Figlia del Destino. Perfino io le ho sentite. È vero?».

Emily rimase di sasso e iniziò a riflettere attentamente. Un drago e ora delle voci sul fatto che era una Figlia del Destino. Ecco perché Alessa era così interessata a lei, anche se quel particolare non lo aveva proprio menzionato quando aveva provato a introdurla nella sua cricca. I genitori di Alessa avrebbero ceduto probabilmente mezzo regno in cambio di una vera Figlia del Destino pronta a lavorare per loro. Magari avrebbero persino pressato affinché la figlia diventasse sua amica.

«No» disse Emily. Dubitava che la verità letterale avrebbe entusiasmato qualcuno, tantomeno Alessa. Si domandava distrattamente in quanti guai sarebbe finita se suo padre si fosse chiamato Fortunato. «Sono solo una normale studentessa».

«Arrivata a bordo di un drago» aggiunse Imaiqah con un sorrisetto. «Hai la minima idea di quante reginette hai messo in imbarazzo semplicemente arrivando su un drago?».

Emily arrossì. Non era stata lei a convocare il drago e a farsi ammettere a Whitehall; a dire il vero le sembrava di non decidere niente. Non aveva scelto i suoi genitori né di lasciarsi rapire da Shadye, Void poi l'aveva spinta ad andare a scuola piuttosto che farle da insegnante. Era una quasi Figlia del Destino per nascita, e non aveva fatto niente per meritarselo. Alessa si gloriava del caso fortuito che l'aveva resa principessa reale, cosa che Emily trovava alquanto irritante. Forse essere adulati fin dalla nascita portava a un senso di diritto. O forse era solo una stupida ragazzina con più poteri magici che senno.

«Non era mia intenzione» mormorò. Chi aveva iniziato a spargere la voce? Void? O forse il Gran Maestro? Ma perché rivelare agli studenti che una di loro era una Figlia del Destino? I negromanti non sono gli unici adulti che potrebbero volere morta una Figlia del Destino prima che acquisti sicurezza in se stessa. «L'anno prossimo proverò ad arrivare a piedi».

Imaiqah ridacchiò. «Io sono arrivata in carrozza. Era la mia prima volta lontano da casa».

Emily si mise comoda e cominciò a fare domande per conoscere il più possibile la sua nuova amica. Imaiqah raccontò di essere nata a Zagaria, motivo per cui – immaginò Emily – Alessa avrà pensato di poterla costringere a fare i compiti e altri servizi. Il padre era un famoso mercante e aveva cinque figli. Un mago loro conoscente aveva notato il talento di Imaiqah e le aveva offerto una borsa di studio. Da ciò che stava sentendo, la vita della figlia di un mercante non sembrava così accattivante, anche se immaginava che quella famiglia se la passasse molto meglio dei contadini del regno. Per quel che ne sapeva, Zagaria era una monarchia quasi assoluta, cosa che non prometteva bene per il futuro del regno o per la stessa Imaiqah.

La porta si aprì ed entrò Aloha, seguita da due amici. Uno di loro, con sorpresa di Emily, era un adolescente dall'aspetto strano: era come avesse usato la magia per crescere più in fretta, combinando un disastro. Le dimensioni di braccia e gambe erano quelle di un uomo maturo, mentre il petto era ancora piccolo e sproporzionato. L'altra era una ragazza con i capelli così neri, che sembravano assorbire la luce e teneva in braccio un gattino. Emily rimase affascinata finché non vide gli occhi del felino brillare di un'inquietante luce verde.

«Voi due. Uscite. Subito» ordinò Aloha. «Andate a giocare nell'area comune o fate quel che vi pare».

Emily aprì la bocca per protestare, ma l'amica la prese per un braccio e la trascinò fuori dalla camera prima che potesse proferire parola. «È al comando della stanza» spiegò Imaiqah non appena furono fuori dalla porta. «Può darci ordini, se le va».

«Ah». Alessa era stata talmente perfida, che la mente di Emily era annebbiata dalla frustrazione, non riusciva a pensare con lucidità. Umiliazione e rabbia si facevano la guerra dentro di lei. Erano tutti così ossessionati dalla magia in quella scuola? «Chi le dà il diritto di comportarsi in questo modo?».

«È qui da più tempo» spiegò semplicemente Imaiqah. «Dove vuoi andare?».

«In biblioteca» Era lì che avrebbe voluto recarsi prima che Imaiqah la distraesse con le sue chiacchiere. «Voglio vedere com'è».

«Prima dovresti mangiare qualcosa di sostanzioso» la avvisò Imaiqah. «L'effetto di quelle barrette di zucchero non dura molto».

«Per dare ad Alessa la possibilità di attaccarci di nuovo?» chiese Emily. «Faremmo meglio ad andare prima in biblioteca».

Mentre lasciavano il dormitorio per raggiungere il corridoio principale, il suo amuleto si illuminò. Emily lasciò che la luce le guidasse e intanto si perse a osservare la moltitudine di studenti. Sembravano ancora indaffarati, nonostante le lezioni del giorno fossero ufficialmente finite. Ma poi c'erano i compiti e le attività extra da svolgere. Sicuramente c'erano club e organizzazioni per tenere occupati gli studenti ed evitare pericolosi momenti di eccessiva solitudine.

Uno studente la guardò, catturando la sua attenzione. I suoi occhi erano penetranti. Emily distolse lo sguardo, le attenzioni maschili la mettevano a disagio. Per fortuna lui non le seguì. Tirò un sospiro di sollievo e si sforzò di rilassarsi. Quella non era la Terra e quelli di cui aveva paura si trovavano a infiniti mondi di distanza.

Emily percepì l'edificio riconfigurarsi mentre imboccavano un nuovo corridoio, alla cui estremità si trovava una porta in pietra. Non appena furono vicine, la porta si aprì, rivelando una grande sala stracolma di librerie. Alcuni libri erano incatenati agli scaffali, con attorno studenti intenti a consultarli e a prendere appunti su fogli di pergamena. Forse in quel mondo la stampa non era ancora stata inventata ed Emily si chiese se sarebbe riuscita in qualche modo a crearla. Sarebbe stata una bella innovazione.

«Ah, la signorina arrivata con il drago» disse una voce. Emily si voltò e vide un uomo alto e calvo, magro in modo disumano, che se ne stava in piedi dietro a un bancone. «Ci aspettiamo grandi cose da te».

«Grazie» rispose Emily arrossendo per l'imbarazzo. La biblioteca era inondata di una strana magia. «Io...».

La sua voce andò scemando nel realizzare che non aveva la benché minima idea di cosa dire.

«Tutti i libri sui draghi sono stati presi in prestito» la informò il bibliotecario. «Non vedevo prendere così tanti libri da quando il professor Novus invitò a leggere la sua autobiografia prima dell'inizio del suo corso. Coloro che volevano effettivamente frequentare le sue lezioni, ecco. Credo che la maggior parte degli studenti abbia cambiato idea dopo aver terminato a fatica i primi due capitoli».

Aguzzò lo sguardo. «I libri appoggiati liberamente sugli scaffali possono essere presi in prestito per una settimana» aggiunse. Il tono era di chi faceva la stessa lezione a ogni studente che metteva piede nel suo dominio. «Puoi prendere un massimo di sei libri per volta, ma devono essere restituiti subito, se richiesti. I libri incatenati agli scaffali possono essere consultati ma non presi in prestito senza un permesso firmato dal Gran Maestro. I testi nella sezione limitata si possono consultare solo con un permesso firmato da un professore anziano. Parlare a voce alta, litigare o provare a prendere i libri senza previa richiesta hanno come conseguenza un'ora di pietrificazione».

Emily sgranò gli occhi. «Cosa?».

Imaiqah indicò qualcosa alle sue spalle.

Emily si voltò e vide cinque statue immobili di granulosa pietra grigia. Rabbrividì nel constatare che quelle statue erano troppo perfette per essere dei semplici esseri umani tramutati in pietra. Quelle punizioni erano terrificanti. Le vittime erano coscienti della loro stessa immobilità, da dentro quelle prigioni litiche? Riuscivano a pensare nell'attesa che l'incantesimo svanisse?

«Questa è una biblioteca, non un luogo in cui attaccare briga» spiegò il bibliotecario. «Ti consiglio di tenerlo sempre a mente».

Emily si limitò ad annuire e si allontanò dal bancone, dirigendosi poi verso gli scaffali.

Le due ragazze attraversarono una seconda linea magica – "probabilmente un incantesimo di protezione" pensò Emily – e fu subito silenzio. Quasi nessuno degli altri studenti parlava e chi lo faceva, non andava oltre il bisbigliare, persino chi leggeva attentamente e cercava di fare i compiti. Avendo visto le statue, Emily poteva comprendere una certa riluttanza nell'alzare la voce. Non voleva sapere come ci si sentisse a essere delle statue ed era sicura non lo volessero nemmeno gli altri studenti.

Da piccola aveva trascorso un trimestre come volontaria nella biblioteca della scuola. Aveva appreso quanto bastava per capire che non avrebbe voluto fare quello nella vita, anche se dopotutto non sarebbe stato male come lavoro se le avessero consentito di bandire tutti i lettori. Il sistema di gestione della biblioteca di Whitehall, comunque, sembrava molto più complesso della classificazione decimale Dewey che aveva imparato da bambina. Ammesso che ci fosse un sistema: nessuno dei libri pareva essere collocato secondo un qualunque criterio.

Imaiqah le si avvicinò per bisbigliarle all'orecchio. «Cosa stai cercando?».

Neppure lei lo sapeva. Metà dei testi non riportavano alcun titolo; quelli che invece lo avevano erano così illeggibili, che non capiva se la cosa dipendesse dall'età del manoscritto o da qualche altra magia che ne impediva la lettura. Per quel che ne sapeva, l'incantesimo di traduzione della maestra Irina poteva anche non funzionare. Infine, quelli che riusciva a leggere, per lei non avevano alcun senso. "Sangue, viscere e magia", "Incantevoli incantesimi", "Basi di foschia e offuscamenti", "La guida base di Madame Caprina per la magia animale", "Il prigioniero della magia"…

«Incantesimi di autodifesa» sussurrò Emily dopo un po'. Non osò parlare più forte. «Qualcosa che potremmo usare contro Alessa».

Imaiqah la guardò. «Ma…».

«Ma un corno» ribatté Emily sottovoce. Comprendeva il perché la sua amica non volesse cercare lo scontro – la famiglia di Alessa comandava davvero il suo paese – ma lo scontro poteva trovare lei, che lo evitasse o meno. «Dobbiamo imparare a difenderci».

Imaiqah annuì un po' riluttante e la condusse verso un'altra serie di scaffali. Mancava un certo numero di libri – si intuiva dagli spazi vuoti – e quelli rimasti erano molto usurati, sintomo che erano stati consultati tante volte. Emily prese uno dei testi non contrassegnati, lo aprì e lesse il titolo: "Incantesimi elementari per imbecilli". Le fu quasi impossibile trattenere una risata nel ricordare i libri "For Dummies" del suo vecchio mondo; passò quindi alla pagina successiva. Il primo incantesimo lo conosceva già – il controincantesimo della maestra Irina – ma il secondo le era nuovo e serviva a tenere lontano gli insetti dall'esecutore della magia. Emily si chiedeva, guardando il diagramma, se quell'incantesimo potesse essere alterato per far comparire degli insetti su una vittima ignara.

Il libro non aveva un indice, così dovette sfogliarlo per cercare incantesimi interessanti e utili. Alcuni sembravano completamente insensati, a meno che non volesse specializzarsi in ierologia; altri apparivano più adatti ai lavori domestici che non a combattere nemici. Si avvicinò a Imaiqah per chiederle di cercare dei testi più pratici. Imaiqah esitò e poi le passò un altro volume abbastanza vissuto. Il titolo "Scherzi pratici" la lasciò perplessa, fin quando non aprì una pagina a caso e vide un incantesimo che costringeva l'inconsapevole vittima a parlare solo in rima. Controllò una seconda pagina e scoprì una maledizione che causava la perdita del controllo della vescica. Quello era un pensiero terrificante.

«Peccato non sia scritto in latino maccheronico» bofonchiò tra sé. Imaiqah le lanciò uno sguardo inquisitorio. «Non farci caso».

Emily trovò un altro libro che le sembrò interessante intitolato: "Un recinto contro la magia", un concentrato di incantesimi di difesa. Anche in questo caso conosceva il primo grazie alla maestra Irina, ma gli altri erano più complessi e potenti, e permettevano all'esecutore di proteggere se stesso oppure stanze o addirittura edifici interi. Gli incantesimi più potenti parevano estremamente difficili, troppo perché riuscisse a farli subito. Uno di questi prevedeva così tanti elementi, che si domandò se esistesse qualcuno in grado di eseguirlo in modo corretto.

«Questo ti piacerà» sussurrò Imaiqah, passandole un quarto volume. Trattava di come rispondere alla magia, dalle semplici maledizioni alla magia nera. Emily lo aprì e vide una figura che le diede la nausea. L'immagine, un uomo trasformato in mostro dalla magia nera, era orripilante. Mai, nel suo vecchio mondo, avrebbero ammesso simili illustrazioni in una biblioteca scolastica.

Aveva pensato che la maledizione di Alessa fosse malvagia, ma non era che un semplice scherzo se comparata alla magia nera vera e propria.

«Oh, questo…» suggerì Imaiqah.

Il quinto libro era una panoramica sulle Terre Alleate, scritto da uno storiografo che si firmava Monaco Storico. Il professor Locke aveva menzionato questi monaci, ma Emily non riusciva a ricordare bene cosa avesse detto. Qualcosa circa il fatto che fossero gli unici a riportare la storia scevra da ogni faziosità nazionalistica? Distrattamente, sfogliò il capitolo che trattava del regno di Zagaria e lesse per sommi capi le prime pagine. Aveva ragione; il padre di Alessa era il monarca assoluto del suo paese, ma i baroni tenevano stretti i loro poteri. Lo scrittore aveva annotato che la fallimentare spartizione del potere, anche solo con la crescente borghesia mercantile, avrebbe presumibilmente causato problemi in futuro, in special modo con l'ascesa al trono del nuovo monarca. Emily non ne aveva dubitato nemmeno per un secondo.

Prese un sesto libro sui diversi tipi di magia e quindi diede un'occhiata in giro sugli altri scaffali per poi fermarsi davanti a un cancello di metallo che portava in un'altra stanza. Il senso di magia protettiva che lo circondava era quasi schiacciante, come se l'incantesimo fosse vivo e alla costante ricerca di possibili intrusi. Non le servì Imaiqah per capire che quella era la sezione limitata. Due studenti, entrambi più grandi, erano in piedi a leggere dei libri incatenati. Emily sperava che non stessero pianificando in segreto di diventare dei negromanti.

Emily prese i sei libri e si incamminò verso il bancone.

Passando, vide Alessa seduta a una postazione, intenta a leggere un testo. La principessa era sola, delle sue amichette nemmeno l'ombra. Emily rimase stupita, ma poi immaginò che avesse bisogno di concentrarsi sullo studio per passare i corsi base. Era strano – sicuramente la sua famiglia poteva permettersi un insegnante per la nobile figlioletta – ma forse Alessa era semplicemente pigra. Considerando quanto le aveva insegnato la maestra Irina, Emily pensò che era possibile imparare a memoria una gran quantità di incantesimi senza però comprendere i principi alla base del loro funzionamento. Poteva essere proprio quello il problema di Alessa. Ciò avrebbe spiegato la sua capacità di lanciare maledizioni pur non riuscendo a passare gli esami.

La bulla alzò lo sguardo e lanciò un'occhiataccia a Emily che, di tutta risposta e senza pensarci su, ricambiò con una smorfia. Alessa aprì la bocca per incenerirla, ma fece in tempo a pronunciare solo due parole che ci fu un lampo di luce. Era diventata un blocco di pietra. Un attimo dopo, venne sollevata in aria e trasportata all'ingresso della sala, dove finì in mezzo alle altre statue. Emily si sforzò di non ridere, temeva di essere trasformata in pietra anche lei. Fece l'occhiolino a Imaiqah. La sua amica la guardò con un misto di terrore e ammirazione.

Emily passò i libri al bibliotecario, che appose dei timbri per poi dare una rapida occhiata alla nuova statua. Era stato al contempo divertente e spaventoso. L'incantesimo non avrebbe lasciato danni permanenti, si disse con convinzione, ma non se lo meritavano anche le principesse viziate di vivere un'ora da statue? Chissà quale effetto avrebbe avuto sulla sua personalità…

«Non posso credere che l'hai fatto» disse Imaiqah, una volta che furono fuori dalla biblioteca. «Sai cosa ci farà, giusto?».

A dire il vero, il pensiero non l'aveva neanche sfiorata. «Lo sbaglio peggiore che puoi fare con persone del genere è lasciare che ti calpestino» rispose. Sollevò un libro, simbolicamente. «Sarà meglio che iniziamo subito a studiare».

Capitolo XI

«Ma perché non posso passare ai corsi avanzati?» Emily sentì una voce familiare protestare da dentro l'ufficio del professor Lombardi. Si fermò davanti alla porta per ascoltare. «È già la terza volta che seguo il suo corso!».

«Non puoi passare perché ti ho beccata a copiare già cinque volte» rispose una voce maschile quasi sul punto di perdere la pazienza. «Lo scopo del corso, Alessa, è dimostrare di comprendere i blocchi che costituiscono gli incantesimi. Hai memorizzato infiniti incantesimi avanzati, ma non ne conosci i principi sottostanti».

«Ma… ma riesco a farli gli incantesimi» protestò Alessa. Sembrava stesse implorando la grazia piuttosto che la promozione. Senza dare nell'occhio, Emily si appoggiò al muro per ascoltare attentamente. «Ma…».

«Ma non sai cosa stai facendo» la interruppe quello che Emily suppose essere il professor Lombardi. «Fin quando non capirai i principi fondamentali, signorina, non imparerai nulla dai corsi avanzati. Tutto ciò che farai sarà farmi perdere tempo». Si schiarì la voce in modo tale da stroncare altri eventuali piagnucolii. «Ti consiglio di concentrarti oggi a lezione per imparare qualcosa. Se tra un mese ti sentirai pronta, potrai ritentare l'esame…».

Alessa lo interruppe poco educatamente. «Ma i miei genitori…».

«Non sarebbero contenti di sapere che la loro figlia è stata così incapace da permettere persino a un mago meno esperto di sfruttare i punti deboli dei suoi incantesimi per sopraffarla» disse caustico il professore. «Puoi fare rapporto alla Sala della Vergogna alle quattro in punto». Alessa sussultò. «Ora esci dal mio ufficio e non disturbarmi più fin quando non avrai deciso di metterti a studiare».

Senza farsi notare, Emily si allontanò dal muro non appena Alessa uscì di corsa dall'ufficio borbottando tra sé in una lingua che l'incantesimo di Shadye si rifiutava di tradurre. La principessa non sembrava affatto contenta.

Dopo che se ne fu andata, Emily tentennò un istante, poi si avvicinò alla porta già aperta e bussò.

Il professor Lombardi la guardò e annuì pensieroso.

«Siediti pure» disse riportando lo sguardo sulla scrivania.

Emily assentì e sfruttò quel lasso di tempo per studiare il professore. Era un uomo basso, leggermente abbronzato e con i capelli stile afro che sembravano muoversi per conto loro. Sembrava anche che cambiassero colore, ma non sapeva se fosse magia o solo la sua immaginazione. Le dita, lunghe e sottili, si muovevano come a invocare costantemente incantesimi. Emily non poté fare a meno di notare che sul braccio destro c'era una cicatrice piuttosto vistosa.

La scrivania era del tutto vuota e le pareti nude, fatta eccezione per un quadro raffigurante una streghetta bionda appeso alle sue spalle. Emily poteva percepire la magia sfarfallare per la stanza, che si addensava soprattutto attorno al professore. Aveva lanciato infiniti incantesimi per preservare i propri averi o proteggere gli studenti.

Il professore scrisse un breve messaggio su un pezzo di pergamena, che svanì non appena lo ebbe firmato, poi rivolse la sua attenzione alla ragazza. «Il Gran Maestro mi ha detto che vieni da un altro mondo».

«Sì, signore».

«E la maestra Irina ti ha già insegnato qualche incantesimo elementare» continuò il professor Lombardi. «Inoltre, uno stregone di tutto rispetto dice che hai del potenziale».

I suoi occhi si fecero improvvisamente più sottili. «A Whitehall si lavora per sviluppare il potenziale magico. Il corso sugli incantesimi è basilare. Se non impari a padroneggiare i blocchi che costituiscono la magia, sarai sempre e solo una maga, non potrai salire di livello. Ti consiglio di non dimenticarlo mai».

Emily annuì e poi rivolse una domanda che la tormentava fin dal suo arrivo a Whitehall. «Dove prendo la mia bacchetta?».

Lombardi la guardò un po' sorpreso. «La bacchetta è uno strumento che aiuta i maghi a concentrarsi. Gli stregoni devono imparare a lanciare gli incantesimi senza alcun ausilio. Sarà meglio che non la usi, a meno che tu non voglia diventarne dipendente».

Emily aggrottò le sopracciglia. Alessa l'aveva adoperata… significava che senza una bacchetta non era in grado di fare incantesimi? O le serviva semplicemente fin quando non avesse imparato a usare la mente? Emily prese nota di provare a togliere la bacchetta ad Alessa per vedere come se la sarebbe cavata senza.

«Ho visto qualcuno usare la bacchetta» disse stando attenta a non nominare Alessa. «Perché farlo, se è inutile?».

Lombardi la guardò serio. «Alcune forme di incantesimo sono più facili se ci si aiuta con la bacchetta. È anche possibile, come già sai, caricare le bacchette con incantesimi e attivarle in un secondo momento. E poi ci sono bacchette leggendarie che ci sono state tramandate da maestro in maestro, sempre più colme di sapere da un proprietario all'altro, ma è poco saggio dipendere troppo da esse. La bacchetta invincibile non esiste».

Guardò Emily dritto negli occhi. «Non provare a usarne una finché non avrai pieno controllo dei tuoi poteri» aggiunse. «Corri il rischio di compromettere la tua crescita».

"Come la mocciosa reale" pensò Emily.

Il professore si alzò. «Hai già memorizzato alcuni incantesimi. Ora vedrai come metterli insieme» La guardò per un momento. «A meno che tu non abbia già assimilato quella tecnica. Hai del potenziale, giusto?».

Emily arrossì. Era come se ovunque andasse, le persone le rivolgessero particolare attenzione e mai per qualcosa che aveva fatto lei stessa. Shadye aveva creduto fosse una Figlia del Destino, Void aveva visto in lei del potenziale, mandandola a scuola a bordo di un drago. Gli insegnanti di Whitehall si aspettavano tutti che diventasse all'istante una super maga? O la stavano solo preparando a fallire?

Lombardi lanciò in aria un incantesimo, generando una sfera di luce pulsante, e poi continuò con lo studio degli incantesimi già iniziato dalla maestra Irina.

I componenti del primo incantesimo, quattro in tutto, presero vita davanti ai loro occhi. Lombardi li indicò uno a uno, spiegando cosa fossero.

«La prima parte – il punto iniziale – informa la magia che stai creando un incantesimo. Quasi tutti i maghi praticanti si allenano a usare la magia solo con uno specifico impulso iniziale, per poi accantonare quella parte di incantesimo mentre analizzano tutto il resto. Come sempre, devi caricare le parole magiche con il mana per farle funzionare davvero; creare le parole senza innescarle accidentalmente è il primo passo verso la capacità di controllo degli incantesimi. La seconda parte individua la prima serie di parametri di un incantesimo. In questo caso abbiamo luce, non particolarmente intensa, e assenza di calore... lasciare al caso anche una sola di quelle variabili potrebbe produrre risultati sorprendenti o spiacevoli. Ho visto maghi ustionarsi perché avevano dimenticato di assicurarsi che non ci fosse calore, o accecarsi perché la luce era troppo forte. È fin troppo facile scordare di impostare i parametri quando ci si abitua a lanciare gli incantesimi tutti in una volta».

Emily annuì e comprese la frustrazione di Alessa. Concluse che la differenza era la stessa che intercorre tra usare un linguaggio di programmazione scritto da altri o crearne uno da soli. Nel primo caso era più comodo, ma nel secondo c'era maggiore flessibilità. Infatti, continuando nell'analogia, se qualcuno fosse riuscito a decodificare un incantesimo disponibile a tutti, annullandolo, avrebbe potuto fare altrettanto con chiunque usasse quell'incantesimo. Ma un incantesimo creato da un solo mago per un utilizzo personale sarebbe stato molto più difficile da spezzare.

«La terza parte,» continuò Lombardi guardando Emily, che rimaneva in silenzio «è la seconda serie di parametri, e cioè tempo e chiave. Il tempo determina la durata dell'incantesimo prima che svanisca; la chiave stabilisce chi può sbloccarlo e in che modo. Questo incantesimo, come vedrai, può essere spezzato da chiunque. Un incantesimo più complesso potrebbe essere creato per un utilizzatore specifico. Ciò non impedisce che venga decodificato, ma rende l'operazione incredibilmente difficile».

La sua voce si fece più dura. «Devo avvertirti che creare un incantesimo chiuso, in certe circostanze, può costituire motivo di espulsione da Whitehall. Due anni fa uno studente fu mandato via per averne creato uno che trasformò il suo acerrimo nemico in un maiale e si rifiutò di annullarlo. Ci vollero due stregoni esperti per spezzare quell'incantesimo». Si strinse nelle spalle. «Che peccato. Quel giovanotto aveva del potenziale».

Emily sussultò. «Che fine ha fatto?».

«Bella domanda» disse Lombardi. «Te lo dirò se mai lo scopriremo».

Emily fece per rispondere, poi realizzò che non era il caso di discutere dell'argomento, almeno non ancora. Si mise a riflettere su quanto le era stato detto. Si era chiesta se ad Alessa e altri come lei fosse concesso di bullizzare a loro piacimento, ma a quanto pareva c'erano dei limiti e il personale si assicurava che venissero rispettati. Il Gran Maestro aveva stabilito che nessun danno doveva essere permanente. Era difficile pensare a un metodo migliore per incoraggiare gli studenti a imparare.

Ma Alessa aveva la sua cricca di amiche… come avrebbe potuto un solo mago sconfiggerle tutte?

"Con la conoscenza" pensò e guardò il professore.

«Con l'ultima parte si blocca la struttura dell'incantesimo per evitare che si trasformi fuori controllo e diventi altro rispetto a quello per cui è stato creato. Gli incantesimi possono mutare molto rapidamente quando il mana fluisce, persino se si impostano le variabili con estrema attenzione. Questo specifico incantesimo potrebbe iniziare a produrre calore se gli si consentisse di mutare o interagire con altri incantesimi nello spazio comune. A differenza del punto iniziale, il punto finale non opera autonomamente, quindi non dimenticare di collocarlo al termine di ogni incantesimo, anche se non hai intenzione di caricarlo di mana. Gli incidenti possono capitare, soprattutto quando ci sono di mezzo dei giovani maghi».

Fece una pausa significativa. «Tutto chiaro?».

Emily esitò e poi annuì lentamente. Un esperto di computer diventerebbe probabilmente il più potente – o almeno abile – dei maghi, se venisse trasportato dalla Terra in quel mondo. Lei, comunque, ne sapeva abbastanza da concentrarsi sui principi base. Inoltre, Alessa avrebbe provato a vendicarsi per quanto accaduto in biblioteca. Doveva continuare a studiare il più possibile.

«Bene» disse Lombardi. Fece un sorrisetto maligno. «Perché adesso inizieremo a esercitarci nella scrittura degli incantesimi».

Aprì un cassetto e tirò fuori una pergamena e una strana matita. Emily ci mise un attimo per capire che era intagliata a mano, non era di quelle prodotte in serie a cui era abituata.

Quando il professore gliela porse, Emily la prese e la studiò con aria pensierosa. A giudicare dai segni, era stata affilata con un coltello e non con un temperino. Prese nota di importare penne e matite se mai fosse riuscita ad aprire un collegamento con la Terra, prese la pergamena e scrisse il proprio nome in cima alla pagina.

Lombardi ridacchiò e poi prese un foglio per sé con su scritta una lista di componenti diversi che scorse con gli occhi prima di passarla a Emily. Lei la osservò e qualcosa le ronzò in testa. Quando arrivò a leggere il terzo componente finalmente capì di cosa si trattava.

«Questi componenti sono incantesimi completi a sé stanti» disse a voce alta. O lo erano stati? Nessuno aveva un punto iniziale o finale. «È possibile mettere insieme diversi incantesimi per formarne uno più grande…».

«Quello è il corso avanzato» disse Lombardi serio. «Ma so bene che gli studenti non riescono a resistere alle sperimentazioni, quindi assicurati di provare attentamente ogni parte dell'incantesimo prima di attivare l'intera catena. In presenza di così tanti componenti un singolo errore può innescare una rapida mutazione, seguita dal collasso o dal disastro. La maggior parte degli incidenti magici è causata da qualche idiota che non ha verificato attentamente il proprio lavoro prima di procedere».

Emily annuì e pensò alla progettazione delle pagine web. Era semplice inserire qualcosa in una pagina web – che fosse un'immagine in JPEG, un video o un gioco – senza doverne progettare i vari componenti. Prendere l'incantesimo sbagliato e inserirlo in uno combinato poteva rivelarsi disastroso, se i due non funzionavano bene assieme, così come una sequenza sbagliata di codice poteva far impallare una pagina web o non visualizzarsi correttamente.

«Noterai che non si capisce dove cominciano e dove finiscono» disse il professore. «Aggiungere un secondo punto iniziale porterebbe quasi certamente alla scissione dell'incantesimo combinato in due componenti, che inizierebbero subito ad agire l'uno contro l'altro. Più tardi a lezione lo mostrerò a te e ai tuoi compagni. Un punto finale produrrebbe un'interruzione in quella parte specifica dell'incantesimo combinato, lasciando inattivo il resto o generando azioni indesiderate. Potrebbe essere innocuo oppure disastroso. Ma come dicevo, lo vedremo a lezione».

«E se qualcuno infilasse un punto finale in un incantesimo e questo venisse poi usato come componente, tutto il lavoro verrebbe distrutto» meditò Emily. Sembrava assurdo immaginare che qualcuno potesse creare un incantesimo combinato senza controllarlo attentamente, ma se gli incidenti si verificavano... beh, aveva sempre pensato che il mondo non era mai a corto di sciocchi. «Si può fare?».

«Stai imparando» disse Lombardi. Picchiettò sulla pergamena. «Vorrei... vediamo. Vorrei ideassi un incantesimo con il quale spostare la matita su quel tavolo, lì nell'angolo. Prendi il tempo che ti serve; non provare a formare l'incantesimo nella tua mente. Scrivilo sulla pergamena, per gradi».

Emily osservò la lista dei componenti, provando a capire come combinarli. Avrebbe dovuto essere semplice, ma ogni componente aveva i suoi sottocomponenti con annesse variabili. Nel guardare la pergamena sentì uno strano moto di simpatia nei confronti di Alessa. Anche lei in quel momento stava dubitando delle proprie capacità. Un singolo incantesimo...

Ma non si trattava di un unico incantesimo, doveva costruirlo utilizzando dei blocchi che erano a loro volta degli incantesimi.

Prese in mano la matita e cominciò a scrivere cosa voleva che l'incantesimo facesse, sezione per sezione. Il punto iniziale, la prima serie di variabili, la seconda serie... ogni parte andava modificata, ma non appena avesse avuto la mappa dell'intero incantesimo avrebbe potuto iniziare a comporlo. Riguardando la lista dei componenti, scrisse i primi due sulla pergamena.

«Ah» disse Lombardi. La stava scrutando come un falco. «Fuori le mani, con il palmo verso l'alto».

Emily sbatté le palpebre.

«Fuori le mani, con il palmo verso l'alto» ripeté Lombardi. «Subito, se non ti dispiace».

Emily tentennò, poi obbedì. Un attimo dopo il professore le bacchettò entrambe le mani con una riga, facendola urlare per il dolore e lo shock. «È davvero una pessima idea scrivere un punto iniziale prima di essere pronti a lanciare l'incantesimo» disse. Non sembrava arrabbiato, ma Emily sussultò comunque per il tono. Era stata avvisata, sebbene non molto esplicitamente, ma l'aveva fatto lo stesso. Il tutto era stato un test per verificare che stesse seguendo con attenzione. «Pessima abitudine. Vedi di liberartene».

Emily si guardò i palmi, segnati nel punto in cui l'aveva colpita, e si sentì arrossire per la vergogna. Cancellò il punto iniziale con rabbia e ricominciò, scrivendo una per una le variabili. A quanto pareva, ci ne voleva una terza serie, perciò la aggiunse all'incantesimo e controllò il tutto con la massima attenzione.

Bilanciare così tante variabili sulla carta era difficile, immaginò fosse molto peggio farlo a mente. Come erano riusciti Shadye e Void a gestire il loro talento senza perdere il senno?

O perderlo completamente, nel caso di Shadye.

«Ecco» disse infine. I palmi erano ancora doloranti. «Come le pare?».

Lombardi osservò il foglio, pensieroso. «Nessun punto iniziale» disse seccamente. «Preferirei non ripetermi. Quante matite vuoi sollevare?».

Emily si guardò attorno grattandosi la testa. «Solo una. Pensavo...».

«In questa stanza c'è più di una matita» la interruppe Lombardi. «La prossima volta specifica che vuoi che l'incantesimo agisca solo su una di queste matite. A seconda della quantità di mana all'interno dell'incantesimo, potresti creare una gran confusione all'interno dell'aula».

«Perché verrebbero coinvolte tutte le matite» disse Emily con aria pensierosa. Si maledisse sottovoce. Come aveva fatto a non pensarci? «Posso modificare...».

«Non ancora» disse Lombardi. Picchiettò con il dito sul componente successivo. «Quanto in alto vuoi che vada la matita?».

Emily capì dove aveva sbagliato e trasalì prima che il professore potesse indicare il secondo errore.

«La matita andrà a sbattere sul soffitto» le fece notare. «Oh, e si solleverà a una velocità tale da frantumarsi all'impatto. La prossima volta, specifica sia l'altezza che la velocità, a meno che tu non la voglia usare in combattimento. Un sasso che si sposta molto velocemente può essere un'arma micidiale».

«Non bisogna neanche impostare un bersaglio» ipotizzò Emily. «Basta lanciarlo nella giusta direzione e aspettare che colpisca».

«Esatto» concordò Lombardi. Passò alla terza parte. «Approccio interessante al problema, ma dimmi: perché non hai indicato come destinazione il tavolo, anziché descrivere la traiettoria?».

«Non ci ho pensato» ammise Emily. Nella vecchia scuola le era stato assegnato il compito di programmare un piccolo robot in modo che si spostasse da un lato all'altro della stanza. Bisognava essere molto precisi – avanzare di due metri, svoltare di novanta gradi a destra, eccetera – quindi aveva dato per scontato di dover programmare il percorso della matita allo stesso modo. Ma avrebbe potuto aggiungere il tavolo come ulteriore variabile…

«Può essere costruttivo esplorare diversi punti di vista» disse Lombardi. Allegro, si fregò le mani. «Non sai mai cosa potresti imparare».

Tornò alla scrivania, aprì il cassetto e ne estrasse un grande libro rilegato in pelle, sulla cui copertina campeggiava un'aquila dorata. «Questo è il tuo personale libro degli incantesimi. È protetto da un incantesimo per cui nessuno potrà leggerlo senza il tuo consenso, almeno fino alla tua morte. Qui potrai annotare gli incantesimi per consultarli in futuro. Quando sarà completo ti fornirò un secondo libro».

Emily lo prese e guardò la scritta dorata. Era suo, suo in un modo in cui il regalo di Void non sarebbe mai stato. Le pagine vuote sembravano attendere le sue idee, i suoi pensieri personali e i suoi schemi. E per fortuna nessun altro avrebbe potuto leggerli. Sapeva di ragazze morte per l'imbarazzo quando i loro blog, account Facebook e Live Journal erano stati mostrati al mondo intero.

«E se lo perdi,» aggiunse Lombardi «te ne pentirai per tutta la vita».

CAPITOLO XII

«PURTROPPO LO FA sempre» disse Imaiqah durante la pausa pranzo. Lei ed Emily sedevano al tavolo a mangiare qualcosa che sapeva di curry, era strano. «L'ultima volta che qualcuno ha dimenticato una parte fondamentale di un incantesimo quattro persone che erano lì vicino hanno rischiato la vita».

«Oh» disse Emily. Il segno sui palmi delle mani non era ancora andato via e pulsava di un dolore sordo. In tutta la sua vita non era mai stata colpita in quel modo. «Io… pensavo che fosse violenza sui minori».

Imaiqah le rivolse un'occhiata confusa. «E quasi uccidere qualcuno perché non hai controllato a dovere un incantesimo non lo è?».

Emily si strinse nelle spalle e scosse il capo. Per quel che ne sapeva, per Imaiqah poteva essere normale ricevere punizioni corporali.

Non aveva incontrato molte persone di altre culture, almeno fino al rapimento a opera di Shadye. Quelle conosciute di recente erano spesso leggermente diverse dai suoi ex compagni di classe, abituati ad avere opinioni differenti sul mondo o su cosa fosse accettabile in una società moderna, e raramente le mettevano in discussione. Non riusciva a immaginare come si potesse sposare qualcuno solo perché scelto dai genitori, ma aveva conosciuto ragazze disposte ad aspettare con pazienza che ciò accadesse.

Quindi, dopotutto, probabilmente la mentalità di Imaiqah non era poi così dissimile.

Emily dovette ammettere che Imaiqah e Lombardi avevano ragione. La magia era pericolosa, l'avevano messa in guardia più e più volte. Continuava a paragonarla a un linguaggio di programmazione, ma forse somigliava più che altro a un'arma carica: è bene sapere cosa si sta facendo prima di prenderla in mano. Era chiaro che Alessa non sapeva cosa stesse facendo quando lanciava i suoi incantesimi, ma sapeva benissimo a cosa servivano. Magari era sufficiente, almeno nel breve termine.

Questi pensieri le affollarono la testa per tutto il pranzo.

"Se un mago lancia un incantesimo senza sapere per cosa è stato creato, funzionerà?" si chiese.

Da un punto di vista logico avrebbe dovuto funzionare, ma la magia sembrava seguire altre regole. I linguaggi di programmazione non erano casuali, funzionavano anche se l'utilizzatore non sapeva per quale fine fossero stati elaborati, non comprendendone appieno il potenziale.

«Qui non ci sono computer» meditò la ragazza. Il trucco per praticare la magia stava nel lanciare gli incantesimi mentalmente e caricarli di mana. Era un po' come fare dei calcoli a mente. "E se qualcuno inventasse l'equivalente magico di una calcolatrice o di un computer?" Immaginò ci fossero dei limiti per i maghi umani. Ma un computer non avrebbe dovuto avere difficoltà a lanciare incantesimi formati da migliaia di componenti diversi. «Mi chiedo se un computer potrebbe davvero funzionare».

Emily aveva letto molti libri fantasy in cui la tecnologia semplicemente non funzionava, o perché l'autore aveva stabilito che fosse incompatibile con le leggi di quello specifico universo o perché fermamente convinto che rappresentasse un male.

Chiaramente, quegli autori non erano mai stati costretti a vivere in un mondo con pessimi impianti idraulici, molti meno antibiotici e sistemi fognari antiquati. Ma il concetto alla base non aveva senso. Le leggi fondamentali di quegli universi avrebbero dovuto essere identiche a quelle della Terra, oppure sarebbe stata pressoché impossibile l'esistenza della razza umana. Cambiare una sola costante universale avrebbe potuto distruggere l'intero pianeta.

Ma lì le leggi universali erano di fatto diverse. Le persone potevano essere trasformate in statue o in rane… nel qual caso, cosa sarebbe accaduto al resto della massa corporea? Persino il più piccolo degli studenti di Whitehall era più grande di una rana, quindi per logica quella massa sarebbe pur dovuta finire da qualche parte. E se fosse rimasta per sempre separata dalla vittima dell'incantesimo, non sarebbe equivalso a ucciderla?

"A meno che la magia non rimanga innescata" pensò Emily.

Forse le leggi universali che regolavano il suo vecchio mondo funzionavano anche là, pur coesistendo con la magia, con il mana. Come avrebbe potuto verificare quella teoria?

Emily si sentì chiamare con un colpetto sulla spalla. «Stavi fissando il vuoto» disse Imaiqah con aria preoccupata. «E stavi parlando sottovoce. Stai bene?».

«Stavo pensando» rispose Emily. Se nella sua vecchia scuola, durante le lezioni di informatica, fosse stata più attenta, forse adesso sarebbe stata in grado di risolvere quel dilemma. Non aveva la benché minima idea di come iniziare a costruire un computer o un'auto o qualsiasi altra cosa che aveva sempre dato per scontata. Un pensiero le attraversò la testa facendola sorridere. «Sai se ci sono motori a vapore?».

Imaiqah rimase sorpresa dalla domanda. «Che intendi?».

Spiegarlo a parole era più complicato di quanto si aspettasse. Il concetto base dietro ai motori a vapore non sarebbe stato così difficile da capire, una volta colmate le lacune e dedotte alcune soluzioni. Bisognava costruire una cisterna d'acqua e scaldarla fino a ottenere del vapore, per poi spingerlo a forza nei tubi e sfruttare la pressione per produrre energia motrice. Quell'energia poteva essere utilizzata per far funzionare un motore ferroviario molto elementare.

A rigor di logica, poteva essere usata anche per avviare un'auto, ma di auto a vapore non ne aveva mai sentito parlare. Forse il motore doveva essere di una certa dimensione per funzionare a dovere…

«Non ho mai sentito nulla del genere» disse Imaiqah. «Qui ci serviamo delle strade per spostarci da una città all'altra, ammesso che ci si sposti».

«Giusto» disse Emily. Certo, nel Medioevo le persone non viaggiavano per svago. Probabilmente neanche comprendevano il concetto di vacanza, visto che vivevano ancora nella convinzione che i nobili avessero il diritto di comandare e i poveri fossero lì per servire. «Quanto lontano viaggia tuo padre per lavoro?».

Imaiqah la guardò stranita. «Non viaggia. Ha un negozio in città».

Emily scosse il capo mestamente. Grazie al cielo, in quel mondo non esistevano le multinazionali. Ogni cosa era in scala molto più ridotta. Per quel che ne sapeva, i negromanti non erano riusciti a eguagliare Hitler o Stalin nel massacrare vittime indifese. E pensare che il padre di Imaiqah era davvero uno degli uomini d'affari di maggior successo al mondo, stando a quanto diceva la figlia. Sulla Terra sarebbe stato considerato niente più che il proprietario di un negozietto a conduzione familiare.

A Emily venne un'idea e sorrise. «Se suggerissi delle idee di prodotti, proverebbe a lanciarli sul mercato?».

«Può essere». Imaiqah si accigliò, pensierosa. «Ma non scommetterebbe tutto su un solo prodotto».

Ci volle un po' a Emily per capire cosa intendesse la sua amica. Costruire un motore a vapore sarebbe stato complicato in quel mondo, perché produrre dei metalli complessi era molto più difficile. Aveva già realizzato che l'alluminio era più raro dell'oro; adesso, aveva capito anche che acciaio e metalli compositi non esistevano. Perfino un piccolo motore a vapore sarebbe stato incredibilmente costoso da produrre.

"Avrei dovuto portarmi un paio di libri di scienza" pensò con rabbia. Ma Shadye non è che le avesse dato proprio il tempo di fare le valigie. "Qualcosa che mi fornisse le nozioni tecniche che non ho mai imparato a scuola".

Rivolse a Imaiqah un'altra domanda. «Che moneta usate nel vostro regno?».

Imaiqah la guardò seria. «Ma da dove vieni? Monete d'oro, argento e bronzo, mi pare chiaro».

Emily pensò che avrebbe potuto spiegarle il concetto di moneta cartacea o di carta di credito, ma poi realizzò che sarebbe stata una perdita di tempo. «E quelle monete sono fatte d'oro, vero?».

«Ma certo! Di cos'altro dovrebbero essere fatte?».

«Quindi potrei prendere una moneta d'oro dell'Umberia e spenderla altrove?» chiese Emily. «O trasformarne una di bronzo in oro?».

«Potresti spendere una moneta d'oro ovunque» rispose Imaiqah lentamente. «Mio padre peserebbe la moneta per calcolarne l'effettivo valore, ma l'oro è oro. Trasformare qualcosa in oro... ci sono delle leggi per questa cosa, dappertutto. Potresti metterti nei guai!».

Emily non ne rimase sorpresa. In un mondo in cui era possibile usare la magia per tramutare il piombo in oro, il valore del metallo avrebbe rischiato di crollare. Ma doveva pur esistere un modo per testare la vera natura del metallo, o l'economia sarebbe collassata ormai da tempo. O forse trasformare il piombo in oro era estremamente difficile. Questo poteva essere il motivo per cui l'economia era su scala così ridotta...

Le serviva del denaro, sia per gli esperimenti sia per mangiare e comprare dei vestiti. Non si sarebbe fatta molti scrupoli a rubare le idee dal suo vecchio mondo e spacciarle per invenzioni originali. Ma cosa poteva introdurre che fosse in grado di realizzare davvero?

La consapevolezza di essere terribilmente ignorante la colpì, e non era la prima volta. Fino a quel momento non le era mai servito sapere come funziona la tecnologia per poterla usare. Adesso era intrappolata in una realtà che non sapeva nulla del metodo scientifico e lei non ne sapeva abbastanza da divulgarlo. O forse un modo c'era e includeva la magia, anziché la scienza, perché era la magia a distorcere la struttura stessa di quel mondo.

Il pomeriggio Emily aveva del tempo libero, quindi dopo pranzo andò in camera e aprì subito il primo dei libri che aveva preso in prestito. Le bastò un'occhiata per capire come mai Alessa riusciva a lanciare così tanti incantesimi pur non conoscendone il funzionamento. Non c'era alcuna spiegazione sulle variabili o sul modo in cui andassero combinate; vi era indicata solo una formula da ripetere nella mente. Una maledizione molto semplice, che prevedeva l'inflizione di un brutto pizzicotto, usava solo tre componenti. L'autore del libro aveva compresso la formula originale in un unico componente.

Emily copiò con cura l'incantesimo sul suo libro, facendo attenzione a escludere il punto iniziale, e lo scompose per capirne la struttura. Era sorprendentemente semplice, ma guardando bene le variabili, capì che avrebbe dovuto stare molto attenta, se mai le avesse modificate. Alterare le variabili che determinavano la potenza del pizzicotto si sarebbe potuto tradurre in ossa rotte o addirittura in morte. Un altro incantesimo sembrava indurre suggestioni ipnotiche che, prima di svanire, avrebbero potuto causare alla vittima un forte imbarazzo.

E pensare che mettevano questi incantesimi di manipolazione mentale in mano a dei ragazzini!

Aprì il libro degli incantesimi protettivi e ne trovò alcuni che offrivano una difesa base da incantesimi e maledizioni. Capire come lanciarli era più difficile di quanto sembrava; a differenza dell'incantesimo del pizzicotto, quelli protettivi avrebbero dovuto lavorare di continuo nella sua mente. Emily capì come fare due incantesimi alla volta solo quando realizzò di essere andata troppo oltre con l'analogia del computer. Poteva lanciare l'incantesimo e lasciarlo fisso in un punto fino a che non lo avesse scomposto.

"Non troppo potenti" pensò e prese a sfogliare il libro. Un incantesimo di difesa poteva essere spezzato da un altro mago che sapeva cosa lei stava facendo, o poteva semplicemente essere spezzato a forza. Alcuni incantesimi di difesa semplici erano più difficili di quelli complessi, ma potevano comunque essere spezzati. Se fosse stata sconfitta, era molto probabile che la maggior parte delle protezioni avrebbe collassato.

Alla fine, lanciò su di sé due incantesimi protettivi e pensò a un modo per testarli. Forse avrebbe potuto parlare ad alta voce in biblioteca.

Stava ancora vagliando le varie possibilità, quando la porta si aprì. Era Aloha, che entrò in camera come una furia. Sembrava arrabbiata e, nel vedere Emily, la fulminò con lo sguardo, facendole sospettare di essere lei la causa di tanto malumore.

Ma cosa le aveva fatto? Condividevano a malapena la stessa stanza.

«Cos'hai combinato?» le domandò Aloha, spazzando via ogni dubbio di Emily. Era avvolta da magia crepitante, come se fosse sul punto di perdere il controllo. «Cosa pensavi?».

Emily sbatté le palpebre, in preda alla confusione. «Di che stai parlando?».

«Magia marziale» disse Aloha, fuori di sé. «Per tutti gli dèi, come hai fatto ad accedere al corso?».

Aloha continuò a infuriare prima che Emily potesse aprir bocca. «Sai quanto ho dovuto studiare per essere ammessa? Sai quanto è stato difficile convincere il generale e i sergenti che ce l'avrei fatta a reggere la pressione? Mi sono esercitata per mesi per avere l'opportunità di entrare, invece a te l'hanno servita su un piatto d'argento!».

Emily alzò una mano. «Non so di cosa parli» disse, nel modo più pacato possibile. Aloha doveva essere molto più competente, e pericolosa, di Alessa. «Che cos'è magia marziale?».

«Dovresti imparare come tutti noi, ma no» rispose caustica. «Tu sei una cazzo di Figlia del Destino e quindi puoi avere cose per cui gli studenti normali devono lavorare sodo anche solo per sperare di ottenerle!».

«Non so di cosa parli» ripeté Emily, stavolta più duramente. Che storia era mai quella? «Sono stata tutto il giorno a studiare incantesimi…».

«Non hai neanche passato incantesimi base» disse Aloha. «Come possono prenderti in considerazione per magia marziale?».

Emily prese fiato e replicò la domanda. «Che cos'è magia marziale?».

Qualcosa nel suo tono di voce riuscì a raggiungere Aloha. «Non lo sai?».

«No. Non so nemmeno perché sei così arrabbiata!».

Aloha indietreggiò e si mise a sedere sul letto, con lo sguardo fisso su Emily. «Voglio specializzarmi in combattimento e, per riuscirci, devo passare magia marziale. È un corso avanzato incentrato sulla magia nelle operazioni militari. Gli studenti devono sapere cosa fanno, ma devono anche dimostrare di essere abbastanza maturi da gestire incantesimi che sono letali, creati per uccidere».

Emily ne dubitava. Nei libri di "Harry Potter" usare incantesimi per uccidere o torturare era qualcosa di imperdonabile – anche se lo stesso Harry aveva usato entrambi i tipi di incantesimo in alcune occasioni – ma quel mondo magico era un po' a corto di immaginazione. Infatti, sarebbe bastato un semplice incantesimo di sollevamento per uccidere qualcuno, facendolo cadere da una certa altezza o lanciandolo in orbita, e il risultato sarebbe stato lo stesso. Alessa avrebbe potuto uccidere con la magia modificando uno scherzo pratico per renderlo fatale.

«Mi sono candidata per quella posizione e sono stata finalmente accettata dopo sei mesi di duro lavoro per convincere i sergenti che sarei stata in grado di farcela» aggiunse Aloha. «Sai quanti pochi studenti del secondo anno provano ad accedere al corso? E tu, una del primo anno, con il corso servito su un piatto d'argento? Non hanno ammesso Alessa, una principessa reale del cazzo, senza prima farle sostenere un esame... tu quando hai fatto l'esame?».

Aloha cambiò espressione. «Ero così fiera dei miei risultati...».

Emily si sentiva strana. Nel suo vecchio mondo ciò non sarebbe accaduto. O forse sì; forse una delle cheerleader storiche sarebbe stata sbattuta fuori dalla squadra per far posto a una nuova arrivata particolarmente talentuosa, o il cui padre era in politica. Ma quella era un'attività per ragazze convinte del fatto che saltellare con abiti succinti costituisse un traguardo accademico. Emily immaginò che magia marziale fosse qualcosa di molto più difficile. Nessun corso della sua vecchia scuola avrebbe selezionato gli studenti con una tale meticolosità.

Ora riusciva a comprendere la rabbia di Aloha. Quel posto se l'era guadagnato, aveva lavorato sodo per ottenerlo, mentre a lei, la nuova arrivata priva di capacità e istruzione, l'avevano regalato.

«Non mi sono candidata per quel posto» rispose Emily con calma. «Non so perché sia successo».

«Lo so io» disse Aloha, senza alcuna inflessione. «Si aspettano che tu salvi il mondo».

Emily si domandò se esistesse un incantesimo che le consentisse di infliggere qualcosa di umiliante o doloroso a Void. Sicuramente aveva detto al Gran Maestro che lei era una Figlia del Destino, omettendo che lo era sono letteralmente e in nessun altro senso. Non vi era alcun dubbio che avesse prestato giuramento magico sulla veridicità di quanto affermato e che avesse poi ridacchiato per la facilità con cui era stato frainteso. Perché no? Forse l'idea gli era venuta grazie all'incidente che l'aveva condotta in quel mondo.

«Non sono una Figlia del Destino» disse infine. «Io...».

Ma non riusciva a spiegare la verità.

Aloha si limitò a guardarla. «Credo che non mi metterai in imbarazzo sul campo. Se dovrò prenderti a calci per farti continuare, lo farò. Intese?».

«No. Che ti importa se riesco o meno?».

La compagna di stanza la fissò. «Davvero non lo sai?».

Emily fece di no con la testa.

«In magia marziale la classe è divisa in squadre, che passano oppure no in quanto gruppo. Se falliscono troppe squadre, fallisce l'intera classe. Non sai praticamente niente di magia, eppure la mia promozione dipenderà dalla tua!».

Emily si sentì pervadere da una folata di gelo. «Ti conviene imparare in fretta» la avvertì Aloha. Tirò fuori un libro dal suo mobiletto e lo lanciò a Emily, che lo afferrò stranita. «Questo è il libro di testo base per studi preliminari e prove. Lo conosco tutto a memoria. E se vuoi passare il corso...».

«Non ho chiesto io di seguire il corso» protestò Emily.

«Anche tu dovrai conoscerlo a menadito» continuò Aloha, ignorandola. «E ti giuro sulla vita di mia madre che, se mi rovini questo corso, ti trasformerò in un paio di mutande maschili, lasciandoti usare dai ragazzi».

La minaccia sarebbe stata alquanto ridicola o al massimo disgustosa, se non fosse stata terribilmente seria.

Emily rimase a guardare Aloha che usciva infuriata dalla stanza, lasciandola lì da sola. Lanciò un'occhiata al libro che le aveva dato, maledicendo sia Void che Shadye. In che pasticcio l'avevano cacciata?

Capitolo XIII

Il professor Thande sembrava uno scienziato pazzo.

O almeno, quella fu la prima impressione di Emily non appena varcò la soglia dell'enorme aula. L'uomo era allampanato, dalla capigliatura arruffata. Il sorriso lievemente maniacale le ricordava l'attore David Tennant, il Tenth Doctor della serie Doctor Who. Thande stava curvo sopra a un calderone sormontato da qualcosa che somigliava a un becco Bunsen, da dove aggiungeva alla sostanza liquida diversi ingredienti. C'era un vago odore di spezie e alcool.

A differenza degli altri professori, Thande indossava camicia e pantaloni, anziché la solita toga, e una cintura da lavoro con attaccati diversi utensili. Quando si girò leggermente per studiare la sua classe, Emily si accorse che aveva una profonda ustione sulla guancia. Un secondo infortunio – o almeno sperava si trattasse di un infortunio – gli aveva lasciato delle brutte cicatrici sulla mano sinistra. Ricordò di avere visto altri professori con una mano danneggiata; a quanto pareva, era un incidente magico piuttosto comune.

«Prendete posto» disse Thande, tornando a rivolgere la propria attenzione al calderone davanti a sé. «Arrivo subito».

Emily sedette a uno dei banchi e cercò di calmarsi. Mentre andava a lezione di alchimia, era stata accerchiata da cinque studenti che condividevano i timori di Aloha circa l'influenza che una al primo anno avrebbe potuto avere sulla loro promozione in magia marziale. Le loro minacce erano state molto più fantasiose di quelle della compagna di stanza. Emily aveva preso in seria considerazione l'idea di recarsi dalla maestra Irina per chiedere di essere tolta dalla classe, ma poi la sua innata testardaggine aveva prevalso. Era determinata a fare del suo meglio.

Inoltre, una vocina nella sua testa le ricordava che Shadye l'aveva segnata a morte. Il corso di magia marziale avrebbe potuto fornirle il sapere necessario a vivere appieno, anziché rimanere prigioniera a Whitehall per il resto dei suoi giorni.

Il banco era strano, sembrava uno di quelli di una volta: era praticamente una scatola su quattro gambe. Quando sollevò il coperchio vide una dozzina di sacchetti di stoffa, ognuno con un odore diverso. Ne annusò uno e la testa iniziò a girarle, così lo rimise subito a posto, cercò di resistere all'impulso di tenersi stretta al banco e non mollare più la presa. La sensazione svanì in fretta, ma la lezione che aveva provato no: annusare qualcosa di sconociuto poteva essere pericoloso.

Emily si guardò attorno e notò che i muri erano macchiati e anneriti, probabilmente a causa di vecchi esperimenti. Thande non sembrava intenzionato a seguire il metodo scientifico. Sembrava invece contento di miscelare due liquidi e accendere un fiammifero solo per il gusto di vedere cosa sarebbe successo. Le pareti erano del tutto spoglie, fatta eccezione per quella davanti a lei, in cui Thande aveva piazzato un oggetto verde dorato che le pareva stranamente familiare. Non ricordava dove, ma era sicura di aver già visto qualcosa di simile. Quel pensiero continuò a tormentarla mentre la classe lentamente si riempiva, finché qualcosa scattò nella sua mente. Quella che stava fissando era una squama di drago.

Thande si spostò di fronte alla classe e batté le mani per richiamare l'attenzione. «Sono il professor Thande, direttore di alchimia. Siete qui per principi di alchimia, una materia obbligatoria per passare ad alchimia avanzata, seguita poi da diversi corsi di specializzazione. Dico bene?».

Emily annuì automaticamente. In quell'aula non c'era traccia di Alessa, segno che era riuscita a passare il corso o che non l'aveva proprio seguito. Emily si aspettava che tutti quelli del primo anno studiassero le stesse materie, ma parlando con alcuni compagni aveva scoperto che a Whitehall c'erano centinaia di indirizzi diversi. Solo alcune materie erano veramente obbligatorie per tutti. Purtroppo per Alessa, incantesimi base era una di quelle.

«Bene» disse Thande. Batté di nuovo le mani. «Chi non si è nemmeno degnato di leggere il libro di testo, problema a quanto pare molto comune, scoprirà di non possedere le nozioni basilari.

Qualcuno sa dirmi qual è la differenza fondamentale tra alchimia e incantesimi?».

Ci fu una pausa e poi uno dei ragazzi alzò la mano. «L'alchimia ha a che fare con gli intrugli, professore?».

«Risposta incompleta e nemmeno lontanamente accurata» rispose bruscamente Thande. Non pareva arrabbiato, ma piuttosto divertito. «Qualcuno vuole fare un altro tentativo?».

Una ragazza dalla pelle così bianca da sembrare albina alzò la mano. «L'alchimia si avvale della magia naturale, professore, mentre gli incantesimi riguardano i poteri personali?».

«Molto meglio» disse Thande con approvazione. Si fregò le mani e diede inizio alla lezione. «Sapete bene che il mana si trova ovunque. Alti livelli di mana possono causare cambiamenti imprevedibili in piante, animali e persino nell'aria stessa. Ciò significa, per parlare in termini prettamente pratici, che il mana genera delle proprietà magiche nella materia naturale».

Prese dal tavolo una boccia di vetro e la sollevò davanti a sé. «Occhio di tritone» disse e girò il recipiente in modo che la classe potesse vederne il contenuto. A Emily venne la nausea e, a giudicare dai rumori alle sue spalle, era in buona compagnia. «Qual è, in alchimia, l'utilizzo magico di questi occhi?».

Ci fu un'altra pausa, interrotta dalla ragazza albina. «Aiutano a vedere?».

«Purtroppo no». Il professore scrutò la stanza. «Il mana nell'occhio di tritone non ha alcun utilizzo pratico, almeno per quanto ne sappiamo. Forse uno di voi diventerà ricercatore di alchimia e scoprirà che serve a qualcosa, ma per il momento l'occhio di tritone risulta essere inutile. Anzi, un'utilità ce l'ha: ci permette di distinguere gli alchimisti qualificati dai ciarlatani».

Poggiò il recipiente e prese un piccolo barattolo di vetro. A Emily sembrò che contenesse dei peli. «Peli di criceto» li informò Thande. I versi di disgusto si intensificarono. «E che tipo di potere magico possiedono?».

Questa volta nessuno osò rispondere. «Nella loro forma naturale sono velenosi» rispose Thande. «Ma se bolliti in acqua per diciassette ore, con l'aggiunta di una goccia di sangue, possono rappresentare un eccellente integratore energetico per maghi che si sono spinti al limite».

Emily continuò a fissarlo. Chi mai si metterebbe a rasare un criceto e a bollirne il pelo per ore, solo per vedere cosa succede? A pensarci bene, com'erano arrivati addirittura a immaginare che potesse succedere qualcosa? Le girava la testa; in quel momento avrebbe tanto voluto aver preso in prestito anche un libro di alchimia, così come aveva fatto per gli incantesimi di difesa personale e gli scherzi pratici.

Non c'era da meravigliarsi che la scienza fosse tanto arretrata in quel mondo!

«Chi di voi ha familiarità con incantesimi base saprà che, se non definiti alla perfezione, gli incantesimi possono mutare» continuò Thande. «La magia nel mondo naturale è già mutata, distorta in modi che sono difficili da immaginare. L'alchimia può essere vista in parte come l'arte di combinare assieme incantesimi diversi, ma tale definizione rischia di limitare la vostra fantasia. Cosa che» disse alzando la mano sfregiata, «potrebbe rivelarsi un bene».

La sua voce si fece più acuta. «In alchimia ci sono delle regole che mi aspetto seguiate alla lettera. Chi le infrangerà verrà usato come cavia per i miei esperimenti, esperimenti che a volte sfuggono al mio controllo e…» mostrò di nuovo la mano, «possono causare danni imprevisti. Chi continuerà a pasticciare con questa roba malgrado tutto, ha chiaramente la mentalità giusta per diventare un Maestro Alchimista, ma è pregato di condurre le proprie ricerche in cima a una montagna o in un deserto, per la sicurezza di tutti.

«Prima regola: imparate tutto ciò che è possibile imparare sull'alchimia». Puntò un dito sfregiato addosso a Emily. «Cosa succede se mischi farina di mais e zucchero a velo e poi soffi il composto su una candela?».

Emily ebbe un attimo di esitazione. «Non lo so» ammise alla fine.

«Ottima risposta» disse Thande. «Se siete in dubbio su quale sarà l'esito di un esperimento, provate a cercare delle risposte prima di metterlo in pratica. Che in questo caso, a proposito, è un'esplosione». Spostò il dito su un altro ragazzo. «Cosa succede se bevi dell'acqua a cui hai aggiunto peli di gatto e cane?».

Il ragazzo si guardò attorno con aria disperata. «Trasformi qualcun altro in cane o gatto?».

«Sbagliato» disse Thande. Il suo volto si rabbuiò. «Lo fai abbaiare o miagolare senza sosta per diversi minuti. E, per inciso, non funziona se usi peli di un solo animale».

Il professore alzò lo sguardo e si rivolse alla classe. «L'ignoranza può uccidere. Se avete dei dubbi, controllate o chiedete a un alchimista esperto.

«Seconda regola: proteggetevi sempre con degli incantesimi durante gli esperimenti. Sì, molti alchimisti fanno a meno delle protezioni per avere un contatto più diretto con le loro creazioni, e in tanti prima o poi se ne pentono. Siete tutti studenti e, fintanto che lo sarete dovrete sempre mantenere gli incantesimi attivi. Inoltre, gli esperimenti vanno fatti solo nelle aule di alchimia, che sono protette. Chiunque venga sorpreso a esercitarsi in altre aree dell'istituto verrà punito severamente.

«Terza regola: lanciate sempre un incantesimo di prova prima di bere qualsiasi vostro prodotto. Un solo errore può uccidervi all'istante. Se non siete in grado di fare l'incantesimo, chiedete a un compagno di classe di farlo per voi. Rifiutarsi di aiutare comporterà una punizione».

Fece una pausa per permettere ai ragazzi di assimilare quanto detto, poi continuò. «Inoltre, è buona norma lanciare l'incantesimo anche quando si provano pozioni altrui. Alcune delle ricette di pozioni più recenti provocano strani effetti se vengono lasciate agire troppo a lungo. In questo modo eviterete di essere uccisi sul colpo».

Thande lanciò a tutti un'occhiata autoritaria. «Se avete dei dubbi, chiedete a me o ad altri alchimisti. Non punirò nessuno se farete errori o domande, ma solo se metterete in pericolo la vostra vita o quella degli altri.

«Quarta regola: verificate tutto. L'alchimia è, a modo suo, tanto precisa quanto qualsiasi altra cosa imparerete a incantesimi. Adesso aprite i banchi».

Emily obbedì e guardò la piccola collezione di ingredienti.

«Su ogni sacchetto c'è un sigillo» disse Thande. «Quel sigillo appartiene a Elmer, uno degli speziali che lavorano per me. Gli speziali producono le materie prime per gli alchimisti, verificano la natura di ogni ingrediente e poi lo insacchettano, sigillandolo. Il sigillo svanisce se nel sacchetto viene lasciato qualcos'altro per eventuali alchimisti sprovveduti, quindi assicuratevi che ci sia sempre, quando prendete qualcosa dal sacchetto. Se il sigillo svanisce, portate il sacchetto nella camera di smaltimento e buttatelo via, assieme al suo contenuto. Non siete pronti per fare esperimenti con ingredienti potenzialmente alterati».

«Se le materie che usate non provengono da uno speziale, controllate bene origine, modalità di raccolto e conservazione… tutto. Un singolo errore può rivelarsi fatale». Sorrise a labbra strette. «Uno speziale che fornisce materie scadenti può essere giustiziato, ammesso che non lo uccida prima l'acquirente. Uccidere qualcuno che ha truffato un alchimista è legale in tutte le Terre Alleate».

Thande sbuffò. «Oh, e usate sempre ingredienti naturali. Se trasformate l'erba in radice di mandragola solo perché non potete permettervela, l'erba trasformata avrà comunque un residuo magico che avrà delle ripercussioni nel processo alchemico. È un buon modo per rimanere uccisi, se non si presta attenzione.

«E per finire: scrivete sempre, e intendo sempre, quello che avete intenzione di fare prima di procedere. Nel banco troverete un quaderno; scrivete l'esperimento che volete realizzare e attenetevi a quello. Annotate cosa succede durante l'esperimento; una volta che l'esperimento è terminato, annotate anche cos'è successo dopo. Non tralasciate neanche un dettaglio, oppure chi proverà a replicare il vostro esperimento potrebbe finire nei guai. Fin troppi sviluppi alchemici sono stati scoperti e poi persi, e hanno dovuto essere riscoperti perché qualche sciocco alchimista non aveva annotato il procedimento».

Thande si appoggiò alla cattedra e sorrise. «Basta con la parte noiosa. Aprite di nuovo il banco e metteteci sopra tutto ciò che trovate al suo interno. Subito, per piacere». Aspettò che gli studenti avessero finito di sistemare tutto e poi allargò il sorriso, muovendo la mano per aria mentre lanciava un incantesimo. Davanti ai ragazzi apparì una ricetta, le cui parole luccicanti bruciavano silenziose nell'aria. «Seguite la ricetta alla lettera».

Emily osservò la ricetta e poi gli ingredienti. Se quella per loro era scienza… nessuno di essi somigliava lontanamente a una sostanza chimica, erano parti di piante o animali. Un momento dopo rise tra sé e sé; le sostanze chimiche potevano in realtà essere ricavate dalle piante, alla fin fine. Inoltre, se il lavoro degli alchimisti era quello di sbloccare le proprietà magiche del mondo naturale, era possibile che quelle fossero l'equivalente delle sostanze chimiche di cui le avevano parlato nella sua vecchia scuola. Se solo le avessero consentito di compiere più esperimenti…

Il primo sacchetto conteneva delle patate bollite. Era così banale, che trovò impossibile prendere seriamente la cosa, fin quando non ne tagliò una e vi notò qualcosa di strano all'interno. La patata era infestata di ragnatele viola che le diedero un brivido non appena le sfiorò. Chiedendosi se il tubero fosse stato trasformato e quindi pericoloso da mangiare, Emily iniziò a tagliarlo in piccoli pezzi, seguendo la ricetta alla lettera.

Thande camminava tra i banchi, senza perdersi un solo dettaglio. «Taglia in pezzi più sottili» ordinò a un allievo, prima di passare al successivo. «La ricetta dice un pezzo di radice».

La sua voce si indurì. «Non sai leggere?».

Il ragazzo arrossì. «Io…».

«Segui la ricetta» replicò Thande, improvvisamente serio. «Potrai iniziare a giocherellare con gli ingredienti quando avrai controllo e precisione».

Lentamente, l'esperimento stava prendendo forma sotto gli occhi di Emily. Sette ingredienti, ognuno dei quali pesato alla perfezione, quasi come alle lezioni di economia domestica. Per poco non ridacchiò al pensiero. Chi l'avrebbe mai detto che quella stupida materia sarebbe tornata utile?

Scuotendo la testa, annotò cosa aveva fatto e si rimise a sedere, incerta sul da farsi. Nella ciotola di marmo in cui aveva mescolato gli ingredienti sembrava non accadere nulla.

«Ora che la preparazione è finita, potete iniziare con l'esperimento vero e proprio». Il professore fece un cenno verso la parete più lontana, che si sollevò lentamente rivelando la presenza di un'altra stanza. «Prendete posto ai banchi dotati di fornello, ma per adesso non metteteci sopra la ciotola».

La seconda stanza era ancora più spoglia della prima; i tavoli sembravano progettati per resistere a tutto, dalle fuoriuscite di liquido alle piccole esplosioni. Emily avvertì l'incantesimo di protezione aggiuntivo non appena entrò. Scelse quindi un banco e provò a capire come accendere il fornello. La faccenda non pareva semplice, poi Thande si fermò per un secondo alle sue spalle e schioccò le dita: il fuoco si accese all'istante simile a una candela. Emily vi avvicinò una mano per percepirne il calore.

«Assicuratevi di mescolare con cura non appena inizierete a scaldare la ciotola» disse Thande raggiungendo l'estremità dell'aula. «Prestate molta attenzione a ciò che accade mentre mescolate». Fece una pausa. «Prego, cominciate».

Emily prese la ciotola e la poggiò cautamente sul fornello; con un cucchiaio cominciò a mescolare non appena il calore raggiunse il composto. Lentamente, alcuni ingredienti iniziarono a sciogliersi in una melma informe, che prese a bollire e fumare man mano che mescolava. Gli altri ingredienti invece rimasero immutati, proprio come la carne in uno stufato, almeno all'inizio. Se il cibo richiedeva del tempo per cuocere, allo stesso modo un processo alchemico avrebbe richiesto del tempo per fare il proprio corso...

Un colpo fragoroso risuonò nella stanza ed Emily sussultò. La mistura della ragazza albina era appena esplosa. Ci fu una seconda esplosione ed Emily smise di mescolare. Gli incantesimi proteggevano gli studenti da eventuali danni. Un momento dopo, il composto di Emily cominciò a schiumare, trasformandosi in una massa appiccicosa che si indurì con estrema rapidità, tanto che le divenne impossibile continuare a mescolare.

«Toglilo dal fuoco» ordinò Thande. A Emily prese un colpo: come aveva fatto ad apparirle alle spalle senza che lei se ne accorgesse? «Quando avrete finito, vi invito tutti a lavare le ciotole».

Emily osservò l'esito degli ultimi esperimenti. Solo due studenti sembravano aver prodotto qualcosa, anche se non sapeva di preciso cosa. Thande versò il composto sul tavolo e invitò la classe a osservare la materia grigiastra. Quando il professore la toccò con un bastone metallico, la massa parve completamente inerte; poi, però, luccicò di vita e si trasformò in uno specchio. Thande posizionò una bambolina accanto allo specchio e la classe rimase a fissarlo mentre si tramutava lentamente nel duplicato grigio dell'oggetto riflesso.

«Chi ha fatto esplodere il composto, probabilmente ha esagerato con le spezie» disse il professore alla classe silenziosa. «La precisione è importante. Chi invece ha ottenuto una roba nera e appiccicosa, non ha tagliato abbastanza finemente la patata. Ripeto, la precisione è importante. Chi è riuscito a far prendere fuoco a tutto, è perché non ha posizionato a dovere la ciotola sul fornello. Ancora, la precisione è importante».

Fece una lunga pausa e poi annuì verso la porta in fondo alla stanza. «Lavate accuratamente tutta l'attrezzatura, sciacquatela con acqua fredda e lasciatela ad asciugare. È altrettanto importante che gli strumenti siano incontaminati».

Emily seguì i compagni nella stanza del lavaggio. Mentre provava a pulire scodella e cucchiaio, sentì l'agitazione tornare a farle visita. La massa appiccicosa non cedeva ai suoi tentativi di rimuoverla; poi Thande le diede una sostanza liquida simile al sapone e tutto tornò pulito.

L'alchimia era una materia interessante, ma non era la lezione che più la preoccupava quel giorno. Stava per giungere l'ora di magia marziale e lei sarebbe stata l'allieva più giovane e inesperta sul campo.

Solo Dio sapeva cosa le sarebbe accaduto.

Capitolo XIV

Emily si sentiva scomoda in quella specie di uniforme che erano costretti a indossare per magia marziale. Abituarsi alla toga era stato difficile, ma dopo quattro giorni aveva iniziato addirittura a preferirla ai suoi soliti vestiti. Non solo nascondeva tutto, ma creava anche una certa eguaglianza tra gli studenti. Le uniformi, invece, erano aderenti e davano prurito in punti imbarazzanti. Non aiutava nemmeno che l'unica cosa che separava le quattro ragazze del corso dai venti ragazzi fosse uno strato davvero sottile.

Ma almeno quell'uniforme la teneva al caldo. Aloha l'aveva avvertita: a causa degli alti livelli di magia presenti nell'aria circostante, le condizioni metereologiche erano in grado di mutare a una velocità sorprendente. Poteva diluviare e un attimo dopo uscire il sole.

«Ricorda quel che ti ho detto» sussurrò Aloha non appena finirono di prepararsi e si incamminarono verso la porta che conduceva al campo. «Se ci rovini le cose farò in modo che tu soffra».

I ragazzi cominciarono a correre verso il centro del campo erboso, dove ad attenderli c'erano i sergenti. Emily rabbrividì. Aveva chiesto informazioni sul loro conto, ma tutto ciò che era riuscita a scoprire era che insegnavano solo una materia a Whitehall e non avevano mai avuto niente a che fare con nessuno al di fuori delle loro classi. Emily non sapeva decidersi se fosse un buon segno o meno, ma quando se li ritrovò davanti dovette reprimere l'impulso scappare e sforzarsi di respirare regolarmente.

Il primo sergente aveva un'aria davvero minacciosa.

Fece loro cenno di formare una riga e iniziò a studiarli; con il suo unico occhio buono incontrò lo sguardo di Emily, poi passò a osservare lo studente successivo. Pareva un insegnante di ginnastica venuto dagli inferi. Era probabilmente l'uomo più muscoloso che

Emily avesse mai visto. Gli mancava l'occhio sinistro, al cui posto c'erano pelle bruciata e cicatrici che formavano ormai un tutt'uno con il resto del volto; l'occhio destro scrutava attentamente il campo, come se aspettasse un attacco da un momento all'altro. Aveva la testa completamente glabra.

Il secondo sergente aveva un aspetto un po' più rassicurante. Era basso e bruno; il viso era amichevole e, da quel che riusciva a vedere, il suo corpo sembrava tutto intero. Quando Emily ne incrociò lo sguardò realizzò che, a dispetto dell'apparenza, quell'uomo sembrava possedere un forte carisma pronto a esplodere.

«Salve» disse il primo sergente. «Sono il sergente Harkin. Lui è il sergente Miles. Sono stato al servizio delle Guardie Esploratrici e poi sergente per dodici anni. Miles è stato uno stregone combattente per nove anni.

«Abbiamo entrambi combattuto contro i mostruosi eserciti dei negromanti e ciò significa, nel caso ve lo steste chiedendo, che sappiamo il fatto nostro. Chi di voi crede ancora di sapere tutto farebbe bene a cambiare atteggiamento.

«Whitehall insiste che sosteniate un esame scritto. Questo test non influirà sulle vostre potenziali capacità marziali, anche qualora aspiriate a diventare ufficiali, quindi saremo lieti di passarvi le risposte in caso vogliate superare la prova a pieni voti. Il motivo per cui vi offriamo questa possibilità è che gli esami non sono importanti per la vostra riuscita. Voglio promuovervi come potenziali stregoni combattenti e non abbiamo tempo da perdere».

Emily sentì trasalire quattro dei ragazzi. Sembravano più grandi di lei – dovevano esserlo, a meno che non fossero invecchiati più in fretta di quanto riteneva possibile – e avrebbero dovuto affrontare infiniti test ed esami per consolidare i loro studi e specializzarsi. Sentirsi dire che un esame era inutile, poteva risultare scioccante, anche se lei era cresciuta in un universo in cui quasi tutti gli esami lo erano davvero. Il sergente aveva semplicemente espresso il concetto a parole.

«Magia marziale è composta da tre sezioni: addestramento, tattica e combattimento magico» continuò il sergente. «Con addestramento, voi giovincelli imparerete a obbedire agli ordini e a far sì che il vostro corpo sia sempre pronto a combattere. Se si vuole seguire la carriera militare, è bene avere mente sana in corpo sano. Alcuni di voi non saranno abituati al concetto di obbedienza. Vi consigliamo di abbandonare anche tale atteggiamento. Non sarete credibili nell'impartire ordini se voi per primi non comprendete l'importanza di eseguirli.

«Tattica studia il combattimento e le operazioni militari nei secoli e come applicarli alla situazione attuale. Anziché con un esame scritto, verrete valutati sul campo, con l'assegnazione di problemi pratici da risolvere. Verrete giudicati per la capacità di adattamento a cambiamenti improvvisi e di pianificazione in presenza del nemico, nonché per l'attitudine al comando. Il fallimento non rappresenterà un problema fintantoché imparerete dai vostri errori.

«Combattimento magico implica l'utilizzo di magia creata appositamente per scopi militari» concluse. «Avrete già adoperato incantesimi e maledizioni negli anni scorsi, ma non sono nient'altro che barzellette rispetto alla magia destinata all'uso militare. Un incantesimo che fa cadere gli abiti di dosso a una persona è uno scherzo; una maledizione fatta per mutilare o uccidere il nemico è un'arma letale.

«Siccome sappiamo che siete giovani studenti, combattimento magico lo affronteremo tra molte settimane. All'inizio ci dedicheremo ad addestramento e tattica, e insegneremo a voi mocciosetti come obbedire agli ordini prima che iniziate con la sperimentazione degli incantesimi militari. Vogliamo che sviluppiate una certa disciplina per gestire gli incantesimi, prima di far saltare per aria voi stessi, i vostri compagni o, cosa più importante, noi».

La sua voce diventò di ghiaccio. «Qui non è possibile fare i buffoni senza aspettarsi delle conseguenze. Gli incantesimi che imparerete non sono uno scherzo. Poiché siete giovani e di conseguenza imbecilli, il primo di voi che trasgredirà verrà denudato e frustato da qui alla quercia bruciata,» indicò un albero in lontananza «andata e ritorno. Se ciò non bastasse a dissuadervi dal disobbedire, sappiate che qualsiasi pessimo comportamento si tradurrà nell'immediata espulsione dal corso.

«Primo e ultimo avvertimento.

«Per le tre settimane iniziali, chiunque voglia lasciare il corso sarà libero di farlo senza problemi. Oltre quel termine, chiunque abbandonerà, o di propria volontà o perché espulso, sarà la causa di un esito disastroso anche per i propri compagni di squadra. L'esercito non è un luogo per furfanti assassini o per lupi solitari. L'esercito è un luogo in cui si deve poter fare affidamento sui propri compagni, e viceversa. Metà degli esercizi che vi daremo da svolgere sarebbero impossibili da risolvere senza il lavoro di squadra. Se i vostri compagni sono nei guai, aiutateli. Se non trovate una soluzione, cercatela assieme. Non si sa mai chi potrebbe avere un'idea brillante sul campo».

L'occhio del sergente si posò su Emily e lei rabbrividì. «Mi rivolgo al gentil sesso: sappiate che in questo corso non facciamo alcuna distinzione tra ragazzi e ragazze. Ci sono stregoni combattenti donna che sono state un vanto per l'esercito. Hanno compiuto tutte lo stesso percorso e sono passate a pieni voti. Per nessuna di loro è stato facile. Se avete problemi o vi ferite – intendo tutti, ragazzi e ragazze – mi aspetto che ci informiate prima che la situazione degeneri. Rimarreste sorpresi nello scoprire quanti soldati famosi hanno messo da parte l'orgoglio e ammesso che c'era un problema».

La sua espressione si distorse in un sorriso sgradevole. «Bando alle ciance» disse puntando un dito verso la quercia in lontananza. «Quando darò il comando, correte fino a quell'albero e poi tornate qui». Seguì una pausa. «CORRETE!».

Il resto della classe ruppe la riga e cominciò a correre verso la quercia. Emily fece un balzo, poi si riprese e partì anche lei dritta verso l'albero, il cuore che le batteva all'impazzata. Un momento dopo, sentì il corpo dolerle ovunque, come se fossero anni che non correva… e in effetti era vero, fatta eccezione per qualche lezione di educazione fisica. Sotto i suoi piedi, il terreno era scivoloso e instabile. Erano tutti più avanti di lei, anche le altre ragazze. Se avesse avuto la forza di fiatare, avrebbe maledetto Void a voce alta. A sapere che le avrebbero chiesto di fare esercizio fisico, si sarebbe allenata nella corsa prima dell'inizio del corso.

«MUOVITI!» le urlò una voce all'orecchio. Il sergente Miles era dietro di lei, con in mano un bastone di comando con cui provò a colpirla sulla schiena. Emily riuscì in qualche modo a evitarlo e continuò a correre mentre lui alzava la voce. «HAI IL NEMICO ALLE SPALLE! CORRI!!».

La quercia bruciata puzzava come di magia nera; Emily ne percepì l'odore correndoci attorno per poi tornare al punto di partenza. Dei ragazzi molto più avanti di lei cominciarono a rallentare nonostante ce la stessero mettendo tutta. Notò che Aloha stava andando alla grande. La ragazza doveva aver avuto parecchio tempo per esercitarsi.

Il sergente Harkin contava ad alta voce mentre gli studenti lo superavano per poi fermarsi di colpo, alcuni scivolando e cadendo all'indietro sull'erba. Emily riuscì a malapena a superare uno dei più giovani della classe, arrivando penultima.

«Patetici» disse Harkin. Era come se li stesse biasimando tutti, non solo chi era arrivato ultimo. «Assolutamente patetici. E pensare che siete la grande speranza per il futuro».

Mentre indicava in lontananza, la sua voce si fece più tagliente. «Sapete cosa si nasconde su quelle cime?».

Emily seguì il dito che puntava a sud. Probabilmente se lo stava solo immaginando, ma laddove i negromanti stavano preparando il loro agguato in attesa di piombare sulle Terre Alleate come lupi su pecore ignare sembrava aleggiare un'atmosfera sinistra e di sventura . Sembrava un promemoria del fatto che la loro società era in guerra, anche se per il momento le Terre Alleate pareva preferissero litigare tra di loro. Il libro dei Monaci Storici che Emily aveva letto metteva in chiaro che l'unico motivo per cui i negromanti non avevano ancora vinto era la mancanza di unità, la tendenza a scontrarsi tra loro. Fossero stati coesi avrebbero distrutto le Terre Alleate già da tempo.

«Siamo in guerra» tagliò corto Harkin. «Ci sono mostri là fuori che potrebbero dilaniarvi a mani nude. Dovrete lavorare sodo per migliorare e frapporvi tra le Terre Alleate e la devastazione che i negromanti arrecheranno ai vostri amici, alle vostre famiglie e a chiunque altro! Seguitemi!».

Si voltò e marciò verso la foresta oscura che apparteneva ai possedimenti di Whitehall. «Questa foresta è proibita a tutti, fatta eccezione per gli studenti di magia marziale» tuonò senza fermarsi. «Non portateci i vostri amici per divertimento».

Da vicino, la foresta appariva sinistramente cupa e ombrosa. Emily percepiva qualcosa tra gli alberi aggrovigliati, un tocco magico che avrebbe potuto rivelarsi pericoloso per degli ignari visitatori. Dopo quello che aveva detto il professor Thande, era facile credere che parte del territorio rurale fosse stato affetto dal mana, che fosse pericoloso in modo orribile. Chi poteva sapere cosa stava in agguato nella foresta?

«Voi due, fate squadra» ordinò Harkin, indicando due dei ragazzi. «Voi due…».

Nell'assegnazione dei compagni, Emily finì con un ragazzo che sembrava di cinque anni più grande di lei.

«Sono Jade» disse lui porgendo la mano.

Emily la strinse con fare serio. Se non altro non stava lì a fissarle il seno, a differenza di molti, troppi, ragazzi sulla Terra e del suo patrigno, quando era ubriaco.

Jade le sorrise. «Ho sentito dire che sei una Figlia del Destino».

Emily arrossì. «Non credere a tutto ciò che dicono. Io…».

«Interrompo qualcosa?» chiese Harkin comparendo proprio davanti a loro.

I due si scambiarono un'occhiata, poi Jade rispose: «No, signore».

«Bene» disse svelto il sergente. Lanciò un'occhiata alle dodici coppie. «Tutto ciò che dovrete fare è attraversare la foresta. Noi aspetteremo dall'altra parte per vedere chi ne uscirà per primo e chi invece rimarrà intrappolato e dovrà essere salvato. Domande?».

Ci fu un lungo silenzio. «Prima squadra, allora» disse Harkin. Puntò un dito verso Jade ed Emily. «Andate e fate attenzione».

La foresta al suo interno era buia, così buia che la temperatura calò vertiginosamente non appena i due si ritrovarono sotto le chiome degli alberi. Sembrava una comune foresta, ma Emily aveva comunque la sensazione che ci fossero occhi ovunque, intenti a osservarli e a seguire ogni loro movimento.

Quando Emily si guardò alle spalle la foresta le parve sconfinata, nessuna traccia di Whitehall o dei compagni. Non si sentivano neanche più le urla di Harkin che preparava la squadra successiva.

«Da questa parte» disse Jade prendendo il comando e lanciando un incantesimo. «Attenta alle trappole».

Emily arrossì, avrebbe dovuto pensarci. I sergenti avrebbero potuto creare un campo minato magico per mettere alla prova i futuri studenti, piuttosto che usare semplicemente una foresta infestata dal mana in cui sarebbero potute accadere cose imprevedibili. Forse volevano spingerli al limite o eliminare chi non ce l'avrebbe fatta, ma dubitava che volessero ucciderli.

Più si addentravano, più l'atmosfera si faceva inquietante. Strane luci brillavano in lontananza, piccoli lampi danzanti ai margini del suo campo visivo.

Guadarono un fiume che non produceva alcun rumore, come se qualcuno avesse fatto un incantesimo lungo l'intero corso d'acqua; le loro voci erano invece ancora udibili. Emily si immobilizzò non appena vide Jade fermarsi con una mano alzata. Un momento dopo, percepì un incantesimo che li attendeva poco più avanti.

«Non ti muovere» sussurrò Jade. Sembrava che l'incantesimo si stesse lentamente muovendo, simile a un serpente pronto all'attacco. «Dobbiamo spezzarlo».

Emily sbatté le palpebre, parlando a bassa voce. «Perché non ci limitiamo a indietreggiare con molta cautela?».

«Perché qualsiasi movimento potrebbe attrarlo» rispose Jade. «Ci siamo finiti dritti sopra e ora possiamo solo spezzarlo o lasciare che ci colpisca». La sua espressione si incupì. «A giudicare dalle avvisaglie, probabilmente ci farà prendere una un bello spavento, se non altro. Rimani immobile».

Sollevò una mano e iniziò con gli incantesimi. Emily era impressionata. Uno di questi era il tipico controincantesimo, ma gli altri tre non li conosceva affatto. L'incantesimo davanti a loro parve arrestarsi e poi svanire nel nulla.

Jade le sorrise vittorioso e proseguì. Un attimo dopo ci fu un lampo. Il corpo del ragazzo era diventato un blocco immobile.

Emily rimase a guardarlo incredula; poi a poco a poco cominciò a capire cos'era successo. Il sergente aveva piazzato un secondo incantesimo, immaginando che chiunque avesse spezzato il primo avrebbe proseguito senza prendersi la briga di controllare che non ce ne fossero altri. Facendo molta attenzione, Emily lanciò in aria l'analisi dell'incantesimo, pregando che questa volta funzionasse a dovere. Con sua grande sorpresa funzionò, rivelando che l'incantesimo paralizzante era abbastanza semplice da essere spezzato senza alcuna difficoltà.

Prima di procedere, esitò un attimo e lanciò un incantesimo di rilevamento sull'intera area, scoprendo altre due brutte sorprese che avrebbero potuto innescare accidentalmente. Realizzò che erano state progettate in modo che chiunque avesse tentato di disattivarle nella sequenza sbagliata le avrebbe invece innescate.

"Subdolo" pensò. Per quanto tempo erano rimasti nella foresta? Scelse con cura l'incantesimo che riteneva giusto e lo annullò. A lei non successe nulla, ma l'incantesimo successivo sembrò prendere vita. Emily agì tempestivamente per annullare anche quello, liberando così Jade dall'incantesimo paralizzante.

Il ragazzo inciampò, finendo quasi a terra.

«Io… grazie» disse arrossendo impacciato. «Avrei dovuto controllare che non ci fossero altre sorprese prima di spezzare il primo incantesimo».

«Avresti fatto lo stesso per me» lo rassicurò Emily, anche se non ne era così sicura. Forse Jade era tra quelli che non avevano visto di buon occhio il suo arrivo in classe, ma non l'aveva minacciata. «Adesso… come usciamo da qui?».

«Da questa parte» disse Jade. «O vuoi andare avanti tu stavolta?».

La domanda si rivelò inutile, perché dopo appena tre passi si trovarono inondati dalla luce del sole: avevano raggiunto il limitare della foresta. Emily si voltò indietro confusa e vide un ammasso impenetrabile di alberi e oscurità. I rumori del mondo naturale le risuonarono all'improvviso nelle orecchie e barcollò; poteva udire gli uccelli richiamare i propri simili e i cavalli nitrire in lontananza. Per un attimo soltanto, pensò di aver visto un drago volare nel cielo.

«Siamo arrivati terzi» disse Jade infastidito. «Come hanno fatto a sorpassarci?»

Aveva parlato sottovoce, ma Miles aveva un udito fine. «Non hanno perso tempo a spezzare incantesimi dopo essere finiti in trappole alquanto ovvie» rispose ironicamente. «Che farete la prossima volta?».

«Per prima cosa controlleremo» rispose Jade imbarazzato. «Non ci ho proprio pensato».

Emily guardò Aloha, che era riuscita pure lei nell'impresa assieme al compagno di squadra. La ragazza pareva sorpresa, poi annuì lentamente. Emily sperava che quel gesto significasse che forse, dopotutto, c'era un posto anche per lei al corso, sebbene continuasse a sentirsi decisamente fuori luogo e potenzialmente dannosa.

Il sergente Harkin si schiarì la gola. «Tre squadre sono rimaste bloccate nella foresta» comunicò, come un giudice che pronunciava una sentenza. «Perché uno di loro non ha nemmeno aiutato il compagno ed è finito dritto su un'altra trappola!».

La sua voce si fece più cupa. «Ricordate questa esperienza. Non date nulla per scontato. Guardatevi le spalle. E aiutate i vostri compagni. Il prossimo esercizio sarà molto peggio».

Il sergente ridacchiò. «Chi ce l'ha fatta può andare a lavarsi e cenare» disse con un bieco sorriso. «Tutti gli altri dovranno aspettare di essere liberati».

Emily annuì, completamente indolenzita dopo solo un giorno di magia marziale. Non osava immaginare come si sarebbe sentita l'indomani.

Capitolo XV

«È trascorsa una settimana» disse la maestra Irina. «Sembra che tu te la stia cavando discretamente».

Emily la guardò accigliata. Il corpo le faceva male ovunque. Correre in quel modo a lezione di magia marziale l'aveva lasciata senza fiato per tutto il resto della giornata. Il giorno dopo si era svegliata con le gambe e il petto doloranti. Anche Aloha era esausta, ma aveva avuto diversi mesi per prepararsi, incluso un costante allenamento che Emily non aveva mai svolto in vita sua. Col senno di poi, scegliere di non praticare sport perché quelli proposti a scuola le sembravano inutili, non era stata la più brillante delle decisioni.

«Grazie» rispose. Sul libro di magia marziale era scritto che ci sarebbe stato dolore, dolore e ancora dolore, e dopo ancora un doloroso dolore. Ogni lezione sarebbe stata più dura della precedente, spingendo gli studenti al limite. «Sto provando a imparare il più in fretta possibile».

«Incantesimi base ti riesce bene» disse Irina. «Sembra tu abbia già colto l'aspetto concettuale che invece a tanti sfugge. Il professor Thande dice che devi essere più precisa in alchimia, ma hai appena iniziato. Dovresti riuscire a imparare per quando sarà tempo di utilizzare degli ingredienti costosi».

Emily annuì e chiese una cosa che la tormentava da tre giorni: «Chi mi ha iscritta a magia marziale?».

La maestra Irina le rivolse un'occhiataccia. «Date le tue… circostanze, non dovresti rifiutarti di imparare a combattere. Girano voci sul tuo conto in tutte le Terre Alleate».

«No» disse Emily.

«Sì» confermò la maestra Irina. «La ragazza giunta a bordo di un drago, che potrebbe essere una Figlia del Destino…».

«Non sono una Figlia del Destino» rispose aspramente. «Avrei dovuto dire che sono arrivata su un drago solo perché era il modo più veloce per andare a scuola?».

«I draghi non danno passaggi agli umani soltanto perché lo chiedono cortesemente» rispose la maestra Irina. Alzò le spalle. «Ma la circostanza gioca a tuo favore. Una Figlia del Destino deve essere un po' strana e più matura della sua età. La tua presenza a magia marziale non sorprenderà nessuno».

Emily scosse lentamente la testa. Non aveva mai voluto andare avanti per favoritismi, neanche in passato, quando la cosa peggiore che sarebbe potuta accadere era non passare un esame. Lì… beh, ci sarà stato un motivo se a persone irritanti come Alessa era concessa la promozione in incantesimi solo dimostrando di conoscerne i fondamenti. E quale razza di idiota pensava che Alessa potesse fingere all'infinito di avere competenza?

Ma Whitehall non era una scuola come le altre; in quel luogo così particolare era facile dimenticare che le Terre Alleate erano sotto minaccia di nemici sia interni che esterni, e che avevano bisogno di adunare più maghi possibile per contrastare l'avanzata dei negromanti. Per tale ragione, a Whitehall si insegnavano le basi a tutti i nuovi studenti. A quanto pareva, i corsi del secondo anno erano stati ottimizzati per il successo individuale.

Forse se nel mondo da cui veniva Emily più studenti avessero iniziato i veri e propri studi solo dopo aver imparato a leggere e scrivere a casa, tutti i ragazzi avrebbero avuto un'istruzione migliore.

«Capisco» disse Emily al termine di una lunga pausa. Era già abbastanza spiacevole che tutti la guardassero pensando che non se ne accorgesse, ma se oltretutto era per via di una storia inventata… Aveva delle lacune che in qualche modo andavano spiegate, diversamente gli altri studenti avrebbero capito che veniva da un altro pianeta. Non si era nemmeno resa conto di dover abbassare il lenzuolo per proteggere la coperta, perché non era qualcosa che aveva imparato a casa. «Importa davvero così tanto che non sappiano della mia provenienza?».

«Ammettere più del dovuto è una pessima idea» rispose la maestra Irina, dopo averci pensato su. Guardò Emily e scosse la testa. «Non sai mai cosa potrebbe essere usato contro di te».

Passò qualche secondo prima che la maestra Irina prendesse una bacchetta di metallo. «Sei brava a lanciare incantesimi, ma hai la tendenza a lasciar fuoriuscire il mana dalla loro struttura» aggiunse guardando la bacchetta. «Cosa non troppo inusuale per un mago alle prime armi, ma devi lavorare per ridurre al minimo la perdita. I risultati potrebbero essere sgradevoli».

Emily annuì. Nella migliore delle ipotesi, avrebbe sprecato mana senza motivo; nella peggiore avrebbe compromesso l'incantesimo o causato un disastro. Un cambiamento improvviso nel campo locale del mana a causa di una perdita di controllo dei poteri magici avrebbe potuto creare nuovi ingredienti alchemici, oppure rappresentare un pericolo per chiunque si avvicinasse in quel campo senza un'adeguata preparazione. I suoi libri l'avevano avvertita che era meglio imparare il controllo con piccoli incantesimi di base prima di passare alle parti più avanzate del programma.

«Continua a esercitarti» ordinò la maestra Irina. Appoggiò la bacchetta e sorrise all'allieva. «C'è qualche problema di cui vorresti parlare?».

Emily esitò. Aveva bisogno di consigli, ma non sapeva se e a chi chiederli. Whitehall era sicuramente una scuola incantevole, ma la magia non sembrava aver migliorato la natura umana o messo fine ai tradimenti o alle prevaricazioni. E se la maestra Irina avesse deciso di ingannarla? Le servivano comunque dei consigli e non sapeva a chi altro rivolgersi.

«Mi dica» disse lentamente. «Potrei brevettare un'idea?».

«Non credo di aver compreso la domanda. Che intendi per brevettare?».

«Se inventassi qualcosa di nuovo…» spiegò Emily, «ne rivendicherei la paternità, perché sarei stata la prima persona ad avere quell'idea, e chiunque la usasse in futuro dovrebbe pagarmi una certa somma di denaro».

La maestra Irina si mise a ridere. «Santo cielo, è così che funzionano le cose nel tuo mondo? Come si possono incoraggiare il dibattito e la ricerca se la gente deve pagare per usare le idee altrui?».

Emily ci rifletté con un'espressione seria sul viso. «Spero tu non stia già provando a inventare di sana pianta nuovi incantesimi. In questo momento non sei neppure lontanamente pronta a fare altro che modificare qualche variabile. Anche questo sarebbe rischioso finché non sarai in grado di padroneggiare l'arte della precisione».

«No» disse Emily. Si guardò attorno per cercare qualcosa nell'ufficio che potesse illustrare ciò che aveva in mente. Alla fine indicò la lampada sulla scrivania. «Intendo qualcosa di fisico...».

«Credo di aver capito». La maestra Irina aggrottò le sopracciglia, assorta nei suoi pensieri. «È molto diverso impedire a qualcuno di usare un nuovo concetto magico. Una volta che è stato inventato, tutti gli altri realizzano che è effettivamente possibile e iniziano a cercare di capire come è stato creato. Se hai inventato un nuovo incantesimo e l'hai usato in pubblico, i tuoi amici potrebbero analizzarlo per vedere com'è stato assemblato».

La sua espressione divenne più intensa. «Non credo che potresti rivendicare un'idea fisica in modo permanente» aggiunse poco dopo. «Potresti riuscire a convincere una delle Terre Alleate a vietarne la produzione a chiunque tranne che a te stessa, ma il resto dell'Alleanza potrebbe rifiutarsi di onorare l'editto. E costerebbe migliaia di monete d'oro in tangenti».

Quel ragionamento aveva senso. Le idee si diffondevano rapidamente e sarebbe stato molto difficile proibire a qualcuno di usare una tua invenzione, almeno senza la creazione di leggi impossibili da far osservare. In quel mondo c'erano vampiri, lupi mannari e negromanti, ma di avvocati nemmeno l'ombra. In apparenza sembrava possibile rivendicare un monopolio commerciale; ma era prevedibile che i contrabbandieri ne avrebbero approfittato per vendere merci a chi non voleva pagare i prezzi gonfiati del detentore del monopolio.

«Il tuo mecenate potrebbe averti lasciato del denaro per... uso personale» disse la maestra Irina, «ma non basta per corrompere neanche il meno importante dei funzionari».

Emily rimase un po' attonita. L'idea che Void le avesse lasciato dei soldi non l'aveva mai sfiorata. «L'ha fatto?».

«La maggioranza degli studenti chiede di spendere subito la propria paghetta» disse la maestra Irina sorridendo. «Hai diritto a cinque monete d'argento al mese, più una moneta d'oro ogni volta che superi un esame a pieni voti. Se desideri metterle da parte, puoi lasciarle nel deposito o tenerle in camera tua. Per ogni acquisto che richieda più denaro di quanto ne hai a disposizione dovrai rivolgerti al tuo supervisore, ossia io, e convincerlo che è una spesa necessaria».

«Cinque monete d'argento. E quanto valgono? Cioè, cosa posso comprarci?».

«Dipende da dove acquisti e da cosa vuoi. E da quanto è difficile produrre lo specifico oggetto. Con una moneta d'argento puoi comprare cinque o sei toghe di normale fattura, oppure per la stessa cifra puoi farne confezionare una con materiali rari e costosi».

Emily annuì pensierosa. Nel suo vecchio mondo, i ragazzi sprecavano soldi comprando abiti firmati che in realtà non erano così diversi da quelli economici, solo perché credevano che un marchio fosse superiore a un altro. Il metodo usato a Whitehall invece era sensato; tessuti come la seta sono molto più costosi rispetto alla comune tela. Era certa che Alessa e le sue compagne facessero produrre le loro toghe su ordinazione scegliendo i migliori materiali disponibili.

La maestra Irina scosse la testa. «Cos'hai di preciso in mente per la tua prima… idea?».

Emily esitò di nuovo. In teoria, le idee che poteva introdurre dal suo vecchio mondo erano infinite, ma aveva subito riscontrato dei problemi. Nessuno le aveva insegnato come costruire un computer da zero o persino cose più semplici quali una radio o un telefono. Era sicura di poter eventualmente dedurre alcuni dei principi base semplicemente ragionando su ciò che già sapeva, ma dubitava di riuscire a metterli in pratica. E comunque, come avrebbero prodotto energia elettrica?

Anni prima, aveva letto un libro su una ragazzina che era stata abbandonata in un mondo desolato e primitivo. La protagonista aveva prontamente fatto conoscere la polvere da sparo agli abitanti del posto, diventando così miliardaria, oltre a vincere una guerra contro i loro nemici. Per questo motivo, Emily aveva già verificato se nel suo nuovo mondo ci fosse qualcosa di analogo alla polvere da sparo, ma non sembrava esserci niente di lontanamente simile, nemmeno i fuochi d'artificio. Ma c'era un piccolo problema con la produzione della polvere da sparo: non aveva davvero idea di come farla. Nel libro si leggeva che qualcuno avrebbe potuto metterne su dal nulla una fabbrica. Sarebbe anche stato possibile, ma Emily non sapeva in che modo. Le scuole moderne non ammettevano l'insegnamento della produzione dei materiali esplosivi.

Forse avrebbe dovuto avere per padre un pazzo paranoico.

La prima idea effettivamente realizzabile era semplice, talmente semplice che l'aveva quasi scartata prima ancora di prenderla in seria considerazione. Madama Razz le aveva dato cinque paia di mutandoni, ma nemmeno un reggiseno. La canottiera non offriva alcun tipo di sostegno ai suoi seni abbondanti. Si era chiesta alquanto allarmata se qualcuno avrebbe visto i capezzoli, realizzando poi che la toga bianca celava ogni particolare a occhi indiscreti. Alla fine aveva chiesto a Imaiqah, che le aveva detto che in quel nuovo mondo la cosa più vicina a un reggiseno era una specie di corsetto utilizzato dalle nobildonne in cerca di supporto. Le contadine si limitavano a sostenere i seni con delle scomode strisce di stoffa.

«Se dovessi dirglielo,» rispose infine Emily «posso chiederle di tenerlo per sé?».

La donna la guardò a lungo e poi sorrise. «Sono la tua tutrice. Il mio compito è prendermi cura di te durante la tua permanenza a Whitehall. Terrò tutto per me, a meno che non si tratti di qualcosa che potrebbe rappresentare una minaccia per te, per i tuoi compagni o per la scuola. Ho denaro a sufficienza, non me ne serve dell'altro».

Emily arrossì, maledicendosi dentro di sé. «Pensavo a qualcosa del genere» disse e descrisse a grandi linee il concetto di reggiseno. «Crede sia fattibile?».

«Di sicuro conosco ragazze che potrebbero usarlo» rispose la maestra Irina. Seguì una lunga pausa. «Confesso di non avere mai visto niente di simile, non certamente tra la gente comune. Sai quanto sarebbe difficile impedire che altri sarti lo copino?».

«La mia intenzione è di vendere loro l'idea» disse Emily e poi si fermò. Lì le multinazionali o le fabbriche di abbigliamento non esistevano. Gli indumenti venivano prodotti dai sarti, che apprendevano il mestiere dai maestri fino a saperne abbastanza da mettersi in proprio. Avrebbe potuto vendere l'idea a un paio di sarti soltanto, ma si sarebbe sparsa comunque nel giro di poco. Non c'era modo di detenere il monopolio per più di qualche settimana. «Io… non è del tutto fattibile, vero?».

«No. La cosa potrebbe fruttarti dei soldi, ma non credo durerebbe a lungo. A meno che, non vendessi l'idea alla persona giusta, che potrebbe poi diventare il principale produttore dei tuoi… indumenti che sostengono il seno. Credo che il padre della tua compagna di stanza potrebbe aiutarti a commercializzare l'idea. Vorrebbe comunque una quota del ricavato. Nessuno fa niente per niente».

Emily annuì un po' amareggiata. Sperava che vendere reggiseni le avrebbe fruttato abbastanza da poter sperimentare altre idee.

Per le sue caratteristiche, l'economia di quel mondo poteva essere definita solo basica; l'idea di fare più soldi era praticamente inesistente. Durante una lezione di economia domestica avevano parlato di come il concetto di prestito monetario, a un piccolo tasso di interesse, potesse dare impulso all'economia complessiva, almeno fino a quando non ci fosse stata una grande crisi. Avrebbe potuto aprire una banca e fare soldi attraverso gli interessi, ma le sarebbe prima servita una certa somma da cui partire.

«Ma ci sono altre possibilità» aggiunse la maestra Irina. «Se dovessi inventare qualcosa di molto utile, il monarca o l'esercito potrebbero pagarti una tassa».

Emily ci aveva pensato, ma non le era venuto in mente nulla di interessante per l'esercito. I sergenti avrebbero adorato la polvere da sparo, ne era certa, ma non sapeva come produrla. Aveva anche pensato a dei cannoni magici, servendosi degli incantesimi per scagliare le munizioni contro il nemico. Poi si era resa conto che quell'idea già esisteva. Forse se avesse usato un incantesimo per replicare gli effetti della polvere da sparo…

Emily si incupì, nel ricordare ciò che aveva letto nel suo libro. In quel luogo la guerra non metteva in campo carri armati e aerei, ma spade di ferro, stregoneria e animali resi più intelligenti e abili grazie alla magia. C'erano cavalli dotati di parola, gatti e cani in grado di ragionare quasi come esseri umani. Tutto quello che aveva imparato sulla guerra dai libri di storia o esisteva già o eccedeva le sue capacità, a meno che... un pensiero le balenò per la mente e disse a sé stessa di controllare più tardi se avessero inventato le staffe. O le biciclette.

La bicicletta suonava interessante, se fosse stato possibile realizzarla con i metalli locali. Non conosceva di preciso il funzionamento degli ingranaggi, ma sapeva come combinarli. Sarebbe bastato sottoporre uno schizzo dell'idea al padre di Imaiqah – o a chi per lui – e vedere se avesse potuto produrla a un costo abbastanza contenuto da consentire alla gente comune di acquistarla. O magari affittarla, se il metallo era troppo caro per una produzione in grandi quantità.

«Non vedo l'ora di vedere cosa ti inventerai» disse la maestra Irina. Dopo una pausa, prese una pergamena dalla scrivania e la passò a Emily. «Ecco il tuo nuovo orario delle lezioni per la prossima settimana. Temo che sarai impegnata».

Emily lo controllò rapidamente ed ebbe un tuffo al cuore. Adesso che era stata introdotta a tutti i corsi, avrebbe seguito quelli principali assieme ad altri nuovi studenti, aggregandosi invece ai corsi minori già iniziati che avrebbe dovuto recuperare il più in fretta possibile. Si domandò se avrebbe dovuto davvero far bene in ogni materia o se gli insegnanti si aspettassero giusto un'infarinatura delle varie discipline.

A quanto pareva, gli stregoni erano tenuti a conoscere un po' di tutto.

Emily aveva notato che le lezioni di magia marziale erano due, di due ore ciascuna, suddivise in duro esercizio fisico e teoria tattica. Per fortuna erano entrambe alla fine della giornata, quindi almeno avrebbe potuto riposare dopo tutto quello sforzo.

Aveva anche un'ora libera al giorno, ma sapeva già che veramente libera non sarebbe stata, perché l'avrebbe usata per studiare. Per ogni materia agli studenti veniva chiesto di leggere per conto proprio una lunga lista di libri e lei ne avrebbe approfittato per svolgere autonomamente delle ricerche, onde evitare di finire prima o poi nei guai. Inoltre, c'erano cose che chi era cresciuto lì sapeva e lei no, e nessuno aveva pensato di dirgliele perché ritenute ovvie. Avrebbe dovuto continuare a studiare e pregare che bastasse per consentirle ad andare avanti senza grossi incidenti.

Due lezioni erano contraddistinte da un segno nero.

«Questo cos'è?» chiese Emily.

«Per adesso puoi considerarle ore libere. A differenza della maggior parte delle materie base, scrittura antica non inizierà prima di alcune settimane. Ti farò sapere quando verranno organizzate le lezioni. Se hai tempo, puoi leggere qualcosa al riguardo».

Emily emise un lamento, fregandosi la fronte. C'era la lista di testi delle altre materie e poi i libri che doveva studiare per imparare a difendersi; poi ancora i libri di storia sulle Terre Alleate...

«Ragazzi» commentò sardonicamente la maestra Irina. «Ricordatevi solo che ciò che non conoscete può nuocervi».

«Certo» disse Emily. Ma il proverbio non diceva che ciò che non conosci poteva ucciderti? «Imparerò il prima possibile».

«E oggi pomeriggio vai al campo sportivo. Dovresti assistere almeno a una partita di ken».

Capitolo XVI

Secondo quanto riportato da un libro sulla storia di Whitehall, un mago dalla dubbia sanità mentale aveva creato un gioco, il più complicato possibile, per stregoni in erba. Tale gioco prevedeva quattro squadre di dodici giocatori ciascuna; le regole, tanto per confondere ulteriormente le idee, cambiavano in base a ciò che i giocatori facevano al momento. Due giocatori scelti a caso da ogni squadra agivano da traditori a favore degli avversari, e avrebbero vinto la partita facendo perdere la propria squadra.

Emily detestava in modo viscerale qualsiasi sport di squadra, ma ken era davvero assurdo, considerando soprattutto il luogo in cui si giocava. Le dimensioni dell'arena erano mutevoli come tutto il resto di Whitehall, oltre che enorme, quindi i giocatori avevano più spazio per scorrazzare. E in effetti, scorrazzavano; a volte si passavano la palla a mano lungo i corridoi contrassegnati; altre volte saltavano dentro a dei tubi e sbucavano dal lato opposto del campo sportivo. Venire colpiti da una palla costava dieci minuti di panca della penalità, durante i quali gli spettatori potevano farsi beffe del giocatore. Ciò non valeva se il giocatore aveva in mano una delle altre palle nel momento in cui veniva colpito. Se la palla era rossa, il giocatore veniva espulso in via definitiva e fischiato dal pubblico mentre usciva dall'arena; la gialla costringeva a cedere la palla in possesso a una delle altre squadre; la verde valeva un passaggio libero. Ovviamente, le palle cambiavano colore a caso. Poteva accadere che un giocatore saltasse per prendere una palla verde per poi scoprire, troppo tardi, che era rossa.

A Emily sembrava che l'ideatore avesse mescolato calcio, pallacanestro, paintball e dodgeball in un singolo sport giocato all'interno di un parco per bambini.

I punti si potevano segnare facendo canestro o spingendo altri giocatori in area di rigore, o del tutto fuoricampo. All'arbitro era consentito assegnare punti aggiuntivi per lo spirito di iniziativa, che poteva consistere semplicemente nel raccogliere una palla per terra o nel fare il malocchio a un altro giocatore, solo per costringere le squadre a competere selvaggiamente. Secondo il libro di storia, nessuno sapeva quale fosse lo scopo del gioco, perché il regolamento era andato perso secoli prima. Emily, che ricordava i calciatori del suo vecchio mondo, sospettava che in realtà non fosse altro che legalizzare qualcosa che sarebbe successo comunque. Era una teoria come un'altra.

Dopo aver creato le regole, lo stregone era rimasto a corto di fantasia e per questo aveva dato allo sport il suo stesso nome, Ken, che a Emily faceva pensare al fidanzato storico di Barbie. Ken veniva giocato in maniera pressoché identica da sempre e, a giudicare dal numero di spettatori in visibilio davanti alle squadre contendenti, era ancora popolare.

«Che noia» decretò Imaiqah dalla sua postazione in cima alla collinetta. «Preferirei starmene a leggere un libro».

Emily non poteva certo dissentire. «Magari dovrebbero inventare uno sport che preveda l'utilizzo di scope, palle che fanno cadere i giocatori, una superficie dura su cui atterrare e un coso a forma di colibrì dorato che sbilancia il gioco a tal punto che chi lo prende è quasi certo di vincere».

Imaiqah la guardò stranita. «Solo un mago alle prime armi rischierebbe di volare su una scopa. Un mago esperto dovrebbe sapere quanti incantesimi possono far schiantare al suolo una scopa e chi c'è sopra».

«Oh» disse Emily. Forse avrebbe dovuto provare a introdurre quel particolare sport e vedere come funzionava nella realtà. «Come fanno a sapere quale squadra vince?».

«Durante le partite di campionato continuano a giocare finché non rimane in campo una sola squadra. Qui c'è un limite di tempo». Indicò una grande clessidra posta a bordocampo. «La squadra con più punti, al netto di espulsioni e falli, vince la partita. Chi si aggiudica un Cavallo Nero viene onorato a vita».

Emily batté gli occhi. «Un Cavallo Nero?».

«È quando perdi tutti i giocatori ma ottieni una vittoria in punti. Non accade molto spesso».

«Capisco…» disse Emily. Certo che non accadeva molto spesso: una squadra senza più giocatori in campo non solo avrebbe perso punti per ogni espulsione, ma non avrebbe avuto più la possibilità di segnarne altri. «Dovrebbero accumulare centinaia di punti prima di essere buttati fuori».

«Sì. Scopetta. Hai mai sentito parlare di Scopetta?».

Emily la guardò titubante. Era forse un doppio senso? «No» rispose lentamente. «Perché…?».

«Studentessa al terzo anno» spiegò Imaiqah. «Non puliva mai la camera, nemmeno dopo i diversi solleciti della compagna di stanza. Non guadagnavano punti pulizia per colpa del suo disordine, lasciava ovunque vestiti e cibo avanzato. Ciò andava a discapito anche dell'altra ragazza che alla fine, non potendone più, trasformò Scopetta in una scopa».

Imaiqah ridacchiò. «Ma la ragazza non aveva capito molto bene l'incantesimo. Scopetta iniziò a comportarsi da scopa. Pensava di appartenere alla sua compagna di stanza, di dover essere usata per pulire… quando finalmente le fu ridata la forma umana, era completamente ossessionata dalla pulizia. Alcuni dicono di averla vista appoggiata al muro in attesa di essere adoperata».

Emily rabbrividì. «Non sembra molto divertente». Era una storia raccapricciante, dai risvolti spaventosi. «Cos'ha sbagliato la compagna di stanza?».

«Quando abbiamo iniziato incantesimi avanzati hanno tenuto una lezione proprio su questa vicenda» disse Imaiqah. A differenza di Alessa, era riuscita a passare incantesimi base prima che Emily venisse ammessa a Whitehall. «La compagna di stanza aveva dimenticato di specificare che l'incantesimo non doveva influire sulla mente, non pensando che gli effetti collaterali avrebbero potuto essere infiniti. Non era come trasformare qualcuno in rana per un'ora e ritrovarlo poi a cacciare mosche con la lingua per tutta la settimana. Le variabili inesplorate le hanno danneggiato la mente…».

«Buon Dio… E quello è considerato uno scherzetto innocuo?».

«No» rispose Imaiqah, con un tono più serio. «Credo che la ragazza sia stata severamente punita, ma Scopetta dovrà riprendersi da sola. I druidi non hanno potuto fare molto per lei senza peggiorare le cose».

Dagli spalti si levò un applauso: uno dei giocatori aveva fatto guadagnare dieci punti alla propria squadra segnando un goal. Altri due giocatori gli si erano avvicinati, lanciando contemporaneamente delle palle e costringendolo così ad abbassarsi e a operare un incantesimo per proteggersi. Le regole stabilivano che gli incantesimi di protezione non potevano durare più di dieci secondi, a intervalli di cinque minuti, altrimenti lo sfortunato giocatore avrebbe trascorso del tempo in panchina.

Gli spettatori cominciarono a cantare allegramente ed Emily alzò gli occhi al cielo, poi l'incantesimo svanì con due secondi di anticipo.

Imaiqah tossì, percependo che l'argomento delle alterazioni mentali causate dalle trasfigurazioni metteva a disagio l'amica. «Mi sono esercitata con il tuo sistema numerico» disse mostrandole un foglio. «E anche con il tuo metodo contabile. Mio padre li adorerà».

Emily prese il foglio e vi diede una rapida occhiata. Le era venuta in mente l'idea della partita doppia quando aveva realizzato che Imaiqah, figlia di un mercante, non ne aveva mai sentito parlare. Non aveva però valutato che in quel mondo il sistema di numerazione arabo non esisteva; se n'era accorta solo vedendo i conti fatti dall'amica, che era tenuta a rendicontare al padre ogni suo acquisto da quando lui le aveva concesso una paghetta. Emily aveva scritto i numeri e insegnato a Imaiqah a usarli. 23 era molto più semplice di qualcosa come XXIII, solo per fare un esempio relativamente facile. Chi l'avrebbe mai pensato che la contabilità medievale richiedesse un'intera gilda, perché anche le classi istruite avevano problemi con i numeri?

«Racconta dei numeri a tuo padre» suggerì Emily. Per quell'idea non avrebbe potuto chiedere i diritti d'autore, ma magari la cosa lo avrebbe spinto a vedere in lei una fonte di trovate persino più redditizie. «E perché non gli parli pure dell'altra idea?».

Imaiqah arrossì. «Dovrei capire che ne pensa. Dovrebbe assumere dei sarti se volesse iniziare a produrre indumenti per il negozio…».

Emily sorrise. In quel mondo non esisteva nemmeno il concetto di produzione di massa, il che le dava la possibilità di illustrare l'idea a chi fosse stato interessato. Anziché pochi artigiani altamente qualificati, sarebbe stato più conveniente disporre di un numero maggiore di operai per produrre i beni pezzo per pezzo. Quanto avrebbe voluto essere stata più attenta quando ne avevano parlato a casa… Era sicura che l'affare avrebbe potuto evolversi; sicuramente, non appena il padre avesse avuto l'idea di base, qualcuno con i soldi avrebbe potuto svilupparla. I sarti non avrebbero più dovuto vendere le loro merci direttamente se fossero entrati in società con i commercianti.

Ci fu un altro boato da parte del pubblico ed Emily sbuffò. Un altro dei trucchi usati nell'arena era un incantesimo che permetteva agli spettatori di seguire perfettamente l'azione, a prescindere da quanto fossero lontani da bordocampo. A quanto pareva, lasciare il campo di gioco senza permesso equivaleva a essere espulso, così i giocatori cercavano di indurre i loro avversari a cadere negli incantesimi.

Emily dovette ammettere di non essere molto interessata al ken, non sarebbe stata brava a giocarlo.

In tutti i romanzi di ambientazione scolastica che aveva letto, il protagonista diventava sempre un prodigio dello sport, ma nella vita reale non funzionava così.

O forse c'era qualcosa sul ken che nel libro non veniva menzionato.

I giocatori pensavano velocemente; reagivano e lanciavano incantesimi senza doversi fermare per concentrarsi. Le Terre Alleate erano in guerra – per quanto fosse difficile immaginarlo, con il sole che splendeva alto nel cielo e irradiava di luce le vette tutto intorno – e avevano più bisogno di stregoni combattenti che non di stelle dello sport.

«Vieni» disse Emily alzandosi. «Andiamo a vedere gli animali».

I terreni di Whitehall cambiavano senza preavviso; ogni volta che Emily si affacciava alla finestra vedeva qualcosa di diverso.

Il castello era talmente intriso di magia da provocare degli effetti anche su ciò che lo circondava. Se non fosse stato per l'amuleto di Madama Razz, Emily non sarebbe mai riuscita a orientarsi.

«Cosa accadrebbe» chiese mentre camminavano, «se l'incantesimo che mantiene stabile la scuola collassasse?».

Imaiqah ci pensò su. «Una tasca dimensionale potrebbe cessare di esistere o esplodere riportando ogni cosa al suo interno nel mondo normale. Vorrei provare a studiare ingegneria dimensionale; il professor Teta ha detto che un mago dimensionale troverebbe lavoro praticamente ovunque, ma dovrei prima fare tre anni di studi. Ha anche detto che, conoscendo le coordinate della dimensione, è possibile aprire e chiudere varchi a piacimento, senza doverli ancorare a qualcosa nel nostro mondo».

Emily cercò di riordinare mentalmente quelle informazioni. Whitehall era così vasta – più grande del TARDIS, immaginava – che se l'incantesimo fosse collassato, i territori circostanti sarebbero andati distrutti. Si era chiesta perché Whitehall fosse tanto isolata dal resto delle Terre Alleate, e lo sarebbe stata anche se i negromanti non fossero esistiti, ma forse il motivo era proprio quello: se fosse andata distrutta, il pericolo di coinvolgere vittime innocenti sarebbe stato ridotto al minimo.

Passarono attraverso un villaggio in miniatura – senza un apparente scopo, per quanto ne sapesse – e arrivarono al Giardino dei Filosofi Impietriti. Le avevano detto che gli studenti beccati più volte a parlare in biblioteca, oltre a essere tramutati in statue a ogni violazione, venivano poi trasfigurati in modo permanente ed esposti nel giardino come monito per i loro successori. Sperava davvero che si trattasse di uno scherzo. Le statue, a ben guardare, sembravano più uomini maturi che studenti. Sì, molto probabilmente era uno scherzo.

«Quella statua mi mette sempre i brividi» ammise Imaiqah e ne indicò una al centro del giardino, raffigurante un angelo con le mani sul viso. Emily la guardò e le tornarono in mente le entità che aveva visto da prigioniera e vittima sacrificale di Shadye. C'era qualcosa in quella statua che le impediva di distogliere lo sguardo. Alla fine chiese a Imaiqah cosa rappresentasse.

«Nessuno lo sa» rispose lei abbassando lo sguardo sull'erba. «Dicono che esistano creature magiche che non sono mai state catalogate perché nessuno è mai tornato per raccontare della loro esistenza».

«Tu» disse una voce. Emily si guardò attorno. Alessa era apparsa da dietro agli alberi che ne avevano celato la presenza, accompagnata da due amichette. Avevano tutte la bacchetta in mano. «Sai cosa mi hai fatto?».

Emily la fissò, sentendosi ardere dalla rabbia. «Sai cosa hai fatto tu a me?».

Alessa brandì la bacchetta con fare minaccioso. Emily esitò. La bacchetta la usavano i maghi poco esperti, ciò non significava che le conseguenze sarebbero state innocue. A lei non era mai stato permesso di adoperarla; nemmeno Aloha l'aveva mai usata e voleva diventare una strega combattente. La punta della bacchetta di Alessa iniziò a fare scintille, ma Emily non indietreggiò. Non si sarebbe mai arresa davanti a una prepotente dal sangue blu.

«Ti darò quel che meriti, maledetta plebea» disse Alessa. «Tu…».

Quando vide lo sguardo di Emily passare lentamente dall'incredulo al disgustato, Alessa rimase senza parole.

Alessa era sicuramente stata allevata nella consapevolezza di essere nata per comandare chi, per pura casualità, era invece nato per servire. Emily non ne aveva mai dubitato nemmeno per un istante: sarebbe stata la scusante per qualsiasi sua azione. Anzi no, lei non si sarebbe nemmeno degnata di giustificarsi. Il suo senso di superiorità era troppo forte per farle anche solo dubitare di avere ragione.

Era sbagliato, del tutto sbagliato. Sbagliato in modo indiscutibile. E lo era talmente tanto, che Emily aveva difficoltà a spiegarsi il perché.

Alessa sollevò una mano ed Emily venne sferzata da un incantesimo, che si scontrò con il suo incantesimo protettivo e rimbalzò, crepitando di magia attorno al suo corpo e diventando nuovamente mana.

Emily rispose al fuoco con un incantesimo bloccante che aveva memorizzato per le emergenze, che fu però deviato dalle amiche di Alessa.

Un attimo dopo, Alessa la colpì con un secondo incantesimo, squarciando la protezione. Il terzo incantesimo si schiantò infine sul corpo inerme della rivale.

Emily provò ad aprire la bocca, ma si sentì pervasa da un inquietante formicolio e tutto intorno iniziò ad appannarsi. Mentre il mondo diventava più piccolo l'incantesimo sembrava rafforzarsi, dislocando in qualche modo la mente dal corpo. Improvvisamente le fu difficile percepire qualsiasi cosa; le balenò in mente l'idea terrificante che Alessa l'avesse tramutata in qualcosa di piccolo e immobile.

Le tornarono alla mente le parole di Imaiqah e si domandò se fosse stata trasformata in una scopa o in qualcosa di peggio. Ma Alessa poteva solo fare incantesimi imparati a memoria, e nessuno gliene avrebbe insegnato uno difettoso… o almeno, Emily sperava fosse così. Qualcuno avrebbe potuto darle un incantesimo inutile nella speranza che innescasse in lei delle cattive abitudini. Ma quel pensiero era troppo terrificante da poterlo anche solo prendere in considerazione.

Il mondo era svanito in un groviglio confuso di impressioni. Forse non aveva più gli occhi, quindi come avrebbe potuto vedere? Eppure Emily aveva visto qualcosa… Alessa e la sua cricca stavano avanzando verso Imaiqah, intenzionate a dare una bella lezione alla plebea che aveva osato stringere amicizia con qualcuno che avrebbe potuto aiutarla a difendersi.

Percepì alcune parole come fosse sott'acqua: Alessa che minacciava, Imaiqah che supplicava… pareva terrorizzata. Alessa avrebbe provocato e tormentato Imaiqah; avrebbe fatto quel che voleva a quella ragazza indifesa.

La mente di Emily ribolliva di rabbia mentre lottava contro l'incantesimo che la imprigionava. Avrebbe dovuto essere semplice lanciare un controincantesimo, ma le era difficile ragionare lucidamente, si sentiva sempre più stordita. Mentre cercava di contrastare l'incantesimo di Alessa, realizzò che, se il corpo veniva trasformato, la mente era per forza dislocata. L'alternativa era la stessa cosa che era successa alla povera Scopetta.

Imaiqah urlò.

Emily mise da parte ogni indugio, spazzando via l'incantesimo di Alessa con tutto il mana che aveva in corpo. L'incantesimo si sciolse subito, mentre il mondo attorno girava all'impazzata ed Emily riacquistava le proprie sembianze umane. In qualche modo, la rabbia le aveva facilitato l'impresa.

Emily tornò a vederci bene e notò che Imaiqah aveva il volto segnato: era stata schiaffeggiata, pesantemente. Ed era così terrorizzata, che non aveva neanche provato a difendersi.

Alessa si voltò, sollevando la bacchetta con il viso distorto, tanta era l'incredulità.

Emily era così in collera da non riuscire a pensare. Aveva in mente due incantesimi memorizzati per contrastare gli attacchi dei bulli. Esitò un secondo di troppo… quale scegliere?

Alessa iniziò a lanciare un altro incantesimo.

Emily avvertì un'ondata di magia e capì che il suo tempo era scaduto. Provò disperatamente a lanciare entrambi gli incantesimi assieme. Il mana divampò dal suo corpo, facendola cadere in ginocchio. Sentì molto vagamente qualcuno urlare dal dolore. Alessa? O era lei stessa? Strizzò gli occhi mentre una luce accecante le bruciava le palpebre. Le faceva male la testa, come se il suo cervello fosse in avaria o se qualcosa l'avesse intossicata.

Riuscì ad aprire gli occhi, poi indietreggiò inorridita.

Alessa era a terra davanti a lei, stordita… e con la mandibola deformata e torta in una strana pietra gialla.

Capitolo XVII

Cos'aveva combinato?

Emily sentì qualcuno urlare in lontananza, ma non riusciva a distogliere lo sguardo dal volto di Alessa. Cos'aveva combinato?

La ragazza sembrava intrappolata a mezza via, come se la trasformazione fosse arrivata fino a un certo punto, per poi interrompersi. La parte macabra della mente di Emily le faceva presente che era una fortuna che Alessa fosse stata messa fuori gioco, o che stesse soffrendo terribilmente; l'altra parte si chiedeva invece se l'avesse uccisa. E se fosse stato così? Era talmente felice a Whitehall, che non aveva mai preso in considerazione l'idea di tornare a casa. Sarebbe stata espulsa e poi i genitori di Alessa l'avrebbero voluta morta...

Una mano la afferrò e la scosse bruscamente.

Emily si voltò e vide uno degli insegnanti, un uomo anziano che non riconobbe. Un altro docente, dai capelli neri e sporchi e il volto sgradevolmente ostile, usò la magia per tirare su Alessa e dopo sparirono entrambi in un lampo. Emily sperava, pregava dentro di sé che stessero andando in infermeria e non all'obitorio.

Cos'aveva combinato?

"Miscuglio di magia" rispose una parte di lei. Due incantesimi. Aveva provato a lanciare contemporaneamente due incantesimi che avevano interagito.

Come aveva potuto essere così stupida? La compagna di stanza di Scopetta era stata un genio a confronto. Emily aveva lasciato che la rabbia e il disprezzo le facessero perdere il controllo. Avrebbe dovuto proteggere sé stessa e Imaiqah, e solo dopo lanciare un singolo incantesimo su Alessa; oppure avrebbe potuto semplicemente darle un pugno in faccia. In un mondo in cui la magia veniva messa al di sopra di tutto, Alessa non avrebbe pensato a proteggersi da esplosioni di violenza fisica.

Le girava di nuovo la testa e le veniva da vomitare. Cos'aveva combinato? Alessa avrebbe potuto non riprendersi, o rimanere sfigurata, oppure… la sua mente era attraversata da troppi scenari raccapriccianti. Sarebbe stato lo stesso se avesse giocato con un fucile ignorando se fosse carico fino al momento dello sparo… no, avrebbe dovuto saperlo che la magia poteva essere molto pericolosa.

Non aveva scuse.

Il volto dell'insegnante non mostrava nient'altro che una feroce collera. Non poteva certo biasimarlo.

Una piccola folla si radunò per assistere alla sua vergogna, alla sua umiliazione. Voleva nascondersi, ma dove poteva andare? Tutti avrebbero saputo che aveva quasi ucciso Alessa, anche se la principessa reale si era decisamente meritata una punizione per le sue prepotenze. Cosa avrebbero pensato di lei, ora che le importava davvero dell'opinione dei suoi compagni?

Forse avrebbe fatto meglio a uccidersi. Aveva già pensato di togliersi la vita anni prima, quando aveva realizzato quanto poco le riservasse il futuro, ma quello che aveva combinato adesso era di gran lunga peggiore del semplice averne abbastanza di un'esistenza inutile. Se ora c'era una ragazza gravemente ferita e sul punto di morire era solo colpa sua. Non c'era modo di sottrarsi alla responsabilità di aver perso il controllo della magia. Se avesse riflettuto per un solo istante avrebbe potuto dare una lezione ad Alessa senza quasi ucciderla.

Emily deglutì e guardò l'insegnante. «Va' nel Corridoio della Vergogna» le disse con un tono che non ammetteva disobbedienza. «Subito!».

Emily annuì molto lentamente. Le tremavano le gambe, sembravano come rifiutarsi di collaborare, ma alla fine riuscì comunque a raggiungere l'entrata del castello più vicina. Il capannello di studenti indietreggiò, come fosse appestata e temessero di contagiarsi. Gli insegnanti non sembravano affatto contenti; chiunque avesse parlato a sproposito se ne sarebbe pentito amaramente.

Emily entrò nel castello e percepì tutti gli occhi puntati su di lei, gli sguardi come coltellate. In qualche modo, ma non c'era poi da stupirsi, la porta conduceva direttamente al Corridoio della Vergogna.

L'aveva già visto al suo arrivo al castello. Gli studenti che infrangevano le regole venivano mandati lì ad aspettare la sentenza, anche se non sapeva chi l'avrebbe emessa. Dubitava che il suo destino potesse essere deciso da una persona qualunque. Probabilmente il Gran Maestro era già al corrente dell'accaduto e avrebbe deciso del suo avvenire con Void. Poteva solo immaginare cosa avrebbe detto lo stregone che aveva messo a repentaglio la propria vita per salvarla, sapendo che si era appena giocata il proprio futuro. E i genitori di Alessa l'avrebbero voluta morta…

Emily tremava, non sapeva che fare. Forse poteva provare a scappare.

«Ciao» disse una voce.

Alzò lo sguardo e vide Jade lì in piedi. Sbatté le palpebre per vederci meglio. Sicuramente l'avrebbero espulsa da magia marziale, anche qualora le avessero consentito di rimanere nella scuola.

La voce di Jade era sorprendentemente morbida, quasi gentile. Non sapeva però cosa aveva combinato Emily. «Che ci fai qui?».

La ragazza scosse la testa, non aveva voglia di parlarne. «Che ci fai tu qui».

«Sono un supervisore» le ricordò. «È il mio turno di sorvegliare il Corridoio della Vergogna». Era ovvio che fosse un supervisore. Volevano esercitasse le sue doti di comando in caso fosse andato in guerra da stregone combattente.

Jade finse di dare un'occhiata su e giù per il corridoio. «Sembra ci sia solo tu» disse dopo poco. «Nessuno si mette nei guai quando c'è una partita di ken».

Emily arrossì, trattenendo il pianto. Sarebbe sicuramente entrata nella storia della scuola, magari sotto il titolo «cose da non fare». E pensare che aveva a che fare con lo sport…

Abbassò lo sguardo, non voleva che Jade vedesse i suoi occhi colmi di lacrime. «Sono la studentessa peggiore di tutta la scuola?».

Jade le afferrò le spalle e la scosse piano, con dolcezza. «Sei qui da una settimana. Pensi di essere peggiore dell'idiota che credeva che uno squalo potesse essere un buon animale domestico? Lo trasformò in gatto, ma quel mostro graffiò chiunque si trovasse davanti e poi svanì in cucina. Nessuno lo vide più».

Emily guardò Jade e si domandò come mai il suo tocco fosse così rassicurante. «Lo squalo ha ucciso qualcuno?»

«No, ma alcuni dei feriti avrebbero preferito essere morti» rispose lui, stranamente divertito. «Hanno detto per quanto resterai qua?».

«No». Le lacrime continuavano a rigarle il viso. Jade allungò a Emily un fazzoletto. «Non mi hanno detto nulla».

«Non è un buon segno». Jade sembrava voler curiosare, specie dopo che lei gli aveva chiesto se lo squalo-gatto avesse ucciso qualcuno, ma si trattenne dal farlo. «Vedi i segni a terra? Mettiti lì e rimani il più ferma possibile, con le mani sulla testa. Verrai chiamata nell'ufficio del Direttore, dove...».

"Mi daranno la sentenza" pensò Emily impietrita. «Cosa succede se mi muovo?».

«Il Direttore lo saprà e lo terrà in considerazione. Non fare niente che lo indisponga».

A Emily venne quasi da ridere. Come se importasse!

«Grazie» disse infine. Si asciugò gli occhi e gli rese il fazzoletto. «Io... grazie».

Il Corridoio della Vergogna sembrava più grande di quanto ricordasse, ma adesso era lì da sola. Si fermò davanti ai segni luminosi, tentennò e poi ci si mise sopra, rendendosi conto che chiunque fosse passato l'avrebbe vista, capendo che era lì per essere punita. Pensò con amarezza che probabilmente giravano già voci sul suo conto. La Figlia del Destino, arrivata su un drago, aveva quasi ucciso una sua compagna. O forse l'aveva proprio uccisa.

«Mani sulla testa» la richiamò Jade. «Subito, per piacere».

Emily esitò, e poi piano piano obbedì. Quella posizione era dannatamente umiliante, lasciava intendere che sarebbe stata sicuramente punita. Non c'era da stupirsi che fosse una punizione efficace. Le si contorse lo stomaco ripensando a quel che aveva fatto e agli sguardi inorriditi delle amiche di Alessa. Forse erano stati i genitori della principessa che le avevano invitate caldamente a scortarla. In tal caso, era stata gravemente ferita sotto la loro supervisione. Ma magari le avevano anche incoraggiate a mostrare ad Alessa uno stile di vita migliore…

Ma niente di tutto ciò aveva importanza, ricordò a se stessa. Era responsabile delle proprie azioni, incluso il non aver pensato prima di agire. Tutte le scuse del mondo non sarebbero bastate a cambiare quel dato di fatto. Ciò che era successo ad Alessa era colpa sua e soltanto sua.

Il tempo scorreva lento, al punto che le sembrava di trovarsi in quel corridoio da ore. Era riuscita in qualche modo a rimanere immobile, a parte qualche contrazione, ma adesso le braccia iniziavano a farle male per la posizione scomoda. I suoi occhi guardavano attorno, ansiosi.

Jade era al suo tavolo, immerso nella lettura. Come faceva a starsene lì a leggere in un momento come quello?

Le farfalle che le volavano nello stomaco sembravano riprodursi minuto dopo minuto. Solo Dio sapeva cosa li stesse trattenendo dal convocarla per darle la sentenza. Da quanto tempo era lì in piedi?

Una voce echeggiò nel corridoio. «Emily. Vai nell'ufficio».

Non appena si mosse, Emily sentì le braccia scricchiolare e il corpo percorso da lievi crampi. Si avvicinò all'ufficio. La pesante porta di legno non si aprì da sola grazie alla magia, perciò dovette farlo lei, a mani nude. Un altro giro di coltello nella piaga.

Le braccia le facevano male, ma poco importava. Si sentiva come una condannata a morte sulla via verso il patibolo.

Emily entrò e si guardò attorno. L'ufficio del Direttore era completamente spoglio, fatta eccezione per una scrivania, un paio di sedie appoggiate alla parete sul fondo e un armadietto chiuso. Non c'era alcun tocco personale. Una sola sfera di luce stava sospesa in aria e proiettava un bagliore freddo in tutta la stanza. L'effetto finale era quello di una cella.

Il Direttore – o almeno, colui che lei riteneva esserlo – era seduto alla scrivania, con indosso una tonaca con cappuccio che ne celava il volto grazie a un incantesimo.

Emily provò a guardare dentro quell'ombra ma non vide niente, nemmeno una traccia di sembianze umane. Quando si fermò davanti alla scrivania le corse un brivido lungo la schiena. Arrivò a chiedersi se quello che aveva di fronte era un essere umano. Ci doveva essere un motivo se teneva il volto nascosto...

«Emily» disse il Direttore. La sua voce era quasi del tutto atona, tanto da farle pensare che stesse usando un incantesimo per contraffarla. «Cos'è successo esattamente oggi?».

Emily deglutì e iniziò a spiegare. Il Direttore seguì con attenzione. Come il Gran Maestro, sembrava capace di ascoltare senza interrompere e porre stupide domande. Alessa odiava lei e la sua amica, Alessa l'aveva trasformata e aveva fatto del male a Imaiqah; poi lei l'aveva attaccata senza riflettere. Alla fine ammise che era colpa sua e smise di parlare, attese di sentire ciò che il Direttore aveva da dirle. Qualunque cosa fosse l'avrebbe accettata, si disse.

«I tuoi due incantesimi si sono fusi, producendo un effetto inaspettato» disse il Direttore. «Le hai pietrificato la mandibola».

Fece una pausa, come per invitarla a commentare. Emily però rimase in silenzio, sebbene si sentisse sollevata. Almeno non l'aveva ammazzata.

«Qualche centimetro più in alto e l'avresti uccisa» aggiunse il Direttore. La sua voce continuava a essere atona, ma dietro quella maschera le parve di cogliere un accenno di rabbia gelida. «Non ti sei concentrata su nessuno dei due incantesimi, quindi la concentrazione mancava del tutto. Avresti potuto trasformare in pietra parte del cervello, mentre il resto del corpo sarebbe rimasto normale. Il risultato sarebbe stato fatale».

Emily impallidì. Una persona poteva costituire la variabile di un incantesimo; questo lo aveva imparato dal professor Lombardi. Trasformare l'intero corpo in pietra non sarebbe stato fatale – di certo non lo era per gli studenti rumorosi della biblioteca – ma se un emisfero avesse smesso di funzionare correttamente, il cervello nella sua totalità non avrebbe più svolto il proprio lavoro. Emily ne sapeva davvero poco del funzionamento degli emisferi cerebrali, ma riusciva certamente a capire perché l'incantesimo sarebbe stato letale. E non si era nemmeno preoccupata di prendere la mira!

«Ad ogni modo, Alessa ha perso conoscenza» continuò il Direttore. «Il che è stata una fortuna; i Guaritori hanno dovuto smantellare con attenzione il tuo pasticcio e, se si fosse dimenata nel tentativo di lanciarsi incantesimi di guarigione, avrebbe probabilmente peggiorato il problema. In ogni caso, avresti potuto mutilarla in modo permanente».

Emily deglutì. Uno dei libri che aveva letto parlava di incantesimi di guarigione e la primissima pagina avvertiva gli studenti di non provare mai a guarire se stessi, a meno che non ci fosse nessun altro pronto ad aiutarli. Le probabilità che l'incantesimo andasse storto, se lanciato da una persona in preda a dolori, erano altissime. C'era il rischio di aggravare il danno e di doversi poi affidare a dei guaritori molto esperti.

«Grazie al cielo non l'hai fatto, ma potresti averle causato problemi futuri». La voce del Direttore si fece più seria, più drammatica. «Le trasformazioni parziali sono sempre pericolose. L'incantesimo per trasformare in pietra la mano di una persona dovrebbe essere vietato, a mio parere. L'unico motivo per cui non rientra nella lista degli incantesimi proibiti è che mira solo alla mano della vittima, ma i tuoi incantesimi raffazzonati hanno aggirato i protettivi, quindi dovremmo riconsiderare quella teoria.

«Avresti potuto causarle un trauma cerebrale» continuò. «Se avessi puntato più in basso l'avresti soffocata o magari compromesso il suo sistema riproduttivo. Hai un'idea, seppur vaga, delle disastrose conseguenze politiche derivanti dalla sterilità dell'erede al trono di qualsivoglia regno?».

La sua voce si indurì. «Il primo dovere di un monarca, uomo o donna che sia, è avere un figlio che possa essere collegato agli incantesimi che garantiscono la permanenza al potere della stirpe. Se Alessa non fosse in grado di procreare, il trono passerebbe alla persona successiva nella linea di successione, che in questo caso sembra essere sposata con il principe ereditario di un regno vicino. Le ripercussioni politiche sarebbero già terribili se a causare tutto questo fosse un individuo qualunque, ma a quanto pare tutti ti credono una Figlia del Destino. Si staranno chiedendo se il tuo destino sia quello di distruggere il loro regno».

Emily si ritrovò a parlare, senza riuscire a trattenersi. «Perché le permettete di comportarsi da prepotente con chiunque non faccia quello che vuole?».

Sembrava che il Direttore la stesse guardando, ma era impossibile esserne sicuri. «Prego?».

«La prima volta che l'ho incontrata ha agito da prepotente. La seconda volta era con la sua cricca e mi ha lanciato una maledizione che ho dovuto rimuovere con gran fatica. La terza volta ha deliberatamente iniziato a litigare e poi se l'è presa con la mia amica! Perché tollerate tutto questo in un luogo in cui gli incidenti possono uccidere le persone, pur non avendo ripercussioni politiche?».

Ci fu una lunga pausa raggelante. «Stiamo preparando dei ragazzini a combattere una guerra. È importante che imparino a difendersi da soli e a capire quale sia il loro posto nelle Terre Alleate. Le tue abilità di difesa si sono sviluppate molto in fretta, no? Anche Alessa ne ha bisogno. Quando sarà regina non potrà fidarsi ciecamente di nessuno. Agli studenti servono degli incentivi per imparare».

Emily provò a reprimere la rabbia, ma fallì. «Suppongo che essere trasformati in rane di tanto in tanto insegni a qualcuno a evitare che accada di nuovo. Questo metodo almeno funziona?».

«Ci sono delle regole» disse il Direttore. «Regole tacite; regole che hai infranto, sebbene non intenzionalmente. Non vogliamo mettere dei ragazzini appena arrivati contro studenti del sesto anno che dovrebbero essere dei maghi qualificati. Chi viene "autorizzato" a commettere prepotenze è più forte delle proprie vittime, ma non a tal punto da essere imbattibile. Avresti potuto superarla dopo poco più di una settimana di allenamento. Ma ti sei comportata male; o peggio, da stolta, e per questo verrai punita.

Alcuni insegnanti più anziani avrebbero voluto espellerti. Hanno detto che potresti non imparare mai la disciplina, che ora rappresenti una minaccia per gli altri studenti, o ancora che potresti subire continue perdite di mana. Qualcun altro si preoccupa dei risvolti politici. Dovremmo sacrificarti solo per evitare un inasprimento dei dissapori tra le Terre Alleate? E in molti hanno ricordato chi ti ha mandato qua, chiedendo se dovremmo rischiare di indisporlo».

Emily trasalì.

«Il Gran Maestro ha concluso che sei nuova, che sei stata eccessivamente provocata e che ad Alessa è stato permesso di esagerare oltremodo. Non stava imparando niente dalle proprie azioni, mentre l'unica delle sue vittime che ha imparato qualcosa sei tu. Quello che è successo le avrà fatto capire che ci sono dei limiti oltre i quali non può spingersi, a prescindere da ciò che le è stato insegnato dai genitori. Altrimenti, è improbabile che riuscirà a gestire la magia abbastanza bene da rivelarsi una valida regnante».

"Oppure," pensò Emily, "ora che è stata sconfitta pubblicamente, tutte le sue vittime si metteranno in fila per darle quel che merita".

«Riceverai tre punizioni» disse il Direttore. «Primo, dovrai aiutare Alessa a passare incantesimi base. La tua promozione dipenderà da quanto bene se la caverà al suo prossimo esame. Se dovesse venire bocciata ancora una volta, continuerai ad aiutarla finché non verrà promossa. È una fortuna,» commentò in tono ironico «che siamo costretti ad avviare di continuo nuovi corsi di incantesimi base».

Emily sussultò. Provare a insegnare qualcosa a chi non voleva saperne di imparare era davvero terrificante. E in qualche modo dubitava che la cosa avrebbe infine portato a un'amicizia, per quanto se ne dicesse in quegli stupidi manuali per genitori.

«Secondo, scriverai un saggio di tremila parole per domenica prossima. Dovrai parlare di quante cose orribili sarebbero potute accadere quando hai combinato i due incantesimi».

Emily trasalì. Tremila parole! Mettere per iscritto quel malloppo senza computer o macchina da scrivere sarebbe stato un incubo.

«Se il saggio, che verrà valutato dal professor Lombardi, non raggiungerà la sufficienza, dovremo parlarne di nuovo».

Si alzò e girò attorno alla scrivania, tenendo in mano una lunga verga.

«Terzo» disse, mentre Emily fissava terrorizzata la bacchetta, «piegati e poggiale mani sulla scrivania».

«Ma…».

«Adesso» ordinò il Direttore. Emily non riusciva a credere a ciò che stava per accadere, anche se era già stata bacchettata per ricordare di fare attenzione con gli incantesimi. «Non lo chiederò una terza volta».

La ragazza obbedì, tremante. Pregava in silenzio che la toga la proteggesse in qualche modo. Al primo colpo, le sue preghiere non trovarono alcun riscontro. Il dolore che si irradiò da dietro la fece urlare. Provò a indietreggiare, ma scoprì che le mani erano bloccate alla scrivania. Seguirono in successione altri cinque colpi; poi il Direttore fece un passo indietro, indicandole di lasciare la stanza.

Emily scappò via tenendosi il sedere con le mani. Tutto ciò che voleva in quel momento era andare in camera a piangere.

Capitolo XVIII

«Come stai?»

Emily non voleva parlare con nessuno, men che meno con Aloha. Quella ragazza sembrava non averla in simpatia ed era infastidita per la storia di magia marziale, anche se non era stata una scelta di Emily. Inoltre, stava soffrendo. Il dolore che sentiva nel didietro era diventato sordo e bruciante, e le rendeva impossibile fare qualsiasi cosa. Poteva solo starsene a pancia in giù e sperare che le passasse prima del ritorno in classe.

Una parte di lei continuava a pensare che fosse ingiusto. Alessa era solo una ragazzina viziata che si era spinta troppo oltre con le provocazioni.

L'altra parte invece credeva che Alessa non meritasse di essere quasi uccisa solo per il fatto di essere una ragazzina viziata. Un mago con più esperienza avrebbe potuto prenderla a sberle senza rischiare effetti collaterali permanenti che le avrebbero distrutto l'avvenire soltanto per un attimo di rabbia incontrollabile. Il destino era ingiusto, ma questo Emily lo sapeva da sempre.

«Vattene» disse infine ad Aloha. Aveva voglia di leggere o di iniziare a pensare al saggio che il Direttore le aveva ordinato di scrivere, ma non era lucida. Il dolore e l'umiliazione erano in guerra con la consapevolezza di aver quasi ucciso qualcuno, e che il Direttore l'aveva bastonata sul sedere. L'intera scuola avrebbe appreso dell'accaduto. «Vattene e lasciami in pace».

Aloha la ignorò. «Esistono incantesimi che alleviano il dolore» disse, con un pizzico di compassione. «Oppure puoi imparare a creare una pozione anestetizzante ad alchimia. Alcuni studenti guadagnano bene vendendo questo genere di cose ai più disobbedienti».

Emily la guardò con gli occhi gonfi di lacrime.

Aloha le diede una pacca sulla schiena. «Su» aggiunse con dolcezza. «Credi di essere l'unica ad essere stata punita dal Direttore?».

Emily arrossì per l'imbarazzo. «Sono l'unica ad aver quasi ucciso qualcuno?».

«Gira voce che tu abbia sfidato Alessa a duello formale, mandandola in infermeria. Alcuni intelligentoni dicono che i tutori ti hanno fermato prima che la uccidessi, poiché un duello formale finisce sempre con la morte di uno dei contendenti. Credono che il motivo per cui sei ancora qui è che il duello sia stato interrotto, cosa in realtà non ammessa, nemmeno per salvare la vita a una principessa».

La sua voce cambiò. «Dicono anche che l'incantesimo di Alessa sia rimbalzato su di te, colpendo invece lei. Pare che la tua natura di Figlia del Destino ti preservi dal renderti completamente indifesa, quindi Alessa ci si è mandata da sola in infermeria. Credono che il motivo per cui non sei stata espulsa è che sia stata lei stessa a lanciare quell'incantesimo pressoché fatale. Un'altra voce ancora dice che sei stata influenzata dai negromanti o dai nemici politici di Alessa, e che ti abbiano manipolato per farle del male...».

Emily tossì, cercando di schiarirsi la gola. «Non è stato niente di tutto questo» ammise. «Io... ho perso il controllo e per poco non ho ucciso quella stupida stronza».

Aloha la guardò per un po'. «Cos'è successo?».

Mentre Emily rifletteva seguì una lunga pausa. Fino a che punto poteva fidarsi di Aloha? Avrebbe potuto riferire ogni pettegolezzo al sergente Harkin e... no, che stupidaggine. Il sergente avrebbe saputo tutto dal Gran Maestro e dagli altri insegnanti. Se avesse voluto buttarla fuori dal corso di magia marziale, avrebbe già deciso di espellerla. Scosse la testa e raccontò la storia dal principio alla fine.

Quando ebbe finito, Aloha iniziò a ridacchiare. «E tu saresti una Figlia del Destino?» disse in tono caustico. «Che il cielo ci aiuti».

Emily stava iniziando a ribadire che non era una Figlia del Destino, ma finì per mettersi a ridere. Era stato un errore, ed era certa che uno stregone combattente o un negromante avrebbero spazzato via i suoi incantesimi da quattro soldi, uccidendola prima ancora che potesse contrattaccare con qualcosa di più valido. Alessa non era così tanto più brava di Emily, pur avendo dei maestri che le insegnavano incantesimi a memoria da quando i suoi poteri si erano palesati.

«Perché la sopportano? Mi hanno detto che in questa scuola la politica non c'entra».

Aloha sbuffò. «Gli piace dire così, no?».

Picchiettò bruscamente sulla fronte di Emily. «Non possono non considerare il fatto che Alessa è l'erede di una delle più potenti Terre Alleate, o che la sua morte potrebbe cambiare gli equilibri del mondo». Fece una pausa. «Dovremmo imparare a convivere con i nostri compagni, anche con quelli provenienti da paesi rivali, ma Alessa è un caso estremo. Se non fosse stata figlia unica, non credo l'avrebbero mandata qua. Se avesse avuto dei fratelli minori sarebbero potuti diventare i suoi maghi di corte. O avrebbe potuto avere un fratello che sarebbe stato automaticamente l'erede al trono».

«Oh» disse Emily. Le tornò alla mente Shadye e rabbrividì. «E perché sono così disuniti, con i negromanti alle porte?».

«Perché sono stupidi. O almeno così dice il professor Locke, per farla breve. Le Terre Alleate temono che qualcuno possa provare a ristabilire l'Impero, quindi stanno in guardia dalle altre terre tanto quanto dai negromanti, che sono molto più lontani. A meno che non vivi ai confini…».

«Idioti» commentò Emily. «E lasciano che Alessa si faccia dei nemici?».

«I ragazzini combattono tra di loro con la magia da quando Whitehall è stata fondata. Alessa non è così ingenua, credo, da prendersela con qualcuno che potrebbe essere davvero importante. A parte te, immagino. Una Figlia del Destino potrebbe sovvertire il suo regno come se niente fosse».

Emily pensò alle idee che aveva mandato al padre di Imaiqah e si freddò. Nessuna era particolarmente complessa, alcune avrebbero necessitato di modifiche prima di diventare fattibili, ma avrebbero potuto stravolgere la società locale anche qualora non si fossero diffuse. Con i numeri arabi che facilitavano di gran lunga i calcoli, un sistema che richiedeva anni e anni per la formazione di ragionieri ne avrebbe risentito. E senza brevetti, o almeno senza la possibilità di farli rispettare, i cambiamenti si sarebbero diffusi rapidamente.

"Ma non puoi rovesciare un regno con un reggiseno" pensò. Aveva visto filmati di manifestanti in topless che bruciavano reggiseni, ma non riusciva a ricordare che avessero effettivamente ottenuto nulla al di là di qualche ora di scalpore su Internet. "E non puoi usare la contabilità per convincere il re a rinunciare al proprio regno".

«È anche molto d'aiuto creare amicizie e gruppi» aggiunse Aloha, ignara di ciò che stava passando per la mente di Emily. «Quando sarai al secondo anno scoprirai di dover agire assieme ai tuoi alleati contro altri gruppi, oppure ti ritroverai da sola e in minoranza numerica. Tu e Imaiqah fareste meglio a farvi subito dei nuovi amici».

«Che gioia» disse Emily, dopo essersi toccata il didietro, sussultando con rabbia. «A te è successo tutto questo?».

«Ho imparato in fretta» rispose Aloha. La sua voce si era fatta più dura. «Ora dimmi, a che pensavi mentre ci costavi così tanti crediti?».

Emily non capiva. «Crediti?».

«Qualsiasi cosa fai si riflette sulla stanza e sulle tue compagne» la informò Aloha con freddezza. «Sono sicura che Madama Razz ci toglierà dei punti per quello che hai combinato ad Alessa».

«Ma non è giusto! Perché dovete essere punite voi per un mio sbaglio?».

«Perché le compagne di stanza dovrebbero insegnare ai nuovi arrivati a comportarsi bene. Se fallisci tu, fallisco io, quindi immagino che la prossima visita alla Tana del Drago sarà meno… piacevole del previsto. O hai abbastanza soldi da darmi un anticipo?».

Emily la fissava, confusa. «Tana del Drago?».

Aloha la guardò sorpresa. «Capisco che ti abbiano mandato qui non appena hanno scoperto il tuo potenziale, ma non potevano almeno spiegarti qualcosa della scuola?».

«Io…» iniziò Emily, ma poi si interruppe. Se avesse raccontato la verità sulla sua provenienza, cosa sarebbe successo a quel mondo?

Forse i negromanti l'avrebbero scoperto comunque e invaso la Terra, oppure… diamine, a chi servivano i negromanti? Gli stessi genitori di Alessa avrebbero potuto ingaggiare una guerra di conquista. «Avevano molta fretta».

O forse i negromanti non potevano raggiungere la Terra. Emily aveva dei poteri, che però non si erano mai manifestati fino al suo arrivo in quel mondo ricco di mana. Era abbastanza possibile che i negromanti non avessero poteri nel suo mondo, o che gli incantesimi che li tenevano in vita semplicemente collassassero, lasciandoli morire all'istante.

A meno che, ovviamente, nel suo vecchio mondo non esistesse davvero una società magica segreta che non si era mai preoccupata di mandarle un gufo con un invito a Hogwarts. Ma nutriva qualche dubbio al riguardo.

«La Tana del Drago è una città libera a dieci miglia a ovest di Whitehall» spiegò Aloha. «Prima che i negromanti estendessero i loro confini sulle montagne, era uno snodo commerciale. Adesso è in prima linea nella difesa in caso di incursioni. Ogni anno andiamo lì per acquistare cibo e provviste, e per evadere un po' da Whitehall. Ma se abbiamo perso dei punti non avrò granché da spendere».

«Mi dispiace» si scusò Emily dal profondo. Aloha non c'entrava niente con il litigio tra lei e Alessa, per non parlare del doppio incantesimo che aveva quasi ucciso quella stupida mocciosa. «Se posso prendere parte della mia paghetta, troverò il modo di farmi perdonare».

Aloha alzò le spalle. «Vediamo che dirà Madama Razz». Poi sculacciò Emily, facendola urlare dal dolore. «Non farmi mai più una cosa del genere».

Emily la guardò piena di risentimento, poi riuscì a sollevarsi in piedi e prese la matita. «Il Direttore vuole anche che scriva un saggio» disse con amarezza. «Non so nemmeno da dove cominciare».

«Avrebbero potuto espellerti» commentò Aloha senza un briciolo di comprensione. «O metterti a scrivere righe, o ancora… l'hai passata liscia dopo aver quasi ucciso una principessa. Finiscila di lamentarti».

«Grazie, Miss Maturità» disse Emily. Forse era ingiusta con la sua compagna di stanza. In quel mondo l'infanzia non si prolungava fino all'adolescenza; i bambini dovevano rendersi utili il prima possibile. Imaiqah le aveva raccontato di aver iniziato a lavorare per il padre fin da piccolissima. «Non so come si scrive un saggio».

Aloha sbuffò. «Nella scuola in cui andavi non vi insegnavano a scrivere i saggi?».

L'avevano fatto, ma al computer. Se le fosse venuta un'idea da inserire nel primo paragrafo, avrebbe potuto immetterla facilmente e il controllo grammaticale e ortografico erano automatici. La sua grafia non era mai stata buona, in parte perché non era stata costretta a esercitarsi.

Lì, invece, persino i saggi più brevi sarebbero stati un totale incubo. Qualsiasi errore l'avrebbe obbligata a riscrivere tutto su una nuova pergamena, a meno che non avesse trovato un incantesimo per cancellare. Inoltre, era sicura che ogni errore di ortografia le sarebbe costato un voto in meno. E per finire in bellezza, avrebbe dovuto scrivere il saggio nella sua lingua, sperando che l'incantesimo di traduzione funzionasse a dovere. Aveva già avuto la prova che l'incantesimo presentava dei problemi con alcune figure retoriche.

«Sarà meglio che impari in fretta» le disse Aloha seccamente. «È un saggio-punizione. Se non lo consegni ti beccherai un'altra sculacciata».

Emily trasalì. Una era stata più che sufficiente.

Aloha la fissò e provò pietà. «Pensa a cosa vuoi dire e butta giù una bozza su un foglio» suggerì. «Poi sviluppa le varie sezioni e usa gli incantesimi per ripulire gli errori. Con un po' di lavoro potresti risparmiarti di dover riscrivere più e più volte».

Il suo volto si irrigidì. «E non aspettare fino all'ultimo per farlo. Ti causerebbe solo ulteriori problemi».

Emily annuì. «Non c'è modo di creare una matita automatica?».

Aloha la guardò perplessa. «Voglio dire, una matita incantata che scriva sotto dettatura…».

«Uno al quarto anno aveva fatto una cosa del genere per scrivere cento volte "non copierò più", ma è stato beccato dal professor Thande. Gli diedero un premio per l'originalità, ma prima venne aspramente punito. Lui voleva soltanto che la matita scrivesse sempre la stessa frase; non ho mai sentito di una matita che scriva ciò che detti».

Aloha abbassò la voce. «Vuoi che chieda a qualcuno delle classi più avanzate?».

«Se potessi, sarebbe grandioso».

La sua mente iniziò ad andare oltre, pensando e ripensando. E se qualcuno fosse riuscito a produrre un computer magico o, per meglio dire, qualcosa di simile a quei programmi di videoscrittura da quattro soldi che usavano a scuola prima dell'avvento dei computer?

Magari si poteva fare in modo che ogni tasto corrispondesse a una lettera e, se pigiato, la facesse apparire di fronte allo scrittore. Poi un po' di programmazione le avrebbe fornito un elaboratore di testi funzionante.

Creare un sistema del genere era difficile, ma aveva il sospetto che sarebbe stato comunque più fattibile della matita automatica. Lombardi aveva spiegato più volte che la maniera più semplice per produrre qualcosa di magico era scomporlo il più possibile, assicurandosi che ogni componente dell'incantesimo funzionasse alla perfezione.

«Potrei avere un'altra idea per realizzarle». Avrebbe dovuto scrivere tutto su una pergamena. Una fitta le ricordò che non osava iniziare quel progetto, ignorando la punizione che le era stata assegnata. «Prima devo scrivere il concetto base».

«Scrivi prima il saggio» le consigliò Aloha. «Vai subito in biblioteca e svolgi delle ricerche».

Emily esitò, ci pensò su e poi annuì. Ma prima di ogni altra cosa, aveva bisogno di sapere cosa mostrava il suo volto.

Si diresse lentamente verso il bagno e si guardò allo specchio. Nessuno avrebbe mai creduto che non aveva pianto; l'intera scuola avrebbe capito che era stata punita. Non voleva uscire dalla camera, perché tutti avrebbero saputo… ma cos'altro poteva fare?

Si lavò il viso con cura, pensando che sarebbe stato bello avere dei cosmetici. Era ironico che proprio ora che aveva finalmente trovato un'utilità a quella roba troppo costosa non potesse più comprarla. Di sicuro i profumi, ammesso che esistessero in quel mondo, erano terribilmente cari.

«Buona fortuna» disse Aloha quando Emily uscì finalmente dal bagno e andò verso la porta. «Non raccontare a nessuno cos'è successo. Lascia che rimangano nel dubbio e che ti temano».

Emily sbuffò e poi lasciò la stanza. Non appena fu fuori, alcune ragazze la guardarono e dopo rivolsero immediatamente lo sguardo altrove.

Si sentiva come se qualcuno le stesse disegnando un mirino sulla schiena; Emily lasciò i dormitori e si diresse verso i corridoi che portavano in biblioteca. Pareva che tutti la fissassero, vedendo in lei la ragazza che aveva quasi ucciso la mocciosa dai nobili natali. Nessuno diceva nulla, ma alle spalle poteva percepire gli sguardi che la penetravano. Il tragitto fino alla biblioteca, passando per la zona di silenzio che rendeva la sala ragionevolmente silenziosa, sembrò durare ore.

Questa volta Imaiqah non era lì ad aiutarla, ma Emily stava iniziando a capire come funzionavano le varie sezioni. Una di esse era dedicata agli incantesimi e conteneva diversi libri riguardanti incidenti magici causati da stregoni poco attenti.

Dopo averne preso uno e averlo letto per un po', Emily realizzò con terrore che il Direttore aveva decisamente sottostimato il pericolo. Una stupidotta, nel creare una pozione per sembrare identica a un'altra ragazza, aveva fatto l'errore di usare un pelo di gatto quale fonte di materiale genetico. Aveva trasformato sé stessa in una ragazza-gatto come quelle dei fumetti, almeno esteriormente; dentro, invece, si era deformata a tal punto da non poter più tornare normale. La poverina sarebbe rimasta per sempre in quel modo, un ibrido bizzarro tra felino e umano. A quanto pareva, concludeva il libro, uno stregone aveva poi deliberatamente copiato la tecnica con l'intento di creare un esercito di soldati inumani. Il risultato non era equiparabile ai mostri creati dai negromanti, ma c'era voluto comunque un intero reggimento delle truppe e una squadra da combattimento per sistemare quel disastro.

Un altro testo conteneva delle immagini a colori vivaci di cosa poteva andare storto. Un ragazzino imberbe aveva provato ad accrescere i propri genitali. Emily diede un'occhiata alla figura e chiuse il libro di scatto, cercando di respingere l'improvviso senso di nausea. Un'altra maga aveva usato la magia sul suo ventre mentre era incinta, pare per rendere il nascituro il più potente stregone al mondo. Invece, il bambino era nato morto ma vivo al tempo stesso. Una nota consigliava di non replicare l'esperimento, onde evitare di dare il via alla prima invasione di zombie nelle Terre Alleate.

Persino incidenti minori avrebbero potuto determinare conseguenze letali. Emily iniziò a fare una lista: il ragazzo che aveva fermato il cuore del padre; la ragazza che aveva tentato di trasformare il volto dell'amica poco avvenente perché somigliasse a un angelo, finendo invece per avvelenarla, con un risultato alquanto discutibile... l'elenco era infinito. Aveva realizzato che la maggior parte degli incidenti era stata causata da un singolo incantesimo. Il suo errore era dovuto alla somma di due incantesimi lanciati contemporaneamente.

Sedendo su un cuscino e con una smorfia di dolore sul volto, Emily cominciò a comporre il saggio. Il Direttore voleva che imparasse la lezione e giurò a se stessa che l'avrebbe imparata. Non avrebbe sbagliato due volte.

Sapeva che alle sue spalle continuavano a fissarla. La temevano, come aveva ipotizzato Aloha, oppure stavano ridendo di lei pensando di non essere visti? Non voleva saperlo. Sarebbe stato facile arrabbiarsi, scagliarsi contro di loro e...

"Finire a fare la statua," pensò mestamente. "Come se ne avessi il tempo".

Capitolo XIX

Alessa non era andata a lezione per tre giorni. Nel frattempo tutti avevano saputo cos'era successo e non solo: ognuno aveva raccontato la propria versione delle voci assurde che giravano per l'istituto. Si diceva che la ragazza stesse morendo e che il suo fantasma avesse già infestato il Giardino dei Filosofi Impietriti. Il perché fosse diventata un fantasma nonostante fosse ancora in vita non era dato sapere. Secondo altre voci, i genitori di Alessa, il re e la regina di Zagaria, avevano dichiarato guerra a Whitehall e inviato un esercito per avere la testa di Emily, preferibilmente non più attaccata al corpo. Quelle voci avevano generato un panico infondato che uno studente al quinto anno aveva ben pensato di rafforzare facendo notare che se i regnanti avessero preteso la testa di uno studente, qualsiasi studente, avrebbero compromesso la neutralità di Whitehall.

Emily avrebbe voluto precisare che la scuola non era poi così neutrale come sosteneva di essere, ma si era morsa la lingua. Non c'era motivo di gettare benzina sul fuoco.

In passato era stata un'emarginata, ma ora era diverso. I suoi compagni, quelli al primo anno, sembravano terrorizzati da lei. Tutti tranne Imaiqah, che invece la adorava, nonostante avesse ricevuto una dura lettera dal padre che insinuava un coinvolgimento della figlia nella vicenda dell'erede al trono. Emily aveva letto la lettera con un crescente senso di incredulità; se Imaiqah non fosse stata sua amica, avrebbe cercato un altro mercante e socio. Diversamente, gli studenti più grandi la indicavano e la fissavano, come a chiedersi cos'altro avrebbe potuto combinare. Un giorno un ragazzo parve sul punto di lanciarle un incantesimo, ma poi la guardò negli occhi e scappò via. Cosa pensava che potesse fargli?

Fu quasi un sollievo quando vide Alessa arrivare a lezione di incantesimi base, anche se sembrava un cane bastonato. Teneva la testa bassa, come a voler evitare il contatto visivo. Nella classe si levò un mormorio e Alessa trasalì, incapace di nascondere la propria reazione.

«Sei stata spostata di banco» disse Lombardi ad Alessa. «Siederai accanto a Emily finché non passerete entrambe la materia».

Emily sussultò interiormente, sentendo che il senso di colpa le attorcigliava l'anima. Lombardi le aveva fatto una lezione dettagliata sui pericoli annessi alla combinazione degli incantesimi, spiegando che bisognava sempre accertarsi che si fondessero alla perfezione. Aveva anche spiegato che l'unica ragione per cui Alessa non era stata uccisa era che entrambi i punti finali dell'incantesimo combinato erano stati lasciati. Emily non sapeva con esattezza cosa avesse fatto, ma aveva seguito attentamente la lezione e si era ripromessa di non commettere mai più un simile errore. Aveva avuto la tentazione di chiedere se alcune delle storie terrificanti sugli incidenti magici fossero vere, ma si era trattenuta dal farlo. Preferiva non sapere.

Guardò Alessa mentre prendeva posto accanto a lei e si soffermò sulla mandibola. Alessa era sempre stata pallida – il colore della pelle in quel mondo non era poi così importante, ma lei era quasi albina – eppure adesso la sua mandibola era di un bianco quasi perlaceo, come se avesse subito un trapianto di pelle e dovesse ancora uniformarsi. Era come quelle ragazze abbronzate che avevano i segni del costume. Forse il principio alla base era lo stesso.

Alessa sussultò appena, mentre si sistemava sulla sedia, ma fu abbastanza da far pensare che anche lei fosse stata punita, probabilmente per aver istigato la rissa. O forse le avevano spiegato che il castigo era per aver preso di mira una Figlia del Destino. Chissà cosa avevano detto i suoi genitori al Gran Maestro, una volta preso atto dell'oltraggio recato alla figlia. Era possibile che qualcuno avesse fatto notare ad Alessa che un giorno sarebbe stata lei a regnare e che prendersela con le persone dotate di magia non avrebbe aiutato a mantenere la stabilità del trono. A quanto pareva, i negromanti non erano gli unici a ribellarsi contro le Terre Alleate. Per alcune insurrezioni c'era effettivamente una causa.

«Inizieremo da un semplice incantesimo sbloccante» informò Lombardi la classe. Parlava in tono calmo, ma accentando duramente ogni parola. «L'incantesimo è così semplice come sembra?».

Emily aggrottò le sopracciglia. Una volta cominciato il corso – dopo la prima sessione privata con il professore – aveva capito che le lezioni erano sempre suddivise in un'ora di teoria e un'ora di pratica, durante la quale venivano costretti a risolvere dei problemi, con annessa verifica delle soluzioni proposte. E non era di certo l'unica allieva a cui erano stati colpiti i palmi delle mani affinché ricordasse di concentrarsi e tracciare tutti i componenti prima di provare l'incantesimo.

«Certo che non lo è» disse Lombardi rispondendo alla sua domanda. «Per aprire una porta cosa vi serve? Vi serve una chiave, ma anche un incantesimo sbloccante per duplicarne l'effetto. Quindi, che dovrò fare?».

Alessa si avvicinò a Emily, inclinandosi sul fianco per bisbigliarle all'orecchio. «Basta trasformare la serratura in polvere e aprire la porta. Perché perdere tempo ad analizzare la serratura se puoi semplicemente distruggerla?».

Emily era esterrefatta. Pensava di essere l'ultima persona a cui Alessa avrebbe voluto sussurrare, soprattutto se sarebbe potuto costare una punizione a entrambe, di nuovo. La nobile mocciosetta stava provando a essere amichevole? O non riusciva a trattenersi dal parlare in classe e lei era l'unica abbastanza vicino da sentirla?

«Si inizia ad analizzare la serratura per capirne il funzionamento» spiegò Lombardi. Anche se avesse udito il commento di Alessa, non l'aveva dato a vedere. «Questo particolare componente,» disegnò dei simboli per aria «determina il modo in cui è possibile sbloccare. Il secondo componente esegue effettivamente lo sblocco. Se la serratura dovesse essere incantata per rendere più difficile un incantesimo sbloccante, potreste associare un incantesimo disincantante a quello principale, nella speranza che la serratura non rimanga saldamente chiusa.

«E per rispondere alla tua domanda, Alessa» aggiunse un attimo dopo, «gli stregoni intelligenti fanno incantesimi protettivi alle porte per evitare che qualcuno semplicemente distrugga la serratura. Una prigione per maghi sarebbe incantata in modo tale da impedire ai prigionieri di evadere grazie alla magia. Ecco come sarebbe una porta se dovessi aprirla senza essere scoperta».

Emily arrossì, preoccupata. Il professore aveva sentito il commento. Ma almeno aveva dato una risposta. Chi avrebbe mai pensato che Alessa avesse detto qualcosa di sensato? O magari non c'era da stupirsi. Era cresciuta in un luogo in cui si aspettavano imparasse ogni sorta di espediente, costretta a studiare dai genitori, e da quanto aveva letto sul loro regno, pareva passassero la metà del tempo a tramare o a difendersi dai complotti altrui. La mafia sembrava nulla a confronto del parentado di Alessa.

«Ma non vi insegnerò a evadere di prigione, per il momento» rassicurò la classe. Ci furono delle risatine. «Invece, inizieremo a fare pratica con le serrature che troverete dentro al banco. Tiratele fuori e provate a sbloccarle. Adesso».

Emily alzò il coperchio e trovò una serratura troppo grande per essere vera. Le ci volle un attimo per realizzare che le chiusure a cui era abituata erano prodotte con tecniche e metalli moderni, mentre quelle lì avrebbero potuto essere facilmente scassinate da qualcuno armato di forcina, pazienza e, ipotizzò, anche di poteri che gli permettessero di individuare un incantesimo di protezione. Senza dubbio gli incantesimi bloccanti erano programmati per far prendere un colpo a chiunque avesse provato a forzare. Tentò prima di mettere la chiave nella serratura, girandola avanti e indietro. Forse il meccanismo interno non era particolarmente complesso, ma non c'era modo di saperlo con certezza. Lombardi aveva scelto serrature abbastanza solide da impedire loro di aprirle e darvi un'occhiata dentro.

«È una perdita di tempo» borbottò Alessa. «Potrei far saltare quella serratura in pochi secondi».

Emily scosse la testa. «Devi prima imparare a camminare per poter correre. Cosa disse il dittatore romano Silla al figlio di uno dei suoi più acerrimi nemici? Impara a remare prima di prendere il timone in mano».

Alessa la guardò stranita. «Che?».

«Lascia stare» disse Emily. Poggiò la serratura sul banco, con accanto la chiave. «Vediamo cosa succede lanciando l'incantesimo».

Al primo tentativo non accadde nulla. Dopo aver verificato che fosse tutto a posto, tentò una seconda volta. Alessa fece un sorrisetto per quel secondo tentativo andato a vuoto e poi fu lei a provare a lanciare l'incantesimo, sia con che senza bacchetta. Emily non si prese il disturbo di ricambiare la risatina quando anche Alessa fallì nell'intento. Invece, cercò di capire cosa stesse andando storto. A parte attirare il mana, l'incantesimo non pareva far altro.

"Il mana finisce in secondo piano una volta che gli incantesimi vengono lanciati" si ricordò. Gli stregoni avevano lavorato sodo per misurare in che modo magia e mana erano interconnessi. Sembravano concordare sugli aspetti basilari, ma non su quelli specifici. Una sezione della biblioteca era piena di giornali di magia scritti su pergamena con articoli di stimati stregoni più interessati a vincere il dibattito che non a far progredire le frontiere della conoscenza.

Emily scosse la testa e cominciò a studiare più attentamente l'incantesimo in sé: un punto iniziale, un'analisi dei componenti, un componente d'azione e un punto finale. Ma osservandolo pezzo per pezzo, era evidente l'assenza di un vero legame tra l'analisi e il componente d'azione; durante il primo tentativo, il componente d'azione era stato semplicemente aggirato e l'incantesimo era arrivato dritto al punto finale.

Emily diede una scaltra occhiata a Lombardi e alterò due variabili, rilanciando poi l'incantesimo. La serratura stridette così forte, che Emily dovette tapparsi le orecchie mentre piano piano si apriva.

Non appena il rumore cessò la classe prese a ridacchiare. «Metodo non molto... discreto per aprire una porta» osservò Lombardi blandamente. «Forse puoi fare qualcosa in proposito?».

Alessa affondò il gomito nel braccio della compagna. «Come ci sei riuscita?».

Emily era tentata di non spiegare, ma il suo voto dipendeva da quello di Alessa. «Ho guardato l'incantesimo» disse e indicò il collegamento mancante. «L'incantesimo che ci ha dato era incompleto. Se non comprendi l'incantesimo,» aggiunse «non sarai mai in grado di sapere cosa stai facendo».

Emily ripensò alle costruzioni per bambini. Da piccola aveva avuto una navicella spaziale della Lego con la quale si era divertita per ore e ore. Ricordava ancora il giorno in cui aveva realizzato che, incastrando i piccoli mattoncini di plastica, avrebbe ottenuto una struttura molto più solida delle semplici colonne di pezzi impilati uno sull'altro. Prese il suo foglio degli appunti e aggiunse mattoncini Lego alla lista. Forse in quel mondo non sarebbe stato possibile produrre la plastica – non riusciva nemmeno a ricordare da dove si iniziasse per farla – ma avrebbero potuto scolpire dei blocchetti in legno. Sempre che non ci avessero già pensato.

«Fammi vedere» disse Alessa.

Emily diede qualche colpetto all'incantesimo e indicò la parte mancante. Senza i due componenti connessi tra loro, l'incantesimo non avrebbe mai funzionato. Mentre Alessa lavorava per creare il suo incantesimo, Emily iniziò a studiare un modo per rendere lo sblocco più silenzioso. Se avesse voluto aprire una porta per introdursi in un'abitazione, avrebbe dovuto far attenzione a non allertare i padroni di casa o il vicinato. Ma nonostante avesse analizzato per bene l'incantesimo, non riusciva proprio a capire cosa producesse il rumore e come fermarlo.

La serratura si aprì nuovamente stridendo. «Non male» disse Alessa, dopo aver allontanato le mani dalle orecchie. «Ce l'ho fatta!».

Emily si trattenne dalla voglia di farle notare che senza il suo aiuto non avrebbe combinato niente e picchiettò l'incantesimo per scacciare la frustrazione. «Non riesco a capire cosa causi il rumore». Osservò attentamente la serratura e rimase sorpresa nel realizzare che la risposta era stata per tutto il tempo sotto al suo naso. La serratura non era mai stata pulita, men che meno oliata. Spiegò cosa aveva dedotto e poi guardò Alessa, confusa. «Come facciamo?».

Alessa fece un sorrisetto compiaciuto, come un gatto che ha appena ingoiato un canarino. «È semplice» rispose. «Facciamo un incantesimo del silenzio».

Mosse la bacchetta, lanciò l'incantesimo e poi ripeté l'incantesimo sbloccante. La serratura si aprì senza emettere alcun rumore. Dopo un attimo, Emily guardò l'incantesimo originale e aggiunse un terzo componente, attutendo il suono mentre l'incantesimo faceva il suo lavoro. Quando finalmente ebbe finito funzionava tutto alla perfezione.

«Bel lavoro, tutt'e due» disse Lombardi. Il resto della classe sembrava aver individuato il collegamento mancante. «Potete andare in aula studio e affrontare il prossimo compito».

Magari ci fossero state delle aule studio anche nella vecchia scuola… Quelle a Whitehall erano piccole ma confortevoli, dotate di pergamene, matite e caraffe di qualcosa che sapeva di aranciata fresca. Se Alessa non fosse stata lì… la sua schiena si contrasse, quasi come se si aspettasse che Alessa le lanciasse un incantesimo mentre lei era distratta, ma non accadde nulla. Prese il compito e iniziò a studiarlo. Veniva chiesto di comporre un incantesimo che creasse un'immagine di se stessi fluttuante a mezz'aria. Nelle istruzioni non figurava la parola ologramma – si domandò distrattamente quante parole mancassero nel loro dizionario – ma non riusciva a pensare a nient'altro di più simile.

«Avresti potuto uccidermi» disse Alessa. Stava in ginocchio sulla sedia, non poteva sedersi per bene. Nell'aula non c'erano cuscini. «Io…».

Emily sentì la rabbia salire e dovette lottare furiosamente per non farla esplodere. «Ascolta» disse nel modo più pacato possibile. «Sei una principessa reale e un giorno diventerai regina di un paese molto potente. Quel paese non sopravvivrà se non inizierai a capire che ci sono dei limiti al tuo potere e se non imparerai a comportarti come si deve con le persone!».

Alessa arrossì; nervosamente cercò di afferrare la bacchetta, ma poi si trattenne. «Chi sei tu per dare lezioni a me?».

«Sono una Figlia del Destino» rispose Emily senza pensarci troppo. «Cosa potrebbe succederti se ti metti a litigare con una come me? Cosa potrebbe succedere al tuo regno?».

Quello che aveva appena detto le sembrava alquanto assurdo, ma Alessa si appoggiò allo schienale come se l'avessero schiaffeggiata.

Se qualcuno come George Washington fosse stato un Figlio del Destino, non avrebbe mai potuto fallire? Ma Washington aveva perso delle battaglie e fu sul punto di perdere la Guerra d'Indipendenza in più di un'occasione.

Era davvero possibile affermare che un potere superiore lo avesse guidato e protetto, o era semplicemente una rara combinazione di lungimiranza e senso pratico?

Le vennero in mente tanti altri personaggi storici le cui gesta sembravano determinate da una volontà ultraterrena. Ma se fosse stato vero, si domandò, dov'era finito il libero arbitrio?

«Ti fai dei nemici,» disse ad alta voce «e alcuni di loro potrebbero diventare dei veri stregoni. Altri potrebbero diventare negromanti se li tratti così male da indurli a cercare qualsiasi fonte di potere, noncuranti dei pericoli. O forse un giorno il tuo popolo insorgerà e finirai impiccata per strada».

«Non possono farlo» commentò Alessa sconvolta. «Il popolo ama la sua principessa…».

«Anche Cesare parlava di se stesso in terza persona» bofonchiò Emily. «Ma aveva un bel po' di motivi in più per compiacersi».

Sicuramente Alessa la vita di Giulio Cesare neanche la conosceva.

«C'era una volta un Imperatore,» la parola «zar» significava imperatore «che aveva la stessa visione. Ma era un incompetente che provava a governare un paese tutto da solo, senza dare ai suoi sottoposti abbastanza autorità da risolvere i problemi o garantire al popolo la libertà di cui aveva disperatamente bisogno. Alla fine il suo paese piombò in una guerra civile e l'Imperatore venne giustiziato assieme a tutta la sua famiglia dai ribelli. L'esperienza li aveva così induriti, che scelsero un loro imperatore per la guida del paese. Ma la situazione continuò a peggiorare finché non fu troppo tardi.

«Vuoi comandare? Prima impara a farlo. Non basta impartire ordini, bisogna sapere quali sono gli ordini giusti da dare e bisogna sapersi fermare quando è ora. Perché hai dei nemici e il prossimo potrebbe decidere di ucciderti!».

Si ritrovò a chiedersi cosa avrebbero fatto i parenti più lontani di Alessa nel realizzare che la principessa era stata così vicina alla morte. Avrebbero considerato vantaggioso spingerla di nuovo a tentare la sorte? O le avrebbero maliziosamente consigliato di tornare a casa mandando all'aria gli studi? O… le possibilità erano infinite e solo poche erano buone.

Emily scosse la testa. «Passeremo incantesimi base. E tu lavorerai con me, analizzando gli incantesimi pezzo per pezzo. Quando avrai imparato potrai finalmente seguire il corso avanzato».

Gli occhi azzurri di Alessa fissarono Emily per un lungo momento. Poi, alla fine, la ragazza annuì.

Da vicino, Alessa sembrava fragilissima. Era come se l'incantesimo curante non avesse funzionato alla perfezione. O forse i Guaritori avevano voluto lasciarle un segno che le ricordasse la sua stupidità. Prima o poi, probabilmente sarebbe andato via.

«Bene» disse Emily. «Da dove cominciamo?».

Capitolo XX

«Il programma della lezione di oggi è stato modificato» disse il sergente Harkin, gelando i suoi studenti con lo sguardo. «È stato modificato a causa di uno di voi».

Emily era immobile, cercando di non far trasparire alcuna emozione. Si sarebbe meravigliata se lo studente di cui stava parlando non fosse stata lei, ma qualcun altro. Il sergente sapeva che Emily aveva quasi ucciso Alessa e, se avesse combinato una simile stupidaggine nella sua classe, l'avrebbe espulsa all'istante. Era qualcosa di cui dovevano essere messi al corrente anche tutti gli altri. Le voci secondo cui aveva ucciso Alessa erano svanite quando la ragazza era tornata a lezione, ma continuavano a girare ulteriori dicerie.

«Emily, un passo avanti» ordinò Harkin.

Emily obbedì con un po' di riluttanza.

«In campo militare è di vitale importanza imparare dai propri errori, e di errori ne farai. È altresì importante,» rivolse lo sguardo al resto della classe «imparare dagli errori altrui. È persino più conveniente che imparare dai propri».

Emily si tenne forte, il seguito non sarebbe stato piacevole.

«Emily non ha cercato lo scontro con la principessa Alessa» li informò Harkin. «Ma quando è stata sfidata, non è stata abbastanza veloce da fermare la sua nemica prima che potesse lanciarle un incantesimo. È poi riuscita a romperlo, impresa non da poco, e infine si è lasciata accecare dalla rabbia e dalla paura. Ma mettendo insieme due incantesimi ha quasi ucciso la principessa».

La sua voce si irrigidì. «Nessuno dei due incantesimi di per sé sarebbe stato letale. Ma la loro combinazione avrebbe potuto causare degli effetti disastrosi». Si picchiettò la gamba con il bastone, aspettando che il messaggio venisse assimilato. «Tutti voi durante questo corso sarete chiamati a usare incantesimi creati per combattere e, se vi diplomerete, avrete l'opportunità di servire le Terre Alleate. Non potete lasciare che la rabbia o la paura influenzino la vostra reazione alla minaccia. Se così fosse, i risvolti potrebbero essere pericolosamente imprevedibili».

Guardò Emily; il suo volto sfigurato era impassibile. «A tutto questo va aggiunto che Emily non ha fatto niente per rendere inoffensive le amiche di Alessa. Se avessero deciso di ucciderla, avrebbero potuto benissimo farlo. Emily ha permesso all'orrore scaturito dal suo stesso sbaglio di paralizzarla. L'obiettivo ultimo della guerra è vincere; Emily avrebbe vinto una battaglia, perdendo però la guerra. Si è lasciata distrarre dal terrore per ciò che aveva combinato. Vi insegneremo a reagire con calma e in modo adeguato alle minacce, qualunque sia la provocazione» concluse. «E mi aspetto che impariate tutti a rimanere concentrati, anche quando proverete dolore e i nemici incalzeranno su più fronti. Lanciare male gli incantesimi può rivelarsi pericoloso più sul vostro fronte che su quello nemico».

Emily percepiva che i compagni la fissavano, ma non osava staccare gli occhi dal sergente. «Fai un passo indietro» disse infine. «E non essere così distratta al mio corso».

Ci fu una lunga pausa; la classe stava digerendo quella lezione inaspettata. «Adesso, qualcuno sa dirmi quanti incantesimi-spia ufficiali esistono al momento?».

«500 o giù di lì» rispose Jade. Sembrava aver memorizzato ogni nozione, pensò Emily; lei aveva appena iniziato a leggere. Ma comunque lui aveva avuto cinque anni per imparare tutto il possibile. «Credo che alcuni di essi non siano raccomandati».

«564, secondo l'ultima uscita di "Spioni Oggi"» disse Harkin. Qualcuno rise e il sergente gli diede un'occhiataccia. «Lo stregone che lo pubblica ha un senso dell'umorismo un po' distorto. Quanti incantesimi non ufficiali esistono?».

Jade esitò e una delle ragazze si lanciò a rispondere. «Ho letto che ce ne sono a migliaia. Ci sono così tante varianti, che la maggior parte è in qualche modo collegata ad altre».

«Vero» concordò Harkin. «Gli incantesimi-spia sono abbastanza facili da creare, quindi lo stesso incantesimo può essere stato ideato da più maghi nello stesso momento. Alcuni maghi hanno cercato di tenere per sé i propri incantesimi, per poi leggere con orrore che qualcuno ne aveva creati di identici, pubblicandoli affinché tutti potessero conoscerli».

Sorrise in modo poco piacevole. «Allora ditemi… quanto sono efficaci quegli incantesimi?».

«Non lo sono» rispose subito Emily.

Harkin posò lo sguardo su di lei. «Sono tutti inefficaci? Quindi tutti quegli stregoni stanno perdendo il loro tempo a inventarli?».

Emily non volle permettergli di intimidirla ulteriormente. Nel libro degli scherzi pratici aveva visto incantesimi per spiare amici, nemici e persone amate, e qualcuno aveva scarabocchiato, appena dopo la copertina, un buffo commento sul fatto che la maggior parte degli incantesimi-spia non avrebbe funzionato all'interno di Whitehall. A quanto pareva, era un modo veloce per aggiudicarsi uno spiacevole incontro con il Direttore.

«Gli incantesimi-spia possono essere neutralizzati» rispose Emily. Il professor Lombardi aveva fatto notare che non esisteva un incantesimo invincibile, anche se prodotto da un negromante e alimentato da un omicidio di massa. «Uno stregone che volesse operare in segreto, creerebbe degli incantesimi protettivi per non farsi spiare. Servirebbe quindi qualcosa di nuovo, che però verrebbe analizzato e neutralizzato subito dagli altri stregoni. Qualsiasi vantaggio derivante dall'invenzione di nuovi incantesimi non durerebbe a lungo».

«Abbastanza corretto» disse Harkin. Tornò a guardare il resto della classe. «Cosa significa tutto questo, in un'ottica militare?».

«Significa che non è possibile spiare i nemici» replicò un ragazzo piuttosto robusto. Sembrava dello stesso anno di Jade e lanciò a Emily un'occhiata che era tutto fuorché amichevole, tanto che le venne voglia di farsi piccola piccola e nascondersi. «Non si può mai sapere cosa fanno».

Emily corrucciò il volto, vagliando le diverse ipotesi. Si sarebbe potuto spostare un esercito sotto copertura magica, creando un gigantesco spazio vuoto dove gli incantesimi-spia non avrebbero funzionato correttamente. Ma così facendo, i difensori avrebbero individuato la zona in cui la magia non funzionava, concludendo che l'esercito nemico si nascondeva proprio lì. All'improvviso immaginò stregoni nemici intenti a creare decine di zone vuote per confondere i difensori, con un solo punto vuoto in cui si celava realmente l'esercito. Oppure non lo avrebbero per nulla nascosto, confidando nel fatto che i difensori avrebbero passato così tanto tempo a cercare di penetrare nei punti vuoti da non rendersi conto che l'esercito in avanzata era perfettamente in vista.

«Plausibile» disse Harkin. «Anche se, a meno che non stabiliscano un campo base e stiano fermi, il loro passaggio verrà notato. Non puoi spostare un migliaio di uomini senza lasciare traccia, e quella traccia sarà molto visibile, una volta che gli incantesimi di invisibilità saranno svaniti».

Sorrise con fare cupo. «Uno stregone ebbe la brillante idea di creare un singolo incantesimo per rendere un intero paese uno spazio vuoto» aggiunse. «Cosa pensate sia andato storto?».

Aloha prese la parola prima che chiunque altro potesse aprir bocca. «I difensori caddero sotto l'incantesimo e riuscirono a romperlo. Parliamo della battaglia di Thornton's Reach».

«Classico esempio di stregone che rimane abbagliato dalla genialità della propria trovata, accecato a tal punto da non vederne i difetti» concordò Harkin. «L'idea venne rimessa in pratica l'anno successivo, con qualche leggera modifica. Non funzionò perché i difensori furono ancora in grado di analizzare l'incantesimo e, anziché spezzarlo, si limitarono ad alterare i loro incantesimi-spia per cercare delle scappatoie. Quel geniale ma stupido stregone morì durante la seconda battaglia, grazie al cielo. Chi sa cos'altro avrebbe potuto escogitare se fosse sopravvissuto...».

Si fregò le mani. «Allora, quante scappatoie ci sono?»

Il ragazzo in piedi accanto a Jade iniziò a elencarle sulle dita della mano. «Si può provare a modificare i propri incantesimi-spia in modo che corrispondano agli incantesimi avversari, nella speranza che penetrino perfettamente l'incantesimo di invisibilità del nemico. Si può prendere una ciocca di capelli di un comandante nemico e usarla per farsi un'idea di lui; è difficile da bloccare senza un incantesimo specifico e molte persone non si preoccupano di...».

«Ricordo di un imbroglione che cercò di vendere a capitan Hawke un paio di teschi che diceva appartenessero a due diverse fasi della vita del generale Yeller» commentò Harkin. Ci furono delle risatine, anche se Emily non si capacitava di come qualcuno potesse aspettarsi che un ufficiale di media intelligenza cascasse dinanzi a una truffa tanto ridicola. «Non è così semplice mettere le mani su una ciocca di capelli di un comandante, per non parlare di pelle, ossa o sangue».

«O ci si potrebbe intrufolare nel campo nemico» concluse il ragazzo, mostrando una certa ansia. «Magari atteggiandosi a comandante dell'esercito avversario…».

Harkin sbuffò. «Pensi che potresti spacciarti per me a tal punto da ingannare il sergente Miles?».

Il ragazzo fece segno di no con la testa, imbarazzato.

«Ecco un'altra brillante idea che nella pratica non funziona quasi mai» commentò il sergente. «Sebbene sia stata sperimentata.

«In effetti, un'ultima scappatoia è quella di spiare realmente il campo nemico con i propri occhi» continuò. «Si può eludere o ingannare la maggior parte degli incantesimi di rilevamento e utilizzare uno specchio gemellato per diffondere il messaggio il più rapidamente possibile. Se si viene scoperti, è probabile che ne consegua la tortura o l'impiccagione per spionaggio. Qualcuno è abbastanza coraggioso da offrirsi volontario?».

La sua voce si fece più intensa. «C'è un esercito nemico in marcia verso la vostra città. Il vostro re deve sapere dove posizionare il suo esercito per intercettare quello avversario. E deve sapere anche quanto è forte, in modo da preparare il piano di battaglia. Vi offrireste volontari per dare un'occhiata, sapendo che potrebbe costarvi la vita?».

«Sì» rispose Jade senza tradire alcuna emozione.

Ci fu un sordo mormorio di assensi. «Sono lieto che qui in mezzo ci siano così tanti soldati coraggiosi» disse Harkin. Indicò la foresta. «Una maga ribelle, Lady Ravanna, ha deciso di dichiarare guerra al vostro regno. Con il suo esercito oscuro, si accampa nella foresta in attesa che il fratello faccia ritorno assieme alla sua squadra d'assalto. La vostra missione è di andare nella foresta, trovare una postazione da dove sia possibile spiare l'esercito e riportare tutto quanto al vostro re usando l'incantesimo degli specchi gemellati. Non c'è bisogno di aggiungere che se verrete scoperti, ve ne pentirete».

Li guardò. «Vi manderò lì dentro, uno alla volta. Sapete ciò che dovete fare, ma ricordate: maghe e stregoni possono essere avversari scaltri. Ricordate cosa è successo la prima volta che avete attraversato la foresta e badate a dove mettete i piedi. Jade, siccome sei stato il primo a offrirti volontario, cominceremo da te». Lanciò al ragazzo un piccolo specchio avvolto nella carta. «Oh, e attento a non farti beccare».

Emily guardò Jade dirigersi verso il limitare della foresta e venire inghiottito dall'oscurità. A uno a uno, seguirono tutti gli altri. Poi arrivò il suo turno.

Tremando appena, Emily si inoltrò sotto l'intrigo di rami e, quando su ogni cosa calò il buio il suo volto si contrasse. L'oscurità sembrava quasi viva, tanto da indurla a guardarsi nervosa attorno prima di scegliere un sentiero tra gli alberi. Del resto degli studenti non c'era alcuna traccia.

La sensazione di essere osservata cresceva man mano che si addentrava seguendo un percorso casuale. Aveva l'impressione che la foresta, come ogni altra cosa a Whitehall, fosse più grande di quanto appariva dall'esterno. Forse era stata creata per gli addestramenti militari.

Un attimo dopo, fece un salto indietro: per poco non rimaneva impantanata. Non si era accorta che il terreno era diventato paludoso fin quando non era stato quasi troppo tardi. Era pressoché impossibile distinguere quella palude pericolosa dal fango.

Raccolse un bastone e lo usò per tastare il terreno. Era tutta palude, persino dietro di lei. Maledicendo sottovoce il sergente, Emily realizzò che la magia correva attraverso il suolo e cercava di intrappolarla. Se fosse scivolata dentro, sarebbero riusciti a salvarla prima che annegasse? E se…

Colta dalla disperazione, lanciò un incantesimo congelante davanti a sé. Il fango ghiacciò, creando un sentiero calpestabile all'interno della foresta. Lo percorse, scivolando e perdendo la presa, finché non raggiunse la fine della palude e tornò sul terreno solido.

Il nitrire di cavalli in lontananza ruppe quel sinistro silenzio. Prestando attenzione, Emily proseguì in direzione del suono, provando a usare gli alberi come scudo da occhi indiscreti. Una figura in movimento attirò la sua attenzione: era un'armatura animata. I suoi occhi, ammesso che ne avesse, perlustravano tutto attorno. D'istinto, Emily si buttò a terra, sentendo qualcosa passarle sulla schiena. Se l'avesse colta allo scoperto, non sapeva cosa le avrebbe fatto, ma dubitava sarebbe stato piacevole.

Il terreno era fangoso e fetido, ma si fece forza e proseguì strisciando. L'armatura non guardava dietro di sé, ma solo davanti; la superò sgusciando e cercò di raggiungere una luce in lontananza, dove riusciva a scorgere qualcosa muoversi. Era difficile avvicinarsi strisciando, perché non pareva esserci una copertura ottimale. Poi vide un grande cespuglio e prima di muoversi si accertò che non nascondesse delle sorprese. Uno dei libri che aveva letto diceva che alcune piante erano animate e afferravano qualsiasi cosa, o chiunque, passasse loro vicino. I sergenti avrebbero potuto piazzarne una solo per insegnare agli studenti a non dare niente per scontato.

Non appena si mosse, scorse l'esercito accampato. Per metà sembrava composto da altre armature animate che però camminavano liberamente, quindi avrebbero potuto essere soltanto esseri umani. Anche il resto del gruppo pareva normale, ma non appena i soldati furono più vicini, Emily ne vide i volti orrendamente inumani. Erano un incrocio tra uomini e altre creature, qualcosa di molto diverso. Per le sue scarse conoscenze di genetica, gli ibridi come il signor Spock di "Star Trek" erano impossibili. Ma in un mondo magico, chi sapeva cosa fosse possibile? Forse inizialmente orchi e goblin erano umani, ma poi vennero trasformati, trasmettendo quelle nuove caratteristiche ai loro discendenti. O forse…

"97 armature" pensò contando nella mente. "E 70 creature inumane…".

Una mano la afferrò per una gamba, trascinandola indietro con una forza terrificante. Emily urlò dalla paura e riuscì a girarsi supina, trovandosi di fronte un disgustoso essere metà uomo e metà serpente. Un attimo dopo, il volto della creatura si spostò lasciando il posto a minuscoli rettili fuoriuscenti dalla testa…

"Una medusa! Uno specchio. Mi serve uno specchio!".

Ci fu un bagliore accecante e il suo corpo divenne solido. La creatura, qualunque cosa fosse, la guardò a lungo prima di scomparire nella foresta, lasciandola pietrificata e completamente immobile.

Emily non si fece prendere dal panico e cercò di annullare l'incantesimo, ma ciò che le aveva fatto quella creatura era più forte di qualsiasi cosa avesse mai visto. Provò tutti gli incantesimi che riusciva a ricordare, ma niente sembrava funzionare e la sua mente iniziava a offuscarsi…

E poi si ritrovò a terra, fuori dalla foresta. Si sentiva rigida, ma almeno il suo corpo era tornato normale. Non era l'unica a essere stata presa. Di ventiquattro studenti, soltanto tre avevano completato la missione. Maledisse i suoi errori e provò a mettersi seduta prima di alzarsi. Era ovvio che ci sarebbero state più guardie che una sola armatura incantata.

«Non un'ottima prova, mi pare» disse Harkin. «Tre di voi sono stati presi da Serpo e trasformati in pietra. In cinque siete finiti nella palude, cosa che vi avrebbe ucciso se fosse successa in battaglia. Due di voi hanno commesso l'errore di combattere contro le armature e sono stati colpiti alla testa. In sette vi siete avvicinati troppo a Ravanna, che vi ha resi dei burattini. Altri due hanno fatto troppo rumore, attirando i goblin. Hanno orecchie enormi che non stanno lì per bellezza. Non vi ha detto mai nessuno che possono sentire un gatto che scoreggia dal lato opposto della città?».

Emily sperava che stesse esagerando. Se i goblin avevano davvero un udito così fino, li avrebbe di certo allertati muovendosi dentro la foresta. Forse Harkin li stava prendendo in giro, cercando comunque di far capire che davano troppe cose per scontate.

Aloha fece una domanda diversa. «Avete una medusa come animale domestico? Pensavo fosse illegale».

«Sì, è vero» disse Harkin. «Se Serpo non fosse castrato… perché, chi sa cosa sarebbe potuto accadervi?». Le lanciò un'occhiataccia per rimetterla al suo posto. «Dimmi, ho mai detto qualcosa che vi abbia fatto pensare che magia marziale fosse davvero sicura?».

Aloha scosse tristemente la testa.

«Son lieto di saperlo» disse il sergente. «Significa che non ho perso il mio tocco».

Guardò poi l'intera classe. «Andate a farvi una doccia».

Di colpo, Emily realizzò di puzzare terribilmente e che la sua uniforme era zuppa di fango. Nessuno però le aveva detto niente, erano tutti nelle stesse condizioni.

«E per la prossima volta, vi consiglio di riflettere su cosa avete sbagliato e avreste potuto fare meglio. Perché lo rifaremo fin quando non avrete coscienza di ciò che state facendo.

Durante la prossima lezione formeremo due squadre; è ora di divertirci un po'. Sono sicuro che vi piacerà quanto è piaciuto a me agli esordi».

Capitolo XXI

Il resto della settimana trascorse in fretta. Troppo in fretta. Emily passò ogni sera in biblioteca a svolgere ricerche per il suo saggio. Non era facile attenersi al concetto base quando c'erano migliaia di esempi di cosa potesse andare storto, uno più raccapricciante dell'altro. Nelle pause dalla scrittura, quando la mano le faceva troppo male per continuare a usare la matita, provava a progettare un programma di videoscrittura magico o una semplice stilo.

Era già domenica ed Emily si trovava di nuovo nel Corridoio della Vergogna ad aspettare di vedere quel che sarebbe accaduto.

Questa volta, di turno a supervisionare c'era una ragazza per nulla amichevole, figurarsi comprensiva. Le indicò uno spazio del corridoio senza dire una parola, mentre brontolava un altro studente di fare silenzio durante l'attesa della sua punizione. Emily provava vergogna e umiliazione, perché stavolta non era sola ad aspettare. Poi, finalmente, il Direttore la chiamò nel suo ufficio. Le ci vollero tutto il coraggio e la determinazione che aveva in corpo per abbassare le braccia e varcare la porta. Una volta nella stanza, la vergogna non era comunque sparita.

«Rimani in piedi» le ringhiò il Direttore. Aveva ancora indosso il mantello che ne celava il volto nell'oscurità. Anche la voce non era cambiata, continuava a essere atona. «Il professor Lombardi ha valutato il tuo saggio».

Emily tremava, provando a non tradire alcuna emozione. Aveva dovuto consegnare il saggio sapendo che era ben lontano dall'essere perfetto. Forse la presentazione non era così importante in quel mondo – molti studenti erano analfabeti prima del loro arrivo a Whitehall – ma il saggio era una punizione. Il professor Lombardi sembrava gentile, ma avrebbe potuto comunque trovare diversi errori. Mentre pensava a queste cose, le sue mani si contrassero e andarono a proteggere automaticamente il sedere. Non voleva essere fustigata di nuovo.

Aveva l'impressione che il Direttore la stesse guardando, ma era difficile a dirsi. «Hai imparato qualcosa lavorando al saggio?».

«Sì, signore» rispose Emily con fermezza. A eccezione del professor Thande, tutti gli altri insegnanti avevano colto l'occasione per sottolineare quanto fosse stata stupida e vicina all'uccidere Alessa. Lo stesso avevano fatto alcuni studenti più grandi, quelli che non la temevano. Le voci sul suo conto stavano diventando assurde. «Ho imparato che non dovrò farlo mai più».

«Ottima idea» concordò il Direttore. Guardò il fascio di fogli sulla scrivania. «Il professor Lombardi ti ha dato un voto eccellente. La sua unica perplessità riguarda la tua affermazione circa la possibilità di riparare il danno con altre trasformazioni, il che non sempre è vero. Una singola trasformazione può caricare la vittima di mana, innescando così un secondo incantesimo. Ai Guaritori non piace fare questo genere di cose, a meno che non ci sia alternativa».

Dopo una lunga pausa, il Direttore continuò: «Ma l'uso delle trasformazioni nelle guarigioni è un corso avanzato e tu sei qui da solo due settimane. Il professor Lombardi sostiene che hai svolto un ottimo lavoro. Non c'è bisogno di punirti ulteriormente».

Emily si rilassò appena. I segni sul didietro erano ancora lì a distanza di giorni e continuava a sentire delle fitte quando provava a sedersi.

«Comunque, devi capire quanto sei stata vicina a combinare un vero disastro» le ricordò il Direttore. «È probabile che tu non sopravviva, bada bene, sopravviva, a un altro errore del genere. Intesi?».

«Sì, signore».

«Bene. E come va il lavoro di squadra con Alessa?».

Emily arrossì. Avevano lavorato assieme tre volte e quando Alessa si era mostrata insicura, o forse demoralizzata, avevano discusso con molta tranquillità. Alessa possedeva delle capacità – per esempio aveva suggerito a Emily di aggiungere un terzo componente anziché tentare in tutti i modi di alterare uno di quelli già presenti – ma non capiva cosa faceva. Pian piano ci sarebbe arrivata.

«Ce la caviamo». Forse il Direttore avrebbe riso di lei. O magari non era abbastanza umano da riuscire a ridere. Emily aveva chiesto di lui ad Aloha e lei le aveva detto che secondo alcune voci il Direttore era in realtà un golem che aveva in qualche modo preso coscienza di sé, diventando addirittura un essere dotato di intelligenza. Oppure era umano, ma sotto qualche incantesimo. «Potremmo persino passare incantesimi base».

«È sempre un'ottima notizia. Ma lavorerai con lei per ancora molto tempo».

Emily sospirò tra sé, ma non disse nulla. Forse lavorare con Alessa rappresentava un'ulteriore punizione, sebbene non sapesse di preciso per chi delle due, ma era abbastanza onesta da ammettere che si erano aiutate a vicenda.

O forse lo scopo era quello di costringerle a superare l'antipatia reciproca e arrivare a un'intesa. Probabilmente Whitehall credeva avessero bisogno di imparare una simile lezione prima di affrontare il mondo.

«Mi è stato ordinato di dirti, qualora avessi superato la prova del saggio, di cercare la maestra Irina al termine di questo colloquio». Le passò i fogli e lei li guardò senza pensarci. «Puoi andare. Ti consiglio caldamente di non farti vedere qui per un bel po'».

«Sì, signore».

Emily diede un'ultima occhiata all'oscurità racchiusa nel cappuccio e si chiese se sarebbe mai riuscita a scorgervi qualcosa di umano; poi si voltò e lasciò la stanza. Senza dubbio le punizioni diventavano sempre più severe finché lo sfortunato studente veniva minacciato di espulsione, o veniva semplicemente buttato fuori dalla scuola senza avere un'ultima possibilità. Si fermò un attimo nel corridoio a controllare le note del professor Lombardi, ma la ragazza che faceva da sentinella si schiarì la gola e le disse di andare via. Emily non se lo fece ripetere due volte, non aveva più motivo di stare là. Era grata di esserne uscita indenne.

Una volta fuori, lesse i commenti con molta attenzione; poi mise la pergamena in tasca e si incamminò verso l'ufficio della maestra

Irina. I corridoi erano più deserti del solito: alle classi superiori era stato concesso un giorno libero per recarsi alla Tana del Drago; sarebbero tornati a lezione lunedì. Emily vide un paio di ragazzini sui quindici anni lanciarsi una palla e dopo correre facendola rimbalzare prima su un forziere di pietra e poi su un'armatura. Quest'ultima prese vita e li afferrò per la collottola, sollevandoli fino a che entrambi non rimasero con i piedi penzoloni. Emily scappò via prima di fare la stessa fine.

Quando bussò alla porta della maestra Irina non ci fu alcuna risposta ed Emily rimase incerta sul da farsi. Il Direttore non aveva specificato l'orario di ricevimento, anche perché non sapeva se l'avrebbe lasciata andare o punita per la seconda volta. Forse la maestra era altrove…

Ci fu uno scintillio magico e la donna apparve ai piedi di una rampa di scale che Emily era sicura non fosse lì fino a un attimo prima. Gli interni di Whitehall mutavano di continuo.

«Emily» disse la maestra freddamente. «Immagino tu sia dell'umore giusto per imparare».

Emily arrossì. «Sì, maestra. Vuole vedere il mio saggio?».

La maestra Irina aprì la porta e condusse Emily nel suo ufficio. «Mi fido dell'opinione del professor Lombardi. E non ho tempo per farti una lezione su quanto tu sia stata stupida, capito?».

Fece cenno a Emily di sedersi mentre prendeva una bacchetta dalla scrivania. «Hai già lanciato alcuni incantesimi, ma devi ancora imparare a caricarli quanto basta. L'incidente con Alessa è stato determinato, almeno in parte, da un sovraccarico di mana di entrambi gli incantesimi. Comunque, mi è stato chiesto di insegnarti degli incantesimi che normalmente si studiano al secondo anno».

La sua voce divenne più severa. «Questi incantesimi non sono pericolosi, per lo meno non in senso convenzionale, ma possono causare problemi a te che li lanci. Solitamente non vengono insegnati al primo anno perché bisogna prima imparare a incanalare il mana; solo dopo si può iniziare con la sperimentazione di quegli incantesimi che potrebbero sfociare in cattive abitudini. Il sergente Harkin vuole che li impari, altrimenti non sarai in grado di seguire magia marziale. Sappi solo che nei prossimi mesi dovrai esercitarti con gli incantesimi per almeno un giorno a settimana. Tra poco capirai il motivo».

Emily era perplessa. «Perché non me li insegna direttamente il sergente?».

La maestra Irina le diede un'occhiataccia. «Il sergente preferisce non insegnare incantesimi ai suoi studenti». Emily realizzò di aver messo in dubbio la competenza della maestra Irina. «C'è un'arte relativa al lanciare gli incantesimi che non ha nulla a che vedere con le discipline di magia marziale».

Passò la bacchetta a Emily, che la soppesò attentamente. Conteneva già nuovi incantesimi che aspettavano di essere caricati di mana. Sembravano complessi ma fragili, come se fossero fatti di aria sottile. Emily li studiò, provando ad analizzarli, ma erano troppo complicati. Avrebbe dovuto osservare mentre venivano lanciati, per poi analizzarli.

«Il primo è un incantesimo-scudo modificato. A differenza di un normale incantesimo-scudo, l'unica cosa che fa è cambiare colore quando viene raggiunto da un particolare incantesimo, nient'altro. Potresti lanciare dozzine di questi incantesimi su te stessa, ma una sola maledizione potrebbe oltrepassarli e colpirti».

«Non protegge affatto?».

«No» confermò la maestra. «Il suo unico scopo è permetterti di sapere se vieni colpita da un particolare incantesimo».

La cosa era insensata, ma poi a Emily venne in mente il paintball. Non aveva mai giocato – ci volevano degli amici e una buona dose di entusiasmo – ma ne conosceva il principio alla base. Eventuali controversie su chi fosse stato effettivamente colpito sarebbero state risolte controllando se il bersaglio aveva una macchia di vernice sul suo corpo. Se si stavano allenando per combattere, perché non usare la magia durante le esercitazioni anziché lanciarsi a vicenda incantesimi letali? Era sicura che l'esercito regolare del suo vecchio mondo ricorreva a qualcosa di simile, piuttosto che sparare veri proiettili agli apprendisti.

L'incantesimo era facile da lanciare ma non da annullare. Emily fece quattro tentativi prima di riuscire a farlo svanire, mentre alla maestra Irina bastò un semplice schiocco di dita. Notando la sorpresa di Emily le spiegò con pazienza che l'incantesimo era stato creato per essere difficile da rimuovere, evitando possibili espedienti, o quanto meno espedienti facili da mettere in pratica. Una persona esterna poteva dissolverlo con un incantesimo annullante.

«Bene» disse infine la maestra Irina. «E perché questo incantesimo può essere pericoloso?».

«Perché non fornisce una reale protezione». Emily esitò e poi fece una domanda scontata: «Perché non usare dei veri incantesimi-scudo?».

«Perché non cambiano colore quando vengono colpiti. E perché non è sempre possibile usarli in combattimento. È meglio presumere che un singolo colpo potrebbe uccidere, piuttosto che dare per scontato che gli incantesimi siano tutte le volte lì a proteggerci».

Alzò una mano e lanciò un incantesimo su Emily. L'aria attorno a lei iniziò a brillare, come le fate dei film della Disney. Mosse la mano lasciando dietro di sé una scia luccicante. Era bello da vedere e, per quanto si sforzasse, Emily non riusciva ad annullarlo. A ogni tentativo il luccichio si intensificava.

«È fatto in modo che tu non possa semplicemente romperlo. Adesso…».

Emily sentì un leggero prurito nel punto in cui l'incantesimo aveva colpito. Il fastidio aumentò così tanto, che si trovò costretta a grattarsi l'addome. Il prurito non andava via, ma aumentava sempre più, e lo stesso il luccichio. Emily provò con un altro incantesimo annullante, solo per scoprire che il prurito le rendeva impossibile concentrarsi. Aveva letto di un incantesimo pruriginoso nel libro degli scherzi, ma era niente a confronto…

«Mettiti a terra» disse la maestra. Emily obbedì e il prurito iniziò subito a svanire. «Perché pensi succeda?».

Emily ebbe un attimo di titubanza e poi le venne in mente la risposta. «Perché questi incantesimi sono fatti per simulare incantesimi letali e, se venissimo colpiti, saremmo morti. In tal modo ci si assicura di non venire colpiti e si può continuare a combattere».

«Giusto» disse la maestra. Ruppe l'incantesimo e il brillio svanì nel nulla. «In realtà l'incantesimo-scudo alterato e quello pruriginoso sono fatti per funzionare assieme. Ci sono variabili che ti spiegherà il sergente durante le lezioni di magia marziale, ma per ora ti basti sapere che non sono abbastanza forti per un uso ordinario. Ti verrà richiesto di continuare a esercitarti con gli incantesimi normali. Prendi una stanza per gli incantesimi e metti in pratica tutto ciò che conosci facendoti aiutare da uno dei tuoi amici».

Mostrò alla ragazza il funzionamento dell'incantesimo e poi le insegnò a lanciarlo. I tentativi iniziali non andarono a buon fine, producendo solo dei bagliori di mana anziché qualcosa di utile. Le ci volle un po' per realizzare che stava sovraccaricando l'incantesimo di energia. Sapeva come ridurla, caricando quanto bastava per far funzionare il tutto. In ultimo riuscì a lanciarlo con una certa sicurezza; ora però si trovava in un ufficio, forse sul campo sarebbe stato diverso.

«Il terzo incantesimo è… alquanto pericoloso» disse la maestra Irina dopo che Emily dimostrò di avere padronanza dei primi due. La guardò con un velo di tristezza. «Mi sono opposta quando il sergente ha detto che dovevi impararlo, perché può uccidere e non può essere mitigato neanche da uno stregone esperto. Hai già avuto a che fare con i mentalismi?».

Emily esitò. Il libro degli scherzi pratici descriveva alcuni incantesimi che creavano delle suggestioni simili a quelle post-ipnotiche, ma l'idea le era parsa piuttosto inquietante. Chissà cosa avrebbe potuto combinare una persona come Alessa se fosse stata in grado di lanciare incantesimi per il controllo della mente. Forse avrebbe trasformato il proprio regno in un esercito di schiavi devoti. O magari un giovane mago in piena tempesta ormonale avrebbe potuto condizionare le compagne di classe.

E Void aveva al suo servizio delle ragazze sotto potenti incantesimi…

«L'esercito lo chiama incantesimo Berserker» disse la maestra, riportando i pensieri di Emily al momento presente. «Non lanciarlo mai su nessuno, fuorché su te stessa. Sotto questo incantesimo sarai più forte, veloce e coraggiosa di quanto non saresti normalmente. Tuttavia, perderai anche l'autocontrollo e il buon senso; inoltre, l'incantesimo attingerà direttamente al tuo mana. Finirà non appena sarai prosciugata, lasciandoti completamente esausta. Mantenere l'incantesimo su di te troppo a lungo potrebbe ucciderti».

Guardò Emily seria. «Non toccare questo incantesimo, non armeggiare con le variabili o con qualsiasi altra cosa mentre sei in questa scuola. Assicurati sempre che l'incantesimo abbia un limite di tempo, non oltre i dieci minuti. Date però la tua giovinezza e inesperienza, ti suggerirei di limitarlo a soli cinque minuti. Ho visto persone invecchiare fino al punto di morire per aver manomesso incantesimi come il Berserker».

Emily trasalì al pensiero. Alcuni insegnanti avevano suggerito che, in casi estremi, si poteva invocare la forza vitale per potenziare la magia. Ma, a differenza del mana, la forza vitale non era facile da reintegrare, come dimostrato in modo abbastanza convincente dai negromanti. Avrebbe letteralmente scambiato un anno di vita per ciascun incantesimo.

«Non userai questo incantesimo se non a magia marziale» la mise in guardia la maestra Irina. «Non lo insegnerai a nessuno, proprio a nessuno, in nessuna circostanza. Non potrai nemmeno parlarne, se non con i tuoi compagni di magia marziale. Se infrangerai questa regola o metterai in pericolo la tua vita armeggiando con le variabili, ti giuro che la punizione della scorsa settimana sarà niente a confronto di quello che ti farei io. Ci siamo intese?».

«Sì, maestra» rispose Emily con un filo di voce. Non sembrava proprio stesse bluffando e, se ciò che aveva detto del Berserker era vero, aveva ragione. «Come faccio a lanciare l'incantesimo?».

La maestra Irina la guardò per un lungo momento e poi le mostrò come caricare la bacchetta con l'incantesimo finale. Emily provò, ma non sentì nulla fin quando la maestra non le disse di alzarsi. Emily lo fece con così tanta energia da urtare la testa contro il soffitto di pietra. Eppure non provava dolore; anzi, era come se la testa le fosse diventata di legno. Sollevò la sedia con una sola mano senza il minimo sforzo; dopo fece altrettanto con la scrivania, e poi...

Poi quel vigore travolgente iniziò a svanire.

Emily si ritrovò a lottare con tutte le sue forze per reggere la scrivania. La maestra Irina lanciò un incantesimo e riportò il tavolo sul pavimento, con Emily che nel frattempo si accasciava a terra. Si sentì improvvisamente molto stanca. Non le era neanche passato per la mente di pensare a cosa stesse facendo sotto incantesimo; non aveva realizzato che qualcosa non andava. Se avesse usato quell'incantesimo in combattimento avrebbe marciato contro il nemico convinta di essere invincibile.

Per un lungo momento fu quasi sul punto di svenire. Poté a malapena udire quello che le disse poi l'insegnante.

«Sì» affermò la maestra Irina. «Adesso lo sai. È pericoloso usarlo se non in caso di estrema necessità».

Capitolo XXII

Dopo aver provato il Berserker, Emily non si sentì bene per diverse ore. La maestra Irina aveva provato ad avvisarla, ma quel monito si rivelò pietosamente inadeguato rispetto al malessere che la colse dopo aver lasciato l'ufficio. Emily si sentiva esausta, del tutto prosciugata, eppure una parte di lei voleva lanciare di nuovo l'incantesimo.

Quella costante sensazione di onnipotenza… La fredda logica le suggeriva che si era ridotta così dopo aver provato l'incantesimo solo per pochi minuti; in qualche modo se l'era cavata: avrebbe potuto danneggiare l'ufficio, o peggio. Ma la fredda logica sembrava quasi insensata rispetto al pensiero di usare ancora l'incantesimo.

Ecco perché, si disse, il Berserker era così pericoloso: era facile assuefarsi a quella sensazione.

L'idea di diventare dipendenti da qualcosa le metteva paura. Da piccola aveva provato a fumare, ma aveva subito realizzato che le sigarette la facevano tossire in modo sgradevole. Ma se avesse continuato a fumare non sarebbe più riuscita a rinunciarvi, arrivando a dozzine di sigarette al giorno, come era successo ad alcune ragazze di sua conoscenza. Poi c'era gente capace di bere per tutto il giorno o tossici che arrivavano a derubare i familiari pur di farsi una dose. Quando realizzò che l'unica persona a cui avrebbe sottratto qualcosa era proprio sé stessa rabbrividì.

Sì, l'incantesimo la tentava parecchio. Ma avrebbe dovuto resistere: sarebbe bastato poco per assuefarsi e perdere il controllo.

Emily raggiunse a fatica la sua stanza e collassò a letto. Dormì per ore e si svegliò alle cinque del mattino successivo. Per fortuna né Aloha né Imaiqah avevano provato a svegliarla. Era così esausta, che se lo avessero fatto le sarebbe venuto un gran mal di testa. Lasciò le ragazze a dormire – non aveva idea di quando si fossero coricate

– e andò in bagno. Si guardò allo specchio e trasalì: sembrava una tossicodipendente che aveva cercato di smettere di colpo.

Si sciacquò il viso, uscì dal bagno e notò che qualcuno aveva lasciato una piccola scatola accanto al suo letto. Le avevano detto che prima di toccare oggetti sconosciuti era sempre meglio controllare che non nascondessero delle sorprese, ma era troppo stanca per riuscire a concentrarsi e lanciare un incantesimo. Pareva che attorno alla scatola non ci fosse mana. Emily scosse la testa e aprì il pacco: conteneva diverse barrette di cioccolato al latte e un biglietto che le consigliava di mangiare tutto non appena si fosse svegliata. Sul biglietto non c'era la firma.

Il solo annusare le barrette le fece prendere coscienza di quanto fosse affamata, così diede un morso e cominciò a masticare, pensierosa. Il sapore era strano, più forte di quello a cui era abituata, ma doveva essere per una differenza nel metodo di produzione. Da bambina a scuola le avevano assegnato un progetto sulla cioccolata; lì per lì la cosa le era sembrata interessante, fin quando non le avevano detto che la cioccolata avrebbe dovuto farla lei stessa. La cioccolata prodotta in passato, se ricordava bene, aveva un sapore più intenso di quella moderna, risultato di un processo industriale, ma non ricordava il perché.

La cioccolata la ricaricò all'istante, reintegrando gran parte dell'energia persa con il Berserker. Era pronta per lanciare di nuovo l'incantesimo…

Emily scacciò via quel pensiero con rabbia e si maledisse sottovoce. Sapeva che quell'incantesimo l'avrebbe uccisa. O peggio, sapeva che ogni tanto avrebbe dovuto usarlo per valide ragioni. Ormai era impossibile cancellare quell'esperienza dalla mente.

Per questo motivo la maestra Irina le aveva proibito di parlarne con gli altri studenti. Almeno lei conosceva i pericoli connessi all'assuefazione; il resto dei ragazzi, invece, non ne sapeva nulla di droghe, alcol o fumo. Adesso che ci pensava, almeno il tabacco ce l'avevano?

"Se non ce l'hanno, Shadye proverà sicuramente a importarlo" pensò mentre si vestiva. Era strano quanto in fretta si fosse abituata a indossare la toga, come anche la canottiera e i mutandoni che le davano un po' di prurito. Ripescò il saggio che aveva scritto dalla tasca e lo lesse di sfuggita, trasalendo per gli errori di ortografia. Nel suo vecchio mondo quegli errori avrebbero generato imbarazzo, ma lì le conseguenze potevano essere peggiori. "Chissà che danno potrebbero causare...".

Emily lasciò le compagne di stanza a dormire e raggiunse l'immensa sala da pranzo. Era quasi deserta, fatta eccezione per un paio di ragazze più grandi e alcuni ragazzi delle squadre di ken intenti a rimpinzarsi prima dell'allenamento mattutino. Due di loro le lanciarono un'occhiataccia, mentre gli altri la ignorarono del tutto: erano troppo presi dal discutere le tattiche di gioco per il prossimo incontro. Emily aveva l'impressione che di tattica, il ken, ne avesse ben poca; quello sport sembrava favorire reattività, improvvisazione e slealtà. A quanto pareva, barare era ammesso se nessuno se ne accorgeva.

Il tavolo a cui sedeva Emily era insolitamente vuoto, ma i cuochi avevano già preparato tutto. Prese un piatto di pancetta, uova, salsicce, pane e una strana salsa piccante al pomodoro, e tornò al suo posto per fare colazione in pace. Non poteva negare che lì a Whitehall stava mangiando più del solito, ma forse non c'era da stupirsi. La magia richiedeva dispendio di energie reintegrabile solo attraverso il cibo; di studenti sovrappeso non ne aveva mai visti. Anche il meno sportivo doveva comunque praticare la magia. Emily non aveva messo su nemmeno un po' di peso.

«Ma vi sto dicendo che Jolie ha un punto debole» disse uno dei ragazzi a un volume abbastanza alto da farsi sentire senza che Emily si mettesse a origliare. «Ho assistito a tutte le partite e vi dico che non distingue le palle vere da quelle frutto di un incantesimo. Dobbiamo unicamente lanciare una palla vera in mezzo ad altre illusorie e starà in panchina per ore!».

Emily ascoltò la discussione senza particolare interesse e alzò gli occhi al cielo. Alcune cose non cambiavano mai, e una di quelle erano gli atleti.

Gli atleti che si trovavano in cima alla scala sociale solo perché capaci di tirare calci a un pallone si consideravano il meglio del meglio, per poi scoprire amaramente che fuori dalla scuola giocare a calcio non era un talento facilmente spendibile.

E si consideravano anche un dono di Dio per le ragazze; ripensò alle vanterie del suo patrigno e rabbrividì, poi decise di accantonare il pensiero. Se avesse collezionato così tante conquiste come diceva, sia dentro che fuori dal campo, non avrebbe mai sposato sua madre.

Forse in un mondo magico le cose erano diverse. Il ken insegnava delle abilità che in tempo di guerra si sarebbero rivelate preziose.

Non appena finì la sua colazione, la sala da pranzo cominciò lentamente a riempirsi. Mentre portava il piatto vuoto al punto di raccolta, Emily notò che gli altri studenti la stavano fissando e che, quando lei incrociava il loro sguardo, questi guardavano altrove. Si sentiva terribilmente esposta. Come potevano credere a tutte le dicerie insensate che giravano sul suo conto? Metà di esse contraddiceva la restante metà, oppure erano facilmente confutabili. Pensavano fosse una Figlia del Destino, o ne erano spaventati a morte… Emily uscì dalla sala scuotendo la testa e si diresse in biblioteca per terminare delle letture per la prima lezione della giornata.

La mattinata trascorse veloce fino alle ultime due lezioni. L'ora di incantesimi base era stata semplice; Lombardi aveva assegnato un incantesimo complesso facilmente suddivisibile in un paio di componenti ed era riuscita a preparare una pozione a lezione di alchimia. Colse l'occasione per chiedere a Thande se potevano trasformare degli ingredienti per la ricerca di alchimia, quelli che dovevano davvero essere alterati dalla magia. Dopo che Emily riuscì a spiegarsi, Thande fece notare che il processo sarebbe stato comunque inaffidabile. Se un ingrediente trasformato risultava diverso da uno naturale, e lo era, provare a trarne vantaggio sarebbe stato pericoloso.

«Eccoci di nuovo qua» annunciò Harkin al suo arrivo. Era in piedi davanti alla classe e si picchiettava la gamba col bastone. «Spero abbiate pranzato come si deve prima di venire sul campo».

Emily annuì. Tempo addietro, quando il corso era ancora agli inizi, alcuni studenti non avevano mangiato adeguatamente e se n'erano pentiti all'istante. Quanto accaduto era servito da lezione per tutti: mangiare e dormire non appena possibile era importante, perché si poteva andare in combattimento da un momento all'altro, senza preavviso.

Harkin si prodigava in consigli e quel sapere passava da soldato a soldato in modo funzionale e veloce. Il sergente non si limitava a dire le cose, le dimostrava. Tale metodo di apprendimento era superiore a quello cui era abituata.

«Eccellente» affermò Harkin, dopo che tutti ebbero annuito. «Veniamo adesso alle squadre. Siete ventiquattro, quindi quattro squadre da sei. Vediamo, va bene?».

Quando Miles fece un passo avanti pronto a lanciare un incantesimo, Emily ebbe un sussulto. Aveva sempre odiato la formazione delle squadre, specialmente perché i capitani la sceglievano per ultima, assieme ai più ciccioni inutili in campo. Era stato un sollievo quando avevano smesso del tutto di sceglierla, almeno non doveva più preoccuparsi di chi vinceva o perdeva. Alla Emily di prima non sarebbe mai importato; ora invece, a magia marziale, le importava eccome.

Miles fece apparire in aria una fila di luci di colori diversi: verde, rossa, blu e gialla. Per un istante, le sfere luminose rimasero immobili, poi scattarono verso gli studenti, posizionandosi appena sopra la testa di ognuno. Emily guardò in su e vide che la sua era rossa, come anche quella di Jade e di altri quattro compagni. Realizzò che sarebbe stata in squadra con cinque ragazzi più grandi e tutti presumibilmente più esperti di lei e sospirò preoccupata. Almeno Aloha non avrebbe risentito della sua presenza in squadra.

«Formate le squadre» ordinò Harkin. Strano a dirsi, c'era una ragazza per squadra. Emily non riusciva a decidere se fosse un bene o un male. «Avete dieci minuti per conoscervi. Vi consiglio di fare in fretta».

Gli studenti ruppero le righe e Jade la salutò con la mano. Emily gli andò in contro con aria leggermente perplessa. Non aveva ancora fatto conoscenza con nessuno dal suo arrivo a Whitehall, ma gli altri certamente si conoscevano già… o forse no. Jade era al sesto anno; altri due erano al quinto e i restanti al quarto. Era possibile che non si conoscessero, a meno che non godessero di una certa reputazione, come lei. Emily trasalì di nuovo, poi scosse la testa. Almeno non era balzata agli onori della cronaca per essere una poco di buono.

«Io sono Jade». Il tono del ragazzo era così serio, che Emily non poté fare a meno di sorridere. «Mio padre fu cavaliere delle Terre Alleate; mia madre è sarta e vive a Farfel. Speravo di poter diventare anche io cavaliere, ma poi ho sviluppato dei poteri magici e mi hanno mandato a Whitehall. Inoltre, sono supervisore».

«Sì, lo so bene» commentò uno dei ragazzi del quarto anno. «Questo fa di te il capitano?».

«Credo che faremo i capitani a turno» disse l'altro, anche lui al quarto anno. «Avrebbe molto più senso».

Jade si grattava impaziente il palmo della mano. «Adesso tocca a voi presentarvi. Chi siete e da dove venite?».

Emily ascoltò le presentazioni di Cat, Bran, Pillion e Rupert. Cat e Pillion erano figli di soldati, come Jade, anche se il padre di Cat era un generale di alto rango, mentre del padre di Pillion non si sapeva molto. Bran e Rupert appartenevano a famiglie di commercianti e nessuno dei due si sarebbe aspettato di finire nell'esercito prima dell'idoneità per magia marziale. Quando arrivò il suo turno, Emily ebbe un attimo di esitazione. Almeno sapeva di avere una buona storia di copertura.

«Il mio tutore è un mago un po'… stravagante». Quello era abbastanza vero. Non aveva capito che relazione intercorresse tra Void e Whitehall, in parte perché nessuno sembrava avere voglia di parlarne, ma Void era davvero il suo tutore e faceva le veci dei suoi genitori. «Ha scoperto che avevo un talento per la magia e mi ha mandata qua».

Aveva detto la verità, in fondo: dopotutto, un lupo mannaro poteva essere tranquillamente descritto come una creatura dotata di manto, se si tralasciavano i dettagli più importanti. A quanto pareva, non era così inusuale che gli stregoni avessero delle serve; Emily avrebbe potuto essere figlia di una di loro e aver ereditato la magia dal padrone di sua madre. La possibilità che lo stregone fosse pure suo padre veniva taciuta. Questi presupposti le offrivano un'ottima scusa per non parlare delle sue origini, per ignorare le buone maniere o semplicemente non comprendere il fragile equilibrio di potere tra le Terre Alleate.

«Eccellente» disse Jade. La sua voce assomigliava spaventosamente a quella del sergente Harkin. «Siamo una squadra e in quanto tale dobbiamo collaborare. Chi non lo farà, se ne pentirà. Dovremo giocare, studiare e vincere assieme».

Emily non gradì quel discorso. Le piaceva trascorrere del tempo da sola.

«Ora tutto ciò che ci serve è un nome» continuò Jade. «Come ci chiamiamo?».

"Serpeverde" pensò Emily. Non lo disse a voce alta perché Jade ne avrebbe chiesto la provenienza e il significato e lei non sapeva proprio in che modo spiegare "Harry Potter". Inoltre, se avesse raccontato dello sport giocato su una scopa, Jade avrebbe voluto provarci subito, coinvolgendola.

«I fedeli di Fidelio» suggerì Cat. «La vecchia unità di mio padre aveva preso il nome dal Maggiore…».

«Meglio di no» ribatté Bran. «Non credo che il sergente approverebbe».

«Squadra rossa» propose Emily. «O forse Maglie Rosse?».

Un attimo dopo pensò che sarebbe stato di cattivo auspicio, ma Jade pareva averla presa sul serio.

«Vi vedo assorti» disse il sergente Harkin. Quando si accorse di averlo alle spalle Emily sussultò. «Avete già trovato un nome per la squadra?».

«Ehm… Maglie Rosse, sergente» rispose svelto Jade. «Potrebbe essere Camicie Rosse, ma dei genitori potrebbero obiettare».

«Sì» concordò Harkin.

Emily rimase un po' interdetta, poi ricordò che gli ufficiali dell'esercito britannico avevano scelto delle uniformi rosse per camuffare il sangue e non scoraggiare le truppe. Non c'era alcun motivo per cui questo esercito non potesse seguire la stessa logica, ma non era sicura che fosse poi così logico: consentire ai cecchini di individuare facilmente gli ufficiali non sembrava una buona idea.

«Maglie Rosse…». Guardò dritto Emily. «E tu sei riuscita a lanciare gli incantesimi di pattuglia?».

«Sì, sergente» disse Emily, cercando di apparire sicura di sé. Li aveva imparati dalla maestra Irina, ma non sapeva se sarebbe stata in grado di lanciarli a comando. «Credo».

«In guerra non c'è posto per le congetture» la informò Harkin e alzò la voce. «Lancia subito un incantesimo-scudo, se non ti dispiace».

Emily ci provò, riuscendo al secondo tentativo.

«Funziona» le sussurrò Jade. «Brava».

«Adesso,» annunciò Harkin estendendo la voce a tutto il campo «al mio fischio, iniziate a lanciare incantesimi di pattuglia alle squadre nemiche. La squadra che rimane con l'ultimo giocatore in piedi vince. Via!».

Harkin soffiò nel fischietto. Ci fu un momento di silenzio attonito, rotto da un incantesimo di Jade contro il giocatore più vicino della squadra avversaria. Il suo corpo prese a brillare mentre tutti gli altri lanciavano incantesimi da molto vicino. Emily riuscì a scagliare un fulmine su Sissy, una ragazza che aveva sempre mostrato indifferenza nei suoi riguardi, prima di essere colpita da altri quattro giocatori. Si buttò a terra mentre attorno a lei cominciavano a formarsi delle scintille, silenziosamente grata di non essere stata trasformata in pietra, questa volta. Alzò lo sguardo e vide che l'unica nelle quattro squadre a non aver subito danni era Aloha. La ragazza era coperta di fango, e a Emily ci volle un momento per rendersi conto che si era gettata a terra non appena erano iniziati gli incantesimi, eliminando gli altri sopravvissuti prima che realizzassero che lei era rimasta illesa.

«Bella trovata, Aloha» disse Harkin. Emily notò che Aloha era in imbarazzo – ricevere un complimento dal sergente era cosa rara – e poi si alzò in piedi. «Dunque, cos'è andato storto qui?».

Sul suo volto comparve un cipiglio divertito. «Solo una persona ha avuto la prontezza di cercare una copertura, per quanto piccola fosse. Tutti gli altri sono diventati dei bersagli facili, sebbene molti incantesimi siano andati a vuoto. E chi ha sparato su di me ha sprecato la sua occasione di vincere la partita». Per un istante i suoi occhi vennero attraversati da un guizzo di umorismo. «Se possibile, dovreste imparare a evitare i combattimenti in un luogo chiuso e affollato. Gli incantesimi più violenti danneggerebbero tanto il nemico quanto voi stessi».

Miles schioccò le dita e le scintille svanirono. «Ora inizieremo a cambiare le posizioni» continuò Harkin. «E poi vedremo di ficcare in quelle testoline qualche tattica vera e propria».

Emily constatò, con suo grande stupore, che le due successive esercitazioni nella foresta erano state divertenti. Gli alberi offrivano maggiore copertura; le aree paludose e altre sgradevoli sorprese non permettevano di concentrarsi solo sulla squadra avversaria. Harkin li osservava, urlando dei consigli in caso di errori palesi e mandando nella foresta una nuova squadra che si sarebbe aggiudicata la prima partita. Emily riuscì a eliminare altri tre giocatori prima di essere eliminata a sua volta. A fine lezione Emily era stanca, sporca di fango e felice.

«Vorrei che vi esercitaste a squadre» disse Harkin. «Capitani: assicuratevi di prendere tutte le dovute precauzioni per agire in sicurezza, o ci saranno delle conseguenze. La prossima volta parleremo delle tattiche per gli incantesimi. Perché non provate prima a scoprire qualcosa da soli?».

Emily tornò in istituto, incapace di trattenere un sorriso per l'espressione sul volto di Aloha.

La sua compagna di stanza era fiera di sé e lo meritava davvero.

Capitolo XXIII

«Non stai ragionando» disse Imaiqah in tono critico. «Ti ho appena preso il re».

Emily annuì con amarezza. Da piccola aveva giocato a scacchi e credeva anche di essere brava, ma Imaiqah era senza dubbio un'abile giocatrice di Incorona il re. Quel gioco era così simile agli scacchi da confonderla perché, da quel che aveva capito, il pezzo più importante era il mago, non il re o la regina. O peggio, il re era potente, mentre la regina era quasi inutile, il che la disorientava. Ma la cosa più stravagante era che i servi, il corrispettivo dei pedoni, non potevano rimpiazzare la regina se veniva perduta. Il servo designato come principe ereditario diventava re se e solo se il re originario fosse stato preso. Il gioco terminava con la perdita sia del re che del principe ereditario, o con uno scacco matto.

In realtà, Emily aveva progettato una scacchiera – otto per otto, anziché nove per nove come quella di Incorona il re – e illustrato le regole a Imaiqah, che le aveva definite poco realistiche. Nella realtà, infatti, le regine erano sempre più deboli dei re, anche da regnanti uniche. E alla morte di un re, ce n'era sempre un altro ad attendere dietro le quinte, a meno che non fosse deceduto prima. Emily aveva ribattuto facendo notare che negli scacchi le regole non cambiavano a seconda dell'esatta posizione dei pezzi. E due pezzi non potevano occupare lo stesso spazio.

«Dannazione» disse mestamente. Il servo che aveva designato come erede al trono era pericolosamente vicino alle linee di Imaiqah, ma non poteva più tenerlo nascosto. Scuotendo la testa, rimosse il pezzo dalla scacchiera e lo rimpiazzò con il re. «Mi sa che vinci pure questa».

Imaiqah mosse il castello e fece scacco al re. «Forse no» disse, seriamente. «Il tuo sergente può coprirlo».

Emily sbuffò. Nel gioco degli scacchi il re, oltre a non dover muovere di un solo quadrato alla volta, non poteva nemmeno sottrarsi ai tranelli senza l'aiuto di altri pezzi. In Incorona il re, invece, il re era libero di andare ovunque, purché non attraversasse le linee rischiose o prendesse altri pezzi, a meno che non si trovassero nel quadrato accanto. Quel gioco poteva anche essere più realistico, ma non possedeva la bella semplicità degli scacchi.

Emily mosse il sergente, nella speranza di non esporre troppo la regina. «Credo che dovremmo tornare alla stanza degli incantesimi. Devi esercitarti».

Imaiqah annuì. Nell'ultima settimana avevano trascorso almeno un'ora al giorno a esercitarsi sia con gli scherzi offensivi – in tutti i sensi – che con gli incantesimi-scudo. Alessa non era l'unica bulla della scuola e dovevano tenersi pronte a eventuali problemi. Per fortuna, Imaiqah sembrava sempre più sicura di sé nel lanciare nuovi incantesimi.

A Emily, invece, servivano ancora l'aiuto e i consigli della sua amica. Le pozioni non funzionavano quasi mai a dovere, neanche quelle che il professor Thande definiva semplici e lineari.

«Ecco» disse Imaiqah, muovendo il sergente. «Il tuo re adesso è mio».

Emily guardò la scacchiera e si morse la lingua per non imprecare. Aveva mosso un pezzo con l'unico risultato di esporre il re a una diversa angolazione d'attacco. Il che non solo aveva messo a rischio il re, ma pure reso impossibile la ritirata. Cercò delle alternative – una volta aveva perso una partita a scacchi per non aver controllato dopo che l'avversario aveva dichiarato scacco matto – ma non ce n'erano. Non c'era modo di proteggere il re o prendere i pezzi in attacco.

«Congratulazioni» disse picchiettando con la testa del re sulla scacchiera. «Forse dovresti insegnare questo gioco ad Alessa».

«Penso lo conosca già» rispose Imaiqah. «Rappresenta molto bene la sua vita».

Ridacchiarono per la battuta e poi Imaiqah tirò fuori dalla sua borsa un piccolo scrigno, appena più grande di uno dei tomi della biblioteca. «Te lo manda mio padre» disse imprimendo un dito sul chiavistello. Ci fu un breve scintillio di mana e il piccolo forziere si aprì. «È arrivato questa mattina dal Portale e non volevo aprirlo davanti a tutti».

Emily annuì. La posta dei ragazzi veniva smistata nella sala da pranzo, ma in parecchi preferivano metterla da parte e aprirla in un secondo momento. A quanto pareva, molta della posta era protetta da incantesimi per impedire che degli estranei ne leggessero il contenuto, e alcuni di quegli incantesimi appartenevano a famiglie specifiche. Ma Emily si sarebbe meravigliata se anche la famiglia di Imaiqah ne avesse avuto uno: per quel che ne sapeva, la sua amica era la prima maga della stirpe.

«Ecco. Lo stregone assunto da mio padre non conosceva la tua firma karmica, quindi ha usato la mia».

Lo scrigno era più pesante di quanto immaginasse, ma il coperchio si sollevò senza sforzo. Emily sgranò gli occhi per la sorpresa: al suo interno vi era un mucchietto di monete d'oro e d'argento, e anche delle lettere per Imaiqah. Emily passò la corrispondenza all'amica e poi toccò il denaro: non riusciva a credere che fosse reale. Se quei metalli preziosi erano veri, si ritrovava tra le mani più soldi di quanti la sua famiglia ne avesse mai posseduti.

«Sta vendendo la tua idea dei numeri e della partita doppia a chiunque in città» disse Imaiqah leggendo la lettera. «Pare abbia fatto giurare a tutti di non svelare i dettagli, ma di dire solo quanto fosse geniale l'idea dei nuovi numeri. Questa è la tua parte degli utili».

Emily non riusciva a credere ai suoi occhi. «E quanto vale l'oro al momento?».

Imaiqah la guardò spaesata. «Vale quanto pesa, chiaramente. Che intendi?».

Ancora una volta, Emily si ritrovò a desiderare di saperne qualcosa in più di economia. Ricordava vagamente che dall'oro dipendevano le valute moderne e che un tempo quelle valute erano state fissate allo standard dell'oro, ma quale fosse effettivamente questo standard non lo sapeva. L'oro in passato era stato inutile, almeno dal punto di vista pratico, perché indistruttibile. O comunque così credeva. In caso di necessità, i gioielli in oro potevano essere fusi per pagare beni e servizi.

Ma forse l'oro non poteva comprare tutto. Quanto valore avrebbe avuto su un'isola deserta? L'oro poteva essere utilizzato per l'acquisto di beni e servizi esistenti. In un certo senso, fungeva da intermediario tra acquirente e venditore, piuttosto che costringerli a contrattare.

Ma… era un po' confusa. Come la maggior parte delle materie, l'economia sembrava molto semplice finché non si cercava di capirla a fondo, per non parlare poi di quando bisognava applicare le nozioni nella vita reale. E la metà delle sue conoscenze di economia erano solo supposizioni.

Prese due monete e si mise a osservarle con attenzione. Su entrambe vi era impressa una testa, probabilmente quella del padre di Alessa, ma differivano per peso e dimensioni. Emily cominciò a frugare nello scrigno un po' perplessa, studiò le varie monete. Chiunque le avesse prodotte non si era neanche sforzato a farle uguali. Una arrivava a coprirle il palmo della mano, un'altra era appena più grande di un'unghia.

«Per questo pesano l'oro nei negozi» disse Imaiqah, in tono compassionevole. Emily stava ancora cercando di capire perché due monete d'oro non avessero lo stesso valore. Nel suo vecchio mondo, l'oro era stato standardizzato dal governo. «Se la moneta pesa troppo, danno indietro dell'argento oppure tolgono dal pezzo originario la quantità necessaria».

«Non sembra molto preciso» commentò Emily dubbiosa.

«Non lo è» concordò Imaiqah. «E non crederai quanto chiedono le banche per rimodellare in monete le parti spezzate».

Nel proseguire con la lettura, a un tratto Imaiqah sorrise. «Mio padre ha convinto un paio di sarti a realizzare il tuo reggiseno» disse pronunciando con difficoltà quella parola a lei per nulla familiare. «Prima di vendere l'idea vuole vedere come andranno le vendite. Si domanda se posso chiedere il patronato reale alla principessa: è qualcosa che renderebbe più difficile copiare l'idea…».

Emily la fissò, poi iniziò a ridere. «Alessa! Vuole che tu chieda il patronato a lei?».

«È così che funziona il mondo. Le banche non farebbero un prestito a mio padre senza un valido supporto alle spalle. E chi meglio della figlia del re?».

«Giusto» disse Emily un po' dubbiosa. Conosceva bene Alessa e aveva il sospetto che non avrebbe dispensato un patronato unicamente per togliersi uno sfizio. Se l'oro era l'unico metallo di valore, ce ne sarebbe stata solo una certa quantità disponibile per gli investimenti. «Perché le banche non valutano i successi di tuo padre, scommettendo che produrrà più soldi in futuro?».

Le balenò un pensiero per la testa e si incupì. «A meno che non si debba essere ricchi per mettere i soldi in banca, giusto?».

Imaiqah annuì.

Emily alzò gli occhi al cielo. «Perché la cosa non mi sorprende?».

Le banche del suo vecchio mondo non erano così ingenue da far pagare i servizi ai propri clienti. Questi, depositando il denaro in banca, di fatto lo prestavano all'istituto di credito, che lo avrebbe usato per concedere altri prestiti. Una banca che avrebbe fatto pagare ogni minimo servizio, come ad esempio il ritiro di contanti al bancomat, avrebbe perso rapidamente la clientela.

Lì, invece, i clienti pagavano anche per depositare il denaro, figurarsi tutto il resto.

"Supponiamo che i guadagni settimanali siano di dieci monete d'argento" pensò. "Andrebbero messi in banca per tenerli al sicuro, ma la banca addebiterebbe una moneta d'argento per ciascun deposito e un'altra per i prelievi. Un mercante scaltro non sprecherebbe soldi in questo modo, terrebbe i guadagni sotto al materasso cercando di convincere qualche mago a fare un incantesimo per proteggerli. Di conseguenza, non ci sarebbe nulla con cui alimentare la crescita economica".

«Che disastro» borbottò. Riflettendoci, sicuramente qualcuno avrebbe pensato ad aprire una banca d'investimento. Ma in tal caso non ci sarebbero volute delle leggi imparziali?

«Cosa gli dirai?».

«Mio padre mi ha insegnato a non promettere mai ciò che non posso mantenere. Potrei provare, ma... Alessa non farebbe mai qualcosa per me, quindi gli consiglierò di contattare direttamente il re o di lasciar perdere l'idea del patronato. Ma mettersi in contatto con il re sarà costoso».

Emily era perplessa. «Bisogna pagare per incontrare il re?».

Imaiqah scosse la testa. «Per vederlo serve un'udienza, quindi devi innanzitutto entrare in contatto con il ciambellano o qualche altro tirapiedi. Il re in teoria riceve tutti, ma è il ciambellano a decidere chi entra per primo, prima che il re si annoi. Perciò dovrai riempirgli le tasche di monete d'argento perché ti dia la priorità. Se poi dopo di te arrivasse qualcuno più ricco o importante, potresti non riuscire a vedere affatto il re».

«Tipico politico corrotto» disse Emily seccamente. «Nemmeno si sporca le mani».

«E poi i consiglieri potrebbero avere da ridire sulla richiesta» aggiunse Imaiqah. «Potrebbero chiedere una tangente o una parte dei profitti. La concorrenza potrebbe averli corrotti per non farti avere il patronato, oppure le gilde potrebbero pensare che stai invadendo il loro territorio, o...».

«Capisco» disse Emily. Era un miracolo che si riuscisse a realizzare qualcosa, anche in un regno relativamente piccolo delle Terre Alleate e sebbene i governanti avessero potere assoluto. Forse avrebbe dovuto introdurre il concetto di democrazia, se non fosse che avrebbe potuto portare a guerre civili che i negromanti avrebbero felicemente sfruttato per invadere i vari stati non appena le Terre Alleate avessero finito di distruggersi a vicenda. «Magari dovrebbe solo iniziare a venderli, sapendo che verranno copiati. Almeno la corte reale non ne trarrà profitto».

«Le tasse» le ricordò Imaiqah. «Un'altra buona ragione per non depositare i soldi in banca. E se ritengono che la tua attività sia redditizia e quindi degna di interesse, potrebbero mettere le mani sul tuo negozio».

Emily chiuse lo scrigno e si mise a riflettere. Adesso aveva del denaro, che si sommava a quello datole da Void; inoltre, c'erano altri modi per guadagnare in futuro. Quando avesse disposto di una somma consistente avrebbe potuto aprire una sua banca, magari in un luogo in cui gli aristocratici avrebbero avuto difficoltà a impadronirsi del denaro. O forse...

Aveva lasciato la sua borsa da Void, perché dove andava sarebbe stata inutile. La sua carta di debito non sarebbe stata altro che un oggetto curioso per la gente del posto, ma se fosse riuscita a replicare l'idea di base? All'apparenza era semplice collegare due specchi in modo che non si rompessero e usarli come… beh, come un cellulare. Uno sarebbe stato connesso alla banca e avrebbe verificato la presenza del denaro sul conto, rilasciando una cambiale per pagare i venditori quando si fossero presentati. Avrebbe dovuto anche creare un servizio clienti attivo a tutte le ore. Forse gli specchi potevano essere programmati per funzionare solo con una persona. Si appuntò quell'idea per non dimenticarla, ricordando a se stessa di controllare il funzionamento delle città-stato. Forse sarebbero state più tolleranti riguardo agli investimenti rispetto a qualsiasi monarchia.

«Adesso sono ricca» disse guardando il denaro. «Cosa dovrei farci?».

«Mio padre dice che, se qualcuno chiede, dovrei consigliare di acquistare nel suo negozio» rispose Imaiqah. Le ragazze si misero a ridere. «Seriamente, dovresti metterli in deposito o procurarti uno scrigno. Quello è codificato per me, non per te. Il deposito è più sicuro, ma Madama Razz controllerebbe ciò che fai con il tuo denaro».

Emily provò del disappunto. Madama Razz le sembrava la persona meno adatta a cui far sapere cosa faceva. Le due si erano parlate a malapena dal suo arrivo alla scuola, ma Emily percepiva la presenza incombente di quella donna e la sua costante disapprovazione ogni qualvolta metteva piede nel dormitorio. Una volta l'aveva sentita sgridare fino a far piangere una ragazza del primo anno che aveva dimenticato delle cose a casa.

"Un altro buon motivo per creare una banca come si deve" si disse Emily. Pareva che Genitori e insegnanti non capissero che i ragazzi si rifiutavano di parlare se poi la scuola non sapeva tenere i loro segreti. Una banca che non fa domande potrebbe trarre grande profitto dal silenzio. «Ma se perdo i soldi, non li avrò mai più indietro».

«Certo che no» disse Imaiqah. «Per tenerli al sicuro devi metterli in deposito».

Il volto di Imaiqah assunse un'espressione corrucciata. «Chiedi ad Aloha di conservarli nel suo scrigno fino alla prossima visita alla Tana del Drago» suggerì. Probabilmente ti chiederà una moneta d'oro per il servizio, ma non proverà a derubarti. O possiamo sigillare lo scrigno prima di darlo a lei. Quando andrai in città, compra uno scrigno fatto per bene da uno stregone affidabile e fattelo consegnare a scuola. Averne uno di quel genere fa sempre comodo, nemmeno gli insegnanti riuscirebbero ad aprirlo senza distruggere il contenuto».

Emily rimase sorpresa. «Vuoi dire che guardano nei nostri armadietti?».

«La cosa non mi stupirebbe» rispose Imaiqah cupa. «Sai quanti ingredienti alchemici pericolosi è vietato introdurre a scuola?».

«No» ammise Emily.

«Il sangue di drago è un ottimo esempio; è così magico da riuscire a rompere quasi ogni incantesimo protettivo, se usato in modo appropriato» spiegò Imaiqah. «Quasi non serve prepararlo, secondo il professor Thande. Oppure ci sono il veleno e gli occhi di basilisco… a quanto pare, il sangue di centauro ha una proprietà di cui ci ha parlato Thande, ma che in realtà non avremmo dovuto conoscere fino al diploma. Chiunque venga trovato in possesso di tali ingredienti rischia l'espulsione. Ecco quanto sono pericolosi».

«Oh» disse Emily e poi aspettò un po' prima di continuare. «Non possono costringerti ad aprire lo scrigno?».

Imaiqah sembrò sorpresa. «Certo che no. È impossibile aprire lo scrigno di un mago senza il suo permesso. Fuori da Whitehall, solo un idiota o qualcuno che è stanco di vivere proverebbe a entrare in casa di un mago: questi potrebbe fargli di tutto e nessuno oserebbe lamentarsi. È una delle regole fondamentali della magia!».

Emily posò lo sguardo sulla scacchiera e capì perché. «Nessuno mi ha detto quando andremo alla Tana del Drago» disse cambiando argomento. «Quando ci andremo?».

«Tra due settimane, credo. Andarci non è un diritto, quindi se combini qualcosa – di nuovo – potrebbero non darti il permesso. Ho sentito che alcuni studenti hanno implorato di essere presi a vergate piuttosto che perdere l'occasione di uscire dalla scuola per qualche ora».

«Oh. E il Direttore cos'ha detto?».

«Di non fargli perdere tempo» disse Imaiqah e ridacchiò. «Forse dovrebbero fingere di non essere interessati ad andarci».

Emily non sapeva nemmeno se le importasse davvero. In passato non le sarebbe importato, ma adesso… non aveva visto nient'altro che la torre di Void, la scuola e qualche città in rovina. Sarebbe stato bello conoscere il modo di vivere della gente del posto. Forse avrebbe trovato nuove idee su cosa importare dal suo vecchio mondo.

«Chiedi a tuo padre delle staffe» disse a Imaiqah. L'amica le aveva confermato che non esistevano, cosa non troppo sorprendente. I Persiani che avevano combattuto contro l'Impero romano avevano fatto affidamento sulla cavalleria, ma non avevano mai inventato le staffe. «Forse può offrirle all'esercito reale. Quello sì che gli assicurerebbe il patronato».

Capitolo XXIV

L'aria attorno alla Tana del Drago aveva un odore… strano.

Emily sbirciò fuori dal finestrino mentre la carrozza percorreva i pendii che portavano in città. La Tana del Drago era situata al centro di un'ampia vallata ed era circondata da alcune fattorie nascoste e protette da enormi montagne, le stesse che proteggevano Whitehall dai negromanti. Le fattorie non sembravano grandi abbastanza da sfamare l'intera città, ma se avevano i portali, pensò Emily, avrebbero potuto importare cibo da qualsiasi altro posto, se necessario. Annusò l'aria e sussultò nel realizzare che la città, o meglio il villaggio, per i suoi standard, non mostrava alcun segno di servizi igienico-sanitari, a differenza di Whitehall. Era probabile che la gente vivesse nello squallore.

Le carrozze imboccarono oscillanti un ponte che conduceva a un enorme drago in pietra posto davanti alla città, rivolto verso nord. Il drago era talmente realistico, che Emily si domandò se fosse un vero drago tramutato in pietra da una medusa come Serpo. Da vicino, era brutto come il peccato, ma possedeva una certa maestosità che le impediva di distogliere lo sguardo. Avrebbe voluto provare a lanciare un incantesimo per vedere se fosse stato possibile liberarlo dalla pietrificazione, ma che tipo di incantesimo avrebbe funzionato?

Le carrozze avanzarono cigolando oltre la statua, verso le mura di cinta. I cancelli davanti a loro iniziarono lentamente ad aprirsi.

Quando le carrozze oltrepassarono i cancelli – aperti quanto bastava per impedire che qualcuno provasse ad assaltare la città – Emily si ritrovò a guardare il centro abitato con gli occhi sgranati. La cittadina era di piccole dimensioni ma intensamente popolata, con grandi edifici ammassati l'uno sull'altro che offrivano alloggio a migliaia di persone. Lo stile architettonico era vagamente romano, le ricordava le immagini viste nei fumetti sull'indomita Gallia. Molti di essi presentavano delle statue all'ingresso, tutte raffiguranti soggetti umani. Non potevano essere tutte persone pietrificate, giusto?

«Sono le divinità locali» disse Imaiqah quando Emily chiese spiegazioni. «Proteggono gli abitanti».

Le carrozze accostarono in un cortile. La maestra Irina urlò ai ragazzi di scendere.

Quando posò i piedi a terra Emily si sentì soffocare dalla puzza che impregnava l'aria. Non voleva nemmeno sapere da dove venisse quell'odore. Lo spiazzo era ricoperto di ciottoli all'apparenza puliti – probabilmente da servi o schiavi – ma l'odore di sterco di cavallo era onnipresente. Le venne subito in mente ciò che aveva letto circa i disagi derivanti dall'uso di carrozze trainate da cavalli nella New York dell'Ottocento e le venne da vomitare. Era probabile che la Tana del Drago dovesse affrontare le stesse problematiche e non c'era da sperare nell'avvento delle automobili.

«Alcuni di voi sono già stati qui» cominciò la maestra Irina dopo che gli studenti le si adunarono attorno. «Per chi invece non ci è mai stato, la Tana del Drago è una città libera. Non infastidite oltremodo la Guardia cittadina, perché il Gran Maestro non ha proprio voglia di stare a sedare gli animi».

La sua voce si fece più dura. «Tenete sempre d'occhio il portamonete e non interrompete mai gli incantesimi bloccanti. Se doveste trovarvi nei guai, chiamatemi subito con un incantesimo. Non fate acquisti su insistenza dei commercianti, a meno che non rompiate qualcosa. Sentitevi liberi di contrattare. Ci rivediamo qui alle sedici in punto. Chiunque farà ritardo non verrà il prossimo mese».

Gli studenti iniziarono a sparpagliarsi per il cortile e per le vie della città. Imaiqah prese Emily per il braccio. «Abbiamo tanto tempo a disposizione. Dove vuoi andare come prima cosa?».

Emily esitò. Le uniche cose che le piaceva comprare erano i libri e lì costavano molto. Era impressionante la quantità di libri collezionati a Whitehall nel corso degli anni, considerato che venivano prodotti a mano. Forse i contabili appartenenti alle gilde si sarebbero reinventati allibratori, una volta rimasti senza lavoro, realizzando testi più economici. E forse sempre più persone avrebbero imparato a leggere, ampliando così il mercato. In quel mondo erano ancora in pochi a saperlo fare.

«Dove vuoi» rispose infine Emily. Dopotutto, aveva delle monete d'oro nel suo borsellino. «Mi serve uno scrigno, giusto?».

Imaiqah annuì. «Allora andiamo a cercare un bravo stregone. Diamo un'occhiata al mercato».

Il puzzo cresceva man mano che si addentravano nelle strade, passando davanti a edifici vuoti e negozi di frutta e verdura. Emily vide arance e mele, ma anche altri frutti – o almeno pensava lo fossero – che non riconobbe. Una bancarella un po' distante dalle altre vendeva dei frutti simili ad ananas ma così puzzolenti, che non si capacitava di come la gente potesse desiderarli. Sembrava comunque che il commerciante facesse affari d'oro. Emily si fermò davanti a un negozio di strumenti musicali e sorrise nel vedere due cornamuse. C'erano violini, trombe e un'arpa, ma nessuna chitarra.

«Mio padre vuole che mia sorella diventi una musicista. Una brava arpista può fare tanti soldi, il negozio non può mantenerci tutti».

Emily rabbrividì pensando a ciò che implicavano le parole di Imaiqah. Nel corso della storia i figli maschi erano sempre stati più utili delle femmine; potevano lavorare sodo e non dovevano lasciare casa una volta sposati. Inoltre, alle figlie occorreva la dote, che poteva gravare pesantemente sull'economia delle famiglie meno abbienti. Avere troppi figli costringeva spesso i genitori a vendere le proprie creature, o peggio, per sopravvivere. Era un aspetto del Medioevo che i suoi vecchi insegnanti avevano sorvolato.

Emily fece per parlare, ma era senza parole. Cosa poteva dire?

Svoltarono un angolo e si ritrovarono in una strada affollata, dove dovettero fermarsi per far largo a una carrozza dipinta di nero. Il cocchiere frustava le bestie noncurante della calca che bloccava il passaggio. Imaiqah le spiegò che la carrozza apparteneva ai Gran Casati, famiglie padrone di gran parte della città, che gestivano la Tana del Drago a proprio piacimento. Pagavano la Guardia cittadina affinché mantenesse l'ordine e tenesse, già che c'era, i nemici sotto controllo.

«Non sono come gli altri aristocratici» disse Imaiqah quando la carrozza sparì dalla loro vista. «A volte danno ascolto al popolo. E per corromperli basta poco».

«Oh. Che succede se qualcuno fa soldi al di fuori dei Gran Casati?».

«Lo invitano a unirsi a loro» rispose Imaiqah sorridendo. «Mio padre vorrebbe farlo, anche se significherebbe trasferirci nella città-stato più vicina. I Gran Casati rispettano le capacità molto più di chiunque altro al di fuori delle città».

Emily annuì, pensierosa. Una rivoluzione interna a una città-stato – anche solo una breve ribellione subito sedata – avrebbe portato più scompiglio che se fosse accaduta in una monarchia, forte di un potente esercito e un popolo più sottomesso. I Gran Casati erano forse più inclini all'ascolto di quanto non fossero disposti ad ammettere, così come a premiare chi aveva agito bene consentendogli di far parte della struttura del potere locale. Forse, nella convinzione che la ricchezza, o meglio la capacità di crearla, fosse ereditabile, stavano rafforzando le proprie linee di sangue introducendo nuovi arrivati nella famiglia.

Emily guardò Imaiqah. «Potrebbe accadere che Alessa sposi un cittadino comune?».

Imaiqah scoppiò a ridere. «Ma certo che no! Il suo matrimonio verrà combinato dai genitori, probabilmente con un damerino che non rappresenta una minaccia per il loro regno. O con qualcuno che vogliono che faccia parte della famiglia».

"O forse con qualcuno che sappia governare come si deve" pensò Emily rabbrividendo.

Imboccarono un'altra via e si fermarono. Emily rimase a fissare un uomo che lanciava in aria palle di fuoco e poi le ingoiava una per una. Dietro di lui, uno sbruffone sfoggiava pose da arti marziali, ma la magia gli crepitava attorno ogni volta che schioccava le dita o indicava a terra. A Emily ci volle un attimo per realizzare che quelli erano degli artisti di strada, maghi i cui poteri bastavano appena per intrattenere i passanti. Il capo del gruppetto la guardò e la salutò con la mano. Dal fuoco si formò un'immagine luccicante del volto di Emily, che fluttuò davanti ai suoi occhi e poi si dissolse nel nulla.

«Buffone» disse Imaiqah passando oltre. «In questa strada abitano la maggior parte dei maghi della città».

Emily annuì senza smettere di guardare i vari negozi. Quattro di essi vendevano ingredienti magici; due, attrezzi per maghi. C'era una sola libreria, piena di pergamene e testi prodotti a mano. Alle loro spalle c'era la bottega di un guaritore; una scritta sul muro prometteva rimedi per qualsiasi cosa, dal raffreddore ai veleni mortali. Accanto si trovava un negozio di animali.

In un primo momento Emily non capì perché un negozio di animali potesse essere considerato magico, ma poi ricordò quanto aveva letto a proposito degli animali domestici. Un animale magico poteva aiutare con gli incantesimi in cambio di cibo, acqua e una connessione mentale. Nel libro si specificava che per quel tipo di magia c'era sempre un prezzo da pagare, e spesso il proprietario assumeva le caratteristiche del suo animale. A Whitehall era possibile avere un animale a partire dal secondo anno.

«Alcuni studenti di magia non sviluppano mai il potenziale per andare a Whitehall» disse Imaiqah a bassa voce. «In molti imparano da maghi locali come preparare pozioni basilari e oggetti incantati per i propri clienti. Nel loro piccolo se la cavano, ma credo non abbiano piena familiarità con che fanno. Mio padre voleva che andassi da uno di loro per l'apprendistato, ma poi il delegato di Whitehall l'ha convinto del fatto che sarebbe stato pericoloso sia per me che per lui».

Emily annuì. Il padre di Imaiqah sembrava un uomo pratico. Non aveva fatto domande per capire da dove venissero le sue idee, anche se sicuramente era molto curioso. Al suo posto, Emily avrebbe chiesto già da tempo, ma lui era un mercante e non voleva di certo uccidere la gallina dalle uova d'oro. Non era come se gli stesse vendendo qualcosa a scatola chiusa.

«Molto pericoloso» disse una voce alle loro spalle. «Avrebbe azzoppato la povera ragazza».

Emily si voltò e il mondo attorno a lei sembrò offuscarsi; alzò le mani, pronta a lanciare un incantesimo di difesa. In piedi dietro di lei c'era un uomo con il volto celato da un cappuccio… come aveva fatto ad avvicinarsi così tanto senza che lei se ne accorgesse?

Imaiqah sembrava congelata, come ogni altra cosa nella via, la sua sagoma leggermente sfocata… Poi l'uomo si portò indietro il cappuccio, svelando la propria identità. Quando riconobbe il volto di Void Emily tirò un sospiro di sollievo.

«Non abbiamo molto tempo per parlare» disse lui. Ora che di magia ne sapeva molto di più, poteva percepire le enormi riserve di energia che circondavano lo stregone. «L'incantesimo che ci isola dal resto del mondo non durerà molto a lungo».

Emily guardò Imaiqah. La sua amica era immobile, come se il tempo si fosse fermato.

«Hai fermato il tempo» constatò incredula. Una volta aveva visto un film basato su quel concetto, ma era stupido e irrealistico. «Cosa… come ci sei riuscito?».

«Solo in uno spazio molto ridotto» disse Void. Le stava così vicino da metterla a disagio, ma poi si rese conto che l'incantesimo agiva esclusivamente nel raggio di un metro. «E non possiamo spostarci da questa bolla senza farla collassare. Sembra che al tempo non piacciano le persone che tentano di sfidare le sue leggi».

Emily annuì e cercò di calmarsi. «Cosa ci fai qui?».

«Volevo solo vedere come va a Whitehall. Hai creato scompiglio, sai? C'è una gilda dei contabili che vuole la tua testa su un vassoio, possibilmente staccata dal corpo».

Emily deglutì. «Non volevo rovinare la vita a nessuno…».

«Oh, non preoccuparti». Void agitò una mano in aria con disprezzo. «E non preoccuparti neanche per quel che hai fatto a quella mocciosa di una principessa. Ogni tanto è bene ricordare ai nobili che gli stregoni hanno dei poteri. Così mantengono il dovuto rispetto».

«L'ho quasi uccisa» gli fece notare Emily. «Tu l'avresti uccisa alla mia età?».

«I miei poteri si sono manifestati un po' prima dei tuoi» rispose Void con aria assente. Improvvisamente il suo sguardo si aguzzò. «Probabilmente l'avrei trasformata in qualcosa di orrendo, lasciandola in quel modo abbastanza a lungo da farle imparare la lezione».

Emily lo guardò. «Che rapporto avete tu e il Gran Maestro?».

Void alzò le spalle. «Perché vuoi saperlo?».

«Perché il Gran Maestro vuole insegnarmi cose che dovrei imparare solo tra qualche anno. Perché l'ho fatta franca pur avendo quasi ucciso una principessa. Perché… perché sembra che tutti facciano esattamente ciò che chiedi».

«Diciamo che il Gran Maestro e io abbiamo opinioni diverse, ma stiamo dalla stessa parte» replicò Void dopo un lungo momento.

«Sì, ma sembra tu viva un'esistenza indipendente» puntualizzò Emily. «Quanti stregoni ci sono come te?».

«È il risultato del potere» disse Void. «Un giorno potresti finire pure tu per conto tuo in una torre».

Emily capì che non avrebbe ricevuto una risposta diretta, per cui cambiò argomento. «Perché sono tutti così stupidi?».

Void sorrise. «Prego?».

«Le Terre Alleate. Dovrebbero unirsi contro i negromanti, ma passano metà del tempo a farsi la guerra».

«Proprio come i negromanti» commentò lui. Si guardò le mani smorte. «Molti aristocratici che stanno al potere in questo momento sono discendenti di chi era al governo durante il Primo Impero. Si autoproclamarono re quando l'Impero venne distrutto. Credi che accetterebbero di essere nuovamente subordinati? Girano voci secondo cui era scomparso un erede al trono dell'Impero. Venne ucciso per impedire che l'Impero risorgesse».

«Capisco. E non ci sono altri discendenti da qualche parte?».

«Non che si sappia. Ma hai ragione, stanno vanificando tutti gli sforzi» disse scuotendo la testa.

Void guardò la sagoma congelata di Imaiqah. «Non sarebbe molto meglio se ci fosse lei a decidere della guerra?».

«Probabilmente» disse Emily. «Perché non prendi tu il comando del mondo?».

Void la guardò a lungo, con occhi indagatori. «Alcuni maghi ci hanno provato. Indovina cos'è successo?».

Emily rimase folgorata nel pensare alla risposta. «Sono diventati negromanti. Perché… perché sono diventati così corrotti?».

«Volevano il potere e il potere porta alla corruzione» osservò Void. Fece una pausa, come se stesse cercando di decidere se dirle qualcosa. «A volte possono verificarsi degli… incidenti, per cui i maghi ricevono dei poteri sproporzionati. Questa cosa fa molta paura, perché potrebbero perdere il senno o dedicarsi alla negromanzia. E poi ci sono degli idioti che credono di poter gestire la negromanzia e usarla a fin di bene».

Void scosse la testa. «C'era un re che credeva di poter mantenere il controllo di se stesso chiedendo dei sacrifici volontari. All'inizio la cosa sembrò funzionare, finché la sua mente divenne così perversa da illudersi che l'intero regno si fosse offerto volontario per essere sacrificato. Avrebbe ucciso tutti se suo figlio non gli avesse conficcato un coltello nella schiena».

Emily annuì pensierosa. Se il Berserker dava assuefazione, la negromanzia doveva essere ancora più pericolosa. Void pareva voler dire che nessuno riusciva a sfuggire alla dipendenza, che portava inevitabilmente al disastro.

«Ma dimentica tutto questo per adesso». La guardò dritto negli occhi. «Sai di essere stata notata, no?».

«Mi hai mandato a Whitehall su un drago» sottolineò Emily. «E hai detto a tutti che ero una Figlia del Destino».

«Tu sei una Figlia del Destino. Non ho mai mentito al riguardo».

«Sì, ma…» Emily cercò di trovare le parole giuste, ma non ci riuscì. «Non sono una Figlia del Destino nel senso in cui intendono loro».

«Cosa c'entra?» chiese Void, sinceramente perplesso. «Forse il mondo non gira intorno a te, ma sei diventata molto importante nel momento in cui il nostro amico del lato oscuro ti ha strappato dal tuo mondo e ti ha portata qui. E hai già paralizzato una gilda nota per essere corrotta, avida, boriosa e stupida. E hai dato alla nobile mocciosa una lezione che le tornerà utile in futuro. E le tue staffe potrebbero rivoluzionare il modo in cui combattiamo le guerre».

Void sorrise con malizia. «Figlia del Destino o no, stai cambiando il mondo» le ricordò. «Ti consiglio di non svelare mai la verità. Se ti ritengono una Figlia del Destino, ci penseranno due volte prima di darti fastidio. La tua natura potrebbe far saltare incredibilmente tutti i loro progetti».

«Non succederà» insistette Emily, sentendosi come gettata in pasto ai lupi. «Non sono chi credono che sia!».

«Ma forse sei ciò di cui hanno bisogno» disse Void, serio e si strinse nelle spalle. «Se non altro, ricorda che i negromanti sono ancora là fuori. Qualsiasi cosa farai per aiutare le Terre Alleate a sconfiggerli una volta per tutte sarà molto gradita».

Sollevò una mano e aggrottò le sopracciglia. «L'incantesimo sta per finire. Ti consiglio di non dire a nessuno di questa discussione».

«Aspetta. C'è uno stregone affidabile in città?».

Void sorrise. «Prova Yodel. Se gli dai abbastanza tempo, può fare quasi di tutto. Conosco stregoni che si sono rifiutati di chiedere il suo aiuto per orgoglio».

Lanciò l'incantesimo d'invisibilità e svanì non appena il tempo riprese a scorrere normalmente.

Capitolo XXV

Per fortuna, Imaiqah sembrava non essersi accorta di nulla. Mentre continuavano la loro passeggiata, la mente di Emily si riempì di pensieri che le chiacchiere di Imaiqah riuscirono leggermente a dissipare, alleviando la sua preoccupazione. Cosa aveva scatenato introducendo un semplice concetto come i numeri arabi, o delle idee come il reggiseno e le staffe?

«Questa è la bottega di uno stregone» disse Imaiqah non appena si fermarono davanti a un edificio in pietra con la scritta Yodel. Esitò un momento. «Solitamente consentono l'ingresso di una persona alla volta, quindi io vado al negozio di vestiti mentre tu compri lo scrigno».

Emily annuì. «Molto bene. Ci vediamo quando ho fatto».

Imaiqah era stata premiata dal padre per avergli fatto conoscere Emily; le aveva mandato denaro a sufficienza per acquistare un abito formale da indossare agli eventi pubblici a Whitehall. Alessa l'aveva presa in giro anche per i suoi vestiti ed Emily capiva perché la sua amica volesse qualcosa di nuovo.

Non appena si avvicinò, la porta si aprì dandole accesso a una stanza in penombra che odorava vagamente di legno. La bottega era stracolma di manufatti, alcuni riconoscibili, altri del tutto sfuggenti alla sua comprensione. Su un tavolo c'era una mano le cui dita erano state rimosse e rimpiazzate con delle candele; su un altro, un teschio con dei rubini brillanti al posto degli occhi. Emily studiò la mano, percepiva la magia da cui era circondata, ma non riuscì a indovinarne l'utilizzo. Poi vide un candelabro che la lasciò perplessa: sembrava perfettamente normale, come uno di quelli che avrebbe trovato anche a casa. Non pareva avere niente di magico.

«Funziona solo una volta acceso» disse una voce alle sue spalle. Emily si voltò e vide un anziano ometto con indosso una tunica da lavoro e degli occhiali scuri. «Se lo accendi, sarai l'unica a vederne la luce. È un incantesimo semplice, ma efficace».

«Geniale» commentò Emily.

«Sì» concordò Yodel, poi indicò il teschio. «Molto tempo fa, ci fu un grande mago che replicò il suo cervello all'interno del teschio di un amico, in modo che le generazioni future avessero accesso al suo sapere. L'incantesimo è stato imitato e adesso ci sono infinite copie di menti di maghi del passato in giro per il mondo. Vuoi dei consigli da un antico maestro d'arte?».

Emily tentennò e poi scosse la testa.

«Saggia decisione. Trovo che la loro voglia di farsi notare sia maggiore rispetto a quanto potrebbero insegnarci. Inoltre, i veri maestri non duplicano mai la propria intelligenza».

Yodel si voltò e le mostrò il resto del negozio, indicandole vari oggetti. «Potrei darti un cristallo incantato che ti avvisa quando i nemici sono vicini, oppure un bicchiere che fornisce sempre acqua fresca. O addirittura una bacchetta di metallo per caricare gli incantesimi-difesa».

Emily indicò con un cenno del capo una statuetta raffigurante un piccolo uccello. «Cos'è?».

«Toccalo» disse Yodel, sorridendo per la reazione della ragazza. «È piuttosto innocuo, te lo assicuro. Lavoro bene».

Da vicino, l'uccellino di legno era molto dettagliato. Lo sfiorò con le dita e… si ritrovò a svolazzare, agitando le piccole ali a qualche metro da terra. Poi tornò nel suo corpo, barcollando all'indietro.

«La prima volta molte persone non reggono a lungo» disse Yodel in tono gentile. «Ho racchiuso dentro questo legno i ricordi di un uccello cosicché la gente possa viverli. Ci si perde così tanto con la semplice trasformazione dei corpi».

Emily guardò Yodel con gli occhi sgranati. «Lo trovo… è sconvolgente» disse dopo un istante. Sentiva il cuore farle le capriole nel petto. «È davvero possibile comprare cose del genere?».

«Ne rimarresti sorpresa». Yodel si avvicinò a una tavola da Incorona il re. «Forse potrei venderti una di queste tavole incantate che giocano al posto tuo? O una che migliora le tue abilità di gioco?».

«Barando, vuoi dire» disse Emily. Una volta aveva giocato con un ragazzo che aveva barato usando un iPad e che era stato beccato. «Non imparerei niente, no?».

«Questione di punti di vista». Si fermò a guardarla. «Quindi, cosa ti serve?».

«Uno scrigno. Mi hanno detto che tra gli stregoni sei il migliore in città».

«Il migliore di metà continente» specificò Yodel. Condusse Emily in uno dei retrobottega e fece apparire una sfera luminosa. «Come puoi vedere, ho sette tipi di scrigni al momento, tutti incantati per contenere quasi qualsiasi cosa e sigillarla per un solo utilizzatore. Oppure posso realizzarne uno su richiesta, ma costerebbe di più».

Emily osservò uno dei sette scrigni e se ne innamorò. Sembrava un forziere di mogano appena uscito da un film di pirati, con un'unica chiusura dorata sul davanti. Lo sfiorò e sentì gli incantesimi crepitare, in attesa che la persona sbagliata provasse ad aprirlo.

Yodel picchiettò sulla chiusura, che si aprì rivelando un interno che pareva estendersi all'infinito. Prese una bacchetta e la gettò in quell'oscurità, poi poggiò una mano sullo scrigno.

«Bacchetta» disse e questa apparì nella sua mano. «Se dovessi dimenticare cos'hai messo dentro, puoi chiedere di mostrarti tutto il contenuto o semplicemente di metterlo sul pavimento».

«Geniale» commentò di nuovo Emily, stavolta con più convinzione. «Quant'è sicuro?».

«Gli incantesimi sono garantiti per resistere a chiunque, tranne agli spezza-incantesimi di prim'ordine» la informò. «Ma se qualcuno spezza gli incantesimi in modo scorretto, la tasca dimensionale collassa e il contenuto va perso. Posso realizzare uno scrigno connesso direttamente a una tasca dimensionale permanente che ti consentirebbe di ritrovare tutto, ma ha un costo più elevato. Questo viene circa venti monete d'oro».

Emily guardò lo scrigno e non poté fare a meno di rivolgere la domanda più ovvia. «E se volessi dormirci io dentro la scatola?».

«Ho inserito alcuni incantesimi di mia invenzione che te lo impedirebbero. Conosco maghi che hanno provato a creare scrigni con postazioni letto, ma gli incantesimi sono tutto fuorché semplici e facilmente corruttibili. È sconsigliabile».

«Peccato». Si era immaginata cose simili al TARDIS. «È possibile spedirlo a Whitehall?».

«Dopo l'acquisto verrà recapitato presso l'istituto. Per collegarti allo scrigno dobbiamo farlo adesso, ma per la spedizione non c'è problema. Sarebbe inutile per chiunque altro, me incluso».

Si mise dritto e chiuse il coperchio. «Vuoi comprarlo?».

Emily guardò gli altri scrigni, ma poi tornò sulla prima scelta. «Sì» e prese il portamonete. «Venti monete d'oro, giusto?».

Yodel prese il denaro e le chiese di premere un dito sulla chiusura mentre lui recitava un incantesimo sottovoce. Emily avvertì solo un leggero formicolio e niente più, ma quando provò ad aprire lo scrigno ci riuscì senza alcuno sforzo, come se il pesante coperchio di legno non pesasse nulla. Lo richiuse e Yodel pesò le monete; poi annuì e le passò un rotolo di pergamena. Era scritta con una grafia filiforme che trovò difficile da leggere.

«Istruzioni» grugnì Yodel. «C'è altro che vorresti comprare, già che sei qui?».

«Non credo» rispose Emily e lui la accompagnò alla porta. «Cosa… a cosa serve quella mano con le candele?».

«È una Mano della Gloria. Si può usare per aprire porte o cancelli; con quella puoi andare ovunque. Solo poche persone sanno realizzarle e costano una fortuna».

Emily guardò la mano e si annotò mentalmente di considerare le possibili implicazioni; quindi si fermò sulla porta. «Quando arriverà lo scrigno?».

«Domani, con ogni probabilità» rispose Yodel. «Vedrò se ci sono altri acquisti per la giornata e poi manderò tutto con un'unica consegna».

Nell'uscire in strada Emily venne inondata dai rumori. Si diresse subito al vicino negozio di vestiti, dove trovò Imaiqah che provava alcuni capi. Emily alzò gli occhi al cielo e andò alla ricerca di negozi più interessanti.

C'era uno speziale sul lato opposto della strada e, ricordando le parole del professor Thande, decise di dare un'occhiata. Al suo interno, il negozio era pieno di scaffali, ognuno contenente bottiglie e barattoli di ingredienti. Nell'aria c'era un vago odore che le ricordava le spezie del pianeta Terra. Dovette sforzarsi di trattenere uno starnuto.

«Benvenuta nel mio negozio» disse una voce. Emily sollevò lo sguardo e vide una donna grassa rivolgerle un enorme sorriso che però non le illuminava gli occhi. «Spero non vorrai andartene senza pagare ciò che prenderai».

Lì per lì Emily rimase sorpresa, poi si innervosì. «Sto solo dando un'occhiata» ribatté infastidita. Come osava accusarla di voler rubare? «Tratta tutti i clienti in questo modo?».

La donna indietreggiò. «Vedo che sei troppo orgogliosa per rubare. Stai cercando qualcosa in particolare? Ho del tarassaco in polvere che può essere usato per conquistare il cuore o l'affetto di qualcuno. Oppure potrei venderti dei semi che producono delle foglie dolci. Sono ottime per rilassarsi».

«Do solamente un'occhiata» disse Emily prendendo un barattolo con su scritto "Urina di pipistrello". Non riusciva a immaginare a cosa servisse, ma aveva visto il professor Thande preparare pozioni d'ogni sorta con strani ingredienti. «C'è qualcosa di... interessante?».

«Ho una bottiglietta di sangue di drago, ma l'ho promessa a un altro cliente». Il suo sorriso si fece ancora più grande. «Al momento costa solo cinquecento monete d'oro, ma può essere tuo per seicento...».

Emily iniziò a ridere. Il sangue di drago era merce rara, molto rara. Pochi libri soltanto concordavano in materia di draghi, ma tutti convenivano sul fatto che quelle creature erano difficili da uccidere. Prelevare il loro sangue carico di magia sarebbe stata impresa ancora più ardua. Inoltre erano potenti, protetti da incantesimi, da un'armatura squamosa e dal campo magico che permetteva loro di volare. Alcune leggende narravano di interi paesi distrutti in passato da draghi furiosi, e non erano certo delle piacevoli letture.

Doveva per forza essere finto, era come mettere in vendita uno yatch per venti dollari.

«Ah, vedo che sei una vera maga» disse la donna. «Posso darti qualcosa di molto interessante, se vuoi seguirmi…».

Si diresse verso una tenda che nascondeva un retrobottega. Emily la seguì e preparò un incantesimo qualora fosse stata una trappola. Entrarono in quello che sembrava un bizzarro negozio di animali. C'era una teca piena di ragni, ognuno più grande di una mano, che si muovevano freneticamente dietro le pareti di vetro. Le creature si voltarono a guardarla e a Emily venne la pelle d'oca, poi tornarono alla loro danza. Distolse lo sguardo e vide un barile pieno di pesci luccicanti che le ricordarono gli incantesimi usati a magia marziale. Una terza gabbia conteneva un paio di topi bianchi e una dozzina di ratti; a parte andare qua e là non sembravano fare altro.

«Sono stati creati da un mago animalista con tanti poteri e voglia di fare qualunque cosa solo per vedere che succede» la informò la donna. «Sono esseri pensanti, ci crederesti? Mi vengono i brividi se provo a immaginare cosa accadrebbe se si mischiassero ai topi della città».

Emily scosse la testa, incredula e turbata da quella vista.

La negoziante fraintese. «Pensi non sia affascinante? Vieni a vedere!».

Toccò con stizza una gabbia per uccelli e qualcosa si mosse in un angolo.

Emily aggrottò le sopracciglia. In un primo momento pensò di vedere un uccellino con tanto di ali, ma poi vide il corpo in mezzo alle ali. Era incredibile… eppure aveva visto abbastanza nelle ultime settimane da sapere che niente era impossibile quando c'era la magia di mezzo.

«Ah. Finalmente ti ho sorpreso, vero?».

Emily non rispose e rimase a osservare quell'esserino. Era una fatina minuscola, appena più grande del suo anulare, ma terribilmente umana. Il corpo nudo ne svelava l'età: era un'adolescente dai seni perfetti e i capelli biondi, dalla cui schiena spuntavano delle ali nere. Emily non credeva ai suoi occhi.

La fatina tornò lentamente in fondo alla gabbia, come alla disperata ricerca di un riparo o per nascondersi alla loro vista. Emily ne incontrò gli occhi scuri per un breve istante e capì subito che era una creatura intelligente. Si sentì in colpa, quasi sporca, per aver guardato quel povero esserino.

«Cosa...?» Deglutì e ricominciò. «Cosa intende farne di quella poverina?».

«Ma quale poverina!» esclamò la donna. «Le taglierò le ali, con le quali preparerò una pozione speciale, e poi la venderò a un assessore con gusti piuttosto strani in...».

«Non può» la interruppe Emily. «Non è qualcosa che può uccidere quando le pare».

«Non è umana» rispose la donna. A Emily venne la nausea e dovette trattenersi dalla voglia di lanciare degli incantesimi combinati come aveva fatto con Alessa. Il pericolo di sfidare una maga dai poteri sconosciuti fu la sola ragione che le impedì di farlo. «L'ho comprata e ci faccio quel che voglio». Il suo tono di voce si fece calcolatore. «A meno che non voglia acquistarla tu».

Emily la fissò, senza preoccuparsi di nascondere il proprio disgusto. «Quanto costa?».

«Interessante» meditò la donna. «La vuoi per intero, immagino. Ti costerà dieci monete d'oro».

«Dieci monete d'oro» ripeté Emily. Era niente rispetto al finto sangue di drago, ma quella cifra rappresentava gran parte dei suoi risparmi. «Quanto ci faresti vendendo lei e le sue ali?».

La fatina gemette nell'udire quelle parole, un flebile lamento che quasi spezzò il cuore di Emily.

«Forse sette monete d'oro. Ma potresti farci tu dei soldi macinandola e mescolando i resti con...».

«Ti darò otto monete d'oro» disse Emily. Forse non era stata una mossa furba – non aveva idea di quante fate esistessero – ma sentiva di non avere scelta. Non avrebbe permesso che quella creatura venisse mutilata e poi usata dall'assessore della città per chissà quali orrendi fini. «Questa è la mia ultima offerta».

La donna andò alla gabbia, sollevò la fatina per una delle fragili ali e la tirò fuori da quella prigione. Emily guardò quelle ali scure e luccicanti come bolle di sapone e rimase a bocca aperta. Quando la donna le mise la fatina in mano, Emily dovette resistere all'impulso di accarezzarla. La poggiò sul tavolo e prese il denaro per pagare. Forse era stata imbrogliata, ma non poteva farci niente. La triste condizione di quella piccola creatura l'aveva profondamente colpita.

«Ecco» disse Emily quasi ringhiando e pagò. «Grazie!».

Prese la fatina e corse fuori dal negozio, all'aria aperta. Le ali della fatina si animarono subito, sbattendo contro il palmo della sua mano. Emily schiuse le dita e lasciò che la creatura spiccasse il volo come un'ape gigante. Le ali si muovevano così rapidamente da avvolgere la fatina in un'oscurità nera come l'inchiostro.

Emily si sentì una pervertita e distolse lo sguardo, imbarazzata. Quando si rigirò, la fatina non c'era più.

Imaiqah stava ancora provando vestiti, del tutto ignara di ciò che aveva appena fatto la sua amica. Alcuni abiti sembravano realizzati in seta che, se non ricordava male, era prodotta da esseri viventi. Anche i bachi in quel mondo erano creature intelligenti come la fata che aveva appena liberato? Quel pensiero le provocò la nausea. Il professor Locke aveva detto che il maltrattamento da parte dell'uomo di altre creature intelligenti aveva contribuito allo scoppio delle guerre che avevano quasi distrutto l'umanità. Quanti altri crimini, oltre l'uccisone di fate e draghi, venivano commessi in nome della magia?

Emily si scrollò dalla mente quei pensieri e continuò a camminare, arrivando a un cortile in cui scorse Alessa. Era seduta a un tavolo con davanti un bicchiere di liquido rosso. La principessa non sembrava affatto felice, pareva quasi avesse pianto. Emily esitò non sapendo che fare, poi decise di avvicinarsi e realizzò che quel cortile era una sorta di bar di lusso pressoché deserto. Alessa alzò lo sguardo, la vide e fece una smorfia.

Emily fu sul punto di andar via, ma qualcosa le disse di rimanere. Aveva lavorato con Alessa per incantesimi base e aveva capito che sotto il menefreghismo e la nobile arroganza che caratterizzavano il personaggio pubblico c'era un essere umano. Inoltre, le aveva fatto del male, sebbene in realtà se lo fosse meritato. Nessuno viveva una cosa del genere senza rimanerne segnato, anche se da fuori non traspariva nulla.

«Ciao» disse Emily nel modo più gentile possibile. «Ti va di parlarne?».

Le mani di Alessa si contrassero, come stesse per afferrare la sua bacchetta. «Pensi che ne abbia voglia?».

Per la seconda volta Emily fu tentata di andar via, ma si mise a sedere. «Credo che tu ne abbia bisogno» disse seriamente. Alessa le ricordò sé stessa, quando non aveva altra prospettiva se non la morte. «Sembri depressa».

Alessa iniziò a ridere amaramente. «Depressa» ripeté. «Ho un problema e non so cosa fare. Sì, direi che sono depressa!».

Emily la osservò a lungo. «E che problema hai?».

La risata di Alessa divenne un ghigno crudele e sardonico. «Il mio problema?» ripeté sghignazzando. «Il mio problema sei tu!».

Capitolo XXVI

«Io?».

Alessa annuì senza smettere di fissare il bicchiere. «Tu. Tu mi hai rovinato la vita».

Emily la guardò senza capire. In che modo, esattamente, le aveva rovinato l'esistenza?

La nobile mocciosa aveva imparato una bella lezione sulle conseguenze del trattare male le persone, e stava facendo progressi nel corso di incantesimi base… e tutto grazie all'aiuto di Emily.

Ma forse era possibile che ad Alessa, diversamente da molti altri studenti, non interessasse crescere e maturare. Era una principessa reale che avevano viziato fin dal primo vagito.

Uno dei vecchi insegnanti di Emily aveva spiegato che c'era differenza tra i bambini di città e quelli di campagna. Ai primi, raramente venivano insegnate cose utili, almeno in senso pratico; i secondi, invece, iniziavano ad aiutare i genitori fin da piccolissimi. Lì per lì Emily non aveva creduto alle parole del professore – conosceva ragazzini che consegnavano i giornali per guadagnare qualcosa – ma ora capiva cosa intendesse dire. Imaiqah, figlia di un mercante, aveva dovuto aiutare il padre non appena mossi i primi passi per ripagarlo delle risorse investite in lei. La ragazza era stata costretta a crescere molto in fretta; Emily riteneva che il grande talento dell'amica per la matematica derivasse dal fatto che, fin da bambina, aveva dovuto aiutare il padre a fare i conti.

Alessa, invece, non aveva mai avuto la necessità di imparare nulla, figuriamoci di lavorare per vivere o prepararsi alla guerra. I principi ereditari venivano subito portati in campo per essere istruiti nelle arti del combattimento, ma nessuno si sarebbe sognato di riservare un simile trattamento a una principessa. Quelle piccole bambine delicate erano le madri dei futuri reali. Andavano viziate, protette e…

Qualsiasi cosa si potesse dire sull'educazione di Alessa, non era stata certamente preparata al mondo reale. Alessa era una Maria di Scozia, più che un'Elisabetta d'Inghilterra. E Maria aveva finito per essere decapitata dalla cugina, la prima regina Elisabetta.

«Non era mia intenzione rovinarti la vita» affermò Emily dopo un po'. Non era facile scegliere le parole giuste da dire. Una volta a scuola l'avevano mandata da uno psicologo e aveva trovato che il metodo fosse esasperante. Quell'imbecille le aveva fatto delle domande senza nemmeno preoccuparsi di ascoltare le risposte. Adesso provava per lui un pizzico di compassione. «E non era mia intenzione neanche metterti nei guai».

Alessa la guardò. «Intendi quasi uccidermi?».

«No, ma hai iniziato tu». Non si sarebbe prostrata davanti a una mocciosa viziata, sebbene stesse iniziando a maturare. «Mi hai trasformato in… in qualcosa e hai dato il tormento alla mia amica. Non ti hanno insegnato che non si deve fare del male alle persone?».

Alessa prese un sorso della sua bevanda. «I miei genitori dicono che un giorno sarò regina. Mi sto solo comportando da principessa».

«Direi che ci stai riuscendo». Emily non riuscì a trattenere quel commento beffardo. Ovviamente, Alessa non colse la battuta, così Emily tornò all'argomento principale. «Cos'è successo?».

«Non capisco. Dove ho sbagliato?» disse Alessa.

Emily socchiuse gli occhi. «Cosa ti hanno detto i tuoi?».

Alessa alzò lo sguardo, cercando gli occhi di Emily. «Da dove vieni, davvero?».

«Da un altro posto» rispose per non mentire apertamente. «Perché è così importante?».

«I miei mi hanno mandato una lettera». Alessa prese un altro sorso. «L'uomo d'arme ha riferito che un mercante della città ha proposto al loro cavaliere qualcosa di nuovo… le ha chiamate "staffe". Lo stesso mercante ha anche introdotto un nuovo sistema numerico, costringendo la gilda dei contabili a prendere posizione. Tutte queste innovazioni hanno già un nome. Duncan mi ha detto che il sistema contabile è maturo».

Alessa continuò a parlare senza mai distogliere lo sguardo da Emily. «Persino io so che un nuovo incantesimo, se creato da zero, necessita di tempo e fatica prima di essere utilizzabile. Il tuo sistema contabile sembra perfetto, troppo perfetto per essere vero».

Emily sbatté le palpebre. «Il mio sistema contabile?».

«Il mercante in questione è il padre di Imaiqah» disse Alessa con astio. «Quante idee possono venire a un solo uomo?».

"Benjamin Franklin ne ebbe un migliaio" pensò Emily. Ma in quel mondo Franklin, o anche suo figlio, non sarebbe stato considerato una buona influenza. Pure lui era andato oltre i limiti del possibile.

«Tu hai dato queste idee alla tua amica e lei le ha riferite a suo padre». La sua voce non faceva trasparire alcun dubbio. «E stanno già sconvolgendo il mondo».

Alessa prese a picchiettare sul tavolo. «E i miei genitori mi hanno detto, o meglio ordinato, di avvicinarmi alla Figlia del Destino. Hanno detto che devo incoraggiarti ad aiutarci senza causare altri problemi al regno… Hanno detto che devo darti una mano, che devo imparare da te… Ho detto loro che mi stai facendo da insegnante e ne erano orgogliosi! Mio padre ha addirittura detto che potrei invitarti a casa per le vacanze!».

Emily la fissò, incredula, poi trovò finalmente la forza di parlare. «Mi prendi in giro? Io? In visita dal re e dalla regina?»

«Tu sei una Figlia del Destino, consacrata da un drago. Cosa sono io per te?».

«Io… io non lo so» ammise Emily. Lei non era una Figlia del Destino. Eppure aveva già sconvolto il mondo. I genitori di Alessa credevano forse di poterla usare, trattandola bene, per proteggere il loro regno o per mantenere il controllo mentre il vento del cambiamento si faceva più forte? Se avessero saputo o anche solo sospettato quali altre idee aveva suggerito al padre di Imaiqah, sarebbero svenuti. «Non sono stata io a chiedere tutto questo».

«Ho letto su un libro che nessun Figlio del Destino ha mai chiesto di esserlo, ma ciò non li ferma dal cambiare il mondo».

Emily immaginò avessero letto lo stesso libro. "Figli del Destino" era lungo appena qualche pagina, si poteva a malapena considerare un libro. Non era nient'altro che una lista di nomi di

Figli del Destino e delle relative imprese, alcune straordinarie. L'unico aspetto comune a tutti era che il titolo di Figli del Destino lo avevano ricevuto solo dopo aver cambiato il mondo, probabilmente per non essere identificati.

Era curioso che Emily avesse cercato di determinare se fosse possibile usare la magia per vedere il futuro. I libri erano abbastanza vaghi sull'argomento, cosa che la portava a pensare che non fosse possibile, per lo meno non in modo utile. Ciò combaciava con quello che sapeva della teoria dei molti mondi, unita a un po' di buonsenso. Se le avessero detto che fare qualcosa l'avrebbe uccisa, avrebbe fatto tutt'altro per invalidare la profezia.

Ma Shadye aveva davvero creduto di poter individuare una Figlia del Destino, fallendo platealmente.

Eppure Emily stava davvero cambiando il mondo...

"È proprio quando pensi di essere infallibile che fallirai sicuramente" le sussurrò una vocina in fondo alla mente.

«Neanche quello era mia intenzione. Mi dispiace per qualsiasi cosa ti abbia fatto».

«Ti dispiace?» le domandò Alessa. Spinse via il bicchiere e lo guardò frantumarsi a terra. «Ti dispiace?».

La sua voce si indurì, come se stesse trattenendo il pianto. «Sono lo zimbello della scuola. Non riesco neppure a lanciare un semplice incantesimo. Una ragazza con appena una settimana di studi mi ha quasi uccisa. Poi il Direttore mi ha frustata e lasciata in piedi nel corridoio, in lacrime. Le mie amiche ridono alle mie spalle. Nessuno mi prende più sul serio».

Emily vide gli occhi di Alessa riempirsi di lacrime man mano che continuava ad arrabbiarsi. «E ora i miei genitori mi dicono che dovrei spupazzarti, tu che mi hai strappato tutto ciò che avevo, e convincerti a diventare mia amica. Preferirei morire! Sai come ci si sente quando tutti ti ridono dietro?».

«Sì» rispose Emily con tono piatto. Sapeva bene cosa si prova a essere soli, senza amici... e Alessa non aveva mai avuto dei veri amici. Forse nessuno osava toccarla o prendersela con lei, ma essere soli era dura quando si era così giovani. O forse, ora che Emily era sfuggita a una seria punizione per averla quasi uccisa, altri avrebbero trovato il coraggio di vendicarsi per i torti subiti. «Un tempo ero molto sola».

Tentennò, in cerca delle parole giuste. «Sei ancora l'erede al trono, no?».

Alessa alzò lo sguardo, gli occhi pieni di lacrime. «Sì, ma cosa importa?».

«Quindi non hai perso proprio tutto» le fece notare Emily con voce calma e ragionevole. «Passerai incantesimi base e imparerai a lanciare incantesimi più complessi. Col tempo, maturerai e diventerai una regina rispettata e seguita. Tutto ciò che hai perso è l'illusione che le tue amiche fossero davvero tali».

Esitò e poi rischiò il tutto per tutto. «Forse il mio compito in quanto Figlia del Destino è quello di aiutarti a divenire la regina migliore di tutti i tempi. Forse ti serviva qualche lezione per crescere».

Alessa tossì; Emily capì che stava provando a non piangere. «E sei così saggia perché sei una Figlia del Destino?».

«No. Ho solo vissuto qualcosa di molto simile».

Il pensiero la fece incupire. Nel suo vecchio mondo, la vita per i ragazzi ricchi sembrava molto più facile. Si diceva che i soldi non potessero comprare la felicità, ma certamente potevano comprare qualcosa di simile. Eppure… quanti amici erano stati comprati con denaro o regali, o semplicemente con promesse di ricompense? I familiari di Alessa avrebbero potuto ricompensare chi si fosse preso cura della loro figlia con regali che andavano oltre ogni immaginazione.

Ma Alessa non sarebbe mai stata veramente amica di nessuno.

Emily guardò la principessa e tirò fuori un fazzoletto dalla tasca. «Tieni. Asciugati gli occhi e parliamo per bene».

Emily osservò dentro l'edificio e… non vide nulla. «Che posto è questo?».

«Un bar» rispose Alessa mentre si asciugava gli occhi. «Gli studenti vengono qui a bere dopo aver terminato gli acquisti».

Emily fissò incuriosita ciò che rimaneva del liquido rosso caduto a terra. «Cos'è che stavi bevendo?».

«Rosa rossa». Quel nome a Emily non diceva niente. «Volevo provare a dimenticare il mondo».

Emily pensò fosse qualcosa di alcolico. Sicuramente in quel mondo non si facevano alcuna remora a vendere alcol ai minorenni. Non avevano nemmeno la definizione di minorenne, per non parlare delle leggi sul lavoro minorile. Imaiqah le aveva raccontato che alcuni ragazzini del vicinato erano andati a lavorare per poche monete a settimana. Le venne il sospetto che i ragazzini fossero davvero sottopagati.

Emily guardò verso l'edificio e richiamò l'attenzione di una figura in lontananza. «Ci porti della Kava calda» ordinò non appena una ragazza apparì sulla porta. «E anche del pane».

Alessa la fissò. «Che stai facendo?».

«Ora parliamo. Parleremo come fanno due amiche».

Aspettò che la cameriera portasse due tazze di Kava bollente e un piatto di pane appena sfornato e le diede una moneta d'argento. Dallo sguardo della ragazza – e dalla risatina di Alessa – era chiaro che aveva pagato troppo, ma la cameriera prese la moneta e svanì prima che Emily potesse ripensarci. A Emily non importava troppo; sperava solo che la madre, il padre o il datore di lavoro della ragazza non tenessero quella moneta per sé.

«Dunque» disse Alessa dopo un po'. «Da dove vieni?».

Emily pensò velocemente. Se le avesse detto la verità... cosa sarebbe potuto accadere? Svelando il segreto non avrebbe messo in pericolo il suo mondo, quanto piuttosto se stessa. Il modo più semplice per impedire a un Figlio del Destino di compiere il destino, qualunque esso fosse, era ucciderlo.

Cosa avrebbe detto Alessa ai suoi genitori e cosa avrebbero fatto loro per tenere la situazione sotto controllo?

«È una lunga storia» disse dopo un'attenta riflessione. «Sai mantenere un segreto?».

In un primo momento Alessa si mostrò titubante; poi decise di essere sincera. «Non posso avere segreti con i miei genitori. Devo loro totale sincerità in quanto erede della stirpe reale».

Una parte di Emily si chiedeva quanto fosse letteralmente accurata quell'affermazione. Re e regine avevano giustificato il proprio comportamento nel corso dei secoli sostenendo di governare per diritto divino, cosa che le sembrava pressappoco la stessa giustificazione che consacrava in retrospettiva i Figli del Destino. Se Dio aveva dato ai monarchi il diritto di governare, perché non aveva fatto di loro dei buoni governanti?

«Che intendi? La stirpe reale?».

Alessa diventò rossa in viso. «I nobili di Zagaria giurano lealtà alla stirpe di mio padre. Quei giuramenti sono offuscati dall'antica magia tramandata da monarca a monarca. La stirpe di mio padre ha molte strane abilità; non posso mentirgli. Non posso mentire neanche a mia madre o a chiunque gli abbia giurato eterna fedeltà».

Emily ci ragionò su. «Vuoi dire che sa sempre quando menti?».

«Voglio dire che non posso mentire. Se mi fa una domanda, devo rispondere in modo sincero e completo. È scritto nella stirpe».

«Non ha senso» protestò Emily. «Tua madre non fa parte della stirpe, no?».

«Ha fatto giuramento nel giorno del matrimonio. E quando avrò dei bambini, loro non potranno mentirmi».

Emily rimase perplessa. Non avrebbe mai voluto crescere in una casa in cui sarebbe stata costretta a rispondere con la verità a ogni domanda, anche se poteva comprendere la logica dietro all'incantesimo. Ai tempi in cui era ancora principessa, la regina Elisabetta I venne colta in una situazione compromettente che avrebbe potuto facilmente portare alla sua esecuzione, se non altro perché una principessa reale doveva essere al di sopra di ogni sospetto. Se fosse stata sotto un incantesimo che la costringeva a dire la verità, sarebbe stata proclamata subito innocente o… condannata, se davvero colpevole. Aveva senso, d'accordo, ma le dava la nausea. Non sempre la verità era la cosa migliore.

«Te lo dirò quando diventerai regina» disse infine Emily.

Alessa la guardò a lungo e poi annuì con non molta convinzione.

Emily sorrise sollevata e quindi le rivolse una domanda che la assillava da un po'. «Come venivi trattata da bambina?».

Alessa iniziò a raccontare, sorseggiando la calda bevanda. Come immaginava, la principessa era stata trattata molto bene fin dalla nascita, con una governante che la accompagnava ovunque. Aveva vissuto una vita da sogno, ma nessuno l'aveva preparata a governare. Emily si domandò se i genitori di Alessa stessero ancora provando ad avere un maschio o se pensassero che Alessa potesse imparare a governare semplicemente imitando l'operato del padre. Non sorprendeva che tutte le lusinghe e le lodi le fossero andate alla testa; era stato uno shock scoprire che a Whitehall non avrebbe ricevuto lo stesso trattamento a cui era abituata.

Emily diede un morso al pane e sorrise beata. Il pane non lo aveva mai amato tanto, ma lì a Whitehall anche il più semplice era una gioia per il palato. Quasi ripagava dell'assenza di tutte le comodità moderne, come i computer, la televisione e l'aria condizionata. Alessa era meno deliziata, ma almeno stava mangiando. Emily aveva deciso che da qualche parte, sotto quella mocciosa viziata, c'era un buon essere umano.

«Mi avevano preso un insegnante di magia» spiegò Alessa mentre finivano lo spuntino. «Non mi ero mai resa conto che mi stesse impedendo di imparare davvero».

«Dovresti chiedere a tuo padre perché avessero scelto proprio lui». Gli intrighi di palazzo in un mondo in cui esisteva la magia dovevano essere sicuramente più malvagi. «Forse qualcuno voleva indebolirti una volta al trono».

Alessa impallidì. «Non ci avevo mai pensato. Credi sia possibile?».

«Potrebbe». Era altrettanto possibile che il tutore avesse provato a insegnarle incantesimi base, trovando l'impresa infattibile e decidendo quindi di aiutarla solo a memorizzare un certo numero di incantesimi. Ma tenne quella considerazione per sé. «Cosa accadrebbe se non riuscissi a capire gli incantesimi da sola?».

«Dovrei assumere un mago di corte». La sua voce divenne piatta, come se stesse ricordando qualche discorso fatto dai suoi in uno dei loro pochi momenti genitoriali. «Non si comportano sempre benissimo».

A Emily tornò in mente Incorona il re e rabbrividì. «Immagino» disse mentre si alzava. Non c'era dubbio che i maghi di corte si considerassero il potere dietro al trono. «Devo cercare Imaiqah. Perché non ti unisci a noi?».

Scoppiò quasi a ridere per la reazione di Alessa, che era rimasta a bocca aperta. «Dovrai provare a farti delle vere amiche, anziché quelle leccapiedi che ti stanno attorno». Dovette trattenersi dal dirle che sarebbe stato il suo destino. Sarebbe stato crudele. «Imaiqah è una brava ragazza e potrebbe diventare tua amica se la tratti nel modo giusto. Inoltre, le devi delle scuse».

«Io…». Alessa si interruppe, sembrava confusa. Stava crescendo, dopotutto. Forse avrebbe imparato a rispettare le persone anche se non di alto lignaggio. «Forse hai ragione».

Emily annuì e lasciò andare avanti Alessa. Uscirono dal cortile e si ritrovarono in un vicolo, in fondo al quale scorsero una figura con il volto nascosto da una maschera. Emily si allarmò e lanciò un incantesimo, che venne subito respinto dalla bacchetta che quella presenza teneva in mano.

Un secondo dopo, qualcosa colpì entrambe le ragazze e le fece accasciare al suolo. Ci fu un'improvvisa fitta di dolore, e poi… il buio.

Capitolo XXVII

«Si sta svegliando» disse una voce stridula. «Posso riaddormentarla, se preferisci».

«Non ce n'è bisogno» rispose una seconda voce più profonda. «Inoltre, dovremmo vedere cos'hanno da offrire».

Emily si sforzò di uscire lentamente dal torpore. Si sentiva come se l'avessero colpita più volte in testa o – le suggerì una parte della sua mente – come se avesse bevuto qualcosa che non avrebbe dovuto. Aveva in bocca un sapore disgustoso, i resti di una sostanza che aveva ingerito o che qualcuno le aveva buttato giù a forza. Tossì e sentì rimasugli di erbe e spezie e un che di indecifrabile che le solleticava la gola.

C'era decisamente qualcosa che non andava.

Le facevano malissimo le braccia. In quello stato confusionale, le ci volle un po' per realizzare che non era una paralisi a bloccarla, ma delle corde che la tenevano stretta a una scomoda sedia di legno. Aveva le mani legate dietro la schiena e i piedi sembravano fissati alla sedia. Non poteva muoversi, per quanto ci provasse con tutte le forze.

Stranamente, trovò la cosa rassicurante. Shadye l'avrebbe paralizzata con un incantesimo, non avrebbe mai usato banali corde e nodi.

"La magia" pensò e le tornò alla mente la bacchetta che l'aveva colpita. Chiunque l'avesse catturata – assieme ad Alessa, probabilmente – non era di certo un mago potente, ammesso che fosse un mago. Gli infiniti libri di testo sulla guerra magica del sergente Harkin dicevano che i maghi, se disposti a condividere il loro potere, potevano incantare bacchette, pugnali e altre armi e darli ai non maghi.

Oppure aveva avuto la sfortuna di imbattersi in un mago che non aveva mai imparato a lanciare incantesimi senza la sua bacchetta. Le possibilità erano infinite, non poteva trarre alcuna conclusione.

Si sentì toccare la guancia con un dito e si ritrasse di riflesso. «Puoi aprire gli occhi» disse la voce profonda. «Sappiamo che sei sveglia».

Emily obbedì e si ritrovò a fissare degli occhi scuri e sorprendentemente calorosi. La persona che aveva davanti indietreggiò affinché lei la vedesse per bene. Le ci volle un po' per realizzare che quell'uomo stava posando per lei. Era alto, con più muscoli nelle braccia di chiunque altro, esclusi i sergenti; indossava una strana armatura che celava poco più di un normale costume da bagno femminile. Petto e collo erano coperti, ma le gambe erano nude come alla nascita. Lunghi capelli scuri, talmente neri e lucenti da sembrare ben curati, incorniciavano un viso che sarebbe stato bello se non fosse stato così malconcio. E se non avesse avuto quei baffi che le ricordavano tanto la principale caratteristica di Adolf Hitler.

«Chi...?» Emily deglutì e fece un altro tentativo. «Chi sei?».

L'uomo sbuffò. «Sono...».

«Basta così» disse una terza voce. «Pensavo che persino tu sapessi fare di meglio che dire il tuo nome a una maga».

«Calma» disse la voce stridula. «Le ho dato una pozione derivata dal durio. Al momento è fiacca quanto te, Ambrose».

Emily guardò il mago e rabbrividì. Era troppo alto e magro per essere umano; era così esile, che sembrava stare in piedi solo grazie alla magia. Aveva una lunga barba bianca che penzolava fino a terra. I suoi occhi, mezzo celati nell'ombra, brillavano di una luce malevola. Pareva troppo... povero per essere un negromante, ma se le aveva dato una pozione dubitava fosse un mago molto capace. Prestando parecchia attenzione, provò a lanciare un incantesimo, scoprendo che il mago aveva ragione. Il suo mana era stato quasi completamente prosciugato.

Quella perdita la scioccò. Aveva scoperto che la magia esisteva davvero da sole sei settimane, e adesso era tutto finito.

O forse no? Thande non aveva mai parlato di pozioni che smorzavano la magia, ma aveva spiegato che l'effetto della maggior parte di esse aveva una durata molto limitata e che, alla fine, scompariva del tutto. Se fosse riuscita a resistere fino a quando la pozione non avesse smesso di andarle in circolo, la sua magia sarebbe tornata e avrebbe potuto usarla... Non aveva mai fatto affidamento sulla magia prima che Shadye la rapisse accidentalmente e sapeva come vivere senza di essa.

«Tesorino» disse la terza voce. «È quasi un peccato che ci siano... degli impresari ad attendere te e la principessa».

Emily sentì un lamento provenire da dietro e girò il più possibile la testa. C'era Alessa legata a un'altra sedia, con la sua bella toga candida ormai macchiata di un liquido verdastro che le era colato dal mento. I suoi occhi erano confusi, ma si stava lentamente riprendendo dallo stordimento.

Emily guardò di nuovo la terza presenza, notando che era la versione più vecchia del primo uomo, e si incupì. Solo dei pazzi potevano rapire, tra tutte le persone possibili, una principessa. Whitehall non avrebbe mai smesso di cercarla.

La terza voce aveva parlato di impresari. Ma chi erano? E per chi lavoravano? Emily ragionò sulla questione mentre i tre rapitori discutevano tra loro, cercando di capire cosa fosse successo e perché. Se l'obiettivo era Alessa, per quale motivo non si erano liberati di lei quando erano entrambe indifese? E se invece volevano lei, perché non avevano ucciso Alessa?

Era proprio un bell'enigma da risolvere. I genitori di Alessa si sarebbero vendicati con il sangue se la loro unica figlia ed erede avesse trovato la morte alla Tana del Drago.

E se fosse stata la gilda dei contabili a volerla morta? Ma erano lontani e, ammesso che fossero stati loro a mandare i rapitori fino alla Tana del Drago, sapendo che era stata lei a fornire i sistemi numerici, perché rapire anche la propria principessa? Dovevano essere del tutto matti.

Le uniche persone che era certa fossero abbastanza folli da farlo erano i negromanti.

Emily sbuffò, attirando l'attenzione dei tre, che poi tornarono ai loro discorsi. Per quel che ne sapeva, erano state rapite completamente a caso; quei tre non avevano la minima idea che Alessa fosse una principessa. Era impossibile che qualcuno rientrasse in un cliché del genere…

«Whitehall le cercherà» fece notare il terzo uomo. «Come facciamo a portarle fuori dalla città?».

«Qui saranno al sicuro fino a sera, se riuscirai a tenere chiusa quella stupida boccaccia» ruggì lo stregone. Guardò Emily e poi le arruffò i capelli come farebbe un padre orgoglioso. «Questa ci farà fare un mucchio d'oro, e quella,» indicò Alessa «vale un bel riscatto da parte del re».

Emily si schiarì la voce. «Quindi chi di noi è l'obiettivo e chi l'innocente vittima capitata per caso?».

Lo stregone prese la rincorsa con la mano e la schiaffeggiò.

Emily urlò, sentendo il sapore del sangue in bocca. Provò disperatamente a lanciare un incantesimo per alleviare il dolore, ma non ci riuscì. Le discipline mentali la aiutarono comunque ad accantonarlo.

Lo stregone rise sonoramente e tornò dai suoi compari.

«Si vede che quella è una Figlia del Destino. Non mostra alcuna paura perché sa che il suo destino non è quello di morire».

«Potrei ucciderla adesso» disse il primo. Estrasse un piccolo coltello dalla cintura e lo brandì davanti al viso di Emily. «Un solo taglio e il destino si ritroverà ingannato…».

Lo stregone fece un semplice movimento con la mano e uno dei rapitori finì contro al muro di pietra sull'altro lato della stanza. «Sei uno stupido» ringhiò. «Non ci serve a nulla da morta».

«Aspetta» disse Alessa. La sua voce trasmetteva paura ma anche determinazione. «Sappi che non la farai franca».

«Una delle condizioni del riscatto sarà che tuo padre giuri di non cercare vendetta nei confronti dei rapitori di sua figlia» la informò lo stregone. Il suo volto, deformato più dagli anni e dalla malvagità che non dalla magia, la guardò con lascivia. «E se rifiuta l'accordo, possiamo sempre offrire i nostri servizi al resto della tua famiglia».

Sorrise compiaciuto nel vedere che Alessa tentava di soffocare il pianto. «Non avrete alcun potere magico fino al momento del rilascio» disse con cattiveria. «E per non farvi parlare…».

Lo stregone prese un pezzo di stoffa da sopra al tavolo e lo ficcò in bocca ad Alessa, ignorando le sue proteste. Dopo fece altrettanto con Emily, che si ritrovò costretta da quel bavaglio improvvisato. Avrebbe potuto farle tacere con un incantesimo, pensò nella disperazione, provando a respingere la paura nascosta in un angolo della mente. Ci sarà stato un motivo se non si affidava alla magia per tenerle prigioniere. Forse non era poi così potente?

«Riposate un po'» consigliò e si diresse verso la porta chiusa a chiave. «Vi attende una lunga notte».

Emily sentì la lunga risata mentre con il resto della banda usciva dalla porta, sbattendosela alle spalle.

Cercò subito Alessa con lo sguardo e lesse il terrore nei suoi occhi; poi guardò la sedia. I nodi erano inamovibili, non importava quanto si dimenasse o spingesse all'indietro... ma un attimo!

Spingersi all'indietro era la soluzione! Il tempo di realizzarlo ed Emily era già in azione. Si diede una spinta, sperando e pregando che bastasse a spezzare le deboli gambe in legno della sedia, rompendola.

Inizialmente, si avvertì solo uno scricchiolio. Poi il rumore divenne molto più forte... e infine, per la gioia di Emily, la sedia andò in frantumi con un tremendo schianto. Aguzzò le orecchie per capire se lo stregone stesse arrivando a controllare, ma non sentì nulla.

"Bene" pensò, mentre cominciava a liberarsi le mani. Lo stregone le aveva legate alla sedia insieme, anziché separatamente. Si dimenò per diversi secondi e poi finalmente slegò le mani e anche il resto del corpo. Era libera!

Si portò le mani alla bocca e tirò via il bavaglio, gettandolo in un angolo lontano. Alessa alzò lo sguardo pieno di gratitudine e dopo annuì in segno d'intesa quando Emily, prima di iniziare a slegarla, si portò l'indice alle labbra per suggerirle di fare silenzio. Una volta libera, Alessa prese un pezzo di legno, pronta a combattere, ma Emily non era così sicura dell'utilità di quell'arma. Le sedie erano talmente marce, che sembrava un miracolo non si fossero rotte prima ancora che ci pensasse lei.

«Grazie» disse Alessa massaggiandosi i polsi.

Emily si guardò le braccia e vide che c'erano dei brutti segni rossi nei punti in cui le corde avevano tagliato la carne.

«Come usciamo da qui senza la magia?» chiese Alessa dubbiosa.

Emily si guardò attorno, maledicendo la sua stessa stupidità. Avrebbe dovuto controllare la stanza prima di mettere in atto il suo estemporaneo piano di fuga. La stanza era quasi del tutto vuota, come un rifugio sotterraneo; c'erano soltanto un tavolo di pietra in un angolo e una sfera magica di cristallo per illuminare. La porta era di legno, ma resistente. Un semplice incantesimo sbloccante sarebbe bastato per aprirla, se solo avessero posseduto un briciolo di magia.

«Non avverto su di noi alcuna maledizione» sussurrò Alessa. «È... è normale?».

«Non lo so». Non le era mai nemmeno venuto in mente che esistesse un modo per smorzare la magia, almeno per un breve periodo. I negromanti non avrebbero rappresentato un grande pericolo se fosse stato così facile renderli inermi. Spinse il palmo contro il legno e cercò di percepire eventuali trappole magiche esplosive, ma non sentì nulla. Significava che non ce n'erano, cosa improbabile in casa di uno stregone, o che non riusciva più a percepirne la presenza?

«Hanno lasciato la chiave nella toppa» bisbigliò Alessa. «Dal lato sbagliato, ovviamente».

«Certo...». Sarebbe stato piuttosto stupido lasciarla dal lato interno della porta. Quel genere di cose accadeva solo nelle storie sui maghi tanto stupidi quanto cattivi, che si arricciavano i baffi mentre svelano tutto al prigioniero, considerandolo ormai innocuo perché rinchiuso. «Hai qualcosa che potremmo usare per forzare la serratura?».

«Solo delle forcine» disse Alessa sfilandone una dai capelli. «Non credo sia abbastanza resistente da riuscire a forzare la serratura».

Emily annuì. A Whitehall non insegnavano a scassinare le porte, né in nessun'altra scuola che avesse frequentato. D'altra parte, non insegnavano nemmeno a produrre la polvere da sparo o i principi di medicina o qualsiasi altra cosa che ora avrebbe dovuto capire da sola come fare. C'era da picchiare chi proponeva le moderne materie scolastiche. A quanto pareva, non le avevano insegnato niente di utile prima del suo arrivo in quel mondo...

Osservò la serratura e quindi il punto in cui la porta incontrava il pavimento; poi di nuovo la serratura. Se al di là della porta ci fosse stato qualcuno, le avrebbero beccate subito, ma non c'era altra scelta. Si tolse la canottiera – ignorando il sussulto di sorpresa di Alessa – e spinse con cautela il tessuto sotto la porta. Sarebbe stato più facile con un giornale o una pergamena, ma doveva accontentarsi di ciò che aveva a disposizione. Dopo prese la forcina e iniziò a spingere la chiave, cercando di farla uscire dalla toppa. Ci fu un tintinnio, segno che la chiave era caduta sul tessuto; sorridendo soddisfatta, Emily ritirò la canottiera da sotto la porta assieme alla chiave.

«Geniale» disse Alessa. Il viso le si era illuminato come il sole. «Come ti è venuto in mente?».

«Ero disperata» sussurrò Emily e prese la chiave. Era fatta di ferro, non di qualche altro strano materiale. Temeva potesse esploderle una maledizione in faccia non appena l'avesse inserita nella serratura, invece non accadde nulla e la porta si aprì normalmente. Le due ragazze uscirono nel corridoio. «Fai molto piano...».

In casa dello stregone, ammesso che fosse casa sua, regnava un silenzio inquietante, era come deserta. Per quanto si sforzasse, Emily non riusciva a sentire alcun rumore. Forse lo stregone era uscito, o magari aveva lanciato degli incantesimi affinché gli ospiti non avvertissero i suoi passi. L'illuminazione era molto scarsa, quasi assente.

Emily strisciò lungo il corridoio verso un accenno di luce in lontananza. Alessa la seguì, portandosi dietro il pezzo di legno. Sembrava una principessa guerriera, con tanto di espressione risoluta che meravigliò Emily. Ma in effetti, Alessa era davvero una principessa.

Svoltarono l'angolo e si imbatterono nel più giovane dei rapitori, che urlò per la sorpresa e afferrò Emily, sbattendola al muro.

Emily provò a dargli una ginocchiata all'inguine, ma l'armatura assorbì il colpo. E mentre pensava che il sergente l'avrebbe rimproverata, Alessa diede una mazzata in testa all'uomo con la parte di sedia che si era portata appresso.

Il rapitore si accasciò violentemente a terra, gemendo dal dolore. Emily gli si inginocchiò accanto e lo spogliò di spada e pugnale.

«Uccidilo» la incitò Alessa.

Emily la fissò inorridita. Non sarebbe mai stata capace di uccidere un uomo a sangue freddo; non ancora, per lo meno. Ma Alessa aveva ragione; se quell'uomo avesse lanciato l'allarme non sarebbero più riuscite a fuggire. Emily afferrò la spada, pronta a conficcarla in testa al rapitore, ma poi la riabbassò.

«No» disse sperando di non stare commettendo un errore. «Colpiscilo di nuovo e poi scappiamo».

Alessa le lanciò un'occhiata indecifrabile e quindi colpì l'uomo una seconda volta. Dopo che smise di muoversi, lei ed Emily corsero velocemente lungo il corridoio.

«Lo stregone ci starà osservando» disse Alessa a fatica. «Di solito gli stregoni sanno cosa succede nelle proprie dimore».

Emily annuì, tenendo la spada davanti a sé come un talismano che scaccia via il male. Era consapevole che non sarebbe bastato se avessero incontrato lo stregone. C'erano libri ironici su ciò che accadeva agli spadaccini che combattevano contro gli stregoni ad armi pari. Le rare volte in cui uno spadaccino riusciva a sconfiggere uno stregone era perché in realtà si era trovato davanti un mago debole e inutile, ma nessuno lo avrebbe mai ammesso.

Nessuna magia era stata in grado di catturarle, o ucciderle, fino alla porta principale, che avrebbe potuto essere maledetta. Emily usò quindi la spada per far leva e aprirla. Non accadde nulla, così si precipitarono fuori alla luce del sole. Sembravano non molto lontane dalla città, ma era difficile a dirsi. Alessa afferrò Emily per un braccio e la trascinò sulla strada, ignorando i vestiti a brandelli e il suo aspetto decisamente sgradevole. Lei, almeno, pareva sapere dove fossero.

«Tu» disse una voce. Emily si voltò e vide un uomo con indosso un'armatura di maglia metallica scortato da tre cavalieri. «Sei la principessa che si è persa?».

Alessa si tirò su più che poté. «Sono la principessa di Zagaria» li informò con un tono che non lasciava alcun dubbio sul fatto che non stesse mentendo. «E siamo sfuggite ai sequestratori che ci hanno rapito in città. Mio padre ne sarà messo al corrente».

«Devo scortarvi al municipio» disse la guardia. Emily si domandò se avesse detto davvero municipio o se quella fosse la parola più prossima all'originale che l'incantesimo di traduzione riuscisse a trovare. «I Padri della Città erano molto preoccupati».

«Vi consiglio di arrestare i banditi che si trovano in quell'edificio» aggiunse Emily prima che le portassero via. Senza dubbio i Padri della Città avrebbero tirato un sospiro di sollievo nel vedere Alessa sana e salva, ma i rapitori sarebbero rimasti vivi e liberi di agire. «Potrebbero tentare la fuga».

«Stanno arrivando i rinforzi» disse la guardia. La sua voce era incredibilmente sicura, mista a una paura che Emily non capiva del tutto. Forse era perché qualcuno avrebbe dovuto pagare per quell'errore. «I banditi non scapperanno».

Capitolo XXVIII

I Padri della Città non erano gli unici ad aspettarle. Al municipio c'era anche la maestra Irina, che aveva logorato il tappeto camminando su e giù in attesa di notizie delle due ragazze scomparse. Dai commenti che Emily aveva sentito mentre lei e Alessa venivano scortate, la maestra Irina era ospite sgradita, probabilmente perché prendeva sul serio le proprie responsabilità. Che Dio aiutasse chiunque si metteva sulla sua strada!

Il municipio era un enorme edificio che ricordava il Senato Romano. Decine di uomini correvano qua e là portando lettere e pacchi da una stanza all'altra, mentre un gruppo di anziani ne controllava ogni movimento. Non c'erano donne, a parte la maestra Irina. A giudicare dagli sguardi rivolti alle due ragazze non appena misero piede nell'immobile, era probabile che lì le donne non fossero solitamente ammesse. Come tante altre cose di quello strano, nuovo mondo, anche il municipio era sorprendentemente primitivo… e barbaro.

«Grazie al cielo» disse la maestra Irina quando Emily e Alessa arrivarono nella piccola anticamera. «Ho temuto il peggio quando la vostra amica mi ha detto che eravate sparite».

Le due si scambiarono delle occhiate.

«Ho dovuto far rientrare il resto del gruppo sotto scorta. Ora ditemi, cosa vi è successo?» I suoi occhi si adombrarono. «E se è stato uno scherzo…».

«No» rispose Alessa con voce flebile. Era come se stesse elaborando il trauma dopo lo scampato pericolo. «Maestra, siamo state rapite».

La donna guardò verso la porta aperta e lanciò un'occhiataccia a uno dei giovanotti. «Prendi della Kava, svelto, o ti trasformo nel maiale che sei» urlò. Si voltò di nuovo verso Alessa e il ragazzo se la diede a gambe. «Inizia dal principio e dimmi com'è andata».

Mentre Alessa raccontava l'accaduto, da quando erano state stordite fino all'incontro con la guardia cittadina, Emily ne approfittò per riprendersi. Col senno di poi, non riusciva a capire perché non le avessero sorvegliate con maggiore attenzione o drogate fino al momento del trasferimento in una prigione meno provvisoria.

Alessa valeva l'equivalente del suo peso in oro, ma Emily... chi non avrebbe voluto mettere le mani su una Figlia del Destino?

Void le aveva detto che la cosa sarebbe potuta tornare utile, omettendo però che avrebbe anche potuto rivelarsi una calamita per criminali, rapitori e assassini.

Le sue labbra si contrassero. Probabilmente Void se lo sentiva, ma non l'aveva detto.

«Capisco» disse la maestra Irina, dopo che Alessa ebbe finito di parlare. «Emily, vorresti aggiungere qualcosa?».

Il ragazzo era tornato con una caraffa di Kava e tre coppe dorate. Iniziò a versare la bevanda, lentamente, nella speranza di carpire qualche dettaglio della storia prima di tutti. Non appena ebbe terminato di servirle, la maestra Irina gli ringhiò con impazienza di lasciare la stanza. Lui si ritirò con la massima dignità possibile.

«Direi di no» rispose Emily. La Kava aveva un sapore strano, amplificato da quel sentore di erbe che continuava a foderarle la bocca. «Alessa ha stordito uno dei rapitori con una mazza di legno».

«Buon per te» disse la maestra Irina ad Alessa. La principessa aveva sorvolato su quel particolare della vicenda. «Ora immagino che i Padri della Città vogliano vedervi...».

Alessa le afferrò un braccio. «I miei genitori lo sanno?».

«Credo che i Padri abbiano mandato loro un messaggio urgente». I suoi occhi scuri contenevano un pizzico di affetto. «Sono stati veloci a evitare che la colpa ricadesse su di loro».

«Invece è colpa loro» disse Alessa con uno sguardo di fuoco. «Mi avevano assicurato che la Tana del Drago era un posto sicuro!».

«I rapitori avrebbero dovuto sapere che Whitehall non vi avrebbe mai lasciate sparire come se niente fosse. Avremmo potuto chiamare un centinaio di stregoni combattenti e far perquisire la città da un capo all'altro. Non capisco come pensassero di farvi uscire senza essere notati».

Emily si accigliò. «Un portale? O il teletrasporto?».

«Forse, ma le guardie avrebbero reso la cosa difficile. La creazione di un portale non registrato è un crimine quasi ovunque e difficilmente sarebbe passato inosservato. Il modo più semplice sarebbe stato portandovi su un carro, ma la guardia cittadina aveva già chiuso i cancelli e avrebbe perquisito tutto».

L'insegnante scosse la testa. «Forse erano solo degli stupidi banditi. Ma se erano dei maghi, avranno vita breve».

La maestra Irina si diresse alla porta, lasciando un breve messaggio a un altro ragazzo prima di uscire.

Emily si mise a riflettere. Erano fuggite con troppa facilità… cosa significava?

Che i rapitori avevano pensato che privarle della magia sarebbe bastato a impedire la fuga? Oppure che il piano era proprio di farle scappare? Forse il rapimento era stato orchestrato per far capire ai genitori di Alessa che la loro figlia era vulnerabile, facilmente minacciabile. Ma tutto ciò li avrebbe allertati, facendogli alzare la guardia.

Emily sentì la testa girare mentre provava ad analizzare la faccenda da ogni prospettiva. Se quanto le aveva detto Alessa era vero, c'erano volte in cui alla Corte Reale la gente non osava nemmeno grattarsi il naso per paura che il gesto venisse interpretato come un segnale per dare il via ad azioni violente.

«Seguitemi» disse la maestra Irina. «E tenete le mani a posto. È già stato abbastanza difficile convincerli a lasciarvi entrare nell'edificio».

Imboccarono una lunga rampa di scale in pietra e si trovarono in un corridoio che conduceva a due porte in marmo con a guardia due uomini in armatura lucente armati di spade. Uno di loro insistette per prendere la spada che Emily aveva sottratto al bandito, l'altro prese il pugnale e fece scorrere una bacchetta sulle due ragazze.

Emily immaginò fosse una sorta di metal detector; la guardia fece segno al collega di aprire la porta. Erano state giudicate innocue.

All'interno, i nove Padri della Città della Tana del Drago le squadrarono con vari livelli di disapprovazione. Ovviamente erano tutti uomini e tutti abbastanza anziani da poter essere i nonni di Emily. L'apparenza in quel mondo poteva ingannare: le persone che lavoravano sodo dimostravano settant'anni quando in realtà ne avevano trenta, mentre chi era sufficientemente ricco da comprare incantesimi di ringiovanimento poteva tranquillamente averne più di cento.

I nove Padri indossavano camicia e pantaloni neri, e al collo un medaglione d'oro. Era impossibile sfuggire alla sensazione che fossero ben consapevoli della propria importanza.

In fondo alla stanza, Emily vide la guardia incontrata non appena uscite dalla casa dello stregone. La studiò, cercando di capire se la sua presenza lì fuori fosse stata solo una coincidenza o se qualcuno avesse organizzato il tutto. Ma nessuna delle sue teorie sul perché qualcuno si sarebbe preso la briga di perdere tempo con una trama così assurda aveva senso.

Magari qualcuno voleva mettere in imbarazzo i Padri della Città; era un'ipotesi come un'altra.

«Fai rapporto» disse uno dei Padri alla guardia. «Dobbiamo sapere cos'è successo».

«Abbiamo raggiunto l'edificio in cui era prigioniera la principessa» rispose la guardia. Emily non venne menzionata e per lei fu sia un sollievo che un'offesa: non era nessuno in un mondo di nobili e aristocratici? «Abbiamo trovato i corpi di Bruno e Ambrose, padre e figlio. Sono truffatori, teppisti, rapitori e tagliagole. Sono stati entrambi uccisi dalla magia».

La maestra Irina fece un passo avanti. «Come sapete che è stata la magia a ucciderli?».

«In questa stanza lei non può fare domande» disse subito uno dei Padri. «Può sottoporle a noi e...».

«Non dire sciocchezze» lo interruppe un altro dei Padri. «La signora parla a nome di Whitehall».

«E l'erede di Zagaria è stata rapita nella nostra città» continuò con voce tremolante uno dei Padri più anziani. «Non vogliamo fare ostruzionismo».

«Noi non lecchiamo i piedi ai reali» obiettò un altro dei nove Padri. «Diamo molto valore alla nostra indipendenza».

«Che potrebbe finire, se quanto successo porterà a una guerra» disse la maestra Irina, dando un taglio a quel chiacchiericcio con la sua voce fredda. «Guardia reale, lei come fa a sapere che i banditi sono stati uccisi dalla magia?».

«I loro cuori erano esplosi nel petto» rispose l'uomo. «Siamo stati abbastanza fortunati da riuscire a condurre sul luogo uno stregone forense prima che svanissero le vibrazioni, e lui ha confermato che quella era opera di un mago oscuro. L'unico la cui posizione attuale non può essere confermata è lo Stregone Malefico».

I Padri della Città si scambiarono degli sguardi. «Il mago oscuro non si abbasserebbe a tanto» disse uno di loro. «Credo che lui sia un vero figlio della città».

«Chiedo scusa,» intervenne la guardia reale «ma vorrei far notare che Malefico farebbe di tutto per denaro».

Emily diede un colpetto alla maestra Irina. «Chi è Malefico?».

«Un praticante mago che afferma di essere uno stregone a pieno titolo ogni volta che ne ha l'occasione. Ho già visto cosa può fare: mariti maledetti dalle mogli, mogli rese obbedienti con incantesimi, operai convinti a lavorare per nulla… Come ha detto la guardia reale, Malefico farebbe di tutto per una moneta d'oro. Ma dovrebbe essere abbastanza accorto da non sfidare il Gran Maestro, per non parlare del tuo patrono».

«E della mia famiglia» aggiunse Alessa. «Manderanno i loro uomini a cercarlo».

«Farebbero meglio a mandare degli stregoni combattenti» disse con fermezza la maestra Irina. «Anche il più scarso dei maghi deve preso sul serio. Avvisali, prima che mandino a morire un piccolo esercito».

«Stiamo dando la caccia a Malefico» continuò la guardia reale, ignorando quella interruzione. «Comunque, non abbiamo idea di dove si sia potuto nascondere».

«Potrebbe aver lasciato la città» suggerì uno dei Padri. Si guardò attorno, soffermandosi infine sulla maestra Irina. «Possiamo dichiarare chiusa la questione, no?».

«No» rispose lei. «Due mie studentesse sono state rapite, anche se per poco tempo, nella vostra città. Una di loro è una principessa reale che avrebbe potuto iniziare una guerra tra la Tana del Drago e il regno di Zagaria, con quest'ultimo a supporto di Whitehall. Ci aspettiamo la vostra completa collaborazione nel rintracciare i criminali e consegnarceli affinché giustizia sia fatta».

«I cittadini di una città libera non possono essere consegnati a nessuno» obiettò uno dei Padri. «Va contro i nostri principi più elementari».

«Vi consiglio quindi di valutare se i vostri principi valgano più di una guerra persa in partenza» disse la maestra Irina in tono tagliente. «Volete davvero spingervi oltre?».

Seguì un silenzio lungo e imbarazzante. «Quando li troveremo verranno processati» rispose uno dei Padri dopo un istante. «E se giudicati colpevoli, ve li consegneremo. Non possiamo consegnare nessuno senza prima confermarne la colpevolezza. Non abbiamo prove che sia stato davvero Malefico a fornire l'occorrente per la cattura e la prigionia delle ragazze».

«C'era sicuramente qualcuno dietro ai due criminali» disse la guardia reale. «Né Bruno né Ambrose erano famosi per la loro intelligenza. Qualcuno – che sia Malefico o un altro stregone – ha retto le fila. C'è un limite entro cui possiamo fare pressione sugli stregoni in questa città» aggiunse. «Forse Whitehall potrebbe offrirsi di dare una mano, se necessario».

Emily esitò e poi prese la parola: «Avete detto di avere dei maghi al vostro servizio. Non potreste… non potreste fare qualcosa, ad esempio invocare i fantasmi dei due criminali e interrogarli?».

Ci fu un boato. La maestra Irina diventò nera in volto e fu sul punto di schiaffeggiare la ragazza, ma dopo ci ripensò. I Padri della Città parlavano concitati, come se la proposta di Emily fosse orripilante, quasi al limite della negromanzia. Persino Alessa sembrava scioccata, ma al tempo stesso anche un po' divertita.

Emily aveva commesso un errore così banale da rendersene conto solo quando ormai era troppo tardi.

«Come osa portare in questa stanza una come lei?» disse uno dei Padri della Città. «La faccia uscire e le dia una punizione e…».

«Sarà fatto» lo interruppe la maestra Irina con un tono che non ammetteva repliche. «Questa giovane viene da un paese lontano e non sa di cosa parla. Me ne occuperò una volta rientrate a Whitehall».

Il suo sguardo perlustrò la stanza. «Ci aspettiamo che ci teniate aggiornati sull'evolversi della vicenda» disse, rivolgendosi al più anziano dei nove. «Se aveste bisogno del nostro aiuto, non esitate a chiedere. Farò in modo che lo riceviate immediatamente».

Annuì una sola volta. «Emily, Alessa, andiamo. Dobbiamo tornare a Whitehall».

Recuperarono le proprie armi e si diressero alla porta. Le due giovani guardie le fissarono nuovamente al loro passaggio. Emily notò che stranamente la cosa non la preoccupava più.

La maestra Irina guardò la spada di Emily e le suggerì di mostrarla ai sergenti, chiedendo loro se fosse il caso di tenerla. Il proprietario era ormai morto e non c'era motivo di lasciarla in quella città, dove chiunque avrebbe potuto usarla. Non disse nient'altro fino a quando non furono sulla carrozza per Whitehall.

«Avresti dovuto tenere la bocca chiusa» disse con calma la maestra Irina.

Emily arrossì.

«Chi traffica con i morti fa una brutta fine» proseguì la donna. «Persino i negromanti più folli ci penserebbero due volte prima di provare a penetrare il velo che separa il mondo dei vivi da quello dei defunti. La tua proposta... Se avessi messo in dubbio la loro credibilità o la condotta delle loro madri, avresti ottenuto una risposta meno sgradevole».

«Avresti potuto profanare un tempio e venire fustigata di meno» aggiunse Alessa. La principessa sorrise, ma nella sua voce non c'era alcuna malizia. Sembrava che quell'esperienza l'avesse cambiata in meglio. «Mi sorprende che non abbiano insistito affinché venissi punita all'istante per la tua leggerezza. È una delle proposte peggiori che potessi fare».

Emily abbassò lo sguardo per la vergogna. Avrebbe dovuto riflettere e l'essere stanca, dolorante e privata dei suoi poteri non era una buona scusa. In nessuno dei libri che aveva letto si parlava in dettaglio di una forma di magia che consentisse la comunicazione con i morti, ma tutti mettevano in guardia sul fatto che simili incantesimi erano considerati tabù. Lei, però, aveva preso poco sul serio quell'avvertimento.

«Sono sempre molto attenti con gli studenti di Whitehall» disse la maestra Irina con fare assente, ma la sua voce celava una strana freddezza. «Mandiamo i nostri studenti alla Tana del Drago da anni e questo è il primo rapimento in assoluto. Di solito i problemi consistono nei ragazzi che fanno scherzi ai cittadini o che si accorgono solo troppo tardi di non avere soldi a sufficienza per pagare il cibo già consumato».

«Non è stata colpa sua» ribatté Emily.

«Dirò ai miei genitori che lei non c'entra» aggiunse Alessa. Poi sussultò, come se avesse appena realizzato qualcosa di sgradevole. «Vorranno parlarne con me, vero?».

«Certo» rispose la maestra con un tono delicato, ma in qualche modo strano. «E potrai dire loro quel che ti pare. Non credo farebbe alcuna differenza».

Emily annuì tristemente e guardò fuori dal finestrino il cielo che diveniva sempre più scuro. Sembrava minacciare pioggia. Mentre i nuvoloni avanzavano verso la città, degli strani scintillii di luce multicolore presero a danzare in alto nel cielo, mentre i fulmini scaricavano mana. Era certa che i contadini nei campi stessero già mettendo al riparo gli animali in previsione del temporale. Nell'avvicinarsi alle montagne, Emily si domandò se la carrozza fosse sicura, ma poi realizzò che la maestra Irina aveva altri problemi a cui pensare.

L'accaduto avrebbe potuto costarle il posto di lavoro.

Nel suo vecchio mondo c'era sempre qualcuno a cui dare la colpa. Gli incidenti potevano capitare, ma era nella natura umana il dover cercare un capro espiatorio, e c'erano sempre gli avvocati a fare soldi sulle disgrazie altrui. Insegnanti, autisti, contadini… qualcuno sarebbe stato scelto per svolgere il ruolo del cattivo e perseguitato fino a privarlo di ogni cosa in suo possesso. La circostanza che Whitehall avesse fatto tutto il possibile per garantire la sicurezza si sarebbe persa nell'atmosfera generale di caccia alle streghe creata dagli avvocati. Emily ricordava ancora tutte le piccole regole e norme create da chi cercava disperatamente di evitare una causa legale, regole che non avevano mai avuto molto senso. E in nessuna delle scuole in cui era stata c'erano dei membri della famiglia reale.

Distolse lo sguardo mentre un tuono crepitava nel cielo scuro, seguito da un'improvvisa pioggia che aumentò rapidamente fino a diventare un diluvio. I lampi illuminavano le vette lontane mentre la pioggia si faceva sempre più fitta e la carrozza iniziava a scivolare e slittare sulla strada fangosa. Emily si fece forza e guardò fuori: un piccolo ruscello scendeva dalle montagne più alte e scorreva sotto le ruote della carrozza. L'acqua trascinava con sé alcuni piccoli animali, minuscoli roditori simili a criceti. Emily non sapeva davvero cosa fossero; un debole squittio li seguiva per lunghi istanti dopo che svanivano nell'oscurità e nella nebbia crescenti.

Il viaggio sembrò durare ore; poi, infine, la carrozza si fermò davanti a Whitehall. «Andate in infermeria» disse la maestra Irina prima di aprire lo sportello e uscire sotto la pioggia. Non c'era nessun incantesimo a ripararle mentre si dirigevano verso la scuola. «Sarà l'edificio stesso a indicarvi la strada».

Emily la guardò, con i capelli e la toga zuppi di pioggia. «A lei cosa accadrà?».

«Non lo so» rispose la maestra. Nella sua voce c'era un'amara rassegnazione che colpì Emily al cuore. Non era stata certo lei a chiedere di essere rapita, ma cosa importava? «Sarà il Gran Maestro a decidere la mia sorte».

Capitolo XXIX

«Speravo di non doverti vedere mai più» disse ad Alessa una donna di mezza età e con i capelli prematuramente grigi. «E questa chi sarebbe?».

«Emily» rispose con fermezza Emily. Era troppo preoccupata per la maestra Irina per stare a pensare alle buone maniere. «Lei, invece, chi sarebbe?».

La donna sorrise. «Sono Kyla, la guaritrice di Whitehall». Puntò un dito affusolato verso due porte. «Prendete ciascuna una porta ed entrate. Quando la porta sarà chiusa spogliatevi dei vostri indumenti e sdraiatevi sul letto. Qualunque cosa vi abbia dato quel produttore di pozioni da quattro soldi puzza abbastanza da appestare l'intero reparto».

Emily esitò un po', ma alla fine obbedì. Nella stanza entravano appena un letto, qualche oggetto magico dall'uso ignoto e una luce che pendeva dall'alto soffitto. Non si era mai trovata a suo agio a doversi spogliare per le visite mediche, ma con i vestiti intrisi di una pozione sconosciuta non aveva altra scelta. Si sdraiò nuda sul letto e prese a fissare il soffitto. Non se n'era resa subito conto, ma in quella luce di un bianco perlaceo c'era qualcosa di confortante.

La porta si aprì ed Emily sobbalzò, tentando di coprirsi il più possibile con le mani. Kyla sorrise e chiuse la porta; poi aprì la borsa che aveva con sé e ne estrasse una bacchetta metallica, che passò sul corpo della ragazza. Delle strane luci presero a scintillare per lunghi istanti, per poi svanire nel nulla.

A Emily quelle luci non dicevano niente, ma era chiaro che avessero un significato per la guaritrice.

«Senza dubbio, qualcuno vi ha somministrato una pozione difettosa. Quello sciocco è stato piuttosto fortunato, la pozione ha funzionato abbastanza bene. Qualche goccia in più di estratto d'ebano e vi avrebbe ucciso entrambe».

Emily sussultò. «Può... può rimuoverla?».

«La maggior parte è già stata consumata dal mana e sta per uscire dal corpo. Credo che una semplice pozione purificante velocizzerebbe il processo, ma prima di darti qualcosa preferirei che il professor Thande analizzasse le macchie sulla toga. Una pozione difettosa potrebbe reagire in modo strano alle normali cure».

Scrollò le spalle mentre teneva la bacchetta sopra la testa di Emily. «Sai di avere un taglio qui, sulla guancia?».

«No» rispose lei, e si toccò il viso. Lo stregone, Malefico, l'aveva schiaffeggiata. «È infetto?».

Kyla la osservò con attenzione. «Dovrebbe essere a posto» disse un attimo dopo. «Lo stesso vale per i colpi e i graffi su mani e polsi. Ti sei ferita nel tentare la fuga. Consiglio un paio di giorni di riposo prima di tornare ai tuoi studi».

Emily si guardò le mani e trasalì. Era così sollevata per essersi liberata da non accorgersi del dolore o dei segni sulle braccia. Kyla le diede una piccola zucca contenente un unguento e le disse di passarlo sulle braccia. La maggior parte delle ferite svanì nel nulla, e sperava che i restanti segni sparissero altrettanto velocemente.

«Farò del mio meglio» promise Emily. Doveva parlare con il Gran Maestro e forse anche con Void. «Io...».

«Rimarrai qui finché non ti dirò di andare» la interruppe Kyla. «Ho visto tanti giovani maghi farsi molto male perché pensavano di essere guariti, quando invece il peggio era appena iniziato. Ti sembrerà che la magia ti faccia sentire meglio, ma non è niente più che un'illusione».

Emily aprì la bocca per protestare, mentre Kyla le passava nuovamente la bacchetta sul corpo. «Non sei di qui» disse Kyla dopo un po'. «Ci sono tracce interessanti nel tuo sangue... un giorno vorrei studiarlo per capire se può essere utilizzato. E qualcuno ti ha fatto un incantesimo per rafforzare il tuo sistema contro malattie e infortuni. Ottima precauzione, direi».

«Oh» esclamò Emily. Era troppo stanca per curarsene, benché ne conoscesse l'importanza. «Cos'altro dovrei aspettarmi quando la pozione svanirà?».

«Rimani nei paraggi di un gabinetto» la avvisò Kyla. «E quando sentirai la magia tornare in te, resisti all'impulso di usarla finché non ti darò il permesso. Sei in una condizione delicata».

Passò alla ragazza un'ampia sottoveste – per Emily era un camice da ospedale – e la osservò indossarla in automatico. «Ti assegnerò un letto nel dormitorio. Sarai vicino alla tua amica e vi manderemo dei libri dalla biblioteca, ma non lasciare la stanza senza il mio permesso. Se necessario, posso usare degli incantesimi per bloccarti a letto».

Emily si alzò e la stanza prese a girare. «Non me ne andrò» disse mentre la guaritrice la prendeva per un braccio per condurla verso un'altra porta che dava su una camera più ampia. Il letto era piccolo e semplice, ma in quel momento non le serviva altro. «Dovrei mangiare».

«Sdraiati» disse Kyla. «Ti manderò qualcosa dopo aver visitato la tua amica».

Emily chiuse gli occhi.

Quando li riaprì, la luce entrava da una finestra laterale e accanto a lei c'era seduto il Gran Maestro, intento a sfogliare un antico libro in pergamena che doveva aver preso in biblioteca. Emily trovò stranamente lusinghiero che il capo della scuola fosse così interessato a lei, anche se probabilmente lo era più ad Alessa.

L'uomo sollevò lo sguardo e i loro occhi si incontrarono; poi poggiò il libro sul tavolo e si piegò in avanti.

«Ho saputo della Tana del Drago. Non sono riusciti a localizzare lo Stregone Malefico».

«Capisco» rispose Emily con voce rauca. Il sapore in bocca era migliorato rispetto al giorno prima, ma era ancora tutt'altro che normale. Il Gran Maestro le passò un bicchiere d'acqua che lei bevve con gratitudine. «Cos'è successo alla maestra Irina?».

Il Gran Maestro le lanciò un'occhiata tagliente. «La principessa si è premurata di spiegare ai suoi genitori che la maestra Irina non è responsabile dell'accaduto». Annuì rivolto al secondo letto, dal quale penzolavano le bionde trecce di Alessa. «Non l'avrei ritenuta la sola responsabile in ogni caso. Non abbiamo motivo di credere che qualcuno sia tanto stupido da rapire uno dei nostri ragazzi».

Emily finì l'acqua e si guardò attorno, sperando di vedere una caraffa.

Il Gran Maestro schioccò le dita e il bicchiere si riempì da solo.

«È stata ammonita severamente, ma ritengo non ci sia bisogno d'altro» aggiunse l'uomo. «Sono il capo di Whitehall. La mia opinione è suprema».

La guardò pensieroso. «La domanda da porsi è semplice. Chi di voi due era il vero obiettivo?».

«Non lo so» rispose Emily. Tentennò un po' prima di esternare un pensiero che la assillava fin dal suo rapimento. «Malefico è un negromante?».

«Molto poco probabile. Se così fosse, il livello del suo potere avrebbe allertato qualsiasi altro negromante nelle vicinanze. Inoltre, un negromante avrebbe perso la pazienza un paio di volte, dovendo avere a che fare con gente stupida. Ma senza dubbio è un mago oscuro».

I suoi occhi si fecero più sottili. «E i maghi stupidi hanno vita breve; ciò che ha fatto a voi è davvero stupido. A meno che non ci fosse in ballo qualcos'altro che ci è sfuggito».

Emily lo ascoltò. Sembrava sorprendentemente prolisso, ma mentre continuava a parlare, si rese conto che stava tentando di rassicurarla. Un mago oscuro non era certo una bella notizia, ma un negromante sarebbe stato peggio.

«Il rischio, per Malefico, era nettamente superiore al guadagno» disse il Gran Maestro. «Avrebbe dovuto sapere che Whitehall vi avrebbe cercato e che non avrebbe potuto competere con uno stregone combattente. Inoltre, i genitori di Alessa avrebbero messo a ferro e fuoco la città pur di trovare la loro figlia. Il folle piano prevedeva il rapimento delle due ragazzine la cui assenza avrebbe innescato una reazione molto forte, quindi perché provarci? Cosa gli ha fatto credere di potervi rapire e farla franca?».

«Fuggire è stato troppo facile» disse Emily poco dopo. «Forse non dovevamo rimanere prigioniere a lungo».

«Questa cosa genera ulteriori problematiche» le fece notare il Gran Maestro. «Voleva mettere in imbarazzo i Padri della Città, o magari allertare i genitori di Alessa, o addirittura provocare una risposta del tuo patrono? O forse c'è dell'altro che al momento ci sfugge».

Emily aggrottò le sopracciglia. «Magari eravamo un diversivo» disse cautamente. «È successo dell'altro mentre venivamo rapite?».

«Ipotesi interessante» commentò il Gran Maestro. «Per quanto ne sappiamo non è accaduto niente, ma quando ci sono di mezzo i negromanti non si può mai sapere».

«Mi gira la testa» lamentò Emily. «Adesso cosa succederà?».

Il Gran Maestro si strinse nelle spalle. «Dovremo ricontrollare le precauzioni di sicurezza per i viaggi fuori da Whitehall. Temo bisognerà fare qualcosa per renderli più sicuri, o quanto meno restringere il numero di ragazzi che possono parteciparvi».

Scosse la testa. «La cosa migliore che possiate fare è imparare il più rapidamente possibile. Ci sono nemici là fuori, alcuni dei quali abbastanza folli da credere di poter violare queste mura… o abbastanza disperati da ignorare le probabilità di riuscita. Gente che non avete mai incontrato sta discutendo se uccidervi o meno. Vi consiglio di studiare più duramente. La politica sta gettando una lunga ombra su tutta questa faccenda».

Il Gran Maestro prese il libro e si voltò per andarsene, ma ebbe un attimo di esitazione. «Ti ho autorizzato a leggere dei libri dell'Archivio Nero. Sarebbe meglio se non ne facessi parola con nessuno. Il bibliotecario ha la lista e te li preparerà su richiesta».

Emily lo fissò perplessa. Che storia era quella?

Richiuse gli occhi e cadde in un sonno profondo e privo di sogni. Fu poi Kyla a svegliarla; aveva con sé un paio di pozioni e ne diede una ciascuna. Sentendosi un po' ridicola, Emily si portò la zucca alle labbra e ne bevve il contenuto. Avvertì quel liquido chiaro pulirla all'interno, lavando via i residui della pozione che l'aveva privata della magia.

Emily si sentiva vitale e piena di potere. Il suo corpo crepitava di magia, ricordandole quanto si fosse sentita impotente senza di essa. Ma chissà chi avrebbe tentato di rapirla nuovamente, costringendola a bere di nuovo una pozione?

«Non dovresti ancora usare la magia» le ricordò Kyla. «Ci vorranno un giorno o due prima che tu possa tornare regolarmente a lezione».

Alessa fissò Emily, che annuì di rimando. «Grazie» disse Alessa. «Cosa possiamo fare qui?»

«Vi consiglio di stare a letto, leggere libri e mangiare dolciumi» disse Kyla. Lasciò una scatola sul letto di Emily. «Al momento avete entrambe poca energia. Mangiate questi dolcetti ogni volta che avete sete o fame. Se volete dare al bibliotecario una lista di libri, sono sicura che ve li farà recapitare. Posso anche darvi dei giochi da tavolo se vi va di fare qualcosa di più attivo».

Emily si incupì. La biblioteca di Whitehall era molto più interessante di quelle a cui era abituata, ma anche molto antiquata. Non c'erano cataloghi informatizzati né sistemi automatici in grado di consigliare letture su uno stesso argomento. C'era solo il bibliotecario, che non poteva o non voleva andare in infermeria. Improvvisamente ricordò che in camera aveva dei libri che non avrebbe restituito in tempo. Non aveva idea di quale fosse la punizione per non restituire i libri prima della scadenza del prestito, ma dubitava che sarebbe stata piacevole. Forse avrebbe potuto chiedere alla compagna di stanza di riconsegnarli... No, non era possibile. Li aveva nascosti nell'armadietto e protetti con un incantesimo che aveva letto in uno dei libri.

«Rimanete a letto» disse Kyla andando via. «Tra un'ora circa vi manderò da mangiare. Per allora avrete sicuramente fame».

Le due ragazze erano rimaste da sole. «Mi hai salvato la vita» disse Alessa senza alcuna inflessione. Pur avendo dormito, Alessa sembrava ancora troppo stordita per riuscire a riflettere bene su ciò che era successo. «I miei vorrebbero ringraziarti personalmente».

Emily arrossì. «Ho salvato anche me stessa. Non so chi delle due fosse il vero obiettivo».

«Forse era un piano negromantico e ci volevano entrambe» rispose Alessa. «Non conosco nessun altro in grado di escogitare un piano simile, con tutti e due gli obiettivi nello stesso posto e la pretesa che vada a buon fine».

«Può essere» commentò Emily. Provò a sedersi, ma fu colta dalle vertigini e si rimise giù. «Ma se tu non avessi colpito quel bandito fino quasi a ucciderlo, saremmo entrambe ancora prigioniere».

«Vero» concordò Alessa. Un sorriso le illuminò il volto. «Credo di averti salvato anch'io la vita».

Emily si mise a ridere, pur continuando a chiedersi cosa fosse realmente successo. Se l'attacco era diretto a lei... Era possibile che fosse opera di Void? Forse aveva pensato che potesse essere un test o una dura lezione sulla vita al di fuori delle mura di Whitehall. Magari aveva istruito la guardia cittadina a salvarle dopo la fuga, licenziando lo stregone una volta compiuta la sua parte...

...Oppure Shadye si aspettava che Malefico facesse di meglio, senza preoccuparsi di seguirlo da vicino...

Scosse la testa con rabbia. «Credo di sì» concordò scacciando via quei pensieri. «Penso che dovresti imparare il più alla svelta possibile».

«Mio padre ha detto la stessa cosa» ammise Alessa triste. «Non era per niente contento dei miei progressi, fino al tuo arrivo in questa scuola».

Emily la studiò, domandandosi cosa significassero quelle parole. Suo padre, il re, voleva che la figlia diventasse una maga o una persona migliore? Ma una persona gentile avrebbe mai potuto tenersi stretto il trono?

«Ha detto che dovrei continuare a studiare con te» aggiunse Alessa un attimo dopo. «E che si aspetta che passi l'esame di incantesimi base».

«Credo si aspettino che lo passi pure io». Emily riuscì a mettersi seduta e iniziò ad armeggiare con il mobile che aveva accanto al letto. Al suo interno c'erano un tabellone da Incorona il re e un gioco simile a Scale e serpenti, che però aveva dei cerchi anziché dei quadrati. «Quando sarà l'esame, di preciso?»

«Quando il professor Lombardi ci reputerà pronte» rispose Alessa, poi abbassò la voce: «Ho dovuto confessare a mio padre di aver copiato agli scorsi esami. Non ne è stato molto felice».

«Un re non può permettersi di prendere in giro sé stesso, o sarà incapace di governare» disse Emily. Ai suoi genitori probabilmente non sarebbe importato se avesse copiato o meno; avrebbe comunque proseguito con gli studi. Ma lì… lì voleva farcela a ogni costo. «Cos'ha detto?».

«Che se non fossi riuscita a passare l'esame nonostante l'aiuto di una Figlia del Destino, avrebbe dovuto iniziare a cercare opzioni alternative. E se… se lasciasse mia madre per un'altra donna che potrebbe dargli dei figli?».

Emily rimase sorpresa. Ogni volta che le sembrava di essersi abituata a quel mondo così diverso, accadeva qualcosa di sconvolgente. «Credo tu possa evitare tutto questo lavorando sodo e imparando il più possibile. Ti aiuterò io». Ma Maria non fu risparmiata quando Enrico VIII voleva un figlio maschio. E il bambino non visse abbastanza per lasciare un'impronta significativa nella storia. Emily esitò. «E tu mi insegnerai più cose di questo mondo» aggiunse. «Non saprei come comportarmi se dovessi incontrare i tuoi genitori».

«Odio quelle lezioni di etichetta» disse Alessa facendo una smorfia. «Lo sapevi che la differenza tra accettazione e disgrazia sociale può essere misurata dal tipo di posate che usi o da dove metti il bicchiere dopo aver bevuto un sorso di vino? Per non parlare dei principi di altri paesi – tutti secondogeniti – che continuano a portarti animali selvatici perché hanno sentito che ami cacciare».

All'improvviso sorrise. «Ma tu sei una Figlia del Destino. Si aspettano che tu sia un po' strana. E poi si aggrapperanno a ogni tua parola, pensando che cambierà il mondo».

Emily alzò gli occhi al cielo. «Capisco cosa intendi» disse, mentre la tenda si apriva. Un attimo dopo, Imaiqah infilò la testa nella stanza e sorrise all'amica. «Ehi!

«Ero così preoccupata» disse e lasciò che la tenda le si chiudesse alle spalle. «Pensavo… ho temuto il peggio».

«Ho detto ai miei genitori che sei stata d'aiuto nel salvarmi la vita» disse Alessa in tono serio. Le altre due la fissarono. «Credo concorderanno sul fatto che meriti un riconoscimento».

«Sii soltanto gentile» disse Emily. Fece cenno a Imaiqah di avvicinare un tavolino, di modo che potessero allestire il gioco da tavolo. «Potete imparare molto l'una dall'altra».

«Il sergente Harkin ha detto che vi manderà dei libri» disse Imaiqah mentre prendeva posto. «Ha detto che così stare a letto non sarà una perdita di tempo».

«È… carino da parte sua» commentò Emily. In prevalenza i libri sulla lista di magia marziale presupponevano che il lettore avesse nozione degli affari militari. Emily dovette ammettere che alcune informazioni non avevano assolutamente senso per lei. «Cos'è successo al tuo rientro a Whitehall?».

«Non hanno detto niente fino a che non siete tornate» rispose Imaiqah, poi guardò Alessa. «Giravano voci di ogni sorta».

«È sempre così» disse Alessa. Prese i dadi e fece tre punti. «Ignorali. È quello che faccio io».

Capitolo XXX

KYLA NON AVEVA permesso alle ragazze di lasciare l'ambulatorio per tre giorni, al termine dei quali Imaiqah e Alessa erano quasi diventate amiche. Emily vedeva le barriere sociali tra le due, barriere che la magia da sola non sarebbe mai riuscita ad abbattere del tutto, ma almeno ci stavano provando. Era stato d'aiuto il fatto che entrambe volessero rimanere in buoni rapporti con Emily, sebbene per ragioni diverse, e che nessuna delle amichette di Alessa fosse andata a farle visita. Comportamento che la diceva lunga sui loro veri sentimenti.

Per Emily fu un sollievo che nessuna delle ragazze si fosse fatta viva, ma tenne quel pensiero per sé, visto che Alessa era palesemente dispiaciuta. Senza di loro, Alessa avrebbe avuto la possibilità di diventare una persona migliore; inoltre, Emily non voleva che un branco di idiote ridesse di loro mentre cercavano di riprendersi da quella esperienza. Forse, un giorno, Alessa avrebbe voluto parlarne, ma per il momento non aveva detto nulla. Almeno quanto accaduto le era servito da lezione.

Era strano rilassarsi dopo tanto studio, ma non c'era altra scelta. Emily aveva ingannato il tempo giocando, leggendo i libri del sergente e buttando giù alcune idee per il padre di Imaiqah. Stare a letto le aveva anche dato il tempo di lavorare sugli elementi di base di una macchina da stampa. Sperava che qualche abile artigiano sarebbe stato capace di trasformare il progetto in qualcosa di concreto. Se in passato sulla Terra era stato possibile creare quel macchinario, sarebbe stato altrettanto possibile realizzarlo lì. La parte difficile era riuscirci senza l'ausilio della magia. Emily non sapeva esattamente come la magia interagisse con la società, ma sospettava che fosse uno dei fattori che impedivano lo sviluppo della tecnologia moderna.

C'era pure un elenco di ulteriori progetti che avrebbero potuto – o meno – rivelarsi fattibili, una volta che li avesse spiegati a chiunque fosse stato interessato. Aveva seriamente preso in considerazione l'idea di inviare un messaggio a Void per chiedere se potevano rubare alcuni libri di testo dal suo vecchio mondo, o almeno una copia di "Come funzionano le cose". C'erano così tante invenzioni che sarebbero potute tornare utili, ma non le veniva in mente altro. Sospettava che sarebbe rimasta fissa su quell'idea fin quando il padre di Imaiqah o qualcun altro non le avesse dato un problema da risolvere, dopodiché avrebbe cercato di capire come la società del suo vecchio mondo lo aveva affrontato. Negli anni aveva assimilato molto più di quanto avesse immaginato.

"Ma ci sono dei limiti" pensò mentre scendevano le scale che portavano alla sala da pranzo. "Non potrei progettare un computer senza usare la magia".

Ormai era abituata alla gente che la fissava, ma non appena entrarono nel refettorio quasi tutti si girarono a guardarle. Solo Dio sapeva quante voci erano girate sul tentativo di rapimento, o su cosa sarebbe successo se i sequestratori fossero riusciti a condurle fuori dalla città. Emily non aveva notato nulla che smentisse il suo sospetto che i rapitori le avessero catturate per poi permettere loro di scappare, fatta eccezione per il bandito più giovane che era rimasto sorpreso nel vederle e aveva cercato di impedire la fuga. Forse non si aspettava che evadessero così in fretta. O magari lo stregone aveva deliberatamente messo sotto i loro occhi la via di fuga, uccidendo poi i suoi compari.

Gli sguardi le seguirono mentre prendevano i piatti e quindi si dirigevano al tavolo per consumare il pasto. Mangiare qualcosa di buono era un sollievo dopo il cibo totalmente insapore dell'infermeria. Si erano comunque raccomandati di non esagerare il primo giorno. Avrebbero avuto solo due lezioni, seguite da tre ore libere che avrebbero potuto sfruttare per studiare. Alessa aveva chiesto a Emily di esercitarsi ancora con incantesimi base, ma lei voleva prima passare in biblioteca. Il Gran Maestro le aveva detto che c'erano alcuni libri da parte per lei. Almeno Kyla aveva scritto una giustificazione per i libri restituiti in ritardo.

La giornata trascorse in modo sorprendentemente veloce, una volta tornata nel regolare flusso delle lezioni e recuperato ciò che si era persa. A incantesimi base non erano andati molto avanti, ma il professor Thande l'aveva informata che le avrebbe assegnato dei compiti extra per il weekend. Doveva imparare alcune pozioni che aveva perso mentre si trovava in infermeria. Emily dovette reprimere la tentazione di far notare che non era stata sua l'idea di essere rapita, o di passare tre inutili giorni a letto. Sembrava che a Whitehall preferissero la pratica alla teoria.

Erano quasi le cinque del pomeriggio quando riuscì finalmente ad andare in biblioteca.

Un altro bibliotecario era di turno, una donna alta e distinta, i cui lunghi capelli castani sfioravano quasi il pavimento. «Il Gran Maestro ti ha autorizzato ad accedere a una selezione di libri dell'Archivio Nero» disse, prima ancora che Emily potesse aprir bocca. L'aveva riconosciuta dalla sala da pranzo. «Sai come funzionano le sale lettura?».

Emily fece segno di no col capo.

La nuova addetta la condusse a una porta nascosta tra i settori, al di là della quale c'era una stanzetta dotata solo di scrivania e sedia. «I libri te li diamo noi» spiegò. «Non ti è consentito portarli fuori dalla stanza, copiarne il contenuto o invitare qualcuno a unirsi alla lettura. Se infrangi queste regole, gli incantesimi di sicurezza ti tratterranno fin quando i bibliotecari non avranno concluso le indagini. Intese?».

«Sì» rispose Emily.

La bibliotecaria diede un colpetto sul muro, che si aprì rivelando una pila di libri. «Ecco» disse e poggiò i volumi sulla scrivania. «Se per qualsiasi motivo dovessi lasciare la stanza, riponi prima i libri nella nicchia. Quando avrai finito avvisami e provvederò a riportare il tutto nell'Archivio Nero».

Emily guardò la donna uscire dalla stanza e chiudersi la porta alle spalle; poi rivolse la sua attenzione al primo libro della pila. Chiunque fosse l'autore del titolo non mancava certo di senso dell'umorismo: "Il libretto nero". Era di piccole dimensioni e costituito di un materiale che Emily non riconosceva, ma dall'odore simile ai cuscinetti per timbri. Le pagine all'interno non erano di pergamena, ma di qualcos'altro. Il solo toccarle le fece venire la nausea.

Diede uno sguardo a qualche altro testo e corrucciò il volto. "Compendio di maledizioni" seguito da "Magia nera e malvagità", "Dare un nome alle cose" e "La storia di Russell l'audace". Quest'ultimo sembrava non c'entrare nulla, fino a quando Emily non gli diede un'occhiata veloce, realizzando che si trattava di una storia, vera o inventata, che fungeva anche da manuale di istruzioni. Infine, il volume "Incubi negromantici" catturò la sua attenzione e la fece rabbrividire. Affermava di essere nientemeno che un manuale su come diventare negromanti.

Non appena lo prese in mano, ne percepì la malvagità e si mise a fissare le lettere dorate sulla copertina. Forse lo stava immaginando, ma non riusciva ad aprire il libro alla pagina iniziale, come se le dita si rifiutassero di muoversi normalmente. Qualcuno – che fosse l'autore o il bibliotecario che l'aveva catalogato – doveva averlo incantato per renderne difficile la lettura. Aprì la prima pagina e indietreggiò subito alla vista delle lettere brunastre disegnate, quasi dipinte, sullo strano materiale coriaceo. Lo scrittore sconosciuto aveva scritto il libro con il sangue!

«Il sangue ha una certa rilevanza in magia» aveva spiegato il professor Thande a una ragazza che si era tagliata mentre affettava delle verdure per preparare una pozione energizzante. «La tua vita è rappresentata nel tuo sangue. Usarlo durante i riti magici significa attingere alla tua vita e alla tua stessa anima».

Emily rabbrividì e cominciò a leggere. La sua prima impressione fu che l'autore non avesse una mente molto organizzata. Il testo sembrava passare in modo preoccupante da un'analisi spassionata e a sangue freddo della negromanzia a un vero e proprio delirio. Alcune parti non avevano proprio nessun senso per lei. A un certo punto l'autore aveva dedicato due pagine intere alla vita e alla salute del suo gatto, dopo le quali la grafia degenerava in scarabocchi che l'incantesimo di traduzione non poteva, o non voleva, adattare correttamente. Forse quelle scritte non avevano alcun significato.

Lentamente, la storia iniziò a emergere, una storia che non combaciava del tutto con la versione fornita dal professor Locke.

C'era stata una grande guerra e l'umanità era stata spinta sull'orlo dell'estinzione prima che qualcuno scoprisse accidentalmente che l'omicidio poteva essere usato come fonte di potere magico. All'inizio avevano cercato di mantenere quel potere tra le antiche stirpi magiche, ma poi la tecnica era trapelata e la negromanzia si era diffusa rapidamente. Le Fate erano state sconfitte, o almeno respinte abbastanza a lungo da dare all'umanità il tempo di riprendersi, ma la cura avrebbe potuto rivelarsi peggiore della malattia. Subito dopo i negromanti divennero corrotti e disonesti.

C'erano un centinaio di racconti ammonitori su uomini, e anche su qualche donna, che avevano provato a usare la negromanzia. Alcuni di loro volevano solo il potere e, stranamente, erano durati più a lungo di quelli che avevano cercato di utilizzare la negromanzia a fin di bene. Emily non riusciva a capire perché, ma poi le venne in mente che era più facile distorcere gli ideali della gente ben intenzionata anziché un semplice, anche se egoistico, desiderio di potere. La seconda categoria di persone sapeva bene ciò che voleva. O almeno così si era detta.

Il professor Locke aveva raccontato di un re che aveva tentato di contrattare con i negromanti e alla fine aveva perso il proprio regno, ma era solo la punta dell'iceberg. C'erano re e principi, e anche una principessa, che avevano sperimentato la negromanzia, per poi venire uccisi dai loro stessi seguaci o sopraffatti da quel nuovo potere. Emily non riusciva a trovare una spiegazione migliore di quella del professor Locke sulla ragione per cui il potere rendeva tutti pazzi, ma non sembrava avere importanza. Chiunque avesse scelto la strada della negromanzia, a prescindere dal motivo, era finito inevitabilmente per perdere il senno. Quel pensiero non era molto rassicurante.

Emily fissava le pagine che istruivano il lettore nell'arte della negromanzia e non riusciva a capire perché il Gran Maestro le avesse ordinato di leggere quel libro. Di sicuro Whitehall era legittimamente interessata a impedire che le persone imparassero a usare la negromanzia; nessuno aveva mai accennato a dei corsi di arti oscure. Leggendo il rituale si rese conto, con orrore, che era davvero molto semplice. Un mago con una sufficiente base teorica avrebbe facilmente potuto reinventarlo se Whitehall gli avesse negato l'accesso all'Archivio Nero. Non c'era da stupirsi che agli studenti venissero ricordati di continuo gli insuccessi della negromanzia. Era l'unico modo per impedire il proliferare di negromanti.

"Forse ci riescono" pensò, mentre proseguiva con la lettura. I negromanti erano folli. Tendevano a farsi del male o a rimanere senza potere, oppure a commettere errori banali che permettevano ai loro nemici di ucciderli prima che fosse troppo tardi. Secondo quanto riportato nel libro, i negromanti morti avvelenati erano decine e decine. Quelli intelligenti schiavizzavano chiunque attorno a loro per avere la certezza di non finire con un coltello conficcato nella schiena. Poi, man mano che venivano trasfigurati dal potere, diventavano molto più difficili da uccidere, ammesso che durassero così a lungo. Emily ricordò gli occhi di Shadye e rabbrividì. Forse un tempo era stato umano, ma adesso non lo era più.

Prima si prosciugava il mana e dopo l'anima. Semplice.

Chiuse il libro con attenzione e fissò la copertina color inchiostro, per poi riporlo nella nicchia e passare a "Magia nera e malvagità". A quanto pareva, Malefico era un mago oscuro, ma gli era stato permesso di praticare la sua arte alla Tana del Drago senza che nessuno provasse a fermarlo. La guardia cittadina era a conoscenza del tipo di servizi che offriva a chiunque avesse abbastanza soldi per pagarlo, ma non gliene importava niente. Era impossibile saperlo perché temevano di doverlo affrontare o perché erano stati corrotti per chiudere un occhio sui suoi traffici.

Dopo aver letto le prime pagine, Emily aveva concluso che "Magia nera e malvagità" era stato scritto da qualcuno con un'empia attrazione per le arti oscure. L'autore elencava migliaia di incantesimi, maledizioni e riti magici terribilmente malvagi; si passava da incantesimi di compulsione e schiavitù a maledizioni dall'effetto sicuramente letale. Leggendo uno degli incantesimi di riduzione in schiavitù, Emily si ritrovò a ripensare agli avvertimenti di Thande a proposito del sangue, e rabbrividì all'idea di essere trasformata in serva. Un incantesimo ancora più disgustoso usava il sangue per uccidere a distanza, a meno che la vittima non avesse protezioni adeguate intessute nella carne. Emily prese nota mentalmente di procurarsi subito quelle protezioni. Non c'erano scuse per essere vulnerabili.

Lo scrittore passava poi a elencare con tetra soddisfazione le storie di maghi oscuri. Alcune le erano abbastanza familiari, tanto da chiedersi se fossero vere – una strega che trasforma un principe in una rana, per qualsiasi motivo – mentre altre erano così crudeli, che si sentì male solo leggendone i dettagli. Come si poteva tollerare la vicinanza di simili maghi? O non importava, purché non prendessero di mira persone importanti?

Ci fu un mago oscuro che prese il controllo di una piccola città sulle montagne e la trasformò nel suo feudo personale, dichiarandosi signore e padrone di tutto ciò che cadeva sotto il suo sguardo. Il re di quelle terre decise di lasciare il mago lì, piuttosto che rischiare un conflitto e perdere; il mago oscuro tormentò i suoi sudditi per anni finché uno stregone viaggiatore non lo sconfisse in un duello magico. Ma non ci fu un lieto fine per i suoi ex sudditi: dopo nemmeno una settimana un altro mago oscuro occupò il suo posto. Fu un negromante infine a sconfiggerlo, e i superstiti vennero uccisi per nutrire la sua brama di potere.

Il capitolo successivo trattava di una strega che, secondo l'autore, si era apparentemente ribellata contro il ruolo «giusto e legittimo» delle donne nella società. La sua disgustosa ammirazione per i maghi oscuri era stata sostituita da sproloqui sessisti che avrebbero impressionato persino i talebani. Emily concluse che non era un gran passo avanti; la strega si era impadronita del villaggio, aveva ucciso la maggior parte degli uomini e alla fine aveva iniziato a cercare di salvarsi dalla morte prosciugando le forze vitali delle ragazze del villaggio. Quella storia era stata trasformata in un ammonimento su cosa era successo quando era stato concesso troppo potere alle streghe, ma Emily sospettava che la verità fosse piuttosto diversa. Prosciugare le forze vitali ricordava in modo allarmante la negromanzia.

Chiuse il libro con disgusto e passò al successivo. "La storia di Russell l'audace", almeno, era opera di qualcuno che sapeva davvero scrivere. Se non avesse interrotto così di frequente la narrazione per spiegare il funzionamento delle cose, sarebbe risultata di gran lunga più piacevole. Emily saltò interi paragrafi per tralasciare le istruzioni e concentrarsi sulla trama. A quanto pareva, Russell l'audace era uno stregone viaggiatore al servizio delle Terre Alleate che aveva combattuto maghi oscuri in ogni regno e disinnescato trappole nascoste. Alla fine, aveva sconfitto un negromante avvalendosi principalmente di trucchi. Un negromante potrebbe essere molto più potente di un mago abbastanza intelligente da non usare la negromanzia, ma potrebbe comunque perdere. Emily provò un certo sollievo.

Si stropicciò gli occhi e mise il libro da parte. Guardò l'orologio e realizzò che era tardi: aveva perso la cognizione del tempo, mancando la cena. Scuotendo la testa, ricollocò tutti i libri nella nicchia e lasciò la stanzetta. Quando si trovò nuovamente in biblioteca notò che la sala principale era più affollata di prima; gli studenti erano alla ricerca di libri in vista degli esami imminenti. Emily vide Jade e gli fece l'occhiolino, ma il ragazzo finse di non vederla. Dopotutto, era in compagnia di ben tre coetanei...

La bibliotecaria le fece un cenno col capo mentre passava tra le zone di silenzio per raggiungere il bancone. «Vuoi che ti metta da parte i libri o li riporto in deposito?».

Emily ebbe un attimo di esitazione. «Li lasci per un paio di giorni». Non sapeva se il Gran Maestro avrebbe concesso di farli uscire dall'archivio una seconda volta. «Non ho ancora finito di leggerli».

«Ci sono ragazzi che studierebbero di notte pur di leggerli» disse la bibliotecaria. Il suo volto elegante si distorse, ricordando quello di Alessa. «Li metterò da parte per tre giorni, al termine dei quali verranno riportati in deposito».

Fece una pausa significativa. «Hai tenuto dei libri oltre la scadenza. La giustificazione della guaritrice non si estende oltre il periodo della degenza».

Emily si maledisse per quell'errore. Non aveva avuto il tempo di tornare in camera, quindi le era proprio sfuggito di avere ancora dei libri da restituire. E stavolta non aveva neanche la scusa di essere stata drogata.

«Per fortuna non li ha richiesti nessuno. Assicurati di portarli domani, o ti verrà assegnata una punizione da scontare in biblioteca. Ci serve aiuto per riordinare i libri e risistemarli negli scaffali, e siamo a corto di volontari».

«Va bene» disse Emily sollevata. Si aspettava di essere rispedita nel Corridoio della Vergogna o di venire tramutata in statua per un'ora. «Li riporto domani».

Uscì dalla biblioteca e si diresse in sala da pranzo. Forse avrebbe fatto appena in tempo a prendere qualcosa da mangiare prima di essere in camera entro le otto. Poi avrebbe potuto finire di leggere i libri e restituirli in tempo per la scadenza. Una punizione sarebbe stata imbarazzante, se non peggio.

"Forse dovrei fare volontariato in biblioteca" pensò dopo poco. "Potrei vedere molti più libri interessanti se sapessi cosa è stato preso in prestito dagli altri".

Capitolo XXXI

«EMILY, È IL tuo turno come caposquadra» disse Harkin.

Emily trasalì. Jade era stato il primo e poi altri tre ragazzi si erano alternati al comando durante le esercitazioni finalizzate alla messa in pratica delle conoscenze teoriche. Uno di loro ci era riuscito, mentre gli altri avevano commesso degli errori e avevano perso. Harkin li aveva sgridati, nonostante un errore fosse dovuto alle false informazioni fornite dai sergenti. Il ragazzo aveva detto al proprio gruppo di controllare e ricontrollare tutto, ma nessuno di loro aveva realizzato che andavano incluse nel controllo pure le istruzioni della missione.

«Laggiù nel campo si trova il fortino dei temuti Serpenti» continuò Harkin indicando un boschetto, al di là del quale c'era una barricata all'apparenza impenetrabile. «Dovete raggiungere il forte prima che gli avversari si rendano conto di essere sotto attacco e mandino i rinforzi per impedire lo sfondamento. Via!».

Emily fissava il fortino cercando di ragionare. Harkin era stato chiaro sul fatto che questa volta erano loro alla guida, il che significava che non potevano chiedere consiglio ai loro subordinati. Il sergente aveva spiegato che lo scopo delle esercitazioni era quello di dare a tutti loro la possibilità di assumere il comando, ma Emily sospettava che servissero anche a eliminare chi non riusciva a ragionare in autonomia o a imparare dai propri fallimenti. Ogni loro insuccesso era stato ampiamente analizzato, con il sergente che esaminava qualsiasi minimo errore, spiegando perché avesse portato al disastro.

Il problema era fin troppo semplice. Una squadra avversaria, i Serpenti, deteneva il fortino e per vincere non doveva far altro che resistere fino all'arrivo dei rinforzi. Aveva solide mura sufficienti a bloccare gli attacchi magici, una protezione che invece alla squadra di Emily mancava del tutto. Se avessero marciato fino al forte sarebbero stati falciati prima ancora di poter fare qualsiasi altra cosa. Un assalto frontale avrebbe portato a un sanguinoso disastro.

Alcuni dei ragazzi si erano mostrati scettici circa la presenza di una ragazza nel gruppo, anche se avevano cercato in tutti i modi di nasconderlo. Non pensavano che Emily potesse gestire la magia marziale; alcuni l'avevano trattata con sufficienza, mentre altri erano stati decisamente scortesi. Uno di loro si era offerto di portarle lo zaino durante una delle marce condotte dal sergente Harkin, pur sapendo che sarebbero finiti entrambi nei guai. Nel ricordare quell'episodio le sue guance si infuocarono. Poi si voltò per affrontare la sua squadra; non si sarebbe lasciata sfuggire quell'opportunità di mettersi alla prova.

«Jade, voglio che tu e Rupert simuliate un attacco frontale». Potevano usare gli alberi come copertura, a patto che non si avvicinassero troppo. «Non attaccate davvero, ma portateli a evitare il conflitto».

«Capito» disse Jade. Forse dubitava di lei, eppure Emily era sicura che avrebbe eseguito gli ordini. Sarebbe rimasta sorpresa se Jade non si fosse risentito di dover prendere ordini da una del primo anno. Se non altro, però, uno dei loro insuccessi si era verificato perché qualcuno non aveva obbedito agli ordini abbastanza rapidamente da salvare la situazione. «Li ingaggeremo a lungo raggio e continueremo a sparare».

Emily sorrise. «Cat e Bran, andate a sinistra, aggirate il forte e prendeteli da quel lato. Pillion e io andremo a destra. Se tutto va bene saranno concentrati su Jade e non controlleranno le parti laterali».

Sembrava fattibile, ma di lì a poco Emily avrebbe imparato che c'era una bella differenza tra un piano delineato sulla carta o a parole e l'operazione vera e propria.

Per fortuna, nessuno dei ragazzi aveva messo apertamente in dubbio le sue scelte. Non sapeva cosa avrebbe fatto, ma aveva il diritto di rimproverarli se l'avessero contestata. Non potevano ignorare che era solo al primo anno, sebbene fosse sfuggita a un aspirante rapitore.

Jade e Rupert si diressero verso il forte nemico. Un attimo dopo, si sentì il suono degli incantesimi nell'aria. Emily esitò, ma poi lanciò un incantesimo antisorveglianza, mettendoci tutto il potere possibile. Bran fece altrettanto, sperando di coprire quanto bastava del campo di battaglia da confondere le truppe nemiche che cercavano di spiarli. Al posto dell'avversario, Emily avrebbe di sicuro provato a spiare gli aggressori prima di entrare nel loro raggio di fuoco.

«Bene» disse a Bran. «Vai».

Rimanendo chinata, iniziò a correre intorno al boschetto e poi cadde sul terreno fangoso. Non era certo una sensazione piacevole – il fango le aderiva al corpo non appena si muoveva – ma era meglio che essere stordita da un incantesimo o imbattersi in una maledizione nascosta ed essere congelata sul posto. Lanciò un'occhiata a Pillion, che era caduto accanto a lei, e poi prese a strisciare in avanti, mantenendo i sensi ben desti per intercettare eventuali trappole esplosive: fosse stata lei a dover coprire una posizione con solo una manciata di uomini, avrebbe sparso delle mine antiuomo.

Il suono degli incantesimi incrociati si faceva sempre più forte mentre Jade e Rupert incalzavano nell'attacco. Dal punto in cui si nascondevano, Emily vide dei bagliori che si allontanarono di colpo verso il forte improvvisato, mentre loro avanzavano lentamente strisciando. Gli avversari rispondevano al fuoco attraverso le feritoie della loro struttura difensiva, cercando di scorgere gli aggressori che si erano palesati. Sembrava non avessero realizzato che l'attacco principale poteva essere solo un diversivo.

"Quando pensi che un piano sia perfetto" aveva letto in un libro, "sei sul punto di perdere". Emily rabbrividì e continuò a strisciare, stando attenta alle mine man mano che il forte nemico diveniva visibile. Mentre spiava i difensori avversari, tra cui Aloha, Emily pensò che quello non fosse un vero fortino. Degli altri tre non c'era traccia, il che la mise in guardia. Il sergente Harkin le aveva detto che i difensori dovevano difendere, ma non che dovevano per forza rimanere nel forte. I libri dicevano anche che la miglior difesa è l'attacco.

Si scambiò delle occhiate con Pillion, provando a decidere il da farsi. Avrebbero potuto attaccare in quel momento ed essere ragionevolmente sicuri di eliminare i tre difensori visibili, ma dov'erano gli altri? Stavano tentando il contrattacco o tendendo un'imboscata? O cos'altro? Avrebbe facilmente potuto prendere il forte ma perdere l'intera squadra durante l'operazione. Quella, aveva ripetuto più volte il sergente Harkin, non poteva considerarsi una vittoria.

Sapendo che avrebbero potuto essere individuati da un momento all'altro, usò la mano per segnalare un conto alla rovescia, prima di lanciare il primo incantesimo nella parte posteriore e indifesa del fortino. Hobo, un ragazzo al sesto anno e probabilmente il più forte della classe, fu il primo a cadere.

Quando i tre difensori caddero a terra fingendosi morti nel bosco esplose una pioggia di incantesimi. Gli altri tre avevano effettivamente provato a contrattaccare Jade e Rupert. Emily si aggrappò al terreno fangoso mentre le esplosioni sfolgoravano sopra la sua testa, appena prima che l'altra squadra d'assalto ingaggiasse i restanti difensori dalle retrovie. Dopo un attimo era tutto finito.

Il suono del fischietto del sergente Harkin decretò la conclusione dell'esercitazione. Emily si alzò, si guardò l'uniforme e sollevò gli occhi al cielo. Come al solito, era finita ricoperta di fango, ma a nessuno sembrava interessare. A parte il sergente Harkin, che era sempre impeccabile, anche tutti gli altri erano sporchi dalla testa ai piedi. Avvistò Aloha e guardò altrove, per non incontrare lo sguardo della sua compagna di stanza. Non importava cos'altro fosse successo, Aloha e la sua squadra avrebbero provato imbarazzo per quella facile sconfitta. Sul momento, però, non era stata affatto facile.

«Ben fatto» disse Jade dandole una pacca sulla spalla mentre raggiungevano il sergente. «Spero che il diversivo sia stato sufficientemente buono».

«Sei stato bravo» disse Emily. Sarebbero stati interrogati, ovviamente, e poi avrebbero analizzato i loro errori. Solo dopo avrebbero potuto fare la doccia.

«Anche se penso siano quasi riusciti a contrattaccare».

«Sì» disse Jade e sorrise. «Li abbiamo fatti avvicinare molto, prima di affrontarli».

Il sergente Harkin studiò i ragazzi che gli si allineavano di fronte. Emily realizzò che erano cambiati dall'inizio del corso: si posizionavano automaticamente in fila senza che qualcuno gliel'ordinasse. E, nonostante i dolori muscolari, sapeva di essere più in forma di quanto non fosse mai stata, e probabilmente anche più forte. Niente scolpiva il fisico meglio degli esercizi pesanti e dei modi bruschi di un sergente. Non sarebbe mai stata forte quanto Jade o Hobo, ma stava migliorando. Il sergente aveva persino promesso che presto avrebbero studiato combattimento corpo a corpo.

«Una terribile sconfitta per i Serpenti» osservò Harkin senza troppi preamboli. «Cosa avete sbagliato, di preciso?».

Il capo della squadra di Aloha prese la parola, con una certa riluttanza. «Non abbiamo controllato tutti i possibili punti di avvicinamento, costringendoci di fatto a rimanere sotto copertura».

«Ottima risposta. E cos'altro avete sbagliato?».

Ci fu una lunga pausa e poi fu Aloha a provare a rispondere: «Abbiamo mandato tre di noi al contrattacco. Ci siamo indeboliti in un momento poco opportuno».

Harkin sorrise. «Credi che quello sia stato davvero un errore?».

Emily era sicura che la domanda fosse un tranello. Nei libri aveva letto che in guerra le cose più semplici erano difficili e le risposte facili tendevano a generare più problemi, alla lunga. Eppure avevano anche insegnato loro che a stare fermi si rischia la sconfitta. Sembrava non esserci una vera risposta.

«Sì» rispose il caposquadra. «Ci ha indebolito nel momento sbagliato».

«Come ha già detto Aloha» gli ricordò freddamente il sergente. «Ma aveva ragione, seppure per il motivo sbagliato. Perché è stato un errore? Perché sarebbe stato un errore anche se Emily avesse lanciato un assalto frontale con l'intera squadra?».

"Saremmo stati massacrati" pensò Emily. Perdere tutti gli elementi della squadra sarebbe stata una macchia sul suo registro, anche se non ci sarebbero state ulteriori ripercussioni. "A meno che...".

Harkin passò in rassegna i volti dei ragazzi. «C'è qualcuno che vuole dare la risposta?».

Emily ebbe un'illuminazione. «I rinforzi erano già stati allertati. Non dovevano far altro che resistere fino al loro arrivo».

«E come fai a sapere» domandò Harkin con un'inquietante gentilezza, «che stavano arrivando i rinforzi?».

«Perché avrebbero dovuto chiamarli non appena Jade ha lanciato l'attacco frontale» disse Emily, cercando di mantenere la calma. Il sergente riusciva a darle sui nervi molto più rapidamente di qualsiasi altro insegnante, sebbene nelle sue parole non ci fosse cattiveria. «Avrebbero dovuto chiamarli, perché avremmo potuto essere la punta di lancia di un intero esercito che intendeva fare breccia».

Ci furono delle risatine, che svanirono non appena il sergente gelò tutti con lo sguardo. «Risposta esatta» disse infine Harkin. «Si sono indeboliti dividendosi, quando invece tutto ciò che dovevano fare era aspettare e mantenere la posizione. Hanno pagato per la loro aggressività perdendo la posizione. Ora la via per la città più vicina è libera».

Guardò i difensori e poi di nuovo le Maglie Rosse. «Vi ho già detto che l'obiettivo è la vittoria. Perdere uomini per nessuna buona ragione indebolisce voi più di quanto indebolisca il nemico. Tenete sempre d'occhio l'obiettivo finale. Congratulazioni, Maglie Rosse! E adesso che abbiamo commentato l'ultima esercitazione, potete seguirmi per una corsa. Per inciso, chiunque rimanga indietro rispetto al sergente Miles sarà il sacco da boxe nel prossimo esercizio».

Si voltò e scattò verso la pista da corsa. Gli studenti rimasero per un attimo a guardare, poi Jade partì per primo e tutti gli altri lo seguirono. Emily cercò di mantenere un'andatura costante, perché aveva imparato che correre il più veloce possibile la stremava all'istante. Miles la incoraggiava da dietro urlando, e ogni tanto usava il bastone per pungolare i più lenti. Era stata colpita così tanto da quel bastone da non volerlo assaggiare di nuovo.

«Forza» urlò Harkin, come avrebbe fatto un insegnante di ginnastica. «Pensate che il nemico smetterà di inseguirvi perché siete stanchi?».

Emily trasalì. Uno degli esercizi svolti consisteva nel cercare di nascondersi dai cacciatori nemici che conoscevano la foresta come le loro tasche. Era stata subito catturata, legata e immobilizzata fino al termine dell'esercitazione. I cacciatori sapevano bene come fare i nodi, al contrario dello stregone Malefico. Scappare era del tutto impossibile. Harkin aveva promesso che avrebbero ripetuto l'esercizio, ma Emily ne avrebbe fatto volentieri a meno.

Quando Harkin ordinò di fermarsi appena fuori dalla scuola Emily era in affanno, con il cuore che batteva all'impazzata. Prima, non sarebbe mai stata in grado di completare una corsa del genere, non senza fermarsi barcollando e implorando pietà. Ora, invece, sapeva che si sarebbe ripresa molto rapidamente, se non altro grazie a una combinazione di buon cibo e solido esercizio fisico. Harkin li guardò mentre si allineavano davanti a lui, studiandone le uniformi infangate. Almeno non sembrava aspettarsi che i loro vestiti fossero puliti.

«Bene» disse infine. «La settimana prossima passeremo a una corsa più avanzata».

Emily si lamentò tra sé e sé. Corsa più avanzata? Riusciva a immaginare come intensificare gli altri esercizi o l'arrampicata alla parete mediante la quale imparavano ad affrontare alberi, scogliere e persino muri di casa, ma come potevano correre più forte? Forse li avrebbe costretti a correre più veloce per non essere colpiti dal bastone. Si era accorta chiaramente che entrambi i sergenti si stavano volutamente trattenendo durante la corsa.

«Ci aspettiamo anche che vi uniate a noi per una bella scampagnata» aggiunse dopo poco il sergente. A Emily venne il sospetto che si sarebbe trattato piuttosto di un'estenuante marcia campestre. «Trascorreremo cinque giorni in montagna, dove vivremo dei prodotti della natura e visiteremo alcuni luoghi di interesse storico. Dormiremo sotto le stelle, proprio come i soldati in piena campagna militare».

Sorrise con fare beffardo. «Sarete responsabili di riferire agli altri insegnanti di questa cinque giorni, una volta stabiliti i turni» li avvisò. «Non dovrebbero esserci problemi con lo studio, ma se i professori dovessero fare storie, informateci e vedremo come accordarci.

Nella peggiore delle ipotesi, vi accorperemo a un'altra squadra. Vi suggerisco di informarvi per capire bene cosa dovete portare».

Emily sussultò per il tono divertito del sergente: avrebbe lasciato che sbagliassero nella scelta del materiale da portare, per poi far notare gli errori quando sarebbe stato ormai troppo tardi per porvi rimedio. Era uno sbaglio che non intendeva ripetere, soprattutto dovendo portare con sé tutto il necessario per una marcia di cinque giorni. Le marce di otto chilometri le erano già state di insegnamento.

«Adesso potete andare a lavarvi» concluse. «Emily, rimani un attimo qua».

Emily guardò il resto della classe dirigersi alle docce, chiedendosi nervosamente cosa volesse dirle il sergente Harkin. Poteva essere di tutto, dalle congratulazioni a una strigliata a tu per tu, così spiacevole che lo stesso sergente preferiva non farla davanti a tutti.

«Sei stata brava. Ma ti sei resa conto di aver sfruttato un errore del nemico?».

«Sì» rispose Emily in modo molto sintetico. Ma se tutti e sei i difensori fossero rimasti al loro posto, sarebbero stati comunque presi tra due fuochi. Tre, forse, se Jade fosse corso avanti per unirsi all'attacco. «Capisco».

«Leggi con attenzione la lista del necessario per il campeggio» aggiunse Harkin. «Per questa volta non ci sarà alcun capogruppo».

"Così ognuno sbaglierà per sé" pensò Emily. Quella scelta in realtà era sensata.

«E prendi delle pozioni da Kyla» disse Harkin. Se Emily non l'avesse conosciuto, avrebbe pensato che fosse imbarazzato. «Ci sono pozioni specifiche per questo genere di viaggi. Assicurati di averle con te, o non sarà così piacevole».

Il sergente indicò le docce ed Emily annuì, dirigendosi verso gli spogliatoi. Grazie al cielo, Aloha aveva già finito ed era andata a mangiare, lasciandola da sola a liberarsi dell'uniforme infangata. L'acqua era calda e pulita, con suo grande sollievo. C'erano state volte in cui erano stati costretti a lavarsi con l'acqua fredda. Aloha le aveva fatto notare che si trattava di un incentivo a imparare a lanciare incantesimi per scaldare i secchi d'acqua.

Emily sentiva male ovunque; finì di lavarsi e poi si asciugò prima di rivestirsi, avvolgendo infine i capelli nell'asciugamano. Fuori, fu sorpresa di incontrare Jade e il resto delle Maglie Rosse, tutti sull'attenti.

«Ben fatto, capitano» disse Jade. Quel complimento non sembrava affatto forzato. «Unisciti a noi per cena».

Emily arrossì e poi si lasciò condurre al refettorio. Harkin l'aveva trattenuta. Sapeva che sarebbe successo questo? Jade non lo avevano portato da nessuna parte quando aveva fatto vincere la squadra, ma quella ottenuta da lei era la prima vittoria incruenta delle Maglie Rosse. Sembrava un evento degno di essere festeggiato.

«Hai vinto» le disse Bran, facendole l'occhiolino. «La prossima volta tocca a me».

Capitolo XXXII

EMILY SI FERMÒ di colpo. Al centro del giardino delle cerimonie c'era una mostruosità dinoccolata. Di primo acchito pensò si trattasse di uno strano spaventapasseri, poi la creatura iniziò a muoversi. Sembrava un'altissima colonna di gelatina ricoperta di brandelli di enormi toghe, sormontata da un solo occhio dallo sguardo malevolo. Da sotto le vesti rigonfie spuntarono dei viscidi tentacoli, ognuno dei quali teneva un attrezzo da giardino.

Quando la creatura le puntò addosso il suo unico occhio, Emily riuscì a stento a parlare. «Ma cos'è?».

«Nessuno lo sa con esattezza» ammise Imaiqah. «Pare che una volta il professor Thande abbia gettato mille diversi componenti di pozioni in un calderone e li abbia fatti bollire solo per vedere cosa sarebbe successo. Quando il composto ebbe finito di ribollire, quella... cosa strisciò fuori e dichiarò di essere una creatura pensante. Naturalmente, la misero nel giardino».

Alessa guardava sbalordita. «È viva?».

Venne raggiunta da un lungo tentacolo che le diede un colpetto sulla fronte. «Penso di essere vivo, quindi lo sono» gorgogliò il mostro. «È così sorprendente scoprire che l'intelligenza può assumere innumerevoli forme?».

«Non spaventare le ragazze, CT» disse una voce femminile. Emily si voltò e vide una giovane donna con indosso una toga verde e un coltellino in mano. «Questa è la loro prima lezione di creature magiche e vogliamo che tornino la settimana prossima».

La creatura sembrò annuire, ma era difficile a dirsi, poiché non si capiva dove iniziasse la testa, e sgattaiolò via lungo una fila di aiuole.

Alessa si strofinò la fronte nel punto in cui CT l'aveva toccata e indirizzò uno sguardo preoccupato a Emily, che concordò in

294

silenzio. Aveva già incontrato altre creature intelligenti, ma CT era decisamente diverso. Thande l'aveva davvero prodotto in un impeto di distrazione, o era solo una storia di copertura che nascondeva in realtà qualcosa di molto peggio?

«Benvenuti a creature magiche» disse la donna. Pareva oltremodo in salute, con la pelle abbronzata e un sorriso che le illuminava il viso. «Sono Kirdana. Il mio compito è quello di insegnarvi quanto basta sulle creature magiche affinché riusciate a sopravvivere, qualora ne incontraste di pericolose. Se qualcuno di voi dimostrerà di possedere un vero talento con gli animali magici, mi accorderò per farvi studiare l'argomento a partire dal secondo anno. Potreste diventare maghi degli animali. Non è un talento comune, quindi non me la prenderò se deciderete di non proseguire l'anno prossimo».

Il suo sorriso si fece ancora più luminoso. «Alcuni di questi animali sono molto pericolosi, mentre altri sono intelligenti. Se non sapete come trattarli, state indietro e lasciate che vi mostri come fare. Seguitemi».

Lo zoo – o almeno era ciò che sembrò a Emily – si estendeva per chilometri. Alcune specie erano ospitate in una piccola serie di alloggi, mentre tutti gli altri animali vivevano nel proprio habitat naturale, o per lo meno in quello che di più simile era possibile riprodurre a Whitehall. Sui campi aleggiava una strana nebbia che impediva agli studenti di scorgerne la profondità.

Raggiunsero una porticina in mezzo al nulla che si ergeva apparentemente senza alcun sostegno. Kirdana fece loro l'occhiolino, poi varcò la soglia e scomparve.

Poco dopo gli studenti, con in testa Imaiqah, seguirono l'insegnante e il mondo attorno a loro cambiò all'improvviso.

Si ritrovarono sul fianco di una collina, lontano da qualsiasi insediamento umano.

In lontananza, Emily vide quella che sembrava una mandria di cavalli, ma non appena si avvicinarono notò che dalle fronti degli animali spuntavano dei corni. Le bestie erano ognuna di un colore diverso, con variazioni dal marrone al rosa acceso. Da piccola non le erano mai piaciuti i Mini Pony, ma c'era qualcosa negli unicorni che la invitava a giocare con loro. Da vicino emanavano uno strano odore, simile a un profumo irresistibile. Avevano occhi dolci, buoni e infinitamente gentili.

«Ragazzi, rimanete dove siete e non provate ad avvicinarli» disse Kirdana. La classe si fermò. «Gli unicorni non amano la vicinanza degli uomini; se vi accostate troppo potreste essere incornati o maledetti dalla loro magia. Sono creature dalla magia selvaggia, quindi annullarne l'operato è impossibile».

Quando l'insegnante guardò di nuovo gli unicorni la sua voce si fece più dolce. «Ragazze, voi invece potete avvicinarvi con cautela, ma se si spostano non li seguite. Tollerano a malapena le donne, ma provano una certa simpatia per le ragazze nubili».

Gli unicorni erano così strani da sembrare quasi irreali. Emily si era ormai abituata alla magia, agli incantesimi e alle pozioni, e persino al duro addestramento dei sergenti, ma quelle creature l'avevano come anestetizzata, era impossibile credere che fossero vere. Camminò verso uno di loro, grande appena come un pony e con il pelo di un rosso intenso, e sentì i suoi sensi vacillare. La creatura la guardò, le fece l'occhiolino – ne era certa – e scappò, quasi la stesse sfidando a seguirla.

Emily fece come per andarle appresso, ma poi ricordò le parole dell'insegnante e si bloccò. Indietreggiò e si diresse verso un altro unicorno dal manto verde e dagli enormi occhi castani. Pareva volesse essere accarezzato, ma non sul corno. Quando Emily provò a toccarlo avvertì uno strano formicolio che le lasciò intendere di non spingersi oltre. Cercò di rivolgere alla creatura uno sguardo di scuse; in risposta, l'unicorno si limitò a scuotere la criniera. Era davvero una creatura dalla magia selvaggia.

Le era impossibile immaginare che quelle bestie potessero essere pericolose. Erano… beh, innocenti in un modo che pochi umani avrebbero potuto eguagliare, eppure la loro magia era selvaggia. Il professor Thande aveva detto di sfuggita che il loro corno aveva molti usi alchemici. Emily si ritrovò a chiedersi quanti unicorni fossero stati uccisi dagli uomini per arrivare a rifiutarsi persino di tollerare il genere maschile. O c'era forse un significato più profondo dietro i loro comportamenti?

Si mise a osservare l'unicorno e poi si forzò a distogliere lo sguardo. Kirdana la fissò con un sopracciglio alzato.

Emily guardò il resto della classe. Imaiqah e Alessa stavano giocando con un cucciolo di unicorno che strofinava la testa contro le loro gambe. La maggior parte delle altre ragazze aveva trovato un esemplare disposto a giocare; una di loro stava addirittura provando a cavalcarne uno dal manto bianco, che sembrava pensare fosse un gioco e continuava a spostarsi al momento sbagliato. I ragazzi guardavano risentiti, ma parevano poco disposti a rischiare di avvicinarsi troppo.

Ancora una volta, chi era cresciuto in quel mondo era in grado di comprendere i pericoli della magia selvaggia.

Emily carezzò l'unicorno un'ultima volta e poi si avvicinò all'insegnante. «Come si distinguono i maschi dalle femmine?».

Kirdana scoppiò a ridere. «Sono tutte femmine. E per rispondere a quella che credo sarà la tua prossima domanda, non sappiamo come si riproducono. Nessuno è mai riuscito a convincerli a rivelarlo».

Emily la fissò. «Ma dovranno pur esserci dei maschi, giusto?».

«Crediamo di sì, ma non ne siamo certi. Se mai qualcuno ha mai incontrato una mandria di unicorni maschi, non è mai tornato per poterlo raccontare».

La professoressa batté le mani e scortò gli studenti alla porta che li avrebbe ricondotti a Whitehall. Una volta varcata la soglia, li fece avvicinare a uno degli alloggi e lanciò un incantesimo, permettendo loro di vedere nell'oscurità.

All'inizio Emily non riuscì a scorgere nulla, poi si rese conto che l'oscurità stessa era viva e le incombeva addosso con un sentore di morte. Intravide delle ali – o almeno credeva che fossero ali – in quel buio fitto, prima che la creatura andasse verso un campo invisibile, fermandosi di colpo.

Molte delle ragazze urlarono dallo spavento.

"Gli incantesimi di protezione" realizzò Emily. Erano al sicuro.

«Le ombre della notte sono molto rare, per fortuna» li informò Kirdana. «Sono attive solo di notte e cacciano grandi animali, così possono trascinarli nelle proprie tane e consumarli nell'arco di qualche giorno».

Emily deglutì. Non era l'unica ad apparire nervosa o scioccata.

Kirdana continuò a parlare, senza dare loro il tempo di assimilare quanto appreso. «In mancanza di una buona illuminazione è impossibile scorgerne gli artigli, ma vi basti sapere che sono dotati di un veleno paralizzante che immobilizza la vittima e la tiene sospesa mentre viene divorata. Non c'era cura, poi il professor Thande ha inventato una pozione in grado di contrastare gli effetti peggiori. Nonostante ciò, la vittima rimane per sempre segnata dall'orribile esperienza».

Emily non esitò a credere a quelle parole mentre dava un ultimo sguardo a quell'oscurità. Non esisteva niente di simile sulla Terra e lo stesso valeva per gli unicorni, le fate e... CT, qualunque cosa esso fosse. Cos'altro non conosceva del nuovo mondo che la ospitava? Gli insegnanti davano per scontato che sapesse tutto come una normale studentessa, senza considerare le sue origini.

Stava ancora rimuginando, quando Kirdana li condusse all'alloggio successivo. Era situato accanto a un campo dove pascolavano una dozzina di pecore che presero a belare mestamente al passaggio degli studenti. Quando l'insegnante aprì la porta di ferro Emily percepì la presenza di potenti incantesimi che circondavano la struttura. Kirdana aprì la porta, che sembrava essere di ferro pieno, e invitò i ragazzi a seguirla: all'interno la luce era fioca, ma non serviva un incantesimo per vedere.

Dapprima Emily pensò che l'alloggio fosse vuoto, ma poi vide la nebbia. Si trovava al centro esatto della stanza, una massa luccicante che pulsava di intenti malevoli. Emily la guardò ed ebbe un sussulto, provando la sgradevole sensazione che quella foschia la stesse fissando. Più la guardava, più prendeva coscienza che quella cosa era viva e intelligente, un predatore in un mondo di prede. Avrebbe voluto scappare; fu solo l'orgoglio a farla rimanere sul posto.

Di qualunque cosa si trattasse, si trovava al di là dell'incantesimo di protezione. Loro erano al sicuro.

«Per tutti gli dèi» bisbigliò Alessa. «È... è un Mimo?».

«Giusto» disse Kirdana, sorpresa. «Quello è proprio un Mimo. Anche loro sono molto rari, ma siccome nessuno sa come ucciderli, possono causare grande sofferenza ovunque vadano».

Schioccò le dita e sul muro in fondo si aprì una porta: una forza invisibile stava lentamente trascinando una pecora all'interno della stanza. Emily si accorse che l'animale era terrorizzato. Non appena la magia scomparve, la pecora provò a fuggire attraverso la porta da cui era entrata. Ma quella porta adesso era chiusa.

Quando la bestia iniziò a cercare una via di fuga alternativa la nebbia aumentò. Un attimo dopo, la pecora stramazzò al suolo, diventando polvere. Emily fu pervasa da un gelido orrore, ma il peggio doveva ancora venire. La spaventosa nebbia cominciò ad assumere la forma di una pecora. Il mimetismo era così perfetto, che se Emily non l'avesse visto con i propri occhi non ci avrebbe mai creduto.

«Il Mimo diventa una copia delle sue prede» spiegò l'insegnante mentre indietreggiavano verso la luce. «Con una magia che non riusciamo del tutto a comprendere, la creatura si impossessa anche dei ricordi delle prede, il che le permette di passare per essere umano dopo averne divorato uno. Lo fa così bene, che lei stessa non si rende conto di non essere umana, fino a quando la nuova forma inizia a disfarsi, cosa che può richiedere diversi anni. Una volta riacquisita la sua normale forma, riprende a dare la caccia ad altre prede».

Emily annuiva mentre seguiva il discorso. La pecora-mimo non sapeva di essere un Mimo, quindi non era spaventata... la pecora invece sì. Forse le pecore sono troppo stupide per reagire a una minaccia, a meno che non sia incombente. Emily guardò i suoi compagni di classe e rabbrividì. Magari uno di loro era un Mimo senza saperlo.

La voce di Kirdana si fece più dura. «L'unico modo per sfuggire al Mimo è correre il più veloce possibile» continuò. «Se ne incontrate uno, scappate. Secondo alcuni rapporti, qualunque cosa faccia per risucchiare la forza vitale richiede diversi minuti nel caso degli umani, quindi se uscite in tempo dal suo raggio d'azione dovreste essere al sicuro».

Emily deglutì. «Come si cattura un Mimo?».

«Prestando molta attenzione» rispose Kirdana. «Per fortuna, non riescono a prosciugare gli incantesimi o altri costrutti magici, quindi è possibile intrappolarne uno e tenerlo prigioniero. Abbiamo provato a farli morire di fame, ma sono riusciti a sopravvivere per anni senza nutrirsi. C'è molto che non sappiamo sul loro conto».

Alessa alzò una mano. «Come si fa a capire se qualcuno è un Mimo?».

«Non si può» rispose Kirdana senza alcuna inflessione. I ragazzi si scambiarono degli sguardi di terrore. «Pensateci. Il Mimo possiede i ricordi di tutte le sue prede. Potrebbe anche non conoscere la sua stessa natura. Potreste fargli un incantesimo della verità e lui direbbe quella che è per lui la verità; per quanto ne sa, è un essere umano, senza la minima cognizione di ciò che è realmente. Non è stato trovato alcun incantesimo che riesca a individuare un Mimo, fin quando non inizia a perdere la forma acquisita».

Emily guardò la porta chiusa alle sue spalle e rabbrividì nuovamente.

«Non è nemmeno possibile uccidere qualcuno sospettato di essere un Mimo» aggiunse Kirdana. «Quasi in ogni regno delle Terre Alleate ci sono leggi che vietano tale pratica. Non importa cosa generi il sospetto, non costituisce un valido motivo per uccidere il presunto Mimo finché non inizia a perdere le sembianze umane».

"Ottima cosa" pensò Emily. Poteva solo immaginare quale caccia alle streghe ne sarebbe scaturita, se alle persone fosse stato consentito di uccidere sulla base di sospetti.

«Inoltre» disse l'insegnante, «non è meglio non avere ragione in questo caso?».

Emily si incupì al pensiero. Se i Mimi non potevano essere uccisi, era possibile che il sospettato si rivoltasse contro il suo accusatore per poi consumarlo.

Lasciarono il Mimo e si allontanarono dagli alloggi, dirigendosi verso un'altra porta. «Ora vedremo una mandria di centauri» annunciò Kirdana e si fermò all'ingresso. «Ragazze, non osate avvicinarvi. Se doveste farlo, ora o in futuro, lo rimpiangereste per il resto dei vostri giorni. Credetemi, le conseguenze per voi sarebbero peggiori che per i ragazzi se si avvicinassero agli unicorni».

Varcò la porta prima che Emily potesse chiedere spiegazioni. Un ragazzo che conosceva a malapena seguì l'insegnante in una foresta che ricordava quella delle esercitazioni di magia marziale. Questa, però, sembrava più viva, e nell'aria c'era un profumo che le fece battere così tanto il cuore da sentirlo nelle orecchie. Ma cos'era?

«Resta qui» ordinò Kirdana.

Emily guardò in basso e realizzò che si stava incamminando verso i centauri. Imbarazzata, tornò alla porta e aspettò con le compagne che fossero i ragazzi ad andare incontro alla mandria. I centauri erano creature con testa e torso umani e corpo equino, ma c'era qualcosa nei loro movimenti che suggeriva una natura tutt'altro che umana. Uno di loro si voltò verso Emily e lei sentì la testa girare, come se l'avessero drogata di nuovo. Una parte di lei credeva che i centauri fossero le creature più belle che avesse mai visto; ma l'altra parte le urlava di scappare via. I ragazzi, per fortuna, non sembravano in pericolo. Kirdana li controllava attentamente da lontano.

«Perché…?». Emily deglutì e provò a riformulare la domanda. «Perché sono così pericolosi?».

«È meglio che tu non lo sappia» rispose Alessa. Era proprio accanto a Emily, ma come aveva fatto ad avvicinarsi così tanto senza che lei se ne accorgesse? La principessa pareva estremamente nervosa. «Una volta mio padre mi disse di non rapportarmi mai direttamente a un centauro. Hanno degli strani poteri sulla mente femminile».

Emily avrebbe liquidato quel discorso come sessista, se non fosse che lei stessa avvertiva una singolare, quasi ipnotica attrazione verso quelle creature.

Fu un sollievo quando l'insegnante richiamò i ragazzi e tornarono alla porta che li avrebbe ricondotti a Whitehall. La classe rimase in silenzio mentre facevano ritorno al giardino delle cerimonie e all'enorme alveare allestito in mezzo a ogni genere di fiori. A Emily era stato insegnato che i fiori caricati di mana erano molto pericolosi, ma non ne vide neanche uno. La gigantesca creatura del professor Thande stava lavorando a uno degli alveari, ignorando del tutto gli insetti che sciamavano intorno al suo occhio gigante.

«Queste api furono oggetto di esperimenti da parte di uno stregone per aumentare la produzione di miele nelle sue fattorie» spiegò Kirdana. «Credeva che, se fosse riuscito a modificarle grazie al mana, sarebbero diventate più forti e produttive. Successe invece che le api svilupparono una mente-alveare e iniziarono a contrattare con lui. Terrorizzato, lo stregone le spedì a Whitehall e non volle più saperne di apicoltura».

Una delle ragazze chiese se fossero pericolose.

«Possono pensare e agire come fossero un unico essere» disse Kirdana. «Una sola puntura non ti ucciderebbe, ma alcune centinaia potrebbero facilmente mettere fine alla tua esistenza. A differenza delle normali api, possono pungere più volte senza morire. CT è l'unico che può avvicinarsi all'alveare».

«Certo che non mi pungono» disse CT con la sua voce gorgogliante. «Mi vedono come il loro c-apo».

Emily trovò quella battuta alquanto pietosa.

«Nelle prossime settimane imparerete a difendervi dalle varie creature magiche» continuò Kirdana. «Vi darò una lista di libri sull'argomento, che mi aspetto leggiate. Vorrei anche che iniziaste a familiarizzare con le altre bestie del giardino. Dopodiché, faremo gite sul campo per visitare creature che non possono essere rinchiuse o rinchiuse a lungo, come draghi, lupi mannari, orchi e goblin. Chi di voi non verrà ritenuto in grado di approcciarsi alle bestie non parteciperà alle gite».

Sorrise affettuosamente agli studenti. «Alcuni di voi vivono in prossimità di aree ricche di mana» ricordò loro. «Questo addestramento vi servirà per rimanere in vita e per proteggere le persone che amate. O anche,» lanciò un'occhiata ad Alessa «a negoziare, nel caso ce ne fosse bisogno. Conoscere i potenziali pericoli vi aiuterà ad affrontarli meglio quando se ne presenterà l'occasione».

Kirdana batté le mani. «La lezione è finita. Ci vediamo la settimana prossima».

Emily restò indietro mentre il resto della classe tornava al castello.

«Professoressa, ci farà conoscere le fate?».

Kirdana rimase sorpresa dalla domanda. «Forse, ma possono essere molto pericolose» rispose lentamente. «Perché lo chiedi?».

Emily tentennò nel rispondere. «Se qualcuno volesse comprarne una in un negozio, quanto costerebbe?».

«Sono rare. Prenderne una può risultare pericoloso anche se si mostrano docili dopo la cattura. Forse due o tre monete d'oro». Sgranò gli occhi. «C'è un motivo per questa domanda?».

«Sono stata truffata» disse Emily, ricordando la fata a cui aveva salvato la vita. Spiegò brevemente l'accaduto all'insegnante. «E poi la fata è svanita».

Kirdana si mise a ridere. «Ben ti sta, avresti dovuto contrattare per bene» disse prendendosi gioco di lei. «La maestra Irina non ti ha detto che avresti dovuto contrattare?».

Emily arrossì. Nessuno le aveva insegnato a farlo; era un'abilità che non possedeva.

«Sono soldi tuoi» le rammentò la donna, «ma almeno sai di aver liberato la fata. Tra le loro regole c'è di potersene andare dopo essere state liberate».

Emily la ringraziò e andò via, raggiungendo Imaiqah e Alessa che la stavano aspettando. Si era chiesta se fosse stata truffata mentre si trovava in infermeria, ma non sapeva a chi chiedere per scoprirlo. Almeno la fata era libera… Chissà, magari si sarebbero riviste. Avrebbe potuto svolgere una ricerca sulle fate alla prossima visita in biblioteca.

Alessa sorrise ed entrarono a scuola. «Ho sempre pensato che sarebbe stato noioso» confessò. «Credi che ci faranno cavalcare un drago?».

Emily fece per rispondere, ma venne interrotta da un bagliore. Il suo corpo si irrigidì, non poteva muoversi.

«Tu» disse una voce dal nulla. «Adesso la pagherai».

Capitolo XXXIII

"Un incantesimo d'invisibilità" le suggeriva un angolino della mente. "Erano in agguato!".

Emily non riusciva a muovere un muscolo; non sapeva nemmeno come stesse riuscendo a respirare. Se era possibile trasformare qualcuno in pietra per un'ora, era altrettanto possibile immobilizzare il corpo lasciando la mente libera di pensare e cercare disperatamente una via di scampo. Sentì Alessa urlare di paura accanto a lei, mentre tre figure apparse dal nulla avanzavano nella sua direzione con le mani sollevate. Imaiqah, invece, non l'aveva né sentita né vista.

«Bene, bene, bene» disse la persona al comando. Era una ragazza dai lunghi capelli rossi e un viso molto carino, se non fosse stato per quel ghigno che le distorceva i connotati. «Cara principessa, credevi di essere al sicuro senza il tuo gruppo di amichette?».

Emily vide con la coda dell'occhio che Alessa aveva sollevato la sua bacchetta. Improvvisamente si percepì la magia crepitare nella stanza e la bacchetta venne strappata via dalla mano della principessa.

L'oggetto finì per aria e la ragazza dai capelli rossi lo afferrò al volo, lo guardò e se lo mise in tasca. Le sue due compagne, una dalla pelle ambrata e l'altra dai tratti vagamente orientali, si aggiravano per la stanza con un sorrisetto stampato in faccia e fissavano Alessa. Emily stava lottando mentalmente, ma il suo corpo era rigido e inamovibile come una roccia. A differenza degli incantesimi di Alessa, questi erano troppo potenti per liberarsene con facilità.

«Melissa» disse Alessa. Sembrava sicura di sé, ma Emily poteva percepirne la paura nella voce e sapeva che probabilmente anche Melissa poteva avvertirla. «Non fare del male alle mie amiche...».

«Neanche tu dovevi fare del male alle mie amiche» ribatté Melissa. «Cosa credevi quando hai trasformato Hast in una rana?

O quando le tue amichette mi hanno lanciato cinque incantesimi diversi, lasciandomi lì a tentare di liberarmene?».

Se avesse potuto muoversi, Emily avrebbe alzato gli occhi al cielo. Era chiaro che non era l'unica con cui Alessa se l'era presa prima di essere quasi uccisa e poi rapita. Melissa pareva assetata di vendetta; naturalmente, le vecchie amiche di Alessa sarebbero state molto brave a proteggere la loro leader, che spesso non era in grado di lanciare incantesimi da sola. Ma Emily non le aveva più viste da quando Alessa aveva rischiato di morire.

«Mi è stato fatto notare che mi sono comportata male» disse Alessa con tono rigido. Emily poteva solo immaginare cosa le avesse riservato Kyla, per non parlare del Direttore e del Gran Maestro. A una principessa reale non era concesso di rischiare la vita maltrattando gli altri studenti che le mancavano di rispetto. «Mi dispiace per ciò che ti ho fatto».

«Ti dispiace?» chiese Melissa. Sollevò una mano e la trasformò in un artiglio. «Tu non conosci il significato di quella parola».

Emily realizzò che si stava atteggiando credendosi al sicuro. Il sergente Harkin aveva detto chiaramente che chi perde tempo a far mostra di sé sul campo di battaglia finisce presto ammazzato, perché il nemico nel frattempo potrebbe lanciare degli incantesimi mortali. Alessa aveva studiato con Emily sin da quando erano state messe insieme a incantesimi base e ormai ne sapeva più di quanto Melissa immaginasse su come lanciare incantesimi senza la bacchetta. Forse avrebbe potuto far fuori tutte e tre le ragazze prima che fosse troppo tardi…

Alessa alzò una mano e scagliò un incantesimo dritto su Melissa.

Melissa sembrò annoiata quando l'incantesimo rimbalzò sulle sue protezioni, venendo deviato verso il soffitto. Un attimo dopo, la ragazza rispose al fuoco, colpendo Alessa in pieno petto.

Alessa si rimpicciolì rapidamente. La sua toga cadde a terra e la coprì mentre scompariva alla vista. Emily sentì qualcosa grattare e subito dopo vide un enorme ratto. Doveva essere Alessa…

«Divertiti a contrastare l'incantesimo» disse Melissa. «Ci ho messo anche dei denti veri».

Fissò Emily come se stesse meditando di lanciare un incantesimo anche su di lei, ma poi andò via, seguita dalle altre due.

Emily la guardò andarsene. La sua mente venne pervasa da un'ondata di gelida rabbia. Odiava essere sempre impotente; essere congelata le ricordava fin troppo la prigionia da Shadye. La magia che la teneva bloccata sembrava molto forte. Provò a lanciare un contro-incantesimo, ma non funzionò.

Il ratto squittì, rammentandole che sarebbe potuta andarle peggio. Onestamente non aveva immaginato che Alessa potesse cadere in un'imboscata, una svista che aveva gettato tutte e tre nell'umiliazione. Si annotò mentalmente di controllare se esistessero incantesimi in grado di acuirle i sensi o quanto meno di avvisarla se qualcuno si stava avvicinando furtivamente o le stava tendendo una trappola. Con ogni probabilità, il sergente Harkin non avrebbe approvato – aveva testato le loro abilità naturali, non il loro potere potenziato dalla magia – ma Emily aveva il sentore che le sarebbe servito. Era la seconda volta che veniva colta di sorpresa.

Sembrava che il tempo fosse rallentato, fin quando non avvertì che l'incantesimo iniziava pian piano a sbloccarsi. Emily era molto debole, tanto che poco dopo cadde a terra come un sacco di patate. Un secondo dopo sentì Imaiqah cadere a terra e ansimare dal dolore; Alessa, invece, era ancora un ratto. Emily riuscì in qualche modo a rotolare verso Imaiqah e vide che era sul punto di piangere. Avrebbe voluto confortare le sue amiche, ma muoversi le era quasi impossibile. Era stremata.

"Cioccolato" pensò e frugò in tasca. Dopo aver sperimentato il Berserker, aveva preso l'abitudine di portarsene sempre dietro una barretta. Riuscì lentamente a ingoiare un paio di pezzi e poi passò il resto a Imaiqah. La cioccolata le fornì l'energia sufficiente a mettersi in piedi e guardare Alessa, che continuava a essere un ratto. Probabilmente Melissa voleva che l'incantesimo fosse difficile o addirittura impossibile da rimuovere.

Alessa volse lo sguardo in su, con un movimento del naso così rapido che, se non fosse stato per la gravità della situazione, sarebbe risultato davvero comico. Agitava le zampine per aria, ed era facile intuire cosa volesse.

«Ci provo» disse Emily. «È che sono a corto di energia».

Lanciò un solo incantesimo e rimase a guardare. Come previsto, non aveva sortito alcun effetto e Alessa era ancora un ratto. Era ovvio che Melissa avesse messo in conto quella semplice contromisura, agendo perciò in modo che l'incantesimo resistesse.

Emily iniziò quindi ad analizzare l'incantesimo, facendolo apparire davanti a sé. Sembrava la mera copia di un incantesimo che aveva visto in un libro di scherzi pratici – ancora una volta non riusciva a capire come trasformare qualcuno potesse definirsi uno scherzo – ma Melissa aveva aggiunto un componente disgustoso per renderne più difficile la rimozione.

«Dobbiamo lanciare l'incantesimo assieme» disse Imaiqah. La sua amica pareva totalmente esausta, ma i suoi occhi erano vivaci. «Quella particolare modifica può essere eliminata perché reagisce a un incantesimo alla volta. Al mio tre. Uno, due, tre…».

A questo secondo tentativo, l'incantesimo annullante aveva funzionato alla perfezione. Alessa dapprima si contorse e poi riprese le sue sembianze umane, continuando a strisciare a terra. Emily la guardò afferrare la toga e infilarsela dalla testa, pronunciando parole che l'incantesimo di traduzione si rifiutava di adattare. O forse la traduzione era perfetta. Molti dei commenti offensivi in altre lingue non suonavano poi così male se tradotti in inglese.

«Mi dispiace» disse Alessa poco dopo. La sua voce era attutita dalla toga mentre cercava di infilarsi la canottiera. «Non ho riflettuto».

Emily non ne era troppo sorpresa. Prima di arrivare a Whitehall, Alessa aveva una reputazione, una famiglia e delle amiche che eseguivano i suoi ordini, anche se come maga non valeva molto. Senza dubbio il suo gruppetto di amiche aveva abilità magiche tali da impedire che Alessa venisse pugnalata alla schiena da una delle sue vittime. Ma adesso… che fine avevano fatto le sue amiche? Erano state rispedite a casa in modo disonorevole?

«Non vogliono più stare con me» ammise Alessa quando Emily chiese spiegazioni. «I loro genitori dicono che sono pericolosa».

Emily si appoggiò al muro e trasse un bel respiro. «Cos'hai fatto a Melissa?».

Alessa si prese del tempo per rispondere. «La trovavo irritante, così le lanciai una maledizione che la costringeva a dire le cose sbagliate al momento sbagliato. Si rivolse in malo modo a un professore e per questo fu mandata nel Corridoio della Vergogna».

«Oh» disse Emily. Non poteva di certo biasimare Melissa per volersi vendicare, ma era ancora molto arrabbiata con lei. Perché mai le aveva dato la colpa per una cosa fatta da Alessa quando lei a Whitehall neanche c'era? Poco dopo capì il motivo: successivamente alla lite era diventata amica di Alessa e aveva iniziato a insegnarle a lanciare gli incantesimi. Probabilmente Melissa sospettava che Alessa sarebbe diventata ancora più terribile, una volta acquisita la giusta tecnica. «Ma cosa pensavi?».

«Sono stata una sciocca» disse Alessa in tono cupo. Alzò lo sguardo e i suoi occhi chiari trasudavano rabbia. «Dobbiamo reagire».

Emily esitò. La sua parte più matura e responsabile le suggeriva che Melissa aveva ragione ad avercela con Alessa e che forse, ora che si era divertita, sarebbe finita lì. Ma la Emily vittima di bullismo sapeva che quello probabilmente sarebbe stato il primo di una serie di episodi. Spesso le vittime di bullismo diventano bulli a loro volta, perché è l'unico modo che conoscono per difendersi.

Magari Melissa e le sue due amiche avrebbero iniziato a lanciarle incantesimi e maledizioni ogni qualvolta ne avessero avuto la possibilità.

L'avevano immobilizzata e costretta ad assistere alla trasfigurazione di Alessa, e poi ad aspettare per ore che l'incantesimo svanisse. Era davvero arrabbiata con Melissa, nella stessa misura in cui Melissa lo era stata con Alessa quando aveva deciso di maledirla. E la povera Imaiqah non aveva fatto nulla per meritare di essere congelata sul posto.

Emily non era abituata ad avere amici. Cosa sarebbe successo se avesse declinato la proposta?

Imaiqah ruppe il silenzio. «Ma Melissa è molto abile nel lanciare gli incantesimi. Non possiamo semplicemente andare da lei e sfidarla...».

«No» concordò Alessa e si guardò le mani con una certa amarezza. «Forse dovremmo farle uno scherzo».

Emily trasalì per il tono. La principessa non aveva mai dovuto affrontare una sua pari, tanto meno qualcuno migliore di lei, fatta eccezione per il rapitore che aveva tramortito. Poteva anche essere testarda e riluttante a usare l'intelligenza, ma di certo non si arrendeva.

«Credo che dovremmo tornare in camera mia e darci una sistemata» disse Emily. In tutto quel trambusto avevano perso l'ora del tè, ma le cucine fornivano pasti fuori orario per alcuni studenti, oltre a cibo di emergenza per chi si era sovraccaricato di lavoro. «Poi decideremo il da farsi».

Nella stanza non c'era traccia di Aloha, così Emily prese i libri degli scherzi mentre Alessa si spogliò in privato e poi si rivestì decentemente. C'erano migliaia di incantesimi diversi da usare per divertimento, ma la maggior parte di essi sarebbe stata facilmente intercettata e rimossa da una come Melissa. Emily non aveva mai visto prima quella ragazza, il che significava che aveva passato tutte le materie base e si stava preparando per il secondo anno. Di sicuro ne sapeva più di lei di incantesimi e maledizioni.

«Potremmo trasformarla in qualcosa di sgradevole» disse Alessa non appena fu pronta. «Magari un ragno o un granchio, o...».

Emily rabbrividì. Forse per la gente di quel mondo le trasformazioni erano qualcosa di innocuo, ma lei non condivideva affatto. Se fosse cresciuta in un luogo in cui esisteva la magia, forse l'avrebbe pensata diversamente. Inoltre, aveva quasi ucciso Alessa unendo due incantesimi, di cui uno di trasformazione. Il risultato avrebbe potuto essere disastroso.

«Oppure potremmo colpirla con la Palla Idiota» propose Imaiqah. «Quello sì che le farebbe prendere una bella paura».

«Non so come lanciarla» ammise Alessa. Sembrava che la distanza tra le due ragazze si fosse azzerata dopo aver condiviso quella brutta esperienza. «Tu sai farlo?».

«La Palla Idiota?» chiese Emily perplessa.

«È un incantesimo che rende stupidi» spiegò Alessa, e fece un sorrisetto. «Ammetto che a volte mi viene da credere che i ragazzi della scuola ne siano stati colpiti...».

«Non puoi lanciarlo e basta, perché gli incantesimi di protezione lo respingerebbero» aggiunse Imaiqah. «Devi attaccarlo a qualcosa e poi metterglielo addosso, magari facendolo scivolare dentro la toga. Inoltre, fa subito effetto. Diventa impossibile anche solo fare due più due».

Emily non era convinta; tutti gli scherzi che coinvolgevano la manipolazione mentale erano molto limitati, perché persino in quel mondo agire sulla mente era considerato poco divertente. Una suggestione postipnotica poteva far ridere, ma anche rivelarsi disastrosa; la Palla Idiota avrebbe potuto causare problemi ben peggiori.

«Oppure c'è la Chiave di Genere» suggerì Alessa. «Credi le piacerebbe svegliarsi e scoprire di essere un ragazzo?».

«Con quello finiremmo nei guai» le ricordò Imaiqah. Emily le fissava con sguardo assente. «Due anni fa qualcuno introdusse a Whitehall un incantesimo che cambia il sesso, o almeno così mi hanno detto. La cosa generò un caos totale. Alla fine, l'incantesimo fu proibito e ci avvisarono che, se l'avessimo usato, ci sarebbe costato un incontro con il Direttore».

Emily scosse la testa, incredula. Si era abituata alla sua nuova vita, un processo reso più facile dal fatto che del suo vecchio mondo non voleva rivedere niente e nessuno. Eppure c'erano ancora momenti in cui quella nuova realtà veniva fuori e la colpiva in pieno viso. Un incantesimo che rende la gente idiota, un altro che cambia il genere... del resto, in quella scuola era consentito portare ovunque armi letali. Perché la magia era proprio quello, un'arma letale. Se Alessa si era rivelata pericolosa lanciando solo un paio di incantesimi, a cosa sarebbe potuto arrivare uno stregone combattente?

«Non male come cosa» disse Emily ricordando i ragazzi della sua vecchia scuola. Erano tutti idioti, nessuno escluso, soprattutto una volta raggiunta la consapevolezza che le ragazze non sono solo degli uomini dalla forma strana. Bastava che una delle più popolari rivolgesse loro un sorriso per trasformarli in zombie bavosi. I ragazzi erano sporchi e puzzolenti, non voleva essere uno di loro per nulla al mondo.

Ma anche alcune delle ragazze non erano poi così intelligenti. C'era di meglio nella vita che contare il numero di ragazzi che avrebbero fatto qualche stupidaggine solo per un paio di occhi dolci. O cercare di diventare popolari uscendo con i più fighi della scuola.

Le venne in mente qualcosa e guardò Alessa. «Se i tuoi genitori volevano un maschio, perché non hanno usato la magia per cambiarti il sesso?».

Alessa rimase a bocca aperta e poi deglutì. «Non so da dove tu venga, ma dev'essere un bel po' lontano. Non sai che questa magia non funziona sempre come dovrebbe?».

«A volte la mente non si adatta al cambiamento» aggiunse Imaiqah. «Potresti mettere un ragazzo nel corpo di una ragazza, se non fai molta attenzione».

«E armeggiando con la mente» proseguì Alessa, «potresti peggiorare ulteriormente la situazione».

Emily annuì per lasciare intendere che aveva capito. La maggior parte degli incantesimi di trasfigurazione era stata configurata per evitare di causare danni, perché gli effetti a lungo termine della manipolazione mentale potevano essere pericolosamente imprevedibili. Nel caso di una ragazza che veniva trasformata in ragazzo, l'interiorità sarebbe rimasta femminile, mantenendo probabilmente l'attrazione per il genere maschile. C'era la possibilità che quella persona diventasse omosessuale, almeno in senso stretto. E viceversa, lo stesso sarebbe accaduto a un ragazzo che diventava una ragazza. A dire il vero, se i ragazzi del suo vecchio mondo fossero stati messi nei panni delle ragazze per qualche giorno, forse avrebbero imparato una lezione importante. Se la prendevano con i ragazzi più deboli accusandoli di essere omosessuali, anche se lei sapeva che anche loro perdevano la testa per le ragazze. Se la prendevano con tutti quelli che erano più deboli di loro.

Non aveva idea di come venissero visti gli omosessuali in quel mondo, ma per una monarchia la cosa avrebbe potuto costituire un disastro. In particolare, non immaginava come avrebbe reagito il regno di Alessa – soprattutto se non avessero saputo che in origine il ragazzo era dell'altro sesso – ma come minimo la situazione avrebbe messo in dubbio la sua capacità di proseguire la stirpe. E se non avesse potuto procreare, neanche con una donna nata tale? La linea di successione sarebbe andata distrutta. O se… Le possibilità erano infinite, ma nessuna di esse era buona.

«Se decidiamo per la Palla Idiota» disse infine Alessa, «come facciamo a fargliela avere? È leggermente paranoica quando si tratta di chiudere la porta della sua stanza».

«Legittimo» commentò Emily. Non era sicura di voler andare avanti con il piano, ma Melissa meritava una lezione per essersela presa con la persona sbagliata. «Forse dovremmo lanciarle una maledizione quando è girata di spalle».

Imaiqah ridacchiò. «So come fare» disse. Emily e Alessa la guardarono sorprese. «I suoi vestiti saranno ad asciugare in lavanderia dopo il bucato. Non dobbiamo fare altro che maledire la sua canottiera e aspettare che la indossi».

«Molto bene» disse Alessa e si fregò le mani, soddisfatta.

«Domani… colpiremo!».

Capitolo XXXIV

"Devo essere fuori di testa" pensò Emily non appena aprì gli occhi. Diede uno sguardo all'orologio: erano le cinque, esattamente l'ora in cui aveva impostato l'incantesimo del sonno affinché la svegliasse. "Devo essere totalmente fuori di testa".

Si girò, spostò la coperta e saltò giù dal letto. Anche Imaiqah si stava svegliando, ma Aloha dormiva profondamente perché la sera prima aveva fatto tardi. Emily aveva sentito che Aloha si era esercitata con la sua squadra di magia marziale, cosa che aveva intenzione di proporre a Jade al prossimo incontro. Doveva pur esserci il modo di provare quegli incantesimi pericolosi fuori dall'orario delle lezioni senza finire nei guai. Forse il sergente Harkin si aspettava che capissero da soli come fare.

Era domenica, giorno che solitamente veniva dedicato alle revisioni e allo studio, piuttosto che alle lezioni. Emily sapeva che molti studenti si sarebbero alzati tardi, consentendo ai più mattinieri di accedere liberamente in biblioteca e nelle camere degli incantesimi. Facendo segno a Imaiqah di non fare rumore – era meglio non svegliare Aloha, che avrebbe potuto fare domande vedendole in piedi così di buonora – indossò la toga e si sciacquò il viso. Non appena furono pronte, sgattaiolarono fuori nel corridoio deserto.

«La lavanderia si trova in fondo al corridoio» sussurrò Imaiqah mentre si incamminavano. Il corridoio deserto era incantato in modo che chi era ancora a letto non venisse disturbato, ma Madama Razz era nota per rimproverare comunque gli studenti per aver fatto troppo rumore. «L'unico problema sarà entrare».

Una porta si aprì davanti a loro: era Alessa, con indosso una camicia da notte nera e tempestata di gioielli che dovevano valere una piccola fortuna. «Volevo chiedervi» bisbigliò mentre si chiudeva la porta della camera alle spalle. «Come facevate a sapere della lavanderia?».

Imaiqah sorrise e il suo volto, da carino, divenne stupendo. «Mi è caduta accidentalmente una borsa a terra in corridoio e ho combinato un terribile disastro» ammise. «Madama Severina,» Emily immaginò essere Madama Razz «mi ha messo in punizione in lavanderia a dare una mano alle inservienti. Non è stato molto piacevole».

«Avranno avuto molto da fare» disse Alessa sottovoce. «Di solito non permettono che le cameriere interagiscano con noi studenti».

Emily corrucciò il volto, chiedendosi il significato di quelle parole. Non aveva mai visto gli inservienti della scuola, fatta eccezione per le cuoche, che sembravano godere di una condizione migliore di quanto si potesse pensare. Ed erano effettivamente delle ottime cuoche. Ma per ciò che ne sapeva, i servizi di pulizia e lavanderia potevano benissimo essere opera degli Elfi Domestici.

Arricciò le labbra. Quel poco che avevano appreso in classe e dalle letture di storia bastava per sapere che cercare di schiavizzare gli elfi non era una buona idea. A Whitehall certe creature magiche preferivano tenerle fuori dalle mura di cinta, ma non c'era da sorprendersi: bastavano i Mimi a dare gli incubi e la sola idea di averne uno a scuola… Rabbrividì nel realizzare che nessuno poteva avere la certezza che non ci fossero.

Scacciò via quel pensiero non appena raggiunsero la pesante porta di pietra in fondo al corridoio. «Credo che l'incantesimo sulla porta non sia cambiato» disse Imaiqah imprimendo le mani sul pomello. «Dovrebbe essere facile da aprire».

Emily si scambiò degli sguardi con Alessa. Forse la porta avrebbe rifiutato di aprirsi in loro presenza, o forse chi avesse provato ad aprirla sarebbe rimasto congelato. Ma perché qualcuno avrebbe dovuto voler chiudere a chiave una lavanderia?

Un attimo dopo rise di sé stessa. Il loro piano era un ottimo esempio del perché qualcuno avrebbe voluto chiudere a chiave una lavanderia.

«Forse è ora di pensare a una spiegazione» disse velocemente Emily. «Una storia da raccontare a Madama Razz se qualcosa andasse storto…».

Ci fu uno scatto. La porta si aprì, sbuffando un'ondata di aria calda e vapore. Emily entrò e scosse la testa con incredulità. Il locale lavanderia era ampio, con toghe e canottiere fresche di bucato stese ad asciugare o appoggiate in un angolo per poi essere sistemate. Il vapore offuscava la visuale, ma a Emily parve di scorgere qualcuno muoversi in lontananza.

Alessa fece un passo in avanti e lanciò un incantesimo che Emily non riconobbe. Il vapore si diradò quanto bastava per svelare una ragazza vestita di nero in fondo alla stanza: era rimasta bloccata dall'incantesimo di Alessa.

«Niente paura» disse Alessa per rassicurare Emily che fissava la ragazza, terrificata. «Non ho usato un incantesimo di congelamento. Ho solo fatto in modo che il tempo per lei si fermasse. Quando tutto sarà finito neanche si renderà conto dell'accaduto. Faremo ciò per cui siamo venute e poi la sbloccheremo prima di andare via».

«Ma…» Emily non riusciva a parlare. «Ma cos'ha fatto per meritarselo?».

«Pensaci» disse Alessa, come se non capisse perché la sua amica fosse allarmata. «Se non l'avessi bloccata, avrebbe potuto parlare con Madama Severina. Ci avrebbero beccato e punito, e io non voglio essere punita di nuovo!».

Emily era delusa e arrabbiata; era troppo aspettarsi che Alessa fosse cambiata del tutto, era cresciuta pensando che i servitori fossero oggetti, piuttosto che persone. Però aveva ragione: se l'inserviente le avesse denunciate, Madama Razz non l'avrebbe presa alla leggera e quindi addio alla Palla Idiota. Ma trattare le persone come oggetti era comunque sbagliato, ed Emily giurò a sé stessa che più tardi avrebbe detto la sua al riguardo.

Imaiqah passò in rassegna gli stendibiancheria. «Gli indumenti delle ragazze del primo anno sono stati lavati tutti assieme. Dovrebbero essere segnati in modo da non scambiarsi la biancheria intima. Se qui c'è appesa la mia roba, là dovrebbe esserci la tua, e l'altra ancora sarà di Melissa».

Fece una pausa, tenendo in mano una canottiera. «L'ho trovata. Questa maglietta è di Melissa».

Alessa si avvicinò e le sfilò la canottiera di mano. «Ne sei sicura?».

«C'è scritto il suo nome qui» rispose Imaiqah. «C'è solo una Melissa, punto. Se ce ne fossero state altre al primo anno, avrebbero dovuto cambiare nome per non generare confusione».

«Molto bene» disse Alessa. Tirò fuori dalla tasca un foglio di pergamena e lo passò a Emily. «Ho aggiunto all'incantesimo una seconda maledizione, potresti controllare?».

Emily gli diede una rapida occhiata. Alessa si era accorta che il loro piano aveva una falla. A Emily era sfuggito qualcosa quando avevano elaborato l'incantesimo originale. Non c'era alcuna garanzia che Melissa avrebbe indossato subito la canottiera, il che significava che sarebbero potuti trascorrere anche diversi giorni prima che l'incantesimo sortisse effetto. Alessa aveva aggiunto un tocco di fascino per spingere Melissa a indossare immediatamente la maglia, un trucco tanto sottile che persino un mago esperto avrebbe stentato a intercettare. O almeno così sperava Emily.

«Dovrebbe funzionare» disse Emily poco dopo. L'ultima cosa di cui avevano bisogno era che l'incantesimo si dissolvesse prima ancora di fare effetto. «E dovrebbe passare inosservato».

«Allora lancialo, svelta» sollecitò Imaiqah. «Se l'inserviente rimane bloccata troppo a lungo, c'è il rischio che noti qualcosa di strano quando l'incantesimo sarà svanito».

Mentre Alessa lanciava l'incantesimo, Emily si accorse che il potere puro non le mancava. Per un momento non avvertirono nulla; poi percepirono l'incantesimo impregnare la canottiera e svanire in sottofondo. Emily sperava si fosse fissato per bene alla maglia, ma non c'era modo di saperlo se non con una serie di incantesimi che probabilmente lo avrebbero sopraffatto e distrutto prima ancora che potesse attivarsi.

Emily non riusciva a credere a quel che stavano facendo, anche grazie al suo aiuto. Rimise la canottiera ad asciugare e poi lanciò un'occhiata piena di significato ad Alessa. La principessa annuì, si avvicinò all'inserviente e modificò appena l'incantesimo prima di dirigersi alla porta.

«L'incantesimo svanirà in due minuti» sussurrò Alessa mentre si chiudevano la porta alle spalle. «Non si accorgerà di nulla».

Emily alzò le spalle mentre percorrevano il corridoio. L'incantesimo paralizzante non era il massimo, ma almeno la vittima era cosciente di ciò che le stava accadendo. Quello che Alessa aveva lanciato all'inserviente, invece, lasciava la vittima all'oscuro di tutto, a meno che non fosse munita di incantesimi di precauzione che danno l'allerta successivamente. Uno dei libri che aveva letto parlava degli incantesimi e dei trucchi che i maghi usavano per contrastare l'effetto degli incantesimi della memoria, dalle parole chiave ai contenitori della memoria.

Emily dubitava che l'inserviente fosse dotata di poteri magici, perché altrimenti sarebbe stata una studentessa di Whitehall, ma la cosa non rendeva accettabile che venisse maltrattata. Almeno, nel caso di Melissa, era stata lei a iniziare.

"Ma l'inserviente rappresenta per noi ciò che io sono stata per Melissa: qualcuno che si mette d'intralcio" pensò Emily e si sentì in colpa.

Erano tutte troppo eccitate per poter tornare a dormire, così finirono in un'aula studio della biblioteca. Imaiqah prese un libro sulle erbe magiche e iniziò a leggerlo, lasciando Emily a riflettere sul modo di far capire ad Alessa che ciò che aveva fatto all'inserviente era sbagliato. Ma Alessa era cresciuta in un mondo in cui l'alta società poteva fare quel che voleva alle classi inferiori, e dove la magia costituiva spesso la linea di demarcazione tra controllo e servitù. Come spiegare a persone del genere che i loro modi erano sbagliati?

«Se non l'avessi bloccata» fece notare Alessa dopo che Emily tentò invano di farle comprendere il suo punto di vista, «a quest'ora ci ritroveremmo a dover dare spiegazioni a Madama Severina. E dubito che sarebbe contenta di noi».

Emily aggrottò la fronte. Alessa aveva ragione, certo, ma ciò non migliorava la situazione e la sua morale. Imaiqah avrebbe potuto sollevare ulteriori obiezioni – dopotutto era di ceto inferiore – ma non disse nulla. Emily non riusciva a capire se la sua amica stesse evitando di discutere con la principessa o se ne condividesse i modi.

Le persone dalla parte sbagliata del divario sociale, ma che non si trovavano proprio in fondo alla scala, avrebbero potuto prendere le cose più sul serio di chi si trovava in cima, rafforzando la loro posizione. Così aveva letto, ma le sembrava comunque assurdo.

«Le persone non sono oggetti» disse di colpo Emily. Le venne un'idea e sorrise. «Sai come... come una civiltà molto antica chiamava i propri schiavi?».

Alessa rimase dubbiosa. «Schiavi?».

Emily sbuffò. «No, li chiamavano "oggetti pensanti"». I Romani erano stati più intelligenti rispetto all'Impero Ottomano. Avevano capito che gli schiavi potevano diventare cittadini produttivi e lavorare sodo, se integrati nella società dopo essere stati affrancati. «Sapevano che gli schiavi possono rappresentare un pericolo».

«Non conoscevano incantesimi che potessero tenerli a bada?» chiese Alessa.

A Emily vennero in mente le schiave di Void e rabbrividì. «O non potevano concedere loro qualche libertà?».

Emily mise da parte quei pensieri e lanciò un'occhiataccia alla sua amica. «Melissa era indifesa, mentre tu avevi il supporto delle tue amiche». Il senso di colpa la spinse a continuare. «E quando tu eri indifesa, lei ti ha attaccata e umiliata. Quante umiliazioni in più subiscono gli schiavi? Fai attenzione a quali piedi calpesti oggi, perché potresti ritrovarti a baciarli un domani!».

Alessa stava per rispondere, ma Emily le parlò di sopra. «Le persone pensano, hanno dei sentimenti; se calpesti quei sentimenti, loro cercheranno vendetta. Cosa credi accadrà se attorno al tuo trono generi una folla di sudditi rancorosi? Potresti non vivere abbastanza a lungo da avere degli eredi!».

«Un'inserviente non può farmi del male» protestò Alessa.

Emily si mise a ridere. «E non credi che ciò che abbiamo appena fatto dimostri esattamente che può eccome farti del male? Non serve la magia per rovinare la vita a qualcuno. Impara la lezione prima che sia troppo tardi. Potrebbe andarne del tuo regno».

Guardò Alessa meditare su quelle parole con la fronte corrugata. Era impensabile che Alessa cambiasse all'improvviso, ma che ci stesse riflettendo su era un passo nella giusta direzione. Non aveva scelto lei di nascere principessa, dopotutto. A meno che in quel mondo non fosse possibile… Emily ragionò a lungo e poi dedusse che era impossibile, altrimenti l'avrebbero fatto tutti.

Cambiando argomento, aprì il libro di incantesimi base e iniziò a leggere e a esercitarsi per l'esame rispondendo alle domande in fondo al testo. Poco dopo, Alessa fece altrettanto. La settimana successiva avrebbero avuto una prova ed Emily sospettava che non le avrebbero permesso di andare avanti se anche Alessa non avesse superato la prova. Alcune domande erano sorprendentemente facili, mentre altre erano complicate e fuorvianti. A differenza degli esami a cui era abituata, adesso veniva chiesto di applicare le nozioni acquisite, non di ripetere a pappagallo fatti e cifre.

"Forse qui funziona diversamente" pensò, mentre rispondeva a un quesito e controllava la risposta. "Userò queste conoscenze per il resto della mia vita".

Un incantesimo in particolare sembrava impossibile da scomporre, finché Alessa non le fece notare che si trattava di un insieme di maledizioni da annullare nel giusto ordine. Osservandolo, a Emily venne il sospetto che l'autore lo avesse creato apposta per far ragionare gli studenti, perché una volta lanciato nella realtà, un eventuale tentativo di scomposizione andato a vuoto avrebbe avuto delle conseguenze molto spiacevoli. Aveva incluso nell'incantesimo un gran numero di componenti che sembravano inutili. A Emily ci vollero diversi minuti per rendersi conto che non avevano nessun effetto tranne confondere gli studenti incauti. Li avrebbe comunque controllati tutti scrupolosamente. Alcuni di essi sembravano intessuti nei componenti attivi dell'incantesimo.

Trascorsa un'ora, le ragazze iniziarono ad avere fame, così lasciarono la biblioteca e raggiunsero il refettorio. C'erano già degli studenti intenti a divorare grandi quantità di cibo prima delle lezioni del fine settimana. Emily era stata avvertita che prima di essere mandata a qualsiasi corte reale, fatta forse eccezione per casa di Alessa, avrebbe dovuto imparare le buone maniere. Il Gran Maestro le aveva detto che il re e la regina erano grati per l'aiuto che aveva dato durante il rapimento, scongiurando il peggio.

Ci fu un fragore che fece saltare tutti. Melissa era entrata in sala da pranzo per la colazione assieme alle sue amiche, ma c'era qualcosa che non andava in lei. Aveva appena buttato a terra un piatto pieno di cibo e ridacchiava come un'oca giuliva. Le sue amiche le stavano attorno cercando di ripulire e di capire cosa stesse succedendo; a giudicare dai loro commenti, Melissa era stata fuori di testa per tutta la mattina. Sicuramente aveva indossato la canottiera.

Emily incrociò lo sguardo di Melissa e rabbrividì, sperando che la ragazza non avesse mai sentito parlare della Palla Idiota. Melissa sembrava… stupida, una totale idiota. La sua espressione cambiava a una velocità spaventosa, come se passasse dalla gioia al terrore puro. Il ridacchiare stava diventando sempre più isterico man mano che provava, senza riuscirci, a ripulire il pasticcio che aveva creato. Cosa le avevano fatto?

«La maledizione non doveva essere così potente» bisbigliò Alessa. «Qualcuno lo scoprirà prima che vada a lezione».

Emily trattenne la risposta che le era venuta in mente, prese il suo piatto ancora pieno e lo gettò nel passavivande. Aveva perso l'appetito. Se avesse potuto rimuovere la maledizione senza rivelare cosa avevano combinato, l'avrebbe fatto senza pensarci un secondo. Diede un ultimo sguardo a Melissa, che stava iniziando a sbavare come un ragazzino che trova divertente fingersi stupido, e lasciò il refettorio. Era sul punto di sentirsi male.

E lo consideravano uno scherzo!

«Non lo faremo mai più» disse Emily in tono perentorio. Melissa l'aveva umiliata, ma la loro reazione era stata eccessiva. «Ci siamo spinte troppo oltre».

Alessa la guardò in modo strano, ma non replicò. Fu quasi un sollievo quando, raggiunto il corridoio, si imbatterono in Madama Razz, che le trascinò nel suo ufficio. Era una stanza spoglia con solo un divano, una scrivania e una piccola sfera di cristallo in un angolo.

«Mi dovete delle spiegazioni. Perché siete entrate in lavanderia?».

Emily tentennò, così Alessa rispose per prima. «Volevo prendere dei vestiti per oggi. Pensavo fosse permesso».

«Lo sarebbe» rispose Madama Razz, stringendo gli occhi. «Ma perché avete immobilizzato l'inserviente?».

Alessa deglutì. «Perché sono andata nel panico». Emily si stava chiedendo come facesse Madama Razz a sapere cosa avevano fatto. Sicuramente non sapeva della Palla Idiota o… cosa avrebbe fatto altrimenti? Whitehall sembrava chiudere un occhio sugli scherzi, purché non causassero lesioni gravi o morte. «Ho reagito d'istinto».

«Non ti credo». La voce di Madama Razz si era fatta più dura. «È abbastanza difficile convincere qualcuno a lavorare in una scuola per maghi. Devo fare alle candidate ogni sorta di promesse, incluso che non saranno vittime di incantesimi da parte di maghi che si credono simpatici. Dovrò offrire un aumento per evitare che si licenzino».

Aprì un cassetto della scrivania e ne estrasse una specie di scarpa o meglio, una ciabatta. «E devo anche avere a che fare con voi» aggiunse. Sbatté la ciabatta sul palmo della mano, lasciando intuire le sue intenzioni. «Tutte e tre, piegatevi sul divano. Subito».

Quando fu tutto finito, mentre si lamentavano dal dolore, Emily si sentì sollevata. Le inservienti non erano delle schiave; venivano pagate, trattate con dignità ed erano libere di andarsene, se avessero voluto.

Ma come aveva fatto Madama Razz a sapere cosa avevano combinato?

«Smettila di lagnarti» disse ad Alessa. «Sappiamo bene che ce lo siamo meritate».

Capitolo XXXV

«Credo che per qualcuno di voi questo sia il primo esame» disse il professor Lombardi. «La procedura è piuttosto semplice».

Si guardò attorno, un luccichio di celato divertimento negli occhi.

«Finita la fase di preparazione – e spero abbiate con voi tutto il necessario – vi porterò in una piccola aula d'esame. Vi verrà data una serie di fogli con le domande; l'esame inizia nel momento in cui aprirete il primo foglio. Per le domande teoriche, scrivete le risposte sul foglio stesso appena sotto il quesito, piegate il foglio e sigillatelo con la vostra firma karmica. Ricordate che non è possibile riaprire la pergamena una volta sigillata.

«Avete due ore per rispondere a più domande possibile. Vi consiglio di usare gli ultimi dieci minuti per ricontrollare le risposte e poi sigillare i fogli, le pergamene non sigillate non verranno ritenute valide. Se uscite dall'aula, l'esame sarà considerato completato e non sarà consentito rientrare. Non lasciate l'aula a meno che non siate certi di aver finito o non possiate proprio farne a meno.

«Una volta terminato l'esame, potete tornare qua e aspettare che l'insegnante vi assegni la parte pratica. Non tentate di entrare in altre aule d'esame, per nessun motivo. Contravvenire a questa regola vi costerà la bocciatura e anche una punizione per chi prova ad aprire la porta, quindi non fatelo. È ammesso lasciare quest'aula per mangiare o bere durante l'attesa, ma presentarsi in ritardo alla seconda parte dell'esame vi penalizzerà. Ci sono domande?».

Non ce ne furono.

«Bene. Nelle aule d'esame ci sono carta, penne e dei libri che potete consultare, se necessario. Non è permesso portare con sé niente all'infuori di cibo e bevande. Vi consiglio di svuotare le toghe qui e lasciare ogni cosa in classe. Nessuno toccherà niente».

Emily e Alessa si scambiarono degli sguardi mentre svuotavano le tasche di tutto il contenuto. Il professore non aveva detto nulla su quella regola, ma dopo la storia della lavanderia, Emily si era resa conto che erano molto più controllate di quanto credesse. Era probabile che l'aula d'esame fosse coperta da incantesimi per scovare chi avesse provato a introdurre materiale non consentito. Non che lei ne avesse intenzione. Passare l'esame al primo tentativo era diventata un'ossessione da quando aveva iniziato a studiare con Alessa.

«Cibo e bevande» ripeté Lombardi alzandosi. «Seguitemi».

Dietro l'aula degli incantesimi c'era un altro corridoio che conduceva a una serie infinita di porte. Gli studenti attendevano nervosi che arrivasse il loro turno: Lombardi li portava uno alla volta in una piccola stanza, spiegava la procedura e andava via, chiudendosi la porta alle spalle. Emily finì in una stanzetta spoglia, poco diversa dalle aule studio della biblioteca. Le uniche differenze erano la presenza di un piccolo gabinetto e una serie di fogli piegati sul tavolo.

"Avrei dovuto mettere a punto quel programma di scrittura automatica" pensò, mentre Lombardi le faceva segno di sedersi. L'aula d'esame era intrisa di incantesimi che impedivano agli studenti di passarsi informazioni. Era sorpresa che non servissero anche a scacciare presenze indesiderate, o forse servivano pure a quello, ma Lombardi aveva semplicemente avvertito di rimanere concentrati, evitando anche solo di provare a barare.

Il professore puntò il dito verso un angolo e a mezz'aria apparve un conto alla rovescia luccicante. «Il tempo partirà non appena avrai aperto il primo foglio» ribadì. Emily annuì con impazienza; sentiva le farfalle allo stomaco, come sempre prima di un esame importante. «Ricorda: lasciare l'aula per un qualsiasi motivo equivale a concludere l'esame. Se hai bisogno di aiuto, ed è bene che sia proprio necessario, ferma il timer. Verrà subito un insegnante a darti una mano».

"E se non è importante" pensò Emily, "dovrai provare a finire l'esame da in piedi".

«Buona fortuna» disse Lombardi, poi uscì dalla porta e scomparve.

Un attimo dopo, Emily sentì il resto degli incantesimi di blocco assestarsi. Scuotendo la testa, poggiò la bottiglia di succo sul tavolo e controllò i due libri di testo sulla mensola. Non erano nient'altro che suggerimenti, non un aiuto concreto. Bisognava comunque conoscere tanto la teoria quanto la pratica per passare l'esame.

Mise i libri a portata di mano e aprì lentamente il primo foglio. Non appena posò gli occhi sulla domanda, un suono di campanella decretò l'inizio della prova. Lesse il quesito due volte per essere sicura di aver capito. Veniva chiesto di scrivere una complessa serie di componenti per un unico incantesimo, molti dei quali da attivare quando, e se, si fossero verificate certe condizioni. Sarebbe stato più facile farlo con tanti incantesimi separati, ma purtroppo non avrebbe soddisfatto la richiesta.

Scrisse con attenzione ciò che voleva fare, delineò i vari componenti e poi riassunse il tutto in un incantesimo. Come le avevano insegnato, in corrispondenza del punto iniziale aggiunse la dicitura «SP». Aveva la sensazione che, se avesse aggiunto un vero punto iniziale, le sarebbe potuto costare l'esame.

Mentre apriva il foglio successivo, rimase sorpresa nello scoprire un quesito completamente diverso. Era difficile contrastare un veleno con un incantesimo, ma era facile individuarne la presenza, o tramite un campione di sangue o esaminando il corpo. Il secondo quesito chiedeva come funzionasse di preciso l'incantesimo e cosa fare in caso di reazione negativa.

Emily ringraziò il cielo per aver voluto approfondire l'argomento e aver incoraggiato Alessa a fare altrettanto. Lombardi non aveva mai detto esplicitamente che era possibile utilizzare un incantesimo codificato ad hoc per il rilevamento di elementi estranei in un corpo umano, nello specifico un veleno. Si aspettava che lo imparassero da soli.

I fogli erano in tutto dieci. Emily li scorse, provando a non sudare a mano a mano che le domande diventavano sempre più complicate. Una di esse parlava di come intercettare incantesimi e maledizioni sottili, ricordandole ciò che avevano fatto a Melissa. La sua mente iniziò a vagare. Qualcuno aveva di sicuro già scoperto la

Palla Idiota. Melissa non era stupida e il suo recente comportamento lasciava chiaramente intendere che era stata maledetta.

Emily scacciò via quel pensiero e rispose alla domanda; un esame sufficientemente attento del corpo della vittima avrebbe rivelato la presenza di una maledizione, ammesso che l'autore non fosse riuscito a nasconderla con un incantesimo d'invisibilità. Ma tale operazione tendeva a indebolire la maledizione al punto da renderla praticamente inutile. Una volta Emily aveva provato a chiedere se ciò avesse qualcosa a che fare con l'effetto osservatore, ma aveva avuto in risposta gli sguardi vuoti dei suoi insegnanti.

Passarono 90 minuti prima che finisse di rispondere a tutte le domande, poi tornò a rileggere quanto scritto. Una delle risposte non la soddisfaceva appieno, ma ogni incantesimo aveva troppe variabili da tenere in considerazione. Lo specificò distrattamente di seguito alla risposta e suggerì di utilizzare tre incantesimi separati come potenziale soluzione. Forse era una domanda trabocchetto. Sembrava che gli insegnanti volessero costringerli a ragionare.

Diede uno sguardo al timer e iniziò a sigillare i fogli. Sentiva la testa troppo pesante per continuare, nonostante avesse bevuto un sorso d'acqua e mangiato della cioccolata. Dopo aver sigillato tutto, si alzò e si diresse alla porta, incerta sul da farsi. Alla fine lasciò tutte le risposte sul tavolo.

Uscì dalla stanzetta e andò in aula. Non fu sorpresa di vedere quattro studenti, uno dei quali con un'espressione molto contrariata, già lì seduti ai banchi. Di Alessa, però, non c'era traccia.

La principessa giunse allo scoccare dell'ultimo secondo. Sembrava esausta e per nulla convinta della riuscita, proprio come Emily. Nell'attesa si scambiarono alcuni commenti; poi un insegnante, un uomo molto magro che Emily non aveva mai visto, arrivò per condurre uno degli studenti all'esame pratico. Fino a quel momento, Emily non aveva mai realizzato quanti professori ci fossero a Whitehall, parevano centinaia.

«Ho la testa nel pallone» sussurrò Alessa. «Odio gli esami».

«Anch'io» concordò Emily. Non sapeva quante risposte avesse azzeccato, ammesso che ne avesse azzeccata qualcuna. «Prendiamo qualcosa da mangiare?».

«Sì» disse Alessa. «Faremmo bene a muoverci».

Lasciarono l'aula e raggiunsero la cucina, dove scoprirono che le cuoche avevano preparato pane, prosciutto e formaggio. Emily aveva suggerito allo staff di fare dei panini, ma sebbene avessero afferrato il concetto, pensavano non fossero adatti agli studenti. A quanto pareva, andavano bene solo per la gente più umile. Comunque, comporre il panino con le sue mani sarebbe stato divertente.

«Ho sentito che oggi rifarai l'esame» disse una voce. A Emily gelò il sangue quando realizzò che si trattava di Melissa. «Ti conviene fallire di nuovo, principessa. Ti risparmieresti l'umiliazione del corso avanzato!».

Alessa la fulminò con lo sguardo e corse lungo il corridoio, cercando di impugnare la bacchetta. «Potrei...».

«Non farlo» la dissuase Emily. Era più sollevata di quanto non volesse ammettere nel vedere che Melissa si era ripresa. Chissà cosa avrebbe causato una lunga esposizione alla Palla Idiota. «Dobbiamo finire l'esame, ricordi?».

Rientrate in classe, divorarono i panini improvvisati in attesa dell'insegnante successivo. Emily non riusciva a capire perché non avessero detto loro di tornare quando i professori sarebbero stati pronti, ma forse faceva parte dell'esame. Nel mondo reale non era possibile sapere esattamente quando avrebbero dovuto usare la magia.

Trascorsi quasi venti minuti, apparve una donna dai tratti un po' indiani e un po' cinesi – pelle scura e occhi a mandorla – e fece segno a Emily di seguirla. Era tempo di iniziare la seconda parte dell'esame.

Non appena misero piede nella stanza, Emily notò che i fogli e la scrivania non c'erano più. C'erano invece tre sedie, di cui una occupata da una grande bambola dalle fattezze umane. Le altre due erano vuote. Quando l'insegnante le fece cenno Emily ne prese una e rimase in attesa, cercando di prepararsi come meglio poteva. Non avevano detto molto su come sarebbe stata la seconda parte dell'esame; a quanto pareva, era ogni volta diverso.

«Questa è la parte pratica dell'esame di incantesimi base» disse la donna. «Sono la maestra Stella».

Toccò la bambola con un dito. «Questa è Sì e sarà la nostra assistente volontaria per l'esame».

Emily rimase sorpresa. Quella bambola era davvero intelligente o si trattava di uno scherzo? Era impossibile capirlo.

«Non dovresti avere problemi a completare tutti i test» la informò Stella. «Se pensi di non farcela, dimmelo subito e passeremo al test successivo. Il mancato completamento di almeno sei test implica la bocciatura; a seconda del punteggio della parte teorica, potresti essere bocciata anche se ne completassi sette o otto. Non hai limiti di tempo, ma alcuni test devono essere completati velocemente, una volta avviati. Intese?».

«Sì».

«Bene» disse la maestra Stella. Estrasse dalla tasca una piccola scatola, appena più grande della mano di Emily. «Aprila».

Emily prese l'oggetto in mano; il volto dell'insegnante non tradiva alcuna emozione mentre lei scorreva l'incantesimo di rilevamento, stabilendo infine che la superficie della scatola era effettivamente innocua. Esaminò attentamente la scatola e scoprì un solo, piccolo incantesimo sul chiavistello. Il classico incantesimo annullante funzionò alla perfezione. Prima di alzare il coperchio lanciò per precauzione un elementare incantesimo di rilevamento e intercettò una seconda maledizione che necessitava di un incantesimo più complesso per essere rimossa. Infine, Emily aprì la scatola e al suo interno trovò una perla.

«Questo è il secondo test» disse Stella. «Quella perla è maledetta: stravolge la magia della persona che la ingoia. Il tuo obiettivo è di ingerirla e neutralizzarla prima che faccia effetto».

Emily era titubante. Immaginava che gli effetti sarebbero stati molto gravi, ma era del tutto possibile che, se avesse fallito, non sarebbe stata in grado di completare l'esame. Cosa sarebbe successo se si fosse rifiutata di provare?

«Vorrei accantonare la cosa, per il momento. Posso svolgere questa prova alla fine?».

La maestra Stella non mostrò alcun segno di approvazione o disapprovazione. «Come preferisci» disse e si alzò. «Poggiala sul tavolo».

Si mise alle spalle di Sì e sorrise appena. «Sì è stata maledetta da una potente strega. Vedrai che la sua anima è avvolta da un'unica, complessa maledizione. Non si limita a spingerla a soddisfare le sue richieste, ma ne rimodella la mente fin quando non sarà ciò che lei desidera che sia. La maledizione punisce ogni pensiero o sentimento indesiderato, consumandola lentamente fino ad annullarla. Se non la salvi, diventerà un fantoccio».

«Lavaggio del cervello» mormorò Emily. Il concetto era molto simile a quello che nel suo vecchio mondo veniva definito con quel termine. Punire costantemente qualcuno per un suo pensiero lo avrebbe prima o poi portato a non pensarci più. «Vuole che rimuova la maledizione?».

«È qualcosa che gli stregoni indipendenti si trovano spesso a fare» concordò Stella. «La strega non conosce gli effetti a lungo termine della maledizione o non gliene importa nulla. La povera Sì finirà con il cervello in poltiglia, a meno che non la salvi».

Emily deglutì. «Capisco». Avevano imparato a rimuovere incantesimi e maledizioni, ma una maledizione così estesa non l'aveva mai affrontata. «Quanto tempo ho?».

L'insegnante sorrise. «Vedrai». Salutò languidamente Sì con la mano. «Inizia pure, cara. Buona fortuna».

Emily annuì e lanciò l'incantesimo sulla bambola. La maledizione le si palesò davanti: una massa luccicante di componenti mortali, ognuno dei quali sintonizzato su un pensiero diverso. Era così profondamente radicata da non riuscire a capire come rimuoverla senza farle a pezzi la mente. Metà della maledizione sembrava in grado di analizzare i pensieri e riconoscerli; l'altra metà era progettata per causare dolore attraverso la manipolazione di parti del cervello. Il solo guardarla la fece sentire sporca.

Ogni volta che credeva di aver trovato un punto di partenza, si rendeva conto che c'era prima qualcos'altro. Era una massa intricata di incantesimi, molto più complessi di qualunque altra cosa avesse mai visto.

"Ma gli stregoni indipendenti hanno sempre a che fare con questo genere di cose" disse tra sé. "Deve esserci una soluzione".

Con cautela, mise la sua magia in contatto con la maledizione e si tuffò con la mente in quell'intricata ragnatela. I componenti letali, pronti a colpire chiunque fosse stato così sciocco da tentare di rimuovere l'incantesimo, presero vita, irradiando dolore. Emily strinse i denti e li ignorò, capendo finalmente perché l'incantesimo era tanto difficile da annullare…

…E poi ne afferrò l'unico punto debole. La strega aveva assemblato l'incantesimo creando un brutto intreccio, ma metà della maledizione non serviva a niente. Bastava eliminare le parti che avrebbero inflitto dolore o causato la morte di Sì se qualcuno avesse provato a rimuovere la maledizione.

Lavorando a una velocità frenetica di cui non credeva di essere capace, Emily annullò le parti torturanti dell'incantesimo prima di ritirarsi dal resto della maledizione. Le sezioni in grado di leggere nel pensiero sarebbero state rimosse con calma in un secondo momento. Un'ultima scintilla di energia mortale fu sul punto di uccidere Sì, ma Emily la deviò, assorbendola con i suoi incantesimi di protezione.

Infine, Emily si tirò fuori dalla maledizione, realizzando improvvisamente quanto stesse sudando.

Prima di proseguire, la maestra Stella le diede acqua e cioccolata. Quella donna sembrava imperturbabile. D'un tratto Emily si domandò se gli studenti di incantesimi avanzati fossero tenuti a rimuovere maledizioni tutto il tempo o se facessero solo scherzi ai più piccoli.

«La quinta parte della prova consiste nel seguire queste istruzioni…» disse Stella.

L'esame pratico durò circa quattro ore. Alla fine della giornata, Emily era così esausta da desiderare solo di collassare a letto. Aveva completato nove dei test assegnati, sbagliando l'ultimo per la stanchezza, cosa che immaginava l'avrebbe penalizzata. A ogni modo, al di là del proprio risultato, la sua promozione dipendeva dall'esito dell'esame di Alessa. Avrebbe quasi preferito rifare visita al Direttore…

«Sei giustificata per tutto il resto della giornata» la informò l'insegnante. «Bevi acqua zuccherata, mangia un pasto completo e riposa. Il risultato lo saprai dopo che verranno corretti i compiti».

Emily annuì e si diresse verso le cucine. Avrebbe preso da mangiare e da bere, e poi sarebbe andata in camera. Voleva solo dormire.

Capitolo XXXVI

Trascorsero due giorni prima che Emily venisse convocata dal professor Lombardi, due giorni passati a chiedersi se fosse stata bocciata e se avesse dovuto fare qualcosa di diverso. La notizia di un imminente esame di alchimia e le prove di magia marziale non l'avevano fatta dormire la notte nonostante gli incantesimi per provare a combattere l'insonnia. Parlare con Alessa non era stato d'aiuto. Confrontandosi, era emerso che avevano sostenuto esami diversi e non si sapeva se perché ognuno aveva ricevuto quesiti differenti o se perché a Emily era stata assegnata una prova più difficile degli altri. Venire convocate nell'aula di incantesimi fu quasi un sollievo.

Il professore annuì in modo educato nel momento in cui Emily entrò nella stanza chiudendosi la porta alle spalle. «Accomodati» le disse gentilmente. «Aspettiamo che arrivi la maestra Irina».

Emily rimase sorpresa. Aveva chiesto ad Aloha cosa fosse successo quando aveva superato incantesimi base e la ragazza aveva riferito di aver parlato solo con Lombardi.

Non aveva idea di ciò che stesse accadendo, così si sedette e provò a rimanere calma. La maestra Irina arrivò dopo due minuti, portando con sé un rotolo di pergamena e uno strano attrezzo simile a un pugnale che passò a Lombardi prima di prendere posto.

«Avrai capito che ti è stato assegnato un esame pratico più difficile rispetto ai tuoi compagni» disse senza troppi preamboli il professor Lombardi. «Abbiamo monitorato i tuoi progressi ed è chiaro che hai un vero talento per gli incantesimi. Hai passato l'esame pratico a pieni voti».

«Grazie» disse Emily. «Ma perché...?».

«Tutti gli studenti hanno bisogno di essere punzecchiati e spronati per costringerli a sviluppare il proprio talento» disse la maestra Irina seria. «Ti abbiamo messo più duramente alla prova con gli incantesimi perché sei molto dotata in quella materia. Un qualsiasi studente del primo anno non sarebbe in grado di smantellare la maledizione che affligge Sì. Riuscirci senza uccidere né sé stessi né la vittima richiede un vero talento».

A Emily vennero i brividi al ricordo degli incubi avuti dopo l'esame. Pensava che gli scherzi pratici, persino la Palla Idiota, fossero abbastanza cattivi, ma le maledizioni come quella erano terrificanti. Era facile capire perché la vittima non riuscisse a liberarsene, a prescindere da quanto fosse potente. La maledizione di Sì dilaniava la mente. La maestra Stella aveva fatto notare che gli stregoni indipendenti si trovano spesso a dover smantellare maledizioni poco piacevoli. Emily si era chiesta se fosse davvero la carriera giusta per lei, finendo per domandarsi se fosse il caso di evitarla.

«Hai commesso qualche errore, ma hai superato l'esame» continuò Lombardi. Prese la pergamena e la passò a Emily. «Congratulazioni».

Emily prese il foglio e lo fissò, incredula. Certificava l'esito positivo di incantesimi base e dell'esame pratico di terzo livello. Sulla pergamena c'era un sigillo magico impossibile da falsificare. Lo sfiorò con un dito e rimase scioccata nel sentire pronunciare nella testa il nome dell'esaminatore.

Rimase a lungo in silenzio e poi li ringraziò. Dopo un attimo di incertezza fece loro una domanda che si portava dentro dal giorno dell'esame: «La bambola… è un vero essere umano sotto una maledizione?».

Lombardi la guardò sorpreso. «Certo che no. È solo una bambola, il cui aspetto molto realistico le permette di portare una maledizione creata per le menti umane. Se avessi fallito, non le avresti arrecato alcun danno».

"Ma avrei danneggiato me stessa" pensò Emily. Nei suoi libri era pieno di orribili esempi di cosa avrebbe potuto andare storto rompendo una maledizione. Un unico errore avrebbe potuto distruggerle la mente, compromettere i suoi poteri o, nella peggiore delle ipotesi, trasferire la maledizione su di lei. Con il senno di poi, non si capacitava di aver accettato di svolgere l'esame pratico così alla leggera. Avrebbe dovuto capire che non doveva essere tanto brutale.

«Considerata la tua prova, ci chiediamo cosa fare di te adesso» proseguì Lombardi dopo un lungo momento. «Certamente frequenterai incantesimi avanzati, perché ti servirà per acquisire dimestichezza, ma verrai seguita anche dalla maestra Stella, che provvederà a farti procedere a passo spedito. Ci aspettiamo che alla fine del secondo anno tu sia in grado di lavorare come una del quarto».

Emily trasalì. «Mi manderete subito avanti di un anno?».

La maestra Irina si mise a ridacchiare. «Temo che non riusciremmo a giustificarlo, a meno che non dimostrassi di essere un prodigio in ogni materia. Il professor Thande mi ha detto che bruci il tuo calderone una lezione sì e una no».

Emily annuì, imbarazzata. A volte pensava che non sarebbe mai riuscita a capirci niente di alchimia. La precisione richiesta dalla materia rendeva impossibile a chiunque padroneggiarla con velocità. La sua mente razionale continuava a sostenere che sicuramente non importava se una certa pozione veniva mescolata dieci volte anziché undici, indipendentemente da ciò che dicevano le istruzioni. Thande le aveva detto che avrebbe imparato le basi, ma era improbabile che sarebbe diventata un'alchimista a tutti gli effetti.

«Le lezioni di incantesimi avanzati iniziano tra due settimane» disse Lombardi rompendo il silenzio. «Ti verrà fornita una lista di libri; ti consiglio di leggere il più possibile sull'argomento, perché in classe non viene spiegato tutto. Provvederò anche a organizzare le tue sessioni private».

«Segue anche magia marziale» gli ricordò Irina. «Fai attenzione a non accavallare gli orari».

Emily annuì. Avrebbe comunque letto il più possibile, ma una lista era un buon punto di partenza, sebbene quella di incantesimi base includesse testi che non avevano molto a che fare con la materia. Forse avrebbe colto il nesso più in là, o forse Lombardi li stava mettendo alla prova per vedere chi avrebbe avuto il buon senso di mettere in discussione la lista prima di perdere tempo in inutili letture.

«Ci penserò io» le assicurò Lombardi. Poi si rivolse a Emily. «Sembra che la tua vita sia molto eccitante. Temo che potrebbe diventarlo ancora di più».

Emily sbuffò. Era stata strappata al suo universo e quasi sacrificata da un negromante, salvata e mandata in una scuola per ragazzi magici; aveva quasi ucciso una principessa, era stata rapita da banditi e costretta a scappare… e poi era stata coinvolta in una guerra di scherzi tra scolari armati di magia. Come poteva, la sua vita, diventare ancora più eccitante?

«Prendi la pergamena e custodiscila con cura» disse la maestra Irina. «Smarrirla costa dieci monete d'oro».

«Grazie» disse Emily mentre riponeva la pergamena in tasca. «C'è qualcosa che dovrei sapere sulla mia prova d'esame?».

«Che sei passata?» rispose seccamente Lombardi.

Emily arrossì.

«Più tardi la maestra Stella ti mostrerà cosa hai fatto bene e cosa male. Per adesso goditi qualche giorno di libertà dallo studio. Incantesimi avanzati ti metterà a dura prova».

Emily si alzò e si fermò un momento. «Posso farle una domanda?» cominciò e proseguì senza aspettare la risposta affermativa di Lombardi. «Alessa è stata promossa?».

I professori si scambiarono uno sguardo. Avevano detto a Emily che il suo voto sarebbe dipeso da quello di Alessa e che anche qualora avessero deciso di promuoverla, la punizione originale avrebbe potuto rimanere. Cosa sarebbe successo se Alessa avesse fallito ancora una volta? Avrebbe dovuto ripetere la materia all'infinito?

«È passata» disse Lombardi dopo un po'.

Emily si sentì sollevata.

«Le abbiamo chiesto di presentarsi in ufficio dopo di te per parlare del suo risultato e del passaggio a incantesimi avanzati. Il tuo aiuto ha fatto la differenza».

"A parte il fatto che tutti dovrebbero passare incantesimi base al primo tentativo" pensò Emily con un po' di amarezza. Se non si poteva andare avanti senza afferrare i concetti base, era chiaro che si sarebbe fatto di tutto per recuperare il più in fretta possibile.

Alessa non sembrava aver capito che i concetti erano lì da prima che arrivasse Emily a spiegarglieli. Sicuramente prima di Whitehall la principessa aveva avuto un insegnante poco capace.

«Uscita da qui, non parlare con nessuno» aggiunse Irina. «Potrai commentare con le tue amiche solo dopo che anche loro avranno conosciuto l'esito».

Emily annuì, li ringraziò ancora una volta e andò via. Fuori, ad attendere con impazienza, c'erano altri tre studenti, tra cui Alessa. Emily le fece l'occhiolino e si diresse in camera, dove ripose la pergamena nello scrigno e recuperò l'elenco con tutte le cose necessarie per il campeggio fornito dal sergente Harkin. La lista era sorprendentemente lunga; non sapeva come avrebbe fatto a riporre tutto in un solo zaino. Aveva esaminato vari incantesimi che avrebbero dovuto facilitare l'operazione, ma il sergente aveva informato la squadra che non era consentito usare la magia per alleggerire le borse. Lo scopo era quello di mettere alla prova la loro resistenza.

La porta si aprì: era Aloha. «Ehi, voglio mostrarti una cosa».

Tirò fuori una scatola di legno e la poggiò sul letto. Conteneva una tastiera improvvisata attaccata a una bacchetta di metallo. Quando pigiò uno dei tasti sopra la scatola apparve una lettera luminosa, cosa che fece ridere Emily sonoramente. Era un programma di videoscrittura molto primitivo alimentato a magia. Pur non riuscendo a ricordare – ammesso che lo avesse mai saputo – come costruire un computer, era comunque riuscita a trasmettere l'idea generale che stava alla base dei processori.

«Guarda» disse Aloha tutta contenta. Pigiò più tasti assieme e compose una parola. «Vedi? Funziona!».

Emily avvertì una strana fitta, che alla fine realizzò essere nostalgia di casa. Non aveva mai rimpianto di aver lasciato la Terra per quel nuovo mondo magico, sebbene ci fossero tubature inefficienti, un atteggiamento decisamente sessista, sistemi di governo medievali e, soprattutto, un negromante che la voleva morta perché aveva combinato un disastro con l'incantesimo che l'aveva evocata. Ma adesso, alla vista di quello strano processore, le erano tornate in mente le ore di divertimento passate al computer.

Aveva Facebook, Twitter e YouTube, e anche tutti i giochi che in quel mondo magico non potevano esistere.

"Per il momento" si disse con convinzione. Non sembrava esserci nessun vero motivo per cui in quell'universo l'alta tecnologia non potesse funzionare. Semplicemente, non era ancora stata sviluppata. Con il tempo, probabilmente avrebbero inventato dei computer che non necessitavano di mana per operare. Magari li avrebbero inventati anche prima, se fosse stata in grado di fornire abbastanza indicazioni per avviarli sulla giusta strada. Aveva scritto tutto ciò che riusciva a ricordare sul concetto di macchine da stampa, ma ancora nessuna notizia dal padre di Imaiqah. Forse l'artigiano che aveva assunto non era capace di replicare il macchinario seguendo le sue istruzioni.

«Quindi funziona» disse Emily infine. Si allungò e pigiò un tasto, restando a guardare la lettera che prendeva vita davanti ai suoi occhi. «Come trasferisci ciò che scrivi sulla pergamena?».

«Viene bruciato sulla pergamena quando sei pronto a copiarlo» le spiegò Aloha. «Il mio amico, quello che l'ha fatto funzionare, dice che non sa quanto possa essere utile, alla lunga».

«A che serve un neonato?» chiese Emily seriamente. Anche i primi computer sulla Terra sembravano inutili, tanto che dei brillanti scienziati predissero che ne sarebbero serviti giusto una manciata. Ma al momento del suo rapimento, nel suo mondo c'erano più computer che persone. «Questo è solo l'inizio di qualcosa di geniale».

Guardò la macchina e si chiese dove avrebbe portato quell'innovazione. Tutti sapevano che i negromanti impazzivano nel tentativo di incanalare enormi quantità di magia nelle proprie menti. Anche se non morivano all'istante, le loro menti subivano dei danni, la cui gravità poteva essere valutata solo quando ormai era troppo tardi. E se qualcuno avesse incanalato tutta quella energia in un computer magico? I computer avevano reso tante cose più facili, nel suo vecchio mondo. Lì, invece, si sarebbe potuto trattare di omicidi di massa e genocidi.

I genitori di Alessa erano preoccupati dell'impatto che una novità come i numeri arabi avrebbe potuto avere sul loro regno.

Solo Dio sapeva cosa avrebbero pensato del computer magico o della macchina da stampa o…

«Ti credo sulla parola» disse Aloha, interrompendo le riflessioni di Emily. «Vuole davvero parlare con te e vedere cos'altro puoi suggerire per il suo apparecchio. L'idea di un incantesimo di conteggio».

Nella mente di Emily scattò qualcosa. Aveva sentito parlare di abachi, ne aveva persino visto uno, ma non aveva considerato che in quel nuovo mondo potevano non esistere. Il concetto era così semplice da non riuscire a capire come avessero fatto a non pensarci. Scarabocchiò un promemoria – avrebbe chiesto a Imaiqah, prima di passare ore a reinventare qualcosa che c'era già – e poi guardò quel computer improvvisato. Chi l'aveva progettato aveva già in mente i calcolatori magici. Cos'altro avrebbe potuto inventarsi?

Scosse la testa. A cosa serviva, davvero, un neonato?

«Più tardi» rispose Emily, incerta sul da farsi. «Devo prima preparare l'occorrente per il campeggio».

«Andrai prima di noi» disse Aloha, con un sorriso malizioso. «Poi raccontami tutto, va bene?».

Emily sbuffò e iniziò a scremare la lista. «Credevo non potessimo scambiarci gli appunti» disse alzandosi. «O vuoi passare le prossime ore a fare sollevamenti sulle braccia mentre il sergente ti fa domande sulla tua stirpe?».

«Non voglio fallire» disse Aloha. Si alzò e andò al suo armadietto. «Vengo con te. Potremmo anche mettere insieme i nostri rifornimenti».

Lo spaccio militare era situato al piano terra ed era aperto solo agli studenti di magia marziale. Erano stati avvertiti senza mezzi termini che a chi non faceva parte della classe era vietato l'ingresso, qualunque fosse il motivo. Il perché Emily lo capì non appena entrò nella stanza: c'erano montagne di provviste, armi e attrezzi incustoditi. Emily sospettava che il locale fosse protetto da incantesimi che le lasciavano passare solo poiché erano entrambe studentesse di magia marziale. Era difficile dirlo con sicurezza. Gli strani interni di Whitehall rendevano difficile percepire se nei pressi dello spaccio ci fosse più magia.

«Assicurati di rendicontare qualunque cosa prendi» le ricordò Aloha. Lo aveva detto pure il sergente durante una lezione sulla logistica. Tutto doveva essere contabilizzato, anche il più piccolo oggetto. «E non dimenticare le tue provviste speciali».

Emily arrossì mentre scorreva la lista. La prima sezione riguardava l'abbigliamento adatto al campeggio, tra cui una pesante camicia di pelle trapuntata e pantaloni spessi. In quel mondo non avevano mai sentito parlare di pantaloncini o minigonne. Il pensiero la fece sorridere. Non avrebbe mai indossato niente del genere durante una gita con cinque adolescenti e un paio di sergenti.

La sezione successiva conteneva provviste e armi. Avrebbe dovuto portare un coltello, un pugnale, uno spadino, un arco con dieci frecce e un set di attrezzi... la lista sembrava infinita. Emily guardò la pila di provviste e impallidì. Chi sarebbe riuscito a trasportare così tanta roba senza aiuto? I sergenti le avevano detto che i fanti trasportavano regolarmente il corrispettivo del proprio peso in rifornimenti, ma Emily stentava a crederci. Come può qualcuno essere tanto forte?

«Almeno sai usare la spada» disse Aloha sottovoce. «Arco e frecce potrebbero risultare pericolosi più per le Maglie Rosse che per chiunque altro».

Emily diventò tutta rossa. Per essere una classe di magia marziale spendevano molto tempo a esercitarsi con armi convenzionali. L'arte della scherma era complicata, per non dire diversamente; aveva dovuto disimparare molto prima di riuscire a usare correttamente la spada. Pensava che il tiro con l'arco fosse più semplice, ma si era rivelato addirittura più difficile della scherma. Bastava scivolare leggermente indietro mentre si tendeva la corda e la freccia sarebbe volata nella direzione sbagliata. I sergenti avevano raccontato di eserciti in avanzata che erano stati massacrati dagli arcieri, descrivendo battaglie che fecero ritornare alla mente di Emily la battaglia di Azincourt. Non era un'immagine rassicurante.

La parte finale della lista includeva una tenda, delle coperte e alcune pozioni che nemmeno conosceva. Le bastò dare uno sguardo alla tenda per capire che era grande a sufficienza da poter ospitare comodamente tutti e otto. Sembrava non ci fossero tende singole, ma d'altra parte durante le campagne militari era così. Tutti i libri che aveva letto sulle donne guerriere avevano sorvolato su quell'aspetto.

Rabbrividendo al pensiero, ammucchiò la tenda e il resto delle provviste e rimase lì a fissare il tutto. Aveva immaginato che sarebbe stato difficile, ma ora…? Come poteva sperare di trasportare anche solo la metà di quella roba?

«Forse è una specie di test» disse Aloha. «Come faresti se potessi scegliere?».

"Userei un camper" pensò Emily. Pensiero inutile, visto che in quel mondo di veicoli non ce n'erano. Magari avrebbero consentito di usare dei cavalli… no, il sergente era stato chiaro: avrebbero camminato. Avrebbero trasportato tutto per tutto il tempo.

«Sono un'idiota» disse ad alta voce. Aveva la risposta sotto al naso e non l'aveva vista. «È sicuramente un altro test».

Rise di sé stessa, un po' irritata. «Non abbiamo bisogno di sei tende, giusto? Ma è quello che accadrà se prepareremo il necessario ognuno per conto proprio».

CAPITOLO **XXXVII**

IL SERGENTE HARKIN fissava le Maglie Rosse e non sembrava affatto contento.

«Presumo» disse infine, «che abbiate una spiegazione per questo».

Jade fece un passo avanti facendosi portavoce del gruppo. «Sì, sergente. La lista che ci ha fornito conteneva molti doppioni. Ne abbiamo parlato e abbiamo deciso di sfoltirla».

Il sergente lo guardò con disgusto. «Ed esattamente, quando vi avrei conferito l'autorità di decidere cosa portare e cosa no?».

Jade teneva in mano il foglio con le istruzioni per il campeggio. «Qui dice che alla squadra potrebbe essere richiesto di reinterpretare gli ordini per delle esigenze di natura pratica. È proprio ciò che abbiamo fatto».

Ci fu una pausa talmente lunga, che Emily si domandò se non avessero appena distrutto ogni loro possibilità di passare la prova. «Molto bene» disse alla fine Harkin. «E cosa avreste deciso, precisamente?».

Jade rimase concentrato. «Una sola tenda per tutti e otto e un solo set di stoviglie, perché non ce ne serve più di uno. Gli zaini sono stati riempiti con le provviste e ce li scambieremo a turno, così nessuno sarà dispensato dal trasportare quelli più pesanti...».

Continuò fino al termine della lista.

«Non male» sogghignò Harkin. «E pensate di essere pronti per la marcia?».

«Sì, lo siamo».

Emily si sentì a disagio quando lo sguardo di Harkin si posò su di lei. Portava camicia e pantaloni come i ragazzi, anziché la toga larga e comoda che non aveva più lasciato dal suo arrivo a Whitehall. Quei vestiti le davano prurito e aveva la spiacevole sensazione che l'avrebbero fatta sudare come un maiale.

Una cosa che non erano riusciti a ridurre erano le riserve d'acqua. Avevano raccomandato loro di bere ogni volta che avessero avuto sete.

«Vedremo» disse Harkin. «Viaggeremo attraverso terre desolate, diretti alle rovine della Città Scura. Potremmo incontrare creature pericolose a caccia di chiunque sia così folle da entrare nel loro territorio. Tenete gli occhi aperti e fate attenzione a dove riposate. Domande?».

Bran alzò la mano. «Stiamo andando nel territorio dei negromanti?»» domandò improvvisamente nervoso.

«Rimarremo sul nostro versante delle montagne. Non siete ancora pronti per viaggiare nelle Terre della Rovina» rispose il sergente.

Passò in rassegna i volti dei ragazzi. «Questa marcia sarà dura, tenetelo presente. Ma non sarà dura come la marcia dei soldati di fanteria che cercano di levare un assedio prima che sia troppo tardi».

Emily soppeso lo zaino e deglutì: pareva pesare una tonnellata. Quando lo caricò sulle spalle fu quasi sul punto di cadere. I ragazzi si offrirono di darle una delle borse più leggere, ma lei rifiutò, sapendo che per quello il sergente le avrebbe abbassato il voto. Avrebbero potuto fare a cambio dopo aver completato la prima parte della marcia.

Jade le fece l'occhiolino e Harkin li guidò verso il campo.

«Credo che avremmo dovuto chiedere se volevano distribuire il peso» le bisbigliò il ragazzo indicando i sergenti, che non sembravano avere problemi nel portare i loro zaini. «Chissà cosa stanno trasportando».

Emily guardò i muscoli che avvolgevano le braccia di Harkin e alzò le spalle. «Penso che sappiano cosa fanno» disse sperando di non sbagliarsi. «Immagino che, se avessero voluto spartire il loro peso, ce lo avrebbero chiesto».

Jade annuì pensieroso. «Sbrighiamoci. Non vogliono che rimaniamo indietro».

Il sentiero conduceva fuori dai terreni di Whitehall e poi su per le montagne, in direzione opposta alla Tana del Drago. Dopo poco, Emily si ritrovò a sudare per il sole che le batteva sul collo e barcollò sotto il peso dello zaino. Gli altri sembravano non avere problemi, così si trattenne dal lamentarsi e costrinse le sue gambe a farla proseguire.

Più camminavano, più aveva la sensazione di trovarsi in una palude, nonostante provasse a muoversi con tutte le proprie forze. Il peso sulle sue spalle pareva essersi raddoppiato, se non triplicato. Avrebbe voluto fermarsi e prendere fiato, ma la squadra stava procedendo e non voleva rimanere indietro. Chissà cosa avrebbe fatto il sergente Miles se avesse iniziato a rallentare.

Mentre risalivano il sentiero, sembrava farsi sempre più caldo. Dando uno sguardo a sinistra, Emily si rese conto che erano già più alti di Whitehall e a pochi metri da un lungo dislivello verso il fondo pietroso della valle sottostante. In lontananza, poteva vedere le città delle Terre Alleate, tutte illuminate dalla luce del sole. Il paesaggio era strano e silenzioso senza macchine e veicoli. In cielo nemmeno un aereo…

Emily si fece coraggio e continuò a marciare su quel sentiero che diventava sempre più difficile. C'erano rocce dappertutto e doveva stare attenta a non inciampare, tristemente consapevole che, se fosse caduta con quel carico sulla schiena, forse non sarebbe più riuscita ad alzarsi. La pressione stava aumentando e non sapeva più come spronarsi a proseguire.

Ma poi percepì di potersi rilassare. Aveva sentito dire che, portando il corpo al limite, alla fine si arriva ad accrescere la resistenza fisica, ma non l'aveva mai sperimentato su se stessa. E pensare che aveva dubitato della parola del sergente.

Raggiunsero il punto più alto del sentiero e quindi iniziarono la discesa; presto si trovarono in una valle nascosta che celava una foresta alla vista dell'uomo. Emily sentì uno scrosciare d'acqua e poi vide una cascata tuffarsi da molto più in alto, dove le vette svanivano tra le nuvole.

Su ordine del sergente Harkin, finalmente si fermarono. Si liberarono degli zaini e li lasciarono su una parte di terreno roccioso. Cat aveva rotto una delle bottiglie contenenti le pozioni, cosa che diede modo a Harkin di tenere una lunga lezione su come ci si prende cura dell'equipaggiamento, il tutto mentre provava a salvare il salvabile. Gran parte del contenuto, a giudicare dall'odore, era andata perduta immediatamente al contatto con l'aria.

«Tirate fuori il pane e mangiate» ordinò Harkin. «Ripartiremo tra venti minuti».

Emily non si era resa conto di avere molta fame e sete, nonostante avesse bevuto oltre la metà dell'acqua senza neppure farci caso. Aveva avuto la testa proprio da tutt'altra parte durante la marcia.

Pane e formaggio erano asciutti; le cuoche li avevano trattati in modo che durassero per mesi, se necessario. Quel cibo era come la manna dal cielo, sebbene l'acqua delle borracce fosse calda e vagamente salmastra. Emily aveva svuotato la borraccia, così si alzò e testò l'acqua del ruscello con un incantesimo, prima di riempirla.

«Scambiamoci gli zaini» disse Jade mentre si preparavano per ripartire. «Emily, prendi questo. Non ammetto repliche».

«Che capitano!» osservò Harkin.

Jade arrossì. Nessuno era stato nominato caposquadra, anche se Emily non riusciva a capire se perché dovevano essere loro a scegliere il capitano o se perché i sergenti volevano che risolvessero i problemi tutti assieme.

Il commento successivo di Harkin sorprese entrambi. «Siete pronti a prendere decisioni di vita o di morte?».

«No, signore» rispose Jade.

«Sarà meglio che lo diventiate» commentò Harkin. Tirò su lo zaino e lanciò un'occhiataccia agli studenti. «Seguitemi».

Mentre procedevano a fatica attraverso la valle nascosta, il sentiero si fece sempre più insidioso. Bran quasi inciampò, rischiando di cadere, ma si riprese all'ultimo momento. La marcia sarebbe stata difficile anche senza gli zaini e il secondo carico di Emily non era così tanto più leggero da agevolare il passo. Forse, se gli altri non fossero andati così piano, si sarebbe voltata e sarebbe tornata indietro.

Fu un sollievo entrare finalmente nella foresta e riposare per cinque minuti sotto una sporgenza rocciosa che offriva riparo. Quando sollevò lo sguardo e vide il sentiero non poteva credere che l'avessero percorso.

«Uno stagno!» urlò Bran. Poggiò lo zaino a terra e iniziò a liberarsi dei pantaloni di pelle. «Potremmo fare una nuotata!».

«Non se ne parla» sbraitò Harkin. «Non vi ho insegnato niente?».

Prese un sasso e lo lanciò nel laghetto; nell'istante in cui la pietra toccò la superficie dell'acqua, fu un esplodere di artigli che tagliavano l'aria rarefatta, schioccando orribilmente prima di rituffarsi in quel liquido.

Emily per poco non cadde all'indietro per lo spavento; Jade si lasciò scappare una parolaccia… erano tutti scioccati. Emily non sapeva che aspetto avesse il resto della creatura e non voleva di certo scoprirlo. Quegli artigli sembravano abbastanza affilati da potere affondare nel suo corpo come un coltello nel burro.

«Sono sicuro di avervi detto,» disse Harkin nel silenzio sgomento «che l'acqua stagnante è sempre sospetta. Sempre. Ed è doppiamente sospetta quando si trova in un luogo dove non c'è traccia di escrementi animali. Chiunque infila il collo lì dentro non ne esce più».

«Cosa… che diamine è?» chiese Emily.

«Non ne ho la più pallida idea» rispose Harkin. «Potrebbe essere solo uno scherzo di un negromante. Oppure una creatura mutata per l'esposizione al mana. O ancora, un espediente delle Fate per scoraggiare l'ingresso nel loro territorio».

Emily guardò lo specchio d'acqua e rabbrividì.

Harkin concesse loro qualche secondo per rilassarsi e contemplare il disastro appena sfiorato, prima di condurli verso una curva a gomito che costeggiava la foresta. Cat chiese perché non l'avessero semplicemente attraversata e Harkin, con un tono che lasciava intendere che stava esaurendo la pazienza con le domande idiote, fece notare che la foresta non era inabitata.

Malgrado l'avvertimento, a Emily ci vollero diversi minuti per individuare i ragni in agguato nell'oscurità mentre seguiva la squadra in cammino. Era impossibile non immaginare quelle creature come parti di una vasta mente-alveare che aspettava solo che qualche vittima ignara entrasse nella foresta.

«Dovremmo portare qui CT» disse sottovoce a Jade mentre aggiravano una sospetta zona d'ombra sotto un albero isolato. «O forse dovremmo ardere al suolo l'intera foresta».

Jade annuì. «Mio padre mi raccontava sempre delle storie di caccia. C'era una... creatura che era scappata dalle montagne e aveva iniziato a cacciare vicino a una città. Non si è mai saputo se sia stata mandata per terrorizzarci o se stesse solamente provando a sopravvivere, ma mio padre mi diceva che ucciderla era difficile. Alla fine, furono costretti a dare fuoco alla casa in cui era stato intrappolato il mostro. Nonostante tutto, i dubbi rimasero, perché non fu mai trovato il corpo».

«Considerala una lezione su ciò che si nasconde dove la vita umana scarseggia» intervenne all'improvviso Miles. Emily sarebbe schizzata per aria se non fosse stato per lo zaino; non sapeva che il sergente stava ascoltando la loro conversazione. «Se continuerete la carriera di Stregoni Combattenti, dovrete affrontare tali creature, maghi oscuri, negromanti e altri spiacevoli inconvenienti. Non potete permettervi di rilassarvi nemmeno per un istante».

Il lato opposto della valle era una parete rocciosa a strapiombo, assolutamente impossibile da scalare anche senza gli zaini. Emily stava pensando che sarebbero rimasti intrappolati, prima che Harkin li guidasse silenziosamente intorno a una roccia e indicasse un tunnel nascosto da una strana forma di magia. Ogni volta che provava a guardare il tunnel, sentiva che la sua attenzione veniva deviata altrove in modo così scaltro che non si sarebbe mai accorta dell'esistenza di quella galleria se il sergente non l'avesse mostrata. Gli altri reagirono allo stesso modo.

Dentro al tunnel era buio pesto. Dopo quel che aveva visto allo zoo, trovò la cosa inquietante.

Anche Rupert sembrava nervoso. «Ci sono altri ragni lì dentro?».

«Certo che no» disse il sergente Harkin sorridendo. «Se li sono mangiati tutti gli scorpioni».

Emily impallidì. «Scorpioni?».

«Enormi creature mutanti dal pungiglione letale e un pessimo carattere» li informò Harkin. Il suo sorriso si fece beffardo. «Non preoccupatevi, sono abbastanza amichevoli, se vengono lasciati in pace».

Il suo sorriso svanì. «Lanciate un incantesimo della luce che funzioni solo per voi» ordinò in tono cupo. «Quando vi trovate in un tunnel, camminate esattamente al centro; non provate mai a entrare nei tunnel laterali. Gli scorpioni non gradiscono che si ficchi il naso nelle loro tane. Se ne vedete uno, cosa improbabile, stategli lontano. Sono molto territoriali e potrebbero prendervi per rivali».

Jade tossì. «E se ci prendessero per prede?».

«Usate un incantesimo del fuoco, se non avete altra scelta, e state pronti a uccidere» rispose Miles. «Se doveste affrontarne uno, non riuscireste a farlo indietreggiare. Uccidetelo e non toccate assolutamente la carcassa».

Emily stava ancora tremando al pensiero, quando il sergente Miles lanciò un incantesimo della luce ed entrò nel tunnel. Jade gli andò dietro; Harkin spinse Emily affinché facesse altrettanto. Su di lei calò un'oscurità tanto pesante, che la sentì addosso, il che le ricordò di lanciare l'incantesimo per illuminare il cammino. Seguì lentamente Jade, con una sgradevole sensazione di prurito che le avvolgeva la mente. Era impossibile sfuggire all'impressione di essere osservati.

Guardandosi attorno, realizzò che il passaggio era molto più di un tunnel. Pareva che fosse stata scavata un'intera città poi sepolta sotto la montagna. Ma non sapeva dire se fosse successo per caso o se qualcuno avesse scavato intenzionalmente nella roccia. Le pareti erano ricoperte di scritte incomprensibili. In lontananza, le sembrò di sentire qualcosa strisciare nell'ombra. Forse uno scorpione, o forse qualche altra creatura. Quel poco che aveva letto sugli esseri toccati dal mana suggeriva che si fossero evoluti molto rapidamente.

Il sergente Miles li guidò più avanti, superando una serie di porte buie che conducevano nella parte più interna della montagna. Come da istruzioni, Emily si tenne a distanza, anche se non riuscì a resistere alla tentazione di sbirciare durante il passaggio. Non vide nulla, a parte vaghi accenni di qualcosa che stava lì e li osservava. Finita la serie di porte, il tunnel si restrinse, costringendoli a camminare in fila indiana. Non era molto rassicurante.

Prima che Emily se ne rendesse conto, il tunnel si allargò nuovamente per rivelare un fiume che scorreva proprio dentro la montagna. Se non avessero lanciato incantesimi per illuminare la strada, sarebbero finiti dritti nell'acqua e spazzati via dalla corrente.

Era difficile a dirsi in quella strana luce, ma il fiume sembrava del colore del sangue… ed era del tutto silenzioso. L'acqua scorreva senza fare rumore. Ma era una cosa impossibile, no?

«Il ponte è lì» sussurrò Miles. La sua voce risuonava in modo assordante in quello spazio ristretto. «Lo attraverserò per primo; seguitemi uno alla volta. Non fate gli scemi mentre siete sul ponte».

Emily rabbrividì alla vista del ponte. Sembrava abbastanza resistente, ma era largo appena 40 centimetri, all'apparenza troppo sottile per essere sicuro. Jade seguì Miles, ma Emily esitò a lungo prima di salire. Mentre avanzava, la struttura le sembrava poco solida. Si sforzò di non guardare il vuoto sottostante rimanendo concentrata sul punto d'arrivo e sperando che il ponte reggesse. Quando raggiunse il lato opposto, ebbe l'impressione di aver camminato per un'eternità.

«Non sappiamo da dove venga il fiume» commentò Miles. «Anni fa, una squadra di esploratori tracciò la mappa di queste caverne; dopo la loro partenza, di loro non si seppe più nulla».

«Li avranno catturati gli scorpioni» suggerì Jade.

«O qualcos'altro, qualcosa che a sua volta dà la caccia agli scorpioni» aggiunse Harkin.

«Ci sono centinaia di luoghi come questo che sono stati abbandonati in seguito alla guerra contro le Fate. Alcuni di essi sono stati tracciati e resi sicuri».

Dopo il ponte, il tunnel andava in salita; finalmente, scorsero la luce che filtrava dall'estremo opposto.

Mentre sbucavano in una valle piena di alberi e acqua corrente, Emily tirò un sospiro di sollievo. Vide un altro stagno e lo guardò con sospetto, ricordando a se stessa di non avvicinarsi. Poi si voltò e guardò in su.

Davanti alle montagne svettava una statua gigantesca, quella che aveva visto quando il drago l'aveva trasportata dalla torre di Void a Whitehall. Dietro la statua c'era il resto della città ed Emily rabbrividì nel realizzare per la prima volta quanto aliena e inquietante fosse. Le costruzioni della Tana del Drago, benché primitive, era riuscita a capirle, ma quelle non sembravano affatto destinate all'uomo.

«Bene, eccoci arrivati» annunciò Harkin e annuì rivolto al tramonto. «Campeggeremo qui e ci procureremo il cibo cacciando. Domani inizia il vero divertimento».

Emily era un po' dubbiosa. «Vicino a quello stagno?».

Harkin vi lanciò dentro un sasso, ma non accadde nulla. «Questo posto è più sicuro della valle nascosta. Ma hai fatto bene a chiedere. In questi luoghi conviene stare molto attenti». .

La squadra cominciò a disfare gli zaini e allestì la tenda per la notte. Il sergente Miles andò a caccia di animali e fece ritorno con un cervo. Ne approfittò per dare a Emily la prima lezione su come tagliare un animale per poi cucinarlo. Emily riusciva a malapena a guardare mentre staccava la carne dagli ossi e la passava a Jade, che la metteva nella pentola. Prese improvvisamente coscienza della provenienza di tutto il cibo che le veniva dato.

Ma allora, lo stesso valeva per le fattorie del suo vecchio mondo. Nessuno poteva davvero credere che la carne spuntasse fuori dal nulla.

«La preferisco allo spiedo» disse Miles mentre girava lo stufato, «ma ci vuole troppo tempo».

Prese la ciotola di Jade, gli servì una porzione di stufato e gli fece cenno di sedersi vicino alla tenda. Emily gli passò la sua ciotola e lo guardò versare carne e liquido con un cucchiaio; recuperò la scodella e prese posto accanto a Jade. Lo stufato era bollente ma sorprendentemente buono. Dopo che tutti furono serviti, Miles preparò la pentola per far cuocere il resto della carne a fuoco lento per l'intera notte. Avrebbero portato gli avanzi con loro il giorno seguente.

«Adesso dormite» ordinò Harkin. Avrebbe fatto il primo turno di veglia. «Domani sarà una giornata molto piena».

Quando si mise giù Emily si sentì sporca e puzzolente; era così esausta, che il fatto di avere attorno sette uomini nemmeno le importava. Provava dolore dappertutto, ma non ci impiegò molto ad addormentarsi. Non ebbe nemmeno incubi a disturbarle il sonno, e dopo tutto quello che aveva visto durante la marcia questo l'avrebbe sorpresa, se non fosse stata troppo stanca per notarlo. Era troppo stanca anche solo per sognare.

Capitolo XXXVIII

Il mattino seguente Emily aveva dolori ovunque.

Uscì a fatica dalla tenda e provò a fare gli esercizi che le avevano insegnato. Si sentiva come se fosse stata brutalmente malmenata da un piccolo esercito di delinquenti. Non voleva spogliarsi per paura di scoprire che era coperta di lividi.

Il sergente Harkin le lanciò un'occhiataccia mentre preparava la pentola. «Immagino tu non abbia mai marciato così prima d'ora».

Emily annuì e poi provò a fare un sollevamento sulle braccia. Dopo appena due spinte, collassò sull'erba. Aveva bisogno di un bagno caldo e di un massaggio, ma non avrebbe avuto nessuno dei due. Non c'era da stupirsi che solo pochi dei fanti raffigurati nei dipinti sembrassero felici... e loro erano soldati esperti. Non aveva mai camminato così tanto e portando un peso simile.

«Continua a muoverti» suggerì Harkin mentre Jade e Bran uscivano barcollanti dalla tenda. Emily si sentì sollevata nel vedere che anche i due ragazzi non parevano messi bene. «E bevi un po' di pozione. Allevierà i dolori».

Fece un sorrisetto maligno. «Perché voi tre non correte fino al tunnel e ritorno? Vi rimetterà il sangue in circolo».

Emily obbedì, scoprendo con sua enorme sorpresa che il sergente aveva ragione. Non era sicura che se qualcosa l'avesse inseguita sarebbe riuscita a scappare, ma quella corsetta la fece sentire meglio. La pozione le scaldò il corpo e alleviò leggermente il dolore. Ci sarebbero volute ore per camminare di nuovo per bene, ma almeno riusciva a muoversi.

Per colazione mangiarono gli avanzi dello stufato, del pane e un po' di verdure cotte. Erano stati i sergenti a trovarle e cuocerle, ricordando agli studenti di prestare molta attenzione con certe piante, perché non era facile stabilire quali fossero commestibili e quali no. Esistevano degli incantesimi per controllarle, ma non erano sempre affidabili. A quanto pareva, i funghi erano in grado di sfuggire agli incantesimi e avvelenare chi fosse stato abbastanza sciocco da mangiare quelli sbagliati. Ai ragazzi era stato insegnato come capire quali erano le cose sicure da mangiare, ma solo in teoria. Emily non aveva mai dovuto mettere in pratica quegli insegnamenti nella vita reale.

«Nella Città Oscura un tempo ci abitavano le Fate» disse Harkin mentre distribuiva lo stufato ai ragazzi. Fece un cenno verso l'enorme statua con le orecchie a punta e un volto troppo piccolo per essere umano. «Da lì comandavano gran parte del mondo, fino a quando i negromanti non scacciarono per sempre i Gran Signori del Popolo delle Fate. La loro città fu lasciata a marcire, a disfarsi sino a diventare nulla».

Gli occhi del sergente si assottigliarono. «Vi abbiamo portati qui per mostrarvi contro cosa potreste combattere e per farvi conoscere alcune delle strane creature magiche che popolano queste terre. Tenete a mente i nostri insegnamenti sulle trappole magiche, perché le rovine della città sono disseminate di pericoli, alcuni dei quali potrebbero risultare fatali».

«Gran parte di essi sono fatali» aggiunse Miles. «O vi faranno desiderare di essere morti».

Emily annuì. Aveva letto dei libri su ciò che le Fate avevano fatto agli umani caduti nelle loro grinfie, cose che al confronto la negromanzia sembrava una pratica sana e ragionevole. Vittima di un incantesimo, un ragazzino era finito a parlare sempre e solo in rima, fu praticamente costretto a diventare un poeta; a una bambina era stato impedito di invecchiare, avrebbe avuto per sempre nove anni; due sposi erano stati letteralmente uniti assieme… e, a differenza delle altre maledizioni, quelle delle Fate erano impossibili da rimuovere. Non era chiaro se per le Fate quelli fossero dei doni o se in realtà volessero tormentare le persone, ma il risultato non cambiava.

Chi accettava i doni delle Fate finiva per pentirsene.

Lo stufato era buonissimo, nell'aria frizzantina del mattino. Controllarono nuovamente lo stagno prima di sciacquare le stoviglie, che vennero poi riposte nella tenda assieme al resto delle provviste. Il sergente Miles fece un incantesimo per tenere alla larga banditi, ladri e animali selvatici, cosicché potessero lasciare lì la roba e andare alla Città Oscura. Emily si sentì sollevata quando si incamminarono per il sentiero in salita che portava alla statua, già piuttosto faticoso senza il peso degli zaini.

Da vicino, la statua era inumanamente perfetta e aliena; Emily si chiese se fosse una fata gigante pietrificata da qualche antica magia ormai dimenticata. Strani luccichii danzavano ai piedi della scultura, lasciando intendere che avvicinarsi troppo poteva essere pericoloso.

Emily fu grata quando il sergente Miles aggirò la statua e poi li condusse dentro la città. La ragazza si guardò attorno con gli occhi sgranati, incapace di comprendere appieno la maestosità aliena della città. Era un labirinto di ziggurat giganti, piramidi e statue di strane creature che non potevano esistere nella realtà. Sentì un brivido dietro al collo nel realizzare che parti della città sembravano cambiare a ogni nuova occhiata e le strade apparivano e sparivano, conducendo probabilmente in luoghi che sfuggivano alla sua comprensione.

La sensazione di trovarsi dentro qualcosa di totalmente alieno cresceva sempre più, man mano che si rendeva conto di ciò che mancava. Non c'era alcun suono in quella città, neanche il cinguettio degli uccelli. Non c'era ombra di esseri viventi, a parte loro.

Uno degli edifici, una piramide gigante, era coperto di strane immagini poco gradevoli. Una di esse raffigurava un elfo che tormentava un gruppo di uomini; un'altra mostrava un singolare ibrido tra uomo e bestia; nella terza c'era un elfo che veniva impiccato. Emily distolse lo sguardo per quanto erano forti; quando si voltò per dare un'ultima occhiata, notò con orrore che l'elfo nella terza immagine si era mosso.

Poteva mai essere vera quell'immagine? O era solo una forma d'arte distorta? Non c'era modo di saperlo.

Un secondo edificio sembrava fatto di specchi. Emily vi guardò dentro e vide la propria figura riflessa, che dopo poco iniziò a distorcersi e mutare aspetto. L'altra sé indossava un abito da ballo e sorrideva beffardamente, proprio come Alessa prima che le esperienze traumatizzanti la cambiassero. Poi l'abito si ridusse in stracci e lei si trovò in ginocchio. L'attimo seguente l'immagine svanì nel nulla, venendo rimpiazzata da una Emily vestita di nero, con una pistola in una mano e un computer nell'altra. Poi ancora una versione di lei con denti da vampiro e abbigliamento gotico che non avrebbe mai indossato per nulla al mondo…

Emily indietreggiò, terrorizzata.

«Non sappiamo a cosa serva quell'edificio» disse Miles. Il sergente non sembrava sorpreso dalla sua reazione. «Uno dei professori di Whitehall crede che le Fate possano vedere dei mondi alternativi e mostrarci, attraverso di esso, come saremmo potuti essere se fossimo nati altrove. Qualcun altro crede invece che proietti gli incubi prodotti dalla nostra mente. Non è possibile capire la differenza».

«Sì» rispose Emily guardando lo specchio. Vide una maga alta con in mano una bacchetta e il volto solcato da un ghigno. Le ci volle un attimo per realizzare che si trattava proprio di lei. Solo i capelli erano diversi e indossava un abito al cui confronto quello gotico era caruccio. Forse quello sarebbe stato il suo futuro se avesse permesso ad Alessa di corromperla, anziché cercare di cambiarla… o se avesse continuato a fare scherzi e abusare dei propri poteri. «Può… può usarlo chiunque?».

«Può usarlo chiunque venga in questa città» replicò Miles. «Ma non sono in molti a visitarla».

Mentre visitavano il resto dell'edificio, Emily capì il perché: era così inquietante che, se fosse stata da sola, sarebbe scappata via a gambe levate. Nonostante fosse deserto, aveva la costante percezione di essere osservata. Alcune porte si aprivano in modo invitante, esortandola a seguire le Fate ovunque fossero andate dopo essere state sconfitte dall'umanità. Eppure aveva la sensazione che seguirle si sarebbe rivelata la scelta peggiore di sempre.

Si lasciarono l'edificio alle spalle e raggiunsero un'altra zona della città, costituita da una strana pozza di liquido luccicante. Pareva pericoloso, anche se non avrebbe saputo dire perché. Forse in quel liquido c'era qualcosa in agguato, o forse la pozza era qualcosa di molto più pericoloso di quanto la mente umana potesse immaginare. Emily fu un po' restia a voltargli le spalle e, tornando verso la piazza al centro della città, vide che gli altri avevano reagito allo stesso modo.

Quella era la città degli incubi.

Avrebbe potuto chiedere ai sergenti se sapevano cosa fosse quella pozza, ma preferiva rimanere all'oscuro.

«Le Fate portavano qui gli uomini per divertimento» disse Harkin. In qualche modo, persino la sua voce suonava debole e incerta nella Città Oscura. «Giocavano con i prigionieri, controllandone ogni movimento o gettandoli in pasto ai mostri creati nei loro laboratori segreti. Per le Fate ogni morte era fonte di grandi risate. Succhiavano le anime e le mettevano da parte. Quando le Fate furono finalmente sconfitte le loro anime vennero distrutte per ripicca. Non furono autorizzate a passare nell'altro mondo».

A Emily vennero i brividi. Non era mai stata religiosa, ma persino lei aveva problemi ad accettare che qualcosa potesse distruggere le anime.

Ma era davvero possibile? Forse le Fate si erano sbagliate e non avevano che una traccia delle persone uccise, le cui anime andavano nell'altro mondo. Ma se i fantasmi in quel mondo esistevano, significava che non c'era vita oltre la morte?

Quel pensiero continuò a preoccuparla mentre esploravano le rovine della città. Nessun essere umano avrebbe gradito l'idea che l'esistenza termini con la morte. Persino gli idioti che si facevano saltare per aria per ragioni politiche credevano nell'aldilà, dove il loro Dio li avrebbe ricompensati per i loro suicidi. Ma che la vita si concludesse definitivamente con la morte… quel pensiero era orribile.

Forse era la paura di scoprire che la morte era davvero la fine che spingeva i negromanti a succhiare vita e mana dalle proprie vittime. Sapevano che sarebbero svanite per sempre, una volta morte.

E se nell'aldilà non esistevano né vita né giudizi, perché non godersela il più possibile?

Emily era rimasta sconvolta quando Alessa aveva immobilizzato l'inserviente, vedendo in quel gesto un abuso di potere al pari di un attacco gratuito a un innocente. Alessa non aveva capito fino in fondo il punto di vista di Emily, perché nella sua cultura era normale che le classi inferiori servissero i nobili e potenti. Ma senza un giudizio universale, chi poteva dire quale morale fosse corretta?

Forse una morale non c'era proprio. C'era solo l'illusione che il sistema funzionasse.

Stava ancora rimuginando sulla questione, quando iniziarono la discesa dalla Città Oscura per tornare all'accampamento. I sergenti si tennero di nuovo a debita distanza dalla foresta, anche se avevano detto ai ragazzi che era sicura. Emily si domandò se avessero i loro buoni motivi per evitarla o se stessero solo insegnando agli studenti a prestare attenzione a eventuali pericoli. Quel pensiero era più produttivo dell'interrogarsi sull'esistenza delle anime.

«Ci sono posti più inquietanti da visitare» disse Miles in risposta a una domanda di Jade. «Un giorno potresti essere abbastanza fortunato da vedere Ashfall. Vi morì un negromante cinquant'anni fa, e la terra urla ancora».

«Non vuole andarci nessuno lì» commentò Harkin seccamente. «Che ne dici del Deserto della Morte?».

Emily lo guardò. «Il Deserto della Morte?».

«Si narra che una strega dagli enormi poteri fu uccisa in quel luogo per aver osato innamorarsi dell'uomo sbagliato» raccontò Harkin. «Il che fa sorgere una domanda: come fecero a ucciderla, se era così potente? Quando morì maledisse quella terra di modo che ogni cosa appassisse e morisse. Nel giro di un anno il luogo divenne infecondo, costringendo gli abitanti a fuggire. Credo che molti di loro diventarono schiavi nelle campagne circostanti, perché non c'era altro posto in cui andare».

«Questa è una delle storie» disse Miles alzando le spalle. «Ce n'è un'altra secondo cui il signore locale stava sperimentando la negromanzia e tutto andò terribilmente storto, più terribilmente storto del normale, visto che nessun esperimento con la negromanzia è mai finito bene. In qualche modo, nessuno sa come, distrusse ogni forma di vita attorno al suo castello per un raggio di cento miglia. Morirono i sudditi, il loro bestiame e qualunque tipo di pianta. In seguito, l'intero paese si trasformò in un deserto».

Emily rabbrividì, chiedendosi quale delle due storie fosse effettivamente vera. In quel mondo non c'erano la televisione e i giornalisti a portare le notizie nelle case della gente; non c'erano nemmeno quotidiani, solo strilloni e banditori. Una voce rischiava di diventare del tutto spropositata nel passaggio da un capo all'altro delle Terre Alleate, creando un mito ben lontano dalla realtà dei fatti. Non c'era da stupirsi che le Terre Alleate non prendessero sul serio la negromanzia e i negromanti. C'era sempre una certa dose di incredulità di fronte alle notizie, a differenza di quanto accadeva nel suo vecchio mondo, dove tutto veniva assorbito immediatamente.

Jade si acciglò pensieroso. «Nessuno ha mai provato a ripiantare in quella zona?».

«Ci hanno provato» rispose Miles. «Non ha mai funzionato. Nei territori vicini iniziano a pensare che il deserto si stia estendendo molto lentamente. Col tempo, potrebbe inghiottire l'intero continente».

«Spero non sia così» disse Emily scuotendo la testa incredula. Nel suo mondo erano riusciti a impedire l'avanzata del deserto, ma non c'era di mezzo la magia. Magia selvaggia contaminata dalla negromanzia, se la seconda storia era vera. «Cosa faranno se il deserto raggiungerà i regni?».

«Potranno solo pregare» replicò Harkin ridacchiando amaramente. «Non ci sarebbe altro da fare».

«Sergente!» urlò una voce. Bran e Cat precedevano il resto del gruppo. «La tenda!».

Harkin scattò avanti, lasciandosi dietro Emily e Jade. I due lo seguirono, costeggiando la foresta. Quando arrivarono sul posto, videro che nel punto in cui prima c'erano la tenda e i rifornimenti non era rimasto che un mucchio di cenere. Quando il sergente si fermò di fronte alle ceneri Emily guardò inorridita. Gli zaini, il cibo, le coperte… era andato tutto distrutto. E nell'aria c'era un odore strano, quasi oleoso.

«Fuoco infernale» disse tra i denti il sergente Harkin. Si guardò attorno, annusando l'aria. «Tirate fuori le spade, tutti. E state pronti con gli incantesimi di difesa».

Emily obbedì all'istante. La piccola spada che le avevano dato non aveva un incantesimo che la rendeva inarrestabile – a quanto pareva, cose come le armi inarrestabili non esistevano – ma rammentò a se stessa che sapeva usarla. Fu tentata di preparare anche il pugnale mentre la squadra cercava potenziali minacce. Quello strano fetore si stava facendo sempre più intenso.

«Siamo dei bersagli qui» disse dopo poco Harkin. «Al mio segnale, tornate velocemente al tunnel, tenendo le armi pronte. Se appare qualcosa di diverso da uno di noi, colpite prima di fare domande. E parlate a bassa voce».

Emily guardò Jade, che era tanto confuso quanto lei. Se la tenda era stata bruciata, qualcosa o qualcuno stava dando loro la caccia, probabilmente qualcosa di intelligente. Mentre si preparava, Emily si chiese se fosse un test o se tutto quello fosse reale. Non riusciva a credere che i sergenti avrebbero distrutto tutto, pozioni comprese, solo per metterli alla prova. Ma l'avevano già sorpresa in passato.

«Quel puzzo è quasi certamente di goblin» bisbigliò Miles. Studiava l'aria e lanciava incantesimi-spia, sperando di intercettare il nemico. «Probabilmente sono fiancheggiati dagli orchi, li sento nell'aria».

«O forse stanno solo provando a confonderci» rispose Harkin. «Jade, Emily, Cat, seguite Miles al tunnel. Tutti gli altri stiano qui, pronti».

Non appena si mosse, Emily sentì il cuore batterle forte nel petto; cercava disperatamente con gli occhi ogni possibile minaccia nascosta. I goblin, da quanto aveva letto, potevano essere scaltri e pericolosi; gli orchi invece erano più ottusi, ma quelli intelligenti lo erano molto di più degli esseri umani. Entrambe le razze semiumane infestavano le terre dei negromanti. Emily continuò a guardarsi attorno, ma non vide niente, fino a che non arrivarono alla galleria. Miles balzò indietro per schivare le lame che tentavano di allontanarli dall'ingresso del tunnel.

«Dannazione» disse Jade. Brandì la sua spada mentre dall'imbocco del traforo continuavano a uscire lame. «Ci stanno dando la caccia!».

Emily si voltò indietro verso la foresta e vide una piccola orda di esseri inumani emergere dall'oscurità. «Usa la magia» ordinò Harkin. A differenza dei ragazzi, non sembrava sull'orlo di un attacco di panico. «Abbattine più che puoi, subito!».

«Usa il Berserker» disse Jade mentre i goblin avanzavano. Il più grande arrivava a malapena all'addome di Emily, ma erano molto potenti. Portavano spade più grandi di loro. «Senza di quello non ce la farai a sconfiggerli».

Emily fece un profondo respiro, si concentrò e lanciò l'incantesimo.

Capitolo XXXIX

L'incantesimo fece subito effetto. Emily sollevò la spada e il tempo sembrò rallentare, i goblin avanzarono lentamente verso di loro. Una parte di lei vedeva chiaramente che erano creature orrende, umanoidi con occhi grandi, orecchie fuori misura e denti molto aguzzi; l'altra parte era invece concentrata a combattere. Non appena l'orda alzò le armi, Emily balzò in avanti e colpì al collo il goblin in testa all'attacco. La creatura collassò a terra e dalla ferita prese a uscire del sangue verdastro che Emily notò a malapena. Mentre si scagliava contro i goblin, il Berserker le vibrava in corpo, facendola muovere molto più velocemente di quanto quei minuscoli selvaggi potessero sperare di eguagliare. Era facile schivare i colpi lancinanti e farli a pezzi.

Una delle creature si lanciò addosso, ma Emily fece in tempo a scansarsi. La fiducia in sé stessa cresceva rapidamente, di pari passo con la forza; sferrò un colpo all'armatura improvvisata del goblin e lo fece inciampare all'indietro, mentre un altro avanzò e la ferì con un coltello, ma lei non sentì nulla. L'incantesimo contrastava il dolore, lasciandola incurante del sangue che le colava lungo il braccio. Sapeva benissimo che gli effetti li avrebbe avvertiti dopo, ma non le importava. L'incantesimo la teneva saldamente in pugno.

La magia divampava mentre Jade e il resto della squadra combattevano usando i poteri. I goblin morivano tra le fiamme o rimanevano congelati prima di cadere a terra e perire. I sergenti lottavano con fredda precisione e una potenza terrificante, considerato che non avevano alcun Berserker ad aiutarli. Mentre si scagliava contro l'ultimo mostro e lo faceva a pezzi, Emily sentiva il sangue pulsarle nelle orecchie. Poco dopo, il mondo intorno a lei iniziò a girare... e calarono le tenebre.

Quando Emily rinvenne la prima cosa che vide fu il sole che cominciava a tramontare. Era sdraiata a terra, stordita. Le girava la testa e si sentiva incredibilmente debole, il corpo pervaso dal dolore. Le ci vollero diversi minuti per ricordare i goblin e la battaglia. Ne aveva uccisi almeno una dozzina, rapita dalla forza trascinante dell'incantesimo. I ricordi riaffioravano ed Emily non riusciva a reprimere la nausea per ciò che aveva fatto. Aveva ucciso delle creature intelligenti, creature molto simili agli umani... e aveva agito senza pensarci due volte. Neanche il pensiero che i goblin avrebbero potuto ucciderli la faceva sentire meglio.

Jade le si inginocchiò accanto e le posò una mano sulla spalla. «Tutto bene?».

«Mi gira la testa» rispose Emily dopo un istante. Il Berserker l'aveva prosciugata; col senno di poi, forse non era stata la migliore delle idee. Ma sarebbe stata in grado di combattere allo stesso modo senza? «Cosa... cosa è successo?».

«Hai ucciso una dozzina di goblin, poi sei svenuta. Penso che tu abbia vinto la battaglia da sola. Noi abbiamo ucciso i restanti e poi siamo fuggiti dal tunnel, portandoti con noi».

«Parla piano» aggiunse una voce rauca. Emily girò la testa con difficoltà e vide il sergente Harkin. «Ci stanno ancora dando la caccia».

Emily provò ad alzarsi e Jade la sostenne con gentilezza. «Ti serve un'altra pozione» disse il ragazzo, passandole una boccetta. Doveva averla portata con sé alla Città Oscura, anziché lasciarla nella tenda. «Il Berserker ti ha quasi uccisa».

«Lo so» ammise Emily. La maestra Irina l'aveva avvertita che la sensazione di essere potenti, impavidi e invincibili dava assuefazione. L'incantesimo prosciugava la magia e, una volta esaurita quella, passava alla forza vitale. Se fosse stata da sola, alla fine l'incantesimo avrebbe fallito, lasciandola priva di forze e in mezzo a un branco di nemici furiosi. «Perché... perché voi non l'avete usato?».

«Non hai abbastanza esperienza per combattere senza» rispose Harkin. C'era qualcosa nel suo tono di voce che la infastidì, poi si rese conto che per loro era diventata un peso. Non sarebbe riuscita a camminare per ore dopo aver usato l'incantesimo. «Ora riesci a camminare?».

Emily finì di bere la pozione che, come immaginava, aveva un sapore disgustoso, e si alzò a fatica con l'aiuto di Jade. Sentiva le gambe come inutili sacchi di patate, non importava quanto si sforzasse a muoverle. Si impose di rimanere in piedi per non rallentare il resto della squadra e, mentre camminava, i suoi occhi scrutarono in ogni direzione. Si erano nascosti all'interno di una piccola foresta dove non sembrava esserci traccia di altri goblin, ma aveva la sensazione che qualcuno li stesse osservando.

Harkin aveva ragione: stavano dando loro la caccia.

«Abbiamo dovuto portarti di peso mentre fuggivamo dalla Città Oscura» disse Jade mentre il sergente andava a chiedere notizie agli avvistatori. «Hanno detto che attraversare il tunnel sarebbe stato troppo pericoloso; saremmo stati catturati dai goblin o avremmo attirato l'attenzione di altre creature. Ma abbiamo sentito i suoni di caccia di altri goblin...».

Cat alzò lo sguardo mentre Emily raggiungeva il resto del gruppo barcollando. «Non ho mai sentito di goblin che agiscono all'unisono» disse cupo. Aveva una brutta ferita sulla guancia, di gran lunga peggiore di quella che avevano inflitto a lei durante la battaglia. Qualcuno gliel'aveva fasciata con una camicia. «Non sono noti per essere amichevoli».

«Forse c'è qualcuno che li sta incoraggiando» ipotizzò Jade. Prese un frutto e lo passò a Emily, che lo addentò senza neanche badare a cosa fosse, tanto era stanca. Lo mangiò con gratitudine e lasciò cadere gli avanzi nella buca che avevano scavato per seppellire le tracce del loro passaggio. «Non siamo poi così lontani dai negromanti».

Emily rabbrividì. I goblin avevano deciso di catturarla? Quel pensiero era terrificante, eppure non riusciva a capire come quelle creature sapessero del suo arrivo, per non parlare dell'organizzazione del rapimento in tempi record. Avevano pure cercato di ucciderla... i ricordi le scorrevano davanti agli occhi e le venne la nausea. Aveva massacrato delle creature intelligenti senza provare nulla, se non dopo averlo fatto. Meritavano davvero di morire?

«Potrebbe essere molto peggio» disse Harkin a voce bassa. «Pensavamo che le montagne sarebbero bastate a impedire ai negromanti di raggiungere Whitehall, a meno che non attraversino il passo. Ma se riuscissero a trovare un tunnel o a scavarne uno nuovo, che consenta loro di accerchiare Whitehall, saremmo in guai seri».

Si guardò attorno con la faccia scura corrugata dai pensieri. «Ripartiamo tra due minuti. Ciò che dovete fare è semplice: tornare a Whitehall e informare il Gran Maestro, qualunque cosa accada. Qualcuno deve riferire che potrebbe esistere un tunnel che consente ai negromanti di accedere alle Terre Alleate».

Jade era pensieroso. «Non avete uno specchio?».

«Uno non funziona e l'altro è andato distrutto nel rogo» ammise Harkin. «Dobbiamo supporre il peggio».

Emily sapeva che il peggio era che i goblin fossero guidati da un mago abbastanza potente da intimidire le creature disumane e interferire con lo specchio che Harkin avrebbe voluto usare per chiedere aiuto. Non serviva un negromante per disturbare gli incantesimi di comunicazione, qualsiasi mago oscuro avrebbe potuto farlo, ma il sergente aveva ragione: dovevano supporre il peggio. Era probabile che un negromante li volesse morti per accrescere il proprio potere con la loro energia vitale.

Nascosero quel che rimaneva delle loro tracce e si prepararono ad andare. Se c'era davvero un negromante che dava loro la caccia, con un po' di fortuna l'avrebbero superato in astuzia e sarebbero riusciti a scappare. Tutte le fonti concordavano sul fatto che i negromanti erano inclini all'arroganza, alla presunzione e alle facili illusioni. Ma erano anche tutte poco chiare riguardo a come sconfiggerne uno durante un combattimento.

"Non essere sciocca" si rimproverò mentre percorrevano un sentiero scivoloso sotto la montagna più vicina. "Nessuno di noi è pronto a combattere contro un negromante. Persino Void è riuscito a dargli solo una lezione, per poi scappare".

La marcia divenne presto un incubo. Emily era così stanca che, se avesse chiuso gli occhi, si sarebbe addormentata all'istante. Ma in qualche modo doveva proseguire. Stava calando la sera e le ombre si allungavano aumentando la suggestione che qualcuno li stesse osservando.

Emily teneva stretta la spada e scrutava nell'oscurità pronta ad infilzare qualsiasi cosa li stesse seguendo prima che potesse attaccarli. La sensazione che qualcuno si stesse preparando ad attaccarli aumentava sempre più nonostante non si udisse o scorgesse alcunché, neppure un uccello in cielo o un piccolo animale a terra. Dopo aver visto quali creature abitavano le terre attorno a Whitehall, Emily trovava la cosa inquietante.

Harkin rallentò per camminarle accanto; aveva il viso contorto dalla preoccupazione. Emily avrebbe voluto dirgli di andare avanti, sapendo che stava rallentando l'intera squadra, ma tacque. Era davvero troppo stanca per parlare.

«Non è mai facile» disse Harkin sottovoce.

Emily fu sorpresa da quelle parole compassionevoli; era raro che uscissero dalla sua bocca.

«Uccidere dei goblin è quasi come uccidere degli umani» continuò il sergente.

Emily annuì. In passato, l'unica persona che aveva seriamente preso in considerazione di uccidere era stata se stessa. Non era di quei tipi che portavano una pistola a scuola per vendicarsi di offese reali o immaginarie, né tanto meno aveva mai pensato di arruolarsi nell'esercito. Forse era quello il motivo per cui il Berserker l'aveva distrutta. Quell'incantesimo le impediva di riflettere sulle proprie azioni, ragion per cui Jade le aveva ordinato di usarlo.

Non c'era tempo da perdere, figurarsi per farsi venire dei ripensamenti. Se ne avesse avuti, avrebbe rischiato la morte.

«Se fossimo stati fortunati, avrebbero potuto ucciderci» aggiunse Harkin un attimo dopo. «E se fossimo stati sfortunati, sarebbe potuta andarci peggio».

Emily annuì. Prima di partire per quel viaggio aveva letto di goblin e di altri mostri che infestavano le montagne. Raramente importunavano gli umani, a meno che la vittima non fosse completamente sola; sapevano che gli abitanti delle città vicine avrebbero potuto organizzare delle spedizioni punitive. Era del tutto possibile che qualcuno li avesse aizzati contro le Maglie Rosse, o che la squadra fosse stata semplicemente molto sfortunata. Non c'era modo di saperlo con certezza.

«Resisti fin quando non saremo a casa» disse Harkin. «Dopo di che, se vorrai parlarne...».

Emily scosse la testa e rimase concentrata a mettere un piede dopo l'altro. In realtà, non sapeva come si sentiva per quel che aveva fatto. Una parte di lei si sentiva in colpa, pur essendo consapevole che l'avrebbero uccisa; l'altra parte invece aveva provato piacere nel tagliare a pezzi quelle creature, come se fossero fatte di carta. E tutto quell'allenarsi l'aveva ripagata, anche se aveva dovuto usare il Berserker. Il tempo passato a esercitarsi con la spada assieme alle Maglie Rosse non era stato sprecato.

Si immersero nell'oscurità mentre il sole moriva dietro le montagne. Jade e il sergente Miles lanciarono degli incantesimi per illuminare il cammino, mentre il resto del mondo si tingeva di una sinistra luce grigia che a Emily faceva venire il mal di testa.

Nonostante il malessere, Emily continuò ad avanzare cercando di fare attenzione alle trappole. Ma era così stanca, che avrebbe rischiato di caderci sopra pur vedendone una. La semioscurità che dominava al di fuori del sentiero illuminato le stava giocando dei brutti scherzi. Nella luce grigia le sembrava di vedere ogni sorta di creatura in agguato, in attesa del momento giusto per attaccarli.

La foresta stava pian piano prendendo vita. Emily sentiva uccelli e animali chiamarsi a distanza, una serie di cinguettii e segnali che alla fine lasciarono il posto a dei sibili e a un unico, terrificante ruggito. Non aveva mai provato interesse per il mondo animale, quindi non riusciva a ricordare se ci fossero in quel mondo, ma di certo quel verso era molto simile a un ruggito. Fu poi la volta degli ululati, uno più terrificante dell'altro.

Il sergente Harkin sembrava non farci caso, tanto che Emily lo sentì ridacchiare sottovoce.

«Ah, i figli della notte» disse. «Sentite come cantano!».

Emily gli lanciò un'occhiataccia. Qualunque cosa stesse facendo quel verso non aveva alcuna intenzione di incontrarla, di certo non ora che era troppo stanca per usare la magia o anche solo per sollevare la spada. A ogni modo, però, quel verso era stato sicuramente uno sprone a proseguire, piuttosto che rallentare per prendere fiato. Chissà cos'altro, a parte i goblin, avrebbe potuto inseguirli nell'oscurità…

«Tutti a terra» urlò Jade. «Subito!».

Emily si gettò sul sentiero fangoso mentre qualcosa sibilava nell'aria sopra le loro teste. Le frecce si schiantarono contro gli alberi e caddero ai loro piedi; Emily si rese conto con orrore che erano finiti in una nuova imboscata dei goblin. Harkin non li aveva fatti mai fermare, sperando di lasciarsi i mostri alle spalle, ma avevano fallito.

I goblin stavano mostrando un grado di cooperazione che, da quanto letto nei libri, era una cosa mai successa. Come poteva mai essere, se i goblin non si fidano nemmeno dei loro simili? Era possibile che avessero a capo qualcuno di veramente tosto.

«Avanzate strisciando» ordinò Harkin, mentre con l'arco cercava i nemici da colpire. «Estendete subito gli incantesimi illuminanti su di loro!».

Strisciando in mezzo alla fanghiglia, Emily realizzò che i goblin non usavano incantesimi illuminanti perché non avevano bisogno della magia per vedere al buio. E, apparentemente, non vedevano l'incantesimo che a loro serviva per illuminare il cammino.

Harkin, Miles e Cat aprirono il fuoco non appena i goblin apparvero alla vista. Non si erano curati di nascondersi, pensando di non essere visti, e tre di loro finirono a terra con le frecce conficcate nei crani. Al comando del sergente, Emily accelerò, ringraziando il cielo di aver perso tutti gli zaini nell'incendio. L'equipaggiamento li avrebbe solo rallentati e resi dei bersagli più grandi.

«Continuate a strisciare» sibilò Harkin guardando indietro nel punto in cui erano apparsi i tre goblin; tutti gli altri si erano nascosti non appena avevano capito di essere visibili. «Non rallentate per nessun motivo».

Emily era così stanca, che neanche le importava di strisciare nel fango, che sembrava coprire i resti di un edificio in rovina. Alle sue spalle poteva sentire il suono di corni: erano i goblin che chiamavano i rinforzi, forse affinché intercettassero i fuggitivi. Si trovò a chiedersi quanto bene i goblin conoscessero la foresta, ma poi realizzò che loro, a differenza degli umani, trascorrevano probabilmente la maggior parte del tempo in un ambiente ricco di mana. Era plausibile che la conoscessero molto bene.

Dall'oscurità partì una seconda raffica di frecce. Emily udì qualcuno urlare dal dolore e imprecò tra sé e sé. Erano stati colpiti.

«Bran» disse Jade. «Sergente, è stato colpito!».

«Ci penso io» rispose subito Harkin. «Proseguite. Strisciate verso sud e pregate che non vi inseguano».

Emily esitò accanto a Bran che si lamentava, ma Harkin le ringhiò di continuare a muoversi. Bran era stato inchiodato a terra da un dardo; Emily gli fece l'occhiolino per dargli coraggio mentre Harkin lo tirava su dal petto e staccava la punta di ferro dal resto della freccia. Dalle nozioni di primo soccorso si ricordò che il ragazzo non andava mosso, ma non c'era altra scelta. Se lo avessero lasciato lì, i goblin l'avrebbero preso, facendogli cose ben peggiori che conficcargli una freccia in pieno petto.

Man mano che proseguivano, il suono dei corni diventava sempre più forte; Harkin gattonava trasportando Bran sulla schiena. La pioggia di frecce non cessava, come se i goblin stessero tentando di sfinirli prima di avanzare e ucciderli. Per Emily quella tattica era insensata, ma poi realizzò che i goblin avevano degli ottimi motivi per temere la magia. Non potevano essere certi che i maghi fossero completamente privi di energia. Se ne avessero avuta abbastanza da generare del fuoco…

«Se appiccassimo un incendio, non riusciremmo a scamparlo» disse Harkin quando Emily suggerì l'idea. «Gli incendi si propagano molto velocemente nelle foreste».

Mentre si facevano strada tra le rovine di un'altra città mezza sepolta nel fango, Emily sentì i goblin avvicinarsi. Bran si lamentava come in preda al delirio. Emily non ricordava abbastanza di medicina per essere d'aiuto, ma sapeva che Bran aveva bisogno di un guaritore. Certo, avrebbero dovuto immobilizzarlo dall'inizio. L'incantesimo di Alessa avrebbe potuto salvare la vita al ragazzo, se solo si fosse ricordata come lanciarlo. E se avesse avuto sufficiente energia per farlo.

«Buona idea» disse Jade. Stranamente, la sua approvazione le procurò un'ondata di calore in tutto il corpo. Il ragazzo si avvicinò a Harkin. «Sergente, potremmo immobilizzarlo e poi...».

«E poi trasportarlo sarebbe impossibile» disse Harkin con tono stanco. Sembrava esausto, la sua solita compostezza stava finalmente venendo meno. «Dobbiamo portarlo da un guaritore».

«Ci serve un posto difendibile» disse Miles. Non aveva più alcun senso continuare a muoversi di nascosto. I goblin sapevano esattamente dove si trovavano. «Vuoi andare al Tempio di Tat?».

«Non abbiamo abbastanza uomini per difenderlo» proseguì Harkin. Ci fu una pausa. «Ma non c'è altro posto dove andare».

Emily realizzò che era già troppo tardi quando i goblin brulicarono fuori dall'oscurità. Con le poche forze rimaste, sollevò la spada per parare un colpo che l'avrebbe infilzata, ma poi un goblin la spinse contro un muro di pietra. Il mondo prese a girare, mentre il muro alle sue spalle crollava e lei con esso. Si fece buio, il goblin emise un ultimo ruggito e dopodiché calò il silenzio.

CAPITOLO XL

L'OSCURITÀ CHE L'AVVOLGEVA sembrava viva.

Emily si guardò attorno, ma non vide niente. Le pareva di essere sdraiata su un prato, ma con quel buio pesto era impossibile constatarlo. Regnava un silenzio inquietante, era come se il mondo fosse in attesa di qualcuno che si schiarisse la gola per poi presentarsi. L'aria era pregna di possibilità sul punto di sbocciare. Emily provò a lanciare un incantesimo per fare luce, ma qualcosa smorzò la magia e la assorbì nel nulla.

Dove si trovava?

Forse aveva perso di nuovo conoscenza; il goblin l'aveva colpita, il muro le era crollato addosso e poi… il buio. Le sembrava che la magia fosse tornata in lei, eppure aveva la sensazione che lanciare più di un incantesimo non sarebbe stata una buona idea. Si portò una mano davanti al viso, ma non riuscì a vederla.

Poi udì un brusio.

Inizialmente le sembrò provenire da più direzioni; un suono che vibrava nell'aria e la schiacciava, come se fosse vivo anch'esso. Il suono divenne più forte ed Emily si coprì le orecchie, ma le riecheggiò nelle mani fino a penetrarle l'anima. Dovette mordersi un labbro per non urlare.

Poi quel suono diminuì fino a diventare una singola nota bassa sospesa nell'aria.

Emily aprì gli occhi – nemmeno si era resa conto di averli chiusi – e vide un fascio di luci multicolore andarle incontro. Quando fu vicino il fascio si allargò, dividendosi in forme diverse, ed Emily sorrise per quello spettacolo. Le luci erano diventate fate alate simili a quella che aveva liberato alla Tana del Drago. Le si fermarono davanti una alla volta; poi l'oscurità lasciò il posto a un bagliore sfolgorante.

«Umana» disse una voce. Ma era davvero una sola? Parevano piuttosto una dozzina di vocine che parlavano all'unisono. «Perché hai oltrepassato i confini della nostra terra?».

Emily si guardò attorno. Non le sembrava di essere nella foresta o negli edifici in rovina, ultima resistenza delle Maglie Rosse. Le fate abitavano un'enorme caverna che si estendeva a perdita d'occhio; Emily vide davanti a sé un immenso lago sotterraneo circondato da strani alberi e altre piante, ma non solo: sulle sponde campeggiavano delle statue raffiguranti degli esseri umani…

«Sono caduta da sopra» rispose Emily. Le statue parevano vive, troppo vive, come quelle che aveva visto nella biblioteca di Whitehall. «Non era mia intenzione disturbarvi».

«La tua specie ci ha scacciato dal mondo di sopra» disse la voce. Emily rimase subito colpita dal fatto che le fate avessero una mente-alveare, piuttosto che tante menti indipendenti. Forse però la cosa aveva senso. Magia o non magia, non riusciva a capire come un minuscolo cervello fatato potesse ragionare da solo. «Questo è il nostro ultimo rifugio dal genere umano. La tua presenza non è gradita».

«Allora me ne andrò» disse Emily. La magia selvaggia crepitava nell'aria. La caverna avrebbe potuto essere protetta, o ampliata, dalla magia. Come Whitehall, quel luogo avrebbe potuto essere molto più grande all'interno che all'esterno. «Per favore, mostratemi come tornare nel mondo di sopra».

«Potresti riferire di noi alla tua specie» disse la voce, che si faceva sempre più dura e fredda man mano che le onde di magia si intensificavano. «Verrebbero a cercarci, a tagliarci le ali e a triturarci per nutrire i loro desideri perversi. Non possiamo farti tornare là».

Emily tentennò e iniziò a riflettere freneticamente. Nessuno dei libri che aveva letto parlava di cose simili! In tutti si diceva che le fate erano, nella migliore delle ipotesi, delle bestie, probabilmente per giustificare l'uso dei loro corpi come componenti per gli incantesimi. Al pari dei draghi, erano fortemente magiche, ma a differenza di loro, non potevano difendersi da sole. In gruppo, però, sarebbero state letali per chiunque fosse stato così sfortunato da incontrarle senza disporre di una potente magia.

Un altro gruppo di fate attraversò il lago e si unì allo sciame che stava affrontando Emily. I due sciami sembravano danzare assieme, condividendo pensieri e sentimenti fino a diventare un'entità unica. Emily non sapeva come uscirne. Le fate avevano un aspetto umano, quasi perfettamente umano, fatta eccezione per il viso vagamente elfico, ma non pensavano da esseri umani. O forse erano più umane di quanto non volessero ammettere. Dopotutto, al posto di Anna Frank, anche Emily, trovandosi davanti un tedesco finito per caso nell'annesso segreto, avrebbe preso in seria considerazione di tagliargli la gola.

«Hai liberato una di noi» disse un'altra voce. Era in qualche modo diversa, come se il secondo sciame fosse più incline alla tolleranza. «Non provieni da questo mondo».

«No» rispose Emily chiedendosi come facessero a saperlo. Forse percepivano un odore strano, o forse le sue maniere erano semplicemente troppo differenti da quelle della gente del posto. «Vengo da un mondo molto diverso».

«Ti siamo grate per ciò che hai fatto» disse la voce, «ma non possiamo rischiare di farti tornare nel mondo di sopra. Potresti condurre la tua gente nel nostro ultimo rifugio».

Emily iniziò a tremare. «Non parlerò di voi con nessuno» promise realizzando che quello era un appello a lasciarla vivere. Le fate erano potenti e molto pericolose. «Avete la mia parola…».

La voce la interruppe: «Tuttavia, potresti essere una Figlia del Destino». Le fate presero a sciamare, sbattendo le ali così velocemente che Emily vide solo una macchia indistinta. «Trattenerti qui fino alla fine dei tempi potrebbe scatenare le forze che hanno interesse a soddisfare il Destino. Siamo indecise sul da farsi».

Seguì una lunga pausa. Emily pensò e ripensò, cercando qualcosa da dire, ma non le venne in mente nulla.

Poi la voce parlò di nuovo: «Ti rimanderemo in superficie e ti aiuteremo a salvare la tua squadra, ma in cambio dovrai promettere due cose. Primo, dovrai giurare solennemente sui tuoi poteri che non parlerai di noi ad anima viva. Secondo, forse un giorno avremo bisogno di te. Se dovessimo chiamarti, risponderai e verrai in nostro aiuto».

Emily non era convinta. I giuramenti nel suo nuovo mondo erano sacri, in parte perché coinvolgevano la magia. Venire meno a un giuramento avrebbe portato a spiacevoli conseguenze, conseguenze che sarebbero state ancora peggiori se avesse deciso di rompere il patto senza pensarci due volte. I libri erano divisi su cosa sarebbe successo se fosse stata costretta a infrangere il giuramento, ma aveva la sensazione che le fate sarebbero state poco inclini ad accettarne una violazione, pur commessa sotto tortura. E non aveva idea di ciò che le avrebbero chiesto in cambio, un giorno.

La cosa certa era che non sarebbe potuta rimanere con loro per sempre. Anche se non l'avessero aggiunta alla loro collezione di statue, non avrebbe potuto lasciare le Maglie Rosse nelle mani dei goblin. E se c'erano davvero i negromanti dietro l'attacco alla squadra, l'avrebbero sicuramente cercata, trovando il modo di introdursi nella fortezza delle fate. Era inutile sperare che il semplice atto di sfondare le mura li avrebbe uccisi. Il potere di cui disponevano era sufficiente a schiacciare le fate come insetti.

«Presterò il giuramento. Dove si trova adesso la mia squadra?».

«Sono sotto sorveglianza vicino al Tempio di Tat» rispose la voce. «I goblin li hanno consegnati agli orchi. Presta giuramento e faremo del nostro meglio per aiutarti».

Emily formulò il giuramento nella sua mente e poi lo enunciò. La voce diventò un brusio di gioia mentre le fate cominciavano a tornare al lago.

«Bevi la nostra acqua» disse la voce. «Ti darà tutto ciò di cui hai bisogno».

Emily guardò lo sciame ronzante e quindi si inginocchiò per raccogliere l'acqua con le mani. Se avessero voluto avvelenarla, o peggio, non avrebbero avuto necessità di ingannarla. L'acqua aveva un sapore dolce…

Il suo corpo iniziò a brillare di luce. La magia venne reintegrata; la stanchezza che l'aveva attanagliata fu spazzata via quasi subito. Sentiva di poter fare a braccio di ferro con un orso e vincere. Ma non era il Berserker. Era ancora se stessa.

Il mondo attorno prese a scintillare. Le girò la testa e fu costretta a chiudere gli occhi per un momento. Quando li riaprì si ritrovò in piedi nella foresta, con lo sguardo rivolto al terreno fangoso. Delle fate non c'era più traccia.

Emily scosse la testa, percependo le riserve di magia dentro di sé, e iniziò a camminare verso il tempio. Un attimo dopo, lanciò un incantesimo di invisibilità insegnatole dal sergente Miles. Persino il miglior segugio avrebbe incontrato difficoltà a rintracciarla.

Nel sentire il puzzo degli orchi, Emily strinse i denti e di lì a poco li vide davvero: anche loro erano rumorosi e si facevano strada attraverso la foresta intorno al Tempio di Tat. A differenza dei goblin, erano enormi, alti circa due metri; tuttavia, come nei goblin, i loro volti erano una beffarda parodia dell'umanità. I corpi sembravano un ammasso di muscoli; portavano come niente fosse delle spade che Emily non sarebbe mai riuscita a sollevare. Non indossavano nulla, solo perizoma e cintura. Osservandone la pelle marrone-bluastra, Emily capì perché non necessitavano di armatura: la pelle pareva abbastanza dura da far piegare una lama all'impatto.

I sergenti l'avevano addestrata a prestare attenzione agli incantesimi di protezione, ma non sembrava che gli orchi ne fossero dotati. Dal modo in cui camminavano, pensavano probabilmente di non averne bisogno. L'incantesimo pareva funzionare, ma non sarebbe durato in eterno. Doveva agire in fretta.

Tappandosi il naso, si intrufolò tra le rovine, raggiungendo un punto da cui poteva vedere il cortile. Le Maglie Rosse si trovavano esattamente al centro, con mani e gambe incatenate a massicci pilastri di legno. Le ci volle un momento per capire che anche il più forte degli esseri umani avrebbe avuto difficoltà a muoversi trasportando un tale peso, ammesso che fosse riuscito ad alzarsi in piedi con indosso le catene. Cinque orchi marciavano di continuo intorno a loro, grugnendo sgradevolmente, con gli occhi che guizzavano da un prigioniero all'altro come un serpente a caccia del suo prossimo pasto. Tutti i prigionieri presentavano delle ferite.

"Le fate avevano detto che mi avrebbero aiutato" pensò Emily. Ma dov'erano? Sarebbero mai arrivate?

Sarebbe potuta rimanere a fissarli per ore, ma non sarebbe mai stata capace di sconfiggere gli orchi da sola. Il Berserker le avrebbe garantito velocità e forza per l'intera durata dell'incantesimo, ma se non fosse riuscita a ucciderli tutti in quel lasso di tempo, l'avrebbero infine fatta a pezzi. Raccolse delle idee e poi le scartò totalmente, una dopo l'altra. La sua magia era oltremodo limitata per ammazzarli tutti prima che fosse troppo tardi. A meno che…

I libri dicevano che quelle creature erano violente e molto irascibili. Prima di poterci riflettere meglio, formulò un incantesimo nella sua mente e lo lanciò verso un mucchio di macerie posto alle spalle di uno degli orchi. Un pezzo di pietra volò per aria superando un orco e finendo addosso a un altro, che si girò, ringhiando per il dolore, convinto che fosse stato il suo compagno a colpirlo. In preda all'ira, si scambiarono a lungo dei versi, poi si voltarono lentamente dal lato opposto, continuando a ringhiare. Emily ripeté l'incantesimo e colpì lo stesso orco con una seconda pietra. Questa volta, i due vennero alle mani, dandosele di santa ragione con una forza terrificante.

"Niente spade" notò Emily mentre maneggiava con cura un altro pezzo di pietra da lanciare contro un terzo orco. I restanti tre mostri parevano combattuti tra l'impulso di sorvegliare i prigionieri e quello di unirsi alla lotta. A giudicare dalle loro espressioni, sembrava stesse prevalendo la voglia di prendere parte alla rissa. Emily scagliò la terza pietra e, senza pensarci, si lanciarono tutti nella mischia. Emily impallidì quando realizzò che avrebbe potuto sbagliare i calcoli, avrebbero potuto finire per coinvolgere i prigionieri nello scontro, ma non c'era tempo per preoccuparsene. Iniziò invece a preparare incantesimi per intervenire se la cosa fosse degenerata.

Si rese conto che gli orchi erano fatti per incassare colpi, molti colpi. Combattevano come pugili, ma senza nessun arbitro a dir loro quando fermarsi. Due dei cinque caddero a terra, pestati a sangue; gli altri tre continuavano a lottare, persi nel furore della battaglia. Alla fine ci fu un vincitore, che si allontanò barcollando dal gruppo con una dozzina di ferite sanguinanti dall'aspetto sgradevole. Emily raccolse l'ultimo pezzo di roccia e glielo lanciò contro con tutta la forza che aveva in corpo, raggiungendolo alla testa con uno schiocco terrificante.

Ci fu una pausa tanto lunga che Emily si domandò se lo avesse colpito con sufficiente potenza; poi l'orco cadde finalmente a terra.

Emily annullò l'incantesimo di invisibilità e corse verso i prigionieri. Gli orchi li avevano incatenati e ammanettati, impedendo loro di ricorrere alla magia, ma Emily li liberò facilmente con un normale incantesimo sbloccante. Jade la fissò incredulo mentre lo liberava dalle catene, poi la avvolse in un abbraccio così forte, che per poco non le ruppe le costole. Harkin gli ringhiò di metterla giù e nel frattempo si prendeva cura di Bran, che sembrava in fin di vita. Cat aveva preso una brutta coltellata alla gamba. Né Bran né Cat sarebbero stati in grado di andare molto lontano…

A Emily balenò in testa un pensiero e rabbrividì terrorizzata. «Potremmo trasformarli in qualcosa di piccolo e portarli fuori da qui» propose. «O potremmo immobilizzarli e trasportarli…».

«Trasformali» disse Harkin dopo un po'. C'era qualcosa nella sua voce che suggeriva che quella soluzione non gli piaceva affatto, ma Emily preparò comunque l'incantesimo. «Buona idea».

«Grazie per averci salvato, sei stata brava» aggiunse Jade. «Che ti è successo?».

«Non adesso» rispose Harkin prima che Emily potesse inventare una bugia plausibile. Aveva fatto giuramento alle fate, anche se non l'avevano aiutata a liberare i prigionieri. «Non siamo ancora fuori dalla foresta».

Si udì un ruggito terrificante provenire dall'esterno: gli orchi di vedetta si erano accorti che qualcosa non andava. Emily si voltò e vide i mostri correre verso di loro, con il terreno che tremava sotto i loro passi pesanti. Brandivano armi affilate e mazze della grandezza di tronchi. Chiunque li avesse usati come truppe d'assalto chiaramente non si aspettava che perdessero le staffe, o forse semplicemente non gli importava. O…

«Saliamo sul tetto» disse svelto Harkin. Emily capì subito perché. Gli orchi avrebbero avuto difficoltà a salire su per le scale diroccate. «Non c'è altro posto in cui andare».

Il sergente aveva ragione, era impossibile scappare. Emily non conosceva magie tali da poter affrontare tutti gli orchi senza finire in poltiglia e il resto del gruppo era stremato. Avrebbe solo potuto ricorrere di nuovo al Berserker, ma…

Le venne immediatamente un'altra idea. Lanciò molto velocemente un'illusione, una scintillante macchia di nebbia multicolore apparve dal nulla e si spostò verso l'orda. Gli orchi in testa al gruppo videro il Mimo e si fermarono di colpo, facendo cadere quelli dietro di loro come birilli. Poi balzarono in piedi e iniziarono a correre, urlando per la paura nel loro linguaggio strano e sgradevole. Il Mimo avanzò, chiaramente a caccia di prede, e l'unica maniera per difendersi da un Mimo era scappare.

Gli orchi fuggirono all'istante.

«Bella pensata» disse Harkin. «Puoi spostare l'illusione in modo che ci faccia da copertura?».

Il sergente fece strada verso il punto in cui gli orchi avevano legato i loro cavalli.

Emily annuì e usò l'illusione per nascondersi mentre montavano in sella alle bestie. Prima del suo arrivo a Whitehall, Emily non aveva mai cavalcato, ma Alessa le aveva insegnato come fare, per fortuna. La prima volta aveva avuto tanta paura, figurarsi a dover imparare in quel preciso momento…

Ma non c'era altra scelta. Dovevano allontanarsi il più possibile dagli orchi prima che superassero la paura del Mimo e partissero all'inseguimento.

"Ma forse adesso non ci faranno prigionieri, credendoci dei Mimi" pensò Emily.

Ignorando accuratamente l'odore delle bisacce, Emily iniziò a galoppare mentre Harkin li guidava lungo un sentiero che portava a nord dal tempio. Le venne in mente che gli orchi avrebbero potuto disporre di altre sentinelle là fuori – Whitehall avrebbe potuto accorgersi che qualcosa non andava e avrebbe mandato i rinforzi – ma non c'era niente che potessero fare al riguardo, almeno finché non li avessero incontrati. Quando uscirono dalla foresta nulla sbarrava loro la strada, così presero un sentiero costruito probabilmente dalle Terre Alleate. Se gli orchi si fossero resi conto di essere stati ingannati, avrebbero rinunciato all'inseguimento.

«Saremo di ritorno a Whitehall in un'ora» disse Harkin, cavalcando accanto a Emily. «Una volta lì, porta subito i feriti in infermeria e illustra la situazione ai guaritori prima di annullare la trasformazione. Poi torna da me a riferire tutto».

«Capito. Cosa faremo con gli orchi?» chiese Emily.

«Dovrò informare il Gran Maestro del terribile pericolo a cui potrebbero andare incontro le Terre Alleate. Non sarà una conversazione piacevole».

Capitolo XLI

Kyla ascoltò attentamente il racconto di Emily, poi annuì.

«Mettili su due letti separati e poi preparati a consegnarmi l'incantesimo» le ordinò. «Sai come si fa?».

Emily fece no con la testa.

«Allora stammi bene a sentire e segui le istruzioni» disse Kyla con fermezza. Illustrò una complicata procedura che Emily eseguì come meglio poteva. «Bene. Ora potrò rilasciare l'incantesimo non appena saremo pronte a occuparci di loro».

Kyla guardò Emily. «Che ti è successo? È evidente che qualcosa non va».

«Ho abusato del Berserker» ammise Emily. Nonostante sentisse ancora l'acqua delle fate in circolo, era stanca e dolorante. «Sono esausta».

«A vederti non si direbbe» commentò Kyla. Sembrava... sospettosa, come se pensasse che Emily avesse fatto qualcosa di stupido. «Ti consiglierei di rimanere un po' in infermeria, ma il sergente ti ha detto di tornare da lui. Vai e poi prendi questa pozione».

Passò a Emily un piccolo flacone. «Dovrebbe conciliare il sonno per almeno 12 ore. Saresti dovuta rientrare tra tre giorni, ma se qualcuno dei tuoi insegnanti dovesse farti storie, dillo a me. Penso tu abbia più bisogno di riposo che di recarti a lezione».

Emily annuì e andò quasi a finire addosso ad Alessa uscendo dall'infermeria.

«Girano un sacco di voci» disse la sua amica. Aveva un segno bizzarro, quel che restava di una maledizione. «E il Gran Maestro vuole che ti accompagni nel suo ufficio».

«Oh» esclamò Emily. Ora che era al sicuro, stava ripensando a tutto ciò che aveva fatto. I goblin che aveva ucciso, gli orchi che si erano picchiati per via del suo inganno… per non parlare della fuga disperata dalla prigionia. «Cosa ti è successo?».

«Melissa mi ha lanciato un paio di maledizioni» ammise Alessa mentre andavano dal Gran Maestro. «Sei pronta a combinarle un altro scherzetto?».

Emily sbuffò. «Magari uno che non coinvolga persone innocenti. O non vedi l'ora di infastidire di nuovo Madama Razz?».

«Dicono sia sempre stata una rottura» rispose Alessa. «Che ti è successo?».

Mentre Emily raccontava sommariamente l'accaduto, arrivarono alla porta dell'ufficio. «Dopo andrò a dormire» disse esausta. «Parleremo di Melissa più tardi, va bene?».

L'ufficio sembrava angusto, con tutta quella gente. C'erano i due sergenti, Jade e un uomo che Emily non riconosceva. Il Gran Maestro pareva profondamente preoccupato, il che la allarmò. Era noto per essere uno degli stregoni più potenti al mondo. Cosa poteva preoccuparlo?

Non appena entrò nella stanza, i sergenti la guardarono. Harkin era tetro come al solito, ma Miles le fece l'occhiolino mentre stava in piedi accanto a loro. L'uomo che non riconosceva le rivolse uno sguardo duro, come se si aspettasse che fosse diversa, in qualche modo.

«È raro che gli orchi vengano al di qua delle montagne» disse il Gran Maestro senza tanti giri di parole. «Dobbiamo pensare che abbiano trovato un modo per aggirare la barriera che ci protegge dai negromanti».

Emily annuì, omettendo di puntualizzare che i sergenti erano già arrivati a quella conclusione. Era facile capire perché la cosa lo preoccupasse. Whitehall bloccava il passaggio tra le Terre Alleate e il territorio dei negromanti, rendendo impossibile un loro attacco prima che Whitehall mandasse i rinforzi. Ma se esisteva un altro modo per oltrepassare le montagne, i negromanti avrebbero potuto aggirare la scuola, imperversando sulle città e i terreni al confine.

Il Gran Maestro si rivolse direttamente a Emily. «Può anche darsi che gli orchi avessero ricevuto l'ordine di catturarti. In questo caso, ti dobbiamo delle scuse per averti messo in pericolo e dobbiamo pure complimentarci per aver salvato la squadra».

«Era impossibile sapere che c'erano così tanti orchi e goblin in quella zona» disse l'uomo sconosciuto, senza alcuna inflessione. «I goblin non sono inclini a collaborare».

«Non importa» commentò Harkin. «Penseremo dopo a chi dare la colpa. Quel che conta adesso è salvare la scuola».

«Ho inviato una richiesta urgente di rinforzi alle Terre Alleate» rispose il Gran Maestro. «Tuttavia, la Tana del Drago, che è più vicina e potrebbe aiutarci per prima, ha annunciato che intende trattenere lì la propria guardia cittadina fino a quando non arriveranno i rinforzi da altre città. La prospettiva di un esercito di orchi che imperversa nei campi e nelle zone rurali ha destato molta preoccupazione».

«A proposito della loro stessa protezione» osservò Harkin. «Pensavo che avremmo potuto chiedere truppe alla guarnigione di Flodden».

«Sono impegnate nelle rivolte di Lane» replicò lo sconosciuto. «E se ritenete che sia una coincidenza, ho delle proprietà a Greenfield che vorrei vendervi».

Jade si piegò e sussurrò all'orecchio di Emily. «Greenfield è stata invasa dai negromanti trent'anni fa» spiegò. «Tutti coloro che rimasero intrappolati nel paese vennero ridotti in schiavitù o sacrificati. Quella terra non ha valore».

Emily annuì. L'uomo senza nome probabilmente aveva ragione; i negromanti avevano fomentato delle rivolte più a nord per far sì che Whitehall non ricevesse i rinforzi. Le tornarono in mente le mappe viste nell'aula del professor Locke e provò a immaginare dove potesse trovarsi il tunnel, per poi realizzare che era impossibile saperlo: avrebbe potuto essere ovunque.

«Ci hanno attaccato solo una volta arrivati alla Città Oscura,» disse Harkin «e poi hanno speso notevoli energie per darci la caccia prima che potessimo scappare. Per logica, l'ingresso del loro tunnel deve essere da qualche parte nelle vicinanze, magari collegato alle gallerie infestate dagli scorpioni che noi stessi usiamo per raggiungere la città. Sicuramente, hanno provato a tenderci un'imboscata mentre tentavamo la fuga attraverso il tunnel».

«Probabile» concordò lo sconosciuto. «Ma potrebbe essere stato un diversivo».

Harkin batté una mano sui pantaloni di pelle. «Sì, potrebbe, ma la miglior difesa è l'attacco. Se dovessimo inviare un reggimento di soldati nella Città Oscura e perquisirla da cima a fondo, li costringeremmo almeno a reagire».

«Se solo disponessimo di un reggimento» disse lo sconosciuto. «Gran Maestro, non deve farsi restituire nessun favore da qualcuna delle Terre Alleate?».

«Ho chiesto che vengano inviate truppe attraverso i portali. Comunque, potrebbero passare diversi giorni prima che i regni più a nord mandino i loro aiuti».

«Certo» rispose Harkin scuotendo la testa. «Con il suo permesso, Gran Maestro, continuerò l'addestramento dei miei studenti. Dobbiamo prepararci all'attacco».

Il Gran Maestro si accigliò. «Anche il più potente dei negromanti troverebbe impossibile sfondare le nostre protezioni. Ma potrebbero essere abbastanza folli da credere di potercela fare».

Pensò un attimo e poi scosse la testa. «Preparatevi come meglio potete» ordinò. Guardò Emily e sembrò rendersi conto che stava per addormentarsi in piedi. «E assicurati che tutti quelli che hai riportato si riposino. Ne avranno bisogno».

Fuori dall'ufficio, Harkin afferrò la mano di Emily prima che potesse tornare in camera. «Sei stata brava» disse in tono burbero. «Hai salvato la vita a me e al resto della squadra».

«Grazie» disse Emily e poi deglutì. C'era una domanda per la quale voleva una risposta. «Come... come si sconfigge un negromante?».

Harkin la osservò per un lungo momento. «Non è facile. C'erano tre stregoni innominati che credevano di possedere un certo metodo per vincere contro i negromanti. Sono morti tutti e tre, o peggio».

"E come si chiamavano?" si domandò Emily. Ci sarà stato qualche motivo se non venivano nominati nemmeno dopo morti. "Tizzo, Gaio e Son-prono?".

Harkin esitò. «Alcuni negromanti sono morti in passato, ma l'unico modo che sembra funzionare è forzarli a usare tutto il potere in loro possesso prima che riescano a ucciderti, e non è facile. Anche una pura esplosione di magia può ucciderti o trasformarti in qualcosa di veramente orribile. A volte puoi ingannarli o sfruttare delle falle nei loro piani, ma… l'unico reale vantaggio che hanno le Terre Alleate è che i negromanti perdano tempo a combattersi l'un l'altro tanto quanto combattono noi. Forse pure di più».

Emily si accigliò. «Cosa accadrebbe se distruggessimo i loro schiavi?».

«Intendi eliminare la loro fonte di potere? Purtroppo non funziona così. Gliene rimarrebbe abbastanza da piombare sulle Terre Alleate e massacrare ancora più persone per potenziare la propria magia».

Harkin fece un passo indietro e alzò le spalle. «Va' a riposare. Tu e le Maglie Rosse farete rapporto domani, visto che la lezione verrà cancellata. Dobbiamo ragionare su cosa ci è successo affinché altri non commettano lo stesso errore».

Emily annuì e andò in camera, dove non c'era traccia delle altre due ragazze. Aloha doveva essere con i compagni di magia marziale e Imaiqah probabilmente era in biblioteca. Aveva ammesso di aver bisogno di studiare di più per alchimia, un sentimento che Emily condivideva appieno, pur dubitando che avrebbe mai imparato qualcosa. Alchimia offendeva la sua visione del funzionamento dell'universo e il concetto di metodo scientifico, però nessuno lì sembrava metterla in discussione.

Dopo essersi spogliata, lavata e aver indossato il pigiama, Emily si sdraiò a letto e bevve la pozione. La camera attorno a lei cominciò a girare e cadde in un sonno privo di sogni e interruzioni, poi aprì gli occhi e lanciò un incantesimo di luce per vedere che ora fosse. Era mezzanotte, quindi aveva dormito per quasi 12 ore. Con lo stomaco che brontolava si guardò attorno: Imaiqah e Aloha erano a letto, al sicuro. Emily provò una strana sensazione di sollievo. Mentre scendeva dal letto, pensò che ci voleva del tempo per abituarsi ad avere degli amici. Nel suo scrigno c'era ancora della cioccolata, ne mangiò qualche pezzetto che non bastò a placare la sua fame.

"Le ragazze di quei romanzetti ambientati a scuola fanno sempre delle feste a mezzanotte" pensò mestamente. Forse Whitehall aveva una tradizione di festicciole notturne; per un momento, prese in seria considerazione di svegliare le compagne di stanza, ma poi accantonò l'idea. Avevano bisogno di dormire e anche solo pensare di svegliarle era un atto egoistico, date le circostanze. Decise di uscire e si ritrovò nel corridoio buio. Non aveva idea se la cucina servisse ancora cibo a quell'ora, ma il coprifuoco non si applicava agli studenti più grandi. Era del tutto possibile che volessero mangiare a tarda notte. Era quasi alla fine del corridoio, quando sentì dietro di sé una tosse secca e balzò in aria dalla paura.

«Immagino tu abbia un buon motivo per essere fuori dal letto a mezzanotte» disse Madama Razz. Parlava in tono pacato ma velatamente irritato. Forse Emily l'aveva svegliata camminando nel corridoio. «O devo rispedirti subito in camera?».

«Ho bisogno di mangiare qualcosa. Il Gran Maestro mi ha ordinato di riposare e così ho saltato due pasti».

Madama Razz la guardò per un p', poi annuì lentamente. «Ai ragazzi del primo anno non è consentito uscire dal dormitorio di notte. Ma ti darò qualcosa da mangiare, poi tornerai a letto».

«Grazie» rispose Emily sollevata. Alcuni insegnanti sarebbero stati molto più ferrei nel far rispettare le regole. «Non era mia intenzione dormire così tanto da saltare la cena».

«Nessuno lo fa mai di proposito» disse Madama Razz. Portò Emily nel suo ufficio e rovistò dentro a una cassa, estraendone delle barrette. «Prendi queste e vai in camera. Domattina farai colazione».

Emily obbedì. Le barrette, qualunque cosa fossero, non avevano un sapore gradevole, ma almeno le riempirono lo stomaco. Finì di mangiare e tornò in camera; si mise a letto e chiuse gli occhi. Li riaprì sette ore dopo con la sveglia di Aloha.

«Bentornata» disse Aloha quando Emily si mise seduta. La sveglia avrebbe dovuto funzionare unicamente per Aloha, ma lei continuava a fare pasticci con gli incantesimi. «Ho sentito dire che hai combattuto da sola un milione di orchi e ucciso migliaia di goblin».

Emily si fregò il viso con le mani. «Non ho fatto niente del genere» rispose seccata. Il pensiero di aver ucciso i goblin la tormentava ancora, per quanto si ripetesse che non aveva avuto altra scelta. «Come si può credere a queste sciocchezze?».

«Le voci hanno sempre un fondo di verità» le fece notare Aloha, mentre Imaiqah si metteva seduta, sbadigliando. «Ci hanno anche detto che le lezioni sono state tutte cancellate perché gli insegnanti sono occupati con la difesa. Cos'è successo durante il campeggio?».

Emily si ritrovò ad arrossire nel raccontare per sommi capi quello che era accaduto nella Città Oscura. Aveva tralasciato le fate, il giuramento e il Berserker, che le era stato chiesto di non menzionare mai a nessuno. Aloha e Imaiqah ascoltavano sbalordite mentre si preparavano per andare a colazione. Erano davvero impressionate per tutto ciò che aveva fatto. Emily non capiva il motivo di tanto stupore da parte delle ragazze e del resto degli studenti, che le lanciavano occhiate cariche di ammirazione. Non aveva affrontato un orco uccidendolo a mani nude. Persino i sergenti avrebbero avuto problemi a sconfiggerli senza l'uso delle armi.

«Melissa era verde in viso» disse Alessa quando si incontrarono al tavolo. «Penso tu l'abbia spaventata».

«Oh» esclamò Emily, scuotendo stancamente la testa. Circolavano più voci sul suo conto di quante non ne fossero girate su Harry Potter, per giunta per molte meno ragioni. Non avrebbe potuto semplicemente abbandonare il resto della squadra, anche perché non sapeva come tornare a Whitehall. Inoltre, se gli orchi l'avevano inseguita, la prigionia della squadra era colpa sua. «Potremmo lasciar perdere gli scherzi per il momento?».

«Ho sentito i miei genitori,» disse Alessa dopo una pausa imbarazzante «e vogliono che torni indietro attraverso il portale, per sicurezza».

Emily non li biasimava. Alessa era la loro unica figlia ed erede; se fosse morta, Zagaria sarebbe probabilmente piombata nella guerra civile. O se l'avessero catturata i negromanti, chissà cosa ne avrebbero fatto di un ostaggio così importante. Avrebbero potuto iniziare sbloccando i segreti reali e poi proseguire da lì. Magari avrebbero trovato un modo per maledire tutti gli appartenenti alla stirpe.

«Potrebbe essere una buona idea» commentò Emily. Non voleva incoraggiare Alessa a scappare – aveva già pochi amici – ma forse per lei sarebbe stata la scelta migliore. «Hai deciso di andare?».

«Tutti a casa direbbero che sono scappata» disse Alessa tristemente. «Non so che fare».

«Questo posto dovrebbe essere impenetrabile» fece notare Aloha. «Solo un folle penserebbe di poter superare gli incantesimi di protezione».

"Ma… i negromanti sono folli" rifletté Emily, tenendo quella considerazione per sé. Eppure, non riusciva a capire in che modo intendessero sfondare le barriere. Potenziate com'erano dalle linee geomantiche, erano più forti di qualsiasi magia, persino di quella dei negromanti. Forse volevano solo isolare Whitehall mentre devastavano il resto delle Terre Alleate. O forse avevano qualche brutto asso nella manica.

Un gong sordo risuonò in tutta la scuola, provocando il panico generale. Emily si guardò attorno allarmata: gli studenti si erano alzati e i professori correvano avanti e indietro per la sala. Guardò Aloha e vide che pure lei era stata colta dal terrore dopo che un secondo gong si era propagato nell'aria.

«Cosa…?».

«È l'allarme» ansimò Aloha. «La scuola è sotto attacco!».

Emily la fissava. Nessuno le aveva detto che fare in caso di attacco. «Cosa facciamo?».

«Siamo allieve di magia marziale» le ricordò Aloha. «Dobbiamo andare dai sergenti!».

«Studenti, attenzione» disse il Gran Maestro. La sua voce riecheggiò per l'istituto, sovrastando le urla di panico. «La scuola è circondata da un esercito nemico. Tutti i ragazzi dal primo al quarto anno tornino nelle loro stanze, a meno che non siano allievi di magia marziale o Guaritori. Gli studenti di magia marziale vadano dai sergenti e i Guaritori in infermeria. Gli studenti al quinto e sesto anno si rechino nelle stanze comuni, dove gli insegnanti daranno ulteriori istruzioni».

Ci fu una lunga pausa. «Le protezioni sono intatte e il nemico non sembra riuscire a sfondarle» aggiunse il Gran Maestro. «Niente paura, Whitehall ha già resistito ad attacchi in passato e continuerà a farlo, fintanto che le Terre Alleate non cederanno».

Alessa guardò Imaiqah per un bel po'. «Ti dispiace se vengo in camera con te? Non voglio stare da sola».

Emily nascose un sorriso mentre metteva via quel che rimaneva della colazione e andava alla porta, seguendo Aloha in armeria. I sergenti stavano distribuendo armi, incoraggiamenti e qualche consiglio tattico agli studenti con un minimo di preparazione in difesa personale. Nessuno di loro pareva molto felice.

«Guarda» disse Aloha a bassa voce.

Emily seguì il suo dito, puntato sullo specchio che mostrava il paesaggio all'esterno del castello. Al di là delle protezioni, il peggior incubo di Whitehall si stava materializzando: un vasto esercito di mostri era lì, in attesa. Ma cosa stavano aspettando?

«Prendete le armi» ordinò il sergente. «L'edificio è sotto assedio!».

CAPITOLO XLII

«Qua…» Aloha deglutì e ricominciò daccapo. «Quanti sono?».

Emily scosse la testa, non sapendo che rispondere. La scuola era circondata da mostri, uno più terrificante dell'altro. C'erano goblin e orchi armati fino ai denti, ma anche ibridi umani e ogni sorta di creatura non-umana. Serpenti umanoidi avanzavano accanto ad api in grado di camminare e mostri striscianti simili a polpi. Prima di distogliere lo sguardo, Emily scorse una medusa. Chissà da quale distanza funzionava il loro potere pietrificante…

«Saranno migliaia» rispose sottovoce Harkin. «Forse anche di più».

Aloha lo guardò. «Come hanno fatto ad avvicinarsi così tanto senza essere intercettati?».

«Con la magia, credo. Un semplice incantesimo di invisibilità avrebbe potuto nascondere gran parte del loro esercito, ammesso che fossero rimasti fuori dalle nostre difese o da quelle della Tana del Drago. Oppure avrebbero potuto…» Scosse la testa. «Non che abbia molta importanza. Ciò che conta è che sono qua».

L'enorme testa di un serpente si alzò al di sopra del colossale esercito ed Emily indietreggiò con un sussulto. C'era un'unica figura dalle fattezze umane in piedi sulla testa della creatura, con in mano un lungo bastone nero. Erano passati mesi dall'ultima volta che l'aveva visto, ma Shadye era inconfondibile. Sembrava invecchiato dal giorno in cui l'aveva rapita per sacrificarla, ma era ancora percepibile l'aura di magia crepitante che lo avvolgeva. Il negromante era lì per dirigere di persona l'attacco a Whitehall.

«Quello è un negromante» disse uno dei compagni di squadra di Aloha, scioccato. Nessuno di loro era addestrato al punto da affrontare un negromante e sperare di vincere, sempre che fosse possibile. «Cosa ci fa qui?».

Emily ripensò a come aveva provocato la reazione degli orchi e si domandò se si potesse fare qualcosa di simile con Shadye. Ma gli orchi, secondo i libri, non erano creature molto intelligenti, mentre Shadye era sia astuto che folle.

D'altro canto, però, i negromanti non erano rinomati per la loro pazienza. Era possibile che Shadye decidesse di lanciarsi contro le protezioni piuttosto che aspettare l'arrivo dei difensori pronti a scacciare il suo esercito.

«Portate gli arcieri sui bastioni» ordinò il sergente Harkin. «Non credo che riusciremo a uccidere quella canaglia, ma di sicuro possiamo provarci».

"E potremmo provocarlo a tal punto da spingerlo a fare qualcosa di stupido" pensò Emily risoluta.

Un compagno di squadra di Aloha la punzecchiò sul fianco, con poca delicatezza. «Dovresti essere una Figlia del Destino» sogghignò. «Cosa credi ci faccia qui?».

Emily lo guardò torva, riflettendo intensamente. La gente del posto dava per scontata la sicurezza delle protezioni, ma sembrava che la loro fiducia fosse pienamente giustificata. Whitehall era stata costruita su un crocevia di linee geomantiche e i principali incantesimi di difesa della scuola erano collegati direttamente allo snodo, una vasta fonte di mana che superava di gran lunga qualunque cosa un mago potesse sperare di creare da solo. Nemmeno un negromante sarebbe stato in grado di abbattere le protezioni con la sola forza bruta. Era possibile che Shadye avesse intenzione di distruggerle una alla volta, ma il Gran Maestro e il suo staff le avrebbero monitorate, pronti a contrastare qualsiasi mossa del genere. E anche il solo tentativo avrebbe esposto Shadye alla devastante magia selvaggia.

A Emily venne in mente qualcosa e rabbrividì. «Potete… potete in qualche modo spostare lo snodo delle linee geomantiche? Oppure sollecitarlo fino a farlo esplodere?» domandò ai sergenti.

Stranamente, fu Miles a rispondere: «Gli snodi sono un tutt'uno con il terreno. Non ho mai sentito dire che è possibile muoverli. Non è possibile neppure in linea teorica». Fece una pausa per riflettere. «Se ne potrebbe sollecitare uno al punto da produrre un brusco aumento di magia, ma bisognerebbe trovarsi all'interno delle protezioni per farlo. E nemmeno un negromante sarebbe in grado di sopravvivere all'ondata di energia. I risultati sarebbero disastrosi, se ci provasse».

«A meno che non pensi di poter in qualche modo sopravvivere all'ondata» disse Emily in tono cupo. Shadye aveva sacrificato esseri umani per anni, per aumentare il suo potere e per sopravvivere. «Quanta energia può incanalare un negromante?».

«Niente di tutto ciò che un negromante potrebbe fare si avvicinerebbe alla quantità di magia selvaggia rilasciata dallo snodo» le assicurò il sergente Miles. «Tempo fa ci provò un ragazzo molto sciocco, durante una guerra civile tra un re e suo figlio bastardo. Voleva distruggere il castello di suo padre e invece finì per spazzare via metà del regno».

«Fu come un vulcano» aggiunse il sergente Harkin. «Centinaia di migliaia di vite furono cancellate in una frazione di secondo».

Emily annuì lentamente e guardò il mostruoso esercito di fronte a loro, la tetra figura che aspettava paziente in cima al serpente torreggiante. «Forse è questo il diversivo» ipotizzò dopo una lunga riflessione. «Potrebbe inviare un esercito verso la Tana del Drago o da qualche altra parte, e usare qui la sua forza per bloccarci mentre raggiunge il suo vero obiettivo».

«È difficile immaginare un luogo più importante di Whitehall,» disse Harkin «ma potresti avere ragione. Tuttavia, porteremo qui truppe e stregoni combattenti attraverso il portale, una volta che le Terre Alleate si saranno liberate e inizieranno a inviare i rinforzi. Non lasceremo che quell'esercito rimanga lì per sempre».

«Forse è proprio questo che spera» disse Emily. «Che lo affrontiamo all'aperto, lontano dalle protezioni».

Il sole era sempre più alto mentre i difensori osservavano l'esercito negromantico e aspettavano gli sviluppi. Emily si ritrovò a passare da una posizione difensiva all'altra, imparando il più in fretta possibile ciò che c'era da sapere nel caso in cui il negromante fosse riuscito a farsi strada attraverso le protezioni. Ma Shadye sembrava non fare nulla, a parte aspettare; sembrava non stesse nemmeno cercando di penetrare le protezioni e smantellarle.

Era strano; in ogni libro c'era scritto che i negromanti volevano immediata soddisfazione e usavano il loro potere per ottenere ciò che desideravano, senza esitazioni. Eppure Shadye stava aspettando qualcosa…

«Forse vuole coglierci di sorpresa attaccando di notte» suggerì Emily quando le Maglie Rosse si riunirono per proseguire l'addestramento. Una volta aveva letto della teoria militare del vulcano incombente, secondo la quale i difensori si abituano semplicemente a stare a guardare il nemico sull'altro lato del confine. Rimangono poi sorpresi nel momento in cui il nemico passa improvvisamente dall'attesa passiva all'attacco. I tedeschi avevano vinto la Campagna di Francia con questa tecnica, se non la guerra. «O forse pensa che, se aspetta abbastanza a lungo, dimenticheremo che sono là fuori».

Jade si strofinò il naso. «Devono essere matti» commentò con una punta di ironia. «Quelle creature puzzano!».

Emily non poté fare a meno di sorridere. Il ragazzo aveva ragione: ogni volta che il vento cambiava direzione, il castello veniva inondato dal loro fetore, che costringeva i difensori a indietreggiare. Emily si domandò se Shadye avesse pensato al concetto di gas tossico o di guerra biologica, ma quando ne parlò ai sergenti, la informarono che le protezioni avrebbero tenuto lontano qualsiasi pericolo. Le armi chimiche, però, erano in realtà due composti separati e singolarmente innocui che verosimilmente avrebbero potuto passare attraverso le protezioni, combinarsi e diventare dannosi dall'altra parte.

Ma in quel mondo le conoscenze di chimica erano molto limitate. Era improbabile che quell'idea venisse a qualcun altro a parte lei. O almeno così sperava.

Era possibile che Shadye avesse delle spie nelle Terre Alleate. I libri che aveva letto parlavano di innumerevoli casi di tradimento, sia volontario che indotto da incantesimi, quindi Shadye poteva sapere che Emily aveva già iniziato a introdurre delle idee importate dal suo luogo d'origine. In effetti, in un certo senso, sarebbe stato facile per lui dedurre ciò che Emily aveva fatto, perché la credeva una Figlia del Destino e sapeva da dove veniva. E se fosse riuscito a portare dal suo vecchio mondo qualcos'altro, come una bomba atomica o un carico di AK-47? Ma lì, quelle armi, avrebbero funzionato?

"Avrebbe dovuto spiegare ai suoi servi cosa voleva che portassero" pensò Emily e pregò di avere ragione. "Come faceva Shadye a saperne abbastanza di bombe atomiche da descriverle ai suoi servi? E se anche fosse stato capace di portarla in questo mondo, come sarebbe riuscito a farla detonare?".

Anni addietro aveva letto un libro fantasy la cui autrice non si era curata di ragionare sulle implicazioni dell'universo da lei creato. La scrittrice, poco più che una romantica dilettante, sosteneva che la vita in epoca medievale fosse migliore che nel mondo moderno. Insisteva nel dire che il progresso era morte e che l'avvento di nuove idee aveva distrutto il tessuto sociale. Trovava oltraggioso impegnarsi per elevare una società primitiva con l'introduzione della tecnologia moderna.

Ma quell'autrice non aveva mai dovuto vivere in una società del genere. Come poteva capire cosa significasse, se non l'aveva provato sulla sua pelle?

Emily, invece, viveva davvero in un mondo medievale e, per quanto lo amasse, capiva che c'era bisogno di miglioramenti. La tecnologia aveva facilitato la vita alla gente comune e aveva anche contribuito a creare una società più democratica. Chi sapeva quali ripercussioni avrebbe avuto il progresso in quell'universo, ammesso che potesse realizzarsi?

Le ore si trascinavano lente. Le lezioni erano state cancellate, mentre gli studenti più grandi lavoravano duramente per organizzare le difese del castello. Il sergente Harkin ordinò a Emily di prendersi una pausa dall'allenamento, mangiare qualcosa e rilassarsi. Gli allievi più giovani alimentavano a vicenda i propri timori nell'attesa che i negromanti attaccassero. Incerta su cosa fare o dove andare, finì per prendere pane e formaggio dalla cucina e recarsi in biblioteca. Doveva svolgere ulteriori ricerche.

Inoltre, leggere l'avrebbe aiutata a distrarsi dal pensiero di Shadye.

«Non metteranno le mani sui miei libri» disse il bibliotecario non appena Emily entrò nella stanza in penombra. L'uomo era lì con la sua assistente a preparare freneticamente degli incantesimi di protezione. Emily non aveva mai capito che relazione ci fosse tra i due. «Voglio metterli in una tasca dimensionale, qualora la scuola venisse distrutta. La gilda dei bibliotecari provvederà a recuperarli, assicurandosi che non finiscano in mano al nemico».

Emily annuì. I negromanti avevano un potere puro, ma spesso mancavano di un'adeguata formazione. Se avessero avuto accesso a maggiori informazioni, probabilmente sarebbero diventati molto più pericolosi, motivo per cui i bibliotecari dovevano stare parecchio attenti. Nessun bibliotecario avrebbe mai potuto accettare che i libri venissero distrutti – forse per questo c'erano così tanti testi proibiti conservati a Whitehall – e dovevano quindi fare il possibile per metterli in salvo. Il rischio di perdere la chiave di una tasca dimensionale era preferibile al lasciare il sapere nelle mani di Shadye e di quelli come lui.

In biblioteca c'erano alcuni studenti, ma Emily li ignorò e si diresse verso gli scaffali. Cominciò a cercare qualunque scritto che riguardasse i giuramenti magici. Si era ripromessa che un giorno avrebbe introdotto a Whitehall la classificazione decimale Dewey o qualcosa di simile; il sistema che adoperavano aveva poco senso pure per i bibliotecari. A volte sospettava che i libri venissero rimessi sugli scaffali a caso. Che lo facessero gli studenti era comprensibile, benché fastidioso, ma era imperdonabile da parte dei bibliotecari.

Doveva cercare con attenzione qualsiasi cosa che parlasse delle fate, anche se imparentate con quelle che avevano fondato la Città Oscura. Sembrava esserci una sorprendente mancanza di curiosità sull'argomento, il che era piuttosto strano, visto che la guerra contro le Fate aveva quasi distrutto la razza umana. O forse i libri sul tema si trovavano tutti nella sezione limitata… era del tutto possibile che qualcuno sarebbe stato così idiota da provare a duplicare i poteri concessi dalla nascita alle Fate, ma era sicura che Whitehall avrebbe preferito che facessero i loro esperimenti molto lontano dalla scuola.

Alla fine, trovò un volume sui giuramenti magici e si sedette a uno dei tavoli per leggerlo.

"Giuramenti magici e chi giura" era un libro breve: pareva che lo scrittore non avesse voluto elencare tutti gli esempi conosciuti nella storia. Emily lo aprì e diede un'occhiata alle prime pagine, reprimendo l'istinto di imprecare quando realizzò che il giuramento che aveva fatto si era fuso alla sua magia. L'autore girava attorno all'argomento, come se non volesse andare dritto al punto, ma alla fine era riuscito a dire chiaramente quel che intendeva. Venire meno al giuramento, come immaginava, poteva portare alla morte, o peggio. Dipendeva tutto da come avrebbe agito: se si fosse rifiutata di attenersi a quanto promesso o avesse creato di proposito una situazione in cui era impossibile rispettare il giuramento, sarebbe morta; se invece non avesse potuto rispettarlo per cause di forza maggiore non dipendenti dalla sua volontà, la magia l'avrebbe risparmiata. Ma non avrebbe potuto mentire a sé stessa o alla magia. Non era possibile sfuggire deliberatamente al giuramento.

C'erano ben pochi esempi rassicuranti. Una giovane strega aveva giurato di sposare il suo corteggiatore una volta terminati gli studi a Whitehall, ma poi si innamorò di un mago della scuola. Provò ad aggirare il giuramento usando una pozione d'amore per convincere l'ex amante a sposare una ragazza del villaggio, ma la magia intercettò il suo tentativo di eludere i termini del giuramento. La povera ragazza morì malamente. Un patrigno aveva giurato di trattare la figlia adottiva come fosse sua. Il libro non diceva esattamente cosa fosse successo dopo, o forse lo scrittore non aveva osato raccontarlo, ma l'uomo morì, apparentemente per sua stessa mano.

Qualche altro esempio le strappò un sorriso. Un anziano stregone aveva un piccolo seguito di schiavi, tutti legati a lui tramite la magia. Aveva fatto giurare al figlio di liberarli dopo la sua morte, ma lui cercò di aggirare la promessa, finendo per questo vittima dello stesso incantesimo che aveva attanagliato i servi di suo padre. Anche quella storia era finita male. Scuotendo la testa, Emily finì di sfogliare il libro e fu di nuovo sul punto di imprecare quando si rese conto di ciò che aveva fatto. Aveva praticamente lasciato alle fate un assegno in bianco che avrebbero potuto usare in qualsiasi momento. Avrebbero potuto chiederle un favore e lei sarebbe stata costretta ad accontentarle, oppure sarebbe morta. O peggio.

Il pensiero le raggelò il sangue. Avrebbero potuto chiederle di tutto. Forse le avrebbero chiesto di impedire agli umani di dar loro la caccia e di spappolarle per creare pozioni, o forse di essere integrate nella società umana. Oppure… avrebbe potuto trattarsi di qualsiasi cosa e lei avrebbe dovuto obbedire, altrimenti sarebbe morta. Deglutì maledicendo il suo errore, benché sapesse di non avere avuto molta scelta. Avrebbero potuto pretendere di tutto da lei.

"Se dovessero chiedermi troppo, lascerò che il giuramento mi uccida" pensò amaramente.

Accantonò quel pensiero e guardò il libro, domandandosi perché a nessuno era mai stato chiesto di giurare che avrebbe rinunciato in perpetuo alla negromanzia. O forse i negromanti avrebbero potuto aggirare i giuramenti senza subire conseguenze fatali? Riguardò il libro finché non dedusse la risposta dalle timide allusioni dello scrittore; i maghi consideravano offensivo il fatto che venisse chiesto loro di prestare un simile giuramento. Questo era pericoloso: Whitehall aveva introdotto un giuramento come parte delle condizioni di ingresso, ma altre scuole magiche avrebbero potuto non essere d'accordo… gli studenti più potenti o quelli che si fossero offesi per la richiesta di rinuncia alla negromanzia si sarebbero recati altrove. Il giuramento avrebbe potuto indurre alcuni maghi a invischiarsi con la negromanzia solo per dimostrare di essere in grado di gestirla, cosa che andava sempre a finire male.

Emily si alzò, rimuginando sui termini del suo giuramento, ossia di non parlare delle fate ad anima viva. Fino a quel momento nessuno le aveva chiesto come fosse riuscita a recuperare abbastanza magia per attaccare gli orchi e salvare le Maglie Rosse, ma sapeva che prima o poi qualcuno avrebbe fatto domande. E aveva la sensazione che cercare di mentire ai sergenti, o al Gran Maestro, sarebbe stato inutile. Forse avrebbe potuto scrivere la risposta… no, sarebbe stato pericoloso. Il giuramento avrebbe capito che stava barando perché lei stessa ne sarebbe stata cosciente. Avrebbe dovuto escogitare qualcosa di meglio.

Quando tornò in armeria il sole stava tramontando. I mostri erano ancora lì fuori, così come Shadye, ancora in piedi sul serpente gigante. Emily non poteva crederci; nessuno di sua conoscenza sarebbe stato così paziente, non quando c'erano molte altre cose da fare. I sergenti la guardarono e le ordinarono di andare a letto, promettendole che l'avrebbero chiamata se la scuola fosse stata sotto attacco.

Emily raggiunse la camera e non fu sorpresa nel vedere che Alessa aveva portato lì le sue coperte. Era sdraiata a terra, accanto al letto di Imaiqah. Entrambe le ragazze erano nervose; avevano letto libri su pozioni e complicati incantesimi nel tentativo di distrarsi. Emily le rassicurò come meglio poteva, ma sapeva che era inutile. Si mise a letto e chiuse gli occhi. Il sonno la colse, facendola sprofondare nell'oscurità. E sognò.

Capitolo XLIII

Doveva muoversi. Sapeva che qualcosa le aveva penetrato la mente, impedendole di ragionare.

Doveva muoversi.

Eppure non ci riusciva. Sentiva le gambe come intrappolate nel cemento. Muoversi era impossibile…

Stava sognando. Sapeva di stare sognando. Ma qualcosa non andava.

Nei meandri del suo cervello era come se un allarme si fosse messo a suonare, ma ogni volta che Emily provava a capire il perché, le era impossibile trovare una risposta. Sapeva che c'era qualcosa che non andava e non poteva far nulla a riguardo. Era un incubo, e agli incubi bisogna resistere.

Si alzò. Nel sogno non le sembrò strano, come non era strano che continuasse a sentire di non potersi muovere. Due cose contraddittorie, nei sogni, possono essere entrambe vere, anche se la parte razionale della sua mente le suggeriva altro. Il suono dell'allarme divenne più forte, ma non riusciva a farci niente. Le gambe le si mossero da sole e la condussero fuori dalla porta, nel lungo corridoio.

C'era sangue ovunque. C'erano un centinaio di studenti che frequentavano le strane e striminzite lezioni del primo anno, ma erano tutti morti. La sua mente annebbiata ci credeva senza riserve, sebbene cercasse di capire come mai fosse l'unica sopravvissuta.

Vide Melissa e le sue due amiche, i corpi dilaniati da giganteschi artigli mostruosi, e non provò nulla. Loro la guardavano. La fissavano. La accusavano. La giudicavano. Qualcosa di quella visione la turbava, ma non capiva esattamente cosa. Sui suoi pensieri era calata una strana foschia…

Era scioccata, si disse, cosa alquanto logica. Nessun essere umano sarebbe riuscito a guardare quel massacro senza avvertire orrore e disgusto. Doveva essere sotto shock; in seguito, avrebbe ricordato ciò che aveva visto, provando davvero qualcosa. Melissa non meritava di morire così, né lo meritavano le sue amiche. Come si poteva biasimare qualcuno per aver voluto rispondere ad Alessa?

Emily accantonò quel pensiero mentre strisciava lungo il corridoio, verso l'uscita. Whitehall era stata invasa; gli insegnanti erano morti, assieme al resto degli studenti. Era rimasta da sola...

Davanti a lei apparve un demone che cominciò a urlare furioso. Emily gli scagliò contro la sua magia e si sentì investire da un'ondata di energia, come se stesse sfruttando tutta quella immagazzinata nella scuola. Il demone inciampò all'indietro e si schiantò al suolo.

Emily varcò la porta ora libera ed entrò a scuola. C'erano corpi e sangue dappertutto; l'esercito mostruoso aveva dilaniato tutti, anche i più giovani. Nell'udire altri mostri avvicinarsi, Emily si nascose nell'ombra per non essere vista. Era l'unica a poter difendere Whitehall e avrebbe fatto in modo che quelle creature orribili pagassero per i loro crimini.

Non sapeva dell'esistenza dei passaggi segreti finché non ne aprì uno: un tunnel buio che portava nelle viscere dell'istituto. Si incamminò lungo il corridoio di pietra, dagli spioncini era possibile vedere dentro ogni aula: i mostri avevano fatto a pezzi gli studenti davanti agli occhi degli insegnanti, poi a loro volta uccisi e inchiodati alle pareti. Il professor Thande era stato decapitato e inchiodato a testa in giù, e il suo sangue scorreva sul pavimento. Il professor Lombardi era stato smembrato e i suoi resti sparsi per la classe. A parte i mostri, a scuola era rimasta solo lei.

C'era qualcosa che non andava, ma la sua fredda determinazione respingeva ogni dubbio. Whitehall, la sua nuova casa che aveva cominciato ad abitare senza più voltarsi indietro, era morta. E tutto ciò che poteva fare era vendicarsi.

L'allarme suonava sempre più forte, ma non le importava. Voleva solo vendicarsi. Neanche la scoperta che uno degli spioncini dava sullo spogliatoio la distolse dal suo proposito.

Uscì dal passaggio e preparò degli incantesimi, pronta a rilasciarli al momento opportuno. Sapeva che ci sarebbero stati dei mostri a bloccarle la strada. Doveva ucciderli e in fretta, prima che chiamassero i rinforzi. Invece, c'erano corpi ovunque. Indietreggiò inorridita nel realizzare che si trattava delle Maglie Rosse. Jade era morto per un taglio alla gola che l'aveva quasi decapitato. Cat era stato parzialmente trasfigurato e lasciato a morire per lo spavento. Bran aveva il cranio spaccato. Rupert era stato avvelenato, a giudicare dall'espressione sul suo volto. Di Pillion non c'era proprio traccia. Le ci volle un po' per capire che il ragazzo era esploso e lei stava camminando in mezzo ai brandelli del suo corpo. Avevano combattuto coraggiosamente e avevano perso.

Ma qualcosa non andava.

Emily si fermò a fissare i corpi. C'era qualcosa che non quadrava, qualcosa di così ovvio che avrebbe dovuto capirlo subito, eppure era difficile pensare chiaramente. Cosa non andava in lei, a parte lo shock?

Un mostro ululò alle sue spalle. Emily sussultò e si diresse verso le porte che conducevano al punto più profondo del castello, il centro magico direttamente collegato allo snodo delle linee geomantiche. I mostri si sarebbero pentiti di avere invaso Whitehall e trucidato i suoi amici. L'avrebbero pagata.

La porta si aprì, rivelando cinque negromanti. Emily reagì d'istinto e rilasciò gli incantesimi, facendo cadere i cinque all'indietro. Attorno a lei volteggiavano delle onde di magia mentre si lasciava i negromanti alle spalle per raggiungere lo snodo, una fonte di mana così potente, che solo le protezioni più complesse da lei conosciute riuscirono ad attingere a esso per usarlo per la scuola. Dietro di lei, i negromanti si stavano radunando, mettendo da parte le loro divergenze per fermarla; si ritrovò a deviare senza difficoltà incantesimi di congelamento e persino una maledizione mortale.

Doveva essere un sogno.

Corse dritta dentro le protezioni, sentendo qualcosa sgorgarle da dentro, e il mondo divenne nero…

Emily aprì gli occhi di colpo. Il Gran Maestro la stava fissando, con un'espressione di rabbia mista a paura. Che ci faceva nella sua stanza?

No, non era la sua stanza. Era sdraiata sul pavimento di una camera che non conosceva…

E c'era qualcosa che non andava. Ci mise un po' a realizzare che il rumore di sottofondo prodotto dalle protezioni che sentiva costantemente dal suo arrivo a Whitehall era… sparito.

Il Gran Maestro la sollevò di peso. «Che hai combinato?».

Emily lo fissò, confusa e disorientata. Era in camicia da notte. Cosa le era successo? L'ultima cosa che ricordava era di essere andata a letto e avere iniziato a sognare e…

Lui la scosse; la magia gli crepitava attorno alla punta delle dita. «Che cos'hai combinato?».

«Magia empatica» disse il professor Thande. Emily lo guardò, sentendosi girare la testa. Ma non era morto? Aveva visto il corpo… «Le osservi le mani, Gran Maestro».

Il Gran Maestro afferrò la mano sinistra di Emily e la aprì con uno strattone, girandola così bruscamente da farla urlare dal dolore. Aveva dei segni insanguinati nel punto in cui si era stretta talmente tanto forte da conficcarsi le unghie nella pelle. Si era ferita da sola; le girava la testa e non riusciva a fare i conti con ciò che vedeva. Se non ci fosse stato il Gran Maestro a reggerla sarebbe probabilmente svenuta.

«C'erano i negromanti» disse alla fine. Ma i negromanti non collaborano e nessuno di loro accetterebbe che un rivale prendesse il controllo su Whitehall. «Ho visto i negromanti…».

«Hai quasi ucciso una dozzina di membri del mio personale» ringhiò il Gran Maestro. Emily lo fissò, realizzando lentamente che il suo era stato più di un semplice incubo. «E le protezioni stanno collassando».

«Non lo sa, Gran Maestro» disse Thande con pazienza. «Solamente pochi maghi esperti riuscirebbero a gestire la magia empatica dopo esserne stati colpiti. Uno studente al primo anno non può nemmeno sperare di difendersi da solo».

Emily lo fissava. «Cosa… cos'è successo?».

«Sei stata ferita durante il rapimento alla Tana del Drago» andò dritto al punto il Gran Maestro. Mollò la presa su di lei, quanto bastava per consentirle di respirare normalmente. «Malefico ti ha procurato una ferita e ti ha lasciato da sola, sapendo che saresti scappata. Dopo avere ucciso i complici ha portato il tuo sangue a un negromante, che lo ha utilizzato per influenzare la tua mente. Qualunque cosa tu creda di aver visto, non era reale. Ti ha usato come una marionetta».

Emily si sentiva sporca, violata. Sapeva dell'esistenza di incantesimi per il controllo della mente; l'aveva visto con i suoi occhi non appena arrivata nel nuovo mondo. Eppure, non aveva mai veramente compreso il fatto che avrebbe potuto essere… influenzata da qualcuno al di fuori delle protezioni della scuola. Tutti gli scherzi che aveva imparato non erano niente se paragonati all'inganno di cui era caduta vittima.

Al solo pensiero che avrebbe potuto uccidere qualcuno dei suoi amici inorridì. Shadye aveva intessuto una rete intorno alla sua mente e l'aveva manipolata con la stessa facilità con cui avrebbe manipolato un personaggio in un gioco per computer. E lei non si era accorta di nulla.

«Ti ha usato per abbassare le protezioni» disse Thande. «Ora la scuola è priva di difese».

«Ma…» Emily deglutì e ricominciò daccapo. «Ma pensavo ci fossero degli incantesimi ad annullare il legame tra me e il mio sangue. Non li avevano fatti in infermeria?».

«Non è possibile recidere del tutto quel legame» rispose il Gran Maestro. «Si può solo indebolirlo a tal punto da renderlo inutile per la magia. Avevo chiesto a Kyla di farlo, ma Shadye deve aver fatto qualcosa per il legame dormiente, senza distruggerlo. E poi lo ha usato al momento opportuno».

Emily lo fissò e per la prima volta realizzò con quanta pazienza Shadye avesse tramato da quando Void l'aveva sottratta alle sue grinfie. Void aveva rischiato di morire per salvarla, e ciò significava che lei era importante. Inoltre, tutto quello che aveva fatto da allora in poi confermava che era una Figlia del Destino. Doveva essere stato al settimo cielo quando i suoi servi avevano rapito anche Alessa. Nessuno aveva considerato che il vero obiettivo era Emily e non la principessa. Il tutto era stato orchestrato solo per ottenere il suo sangue, per poi consentirle di scappare, senza che nessuno sapesse che fin dall'inizio era tutto un piano. Whitehall aveva effettuato le dovute verifiche, sapendo che Emily era in salvo… ma poi Shadye l'aveva costretta a tradire la scuola.

Il Gran Maestro corrucciò il volto. «Ora controllerò la tua mente. Prova a rilassarti. Se opponi resistenza, potrebbe farti male».

Emily non ebbe il tempo di obiettare, che lui la stava già fissando negli occhi. Le era impossibile distogliere lo sguardo. La sensazione di essere violata tornò, mille volte più forte, mentre il Gran Maestro frugava nei suoi pensieri. Stranamente, sentirsi separata dalla sua mente, come se potesse guardarsi dal di fuori, le permise di vedere i sottili intrecci creati da Shadye nella sua testa. Vide anche come la sua stessa mente, rispondendo ai suggerimenti del negromante, aveva creato uno scenario abbastanza potente da riuscire a tenerla soggiogata fino a quando non era stato troppo tardi.

«Dovrò tagliare questi legami» disse, o pensò, il Gran Maestro. Le loro menti erano così connesse, che Emily percepiva la differenza. Il signor Spock non avrebbe saputo fare di meglio. «E non avresti dovuto prestare quel giuramento».

Emily trasalì, immaginando che sarebbe morta all'istante. Ma non era sua intenzione tradire le fate e sembrava che essere letti nella mente non fosse considerata una violazione del contratto. Eppure aveva fallito di nuovo…

«Non preoccuparti» la rassicurò il Gran Maestro. «Non c'è bisogno di massacrare le fate, se non per certi incantesimi,» esitò per un attimo «che sei ancora troppo giovane per conoscere. Manterrò il loro segreto».

Emily sorrise, ma non poté rilassarsi. «Può giurarlo?».

«Le persone scaltre evitano di fare giuramenti». Per un momento scrutò le illusioni create dalla sua mente. «Sei stata uno strumento nelle mani di un negromante molto potente ed esperto».

«Mi sento già abbastanza in colpa» disse Emily. Con le menti così connesse non c'era modo di nascondergli nulla o di trattenersi dal parlare. Diventò rossa per l'imbarazzo; era una sensazione che si accentuava vedendolo divertito. «Può impedire che lo faccia di nuovo?».

«Sì» rispose con pazienza il Gran Maestro. Per un attimo sembrò lavorare sulla sua mente. «Fatto».

Emily sentì la testa girare un'ultima volta, proprio mentre Thande le metteva in mano una pozione, esortandola a bere. Aveva un sapore disgustoso come tutte le pozioni mediche, ma già dopo il primo sorso si sentì molto meglio.

Il riposo non durò a lungo. Un fragoroso allarme in lontananza la fece alzare in piedi, senza alcuna memoria chiara di come fosse finita di nuovo sul pavimento. Cercò la spada, ma poi ricordò di essere in camicia da notte. Almeno, grazie al cielo, era decente. Quelle che usava a casa avrebbero scioccato la gente del posto.

«Le difese esterne non esistono più» disse il Gran Maestro sommessamente. «Gli incantesimi che hanno reindirizzato l'energia allo snodo sono crollati. Non ci vorrà molto prima che collassino anche le difese interne».

Emily si guardò le mani sporche di sangue, cosciente del proprio fallimento. Aveva amato Whitehall più di qualsiasi altra scuola avesse mai frequentato per averle dato la possibilità di vivere una vita diversa. Gli insegnanti non l'avevano trattata da idiota, né loro stessi lo erano. Persino la ferrea disciplina era accettabile, se paragonata a quanto aveva imparato.

Ma aveva tradito Whitehall. Dopo quello che aveva fatto, non le avrebbero mai permesso di frequentare un'altra scuola di magia, ammesso che fosse sopravvissuta di lì a poco. Tutto sommato, gli scenari che si era immaginata avrebbero potuto avverarsi. Shadye avrebbe potuto catturare il maggior numero di studenti possibile, sacrificandoli per aumentare il suo potere, ma non avrebbe rischiato con i professori: erano abbastanza potenti da essere pericolosi.

«Mi dispiace» disse infine. Sembrava una frase inappropriata. «Non… non lo sapevo».

«Molte poche persone avrebbero capito cosa stava succedendo, tentando perciò di liberarsi» la rassicurò il professor Thande. «Non sei affatto l'unica».

Il Gran Maestro si alzò. «Professor Thande, ho bisogno che inizi a evacuare gli studenti più giovani attraverso i portali. Le dimensioni interne della scuola si basano su diversi incantesimi, quindi dovrebbero rimanere stabili fin quando i negromanti non raggiungeranno questa stanza e cominceranno a manomettere le protezioni. Farò aprire i corridoi sigillati per far scappare gli studenti».

«Sto preparando pozioni da guerra nel mio ufficio» disse Thande. Sembrava riluttante ad andare. «Non posso lasciare l'edificio…».

«Potrà tornare quando i più giovani saranno usciti da qui» disse il Gran Maestro. Nella sua voce non c'era alcun cedimento. «Le difese interne dell'edificio sono ancora intatte – Shadye non sa della loro esistenza – quindi dovremmo essere in grado di combattere bene, ma dobbiamo aspettarci il peggio».

C'era una tristezza nella sua voce che toccò Emily nel profondo. Whitehall era il fulcro delle difese meridionali. Se fosse caduta, i negromanti avrebbero avuto modo di devastare almeno otto paesi, prima di imbattersi in barriere più naturali. Le Terre Alleate ne sarebbero risultate indebolite, forse paralizzate, pur accantonando i contrasti e seguendo un unico monarca.

Ed era tutta colpa sua.

«Shadye ha studiato qui?» chiese improvvisamente.

«Ci fu una… divergenza di opinioni» rispose il Gran Maestro. «Lasciò la scuola e scomparve. Trascorse molto tempo prima che si rifacesse vivo, e ancora più tempo prima che realizzassimo che era stato un nostro studente».

Emily si guardò di nuovo le mani. «Quindi conoscete il suo nome. Non potreste…».

«Non è abbastanza» ammise il Gran Maestro. «Anche se lo usassimo, lui sa bene come difendersi. Usare il suo nome completo contro di lui è improbabile che funzioni».

Si voltò e andò alla porta. «Non posso metterti in prima linea. Shadye è astuto e ha molto potere, forse sufficiente a ristabilire un legame tra te e il campione di sangue. Non possiamo correre questo rischio».

Emily esitò e poi annuì una sola volta, mestamente. Nemmeno lei si sarebbe fidata di sé stessa, perché non c'era un modo semplice per capire se stesse agendo di sua spontanea volontà o se Shadye la stesse influenzando mentalmente. Shadye poteva distorcerle la mente fino a convincerla che il nero era bianco, che il giusto era sbagliato e che la monarchia era in realtà una buona forma di governo.

«Andrai nel mio ufficio» disse mentre lasciavano la stanza. C'era del sangue a terra nel punto in cui aveva combattuto i demoni, ignara di stare combattendo in realtà contro gli insegnanti. Naturalmente, fuori di lì non c'era alcun cadavere. «Potrai attendere là finché non avremo vinto, o finché non ti dirò di scappare. Non ti permetteranno di passare attraverso il portale, quindi dovrai fuggire in campagna e sperare che il tuo mecenate ti venga a prendere».

Emily si accigliò. Era improbabile che Void volesse avere a che fare con lei dopo che era stata così gravemente compromessa.

«Potremmo chiamarlo» suggerì Emily. «Non ci aiuterebbe?».

«Se non riuscissimo a usare le difese interne per respingere Shadye fino a sfinirlo,» ammise il Gran Maestro «non faremmo altro che portargli altri obiettivi».

«Ma…» Emily cambiò idea e tornò al soggetto principale. «Ma non credete che potrebbe influenzarmi anche stando nell'ufficio?».

Il Gran Maestro fece un sorrisetto. «Le cose importanti non le tengo lì». Di fronte allo stupore della ragazza, sbuffò. «Sai quanto tempo passano gli stregoni a spiarsi a vicenda? Possono rovistare nel mio ufficio quanto vogliono, ma tutto ciò che ne trarranno è un'opportunità per imparare molto sui codici e sull'ortografia subdola. Lì non potrai fare alcun danno».

Capitolo XLIV

L'ufficio del Gran Maestro sembrava più piccolo di quanto Emily ricordasse, ma forse era dovuto alla sensazione di essere confinata. Diede un'occhiata alla libreria, che non pareva contenere niente di interessante, a parte un libro sulle trasfigurazioni così sgualcito dall'uso da destare preoccupazione. Alle pareti c'erano ritratti di personaggi che, con molta probabilità, chiunque fosse nato lì avrebbe riconosciuto, ma che a lei non dicevano nulla. D'impulso, andò ai cassetti della scrivania per verificare che fossero protetti e scoprì che brulicavano di incantesimi non molto piacevoli. Era chiaro che il Gran Maestro volesse mettere alla prova le inutili conoscenze di potenziali intrusi.

«Puoi usare la sfera di cristallo, se vuoi» le aveva detto il Gran Maestro prima di lasciare la stanza. Non aveva chiuso la porta a chiave, ma le aveva fatto intendere che non avrebbe potuto uscire fino a quando la situazione non fosse diventata disperata. Emily avrebbe voluto fargli notare che la situazione aveva già superato la soglia della disperazione, ma si trattenne. «Tieni d'occhio il corridoio che porta al mio ufficio».

La sfera di cristallo conteneva incantesimi che ci mise un po' a capire come attivare. L'oggetto sembrava risucchiare energia direttamente da chi lo usava, un modo per assicurarsi che le persone non perdessero tempo a spiare anziché fare qualcosa di utile.

"Forse se i televisori andassero alimentati correndo su un tapis roulant" pensò cupamente, "creerebbero meno dipendenza".

Il Gran Maestro non si era preoccupato di spiegare il funzionamento della sfera, magari con l'intento di tenerla occupata per un po'. Probabilmente aveva ragione.

Emily sentiva le protezioni della scuola cadere una dopo l'altra. Forse il Gran Maestro aveva iniziato a ricostruire quello che lei aveva distrutto, ma aveva la sensazione che ci sarebbero volute ore, o giorni, prima che tutto tornasse a funzionare. A lezione non avevano mai parlato di come si costruiscono le protezioni, eppure ne aveva letto abbastanza per capire che potevano essere molto complesse e difficili da erigere. Il senso di colpa minacciava di lacerarle la mente, poi finalmente riuscì a incanalare un po' di energia nella sfera di cristallo.

A prescindere da come sarebbe andata a finire, si sarebbe sempre sentita responsabile per ciò che era successo a Whitehall. Era tutta colpa sua.

La sfera si illuminò, mostrando una dozzina di scene diverse. Quando vi poggiò sopra le dita, l'oggetto si focalizzò sull'esercito invasore. Un'orda di orchi armati fino ai denti avanzava attraverso i giardini, finendo addosso a un mare di api provenienti dagli alveari. Gli orchi indietreggiarono sgomenti mentre le piccole creature li pungevano, per poi tornare a colpire.

"Certo" realizzò Emily, "hanno una pelle così dura, che le api neanche le sentono".

Gli alveari vennero rapidamente distrutti, lasciando gli insetti a sciamare furiosi attorno agli orchi o ad accanirsi con il resto dell'esercito. Forse pungendo Shadye avrebbero potuto mettere fine a tutto prima che la cosa degenerasse.

Scosse la testa; non era affatto così facile.

Un attimo dopo, una decina di orchi inciamparono, cadendo a terra. CT si sollevò davanti a loro, con il suo occhio gigante ardente di furia; dal suo corpo crescevano tentacoli con cui riduceva gli orchi a brandelli. I mostri contrattaccarono con le spade, ma a CT, una creatura che sembrava di gelatina, non facevano alcuna impressione. Alla fine, il gruppo di orchi indietreggiò vedendo CT avanzare minaccioso, con nuove armi che spuntavano dal corpo…

Poi Shadye colpì la creatura gelatinosa con un fulmine, lasciandola congelata. Gli orchi rimasti lanciarono frecce infuocate sullo zoo e poi si ritirarono. Avevano perso l'occasione di trovarsi faccia a faccia con un vero Mimo.

L'esercito di Shadye procedeva verso le mura, scagliando frecce per costringere i difensori ad abbassare la testa. Emily non riusciva a capire perché Shadye non stesse usando i suoi poteri per fare breccia, ma poi realizzò che le mura erano attraversate da così tanta magia, che distruggerle sarebbe stato difficile e, anche se ci fosse riuscito, avrebbe potuto far esplodere accidentalmente la scuola mentre l'interno cercava di espandersi verso l'esterno, molto più piccolo. Dei ragni giganti si unirono all'esercito e lo superarono strisciando rapidamente, per poi iniziare a scalare le mura.

Emily osservava la scena inorridita. Da bambina aveva avuto una paura mortale dei ragni, ma si era sentita sollevata nello scoprire che non potevano crescere molto senza perdere la capacità di muoversi. I negromanti, a quanto pareva, erano riusciti ad andare contro ogni legge fisica, creandone di enormi.

Dai bastioni esplosero fasci di luce che distrussero i ragni, facendone cadere i corpi a terra. Emily toccò la sfera di cristallo e vide gli studenti, guidati dal professor Lombardi, scagliare oggetti contro l'esercito nemico a una velocità terrificante.

Shadye li respinse uno dopo l'altro con una riserva inesauribile di munizioni. I suoi arcieri puntarono poi sugli studenti, ma le frecce vennero deviate da altri ragazzi intenti a sostenere una barriera magica. I negromanti non lavoravano mai assieme; la collaborazione era l'unico reale vantaggio di chi stava dalla parte dei buoni.

Shadye rispose con dei proiettili, uno dei quali andò a sbattere così forte contro la protezione da mandarla in frantumi. Diversi studenti si ritrovarono a terra con il sangue che colava da orecchie e naso. Avevano alimentato direttamente l'incantesimo di protezione e il contraccolpo li aveva quasi uccisi.

Mentre erano distratti, un secondo gruppo di ragni si arrampicò lungo i bastioni lasciandosi dietro delle ragnatele appiccicose. Il gruppo era seguito da un piccolo esercito di goblin, che in parte finirono schiacciati da un ragno abbattuto da uno studente durante l'arrampicata.

Emily realizzò che poco importava. Shadye sembrava disporre di una riserva inesauribile di carne da cannone.

I ragni giganti raggiunsero la sommità dei bastioni e colpirono i difensori con denti e artigli, seguiti da un trio di creature che parevano un incrocio tra draghi e grifoni. Alcuni studenti più grandi li affrontarono, scagliandosi con potenti incantesimi e maledizioni che fecero cadere una delle creature incontro al suo tragico destino. Le altre due soffiarono fumo verde addosso ai difensori, che iniziarono a soffocare, collassando poi a terra.

Emily trasalì, quella scena suscitò in lei grande sofferenza. Aveva fatto attenzione a non introdurre il concetto di gas tossico, sapendo che sarebbe stato perfetto per i negromanti, ma a quanto pareva ci avevano pensato da soli.

Gli attaccanti si fecero strada sui merli centimetro dopo centimetro, bloccando i difensori più in basso all'interno dell'edificio; incrementarono l'esercito e si prepararono a invadere Whitehall dall'alto.

Emily cambiò scenario per cercare Harkin. I due sergenti stavano conducendo la difesa ai piani inferiori, aiutati da quasi tutti gli studenti di magia marziale. Emily pregò che resistessero. Alcuni ragazzi usarono il Berserker e poi, passando il testimone ai compagni perché esausti, andarono a prendere le pozioni energetiche preparate dagli studenti di alchimia. Era qualcosa a cui Emily non aveva pensato; era probabile che fosse una tattica usata solo in caso di emergenza. Fare largo uso di pozioni energetiche in un intervallo così breve poteva essere molto pericoloso per gli sventurati studenti. Erano stati avvertiti di non prenderne mai più di una alla volta.

Tornò a guardare i bastioni giusto in tempo per vedere un orco aprire una delle porte, ma un lampo di magia lo scagliò giù dal tetto. I difensori non si erano ritirati affatto; avevano piazzato trappole che costringevano Shadye a spendere uomini e potere per farsi strada nel castello. Ma il negromante sembrava più incline a sacrificare i suoi uomini piuttosto che la sua magia. Emily vide le creature che soffiavano gas infilare la testa attraverso le porte e vomitare nebbia verde all'interno della scuola. Un attimo dopo, una di esse si contrasse e cadde, finendo addosso a due orchi. Le ci volle un po' per capire che qualcuno aveva tentato di trasfigurare la creatura – come aveva fatto lei con Alessa – uccidendola all'istante.

Shadye salì sul tetto, creò una palla di fuoco e la lanciò sull'edificio. I difensori non riuscirono a fare nulla e caddero all'indietro, permettendo ai mostri di fiondarsi dentro la scuola.

Emily imprecò ad alta voce quando vide gli orchi precipitarsi ai piani superiori. Cercò di cambiare scenario per controllare se le sue amiche avessero lasciato l'istituto. Nell'edificio non c'era traccia di Alessa o Imaiqah, almeno non dove la sfera poteva vedere. Sperava che fossero vive…

A poco a poco, gli orchi avanzarono all'interno della scuola, abbattendo ogni barriera intesa a rallentarli e forzare Shadye a disperdere energia. Le armature presero vita e andarono loro incontro con le spade sguainate. Quando cadevano si riassemblavano e ricominciavano a combattere; quando invece venivano completamente distrutte le varie parti si univano ad altre componenti e proseguivano la lotta. L'unico modo per fermarle era ridurle in atomi.

Emily non aveva dubbi che, se non ci fosse stato Shadye, Whitehall avrebbe sconfitto gli orchi. Erano stupidi; finivano di continuo nelle trappole e poi avanzavano, nella convinzione che la forza bruta potesse spianare loro la strada. Gli incantesimi di trasfigurazione ne fermarono alcuni, bloccandoli prima e riducendoli in polvere dopo. Un'abile squadra di maghi avrebbe impiegato ore, forse giorni, per liberare i corridoi; Shadye decise di darne uno alle fiamme, spazzando via tutto ciò che poteva rappresentare una minaccia. Il fuoco non risparmiò nemmeno qualche orco!

Emily sentì urlare ordini attraverso gli specchi usati dai difensori per coordinare le azioni, ordini che per lei non avevano senso. Ma Shadye avrebbe potuto spiarli, ora che le protezioni erano crollate; comunicavano in codice di modo che non impedisse loro la ritirata.

Emily cambiò inquadratura appena in tempo per vedere Miles generare una tempesta di fuoco che travolse una dozzina di orchi e goblin fuori dall'edificio. Gli studenti indietreggiarono, sigillando le porte mentre uscivano. Il sergente Miles, con il respiro affannoso e sorretto da Harkin, fu l'ultimo ad abbandonare l'armeria. Gli orchi avrebbero dovuto scavare la solida pietra per introdursi nella scuola.

Gli strani interni di Whitehall avevano iniziato a entrare in gioco. Emily osservò una dozzina di orchi avanzare in un corridoio vuoto e dirigersi verso l'uscita… e verso l'uscita… e ancora verso l'uscita, senza rendersi conto che gli ambienti erano stati deformati e che stavano quindi camminando in tondo. Tre goblin caddero nel vuoto mentre correvano lungo un corridoio il cui pavimento svanì nel nulla, precipitando per centinaia di metri incontro alla morte. Un altro gruppo di orchi varcò una porta e si ritrovò sul tetto, venendo spinto di sotto da chi arrivava da dietro. Statue giganti di streghe e maghi famosi presero vita e lanciarono incantesimi sugli invasori, il tutto alimentato dalle protezioni interne del castello.

Emily capì che stavano prendendo tempo per allestire le linee di difesa interne.

Ma Shadye continuava imperterrito. Non aveva neanche più un aspetto umano ed esercitava la sua volontà sul tessuto della scuola. Emily poteva percepire le urla di dolore dell'istituto mentre Shadye si allungava per imporsi e trasformarlo in qualcosa di più adatto ai suoi piani. Whitehall era intelligente, in un certo qual senso, e poteva essere danneggiata o sottoposta a lavaggio del cervello. Improvvisamente, a Emily venne in mente che il vero obiettivo di Shadye non era distruggere Whitehall, ma impossessarsene, compreso lo snodo che avrebbe usato come fonte di energia.

Perché distruggere la scuola quando poteva plasmarla a sua immagine?

Ripensò alle scene da incubo alle quali Shadye era ricorso per spingerla a demolire le protezioni. Si rese conto che quegli incubi stavano per avverarsi, mentre la scuola continuava a urlare il proprio dolore, riecheggiando nella sua mente e in quella di ogni mago presente nell'edificio. Whitehall sarebbe stata cancellata, trasformata in un disgustoso abominio di tutto ciò che un tempo aveva rappresentato, e gli studenti rimasti lì dentro sarebbero tutti morti per concedere a Shadye qualche mese in più di vita.

O forse avrebbe fatto di peggio. Se era stato capace di influenzare la sua mente, per quanto unica al mondo, perché non agire allo stesso modo con altre persone? Avrebbe potuto trasformare gli studenti in schiavi. Cosa sarebbe successo se qualcuno fosse stato costretto sotto minaccia a giurare obbedienza? Sarebbe riuscito Shadye a superare le annose lotte intestine tra negromanti obbligando i suoi seguaci a giurare fedeltà?

Emily scosse la testa, poi sentì un rombo sordo attraversare la scuola. Adesso Shadye stava combattendo direttamente con il Gran Maestro, spingendo la propria volontà – supportata da un potere straordinario – contro la naturale riserva di mana del Gran Maestro. Emily cercò di visualizzare la scena attraverso la sfera di cristallo e vide il Gran Maestro incespicare lungo un corridoio, lottando disperatamente per impedire a Shadye di rivoltargli la scuola contro.

Sapeva che i portali che conducevano fuori da Whitehall erano stati chiusi. Gli studenti e i professori rimasti lì erano in trappola, a meno che non fossero riusciti a scappare verso le montagne. Ma dando un'occhiata alle forze nemiche che circondavano la scuola, capì che sarebbe stata un'impresa ardua.

Come era riuscito Shadye a fare avvicinare così tanti mostri senza essere scoperto? Aveva scavato centinaia di tunnel nelle montagne e vi aveva nascosto i suoi mostri per mesi?

Shadye sollevò lo sguardo. Per un momento, Emily percepì che i suoi occhi rossi stavano puntando proprio lei attraverso la sfera di cristallo. Lo vide fare un complicato gesto con la mano e poi la magia bruciare nell'aria.

Emily si allontanò dalla sfera un attimo prima che esplodesse, scagliando ovunque schegge di vetro. Fu solo per puro caso che nessuna di esse la colpì.

Poi realizzò il senso di quanto accaduto. Shadye aveva avvertito che lo stava spiando e ora sapeva dove trovarla. Se pensava ancora che lei fosse importante…

Ormai la situazione era davvero disperata.

Si alzò in piedi e corse alla porta. Fuori, sentì il campo magico crepitare e, in lontananza, Shadye e il Gran Maestro combattere per il controllo della scuola. Lanciò un'occhiata a una delle armature e ne prese la spada; soppesandola, la trovò molto pesante, ma non aveva altra scelta. Sollevando lo sguardo verso l'elmo mascherato, provò l'inconfondibile sensazione che qualcosa di inumano la stesse esaminando; poi finalmente le fu permesso di prendere l'arma e andarsene. Emily non riusciva a non pensare che era viva per un pelo mentre camminava lungo il corridoio prestando molta attenzione alla spada, anche se la tentazione di portarla semplicemente in spalla era forte.

Non appena svoltò l'angolo, sentì un ruggito che la fece saltare per aria. Tre orchi avanzavano verso di lei e, dietro di loro, un uomo anziano con un bastone. Era Malefico, il mago oscuro che l'aveva rapita per avere il suo sangue. E forse, colui che aveva trattato il sangue in modo che fosse impossibile separarlo completamente dal suo corpo.

Alzò la spada con atteggiamento minaccioso e preparò il Berserker nella sua mente. Se doveva morire, lo avrebbe fatto solo dopo aver combattuto.

Malefico fece fermare gli orchi e li sorpassò, sollevando il bastone. Emily lanciò un incantesimo di difesa appena prima che una palla di fuoco comparisse dal nulla, andando a schiantarsi sulle sue protezioni. Le fiamme iniziarono a scintillarle davanti, consumando le sue difese. Emily balzò indietro e lanciò un incantesimo sulla spada, scagliandola poi contro Malefico. Il mago oscuro si scansò, così la lama finì per infilzare due orchi e li trascinò lungo il corridoio, terminando la corsa su un muro. Non aveva specificato il momento in cui l'incantesimo avrebbe dovuto arrestarsi. Prima che Malefico potesse reagire, Emily spinse la protezione verso l'esterno e la usò per colpire il terzo orco. Il perizoma della creatura prese fuoco, quindi il mostro si voltò e scappò a gambe levate. Emily rise ad alta voce quando l'orco sbatté contro un muro e crollò accanto ai suoi amici.

Ci fu un bagliore di magia. Malefico lanciò un incantesimo che Emily non riconobbe; la ragazza si spostò velocemente su un lato del corridoio, maledicendo il proprio errore: non avrebbe mai dovuto levargli gli occhi di dosso!

Allora Emily rispose con una palla di fuoco, che lui afferrò al volo e distrusse con le mani. Prima che il negromante lanciasse un altro incantesimo, Emily generò una sfera di luce, il più luminosa possibile, serrò gli occhi e la scagliò addosso a Malefico.

Il mago oscuro urlò e, mentre la luce svaniva, indietreggiò con le mani sugli occhi.

Emily infierì con un incantesimo folgorante e rimase a guardare mentre Malefico cadeva a terra. Sembrava che dai suoi occhi colasse del sangue.

Buon Dio, cosa gli aveva fatto?

Eppure non le importava. Malefico aveva fatto del male a lei, ad Alessa e alla scuola. Era ora che la pagasse.

Emily sentì partire un lento applauso che la raggelò. Tenendosi forte, si voltò… sapendo benissimo chi c'era alle sue spalle. Chi doveva esserci alle sue spalle.

Shadye.

Capitolo XLV

Emily si voltò lentamente e alzò le protezioni, pur sapendo che non avrebbero retto contro Shadye: gli sarebbe bastato caricarle di una quantità di magia sufficiente ad abbatterle con la semplice forza bruta. Le stava di fronte a qualche metro di distanza, con il volto celato da un cappuccio scuro che sembrava inghiottire la luce. Non aveva neanche più fattezze umane; guardando la tunica, Emily ebbe l'impressione che il suo corpo stesse pian piano mutando in qualcos'altro. La pervase la sensazione che a scrutarlo con troppa attenzione non sarebbe più stata capace di distogliere lo sguardo.

«Sei cresciuta dall'ultima volta» disse Shadye. Perfino la sua voce era inumana, uno stridio sordo che pareva provenire dal nulla. «Non mi aspetto di meno da una Figlia del Destino».

Attorno a Shadye, il negromante che aveva imposto la propria volontà su Whitehall e sull'ambiente circostante, crepitava di energia. Sembrava quasi che fosse fatto egli stesso di magia, del tutto dipendente dai sacrifici per restare in vita. In alcuni libri si ipotizzava che un negromante, prima o poi, sarebbe riuscito ad accumulare così tanta energia da rimanere vivo in eterno senza dover ricorrere a ulteriori sacrifici.

Mentre stava lì, cercando di combattere il panico che minacciava di sopraffarla, Emily si ritrovò a pregare in silenzio che i libri si sbagliassero.

"Distrailo" le suggerì una parte della sua mente. "Tienilo occupato mentre rifletti!".

Si schiarì la voce. «Come hai fatto a prendere il controllo su di me?».

«Ci vediamo dopo tre mesi ed è questa la prima cosa che mi chiedi?» domandò Shadye. Sembrava eccessivamente divertito, come se Emily avesse chiesto qualcosa di esilarante. «Ho un campione del tuo sangue, ricordi?».

«Ma abbiamo reciso il legame che lo connette a me» protestò. O almeno, i Guaritori ci avevano provato. «Come lo hai usato per manipolarmi?».

Shadye sbuffò. «Tu non sei di questo mondo. Non c'è nessuno come te in questo universo. Il tuo sangue è unico. Attenuare il legame tra te e il tuo sangue non interromperà la connessione in modo permanente».

Emily imprecò sottovoce. Le sarebbe dovuto venire in mente prima che fosse troppo tardi, anche se non fosse venuto in mente a Kyla o a chiunque altro ignaro della sua provenienza. Shadye aveva ragione. Lei era unica. Non c'erano consanguinei a rendere difficoltosa, se non impossibile, la riuscita dell'incantesimo. Shadye aveva escogitato qualcosa di completamente inaspettato che sarebbe dovuto venire in mente anche a lei. Aveva portato molte idee in quel mondo... tranne quella che avrebbe salvato Whitehall dalla distruzione.

Shadye fece un passo avanti.

Emily indietreggiò, non voleva stargli troppo vicino.

Il negromante si fermò di fronte a Malefico e lo guardò: la sua espressione era nascosta dal cappuccio. Dopo un momento si chinò e lanciò un incantesimo che Emily non riconobbe. Malefico sussultò una volta, poi tornò al suo sonno forzato.

«Mi ha deluso» disse Shadye. «Non tollero fallimenti».

«No che non lo tolleri» disse Emily, continuando a indietreggiare. «Come hai fatto a tollerare te stesso quando sono sfuggita alle tue grinfie?».

Shadye fece una risata sgradevole. «Credi davvero di essere riuscita a fuggire contro il mio volere?».

Proseguì prima che Emily potesse proferire parola. «Ti ho permesso io di andare via, sapendo che avresti sconvolto l'equilibrio di potere tra le Terre Alleate. E tu hai interpretato il tuo ruolo in modo magistrale. Il caos politico in uno dei regni più importanti al mondo li indebolirà a tal punto che le mie marionette potranno prendere il potere e mandare in frantumi le Terre Alleate».

La sua voce divenne più cupa. «E sapevo che avrei potuto usarti per abbattere le protezioni di Whitehall. Sei stata una marionetta nelle mie mani per tutto il tempo».

Emily lo fissò, con un turbinio di pensieri nella testa. Stava raccontando delle bugie. Dovevano essere tutte bugie. Come aveva potuto prevedere ogni cosa, dal salvataggio di Void fino alla rivalità – poi diventata amicizia – con Alessa? O che sarebbe entrata in società con una delle ragazze della scuola? O che avrebbe sfruttato il proprio sapere per migliorare quel mondo? Emily era tutt'altro che una ragazza ignorante, non come le ragazze pompon della sua vecchia scuola, ma si era comunque trovata a dover reinventare la ruota o la macchina da stampa conoscendo solo vagamente i principi alla base del loro funzionamento.

Se Shadye avesse voluto influenzare quel mondo, avrebbe fatto meglio a rapire un professore di storia medievale o qualche esperto di ingegneria e chimica. Emily avrebbe potuto non essere all'altezza.

«Una Figlia del Destino come marionetta» gongolò Shadye. «Come avrei mai potuto fallire?».

La fredda logica le suggeriva che stava mentendo. Si aggrappò a quel pensiero mentre il negromante scavalcava il corpo di Malefico per andarle vicino. Non era possibile che avesse previsto tutto, altrimenti non si sarebbe servito di lei per introdurre dei nuovi fattori atti a destabilizzare una situazione già precaria. Inoltre, era impossibile scrutare il futuro e cogliere qualcosa in più che dei vaghi accenni di quel che sarebbe potuto accadere.

Scienza e magia concordavano su quel punto.

Ma guardando Shadye, si rese conto che non aveva importanza. Il negromante credeva a tutto ciò che aveva detto.

Emily rabbrividì e indietreggiò lungo il corridoio.

Shadye aveva una forte personalità; doveva averla, o la negromanzia l'avrebbe ucciso molto tempo prima. Ma non poteva permettersi esitazioni o dubbi, per non perdersi. Per questo motivo ogni imprevisto doveva spiegarlo, almeno a se stesso, come fosse un'altra parte del suo piano. Doveva credere che ogni battaglia vinta dal nemico fosse in realtà una sua concessione per ottenere la vittoria definitiva.

Lì per lì, Emily non riusciva a ricordare se un tale schema avesse mai funzionato al di fuori dei fumetti.

"Ma io non sono una Figlia del Destino" pensava ostinatamente. Avrebbe potuto dirlo a Shadye, ma l'avrebbe ignorata. Per lui, l'aver stravolto quel mondo rappresentava la prova che lo era.

E poi, cosa avrebbe fatto una volta scoperta la verità? Avrebbe detto che anche quello rientrava nel suo piano?

«Bene» disse Emily dopo una lunga pausa. «Immagino tu stia per sacrificarmi ai poteri oscuri».

Shadye ridacchiò senza nemmeno una punta di umorismo. «Ho in mente ben altri progetti per… una Figlia del Destino, che compiere l'ennesimo sacrificio» rispose sardonicamente. «Diventerai una negromante e mi aiuterai ad annientare le Terre Alleate».

Emily lo fissò terrorizzata. Se credeva davvero a quanto aveva detto, forse era stato lui a indurre Void a salvarla, sapendo che sarebbe stata il suo cavallo di Troia. Ma in questo caso, perché si sarebbe servito di Malefico per ottenere il suo sangue? Avrebbe potuto prenderlo prima ancora del suo risveglio nella cella.

"No" pensò fermamente; sicuramente aveva improvvisato una nuova strategia dopo che era sfuggita alle sue grinfie. Nemmeno Batman avrebbe escogitato un simile piano fin dal principio aspettandosi che funzionasse.

Ma Shadye era folle, e in quanto tale, imprevedibile.

«Tu vuoi cambiare le cose» sussurrò Shadye. «Sei una Figlia del Destino, nata per trasformare il mondo. Con la negromanzia sarai in grado di farlo in modi che vanno ben oltre la tua immaginazione».

"E impazzirei nel farlo" pensò Emily.

L'orribile tentazione le stava attanagliando l'anima. Non sarebbe mai riuscita a sconfiggere Shadye, non combattendo direttamente con il ricorso ai loro poteri; lui era di gran lunga più potente di qualsiasi mago avesse mai conosciuto. Se si fossero scontrati, Shadye avrebbe vinto, finendo di distruggere Whitehall. Inoltre, una volta prosciugata, sarebbe stata completamente impotente. Senza dubbio, Shadye l'avrebbe rieducata in un modo tutto speciale se si fosse rifiutata di obbedirgli.

E se avesse sfruttato la negromanzia, diventando potente quanto lui? Per di più, conosceva trucchi che nessuno di quel mondo aveva mai preso in seria considerazione. Usare la luce come arma? Avrebbe potuto creare un raggio laser capace di penetrare la maggior parte delle protezioni, perché non erano configurate per bloccare la luce. Oppure avrebbe potuto trasformare l'aria intorno al suo bersaglio in gas tossico, o produrre idrogeno dall'acqua... aveva anche avuto una mezza idea su come produrre oro dall'acqua di mare. Avrebbe potuto sconfiggerlo... ma se lo avesse fatto, la sua anima sarebbe andata persa.

Nessuno era mai sopravvissuto alla negromanzia senza perdere il senno, spesso senza neanche rendersene conto se non quando era ormai troppo tardi. Ovviamente, era impossibile misurare la follia. E se il loro universo si stava modificando e, con lui, anche tutti gli strumenti atti a misurarlo?

Emily credeva fermamente che il sangue blu non fosse nulla di speciale, ma la negromanzia avrebbe potuto farle cambiare idea... e non se ne sarebbe nemmeno accorta.

La tentazione le danzava davanti, prendendosi gioco di lei. Doveva pur esserci un modo per sconfiggere Shadye, ma non le veniva in mente niente di abbastanza veloce da realizzare. Se avesse rifiutato il suo dono, lui l'avrebbe catturata comunque e poi avrebbe distrutto Whitehall, sacrificando gli studenti rimasti nella scuola per alimentare i suoi poteri. Se invece lo avesse accettato, lei stessa sarebbe diventata una minaccia ben peggiore di qualsiasi negromante, visto tutto ciò che conosceva. E viste le sue amicizie. Avrebbe potuto riprogrammare Alessa per distruggerne il regno, una volta salita al trono.

Le balenò un'idea. «No» disse sperando di distrarlo. «Non mi porterai mai nel Lato Oscuro. Sono una Jedi, come mio padre prima di me».

Era un pessimo esempio, e per parecchie ragioni, ma per Shadye non avrebbe avuto alcun senso. Il padre di Luke Skywalker era stato uno Jedi – e un ragazzino maleducato – ed era passato al Lato Oscuro, cosa che rendeva l'esempio molto stupido, seppure molto teatrale. E in alcuni dei fumetti dell'Universo Espanso, quelli di cui lei preferiva dimenticare l'esistenza, Luke si era unito a suo padre come servitore del Lato Oscuro. Ed era abbastanza sicura che la negromanzia fosse ancora più seducente e pericolosa del Lato Oscuro della Forza. L'imperatore sarebbe stato infinitamente preferibile a un negromante costretto a sacrificare il suo stesso popolo per sopravvivere.

Shadye sembrava… sorpreso. «Eri una potente maga nel tuo mondo?».

«Qualcosa del genere» confermò Emily mentendo. Compose l'incantesimo nella mente. «Vengo da un luogo pieno di pericoli ben peggiori di te».

«Ne sono certo» disse Shadye, avanzando di un altro passo verso di lei. «Ma tuo padre adesso è lontano».

«Mio padre è morto» rispose Emily e lanciò l'incantesimo. «Va' all'inferno!».

Un raggio di luce sfolgorante penetrò le protezioni di Shadye. Emily sentì il suo potere prendere vita mentre cercava di difendersi, anche se forse non aveva piena consapevolezza di ciò che gli stava facendo. Per un attimo vide la tunica di Shadye sollevarsi, rivelando qualcosa di così orribile che la sua mente si rifiutò di elaborarla…

Poi Emily lanciò un secondo incantesimo. Era improbabile che un assalto diretto potesse funzionare – Shadye era abbastanza potente da respingere quasi tutto – ma poteva essere impreparato per qualcosa di semplice come uno scherzo. La maledizione provocava una perdita di memoria temporanea, quel tanto che serviva per confondere qualcuno durante un duello.

Per un istante pensò di avercela fatta, ma poi Shadye gesticolò verso di lei e produsse una folata di vento che la spazzò in fondo al corridoio.

Emily urlò dal dolore quando sbatté contro al muro, finendo a terra accanto agli orchi. Era quasi certa di essersi rotta qualcosa. Disperata, si alzò in piedi e Shadye iniziò ad andarle incontro, con gli occhi rossi che ardevano sfavillanti nell'oscurità del cappuccio. Le sue mani, adesso simili ad artigli, scintillavano di energia luminosa e la abbagliavano.

L'energia malevola strisciava verso di lei, ma riuscì a spostarsi. Le fiamme tremolanti serpeggiavano sulle pareti e incrinavano la solida pietra, lasciandosi dietro i segni neri delle bruciature.

Sembrava che Shadye avesse rinunciato all'idea di prenderla viva.

«Non puoi sfuggire al tuo destino» le disse Shadye. «Sarai mia».

Emily si mise a correre, ma il corridoio le ruotò attorno, portandola dritta verso di lui. "Ma certo" pensò notando una strana crepa mentre arrestava la sua corsa. Non c'era da sorprendersi: Shadye aveva imposto la sua volontà sulla struttura stessa del castello, quindi poteva benissimo forzare l'edificio a tenerla intrappolata, così come gli altri studenti, finché avesse voluto.

Shadye provò ad avvicinarsi, ma Emily indietreggiò, finendo addosso a un muro che poco prima non c'era. Il negromante si mise a ridere quando Emily cominciò a spingere la parete in cerca di una via di fuga.

«Imparerai ad avere rispetto per il tuo maestro» disse Shadye. Nei suoi occhi roventi non c'era pietà. Le avrebbe penetrato il cervello, plasmandolo a suo piacimento. «Ti unirai a me».

La disperazione le fu d'ispirazione. Lanciò una maledizione che aveva imparato a magia marziale. Sapeva che Shadye l'avrebbe facilmente respinta, ma le avrebbe dato il tempo di usare la magia per raccogliere un detrito e scagliarglielo addosso a tutta velocità.

Il colpo fu tale da farlo barcollare all'indietro; le protezioni resistettero, ma non furono in grado di contenere la forza cinetica prodotta dall'oggetto.

Emily ne approfittò per superarlo, nella speranza di uscire dal suo campo di influenza prima che fosse troppo tardi. Raccolse altri detriti e glieli scagliò contro, poi finì quasi addosso a un altro muro. Il corridoio si trasformò subito in un vicolo cieco.

Cosa poteva fare? Cos'altro conosceva? Non le venne in mente niente.

Un attimo dopo, sentì che le forze la stavano abbandonando.

«Questi giochetti sono divertenti,» disse Shadye alle sue spalle «ma adesso basta».

Emily sentì il corpo girarsi e muoversi contro la sua volontà. Shadye teneva in mano una minuscola fiala di vetro contenente un liquido rossastro. La sottile magia che tremolava intorno alla fialetta bastò a farle capire che si trattava del suo sangue. L'ultima volta che Shadye aveva preso il controllo della sua persona, lei dormiva, era incapace di lottare. Stavolta invece era sveglia, ma non faceva alcuna differenza. Non importava quanto Emily si opponesse, il suo corpo obbediva a ciò che Shadye gli ordinava di fare, era suo prigioniero.

Il Gran Maestro aveva detto che sarebbe stata al sicuro, ma si sbagliava.

«Diventerai la mia serva, la mia schiava» disse Shadye. Gongolava, tronfio per la sua vittoria. «Il tuo talento unico verrà piegato al mio volere. Diventerai una negromante ma sarai sempre mia, non sarai mai talmente potente da usurparmi il posto».

Emily rabbrividì, ricordando il processore magico. Forse non sarebbe stato immediatamente realizzabile, ma gli amici di Aloha stavano facendo progressi e, almeno in teoria, sarebbe stato in grado di elaborare grandi quantità di mana senza andare in tilt. E poi c'era la possibilità di riprodurre la scissione degli atomi. Se qualcuno fosse riuscito a costruire una bomba atomica usando la magia, avrebbe potuto devastare il mondo.

Le venne in mente che avrebbe potuto provare a incoraggiare Shadye a costruirne una, nella speranza che si sarebbe accidentalmente fatto esplodere durante i test, ma il piano avrebbe potuto fallire. Se lei avesse avuto il controllo su un altro mago si sarebbe assicurata che non potesse agire, direttamente o indirettamente, contro di lei. Doveva immaginare che Shadye sarebbe stato altrettanto prudente.

Shadye si passò la fiala da una mano all'altra, schernendo la ragazza. «In ginocchio» sibilò. «Mostra il dovuto rispetto al tuo maestro».

Emily lottò disperatamente per non obbedire, ma sapeva che era inutile. Cadde sulle ginocchia, chinandosi sempre più finché la testa non toccò il pavimento in totale prostrazione. Shadye fece un passo avanti e le mise un piede sulla nuca; Emily si preparò a essere spinta a terra, ma lui si allontanò. A ogni modo, muoversi le era impossibile.

Sentì l'odore degli orchi che si avvicinavano da dietro; videro Malefico e lo afferrarono. Il mago oscuro, immobilizzato com'era, non riuscì a scappare. Lo portarono via verso una destinazione sconosciuta. Emily sospettava che avrebbe trovato la morte sul tavolo sacrificale.

«Alzati» ordinò Shadye.

Il corpo di Emily obbedì, nonostante i tentativi di sfuggire al controllo. Doveva pur esserci un modo per contrastarlo, altrimenti chiunque avesse inventato la magia con il sangue adesso si sarebbe ritrovato a comandare il mondo. "Ma forse è davvero al comando" pensò cercando disperatamente di distrarsi. Dopotutto, Alessa aveva parlato di linee di sangue e, secondo i libri, c'erano altre famiglie reali dotate di poteri magici. Alcune di esse erano persino più strane della famiglia di Alessa.

«Seguimi» disse Shadye.

La condusse giù per una rampa di scale e passarono oltre una pila di corpi, sia umani che mostruosi. I difensori avevano venduto le loro vite a caro prezzo, finendo ammazzati. Gli occhi di Emily si riempirono di lacrime al ricordo delle immagini della scuola distrutta che l'avevano manipolata, immagini che Shadye aveva reso reali.

Vide il cadavere di un ragazzo del quinto anno che conosceva vagamente. Avrebbe avuto i conati di vomito, se solo il potere esercitato da Shadye non gliel'avesse impedito.

"Niente panico" si ripeté. "Analizza il problema, trova l'incantesimo giusto e combatti".

Nulla da fare, ogni tentativo era vano.

Mentre procedevano lungo il corridoio, Emily vide che la sala da pranzo era rimasta quasi intatta. Shadye l'aveva trasformata in un campo di prigionia: c'erano una dozzina di studenti e un paio di insegnanti tenuti in catene e sorvegliati da una manciata di orchi. I prigionieri non sembravano opporre resistenza, ma gli orchi li avevano comunque pestati brutalmente. Le catene erano a prova di magia, fuggire era impossibile.

E uno degli insegnanti feriti era il sergente Harkin.

Capitolo XLVI

«Sacrificherai uno dei prigionieri» disse Shadye. La sua voce sibilante irruppe nei pensieri di Emily, che era in preda al panico. «Il suo potere si sommerà al tuo».

Emily fissò Harkin, impotente. Neanche l'idea ripugnante di uccidere un uomo che rispettava e ammirava bastava a spezzare le catene con cui Shadye aveva reso schiava la sua mente. Sentiva che, se avesse avuto un assaggio del potere negromantico, poi non sarebbe più riuscita a farne a meno. I negromanti erano letteralmente assuefatti all'ondata di potere da cui venivano investiti mentre uccidevano le loro vittime.

Il sergente era stato pestato a sangue. Aveva un braccio rotto, ma l'unico occhio rimasto visibile era vigile e attento. Emily pensò di leggere in lui comprensione, persino perdono, prima che alzasse lo sguardo verso il negromante. Harkin non sembrava intimidito da Shadye, nonostante fosse abbastanza potente da ridurlo in cenere con un unico gesto. O forse il sergente era solo molto bravo a controllare le proprie reazioni.

Shadye si avvicinò ulteriormente ed Emily non riuscì a indietreggiare nemmeno quando lui infilò la mano nella tunica e ne estrasse un coltello di pietra con inquietanti rune nere scolpite sulla lama. Quando Shadye le porse l'arma Emily allungò involontariamente la mano. Non importava quanto cercasse di ribellarsi, avrebbe preso quel coltello. Nell'agguantare l'impugnatura, percepì che l'arma era malvagia, del tutto ripugnante. Non era un coltello qualunque, era stato creato appositamente per la negromanzia. Gli incantesimi sulla lama aiutavano a trasferire il mana dalla vittima al negromante.

«Scegline uno» ordinò Shadye tornando a scrutare i prigionieri. «Scegli chi uccidere; tutti gli altri vivranno».

Emily riuscì a parlare. «Li lascerai vivere?» domandò.

«Non li ucciderò» rispose Shadye, guardandola. «Giuro sul mio potere che li libererò nella foresta e potranno tornare nelle Terre Alleate».

Emily raggelò. Shadye aveva giurato sapendo che, una volta contaminata dalla negromanzia, sarebbe stata lei stessa a volerli uccidere. E anche se non li avesse uccisi, per raggiungere la Tana del Drago – per non parlare dei territori più a nord – avrebbero dovuto attraversare intere aree infestate da mostri. Sarebbero morti in ogni caso, senza che lui dovesse violare il giuramento.

Le venne un'idea. Avrebbe potuto raccontargli delle fate rompendo così il suo giuramento, e morire per ciò . Immaginava che non le avrebbe permesso di uccidersi senza realizzare, se non quando ormai era troppo tardi, che lei aveva fatto un giuramento vincolante. E che poi sarebbe stato privato dei suoi servizi…

Aprì la bocca per raccontare, ma poi esitò. Il suicidio avrebbe messo fine a ogni cosa. Neanche adesso riusciva a fare l'ultimo passo.

«Scegline uno» ripeté Shadye. Sembrava… impaziente. E pensare che aveva atteso con calma che lei andasse a dormire per manipolarle la mente. «Scegline uno e gli altri vivranno».

Emily sentì la mano tremare nel punto esatto in cui afferrò l'elsa, ma la mano non si mosse. Shadye non sembrava volerla usare come una marionetta per uccidere uno dei prigionieri. La cosa la lasciò perplessa, poi realizzò che la negromanzia era un'arte profondamente personale. Se non avesse scelto lei, di sua spontanea volontà, di uccidere il prigioniero, il rituale non avrebbe funzionato.

E chi sapeva ciò che sarebbe successo dopo? Forse sarebbe stato Shadye a prosciugare il potere, dato che si era servito del corpo di lei come arma, o forse sarebbe semplicemente svanito nel nulla.

Sentì delle calde lacrime bruciare agli angoli degli occhi. Come si poteva fare una scelta del genere?

"Ecco cosa definisce un negromante" le bisbigliò una voce in fondo alla mente. "Decidere di mettere se stessi al primo posto, di considerare gli altri niente di più che fonti di potere o oggetti con cui giocare a piacimento. La negromanzia è un'arte profondamente egoistica".

«Se non scegli subito chi sacrificare, uno dei prigionieri morirà. Poi toccherà a un altro e a un altro ancora, fino a che non rimarrà più nessuno».

Emily tentennò. Sacrificare una vita per salvare tutte le altre. Shadye sembrava averla messa in una posizione per cui uccidere una sola persona sembrava una scelta etica, pur sapendo che compierla l'avrebbe macchiata per sempre. Eppure non aveva alternativa. Non poteva combattere, non poteva scappare… non c'era niente che potesse fare.

Il sergente Harkin si mosse e le catene tintinnarono. «Sacrifica me» disse. Emily percepiva il dolore nella sua voce, ma in qualche modo era riuscito a esprimersi con chiarezza. «È un piccolo prezzo da pagare per permettere agli altri di andar via».

«Silenzio!» urlò Shadye. Dietro di lui, gli orchi si agitarono rabbiosi. «Deve essere lei a scegliere».

Harkin sorrise, con il sangue che gli colava dalla bocca. «Non c'è alternativa». Si voltò per incontrare gli occhi di Emily. «Senza cure mediche morirò presto. Gli altri hanno ancora una lunga vita da vivere. E poi, non puoi ricevere più mana se il sacrificio è volontario?».

Shadye esitò. «Ti offri volontariamente alla lama per salvare queste inutili vite?».

«Nessuno è inutile!» ringhiò Harkin. «Ma immagino che un negromante non possa capire il concetto di abnegazione. Daresti una mano o una pacca sulla spalla a qualcuno solo per pugnalarlo alla schiena».

«Vuole che tu lo uccida» disse Shadye a Emily. «Uccidilo».

Emily non sapeva che fare. «Ma…».

«Fallo» disse Harkin con rabbia. «Pensi che voglia morire lentamente a causa di queste ferite?».

Poi le sorrise con aria piuttosto stanca. «Non hai altra scelta. Prendi coraggio e accogli il potere».

Emily lo fissò. Il sergente stava provando a dirle qualcosa, ma la sua mente esausta non riusciva a cogliere il messaggio.

Sollevò il pugnale e si domandò se avrebbe potuto affondarlo in Shadye prima che lui potesse fermarla. Ma quando lo guardò, si rese conto che uccidere il suo persecutore non sarebbe bastato. Il suo corpo stava diventando un abominio potenzialmente più terribile delle antiche fate, un essere che risucchiava forza vitale e che sarebbe morto solo dopo aver estinto tutti gli altri. Avrebbe provato a sacrificare animali, una volta esaurite le riserve umane, ma poi avrebbe finito anche quelli…

Impotente, si fece avanti e puntò il coltello al cuore del sergente. Da vicino, poteva percepire l'energia vitale che ardeva attraverso il suo corpo e capì istintivamente dove avrebbe dovuto tagliare per drenare il mana, seguito dall'energia vitale che teneva in vita l'uomo. Sembrava non ci fosse modo di prosciugarlo lentamente, di dargli la possibilità di riprendersi tra una sessione e l'altra, o di prendere il suo potere senza ucciderlo. Sarebbe stata una benedizione. Se i negromanti avessero trovato come sacrificare le persone parzialmente, estraendone così energia all'infinito, niente li avrebbe più fermati.

«Fallo» sussurrò Harkin.

«Prima il mana» ordinò Shadye. «Poi potrai prendergli l'anima».

Emily chiuse gli occhi e conficcò la lama, che affondò nel petto come se il sergente fosse fatto di burro. Pareva che il coltello avesse una mente e fosse desideroso di uccidere. L'arma le si mosse freneticamente in mano, ma del mana nessuna traccia. Sembrava non stesse succedendo nulla.

«Cosa?» chiese Shadye. L'incantesimo che controllava Emily si stava indebolendo; il negromante fissò Harkin, sconvolto. «Che cosa sei…? Un Mimo?».

Harkin iniziò a ridere e Shadye perse anche l'ultimo briciolo di potere sulla ragazza.

Il negromante inciampò all'indietro.

«Non hai mai pensato di chiedere» disse Harkin tossendo sangue. «Non sono mai stato un mago. Nel mio corpo non c'è mana».

Emily lo guardò a bocca aperta, realizzando di non aver mai visto Harkin usare la magia. Era sempre stato il sergente Miles… Adesso che ci pensava, Harkin non si era mai definito stregone combattente o mago. E si era offerto al sacrificio perché sapeva che non avrebbe funzionato.

Emily si girò di scatto e focalizzò la propria attenzione sulla fialetta che Shadye teneva in mano. Il sergente si era sacrificato per darle una possibilità e non aveva intenzione di sprecarla. Un attacco diretto non aveva senso ma, se le protezioni di Whitehall non potevano impedire al negromante di manipolarle la mente, allo stesso modo le protezioni di Shadye non potevano spezzare il legame tra lei e il suo sangue.

La fialetta scoppiò nelle mani del negromante, che urlò dal dolore, come se il sangue si fosse trasformato in acido. In realtà, si era tagliato con i frammenti di vetro.

A quel punto Shadye eseguì una complicata sequenza di gesti, generando un'esplosione di fuoco che bruciò i capelli di Emily mentre si gettava a terra.

«Scappa!» urlò Harkin. «Vai!».

Emily corse verso una porta che si chiuse subito, ma non così velocemente da vietarle di fuggire lungo il corridoio. Shadye era ferito e non riusciva a concentrarsi abbastanza da manipolare il castello e bloccare la fuga. Ma questo non gli avrebbe comunque impedito di torturare i prigionieri, se avesse trovato un modo per rompere il suo giuramento.

La fuga senza meta lungo il corridoio era accompagnata da grida. Sembrava non esserci un posto in cui andare o alcuna possibilità di chiedere aiuto. Il Gran Maestro si era asserragliato in un alloggio impenetrabile nel tentativo di salvare almeno qualcosa di Whitehall dalle grinfie di Shadye.

Emily pensava disperatamente a quale arma avrebbe potuto usare per annientare il negromante, ma non le veniva in mente nulla di utile.

Emily percepiva Shadye che cercava di imporre la sua volontà sul castello. Sarebbe riuscito presto a trovarla, una volta ottenuto il controllo degli incantesimi di monitoraggio che tenevano d'occhio i giovani studenti. A meno che non fosse riuscita a sottrarsi... ma come?

Forse avrebbe potuto smantellare gli incantesimi grazie al suo presunto talento, ma dubitava di potercela fare in tempo. E se Shadye avesse capito su quale incantesimo stava lavorando l'avrebbe individuata subito.

"Gli incantesimi di invisibilità" pensò. I sergenti, o più precisamente il sergente Miles, le avevano insegnato alcuni incantesimi utili per nascondersi. Non sempre funzionavano nel caso di avversari inumani, ma non aveva nulla da perdere. Le avevano anche raccomandato di non usarli all'interno di Whitehall, ma era sicura che quel divieto non fosse più in vigore. Gli incantesimi si attivarono con successo.

Emily sentì di potersi rilassare un po' prima di raggiungere la fine del corridoio.

Il corridoio però era sparito.

Emily fissò la parete di pietra in preda all'angoscia più totale. Era possibile che Shadye non sapesse con esattezza dove si trovava – ammesso che gli incantesimi stessero funzionando e non le stessero dando un falso senso di sicurezza – ma avesse chiuso ogni ipotetica via di fuga.

O forse no?

Osservando il punto in cui la parete incontrava il pavimento, Emily notò una fessura appena sufficiente a ospitare un piccolo roditore. L'idea le balenò ancor prima che potesse rifletterci meglio; l'auto-trasfigurazione era incredibilmente pericolosa, ma lo era anche finire prigioniera di un negromante fuori di sé dalla rabbia. Se l'avesse catturata di nuovo, stavolta le avrebbe di sicuro stravolto il cervello. Sarebbe stata la fine di ogni speranza... o resistenza.

Non appena lanciò l'incantesimo, il mondo prese a girare e a farsi sempre più grande. Un flusso improvviso di nuove sensazioni le inondò la mente ed Emily cercò di ricordare a se stessa che era un'umana. Il ratto aveva un olfatto più sviluppato e una vista più acuta di quanto credesse possibile, ma la capacità di ragionamento era davvero limitata. Voleva solo andare a caccia del formaggio che fiutava in lontananza; il suo cervello non contemplava nessuna esigenza prettamente umana...

Emily si forzò a proseguire e a infilarsi nel buco. Per un ratto era normale introdursi in tunnel claustrofobici e addentrarsi in profondità, nonostante gli strani barlumi di magia che percorrevano il castello. Emily, però, trovò quell'esperienza terrificante e non osò cedere il comando alla mente animale. Era possibile che, se avesse scordato la propria natura umana, si sarebbe persa del tutto, convincendosi di essere un ratto. La povera Scopetta era rimasta traumatizzata perché la sua compagna di stanza aveva dimenticato di includere le protezioni nell'incantesimo. Emily non aveva avuto il tempo di proteggersi dalla mente da ratto. Adesso era parte di lei.

Andando sempre più in profondità, non c'era traccia di altri animali o insetti, cosa che la preoccupò. Ogni grande struttura dovrebbe essere infestata da ratti, topi, insetti o scarafaggi, ma Whitehall ne sembrava immune. Qualcuno aveva usato la magia per creare la perfetta trappola per topi, o le stava forse sfuggendo qualcosa di evidente?

E se ci fossero state persone che dopo la trasfigurazione avevano perso coscienza di sé? Poteva darsi che a guardia dei livelli inferiori del castello si trovassero rane e ratti che un tempo erano stati umani.

"O forse CT li mangia" pensò. "O magari li danno in pasto alle creature dello zoo".

Quando il ratto raggiunse il livello più basso del castello, Emily avvertì la magia crepitare nell'aria. Si guardò attorno, sforzandosi di tenere sotto controllo il corpo dell'animale mentre lei cercava di capire se fosse sicuro riprendere le sembianze umane. La percezione distorta del topo rendeva difficile, se non impossibile, esserne certi. Il ratto non vedeva niente di sbagliato in un passaggio poco più alto di dieci centimetri, ma Emily sapeva che sarebbe morta all'istante se fosse tornata in uno spazio troppo piccolo per contenerla. Shadye avrebbe probabilmente percepito la sua morte e avrebbe deciso che anche quello faceva parte del suo piano.

Alla fine, Emily riuscì a trovare un passaggio grande abbastanza da poter accogliere un essere umano. Il cervello del ratto provò a ribellarsi quando l'incantesimo ebbe inizio, o per istinto di sopravvivenza, o perché in grado di sentire il puzzo degli orchi animati da cattive intenzioni. Senza dubbio gli orchi mangiavano ratti a colazione… Emily per poco non si strozzò al pensiero, mentre l'incantesimo la riportava alla sua forma umana. A trasformazione avvenuta, cadde di peso contro la parete, riuscendo a stento a tenersi in piedi. La testa le girava nel tentativo di adattarsi al cambiamento repentino, anche se i pensieri animaleschi erano svaniti nel nulla.

Ma i sensi del ratto erano migliori di quelli umani e, ora che era tornata nel suo corpo, le pareva di vederci male.

Le ci volle un momento per riprendersi. Poi, rinunciando a camminare eretta, inciampò lungo il corridoio procedendo a quattro zampe.

"Idiota" si disse quando realizzò cosa stava facendo. Le veniva naturale muoversi come un ratto. Non c'era da stupirsi che Scopetta avesse subito gravi danni, sebbene una scopa non avesse una mente che potesse interferire con i pensieri umani. Forse aveva solo immaginato che l'avesse…

Scosse la testa quando sentì gli orchi grugnire al di là di una pesante porta di pietra, quella in cui si era infilata a forza mentre Shadye la comandava. A una rapida occhiata contò non meno di cinque orchi, tutti pesantemente armati. Prese di nuovo in considerazione l'illusione del Mimo, ma dubitava che si sarebbero lasciati ingannare per la seconda volta… Di certo, il Mimo dello zoo poteva essere stato rilasciato da loro e reso libero di pasteggiare con orchi ignari e studenti in fuga.

Emily si spinse invece nell'oscurità, dove creò l'illusione di correre dietro l'angolo e fermarsi alla vista degli orchi. Le creature ululorono e le diedero la caccia, pensando alle ricompense offerte da Shadye in cambio di prigionieri vivi.

Rimase lì a guardarli e poi svoltò l'angolo, imbattendosi in una piccola creatura simile a un goblin che sibilò parole in una lingua che lei non comprendeva.

«Scusa» bisbigliò, mentre il mostriciattolo le andava incontro con una spada in una mano e delle manette nell'altra. Colpì la creatura con un incantesimo cinetico e la scagliò addosso al muro lungo il corridoio a una velocità terrificante, schiacciandola. Fino a qualche giorno prima, anche se sembravano passati anni, fare una cosa del genere l'avrebbe infastidita. Ora era solo un modo per raggiungere lo snodo.

Dietro di lei si levò un ruggito furioso quando gli orchi si resero conto di essere stati ingannati. Tornarono alla carica verso la porta. A Emily scappò un sorriso; Shadye non era troppo propenso a perdonare gli errori altrui, soprattutto se si trattava di orchi subumani. Era improbabile che il negromante onorasse le promesse fatte e loro erano abbastanza pazzi da ucciderla piuttosto che cercare di prenderla viva.

Colta dalla disperazione, Emily improvvisò un incantesimo raccogliendo aria e stipandola in uno spazio molto piccolo. Gli orchi se ne accorsero solo nel momento in cui Emily si mise al riparo e rilasciò l'incantesimo: l'aria compressa venne fuori come una piccola esplosione. Ci fu un boato che le fece male alle orecchie nonostante le avesse protette con le mani.

Quando guardò indietro, vide gli orchi a terra che urlavano dal dolore. Le loro orecchie enormi avevano risentito del forte rumore.

Facendosi forza, Emily premette la mano contro la porta e provò ad aprirla. La stanza era protetta da una serie di potenti incantesimi, ognuno in grado di uccidere chiunque volesse accedervi senza il permesso del Gran Maestro. Era troppo tardi per ripensarci, quindi immerse la mente negli incantesimi e tentò rapidamente di districarli prima che potessero ucciderla. Una volta finito di sbloccare l'ultimo incantesimo, venne colpita dall'ironia della situazione. Se prima Shadye non l'avesse controllata, sarebbe stato più facile raggiungere lo snodo. Il Gran Maestro non avrebbe tentato di metterlo al sicuro da lei.

La porta si aprì ed Emily entrò, pronta ad affrontare altre sorprese. Era improbabile che qualcuno così attento come il Gran Maestro si affidasse a un'unica linea difensiva…

Ma non aveva scelta. C'era un solo modo per vincere, ma le serviva energia.

E l'unica fonte di energia era lo snodo.

CAPITOLO XLVII

NON APPENA SI trovò dentro la stanza, lo snodo emerse davanti ai suoi occhi.

All'improvviso si sentì piccola, terrorizzata.

C'era energia tutt'intorno, che andava sia verso l'alto nella scuola sia verso il basso alle linee geomantiche. Ce n'era così tanta da poter trasformare i comuni mortali in dèi. La stanza era immensa, come un'enorme cattedrale che arrivava dritta in paradiso. Emily udì un suono simile al battito di un cuore gigante, il suono dell'energia che girava attorno alle linee geomantiche e riecheggiava. Le ricordava il posto in cui l'aveva portata Shadye durante il suo primo giorno in quel mondo. Aveva pianificato di sacrificarla per i propri fini.

"Forse Void ha commesso un errore" pensò mentre guardava i pilastri di cristallo che si ergevano verso l'infinito. "Se mi avesse uccisa, il Temibile avrebbe saputo che non ero una Figlia del Destino e si sarebbe rivoltato contro di lui. Shadye è stato salvato da Void e nemmeno lo sa!".

Quel pensiero non era consolante.

Si avvicinò al pilastro più vicino, chiedendosi se fosse fuori di testa. Se estrarre una quantità relativamente piccola di mana dal corpo di un mago era sufficiente a far impazzire qualcuno, chissà che sarebbe successo se avesse attinto alla vasta sorgente di energia che era lì di fronte a lei! L'utilizzo di cristalli incantati per controllare il flusso diretto serviva a evitare che qualcuno dovesse estrarre l'energia direttamente. Era facile immaginare cosa sarebbe potuto andare storto.

"Potrei far scoppiare le linee geomantiche" pensò mentre osservava il pilastro. Persino accostando la mano alla struttura riusciva a percepire l'energia propagarsi attraverso di essa. "La scuola verrebbe distrutta".

La sola idea la fece rabbrividire. Nessuno in quel mondo, a parte lei, aveva una conoscenza tale da figurarsi ciò che sarebbe potuto accadere. La Tana del Drago, distante sedici chilometri, sarebbe stata devastata dall'esplosione; sarebbe stata certamente invasa da orde di negromanti che avrebbero oltrepassato senza difficoltà le montagne. Tutto questo se la deflagrazione fosse stata relativamente piccola.

Cosa sarebbe avvenuto se, invece, fosse stata così potente da distruggere il mondo intero?

Il sergente Harkin si era fidato di lei. Aveva dato la vita per permetterle di fuggire, di andare incontro a un destino che non era sicura avrebbe avuto. Secondo i libri, una Figlia del Destino avrebbe saputo come agire in ogni circostanza, ma lei non aveva davvero idea di che fare. Avrebbe dovuto rischiare di fondere la sua mente con l'energia, sapendo che anche una piccola quantità avrebbe potuto ridurle il cervello in frantumi? O avrebbe dovuto provare a destabilizzarla, correndo il pericolo di distruggere tutto nel raggio di chilometri? O avrebbe dovuto azzardare, nella speranza che il suo piano originale funzionasse?

Preparandosi meglio che poteva, premette le dita contro il cristallo. Sentì subito l'energia intensificarsi, come se le stesse già scorrendo in corpo. Si allontanò in fretta, troppo tardi per impedire che una piccola quantità si radicasse nella sua mente.

Anche dopo aver interrotto il contatto, sentiva ancora la scuola tutt'attorno a lei. Il TARDIS non era nemmeno lontanamente complicato quanto la struttura interna di Whitehall. Percepì Shadye che si dirigeva senza fretta verso lo snodo e il Gran Maestro che teneva al sicuro studenti e insegnanti in una zona sigillata dell'istituto. Quest'ultima era circondata da centinaia di dimensioni a incastro, tutte accatastate l'una sull'altra.

Non sapeva esattamente cosa stesse vedendo, ma si allontanò non appena avvertì l'improvvisa agitazione di Shadye: sapeva ciò che aveva fatto e la stava raggiungendo per fermarla.

"Non che abbia molta scelta" pensava insistentemente la parte tattica della sua mente. 'Con un po' di tempo, potrei rivoltargli la scuola contro. Dovrebbe bloccarmi ora oppure scappare".

Emily accantonò quei pensieri e iniziò a concentrarsi. L'energia attinta dalle linee geomantiche non l'avrebbe resa tanto potente quanto Shadye – ne dubitava, a meno che non fosse stata disposta a perdere il senno – ma sarebbe bastata a tenerlo occupato finché non fosse riuscita a condurlo nel punto giusto. Almeno, lì nello snodo, sarebbe stato più facile che nella scuola. Magari Shadye avrebbe provato a prendersi tutta l'energia dello snodo ma, se non si sbagliava, il semplice contatto con essa sarebbe stato eccessivo da sopportare. Si sarebbe convinto di poterla domare, finendo per fondersi il cervello.

La porta esplose verso l'interno con un fragore. Shadye entrò nella stanza, alzando una mano in posizione difensiva. Era solo, anche se Emily poteva sentire la presenza di orchi e goblin nell'anticamera. Era chiaro che Shadye non volesse spettatori o distrazioni.

O forse temeva che i suoi servi tentassero un colpo di mano?

Erano umani, prima che le fate iniziassero a giocare con i loro geni. Emily sarebbe stata sorpresa se si fossero fidati di Shadye più di quanto non volessero eliminarlo.

E da orchi avrebbero potuto eliminarlo facilmente.

Il negromante si fermò sulla soglia, come se non osasse andare oltre. Di umano ormai non aveva più nulla; gli unici particolari a renderlo vagamente umanoide erano gli abiti.

I sensi potenziati di Emily scorsero l'energia avvolgerlo, cosa non del tutto visibile a occhio nudo. In qualche modo, le ricordò CT che si era fatto crescere a comando dei tentacoli aggiuntivi.

«Hai sbloccato l'energia» disse Shadye. Emily non capiva se fosse serio o se stesse giocando con la sua mente. «Fatti da parte e lascia che compia il mio destino».

«Non credo sia un'ottima idea» disse Emily pacatamente. Con il senno di poi, avrebbe dovuto studiare recitazione, ma anche ingegneria, chimica e tante altre materie che l'avrebbero preparata al nuovo mondo. Le costò una fatica immane apparire sicura di sé di fronte al negromante ormai furioso. «Il tuo destino non si trova qui».

«Il mio destino si trova esattamente dove dico io». Non si era ancora mosso, il che la rincuorava. «Spostati».

Emily sorrise. «Come puoi dire di decidere del tuo destino e allo stesso tempo chiamare me Figlia del Destino?».

«Tu sei una Figlia del Destino» insistette Shadye. «Sei qui per cambiare il mondo. E cambierà, per mano mia».

Sembrava avesse rinunciato a convertirla alla negromanzia. O forse aveva solo accantonato momentaneamente l'idea.

Emily lo studiò, lasciandosi spuntare in volto lo stesso sorriso che faceva perdere le staffe al suo patrigno quando era piccola, e rimase a vedere come avrebbe reagito. Shadye avrebbe potuto scegliere di scagliarsi contro di lei con tutto il suo potere, ma non c'era modo di sapere cosa sarebbe successo se avessero duellato all'interno dello snodo. Magari avrebbero finito per sovraccaricarlo, facendo esplodere accidentalmente le linee geomantiche. Ancora una volta, le possibilità erano infinite.

«Il tuo destino è di morire qui» disse Emily. Formulò un incantesimo nella mente e lo lasciò pronto all'uso. «Quindi, muori».

Lanciò l'incantesimo, trasformando l'aria attorno a lui in fumo letale. Per una frazione di secondo Shadye non vide più nulla.

Non gli ci sarebbe voluto molto per diradare il fumo, ma la cosa diede il tempo a Emily di lanciare un secondo incantesimo. Nella stanza comparvero una decina di copie di se stessa, tutte pronte a combattere. Fluiva così tanta energia dallo snodo, che sarebbe stato difficile individuare la vera Emily.

Il fumo svanì. Shadye si fermò, sollevando di nuovo una mano, e rilasciò una tempesta di incantesimi verso Emily e i suoi doppioni.

Emily fece un balzo per non venire colpita e pregava che Shadye non riuscisse a eliminare tutte le copie prima che fosse pronta con un nuovo trucco.

Shadye pareva sul punto di perdere completamente il controllo mentre si accaniva con rabbia contro uno dei doppioni. Un lampo abbastanza potente da oltrepassare i muri di pietra si abbatté su una delle colonne di cristallo e venne assorbito come nulla fosse dallo snodo.

Emily impallidì. Avrebbe potuto far esplodere mezzo paese!

Shadye gridò dalla rabbia e colpì di nuovo la colonna, ma non accadde nulla.

Approfittando della sua distrazione, Emily creò altri sosia e lanciò una valanga di scherzi pratici alle spalle del negromante. Esercitandosi con Alessa aveva scoperto che l'incantesimo del prurito era sorprendentemente difficile da bloccare, persino per un mago esperto.

Shadye si girò di scatto e scatenò una tale esplosione di fuoco contro un sosia, che l'illusione scoppiò come una bolla di sapone.

Emily balzò dietro a uno dei pilastri e si trovò davanti dei tentacoli neri sbucati fuori dal nulla. Uno di questi la prese per una gamba, sollevandola, e la trascinò da Shadye. I suoi occhi rossi brillavano mentre gli si avvicinava; con una mano impugnava il coltello dalla lama di pietra.

"Dev'essere a corto di energia" pensò disperata. "Se vuole prosciugarmi, deve essere proprio a corto di energia…".

Guardò nell'ombra e generò un fascio di luce; l'ombra si spezzò, fondendosi con l'oscurità. Ma era troppo tardi; una mano a forma di artiglio la afferrò, tirandola fino a che non incontrò gli occhi rossi e luminosi del negromante.

Shadye sollevò il coltello con fare minaccioso, sembrava pronto a conficcarlo nel petto della ragazza.

A Emily venne il panico. Dal suo corpo fuoriuscì dell'energia, ma senza una precisa direzione, cosa che costrinse Shadye ad assumere una posizione difensiva. Emily formulò rapidamente un incantesimo per liberarsi dalla presa e puntò al braccio di Shadye. L'arto si disintegrò ed Emily cadde a terra.

Mentre la ragazza cadeva, Shadye provò a colpirla, ma la lama mancò l'obiettivo. Emily sapeva esattamente cosa sarebbe successo se fosse riuscito a prenderle altro sangue.

Shadye lanciò una maledizione in una lingua che l'incantesimo di traduzione si rifiutò di decifrarle e convocò altri mostri oscuri ad affiancarlo.

Emily si voltò e corse via. Mentre cercava disperatamente di generare una sfera di luce, le creature cominciarono a inseguirla. Shadye spense la prima sfera e le ombre piombarono su di lei senza che avesse il tempo per produrne una seconda. Una figura mostruosa dall'aspetto stranamente familiare la afferrò così forte da farla piangere dal dolore. Provò disperatamente a concentrarsi sul pensiero di una lama, che usò per scagliarsi contro le ombre. Queste si ritrassero, dandole appena il tempo necessario per liberarsi.

«Non si può sfuggire alle ombre viventi» la informò Shadye. Era strano, ma adesso sembrava più calmo; forse credeva di avere la vittoria in pugno. «Non puoi combattere contro un'ombra».

Emily si rese conto che aveva ragione. I fasci luminosi simili a laser riuscivano a dissolverle, ma le ombre si riformavano a una velocità terrificante; i lampi le scacciavano, ma queste tornavano non appena la luce svaniva. Emily provò a generare delle sfere di luce permanente, ma Shadye le eliminò una dopo l'altra.

Poi le creature dell'ombra la catturarono di nuovo, facendola cadere a terra.

La camera tremò mentre Shadye concretizzava il proprio volere, creando dal nulla un tavolo di pietra. Emily capì cosa fosse quando era troppo tardi. Le ombre la sollevarono per depositarla sulla pietra, spostandosi poi per bloccarle mani e piedi. All'improvviso la sua magia sembrava inutile. La pietra assorbiva ogni sua azione, ma non riusciva a spezzare il legame con gli incantesimi già pronti. Si aggrappò a quel pensiero mentre Shadye si avvicinava al tavolo, con gli occhi rossi che brillavano di un'intensa luce. Solo qualche secondo ancora...

«Se non mi servirai di tua spontanea volontà, verrai riplasmata» la informò Shadye. Alzò nuovamente il pugnale, dirigendolo verso il punto in cui Emily aveva accoltellato il sergente Harkin. Emily sapeva che Shadye non avrebbe avuto problemi a prosciugarla e poi, o si sarebbe nutrito della sua forza vitale, o le avrebbe stravolto il cervello per piegarla al proprio volere. «Farò del Destino il mio servo».

Emily avrebbe voluto ridacchiare mentre rilasciava una manciata di incantesimi, incluso quello che celava la sua sorpresa finale.

Shadye le teneva il coltello puntato sul petto e la scrutava con gli occhi rossi, come in attesa che capitolasse al cospetto della negromanzia. Poi su di loro iniziò a soffiare un forte vento che gli strappò il coltello di mano facendolo volare per aria e poi svanire nel nulla. Shadye cercò di capire dove fosse finito e nel frattempo il vento aumentava sempre più, rischiando di trascinarlo via mentre si aggrappava al tavolo. Iniziò a dire qualcosa – Emily ipotizzò volesse chiedere cosa stava succedendo – ma le parole si persero nel rumore della tempesta. Turbinando, Shadye lanciò su Emily una palla di fuoco, che però venne risucchiata dalla violenza del vortice d'aria.

Le ombre che la tenevano bloccata cominciavano a disfarsi. Quando svanirono completamente Emily fu quasi trascinata nella tasca dimensionale assieme a Shadye. Si aggrappò al tavolo, pregando che il negromante lo avesse inchiodato al pavimento, e lottò con tutte le sue forze per non volare via. Shadye intanto cercava un modo per contrastare ciò che stava accadendo. Emily non credeva che Shadye potesse farci niente, ma lui aveva a sua disposizione un immenso potere, ed era disperato.

Per quel che ne sapeva, forse avrebbe potuto annullare gli incantesimi che lei aveva plasmato in modo da creare un buco nero affacciato su un'altra dimensione.

Il buco nero risucchiò la tunica di Shadye rivelando uno spettacolo terribile. Emily guardò altrove. Qualunque cosa stesse diventando, la forma di Shadye non era più quella di un essere umano. Si era ormai trasformato in un orrore spettrale che sembrava uscito da un incubo. E cosa peggiore, pareva che il suo corpo fosse sul punto di frantumarsi.

Mentre lanciava un incantesimo dopo l'altro, i suoi occhi rossi brillavano luminosi. In qualche modo, senza sapere bene contro cosa stesse combattendo, Shadye era riuscito a salvarsi. Emily sarebbe rimasta sorpresa se non l'avesse uccisa sul colpo, dimenticando quanto poteva essergli utile. La magia oscura crepitava attorno all'unico artiglio rimastogli; i suoi occhi luccicavano di odio e malvagità.

Non era però stato in grado di fermare del tutto il buco nero, aveva solo messo entrambi al riparo. Il che le diede speranza.

«Morirai» urlò Shadye con voce incrinata. Emily non era neanche più sicura che il negromante avesse una bocca. All'interno del cappuccio strisciavano cose non meglio identificate. Shadye stava usando quasi tutta la sua magia per mantenere stabili le protezioni ed evitare il buco nero. «Figlia del Destino o no, morirai!».

Emily iniziò a ridere, cominciando finalmente a capire quel che si prova di fronte all'ineluttabilità della morte. «Ti sbagli» disse tenendosi ancora ben salda al tavolo. «Ti sei sbagliato fin dal principio. Destiny è il secondo nome di mia madre».

Shadye la fissò. Ci mise un po' a elaborare ciò che aveva udito e quanto si fosse sbagliato su tutto. Nel momento in cui realizzò appieno cos'era accaduto, perse il controllo.

L'attrazione gravitazionale si riaffermò. Emily si aggrappò al tavolo, sentendolo tremare sotto di lei, mentre Shadye volava all'indietro finendo contro il buco nero. Per un attimo, sembrò che il negromante fosse troppo grande per quella minuscola unità… poi il suo corpo si contorse e svanì nel nulla.

Emily agì in fretta per annullare gli incantesimi che avevano originato il buco nero; questo, assieme alla tasca dimensionale a cui conduceva, cessò semplicemente di esistere, portando Shadye con sé.

Emily rotolò giù dal tavolo e collassò sul pavimento, sfinita. Era come se nella scuola non ci fosse nessun altro, come se fosse l'unica sopravvissuta. Non percepiva più la presenza del Gran Maestro ed era troppo stordita per provare a capire se fosse morto o se la percezione amplificata della scuola che le era stata concessa fosse scomparsa, assieme all'energia usata per creare il buco nero. La testa le girava terribilmente e si sentiva sull'orlo del delirio.

Quando sollevò lo sguardo le parve di vedere un uomo alto in abiti monacali. Portava con sé un grande libro e la fissava, ma il tempo di battere gli occhi e di lui non c'era più traccia.

Con cautela, Emily si alzò in piedi e barcollò verso la porta, che si aprì da sola e rivelò una dozzina di orchi stesi a terra: erano tutti morti. I loro corpi avevano qualcosa di strano, qualcosa che avrebbe dovuto notare subito ma che le era sfuggito. Emily inciampò in preda allo stordimento e sarebbe caduta, se qualcuno non l'avesse afferrata per il braccio. Un ragazzo alto con i capelli scuri la guardò con un'espressione indecifrabile.

Dopo un lungo momento, la adagiò dolcemente a terra e andò via. Emily si voltò appena in tempo per vederlo svanire, inghiottito dalle ombre.

L'intero edificio sembrava tremare all'impazzata mentre il Gran Maestro cercava di riprendere il controllo delle dimensioni interne. Emily sorrise nel percepire la sua volontà che agiva attraverso l'edificio, isolando i mostri che Shadye aveva usato per invadere la scuola. Si sdraiò, troppo stanca per continuare. La testa le girò e perse i sensi…

La prima cosa che vide dopo essersi ripresa furono i volti preoccupati che la fissavano.

«Riposa» disse una voce calma. Sembrava il Gran Maestro, ma non ne era sicura. «È tutto finito».

«Dobbiamo rimpiazzare le protezioni» disse un'altra voce. Emily sentì la testa girare; le protezioni erano crollate per la sua natura unica. Era stata esclusivamente colpa sua. Quante persone erano morte a causa sua?

Provò a parlare nonostante la testa le facesse molto male. «Gran Maestro?».

«Sì» rispose lui. «Adesso riposa».

Qualcosa le sfiorò il capo ed Emily sprofondò nel buio.

Capitolo XLVIII

Emily aprì gli occhi molto lentamente.

Si sentiva strana, come se il suo corpo pesasse meno dell'aria. Pensò di stare sognando, o forse aveva avuto un incidente e aveva immaginato tutto, dal rapimento alla morte di Shadye…

Poi alzò lo sguardo. Sopra di lei aleggiava una sfera di luce. Accanto al letto sedeva il Gran Maestro, che la guardava preoccupato.

Non era stato un sogno.

«Bentornata» disse l'uomo. La stava osservando con attenzione, un'espressione sul viso che le era stranamente familiare. Le ci volle un momento per realizzare che aveva già visto quell'atteggiamento in un uomo che era intento a studiare una nuova forma di vita. «Hai salvato la scuola».

Emily provò a mettersi seduta, senza riuscirci. Era esausta, muoversi era impossibile. «Grazie» disse debolmente. «È… è morto davvero?».

Il Gran Maestro sorrise, ma non con gli occhi. «Volevo farti la stessa domanda. Devo sapere cos'è successo tra te e il negromante prima che lo uccidessi».

Emily esitò. Shadye poteva anche essere un abominio, ma il suo corpo possedeva ancora abbastanza materia perché il buco nero lo sbriciolasse, riducendolo a un punto minuscolo nella tasca dimensionale e verosimilmente cancellandone di fatto l'esistenza. Non riusciva a immaginare nulla in grado di sopravvivere a tanto. Nemmeno il teletrasporto lo avrebbe tirato fuori da lì: incantesimi di quel genere erano inaffidabili nelle tasche dimensionali, specie in quelle create dai maghi. Anche se fosse stato ridotto a un'entità incorporea, Shadye sarebbe stato annientato assieme alla tasca. Era morto, doveva esserlo.

Ma una parte di lei non ci credeva.

«Penso sia morto» disse Emily, alla fine.

Il Gran Maestro la guardò dall'alto e con una mano si accarezzò la barba. «E cosa hai fatto per ucciderlo?».

Emily sapeva che il buco nero da lei generato non era reale, altrimenti avrebbe dovuto affrontare problemi ben peggiori di un negromante furioso. Ma lo aveva considerato come un buco nero e aveva deliberatamente deciso di creare qualcosa con un potente campo gravitazionale che potesse sia risucchiare la materia che comprimerla in uno spazio molto piccolo. Magari si sarebbe rivelata l'arma definitiva contro i negromanti. Ma se avesse introdotto il concetto di campi a gravità variabile, chi poteva dire fino a che punto si sarebbero spinti i maghi più curiosi? Avrebbero potuto creare dei veri buchi neri, mettendo a rischio l'intero pianeta, oppure produrre una nuova, terribile arma. Era preferibile tenere la bocca chiusa.

«Credo sarebbe meglio non dirlo» rispose, dopo una lunga pausa. Il Gran Maestro la guardò storto; era normale che i Figli del Destino fossero enigmatici, ma c'erano dei limiti. «La conoscenza sarebbe troppo pericolosa per questo mondo».

«Potrebbero usarla i negromanti» affermò il Gran Maestro. La sua non era una domanda. «O sei tu stessa una negromante?».

Emily lo fissò dritto negli occhi. «No!».

«Ci sono testimoni che dicono di averti visto uccidere il sergente Harkin per prenderne il mana. A quanto pare Shadye li ha risparmiati, ma non sappiamo il motivo. Cos'è successo?».

«Il sergente sapeva che il rituale sarebbe fallito» disse Emily con amarezza. Non era una negromante, ma capiva perché fosse facile saltare a quella conclusione. E se avesse raccontato cos'era accaduto davvero nello snodo, molto presto tutti avrebbero iniziato a occuparsi di buchi neri, rischiando la catastrofe. «È stato lui a dirmi che fare».

«Quindi l'ha fatto». Il Gran Maestro non le aveva mai staccato gli occhi di dosso. Sicuramente aveva letto tutto nelle menti dei testimoni. «Si è sacrificato per salvare la scuola».

Abbassò lo sguardo, come se provasse vergogna. «Accetto il giudizio di una Figlia del Destino». Sul volto dell'uomo spuntò un sorriso. «O almeno è quello che dirò al Consiglio della Guerra quando mi verrà chiesto di raccontare della sconfitta di Shadye. Temo che su di te cadrà comunque qualche sospetto. Volente o nolente, hai preso parte a un rituale negromantico e potresti essere contaminata».

Emily annuì una sola volta, lentamente. «Cosa ne sarà di me?».

«Verrai tenuta sotto controllo. Abbiamo visto fin troppi studenti venire contaminati e non riuscire a purificarsi se non quando era ormai tardi. Shadye era stato studente a Whitehall prima che il suo interesse per le arti oscure lo inducesse alla negromanzia. Altri invece siamo stati costretti a... fermarli prima che lasciassero la scuola».

Scosse la testa. «Nelle Terre Alleate già girano voci. Hai sconfitto un negromante in un combattimento singolo. O hai dei poteri sovrumani o sei tu stessa una negromante. Nessuna delle due ipotesi è molto rassicurante per chi è al potere».

Emily capiva la loro preoccupazione. I negromanti erano folli, malvagi e pericolosi, e prima o poi non provavano più neanche a nasconderlo. La sola esistenza di qualcuno con poteri più vasti di un qualsiasi mago avrebbe rappresentato una minaccia per lo status quo, a prescindere dalla follia; forse sarebbe stata una minaccia maggiore di un negromante. Non importava che avesse ingannato Shadye, sconfiggendolo con la scienza. Se la verità fosse venuta fuori le conseguenze sarebbero state disastrose.

Emily guardò il Gran Maestro. «Per quanto ho dormito?».

«Quasi due settimane». Aveva taciuto il fatto che alcune persone avevano preso in considerazione l'idea di tagliarle la gola mentre giaceva inerme, ma Emily lo percepì e sussultò interiormente. «È quanto ci hanno messo i Guaritori a strapparti dall'orlo della morte. Whitehall è stata gravemente danneggiata dall'invasione. I terreni circostanti sono stati devastati dall'arrivo degli orchi prima e dalla loro ritirata poi, quando Shadye è stato sconfitto. Per fortuna, siamo riusciti a evacuare la maggior parte degli studenti più giovani prima che cadessero le protezioni, ma abbiamo anche subito gravi perdite. Se dopo Shadye ci avesse attaccato un altro negromante, sarebbe stata la fine.

«Sono riuscito a rimettere in sesto le protezioni principali e le Terre Alleate hanno inviato un grande esercito per difendere la scuola e scacciare gli orchi rimasti, quindi per il momento dovremmo essere al sicuro. Ma la nostra fama di invincibili resterà scalfita per un bel po'».

Emily annuì. Un esercito invasore aveva imperversato nella scuola e costretto i difensori a nascondersi in una sezione serrata dell'edificio multidimensionale. Anche se alla fine il nemico era stato annientato, l'accaduto suggeriva che Whitehall poteva essere vinta. Gli altri negromanti ne avrebbero sicuramente tenuto conto.

«I funerali si terranno tra qualche giorno» disse il Gran Maestro. «Ho pensato che ti farebbe piacere partecipare».

In passato Emily non avrebbe mai preso in considerazione l'idea di andare a un funerale. Le era sempre sembrato un evento privo di senso. Adesso, invece, comprendeva il bisogno di dire addio, di mostrare il proprio rispetto a chi era morto almeno in parte a causa sua. Colei che chiamavano Figlia del Destino era stata responsabile tanto della loro morte quanto della sconfitta definitiva di Shadye. Il destino si era rivelato un'arma a doppio taglio.

Anche George Washington era stato un eroe per gli Stati Uniti, ma un mostro agli occhi dei nativi americani.

Emily respinse quel pensiero, insofferente. Sapeva che Shadye aveva sbagliato l'incantesimo di evocazione; sapeva di non essere una Figlia del Destino, se non in senso letterale. E se avesse iniziato a ritenersi invincibile, avrebbe perso perché avrebbe trascurato qualcosa di importante perché troppo sicura di sé. Doveva evitare che quel successo le desse alla testa.

«Ci sarò» disse esitante. «Quante persone ho ucciso?».

Il Gran Maestro la guardò. «Quando?».

«Shadye... mi ha manipolata» gli rammentò Emily. «Ero una marionetta nelle sue mani e mi ha usato per uccidere delle persone».

I suoi ricordi dell'episodio di sonnambulismo, quando era convinta di combattere i demoni che infestavano la scuola, erano sfocati, ma era sicura di aver tolto di mezzo chiunque avesse cercato di fermarla. Ed era arrivata fino allo snodo, anche se le protezioni l'avevano contrastata molto più di qualsiasi altra cosa si fosse mai trovata davanti. Quanto era stata opera sua e quanto di Shadye?

«Non ti si può considerare responsabile delle tue azioni. Ho conosciuto maghi con maggiore esperienza di te venire… manipolati da qualcuno che si era procurato un campione del loro sangue. Non eri in te».

Emily riuscì a mettersi seduta e lo fissò. «Quante persone ho ucciso?».

«Non hai ucciso nessuno».

Emily tirò un sospiro di sollievo.

«Ma hai immobilizzato Madama Razz e steso sette stregoni combattenti provando a entrare nella stanza dello snodo» aggiunse il Gran Maestro. «Immagino che Shadye non volesse rischiare che, uccidendoli all'istante, capissi subito che qualcosa non andava».

Emily si guardò le mani. «Ho steso sette stregoni combattenti?».

«È stato Shadye, attraverso di te». All'improvviso, Emily si domandò se l'uomo stesse mentendo. Aveva creduto di stare combattendo contro dei demoni. «Non è stata colpa tua e loro lo sanno».

Il Gran Maestro si alzò. «Le tue amiche vorrebbero vederti ora che sei sveglia. Vuoi che le chiami?».

«Non so» ammise Emily. Voleva stare sola, anche se una parte di lei pensava fosse la cosa peggiore da fare. «Hanno… hanno paura di me?».

«Credo che adesso mezza scuola avrà un po' paura di te» rispose il Gran Maestro mestamente. «Ma le tue amiche non ti lasceranno, ti conoscono bene».

"No, non mi conoscono" pensò Emily. Non aveva mai detto da dove veniva o perché la sua morale era così diversa dalla loro. O perché aveva tutte quelle trovate che loro consideravano rivoluzionarie. Inoltre, aveva mentito in più di un'occasione per mantenere i suoi segreti.

«Sì» disse alla fine. Era meglio non stare sola. «Le chiami».

«Un'altra cosa» esitò il Gran Maestro, alquanto imbarazzato. «Hai fatto un patto con la Corte delle Fate».

Emily raggelò, pensando che il giuramento l'avrebbe uccisa all'istante; poi però ricordò che il Gran Maestro aveva carpito quell'informazione frugandole nella mente contro la sua volontà. Non aveva mai neppure considerato di lasciarglielo fare, cosa che probabilmente le aveva salvato la vita. Non era stata colpa sua.

«Capisco perché hai fatto il giuramento e che non hai avuto tempo per riflettere, ma è stato poco saggio». Il Gran Maestro alzò una mano prima che Emily potesse rispondere. «Non dirmi niente, nemmeno adesso. I giuramenti possono essere faccende complicate e questo potrebbe ucciderti. Ma devi capire che le fate non sono umane. Potrebbero chiederti qualcosa che ti costerebbe caro, forse persino la tua umanità».

Emily avrebbe voluto far notare che la razza umana usava le fate come ingredienti per le pozioni ed era quindi difficile biasimarle per voler rimanere nascoste, ma si trattenne. Il Gran Maestro aveva ragione; stringere quel patto era stata una stupidaggine, sebbene non esistessero molte alternative. Non poteva permettere che le Maglie Rosse venissero mangiate dagli orchi, o qualsiasi altra cosa il loro signore oscuro avesse in mente di fare ai prigionieri. Non meritavano di essere abbandonati.

«Se le loro richieste saranno irragionevoli, portale da me e proveremo a… negoziare. Oppure potresti lasciare che il giuramento compia il suo dovere».

"Uccidendomi" pensò Emily sentendosi male.

Il Gran Maestro le porse un inchino. «Grazie per aver salvato la scuola. Spero che i prossimi anni saranno meno eccitanti per te».

L'uomo uscì e la lasciò da sola.

Emily si guardò attorno e notò che qualcuno aveva lasciato dei fiori in un angolo della stanza e qualche bottiglia sul tavolo accanto al letto. Continuava a sentirsi debole, ma riuscì a bere del succo senza versarne sul letto o farlo colare lungo il collo. La bevanda era rinfrescante e la aiutò a rimanere seduta ancora per un po'.

Un attimo dopo la porta si spalancò e Alessa e Imaiqah piombarono nella stanza.

«Sei sveglia» disse Imaiqah. Si fiondò su Emily e la strinse in un abbraccio. «Non smettevano di ripetere che eri sul punto di morire!».

«Mi sentivo proprio in quel modo» ammise Emily, ma non le andava di parlare di ciò che era successo. Shadye non voleva solo ucciderla; voleva corromperla, forzarla ad abbracciare la negromanzia e costringerla a fargli da schiava. Se non fosse stato per il sergente Harkin, sarebbe potuto accadere. «Ma mi sto riprendendo».

Alessa le prese la mano e la strinse forte. «Diventerai ancora più famosa, grazie a lei» disse annuendo a Imaiqah. «I miei genitori insistono che ti inviti a casa per le vacanze. Credo vogliano chiederti qualche favoruccio politico».

Emily non capiva. «Più famosa?».

Imaiqah tirò fuori dalla toga un rotolo di pergamena da quattro soldi. «Ho raccontato a mio padre cos'hai fatto, come hai sconfitto un negromante pur non essendo una negromante, e lui ha scritto di te sui giornali. La notizia si sta diffondendo in tutte le Terre Alleate, ti amano tutti».

Avvertendo uno strano senso di disgrazia imminente, Emily srotolò la pergamena e si ritrovò a fissare un proprio ritratto realizzato a carboncino. Alla fin fine le somigliava, anche se gli occhi sembravano leggermente obliqui, ma fu la didascalia sottostante ad attirare la sua attenzione: "Lady Emily, la rovina del negromante". L'articolo sotto al ritratto non era nemmeno lontanamente lungo come quelli dei giornali del suo mondo, ma l'autore era comunque riuscito a mettere insieme molte esagerazioni e qualche bugia. Era la prova che alcune cose erano davvero universali, ma la faccenda l'aveva molto infastidita.

«Lo capite che…» iniziò a dire, ma poi si fermò. Imaiqah non sapeva come avesse sconfitto Shadye. Se non lo sapeva il Gran Maestro, come avrebbe potuto saperlo lei? «Metà di questa storia non è vera».

Diede uno sguardo alla parte di articolo in cui venivano svelate le sue origini e alzò gli occhi al cielo. Non c'era traccia di mondi alternativi o rapimenti di negromanti. Si diceva, invece, che era stata adottata da una coppia di contadini che l'aveva trovata sul ciglio della strada e si insinuava per giunta, senza affermarlo apertamente, che fosse di nobili natali. Nell'articolo si leggeva anche che i suoi genitori erano stati assassinati da un negromante e che per questo aveva dedicato la vita alla loro distruzione.

«La prossima volta si aspetteranno che mi travesta da pipistrello» disse sottovoce e arrotolò la pergamena, restituendola a Imaiqah. L'aspetto positivo era che chiunque avesse creduto davvero a quella storia si sarebbe dimostrato un idiota; inoltre, la reputazione di persona temibile avrebbe scoraggiato chi avesse voluto mettersi d'intralcio alle sue invenzioni. «O forse che voli più veloce di un proiettile».

Imaiqah era sorpresa. «Non ti piace?».

«Non corrisponde neanche lontanamente alla realtà» precisò Emily. Non era nemmeno la storia che aveva raccontato a loro quando avevano chiesto delle sue origini. «È bene che lo sappiano».

«La gente comune adora credere alle storielle» disse Alessa senza troppi fronzoli. «Anche se conoscessero le tue origini,» e lanciò un'occhiata indecifrabile a Emily «finirebbero comunque per inventare qualcosa. Ci saranno già centinaia di versioni diverse sulle tue origini e su come hai sconfitto il negromante. I negromanti autentici non riusciranno a dedurre la verità dalle bugie».

«Ammesso che tra le varie versioni non ci sia quella giusta» aggiunse Imaiqah. «Non sai quante persone ti hanno mandato lettere, regali e...».

«Minacce» interruppe Alessa. «Qualcuno sta insinuando che hai già compiuto il tuo destino».

Emily aprì la bocca e la richiuse, non venendole in mente una risposta adatta. Non voleva essere considerata una Figlia del Destino, una ragazza speciale o pericolosa. Ma costituiva davvero una minaccia all'ordine stabilito nelle Terre Alleate, per il solo fatto di essere una fonte di idee per il padre di Imaiqah e per quelli come lui. E quando avrebbe aperto una banca per far fruttare tante altre buone idee... il mondo sarebbe cambiato.

«Mi piacerebbe saperlo» disse Emily dopo un po'. Con non poca difficoltà, portò le gambe su un lato del letto e si alzò. «Potete cercare qualche pozione che mi dia energia e mi faccia passare la nausea?».

«Eri gravemente spossata» disse Imaiqah, con dolcezza. «Dovresti davvero rimanere a letto».

Emily scosse la testa. «Devo trovare qualcosa che mi distragga». Tutto ciò che aveva visto e fatto le stava ribollendo in testa, minacciando di farla impazzire. Aveva realmente ucciso un insegnante che aveva stimato, persino ammirato. Quell'uomo aveva lavorato in una scuola per maghi senza possedere alcun potere. Non riusciva ancora a credere che nessuno se ne fosse accorto se non quando era ormai troppo tardi. Ma dopotutto, chi avrebbe mai osato lanciare incantesimi a uno dei sergenti?

«Alcune squadre stanno smistando quel che rimane delle aule di alchimia» disse Alessa. «Ti suggerirei di vestirti prima di andare».

Emily abbassò lo sguardo e annuì. «Molto bene». Non era facile infilare la toga, ma in qualche modo ci riuscì. Più si muoveva, più il corpo rispondeva, anche grazie alla pozione trovata da Alessa in un armadietto lì vicino. «Andiamo».

Capitolo XLIX

Emily era sola in mezzo a una vasta folla.

Agli studenti rimasti si era aggiunto un piccolo esercito di genitori, aristocratici e semplici curiosi che non volevano perdersi l'evento. Emily aveva indossato l'uniforme da addestramento, secondo le indicazioni del sergente Miles, ma la gente non ebbe difficoltà a individuarla e additarla, come visitatori allo zoo di fronte a una bestia rara. In pochi soltanto avevano azzardato rivolgerle la parola, e l'avevano fatta sentire più sola che mai. Non la consideravano una persona, ma una forza della natura che pensavano di poter piegare a proprio comodo.

La cosa le dava la nausea.

Il sergente Miles non le aveva detto niente della morte di Harkin, ma lei aveva sentito dei bisbigli tra gli studenti di magia marziale, il che significava che le voci giravano in tutta la scuola. Credevano che Emily l'avesse ucciso nel corso di un rituale negromantico; avevano deciso di trascurare il fatto che era stato lui stesso a dirle di pugnalarlo e che Shadye non le aveva lasciato alternativa. Gli altri ragazzi della scuola, a parte Jade e il resto delle Maglie Rosse, la ignoravano o ne erano terrorizzati. Si chiedevano se nella scuola ci fosse una negromante che conviveva con gli studenti, che avrebbero potuto fornire un'eccellente fonte di potere.

E quelle non erano le uniche voci sul suo conto. Durante la prima cena in refettorio dopo la lunga degenza, il Gran Maestro aveva annunciato a tutti i presenti che Emily aveva sconfitto e ucciso Shadye. Ciò che aveva fatto era vero e nessuno aveva messo in discussione i meriti conferitile dal Gran Maestro, ma iniziavano comunque a parlare di favoritismo. Sarebbe stata punita se avesse commesso qualche sbaglio? Gli insegnanti avrebbero osato contraddirla? Queste domande le sembravano assurde, ma gli ultimi due giornali che aveva letto dicevano che avesse abbastanza potere da annientare tutti gli altri negromanti. Chi si sarebbe mai arrischiato a dare una raddrizzata a un'arma letale vivente?

"Forse dovrei scegliere di farmi punire" pensò mentre il sergente Miles cominciava a sbraitare ordini. Dovrei convincerli che sono ancora una studentessa normale. "Ma la cosa funziona solo nei romanzi sdolcinati scritti da chi in collegio non c'è mai stato".

Afferrò la maniglia della bara e aiutò a trasportarla fino al cimitero. Gli studenti rimasti vittime dell'attacco sarebbero stati sepolti nei rispettivi paesi d'origine; le salme degli insegnanti sarebbero invece rimaste a Whitehall. Emily vide delle statue di angeli adunarsi attorno alla fossa in cui sarebbe stato adagiato il feretro del sergente e rabbrividì. Quando la folla realizzò che Emily era uno dei portatori il mormorio divenne più intenso. Chi sapeva che il sergente era morto per causa sua trovò il fatto sconcertante, anche se era stato proprio lui a ordinarglielo.

Il Gran Maestro era in piedi davanti alla folla, circondato da diversi uomini e donne in uniforme nera da combattimento. Emily capì che erano allievi di Harkin, a giudicare dal modo in cui la guardavano. Era stata lei a ucciderlo e molti di loro, se non tutti, non l'avrebbero mai perdonata. Al pari degli studenti, non sapevano nemmeno come fosse andata realmente la vicenda, o magari non erano interessati a conoscere la verità.

«Calate il feretro» ordinò Miles. Mentre i portatori obbedivano, il sergente si schiarì la gola affinché tutti i presenti potessero sentirlo. «Il sergente Harkin si unì all'esercito quando era ancora molto giovane, prestando servizio in numerose battaglie e ottenendo medaglie e promozioni; poi fu invitato ad affiancare un sergente istruttore a Whitehall. Ha formato centinaia di studenti, preparandoli ai doveri degli stregoni combattenti in tempo di guerra. Chi ha superato il suo corso adesso è molto più che un semplice mago. È anche un guerriero.

«Non era dotato di poteri magici, ma non ha mai permesso che ciò lo ostacolasse. Essere un sergente istruttore non è mai facile. Molti soldati non sono in grado di formare le nuove leve, nonostante siano abili combattenti. I sergenti istruttori devono comprendere quali sono i loro doveri e compierli pur sapendo che verranno considerati dei mostri senza cuore. Devono spingere gli allievi al limite rendendoli dei veri soldati, ma senza distruggerli. Devono fingere di essere sadici senza esserlo davvero. Non è sempre facile capire dove sta il limite.

«Il sergente Harkin quel limite non l'ha mai oltrepassato, né tantomeno si è lasciato condizionare dalle origini, dal genere o dall'età dei propri allievi. Chi si è diplomato sotto la sua guida ha intrapreso una brillante carriera, difendendo le Terre Alleate contro il male in ogni sua forma. Il suo lascito è in tutti coloro che sono stati addestrati per proteggere gli innocenti.

Come tutti noi che abbiamo scelto le armi, il sergente Harkin era consapevole che un giorno sarebbe morto per servire le Terre Alleate. Quando quel giorno è arrivato, non solo lo ha accettato con coraggio, ma ha fatto in modo che la sua morte si tramutasse in un vantaggio tattico che ha portato alla sconfitta di un temibile negromante. Ha scelto lui come morire, sapendo che uno dei suoi studenti più meritevoli avrebbe reso quella scelta una vittoria. Molti pochi di noi riuscirebbero a morire tanto coraggiosamente.

«Era un mio amico e compagno d'armi, e mi mancherà molto».

Emily sentì gli occhi riempirsi di lacrime e provò a scacciarle. Miles aveva ragione. Il sergente Harkin sapeva cosa stava facendo, ma ciò non alleviava il suo senso di colpa. Neanche gli elogi ricevuti da Miles l'avevano sollevata, né avrebbero cambiato l'opinione altrui. Gli altri studenti avevano probabilmente creduto che aveva ucciso Harkin per rubargli l'anima e alimentare così il proprio potere.

Il sergente Miles fece un passo avanti e gettò un po' di terra nella fossa. Lo stesso fecero uno alla volta i portatori, fino a che la bara non fu sepolta. Le era stato detto che in un secondo momento la pietra tombale sarebbe stata protetta da incantesimi per evitare che qualche potente stregone o negromante rianimasse le spoglie. Con il tempo, il corpo di Harkin si sarebbe piano piano decomposto, nutrendo la terra e portando nuova vita a Whitehall.

Il seguito della cerimonia passò in un lampo e infine vennero tutti congedati per tornare ai loro pensieri più intimi. Emily si allontanò dal resto della folla e andò verso lo zoo, o ciò che ne rimaneva. CT si aggirava tra le aiuole devastate e si faceva crescere nuovi tentacoli per cercare di ripulire quel disastro, ma sembrava ci sarebbero voluti anni. Lo zoo si trovava poco più in là ed era completamente distrutto. C'erano ovunque animali morti.

Emily si sentì toccare la spalla da un tentacolo e sussultò. «Del Mimo non c'è traccia» disse CT fissandola con il suo occhio gigante. «Potrebbe essere da qualsiasi parte in questo momento, ma vogliono perlustrare la zona, perché non si sa mai. Magari troveranno indizi della sua nuova forma».

Emily rabbrividì. Uno studente o un orco avrebbe potuto finire nel raggio d'azione del Mimo, che lo avrebbe risucchiato e avrebbe preso le sue sembianze e i suoi ricordi. Inconsapevole della sua vera natura, avrebbe iniziato a vagare fin quando non fosse rimasto a corto di forza vitale. Ormai poteva essere ovunque.

Si ritrovò a guardare CT chiedendosi se fosse il Mimo, ma poi le venne in mente che il mostro era stato immobilizzato dall'esercito invasore. Il Mimo avrebbe dovuto duplicare un essere in grado di muoversi per riuscire a scappare.

«Hanno anche trucidato una dozzina di unicorni e centauri» aggiunse dopo poco il mostro giardiniere. «Il loro sangue e le ossa possono essere usati per praticare la magia nera. Temo che presto vedremo i risultati del raccolto».

«Sì» disse Emily sottovoce.

Gli unicorni erano creature dolci, quasi sacre. Non meritavano di essere macellati come bestie selvatiche. I centauri non erano altrettanto carini – prendevano le donne contro la loro volontà al fine di perpetuare la stirpe, motivo per cui alle ragazze veniva raccomandato di non avvicinarsi – ma era la loro natura e non meritavano di essere trucidati dagli orchi e che i loro resti fossero raccolti dai maghi oscuri.

Ma forse Shadye non era riuscito a mandar fuori quei resti da Whitehall prima di morire. Chi poteva dirlo?

Emily ringraziò CT e si allontanò dallo zoo, continuando a vagare senza meta. I terreni attorno alla scuola erano torti e accartocciati come risultato della lotta per il controllo delle dimensioni all'interno dell'istituto. Uno dei campi da gioco di Ken era andato distrutto, mentre l'altro era quasi intatto, ma i danni erano comunque tali da non permettere lo svolgimento di un'intera partita. A ogni modo, diversi ragazzi del terzo anno stavano facendo del loro meglio, lanciando palle in giro con incantesimi e impugnando mazze simili a quelle da baseball. I giocatori notarono Emily e la fissarono, sforzandosi poi di ignorarla. Sarebbe stato divertente, pensò Emily, se non fosse capitato a lei.

«Hanno paura dei talenti ribelli» disse una familiare voce maschile alle sue spalle. «Non prendertela».

Emily fece un salto e si voltò, sollevando una mano in segno di difesa. Void era lì e sorrideva appena, mentre la bolla del tempo accelerato li avvolgeva. Emily si rilassò un tantino e si girò verso i ragazzi. Sembravano immobili, congelati. Sapeva che si trattava di un'illusione.

«Questa cosa non può farci bene» disse cauta. «Non stiamo invecchiando mentre loro rimangono congelati nel tempo?».

«Una volta un mago oscuro restò intrappolato in una di queste bolle, invecchiando fino a morire» disse Void. «Ma perché aveva combinato un pasticcio con l'incantesimo. Questo non durerà abbastanza a lungo da incidere sul nostro invecchiamento».

Emily alzò le spalle e aspettò.

«I… confratelli di Shadye sono rimasti piuttosto scioccati dalla sua morte» disse Void. «Sei la prima persona in assoluto a battere un negromante in un combattimento singolo». Le rivolse uno sguardo d'intesa. «E credimi, la cosa li spaventa».

«Ho barato» ammise Emily.

«Era l'unico modo per vincere. Ma i negromanti, in quanto tali, difficilmente crederanno che tu abbia imbrogliato, anche se non potrebbero immaginare che sei riuscita a vincere senza qualche inganno. Sei stata in grado di spaventarli e questo dà alle Terre Alleate la possibilità di ricostruire le proprie difese».

«Qualcuno dovrà trovare il passaggio vicino alla Città Oscura» disse Emily. La cosa creava dei problemi; altri avrebbero potuto finire alla Corte delle Fate e ricevere un'accoglienza meno amichevole di quella che avevano riservato a lei. Forse il Gran Maestro avrebbe potuto parlare con loro e offrirsi di vietare l'accesso all'intera zona, se avessero indicato l'ubicazione del tunnel. «Chissà quante altre sorprese hanno preparato».

«Non possiamo sapere» ammise Void. Le sue labbra si arricciarono in un sorriso. «E tutti continuano a chiamarti Figlia del Destino».

«Sono davvero una Figlia del Destino?» mugolò Emily.

«La risposta vera sarebbe sì». Sorrise nel vedere l'espressione della ragazza. «Ma sei una Figlia del Destino nel senso che intendono loro?».

Void si strinse nelle spalle. «C'è qualcuno che può rispondere a questa domanda? E poi, cosa importa?».

«Non lo so. È che… mi fa strano che la gente penda dalle mie labbra o, al contrario, mi tema».

«Goditela» le consigliò Void. «Questo mondo non è sempre gentile nei confronti di chi non ha potere».

«No» concordò Emily. «È vero».

Rimasero in silenzio per un lungo momento. «Volevo chiedere… Potresti portarmi qualcosa che si trova nel mio mondo?».

«Forse» rispose Void, dopo aver riflettuto. «Ma sarebbe meglio non far sapere ai negromanti che è possibile portare oggetti da altri mondi. Per loro costituirebbe una fonte inesauribile di idee».

«Mi servono dei libri» spiegò Emily. «Ci sono talmente tante cose che sarebbero utili in questo mondo, se solo mi ricordassi come costruirle. Ma sono un'ignorante. Avrei dovuto studiare di più a scuola».

«Ottima idea» concordò Void e abbassò lo sguardo, pensieroso. «Ci sono delle… problematiche correlate all'uso di oggetti provenienti da altri mondi» aggiunse dopo averci pensato un po' su. «Potrebbe essere fattibile oppure no. Devo rifletterci bene; ti contatterò non appena saprò che fare».

Emily annuì, sospettando che quella sarebbe stata la sua unica risposta.

«Vorrei anche chiederti… cosa sei, esattamente?».

Void ridacchiò. «Un talento ribelle, che in un certo qual modo supera per natura i comuni maghi. Ci fu un… disaccordo su come affrontare una situazione e alla fine mi fu detto che non ero più il benvenuto a Whitehall. Andai via e mi cambiai nome, diventando un mago indipendente. Qualcuno doveva pur stuzzicare i negromanti affinché continuassero a farsi la guerra».

Void alzò le spalle. «Il resto della storia non è molto interessante. Ma sono sicuro che ti divertirai a leggere i registri pubblici per provare a connettere tutti i punti».

Un dito toccò la bolla, che cominciò a tremolare. «Hai quasi ucciso una principessa reale e poi le hai salvato la vita, convincendola che avrebbe dovuto essere una persona migliore. Hai introdotto tante nuove idee che sconvolgeranno il mondo e distrutto almeno una gilda che faceva da freno al progresso. Un negromante ti ha manipolata per entrare a Whitehall, l'edificio più protetto delle Terre Alleate, e tu l'hai sconfitto senza l'aiuto di nessuno».

Void sorrise. «Dimmi… cos'altro combinerai?».

Emily scosse la testa. «Non lo so». Aveva delle idee di cui non voleva parlare, nemmeno a lui. «Forse, dopotutto, non ho un destino».

Il sorriso di Void si fece più grande. «Sai cosa credo?» chiese, mentre la bolla iniziava a svanire nel nulla. «Credo che questo per te sia solo l'inizio».

FINE

CHRISTOPHER G. NUTTALL ha trent'anni e legge romanzi di fantascienza da quando, a cinque anni, qualcuno gli ha fatto scoprire la fantascienza per bambini. Nato in Scozia, Chris ha studiato a Edimburgo, nel Fife e all'università di Manchester. Si è poi trasferito in Malesia, dove vive con la moglie Aisha.

Nel 1998 Chris è entrato a far parte della comunità Alternate History; in particolare, è il fondatore di Changing the Times, un sito web di storia alternativa diventato un punto di riferimento per l'intera comunità. In seguito, Chris si è dedicato alla narrativa e attualmente è uno scrittore a tempo pieno.

Scuola di magia è la sua prima opera tradotta in italiano.

Web: http://www.chrishanger.net/
Blog: http://chrishanger.wordpress.com/
Facebook: https://www.facebook.com/ChristopherGNuttall

www.ingramcontent.com/pod-product-compliance
Lightning Source LLC
Chambersburg PA
CBHW020639120726
47906CB00001B/33